알라망드

Allemande

어도담 장편소설

가하epic

이기적이고, 엇나가고, 상처받으면서도

결국엔 놓을 수 없는,

다신 돌아오지 않을 그 불안한 시절들에 관하여.

알라망드

지은이 어도담
펴낸이 이형기
펴낸곳 도서출판 가하

초판인쇄 2015년 5월 7일
1판 2쇄 2015년 9월 23일
출판등록 2008년 10월 15일 제 318-2008-00100호

주소 서울 영등포구 양평로 67, 1209 (당산동5가, 한강포스빌)
전화 02-2631-2846 **팩스** 02-2631-1846

www.ixbook.co.kr

ISBN 979-11-295-1867-5 03810

값 12,000원

copyright ⓒ 어도담, 2015

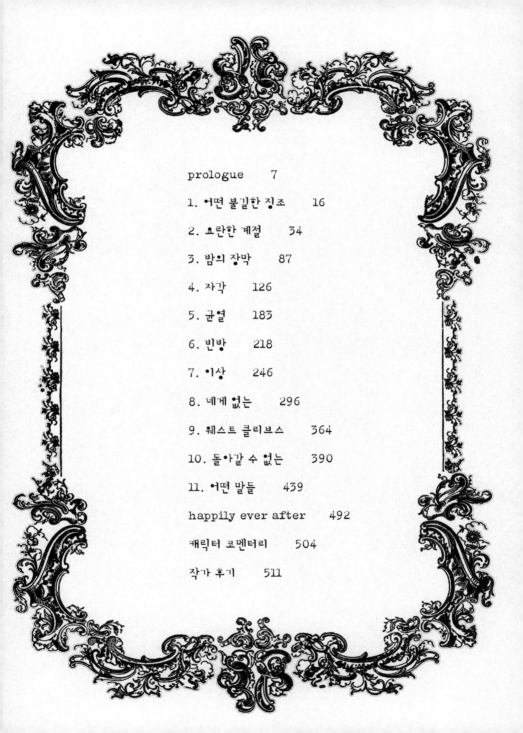

prologue

에른스트의 남부는 평화롭다.

서대륙의 동쪽 끝. 이렌시아, 펠로베르, 두 강대한 제국을 위아래로 두고, 우아한 왕국 브란젤과 이웃한 왕국 에른스트. 에른스트는 학문적으로는 이렌시아를 숭상했고 문화적으로는 브란젤을 흠모했으며 외교적으로는 펠로베르와 가장 닮아 있는 기묘한 나라였다. 강국이라 불리기엔 약소하나, 약소국이라 불리기엔 땅이 넓고 뿌리가 깊었다. 한마디로 적당히 좋은 것이 섞여 있는, 그럭저럭 괜찮은 나라다.

그럼에도 개중 북부가 전쟁에 시름하고, 수도 클리브스를 위시한 중부가 급격한 산업화로 멍들어가는 동안 남부는 적당히 구획정리하고, 적당히 공장 세워 잘 먹고 잘 살아왔다.

사실 뭐든 적당한 게 좋은 법이다. 돈은 많을수록 좋지만.

랭카셔 주(州)는 그런 에른스트의 남부 지방 중에서도 최고로 적당한 곳이었다. 적당히 많은 공장이 창출해낸 적당히 많은 일자리와 적당한 임금은 사람들이 적당하게 잘 살아갈 수 있게 만들었다.

그래서인지 랭카셔 사람들의 얼굴에는 늘 적당히 기름기가 흘렀고, 적당히 행색도 좋고, 심지어 날씨까지 사시사철 따뜻하고, 종종 적절한 시기에 맞춰 비도 내리고, 농작물들은 심어만 두면 알아서들

자라고…….

　남부가 어째서 살기 좋은지에 관해 나열한다는 건 좀처럼 끝내기 어려운 일이었다. 축약하자면 어쨌든 남부는 놀랍도록 풍요로웠다.

　그리고 비비안 G. 도슨은 제가 태어난 곳에 아주 만족하는 편이었다. 평화로운 랭카셔, 살기 좋은 랭카셔!

　물론 이것이 랭카셔 지방에 사는 사람들 중 대다수가 찬성할 만한 이야기는 아니었다. 기실 비비안 G. 도슨은 랭카셔가 아닌 에른스트 그 어디에 태어났다 해도 만족하고 살았을 것이다. 단 부모가 그대로라는 전제하에.

　세상 어떤 곳이든 가난한 사람은 불평하게 되어 있고, 돈 많은 사람은 편하게 살도록 되어 있는 법이다. 그리고 비비안 G. 도슨은 바로 그 후자에 속했다.

　열 살도 안 된 노동자 계급 아이들이 매일 열네 시간 동안 기계 앞에 서서 일할 때, 부유한 젠트리의 딸 비비안의 일과는 매일 거버니스(governess, 여자 가정교사) 앞에 우아하게 앉아 있는 것이었다. 비비안은 그녀에게 주어진 대부분의 시간 동안 손 가는 책이나 성실히 읽고 마음의 양식이나 쌓으면 되었다.

　사실 비비안은 그렇게 자신과 동떨어진 현실 같은 건 잘 알지도 못했다. 비비안의 세상에서 경험이란 앉아서 배우는 것이 전부였고, 비비안의 거버니스는 그녀에게 아름답고 어려운 것만 가르쳤기 때문이다.

　어쨌든 열두 살 비비안 G. 도슨이 바라보는 세상은 퍽 아름다웠다.

　에른스트에서 가장 살기 좋은 남부 랭카셔 지방에서 돈 많은 집의 외동딸로 산다는 것은 꽤 행복한 일이었다. 남들이 졸부 딸이라고 비웃기야 하지만, 고아가 돈다발을 들고 태어날 수 있는 게 아닌 이상 시작은 언제나 미약한 것이리라. 평생 빈손으로 사느니 벼락부자가 비할 수 없이 나았다.

게다가 애초에 원래부터 돈 많은 집이 어디 있는가? 그녀는 브리스톨 주식회사도 처음엔 졸부였으리라고 당당하게 추측할 수 있었다.

아마도.

"네 할아버지 때만 해도 도슨 상회는 구멍가게였다며?"

"졸부의 딸 주제, 감히 귀족 영애라도 되는 양 차려입었구나. 주제 파악도 못 하고."

다만 비비안의 아름다운 세상엔 이런 잡음이 조금 있었다. 비비안은 가늘게 뜬 눈으로 제 앞에서 쉴 새 없이 재잘대고 있는 소녀들을 바라보았다.

하나는 윌리엄 남작의 막내딸이었고, 하나는 아마 로이트 남작의 오촌 조카쯤……

이윽고 비비안이 소녀들에게서 설핏 시선을 비껴 저 멀리 보이는 그들의 부모를 바라보았다. 비비안이 이미 익히 아는 얼굴들이었다. 바로 며칠 전까지만 해도 아버지를 찾아와 귀찮게 굴던 얼굴들이었으니까.

앞에서 돈 몇 푼에 신분도 내던지고 굽실거릴 땐 언제고, 집에 돌아가선 어린 딸들 붙잡고 그렇게 도슨 상회 험담이나 해댄 것이 분명했다. 그렇게라도 하면 그 고귀한 자존심이 좀 회복되는 모양이다.

그러나 비비안에게 그런 안쓰러운 사정을 살피는 것은 불필요한 동정심으로 생각됐다. 제 아버지는 분명 가망 없는 사업에 호의를 베풀었고, 당장 그녀의 눈앞에 서 있는 계집애들의 아버지는 호의를 받자마자 시궁창으로 걷어찼다. 그리고 그 딸들은 저를 어떻게든 모욕하기 위해 최선을 다하는 중이었다.

비비안의 눈에 희미하게 짜증이 서렸다.

"너 지금, 감히 귀족인 우리 말을 무시하는 거야?"

"무시하는 거야?"

윌리엄 남작의 막내딸이 앙칼지게 묻자 곁에 있던 로이트 남작의 오촌 조카가 앵무새처럼 따라 했다.

꽤 우스운 꼴이었지만 곧바로 비웃었다간 귀한 귀족 영애들이 요란하게 이성을 잃을 것이 분명했다. 비비안은 슬며시 올라가는 입매를 억눌렀다.

촌뜨기 몰락 귀족 계집애들이 허파에 바람만 차선. 비비안은 입안으로 소리 없이 혀를 차고, 빙긋 웃으며 물었다.

"돈 많아서 좋은 옷 사는 게 무슨 문젠데?"

"분수에 맞는 격식을 지켜!"

"네 분수에 안 맞잖아!"

"이건 무슨 메아리도 아니고…….”

"뭐?"

"뭐?"

그들은 비비안의 작은 중얼거림을 알아듣지는 못했을지언정 무언가 불미스러운 낌새를 느낀 듯했다. 비비안은 별말 아니었다는 듯 웃으며 또박또박 말을 이었다.

"내가 격식 초과면, 너흰 격식 미달인데."

비비안의 가늘게 뜬 눈이 맞은편의 소녀들의 옷차림을 쓱 훑었다.

그 시선에 스민 은근한 무시를 알아챈 윌리엄 남작의 막내딸이 입술을 질끈 깨물었다.

영 눈치가 없는 게 아니라 다행이었다. 이미 제 수준을 한참 벗어난 공격이라 더 부연하기는 곤란했기 때문이다. 비비안의 기준으로 이런 계집애들에게는 이 정도의 유치함이 적당했다.

비비안이 피식 웃었다.

"자, 그럼 격식 어긋난 사람끼리 같이 손잡고 나갈까? 어때?"

그들이 백치처럼 따라 나오면 한 대씩 몰래 쥐어박아줄 심산으로 그녀는 말했다. 험상궂게 일그러진 얼굴을 보아하니 그럴 일은 없어 보였지만.

"너……!"

"싫으면 말고."

비비안이 고개를 으쓱하고 몸을 돌리다, 문득 생각난 듯 입을 열었다.

"참, 도슨 상회가 구멍가게였다고?"

"그래! 네가 아무리 대단하고 잘난 척 굴어봤자 너흰 원래……."

"그래. 그랬구나."

"……뭐?"

"근데 그 구멍가게에서 태어난 우리 아버지가 이 저택을 짓는 동안, 너희 아버지는 뭐 하셨는지 몰라. 그렇지?"

"……."

"그렇게 대단한 집안에서 태어나셨는데 말이야."

그 구멍가게였던 도슨 상회의 도움이 없으면 네 아버지는 곧 파산할지도 모르는 비참한 신세라는 말까지 덧붙이려다, 비비안은 간신

11

히 참았다. 그 말이 없어도 이미 파르르 떨고 있는 모양이 안쓰럽기까지 했으니까.

자, 그렇게 잡음은 사라지고 다시 비비안 G. 도슨의 아름다운 세상이 되었다.

비비안이 저런 한 치 앞도 못 보는 촌뜨기 귀족 계집애들의 목소리를 신경 쓴 것은 지금보다 한참 어릴 적─약 일곱 살─이 마지막이었다.

중요한 건 미래고, 그 미래가 자신보다 잘 닦인 사람은 랭카셔에 없을 테니까.

비비안은 드레스 자락을 나풀나풀 흔들며 경쾌한 걸음으로 아버지 필립 쪽을 향해 다가갔다.

"……그 겨울 별장에, 주인이 온단 말입니까?"

"주인이라기엔 그 위치가 좀 애매하지요. 사실 아직은 글래스턴 후작께서도 처분을 확실히 정하지 못한 모양입니다. 전하께서 돌아가시기 전까지만 해도, 그래도 국왕의 아들이 아닙니까? 후작 각하도 별수 없으니 제 아들더러 양자로 들이라 시키고 그렇게 몇 년간 외손자를 수도에 두었던 모양이지만, 이제 세상이 바뀐 지도 제법 되었고……. 딸의 불륜으로 태어난 사생아니, 그저 처치 곤란인 모양이지요. 그래서 후작께서 일단 도슨 가에 부탁하시려는 겁니다."

"하긴, 딸 인생 망쳐놓은 손주가 달갑진 않겠지요. 저 역시 딸이 있는 입장이라 이해는 합니다. 참 끔찍한 일이 아닙니까, 그녀가 그렇게 죽은 게……. 그런 일은 생각하기도 싫군요. 그러나 그 아이는 불쌍하게 되었으니."

"그러고 보니 도슨 씨의 따님이 벌써 열둘인가, 열셋인가……. 따님 보내실 날이 머지않았지요?"

"노튼 씨, 무슨 그런 망발을 하십니까? 제 딸아이는 아직 열둘입니다. 한참 멀었어요!"

장난으로 던진 게 분명한 말에 필립이 씩씩대며 대꾸했다. 필립의 뒤에서 의미 없고 일방적인 언쟁을 바라보고 있던 비비안이 필립의 허리를 덥석 껴안았다.

"아버지!"

"오, 비비. 레이디들과 놀지 않고."

거짓말처럼 완벽히 누그러진 인상으로 다정하게 딸의 머리를 쓰다듬는 필립을, 노튼이 조금 기가 막힌 듯 바라보았다.

"레이디들은 재미없어요. 안녕하세요? 노튼 아저씨."

"안녕, 비비안. 더 아름다워졌구나."

비비안은 지극히 당연한 얘기를 들은 듯 윤기가 흐르는 흑발을 휙 쓸어 넘겼다. 그 반응에는 단 한 톨의 겸손함도 없었다.

노튼이 그 모습이 귀엽다는 듯 실소하고는, 문득 생각난 것처럼 비비안에게 물었다.

"비비안, 네가 몇 살이라고?"

"열둘이요."

"마침 잘됐구나!"

상당히 작위적인 외침이었다. 비비안이 표정 변화 없이 되물었다.

"뭐가요?"

"그 글래스턴 공자가 열둘이라던데!"

비비안은 그게 뭐 어쨌냐는 표정으로, 필립은 도끼눈이 되어 노튼을 바라보았다.

"그런 눈으로 바라보지 마십시오. 어차피 어린아이들인데."

"남자애 아닙니까?"

"아니죠. 어린아입니다. 벌써부터 그리 도끼눈 뜨시면 나중에 결혼은 어찌 시키시렵니까?"

비비안은 동그랗게 뜬 눈으로 필립과 노튼을 번갈아 바라보았다.

"무슨 얘기예요?"

"비비 넌 알 것 없……."

"글래스턴 후작의 손자가 곧 여름 별장에 온단다. 알지? 너희 저택 바로 옆에 있는 고택(古宅) 말이야."

"그런데요?"

"그 아인 너와 동갑이야. 둘이 놀이 친구가 되면 좋겠는데."

"무슨 얼어 죽을 놀이 친……."

"전 놀이 친구 같은 건 필요 없는데."

비비안의 단호한 거절에 노튼이 순간 당황한 듯 필립을 바라보았다. 입이 찢어져라 흐뭇하게 미소 짓는 얼굴에 곧 고개를 돌렸지만.

"공부할 시간도 부족해서요."

아무리 평화로운 랭카셔에서 돈 많은 도슨의 딸로 태어났다지만, 그렇게 타고난 것만으로 게으르게 희망찬 장래를 기대할 수는 없는 노릇이라고 비비안은 생각했다.

그녀는 전도유망한 미래를 꿈꾸는 소녀였고, 준비된 인재였다-고 스스로 생각하고 있다. 랭카셔의 도슨은 제 손에서 남부의 도슨이 될 것이다.

그리고 사촌 오빠 엘리엇이 헛된 꿈을 꾸고 있는 것도 어서 짓밟아 줘야 하고.

"하지만 비비안, 글래스턴 공자는 그냥 남자아이가 아니야."

"그럼 뭐죠? 왕의 사생아? 더러운 불륜의 씨앗?"

또박또박 되묻는 소리에 아이의 앳된 음성과는 어울리지 않는 노골적인 단어가 섞였다. 노튼이 당황한 듯 덧붙였다.

"도슨 상회가 지금의 크기로 확장하는 데, 글래스턴 후작께서 얼마간 뒤에 계셨다는 건 알고 있지?"

"무슨 애한테 그런 걸 물어보십니까? 당연히 모르⋯⋯."

"아버지가 글래스턴 가에 요 몇 년 줄을 선 것쯤은 알고 있어요. 그런데?"

"똑똑하구나. 그래. 도슨 가와 글래스턴 가는 아주 긴밀한 사이란다. 그렇기에 소중한 글래스턴 공자를, 도슨 가를 믿고, 랭카셔에⋯⋯."

"듣자 하니 별로 소중하게 들리지는 않던데요."

"⋯⋯보낸 거지. 그러니까 도슨 가는 그 공자를 잘 돌봐줄수록, 아, 이걸 뭐라고 말해야 하나."

"글래스턴 가에 좀 더 잘 보일 거라고요? 눈도장 찍는다고요?"

아이 주제에 어른이 왠지 할 말을 잃게 하는 반문이었다.

어쨌든 비비안은 전도유망한 장래를 위한 자기투자의 일환으로, 노튼의 제안을 수락하게 된다.

그렇게 시작된 이야기다.

1. 어떤 불길한 징조

결 좋은 검은 머리 위로 빨간 공단 리본 머리띠가 앙증맞게 올라갔다. 비비안은 흡족한 표정으로 거울 속의 자신을 들여다보았다.

음, 오늘도 예뻐.

"고마워, 베키."

베키가 별말씀을요 하고 대꾸하기도 전에 필립이 비비안과 베키의 사이로 끼어들었다.

"어쩜 이리 예쁠까, 내 딸."

커다란 팔이 목을 콱 조이듯 세게 안아왔다. 비비안이 인상을 팍 찌푸리며 필립의 팔에서 벗어나기 위해 버둥거렸다.

"머리 다 망가지잖아요, 아빠! 악!"

"이렇게 예쁘게 하지 않으면 안 되겠니? 오늘 지나치게 예쁘구나."

겨우 필립의 팔에서 벗어난 비비안이 차분한 목소리로 제 아버지에게 훈계하듯 말했다.

"말도 안 되는 소리 하지 마세요. 그러다 도슨 가의 외동딸이 못난이라고 소문나면 어쩌실 거예요? 망신스럽게."

"그럼 아빠가 평생 끼고 살지."

히죽 웃으며 장난스럽게 대꾸한 필립이 비비안의 얼굴에 볼을 비비댔다. 비비안은 그것이 그리 싫지 않은 듯 필립을 밀어내지 않았지만, 부루퉁해진 얼굴로 거울 속의 필립을 노려보았다.

"저번에 말씀드렸잖아요. 아빠 사윗감은 목사의 차남 이하 남자이고, 저는 어떤 흠 잡히는 소리 없이 적령기가 되자마자 결혼할 거라고."

"그래, 그랬지, 우리 똑똑한 딸. 근데 그게 왜 꼭 목사의 차남이어야 하니……?"

"밖에 말하기 남부끄럽지 않은 집안이지만 받을 유산은 하나도 없고, 지식인 집안이라 배운 건 많으니까 그런 놈은 도슨에 쓸모가 있을 거예요. 데릴사위로 데려오는 거죠."

"……."

"아, 혹시 남편의 친척들이 도슨의 이름을 보고 구질구질하게 굴수도 있으니까 결혼할 때는 포기각서 같은 걸 확실히 서면으로 받아두려고 해요. 아예 친족관계를 포기한다든지, 그게 만약 불가능하다면 친족의 어떠한 위기 상황에도 금전적 도움을 주지 않는다든지, 아, 거기서 직계 존속은 제외할 생각이에요. 그래도 도슨다운 최소한의 인정은 있으니까요."

체구마저 또래보다 조금 작아 마냥 귀여워 보이는 외관을 정면으로 배신하는 대사였다. 열두 살의 앙증맞은 입에서 쏟아지는 조금 살벌한 말들에 필립이 잠시 할 말을 잃은 채 비비안을 바라보다, 슬그머니 말을 돌렸다.

"……우리 딸은 거지꼴을 하고 있어도 세상에서 제일 예쁠 거야."

아버지의 말은 항상 달콤했지만, 비비안은 벌써 현실을 직시할 줄 아는 아이였다. 세상은 넓고, 예쁜 사람은 많다.

물론 자신도 그중 하나고 말이다.

"그건 이미 태어날 때부터 글렀잖아요. 어리다고 쉽게 거짓말하면 못쓴다고 말씀드렸죠, 아빠?"

비비안의 도도한 눈매가 필립을 쓱 흘겼다. 필립이 멋쩍은 듯 웃으며 몸을 일으켰다.

"아빠 눈엔 그렇단다."

"그건 당연히 그래야 하고요. 어쨌든 저는 랭카셔에서 제일이기만 하면 돼요. 제가 얼마나 현실적인 사람인지 아시잖아요. 그리고 지금부터 관리를 잘하면 후천적인 노력으로 그 정도는 될 수 있을 거예요."

"넌 지금도 충분히 예쁜데……. 이 아빠는 글래스턴 공자가 너한테 한눈에 반해버릴까 무섭단다."

"걱정 마세요. 글래스턴 공자와 사사로이 엮이거나 남녀관계로 발전하는 일이 없도록 제가 잘 조절할게요."

"그게 네가 조절한다고 되는 일이겠니. 네가 이렇게나 예쁜데."

정작 글래스턴 공자 본인의 의사 따원 안중에도 없는 도슨 부녀의 설레발은 제법 진지했다.

비비안이 흐트러진 머리띠를 바로 잡으며 다부지게 말했다.

"저는 도슨 가의 후계자로서 맡게 된 첫 임무를 성공적으로 해낼 거예요."

"글래스턴 공자와는 항상 삼 미터 이상의 거리를 유지하고."

"네."

"혹시 공자가 손을 잡으려 한다거나 어떤 수작을 부리려 하거든 당장 나와도 된단다."

"네."

"음, 그래도 상처가 많을 아이이니 항상 배려는 잊지 말고."

"그럴게요."

"그리고 일단은 글래스턴 가의 귀한 아이이고 후작 각하의 외손자이니, 좀 화가 나거나 답답해도 참고, 혹여나 그 공자가 너 보기에 멍청하고 한심한 구석이 있더라도 있는 그대로 정직하게 지적해서는 안 된단다, 음, 그러니까⋯⋯."

사실 아비인 제가 보기에도 비비안은 그저 똑똑한 정도를 넘어서기가 지나치게 센 아이라, 필립은 그녀를 글래스턴의 귀공자와 두는 게 걱정이었다.

그 탓에 혹시나 싶은 마음으로 당부하려 했던 것이, 막상 말하려고 보니 가거든 어린 귀족나리 비위를 잘 맞추란 말이 되었다.

차마 애지중지 기른 어린 딸더러 벌써 누군가의 비위나 맞추라는 말을 할 수 없어 필립은 결국 말을 얼버무렸다.

비비안의 말간 에메랄드 빛 눈동자가 필립을 응시했다. 이미 다 알고 있다는 듯한 눈빛이다.

"알아요. 그 공자님 신분이 대단하단 소리는 들었어요. 제가 잘 맞춰줄게요."

"비비."

"듣기 좋은 아부도 좀 섞어가면서. 어린애 다루는 것쯤이야, 할 수 있어요. 모두 도슨 상회의 미래를 위한 일이니까요."

비비안은 그렇게 말하는 자신도 이제 고작 열둘이라는 것은 알지도 못하는 것 같았다.

필립이 조금 복잡해진 눈으로 비비안을 내려다보다, 작은 어깨를 토닥이듯 두드렸다.

　비비안은 약속 시간으로부터 삼십 분이 지나도록 비어 있는 제 맞은편을 노려보았다.
　본래 성격대로라면 약속된 정각에서 단 삼 분도 더 기다리지 않았을 그녀는 지금 엄청난 인내심을 발휘 중이었다.
　비비안은 늘 약속 시간을 칼같이 여겨왔다. 그리하여 오늘도 역시 약속된 정오에서 단 일 초도 늦지 않게 이 자리에 앉았노라고 그녀는 자신할 수 있었다.
　물론 지금 비비안은 그런 제 본래 성격과는 별개로, 삼십 분이 아니라 세 시간이라도 얌전히 기다릴 생각이었다.
　이것은 도슨 가의 중대사였다. 참고로 겨우 열두 살 아이들의 만남이 가문의 중대사라고 서술되고 있는 것은 비비안이 놀이 친구라는 말을 싫어하기 때문이다.
　이렇게 유치하고 무게감이라곤 깃털만큼도 없는 일은, 아무리 생각해도 준비된 인재인 자신과는 어울리지 않았다.
　그래도 그나마 글래스턴 후작가와의 중요한 유대가 되리라 믿고 기꺼이 맡은 것이었는데…….
　비비안의 눈매가 점점 더 가늘어졌다. 좋은 첫인상을 위해 차려입은 얌전한 디자인의 하얀 모슬린 드레스는 테이블 아래에서 사정없이 구겨지고 있는 중이었다.
　여기서부터 두 시간 삼십 분. 비비안은 결국 제 인내심의 데드라인을 만들었다. 총 세 시간이면 도슨 가의 성의 표시는 충분히 하고도 남을 것이다.

그렇게 삼십 분이 더 지났다. 글래스턴 공자는 오지 않았다.

그렇게 한 시간이 더 지났다. 글래스턴 공자는 오지 않았다.

그렇게 한 시간이 더 지났다.

글래스턴 공자가 여전히 오지 않는다.

그렇게 정말로 총 세 시간이 흘렀다.

비비안은 분노를 이기지 못해 입술을 잘근잘근 짓씹다가, 신경질적으로 방을 휘휘 둘러보았다.

그리고 이내 구석의 작은 테이블 위에 놓인 고풍스러운 깃펜을 발견하고는, 전투적으로 걸어갔다. 메모할 만한 종이가 있었으면 좋았을 테지만, 지금의 비비안은 애초에 펜 이상의 도구를 찾을 인내심조차 없었다.

작은 손이 치마 겉자락을 잡고, 잠시 직물과의 힘 씨름을 펼친 다음 종이를 대신할 찢어진 천 조각을 만들어냈다.

비비안 G. 도슨, 십이 년 평생 이런 모욕적인 일은 처음이다.

그래. 자기는 잘난 귀족 영식이고, 이쪽은 아니라는 것이다. 늦으면 늦는다, 안 올 거면 안 올 거다, 다음에 보자면 다음에 보자, 사전 통보까진 바라지도 않았다. 그저 늦게나마 그런 통보 한마디라도 받았더라면 이렇게 화가 치밀어 오르진 않았을 것이었다.

비비안은 애써 차분하게 숨을 고르며 천을 가지런하게 폈다.

그리고 비비안의 거버니스인 미스 빙엄에게서 늘 칭찬받았던 정갈한 필기체로 정성스럽게 한 자, 한 자 써내려갔다.

: 3월 25일 정오. 다시. 여기.

　지금 마음 같아선 사촌 엘리엇 오빠에게서 배운 슬럼가의 욕이라
도 종류별로 써갈겨주고 싶었지만, 비비안은 메모에 제 분노가 혹시
나 조금이라도 드러나지 않도록 간략하게 쓰려 노력했다.
　여기서, 이런 상태로 끝낼 수는 없다.
　그래. 상대는 어린애다. 신경질적으로 마침표까지 탁 찍어준 비비
안이 테이블로 되돌아가 찢어진 치맛자락에 쓰인 메모를 놓아두었
다.
　그리고 세 시간 전 그대로 놓여 있는 찻잔을 들어 한 번에 벌컥벌
컥 들이마셨다.
　"에퉤퉤, 맛없어……."
　차 맛까지 최악이었다. 다음 티타임에는 브란젤에서 수입한 찻잎
을 상회에서 몰래 빼 와야겠다.
　하여간 뭐 하나 마음에 드는 게 없어.
　비비안은 손에 들린 고급 깃펜을 잠시 바라보다 가슴 안쪽에 넣었
다. 이거라도 챙겨 가야지.

　사흘 후, 비비안은 정오 정각 일 분 전, 정확히 별장의 응접실 문
앞에 도착했다.
　시종 자체가 몇 없는 글래스턴의 오래된 별장에서는 누군가가 무
거운 문을 대신 열어준다는 것을 상상할 수도 없었다.

비비안은 짤막한 한숨을 내뱉고, 온몸으로 문을 밀었다. 손으로 미는 것보다 이렇게 여는 게 좀 더 편하다는 것은 저번 방문에서 분노에 차 온몸으로 문을 박으며 나올 때 깨달은 사실이었다.

이렇게 낑낑대는 모양새는 다소 좋지 않을 테지만, 어차피 들어가 봤자 그놈은커녕 지켜보는 눈조차 없을 테니 문제없었다.

아니, 문제가 없어야 했다.

비비안은 머리 옆으로 쑥 다가온 손이 문을 미는 것을 놀란 눈으로 바라보았다. 그리고 그 찰나의 놀람 후, 있는 힘껏 문을 밀던 몸이 그 손 덕분에 갈 곳을 잃고 아래로 추락하는 것을 느꼈다.

철퍼덕.

비비안은 문자 그대로의 소리를 내며 앞으로 가련하게 고꾸라졌다.

남색 공단 머리띠가 우스꽝스럽게 머리 앞으로 쏠린 것도 모른 채 비비안은 바닥을 겨우 짚고 사태를 파악할 잠깐의 시간을 가졌다. 그런 비비안의 머리 곁으로 때깔 좋은 구두 한 쌍이 차분한 모양새로 스쳐 지나갔다.

마치 쓰러진 비비안을 보지도 못한 것처럼.

비비안은 애써 침착하게 숨을 고르며 고개를 들었다. 비비안보다 반 뼘 정도 큰 소년이었다.

비비안을 그대로 지나쳐 테이블로 걸어간 소년은 테이블 의자를 빼 꽤 우아한 동작으로 앉았다. 후광처럼 뒤에서 비치는 햇빛에 소년의 애시블론드가 화사한 빛깔로 반짝였다. 소년이 무심한 눈으로 바닥에 반쯤 쓰러진 비비안을 말없이 바라보았다.

비비안은 소년의 그 얄미운 면상을 노려보지 않으려 안간힘을 다

하며 아무렇지 않은 듯 일어섰다.

흐트러진 드레스를 대강 정리하고, 그제야 앞으로 꼴사납게 쏠린 머리띠도 깨닫고 정돈했다. 그리고 모든 정돈이 끝난 후, 비비안은 창피한 기색 없이, 애초에 넘어진 적도 없었다는 양 도도한 걸음으로 걸어갔다.

이 버릇없는 어린애가 레이디랍시고 의자를 빼줄 리가 없었으니 의자 역시도 지극히 당연한 일을 하듯 도도한 표정으로 빼냈다.

드디어 마주 앉았다. 둘 사이로 공기가 팽팽해졌다.

"드디어 뵙게 됐네요. 반가워요, 글래스턴 공자님."

비비안은 비꼬지 않으려 노력하며 할 수 있는 최대한 예의 바르게 인사했다.

소년이 말없이 청회색 눈동자를 깜빡였다.

"아직 공자님 이름을 듣지 못했어요."

"에윈 G. 글래스턴."

소년이 짧막하게 대답했다. 아직 변성기가 지나지 않은 소년의 미성이 소년의 천사 같은 외모와 썩 잘 어울렸다.

비비안은 제 악감정과는 별개로 소년의 껍데기가 제법 괜찮다는 객관적 평가를 내렸다.

"와, 미들네임이 저랑 같은 G네요! 신기해라."

비비안이 가식적으로 꾸며낸 밝은 목소리가 억지스레 감탄했다. 티파티에서 가끔 들었던 소녀들의 간드러지는 대화를 떠올려 따라 한 것이다.

저런 시시한 일에 별 호들갑들을 다 떤다고 비웃었던 게 엊그제 같은데, 지금은 제가 바로 그 시시한 호들갑을 떨고 있었다. 비비안은 그래서 몹시도 괴로웠다.

그 노고를 아는지, 모르는지 소년의 미간이 설핏 찌푸려졌다.

"제 이름은 비비안 G. 도슨이에요. 제 G는 뭔지 맞혀보실래요?"

"안 궁금해."

"……."

비비안은 순간 속에서 무언가가 뚝 끊어지는 것을 느꼈으나, 애써 삼키며 싱긋 웃었다.

"제 G는 거트루드(Gertrude)예요."

도자기처럼 딱딱하게 굳어 있던 소년의 얼굴이 순간 픽 소리를 내며 웃었다.

명백한 비웃음이었다. 비웃는 게 틀림없다. 얌전하고 여성스러운 미들네임이 안 어울린다고 비웃는 게 틀림없었다. 소년의 웃음에 대한 해석을 끝낸 비비안의 미소가 조금 살벌해졌다.

"공자님의 G는 뭐예요?"

"네가 알 것 없어."

이쪽에서도 애초에 그딴 건 알고 싶지도 않았다. 비비안의 미소가 좀 더 살벌해졌다.

"그럼 공자님의 G를 맞혀볼까요?"

소년은 무표정한 얼굴로 비비안을 응시했다.

"Ghastly(흉측한)?"

소년의 무표정한 얼굴이 조금 일그러졌다. 비비안이 생긋 웃으며 말을 이었다. 그녀는 마치 무언가를 놓아버린 것처럼 계속 입을 달싹였다.

"Gross(역겨운)?"

"……."

"Glutton(식충)? Ghoul(악귀)? Garbage(쓰레기)?"

"……."

"음, 다 아닌가 봐요. 그럼 gay인가?"

유치하지만 효과가 없지는 않았던 모양이다. 후작의 외손자입네, 죽은 왕의 아들입네 하면서 저렇게 무게 잡아도, 결국은 어린애다.

소년의 천사 같은 얼굴이 대번에 사나워졌다. 비비안이 싱겁다는 듯 혀를 작게 찼다. 소년이 날 선 목소리로 대꾸했다.

"상대할 가치가 없군."

"부정하지 않으시니, 에윈 게이 글래스턴 님이라고 알고 있겠어요. 에윈 게이 글래스턴 님."

"가브리엘이야!"

제 미들네임이 천사의 이름이라는 소년의 대답을 비웃듯 때마침 멀리서 교회의 종소리가 들려왔다.

비비안이 그럴 리가 없다는 양 비식 웃었다.

"가브리엘이라니, 그것 참 얼토당토않네요."

"네 미들네임은 더 그래."

"아니, 게이 님이 더해요."

"……가브리엘이라고, 했잖아. 에윈, 가브리엘, 글래스턴."

꽉 다문 잇새로 소년이 씹어뱉듯 천천히 말했다. 비비안이 피식 웃었다.

"그러니까 진작 얌전히 대답하셨으면 될 텐데."

"……못생긴 게."

"……뭐?"

"못생겼다고 했다."

비비안은 순간 제 귀를 의심했다. 잘못 들었나? 다른 사람이 뒤에 있었나? 비비안이 도저히 믿을 수 없다는 듯 주변을 휘휘 둘러보았다. 없어. 없어. 다시 앞을 바라보자 소년은 고요한 얼굴로 비비안을 바라보고 있었다. 흔들림 없이 곧은 시선이 비비안의 얼굴에 박혀 있었다.

이건 도무지 믿을 수 없는 현실이었다. 소년이 예쁘장한 입매를 달싹였다.

"너, 너 말이야. 너."

그렇게 비비안을 확인 사살한 소년이 씩 웃었다. 방 안을 훤히 밝힐 듯 천사 같은 미소였으나 비비안에게 이미 그딴 건 보이지 않았다.

"……내가?"

"그래. 너."

"못생겼다고? 내가?"

그렇게 물으며 제 얼굴을 가리키는 비비안의 손가락이 파르르 떨렸다.

"거짓말하지 마."

반쯤 이성을 놓은 비비안의 입에서 거침없는 반말이 터져 나왔다.

소년은 그것이 딱히 신경 쓰이지 않는지 그저 비비안에게 친절하게 대꾸해주었다.

"거짓말 아닌데. 너 못생겼는데."

애석하게도 내용은 친절하지 않았다.

"내가 어떻게 못생겨 보일 수가 있어! 이렇게 예쁜데!"

"그야 네가 정말 못생겼으니까?"

"너 그거 거짓말이잖아."

"아니야."

"완전히 거짓말이잖아."

"아니라니까."

"완전히, 거짓말 치고 있는 거잖아."

"아니……."

"이 사기꾼아! 협잡꾼!"

"……상대하기 민망할 정도로 수준이 떨어지는군. 도슨 가엔 거버니스도 없어? 대체 어떻게 교육을 시켰기에."

그 말은 곧 비비안이 타고난 외모보다도 더 자랑스럽게 여기던, 평생 열심히 갈고닦은 지성을 짓밟는 소리였다.

못생겼단 소리로도 부족해서 이런 치욕까지 견딜 수는 없다. 비비안이 고양이 같은 눈을 날카롭게 치켜뜨며 소리쳤다.

"네가 베르테스를 알아?!"

"아는데."

"네가 밀 발튼을 아냐고! 국가론을 아냐고!"

"알아. 내가 바보냐."

"넌 아직 펠로베르 어도 못할 거야! 그렇지! 바보야!"

『난 다 할 줄 알아. 멍청이.』

소년의 입에서 얄미울 정도로 매끄러운 발음의 펠로베르 어가 흘러나왔다.

비비안이 절망스럽게 얼굴을 일그러트리며 고개를 숙였다. 충격이었다. 그녀는 사실 '난 다 할 줄 알아.'의 다음에 이어진 뒷말을 알아듣지 못했다. 모르는 말이었다. 생전 처음 들어보는 말이었다.

그것만으로도 비비안은 엄청난 충격을 받았다.

뭐라고 한 거지. 그게 대체 무슨 말이지.

대화 전개상 욕일 것은 분명했다. 비비안은 그나마 얼마 남지 않은 이성이 무너지려는 것을 느꼈다.

처음이었다. 못생겼다는 말을 들은 것도, 이런 어린애보다—참고로 그들은 동갑이었다—제가 무언가를 모르는 것도.

이런 건 나답지 않다. 정말이지 나답지 않다. 정신 차려야 한다.

비비안은 얼마 남지 않은 이성을 모두 그러모아 짧게 세 번 심호흡했다. 잠시 이런 어린놈의 유치한 페이스에 말려들었지만, 비비안 G. 도슨은 원래 이러고 있을 사람이 아니었다.

어머, 레이디 도슨은 참 어른스럽군요. 도슨 씨, 따님이 정말 아름다워요. 따님이 정말 영특하네요. 따님은 아마 천재가 아닐까요? 따님이 아주 자랑스러우시겠어요.

비비안은 초인적인 집중력으로 제가 평생 들어온 어른들의 갖가지 찬사를 떠올렸다. 그러자 마음이 조금씩 차분하게 가라앉았다.

그래. 비비안 G. 도슨. 아빠를 생각해. 아빠를. 그리고 네가 물려받을 도슨 상회를.

넌 예뻐. 넌 똑똑해. 넌 못생기지 않았어.

그렇게 마음의 평정을 찾느라 격하게 들썩이는 어깨에, 소년이 미심쩍은 듯 경계 어린 눈초리로 비비안의 정수리를 노려보았다.

그리고 잠시 후, 다시 고개를 든 비비안은 환하게 웃고 있었다.

소년은 마치 정신병자라도 본 것처럼 비비안을 조금 이상한 얼굴로 바라보았다.

비비안이 부드러운 목소리로 소년을 불렀다.

"글래스턴."

"……."

"아, 우리 나이도 같으니, 편하게 에윈이라고 불러도 될까?"

고양이를 닮은 도도한 눈매가 예쁘게 초승달 모양으로 휘어졌다.

마치 뒤집히듯 돌변한 얼굴과 급변한 대화에 소년의 미간에 패인 골이 조금 더 깊어졌다. 어릴 적 동화책에서 읽었던 마녀가 저럴까 싶었다.

"응?"

"……."

"되는 거지? 그치?"

거짓말처럼 비비안의 묻는 목소리가 달콤해졌다. 소년은 순간 홀린 듯 저도 모르게 고개를 끄덕이고, 그러자마자 제가 무엇을 한 건지 깨닫고 후회했다.

비비안이 만족스럽게 웃었다.

"그래, 에윈. 앞으로 잘 지내보자."

"……앞으로?"

"못 들었어? 글래스턴 후작께서 네 보호를 도슨 가에 맡기셨다는 말."

"그런 거 들은 적 없어."

"이제 들었으니 됐네. 그렇지? 이제 난 일주일에 두 번, 화요일이랑 금요일 정오에 여기 올 거야. 그렇게 알고 시간 비워두길 바라."

소년, 에윈은 당황한 듯 눈을 깜빡였다. 그 일방 통보로 매주 일정의 자유를 박탈당한 것까지는 아예 생각조차 못 한 채,

30

에윈은 찡그린 얼굴로 지금 당장 제일 마음에 걸리는 것을 되물었다.

"……널, 또 만나야 한다고?"

"응. 매주 두 번씩. 화요일이랑 금요일."

"……왜? 어째서?"

"참고로 난 이랬다 저랬다 불규칙적인 걸 싫어해서, 되도록 꼭 요일은 지켜줬으면 해."

"아니, 그게 아니고."

"너랑 내가 왜 매주 두 번씩이나 마주 앉아 시간 낭비를 해야 하냐는 말이지?"

언제 웃고 언제 다정했냐는 듯 비비안이 깐깐한 얼굴로 덧붙였다.

"한 번은 너무 적고, 세 번은 내가 도저히 짜증 나서 못 하겠어. 두 번 정도면 글래스턴 가에 성의 표시 정도는 되겠지. 너도 그 정도가 좋을 거고."

"애초에 그 성의 표시를 내가 왜 받아야 하는데? 난 싫어."

"그렇게 계속, 혼자서 아무 왕래 없이 별장 안에만 틀어박혀 있으면 머지않아 글래스턴의 겨울 별장에 죽어가는 정신병자가 있다고 소문이 날걸."

"……."

"랭카셔는 생각보다 좁은 동네고, 그래서 소문도 빨라. 거기서 몇 달만 더 지나면 글래스턴 후작의 외손자가 방 안에서 죽은 채로 발견됐다고 소문이 날 거야. 그럼 어린 널 여기로 혼자 내려 보낸 글래스턴 가의 평판이 어떻게 될까? 네 외조부께 창피 드리고 싶은 게 아니라면 너도 알아서 해."

에윈이 딱딱하게 굳은 얼굴로 말없이 비비안을 바라보았다. 비비안이 무덤덤하게 말을 이었다.

"보아하니 가문에서 그렇게 편안한 처지도 아닐 것 같은데, 잘 처신해야지. 안 그래?"

아무렇지 않게 치부를 툭 건드리는 말에 에윈이 표정을 사납게 일그러뜨렸다. 비비안이 어깨를 으쓱했다.

"그러니까 잘 지내는 모습을 보여드려야 하는 거고."

"난 어린애가 아냐. 난 잘 지내고 있어. 혼자서도."

비비안이 우습지도 않다는 듯 코웃음을 쳤다.

"첫째, 넌 완전 어린애야."

"그러는 너는……."

"둘째, 네가 잘 지내는 건 하나도 중요한 게 아냐. 잘 지내는 걸 남들한테 증명하는 게 중요한 거지."

비비안의 단호한 말에 에윈이 입을 꾹 다물었다.

비비안은 역시 어린애는 이래서 어쩔 수 없다는 양 고개를 설레설레 젓고는, 손목에 매달려 있던 앙증맞은 주머니를 잡아 에윈에게 내밀었다.

대뜸 얼굴 앞에 내밀어진 빨간 주머니에, 에윈이 한쪽 눈썹을 치켜올렸다.

"뭐야?"

"도슨 상회가 브란젤에서 수입해 온 최고급 찻잎이야."

"……남자한테 이딴 걸 선물이라고 주는 거야?"

"무슨 헛소리야? 화요일, 금요일 정오마다 시종더러 이 차로 준비하라고 해. 너 주는 거 아니라 나 먹을 거야."

"……."

"지난번에 여기서 내주던 차는 맛이 심각하더라. 다시는 입에 대지 않을 거야. 그러고 보니 오늘은 그마저도 안 주는구나."

비비안이 에윈의 손을 잡고 펴 억지로 차 주머니를 쥐여주고는 자리에서 일어섰다.

"중산층 계집애랑 한 약속은 그렇게 잘 내팽개치더니, 주인이 손님 대접하는데도 차 한 잔 안 내오는데 가만있니? 어차피 그 지독하게 맛없는 차, 앞에 다시 내봤자 마실 생각도 없었지만."

"……."

"네가 지금 무시당하고 있는 건 알고 있으란 말이야, 귀족나리."

비비안의 냉랭한 충고에, 그녀가 쥐여준 주머니를 물끄러미 바라보던 에윈이 천천히 고개를 들어 그녀를 올려다보았다. 이번엔 아예 대놓고 기분 나쁘라고 한 말인데도 에윈의 눈은 오히려 동요 한 점 없이 고요했다. 아까 비비안의 시시한 놀림에 발끈하던 소년과 같은 사람인 것이 의심될 정도로.

비비안은 순간 멈칫했으나, 이내 도도하게 고개를 까딱하며 인사하고 돌아섰다. 이번에는 품위 있게 손으로 문을 여는 것도 잊지 않았다.

그리고 그날 밤, 비비안은 수입산 장미 팩으로 얼굴을 뒤덮은 채 펠로베르 어 사전을 달달 읽다 잠이 들었다.

그러나 끝내 그 말은 찾을 수 없었다.

"……작전 세력이 적발됐단 말입니까?"

"놀랍게도 그 배후가 현직 재무부 차관인 더프 와이먼 경이랍니다."

"맙소사, 더프 와이먼? 그 더프 와이먼 말입니까? 그는 장교 출신의 청렴결백한 인사라 들었는데……. 국왕께서도 무척이나 신뢰하시고 말입니다."

"기가 막히게도 바로 그 신용이며 평판이 모두 무기가 됐던 거지요. 자그마치 국채 발행액의 사십육 퍼센트에 달하는 어음을 남발해 투자 자금을 댔답니다. 세상에."

"그럼 크로포드 거래소에서 계속 돌던 루머도 그쪽에서 나온 겁니까?"

"그렇지요. 도슨 씨의 말이 맞았습니다. 역시 그 뒤에 무언가 있었어요. 크로포드 거래소는 지금 붕괴 직전입니다. 우리가 작년 증권 붐에 휘말리지 않았던 게 천만다행인 거지요."

필립이 심각한 표정으로 고개를 끄덕였다. 그리고 노튼이 말을 다시 이으려던 찰나, 새초롬한 표정으로 스테이크를 우물우물 씹고 있던 비비안이 한마디 했다.

"당분간 중부 전체가 혼란에 빠지겠네요. 권력형 투기라니, 더럽게."

"그렇……, 아, 비비안. 널 잊고 있었구나. 미안하다. 어른들 이야기가 많이 어려웠지?"

"아뇨. 재밌게 듣고 있었는걸요. 아버지와 노튼 아저씨가 일확천금에 눈먼 멍청한 어른들이 아니셔서 다행이에요. 하마터면 도슨과 노튼 모두 중부의 대규모 증시 위기에 휘말릴 뻔했잖아요."

노튼은 조금 기가 막힌 듯 허허 웃다가 어색하게 말을 돌렸다.

"글래스턴 공자와는 많이 친해졌니?

"……음, 네."

비비안은 씹고 있던 스테이크가 순식간에 돌덩이처럼 변하는 것을 느꼈다. 그러나 가까스로 웃으며 대답했다.

곁에 앉아 있던 필립이 기특한 듯 비비안의 머리를 쓰다듬었다.

"어떤 아이니?"

노튼이 기대 어린 눈빛으로 다시 물었다.

시건방지고, 버릇없고, 예의 없고, 멍청……. 차마 멍청하단 말은 양심에 찔려, 비비안은 접어두었다.

그리고 다시 곰곰이 생각했다. 그녀는 금세 곤란해졌다. 어떻게든 좋은 말을 찾으려 해도 도무지 그 아이에 관해서는 좋은 말이 떠오르지 않는 탓이다.

"……수줍음이 많은 것 같아요. 말수가 적은 편이고요."

수줍다는 말의 수 자만 들어도 도끼눈을 뜰 남자아이의 얼굴이 눈에 선했지만 비비안은 아무렇지 않게 술술 말했다.

노튼이 흐뭇하게 웃었다.

"오호, 그렇단 말이지? 이제 좋은 친구가 될 수 있을 것 같아?"

"……아마도요."

비비안이 설핏 말꼬리를 흘렸지만 타고난 자신 있는 어투 덕분에 대답은 거의 단정에 가까운 수준으로 단호했다.

"잘 지내는 모양이구나. 아저씨는 안심이다. 잘 대해주렴. 글래스턴 공자는 어린 나이에 참 많은 일을 겪었단다. 아마 지금 많이 외로울 거고, 그 아이에겐 너같이 훌륭한 친구가 필요할 거야."

결코 그럴 리가 없지만 비비안은 얌전히 고개를 끄덕였다.

"참, 비비안. 다음 주 수요일쯤 아저씨랑, 베스 아줌마랑 세인트 피터스버그로 피크닉 갈까?"

"좋아요."

노튼의 부인 엘리자베스는 어릴 적―비비안이 어리다고 하는 건 적어도 최소한 일곱 살 이전의 일이다―어머니가 없는 비비안을 잘 챙겨주던 부인이었다.

비비안은 흔쾌히 고개를 끄덕이며 수요일에 본래 어떤 일정들이 있었는지, 그리고 그 일정들을 어떻게 정리할지 고민했다.

노튼이 그 다음 말을 하기 전까지는.

"글래스턴 공자도 데리고 말이야."

"……."

"어때, 좋지? 신나지?"

당연히 그럴 리가 없었다.

비비안은 신경질적으로 포크를 놓았다. 그리고 혹시나 그런 제 기분이 들켰을까 봐, 방긋 웃으며 포크를 바로 놓고는 말했다.

"그건, 아저씨. 그렇게 좋은 생각이 아닌 것 같은데 말이에요. 물론, 저는 물론 좋지만 에윈이 아직 낯을 많이 가려서 말이에요."

‘말이에요’가 접속사 없이 연속으로 이어지는 문장은 평소의 비비안이라면 바보 같다고 치를 떨었을 법한 저급한 완성도였다. 그러나 비비안은 제가 그렇게 어색하게 말한 것도 알지 못했다.

비비안이 그러거나 말거나 필립은 조금 망연자실한 얼굴로 중얼거렸다.

“세상에, 비비. 에윈이라니, 벌써 서로 퍼스트 네임까지 부르는 사이니?”

비비안은 성가신 듯 제 아버지의 물음을 그대로 무시하고, 노튼을 설득하려 입을 열었다.

“에윈은 정말, 낯을 많이 가려서, 그런 건 굉장히 불편해할…….”

“글래스턴 공자가 네게 퍼스트 네임까지 허락했다니, 아저씨 생각보다도 둘이 아주 많이 친해진 모양이야!”

“…….”

“피크닉은 정말 좋은 생각 같구나.”

비비안이 좋은 생각이 아니라고 딱 잘라 말했던 게 무색할 만큼, 노튼이 눈을 빛내며 말했다. 덩달아 필립이 거들었다.

“하긴, 요즘 날씨도 따뜻해졌고, 딱 교외로 나가기 좋은 날씨구나. 아빠가 요즘 바쁘니 노튼 부부와 함께 오랜만에 바람이라도 쐬고 오는 게 어떻겠니? 글래스턴 공자에게도 랭카셔를 보여주고 말이야.”

거들 게 따로 있지!

비비안은 노튼이 돌아가자마자 제 아버지를 붙잡고 일장 연설 할 생각에 서서히 끓어올랐다.

“베스에게 말해 맛있는 도시락을 준비해야겠구나. 베스가 아주 좋아할 거다.”

"……."

나는. 나는?

에윈 게이 글래스턴……, 아니, 에윈 가브리엘 글래스턴은 말수가 아주 적은 편이었다.

이쪽에서 다섯 마디를 던지면 한 마디가 겨우 돌아온다. 어쩌면 첫 만남에서 오히려 비정상적일 정도로 말이 많았던 걸지도 모른다.

평소엔 이런 모양이지. 사실 누군가의 평소라는 건 상대가 누구냐에 따라 다른 것이니, 비비안이 겨우 네 번째의 만남에서 에윈의 평상시 모습을 알 수 있는 것은 아니었다. 그저 그러려니 하고 있을 뿐.

비비안은 에윈의 얼굴을 빤히 들여다보며, 심드렁한 표정으로 찻잔을 입가로 가져갔다. 소년의 밀빛 속눈썹 위로 햇빛이 아스라이 내려앉은 모습은 마치 그림 속 한 장면처럼 아름다웠지만 지금의 비비안에게는 어떤 감흥도 주지 못했다.

에윈이 넘기는 책장 소리만 이어진 것이 어느덧 이십 분을 넘어섰다.

이 어린애를 어떻게 구슬린담.

저런 시건방진 어린 귀족 나부랭이랑 친하게 지내고 싶은 마음은 추호도 없었지만 계속 이런 상태라면 곤란했다.

비비안에게 이 일을 맡긴 프레드릭 노튼은 글래스턴 가와 도슨 가를 지금의 관계로 이어주는 데 지대한 역할을 했던 사람이었고, 비비안이 몇 안 되게 좋아하는 아버지의 동업자였다.

비비안은 사실 글래스턴과의 이해관계도 물론 매우, 제일, 아주 많이 중요했지만 한편으로 프레드릭 노튼에게도 유능한 인상을 남기고 싶었다. 그녀는 그리 상회를 번창시켜봤자 그 상회 이어받을 아들 하나 갖지 못했다며 그녀의 아버지를 비웃는 사람들을 알고 있었고, 프레드릭 노튼이 드물게 그렇지 않은 사람인 것도 알고 있었다.

프레드릭 노튼은 비비안을 도슨의 후계로 인정해주는 사람 중 하나였다. 그러니까 믿음직해 보이고 싶은 것이다.

네가 여자라서 더 훌륭한 주인이 될 수 있을지도 모른다고 말해줬던 사람이니까.

애초에 글래스턴만 생각했다면 이렇게 억지로 마주 앉아 있을 이유는 없었다, 대충 눈 가리고 아옹 식으로 남들 입에 표면적으로만 몇 번 같이 오르락내리락하면 되는 것이었다. 몇 안 되는 겨울 별장의 시종들은 그들의 어린 주인에게 무관심했고, 글래스턴 가에서 들을 수 있는 건 그런 말들뿐이었으므로.

그럼에도 굳이 이렇게 싫다는 어린애 앞에 정기적으로 앉아 대답이 돌아오지도 않는 상대에게 억지로 말을 걸고 있는 것은, 프레드릭 노튼이 상당히 오지랖이 넓은 사람이기 때문이다.

그 아저씬 다른 어른들처럼 말뿐인 사람이 아니니까. 비비안은 짜증스럽게 한숨을 삼키며, 전날 저녁식사에서 노튼이 신나 말하던 피크닉 계획을 회상했다.

세인트 피터스버그, 그 아름다운 호숫가에서 따뜻한 담요를 깔아두고, 사이좋은 노튼 부부가 음식들을 꺼내는 모습까지는 좋았다. 노튼 부부가 키우는 개인 그레이스 역시, 비비안은 좋아했다.

그러나 그 앞에 앉아 있는 자신들까지 떠올리자 그 아름다운 정경이 순식간에 깨어졌다. 마침 책장을 넘기는 소리도 조용한 방 안을 쌀쌀맞게 울렸다.

비비안은 에윈을 빤히 바라보는 채로 턱을 괴었다.

이 상태로 갔다간 별거 아니라고 자신했던 말, 친해졌다던 말, 그 모든 게 모두 영락없는 거짓말이 되고 말 것이다.

비비안은 제가 한심해하는 부류의 어른들처럼 굴고 싶지 않았다.

말뿐이고, 그 말의 반이 거짓인 사람들.

"에윈."

둘의 관계와는 전혀 어울리지 않는 비비안의 다정한 목소리가 에윈을 불렀다.

에윈이 저도 모르게 움찔했다가 이내 무뚝뚝한 얼굴로 고개를 들었다. 물론 대답은 없었다. 그러나 부른다고 보는 것만으로도 이미 장족의 발전이었기에 비비안은 만족한 듯 방긋 웃었다. 에윈의 입가가 미세하게 씰룩였다.

하던 대로 불러서는 아는 척도 안 하니, 징그럽게라도 불러야지.

"넌 뭘 좋아해?"

"……."

"응?"

"뭐 잘못 먹었어?"

"뭘 좋아하는데? 어? 어? 어?"

바로 앞에서 쏟아지는 '어?' 소리에 에윈은 대번에 질린 얼굴을 했다. 하지만 비비안은 에윈이 그러거나, 말거나 하등 관심을 두지 않았다.

"어? 어어?"

"⋯⋯좋아한다는 게, 어떤 걸 말하는 건데?"

"음, 그러니까 네가 지금 읽고 있는 책처럼 좋아하는 책이라든지."

"없어."

"혹은 네가 좋아하는 작가라든지."

"없어."

"네가 좋아하는 음식이라든지."

"없어."

"네가 좋아하는 색이라든지."

"없어."

"⋯⋯좋아하는 옷이라든지."

"없어."

"좋아하는 운동이라든지."

"없어."

"⋯⋯좋아하는 악기라든지."

"없어."

"좋아하는 말이라든지."

"멍청이."

"집어치워!"

"좋아하는 말이 멍청이라는 건데. 너 말고."

"됐어! 치워! 치우라고!"

에윈은 어깨를 으쓱하고는 테이블에 펼쳐놓았던 제 책을 탁 덮었다.

"그럼 이만 치우고 나는 가보⋯⋯."

"어딜 가!"

"내 방."

"앉아!"

"그리고 어디 감히 사람을 개나 다루듯…….."

"앉아! 게이 글래스턴!"

"이 망할 계집! G는 가브리엘이라고 했지!"

에윈이 결국 사납게 소리 질렀다.

비비안은 시건방지게 제 속을 뒤집어대다가도 게이 한마디면 진압되는 어린애를 보며 잠시나마 정신적인 승리를 만끽했다. 고작 이런 어린애 때문에 고고한 이성을 잠시나마 놓다니, 안 될 일이었다.

그럼에도 속은 쉬이 진정되지 않았다. 그녀는 제 스스로를 살아 숨 쉬는 이성 그 자체라 생각했고, 그 생각만큼이나 그녀는 이성을 잃는 법이 없었다. 그녀가 여태껏 살아온 인생이—이제 갓 열두 해를 채운—그 말을 입증할 수 있었다.

그런데 고작 저렇게 어린애한테 몇 번이나 이성을 놓고 있는 걸까.

비비안은 그런 스스로를 결코 쉬이 용서할 수 없었다. 어린애 주제에 처음으로 제 이성을 교란시킨 저 시건방진 남자애 역시도 용서할 수 없었다.

그러나 아무리 용서할 수 없다고 생각해도 딱히 할 수 있는 일이 더 있는 건 아니었다. 비비안은 그 사실을 용서할 수 없다고 생각하기 무섭게 깨달았다.

그녀는 결국 어린애 앞이라고 자신이 방심하고 있었던 탓이 크다는 결론을 내렸다, 라기보단 그렇게 합리화했다.

그러자 마음이 조금 편안해졌다.

비비안은 애써 스스로를 진정시키려는 듯 후, 후, 소리를 끊어 내며 심호흡했다. 그리고 앞에 놓여 있던 찻잔을 들어 한 번에 다 들이켜려고 했으나, 빈 잔이었다.

비비안이 신경질적으로 찻잔을 탁 내려놓고는, 에윈의 앞에 놓여 있던 잔을 뺏어가듯 들고 가서 한 번에 쭉 들이켰다.

에윈은 조금 발개진 얼굴로 당황했다.

"넌 무슨 계집이……."

"뭐?"

"……됐다."

"뭐가 됐는데."

"아, 됐다고."

"나도 안 궁금해. 됐으면 네가 좋아하는 거나 말해."

"없다고 했잖아. 넌 알 거 없어."

"없으면 애초에 알 거 없을 필요가 없잖아. 너 바보야?"

"없다고 하면 애초에 더 이상 물어볼 필요가 없잖아, 이 멍청아."

"너, 말하기 전까지 안 보내줄 거야."

고작 저런 여리여리한 몸으로 보내주지 않을 거라고 엄포를 놓는 비비안이 우스워 에윈은 피식 비웃었다.

그 비웃음이 비비안의 무언가를 건드렸다. 비비안이 매끈한 눈썹을 치켜 올렸다.

"너, 지금 나 비웃은 거 후회하게 될 거야."

"네가 무슨 수로?"

에윈이 비비안 보란 듯이 자리에서 가뿐한 동작으로 일어났다. 비비안이 날카로운 투로 말했다.

"앉는 게 좋을걸, 게이."

에윈은 게이란 말에 설핏 인상을 찌푸렸다가, 이내 그 의미 없는 말에 면역이 생긴 듯 냉랭한 표정으로 빈정거렸다.

"안 앉으면 어쩔 건데. 못생긴 게."

비비안 역시 못생겼다는 말에 면역이 생긴 듯 미간만 설핏 찌푸리고는 계속 말을 이었다. 못생겼다는 말은 자신이 일일이 발끈하기에는 너무나 근거 없고, 터무니없는 모함이나 다름없었으니까.

"그래. 앉기 싫으면 앉지 마. 좋아하는 게 뭔지나 말해."

"싫은데."

비비안은 이미 에윈이 뭘 좋아하는지 관심 없었고, 에윈 역시 비비안이 그것을 왜 알고 싶어 하는지 궁금해하지 않았다.

말하기 싫다니 말하라고 하고, 말하라니 말하기 싫은 것뿐이다. 그렇게 둘은 그저 서로의 반대를 향해 열심히 달려가고 있었다.

"말해."

"싫은데."

"말하라고."

"싫다고."

"말하라니까."

"싫어. 난 갈 거다."

비비안이 잔뜩 독기 어린 표정으로 에윈의 팔을 덥석 잡았다. 에윈이 위협적으로 눈을 부릅떴다.

"놔."

"못 놔."

"놔."

"못 놔."

"이거 놔."

에윈이 이를 악물며 씹어뱉듯 말하고는, 있는 힘껏 비비안에게 잡힌 팔을 털었다.

에윈을 순간 놓칠 뻔한 비비안이, 이번에는 아예 팔 하나를 꽉 껴안았다. 에윈의 예쁘장한 인상이 대번에 사나워졌다.

"이게……."

그의 속에서도 이젠 이 미친 계집애를 어떻게든 반드시 밀어내고 말겠다는 오기가 생겨났다. 에윈이 이번에는 다른 팔을 동원해 제 팔에 매달린 비비안의 머리를 밀어내기 시작했다.

꼴사나운 모양으로 머리가 픽픽 밀려나자 분노가 최고조로 치민 비비안은 안간힘을 다해 에윈의 손에서 머리를 틀었다.

그리고 에윈의 팔을 그대로 꽉 깨물었다.

"이 미친 계집!"

"므흐! 므흐르그!"

"싫어!"

"므흐르그! 께으!"

"게이, 아니라, 고, 악!"

마치 살점이 떨어져나갈 것 같은 고통에 에윈은 초인적인 힘을 발휘해 찰싹 달라붙은 비비안을 밀어냈다.

비비안은 그렇게 악으로 에윈을 물어뜯던 것이 무색하게, 그가 악착같이 밀어내자 상당히 가련한 모양새로 바닥에 철퍼덕 쓰러졌다.

에윈은 방금 전까지 느꼈던 위협이 전부 무색하게도 당황했다. 바닥에 쓰러진 모습이 영락없이 연약한 소녀였던 탓이다.

지금 제가 여자애한테 무슨 짓을 한 건지, 혹시 여자애가 저 때문

에 기절한 건지 속으로 별별 생각을 다 하던 에윈이, 이윽고 조심스
레 비비안을 불렀다.

"……저기."

"…….."

"도슨."

"…….."

"……비비안 G. 도슨?"

"…….."

비비안은 여전히 쓰러진 그대로 미동도 없었다.

에윈이 천천히 쓰러진 비비안에게로 다가갔다. 그의 손이 허공에
서 잠시 멈칫했다가, 이내 비비안의 어깨에 닿았다. 하늘하늘한 레
이스와 넓게 흩어진 검은 머리카락이 손바닥에 그대로 느껴진다. 여
전히 미동이 없다.

혹시 진짜, 이 미친 계집한테 무슨 일이 생긴 건 아닐……, 까지 생
각한 순간, 에윈의 모든 사고가 정지했다.

검은 머리칼 사이로 서슬 퍼런 안광이 번쩍였다.

"잡았다, 이 게이 자식!"

에윈은 그대로 비비안에게 잡혀 균형을 잃고 바닥으로 고꾸라졌
다. 비비안은 잽싸게 그 위로 올라탔다.

"날 속였……!"

"멍청이는 내가 아니라 너야! 죽어라! 죽어! 죽어, 이 게이 자식!"

여자아이의 자그마한 손아귀에서 나온 힘이라고는 도저히 믿을 수
없는 악력이 에윈의 머리칼을 쥐고 위아래로 흔들었다. 비비안이 흔
드는 대로 에윈의 뒤통수가 바닥에 쿵쿵 처박혔다.

"말해! 뭘 좋아하냐고! 이 게이야!"

"싫어!"

에윈은 싫다고 꼿꼿하게 대답하는 와중에도 마룻바닥에 머리를 계속 처박히고 있었다.

죽는다. 이러다가 죽을지도 모른다.

"뭘! 좋아해! 죽어라!"

에윈은 비비안이 질문을 하고 싶은 건지, 자신을 죽이고 싶은 건지, 도대체 뭘 먼저 하고 싶다는 건지 알 수 없었다.

그러나 이대로 있으면 죽을 것 같았다. 그것만은 확실했다.

곧 에윈의 눈에도 살기가 돌았다.

이건 분명 살기 위한 정당방위이자 생명 유지를 위한 고귀한 저항이고, 랭카셔 주립 법원에서도 이 결백만큼은 알아주리라.

그렇게 비비안과 에윈의 난투극이 시작된 지 한 시간이 지났다. 쓰러진 테이블, 저 멀리 밀려간 의자, 걸레처럼 엉망으로 망가진 테이블 커버, 산산 조각난 꽃병, 짓뭉개진 장미꽃들…….

제법 요란하게 망가진 방의 풍경과는 별개로, 이제 둘 사이에는 거친 숨소리만 이어지는 기나긴 정적이 흘렀다.

비비안과 에윈은 본인들의 안전을 확보할 수 있을 만한 각자의 위치에서, 서로를 노려보며 씩씩거렸다. 비비안은 아무 말이라도 저 얄미운 면상에 쏘아붙이고 싶어 입술을 달싹였다. 에윈도 마찬가지였다.

저 악바리 같은 계집애가,

저 계집애 같은 자식이,

동시에 그렇게 내뱉은 두 아이는 그 우연한 타이밍조차 불쾌한 듯 말을 채 끝내지도 않고 얼굴을 일그러뜨렸다.

에윈이 신경질적으로 이마 위에 아무렇게나 흐트러진 애시블론드 머리칼을 쓸어 올렸다. 하얀 손이 스치는 눈가 옆으로 붉은색의 멍이 선명했다. 비비안이 에윈에게 반대로 뒤집혀 역전의 위기에 처해 있을 때, 온 힘을 다해 팔꿈치로 내리찍었던 곳이다.

손끝이 살짝 스치는 정도에도 제법 아릿했다. 에윈이 살벌한 표정으로 비비안을 홱 노려보았다.

비비안이 뭐 어쩌라고 하는 얼굴로 뻔뻔하게 어깨를 으쓱했다.

"……도저히 시시하고 수준 미만이라 더 이상 상대를 못 해주겠으니까 이쯤 하고 꺼져, 도슨. 계집애라고 봐주는 것도 한계가 있어."

"그건 내가 할 말인데, 수준 미만의 게이 글래스턴."

"머리도 시꺼먼 게 꼭 도둑고양이같이 생겨선."

"사내자식 주제에 계집애같이 생겨선. 꼴좋다. 멍이라도 멋있게 드니 그나마 성 정체성을 제대로 찾은 거 같네. 고맙게 여기도록 해."

비비안은 제법 도도한 어조로 말했지만, 산발이 된 머리며 이리저리 찢어지고 망가진 드레스 덕에 도도한 태도는 오히려 조금 우스웠다.

계집애 주제에 저 꼴이 될 때까지 눈물 한 방울 흘리지 않은 게 용하다. 에윈이 같잖은 듯 피식 비웃었다.

그때였다.

문밖 계단 쪽에서 희미하게 들리는 발소리에 비비안과 에윈이 순간 조금 당황한 듯 서로를 바라보았다.

둘은 일단 상대방에게 최대한 위협적으로 보이기 위해 일부러 씩

씩 거칠게 몰아쉬던 숨을 멈췄다.

비비안이 방을 대충 둘러보며 이 일을 어떻게 포장할지 견적을 냈다. 그리고 실패했다. 아무리 봐도 숨길 수 없는 견적이었다.

저 문을 여는 것이 누구든, 지금 불리한 것은 비비안이었다. 저래봬도 에윈 게이 글래스턴은, 아니, 에윈 가브리엘 글래스턴은 글래스턴 후작가의 아이였고, 비비안은 한낱 지방 졸부의 딸일 뿐이었다.

비비안은 제 주제를 모르는 아이가 아니었다. 적어도 비비안이 지금 저 문을 여는 사람에게 당당할 수 있으려면 비비안이 이 지경이 될 때까지 일방적으로 얌전히 맞고 있었던 경우에나 가능할 것이다.

그러나 먼저 팔을 물어뜯은 것도, 머리채를 쥐어뜯은 것도, 팔꿈치로 가격한 것도 전부 자신이었다. 비비안은 초조하게 입술을 잘근잘근 씹었다.

저 멀리서 한동안 방치했던 이성이 천천히 무너지는 소리가 들려왔다. 믿을 수 없었다. 갑자기 모든 것이 황당했다.

지금 제 꼴도, 저 잘난 공자의 엉망진창인 꼴도.

"……너 때문이야."

대뜸 들려오는 비비안의 원망에 방을 둘러보던 에윈이 흠칫하며 뻣뻣하게 고개를 돌려 비비안을 바라보았다.

이건 아주 황당하다 못해…….

"……그건 또 뭔 헛소리야?"

"너 때문이잖아."

"……넌 지금 내 꼴을 보고도 그런 소리가 나와?"

"너 때문에, 나는, 나는…….."

"네가 뭐."

"한 번도 이딴 시시한 짓 해본 적 없단 말이야…….”

절망과 비탄으로 가득 찬 어린 소녀의 목소리에 에윈은 순간 귀를 의심했다. 순간 제가 사람을 죽이기라도 했나 싶어서.

"나는, 어른스럽고, 똑똑하고…….”

독기와 살기와 오기로 살벌하게 빛날 땐 언제고, 눈물이 글썽글썽하게 맺힌 비비안의 눈에 에윈은 그 어이없는 말을 비웃을 기운조차 잃었다.

어른? 똑똑? 이 개싸움을 누가 먼저 시작했는데.

"우리 아버지한테 자랑스러운 하나뿐인 딸인데……. 이게 다 뭐야. 그 재수 없는 귀족 계집애들한테도 이성 한번 놓아본 적이 없는데, 항상, 내가 말 몇 마디만 하면 걔네들이 울면서 사라졌단 말이야. 근데 겨우, 겨우 너 같은 어린애랑……. 이건 아주 나답지 않은 일이야. 대체 내가 왜 이런 불명예스러운 일을…….”

"……자꾸 어린애, 어린애 하는데 그러는 너도 열둘이라며.”

"난 다른 애들과는 달라!”

"그래서 도슨 양께서는 대화를 포기하고 남의 머리채부터 휘어잡으셨습니까?”

"악!"

에윈의 빈정대는 소리에 비비안은 차마 떠올리기도 싫은 듯 머리를 붙잡고 절규했다. 에윈이 얕게 한숨을 뱉고는 천천히 비비안 쪽으로 다가갔다.

에윈의 기척에 비비안이 본능적으로 팔을 들어 방어 태세를 취했다가, 조금 민망한 얼굴로 팔을 내렸다. 그게 조금 귀여워 에윈은 처

음으로 맑게 웃음을 터트렸다. 비비안에게는 다시 비웃는 소리로 들
렸겠지만.

비비안의 바로 앞까지 다가온 에윈이 그 앞에서 허리를 굽히며 비
비안과 눈높이를 맞췄다.

"도슨."

"왜."

"솔직히 말해봐. 걱정되지?"

"뭐가."

비비안이 이를 꽉 악문 새로 까칠하게 되물었다. 에윈이 빙그레 웃
으며 놀리듯 물었다.

"난 글래스턴이고, 넌 한낱 도슨이고."

"……."

"게다가 주제를 모르고 감히 날 먼저 때린 것도 너고."

"……."

"결국 난 이런 꼴이 됐고."

"……."

"곤란한 일 있을까 봐 무섭지?"

"그래, 잘난 귀족나리."

그럼 그렇지. 잘난 귀족 나부랭이다 이거지.

비비안의 흐트러져 있던 얼굴에 다시 독기가 돌아왔다. 에윈이 피
식 웃으며 허리를 일으켰다.

그리고 그때, 문이 열렸다.

"맙소사, 이게 다……. 비비안!"

처음 보는 딸의 이런 모습에, 세상이 거꾸로 뒤집히기라도 한 듯

필립이 노래진 얼굴로 비비안에게 달려왔다. 그리고 그 원흉을 찾기 위해 홱 고개를 돌린 필립의 얼굴이 조금 더 노래졌다.

귀한 글래스턴 공자의 몰골이 한층 더 처참했기 때문이다. 필립이 간신히 인사했다.

"처음 뵙습니다, 글래스턴 공자."

"도슨 씨."

에윈이 무뚝뚝하게 고개를 까딱하며 필립에게 인사했다. 누가 봐도 가해자가 확실한 상황이라 필립은 무슨 말부터 꺼내야 할지 앞이 깜깜했다.

그도 그럴 것이, 그에게 자식이라고는 비비안 하나뿐이었고 어찌 됐든 비비안은 사소한 사고 한번 친 적 없는 착실한 딸이었다. 물론 많은 아이들을 울리긴 했지만…….

비비안의 찢어진 드레스 자락 위로 아무렇게나 뽑힌 검고 긴 머리칼들에 어쩔 수 없는 분노가 치밀어 오르다가도―그래도 공자는 사내아이 아닌가―그 검은 머리칼 사이로 군데군데 보이는 짧은 애시 블론드를 보면 할 말이 없는 것이다.

"죄송합니다."

필립이 잠시 그 당혹감에 말을 잇지 못하는 새, 에윈이 그렇게 말하며 고개를 숙였다. 필립은 얼떨떨하게 반문했다.

"에, 예?"

"따님을 먼저 때린 것은 접니다. 도슨 양에겐 잘못이 없습니다."

필립은 깊이 고개 숙인 에윈을 보고 어쩔 줄을 몰라 했다. 비비안이 유령이라도 본 것처럼 멍하니 입을 떡 벌렸다.

방금 전까지 주제도 모르고 감히 저를 먼저 쳤다는 등, 턱을 한껏 처들고 귀족 행세하던 소년을 상상도 할 수 없는 행보였다.

"장난을 치다 그만 도가 지나쳐, 제가 따님에게 실례했습니다. 죄송합니다, 도슨 씨."

"아니, 죄송하실 것 없습니다. 아이들끼리 장난을 치다 보면 이럴 수도, 저럴 수도 있는 것이고…….."

에윈은 마치, 아까 비비안을 놀리던 그 곤란한 일로부터 비비안을 지켜주려는 것처럼 보였다.

귀족 소년의 깍듯한 사과에 필립은 감탄하는 눈으로 에윈을 바라보았다. 그들은 엄연히 계층이 다른 관계였다. 설령 비비안이 일방적으로 얻어맞았더라도 그는 그럴 필요가 없었다.

제 아버지의 시선에 비비안은 오히려 속이 더 꼬여가는 것을 느꼈다. 아마 에윈은 진심이었고, 이 일은 지금 이 방에서 그대로 끝날 수 있을 것이다. 비비안은 그것이 지독히도 싫었다.

저만 유치하게 남겨진 기분이었다.

"오히려 제가 죄송합니다. 비비안을 대신해 제가 사과드립니다. 비비가 착한 아인데, 가끔, 조금…….."

"아버지, 사과하지 마세요."

비비안의 딱딱한 목소리에 필립이 에윈 몰래 비비안에게 눈치를 주었다. 에윈이 이렇게 감싸주는 마당에 대체 왜 그러냐는 힐난이었다.

그러나 비비안은 개의치 않고 도도한 얼굴로 자리에서 일어나 에윈과 마주섰다. 에윈의 무표정한 얼굴에 희미한 의문이 어렸다.

"잘못한 건 아버지가 아니라 저예요. 절 대신해 아버지가 사과하실 필요는 없어요."

"비비."

"이건 가문도, 어른도 상관없는 너랑 내 일이니까. 그렇지?"

에윈에게 재차 확인하는 듯한 말이었다. 제 아버지에게도, 제 집안에도 아무런 영향을 끼치지 않을 것이란 확인.

에윈은 헛웃음을 지었다. 참 얄궂은 계집애였다. 그 실소를 긍정으로 받아들인 비비안이 에윈의 눈을 똑바로 바라보았다.

여자애의 평생 비굴해본 적 없을, 그리고 앞으로도 없을 것 같은 그 곧은 시선이 문득 따가웠다. 비비안이 천천히 고개를 숙여 사과했다.

"미안해, 글래스턴."

한바탕 온 방을 뒤집어놓으며 난리를 치른 이후로, 둘은 어쩐지 서로를 조금 인정하게 되었다. 그것은 서로가 보통 아이들과는 상당히 다르다는 암묵적인 인정이었다.

그렇게 생각하니 이성과 품위를 놓았던 스스로를 이해할 수 있었다. 자신이 그렇게 망가졌던 것은 이 상대방이 지나치게 이상하기 때문이다.

또한 그 인정은 앞으로 어린애와 유치하게 어울려야 할 스스로에게도 훌륭한 핑계가 되었다.

상대방은 다른 유치한 어린아이들과는 다르게 생각이 있고, 자신만큼은 아니지만 나름대로 성숙한 이성이 있다. 그러니까 저런 어린애도 어울릴 만한 가치는 있다.

합쳐놓으면 상당히 모순적인 두 가지 관점이었지만, 어쨌든 두 사람은 그렇게 상대방을 조금 인정하게 되었다.

그렇다고 그 인정이 그들 사이에 획기적인 변화를 불러온 것은 아니었지만, 어쨌든 기본적으로는 둘 사이에 안정이 찾아왔고, 그 안정은 퍽 평화롭다고 할 만했다.

기본적으로는 그러했다.

"차가 다 식었잖아. 에윈, 저기 종 좀 쳐."

찻잔을 불만스럽게 바라보던 비비안이 대뜸 하는 말에, 에윈이 한쪽 눈썹을 치켜 올렸다.

"지금 명령해?"

"에윈, 저기 종 좀 쳐줘."

한결 유해진 말투였지만, 이전과 별다를 것 없는 말이었다. 에윈이 기가 막힌 듯 코웃음을 쳤다.

"……뭐가 달라?"

"쳐, 명령. 쳐줘, 부탁."

"부탁할 때는 좀 더 배운 티가 나는 다른 말이 있을 텐데."

"게윈, 저기 종 좀 쳐주지 않을래?"

"그래, 바로 그거다."

"그래서 대답은?"

"당연히 싫지……. 너 근데 지금 날 뭐라고 부른 거야?"

"게윈?"

"……."

그렇게 말하는 비비안에게는 한 점의 망설임도 없었다. 잘못된 게 하등 없다고 말하는 듯한 그 뻔뻔한 얼굴에 에윈은 분노할 의지를 곧

바로 상실했다.

"게이 에윈의 놀라운 줄임말이지."

"놀란 김에 그냥 죽어버려, 도슨."

"네가 그 종을 치고, 시종이 이 차를 따뜻하게 데워 오면 한번 노력해볼게."

위협적으로 비비안을 노려보던 에윈이 비비안의 마지막 말에 한숨을 쉬며 몸을 일으켰다.

딸랑딸랑, 종을 치면서도 저런 계집애의 말에 순순히 따르고 있는 제가 믿기지 않는다. 그러나 하지 않으면 할 때까지 저런 식으로 괴롭힐 테니 별수 없었다. 에윈은 비비안 자체만으로 피곤한 상태에서 그 이상의 피곤한 일을 만들고 싶지 않았다.

몇 분이 더 흐르고, 이내 에이프런을 두른 중년 여성이 들어왔다. 에윈이 딱딱한 어투로 말했다.

"부르셨……."

"차가 식었다. 다시 가져오도록."

"네, 공자님."

에윈이 말을 끝내길 기다렸다는 듯 비비안이 하녀에게 반갑게 인사했다.

"메리."

"아, 비비안 아가씨. 저번 주에 주셨던 브란젤 과자는 저희 아이들이 아주 맛있게 먹었답니다. 그런 고급 과자는 아이들이 처음 먹어보는 것이라……."

"정말요? 과자는 다음에 또 갖다 줄게요. 메리. 그 외에도 필요한 게 생기면 말해요. 도슨 상회를 통해 아주 싸게 구해줄 테니까. 어려워하지 말고요."

"어머, 그럼 정말 감사하죠."

비비안에게 고개를 꾸벅 숙인 메리가 찻잔을 챙겨 종종걸음으로 방을 나섰다. 비비안이 사람 좋게 웃고 있는 모습이 가증스럽다는 듯 미간을 찌푸린 에윈이 문이 닫히기 무섭게 빈정거렸다.

"다음에 또 갖다 줄게요?"

"방금 대화에 무슨 문제라도 있었어?"

비비안이 의아한 얼굴로 고개를 갸우뚱했다. 에윈이 코웃음을 쳤다.

"천사가 따로 없던데."

"천사여야만 어린 자식들이 있는 여자에게 과자를 주고 친절하게 웃을 수 있는 건 아냐. 난 원래 인심이 후한 편이거든."

인심이 후하다는 말과는 그다지 어울리지 않는, 새끼 고양이처럼 새초롬한 얼굴을 물끄러미 바라보던 에윈이 고개를 절레절레 저었다. 정말이지 알 수 없는 계집애였다. 가식이 분명하다고 생각했는데, 설마 진심이었다니.

"그리고 난 내가 가는 곳마다 내 편을 하나 이상은 만들어놔야 안심이 돼."

비비안다운 말이었지만 에윈은 미심쩍은 표정으로 반문했다.

"하녀를 네 편으로 만들어 어디에 쓰게?"

"돌아가신 우리 할아버지가 늘 말씀하셨어. 사람이 재산이라고. 난 재산은 그냥 돈이라고 생각해서 딱히 그 말에 동의하는 편은 아니지만, 뭐 어쨌든 언젠간 도움이 돼."

"고작 별장에서 허드렛일을 하는 하녀가?"

"도움이 되지 않는다면, 그냥 좋은 일 했다고 생각하면 돼. 할아버지가 가진 만큼 베풀어야 더 돌아올 거라고 말씀하셨거든. 난 할아버지처럼 절대로 다 퍼주고 싶진 않지만 적당히 베풀고 다니면 도슨의 평판에는 제법 도움이 될 거야. 그 평판이 언젠가 건수를 잡는 법이거든."

비비안은 마치 할아버지 말씀을 따르는 척 얘기를 꺼내면서, 은근히 제 할아버지를 비판했다. 에윈은 비비안의 할아버지가 비비안 때문에 꽤나 피곤했으리라 생각하며 마지못해 수긍했다. 그나마 컸으니 저 정도 아니겠는가?

"그래. 잘났다."

"그것 참 새삼스러운 말이구나. 그리고 메리를 무시하지 마."

무슨 말이냐는 듯 에윈이 인상을 설핏 찡그렸다.

"무시한 적 없어."

"넌 그녀를 도움이 될 사람으로 생각하지 않았잖아. 물론 나한텐 그럴지 몰라도, 적어도 너한텐 안 그래."

"무슨 소리야?"

"메리는 내가 대화해본 이 별장의 사용인들 중 너에게 호감을 갖고 있는 몇 안 되는 사람이야. 사실대로 말하면 단 두 명 중 하나지. 알다시피 남부는 꽤 보수적이거든. 내가 사람 보는 눈은 꽤 정확하니까 믿어도 돼."

그렇게 말하는 비비안은 꽤 진지했다. 어느새 별장의 사용인들을 건드리고 다녔다는 건지 알 길이 없었지만, 에윈은 애초에 그녀의 의도부터가 이해되지 않았다.

"그게 어쨌다고."

"잘해줘. 순박한 아줌마라 조금만 친절을 베풀어도 호감을 받을 수 있거든."

"내가 하녀의 호감을 받아서 대체……."

"그녀는 네가 종을 친 지 삼 분도 되지 않아 왔어. 마침 운이 좋았던 거지. 다른 사용인들은 어떨 거 같아?"

"……."

"물론, 네가 이대로 살고 싶다면 말리진 않을 거야."

비비안이 어깨를 으쓱했다.

이대로. 에윈은 비비안이 아무렇지 않게 자존심을 건드리고 금세 그런 적 없는 양 모른 체하는 것이 불쾌해 얼굴을 일그러뜨렸다. 그러나 비비안은 에윈이 그러거나 말거나 관심이 없는 듯 말을 이었다.

"사실 메리는 별장 집사의 부인이야. 저만큼 좋은 상대도 없지. 집사는 네게 딱히 호감이 없지만, 장부를 몰래 봤더니……."

집사의 장부는 또 무슨 수로 봤다는 건지 알 수 없었다. 제집마냥 벌써 여기저기 다 헤집고 다닌 모양이다.

그러나 이제 와서 저 계집애에게 더 놀랄 것도 없다 싶어, 에윈은 그저 짧게 헛웃음을 내뱉었다.

"……네가 랭카셔에 오고 제법 예산이 들어왔는데, 빼돌리는 사람은 아닌 것 같았어. 그전의 기록을 봤을 때도 꽤 양심적인 사람이야. 메리를 잘 구슬려서 그 집사만 네 사람으로 만들면 될 거야. 그럼 자연히 별장의 분위기가 바뀔 테니까."

"그러니까 지금 나더러, 사용인 비위를 맞추라는 거지?"

"응. 비위 맞추는 게 어렵나?"

이해할 수 없다는 듯 비비안이 고개를 갸우뚱하며, 동네 바보라도 발견한 양 놀란 어조로 되물었다. 그것은 상당히 작위적인 투라 에윈을 더 열받게 만들었다.

"내 이름엔 글래스턴이 들어가."

"알아. 내가 바보도 아니고."

"그리고 저 사람은, 글래스턴의 일곱 개도 넘는 별장 중 고작 하나에 속한, 글래스턴의 수많은 사용인 중 하나일 뿐이고."

"글래스턴."

비비안의 나직한 부름에 에윈이 입을 다물었다.

장난스럽게 부르던 이름이 아닌, 사무적인 음성으로 부르는 에윈의 성(姓)이었다. 평소처럼 놀리는 기색이나 비꼬는 기색이라고는 조금도 없는.

"네가 타고난 그 대단한 이름이 너한테 많은 걸 줬으리란 걸 알아. 물론 네 경우에는 그게 그다지 행복하지만은 않았을지도 모르지만, 난 널 잘 모르니까 그냥 일반적인 얘기를 할게. 네 혈통은 대단해. 태어났을 때부터 사람들의 위에 널 세워줬을 테니까."

"……."

"그런데 세상에는 마냥 잘난 혈통으로만 얻을 수 없는 것도 있어."

에윈이 말없이 비비안을 응시했다.

"사람 마음은 돈으로도 못 산다는 얘기, 들어봤어? 물론 난 돈으로 어느 정도 살 수 있다고 생각하지만……. 넌 저 아줌마의 마음이 대체 무슨 필요가 있냐고 생각할 수도 있어. 그런데 사실 넌 그 잘난 혈통 덕분에, 오히려 큰 노력 없이 아주 작은 걸로도 쉽게 마음을 얻을 수가 있거든. 나처럼 아양 떨 필요도 없단 말이야."

"그래서."

"별로 가치가 없어 보여도, 그보다 훨씬 가치 없는 작은 노력으로 얻을 수 있으면 한 번쯤 가질 만해. 안 그래? 메리는 집사의 부인이고, 집사는 꽤 괜찮은 사람이야. 네 존재감을 느끼지 못하고 있는 게 흠인 남자였지만……. 뭐, 부인과 꽤 사이가 좋은 것 같았으니 부인이 좋은 말 몇 마디만 해도 생각이 좀 바뀔 거야. 집사가 맘을 바꿔먹으면 사용인들 분위기도 좀 바뀔 거고."

"……."

"네가 본가의 소식에서 고립될 일도 없겠지."

"이미 랭카셔에 떨어진 것부터, 난 고립되어 있어."

에윈은 꽤 심각하게 말을 꺼냈다. 도대체 제가 이런 여자애에게 왜 이런 말까지 하게 된 건지는 모를 일이었지만, 어쨌든 에윈으로서는 처음으로 제 상황에 대해 자신의 입으로 말한 것이었다.

그러나 비비안은 정말 대수롭지 않게 그 말을 넘겼다.

"그렇다고 이 작은 별장에서조차 고립되면 안 되잖아? 애가 왜 이렇게 비관적이람."

어린애는 이래서 어쩔 수 없다. 답답하다는 듯 한숨을 푹 쉰 비비안이 고개를 가로저었다.

그것은 에윈의 자존심 끄트머리를 살짝 스치는 행동이었지만, 에윈은 일단 잠자코 그녀의 말을 더 들었다.

"그리고 저 모든 게 없으면 어때. 적어도 메리는 너한테 진심으로 웃어줄 텐데."

"난 그런 거 필요 없어."

"난 여기에 올 때마다, 메리가 웃으면서 맞아주는 게 좋아. 아마 너도 좋아할걸."

"웃기지도 않는 소리군."

"메리가 곧 차를 갖다 줄 거야. 고맙다고 한마디만 해. 장담하건대 메리가 정말 좋아할 거야."

말 한마디 한마디 계산하느라 바쁜 계집앤 줄 알았더니, 제법 순진한 소리를 한다고 생각하며 에윈은 비웃었다. 비비안이 뜬금없이 안쓰러운 표정으로 에윈을 쓱 훑어보았다.

그 표정이 에윈의 무언가를 건드렸다.

"고작 단어 하나야. 어려워? 어쩜, 불쌍하게도."

"……넌 내가 어려워서 못하는 거 같아?"

"속 좁게 안 한다고 뻗대는 것보단, 차라리 그 단어를 몰라서 못 하는 바보가 나아. 난 널 좋게 생각해주고 있는 거야. 멍청한 게이 같으니."

"하면 되잖아!"

에윈은 결국 더 듣기 성가신 듯 날카롭게 대꾸했다.

걸려들었다. 비비안이 피식 비웃었다. 마침 맞춘 듯이 메리가 노크하고 방으로 들어왔다. 그녀가 테이블까지 걸어와 찻잔을 하나씩 그들의 앞에 두는 동안, 방 안에는 조용한 정적만 흘렀다. 그리고 이내 메리가 공손히 인사하고 뒤돌아섰다.

뭐 하냐는 듯 비비안이 고개로 메리를 가리키며 까딱했다. 에윈이 한숨을 푹 쉬고는, 천천히 입을 달싹였다.

"고마워."

메리가 눈을 몇 번 깜빡이다 뒤돌았다. 에윈은 메리의 얼굴을 제대로 보지 못하고 메리의 에이프런 위 얼룩 따위를 어색하게 들여다보고 있었다.

그녀는 에윈을 바라보며 환하게 웃었다. 그리고 다시 공손히 인사

하고 총총 방을 나섰다. 들어올 때보다 한결 가벼워 보이는 발걸음이
었다.

"메리가 좋아하는 것 같아."

"……."

"거봐, 별거 아니지?"

비비안이 싱긋 웃으면서 따뜻해진 새 찻잔을 들었다. 고개를 돌리
다 멍하니 비비안의 미소를 바라보고 있던 에윈이 제 앞에 놓인 찻잔
에 시선을 박았다.

어쩐지 속이 조금 이상했다.

노튼 가의 마차는 삭막한 검은색 외관과는 달리 안주인 엘리자베
스의 손길 덕분인지 아늑했다.

꽃무늬로 가득한 하늘색 시트는 에윈에겐 흡사 지옥에 앉아 있는
것만 같은 느낌을 주고 있는 듯했지만, 비비안에게는 따뜻한 가정집
에 들어와 있는 기분이 들게 했다.

그녀는 허벅지 아래 부들부들한 시트를 손으로 기분 좋게 쓸었다.
그다지 세련된 취향은 아니었으나 엘리자베스의 인상 좋은 푸근한
얼굴과는 어울리는 것이었다.

엘리자베스가 비비안을 위해 만들었다는 에그 타르트 냄새가 밀짚
바구니 속에서 솔솔 풍겨왔다. 얼마나 먹음직스러울지 절로 상상이
되는 냄새였다.

오늘은 꽤 기분 좋은 날이었다. 아니, 비비안은 곧바로 정정했다.

기분이 좋을 뻔했다.

제 양옆에 앉은 남자애들만 아니었더라면.

"엄마, 엄마! 저기 참새들이 날아가요!"

누가 봐도 참새가 아닌 큰 새 떼를 보고 노튼 부부의 아들 조나단이 소리쳤다. 비비안과 에윈으로는 피크닉의 활기가 부족할 거란 예상 하에 노튼 부부가 데려왔을 게 뻔했지만, 결과적으로 비비안에게는 불행했다.

"존, 저건 기러기란다."

"기러기가 뭐예요?"

"음, 존, 기러기는 말이야……, 새인데 말이야, 오리랑 조금 비슷한데 말이야…….

엘리자베스는 곤란해 보이는 듯했다. 비비안은 엘리자베스의 저 자신 없는 대답 뒤에 이어질 조나단의 질문 퍼레이드를 익히 알고 있었다.

그런 만큼 더 이상 의미 없는 대화를 듣기 싫었다. 비비안이 냉정한 목소리로 대화를 잘랐다.

"기러기는 그냥 저렇게 생긴 새야. 알겠어?"

"그게 끝이야?"

"끝이야."

"흐으음."

비비안의 단호한 설명에 조나단이 심각하게 고개를 끄덕였다. 조나단의 진정된 모습에 비비안이 한숨을 쉬려는 찰나 바로 곁에서 에윈의 한숨 소리가 들려왔다.

어쩐지 한숨 쉴 타이밍을 놓친 비비안이 멈칫했다. 에윈은 모든 것이 지루한 듯, 그리고 제가 앉아 있는 하늘색 꽃무늬 시트가 힘겨운 듯해 보였다.

엘리자베스가 조심스레 에윈을 불렀다.

"글래스턴 공자님."

에윈이 무표정한 얼굴로 고개를 들었다. 엘리자베스가 상냥하게 웃으며 물었다.

"랭카셔에 오신 뒤, 밖에 나오신 것은 처음이시죠?"

"네."

엘리자베스는 방금 전에 첫만남을 가졌으면서도, 새삼스레 에윈의 무뚝뚝한 대답에 놀란 모양이었다.

비비안은 엘리자베스가 그럴 만도 하다고 생각했다. 엘리자베스의 여섯 자녀들이야 바로 곁에 있는 열 살짜리 조나단만 봐도 알 수 있듯이, 상당히 활발하고 발랄했다. 그래서 그들은 비비안과는 모두 안 맞았지만,

그러나 그런 게 바로 어른들이 좋아할 법한 아이다움이라는 것 정도는 비비안도 알고 있었다. 엘리자베스가 직접 말하기를, 자기가 겪은 유일하게 이상한 아이가 비비안이었으니 당연했다.

물론 비비안은 엘리자베스에게 그런 식으로 이상하게 분류된 것에서 뿌듯함을 느끼고 있었다. 저 아이다운 분류 항목에서 유치한 정상 체크를 받느니, 그냥 이상한 사람인 게 나았다. 에윈이 똑같이 분류됨으로써 희소성은 소멸됐지만······.

적어도 기러기보고 참새라고 하는 해맑은 열 살짜리와 정상으로 분류되는 것보다는 국가론을 아는 게이가 나을 것이다.

"랭카셔의 정경이 참 아름답지 않나요?"

"그렇군요."

대번에 긍정하는 것치고는, 에윈은 창밖에 전혀 관심이 없었다.

비비안이 모른 척 에윈의 옆구리를 팔꿈치로 툭툭 쳤다. 에윈이 슬쩍 비비안을 째려보고는, 스르르 고개를 돌려 다시 무심한 얼굴로 돌아갔다.

비비안의 눈썹이 미세하게 치켜 올라갔다.

"저희가 오늘 갈 곳은 세인트 피터스버그랍니다. 아름다운 호수가 있는 곳이죠."

"그렇군요."

"라이달 호수는 그리 크지는 않지만, 남부에서 제일 아름다운 호수예요."

"그렇군요."

"……."

엘리자베스가 곤란한 얼굴로 비비안을 바라보았다. 사실 비비안이 에윈을 처음 만났을 때를 감안한다면, 에윈은 상당히 지금 친절하게 대응하고 있는 편이었다.

심지어 비비안은 에윈이 초면인 사람에게 시비가 아닌 말 한마디마다 충실히 대답할 수 있는 사람인 데 오히려 놀라고 있는 중이었다.

그리고 새삼스레 조금 화가 치미는 중이었다. 그런데 나한테 그랬단 말이지.

그러나 비비안의 속이 어찌 됐든 엘리자베스는 말문이 막히는 대화에 곤란해 하고 있었고 비비안은 에윈에게서 그렇군요 이상의 말을 어서 끄집어내야 했다.

"에윈이 아직 수줍음이 많아요. 아주머니께서 이해해줘요."

수줍음이란 말에 에윈이 고개를 홱 돌리며 비비안을 노려보았다. 비비안은 그 소리 없는 항의를 가볍게 무시하며 말을 이었다.

"지금은 이렇게 티를 안 내지만, 어제도 피크닉 갈 생각에 얼마나 설렌다고 신나했는지 몰라요. 역시 아직 아이예요, 아이."

"내가 언……."

비비안의 천연덕스러운 '아직 아이'라는 말에 엘리자베스는 조금 기막힌 듯 웃고, 에윈은 '설렌다'는 말에 반사적으로 튀어나오려던 말을 꾹 참았다. 피크닉을 제안한 프레드릭 노튼의 부인 앞에서 사실 나는 여기 오기 싫어 죽을 뻔했노라고 하마터면 온몸으로 외칠 뻔한 것이다.

에윈에게도 그러지 않을 정도의 눈치와 매너는 있었다.

"그치? 기대 많이 했잖아."

"……."

그에게서 대답이 돌아오지 않자 비비안의 팔꿈치가 에윈의 옆구리를 짧게 강타했다.

에윈은 마지못해 대답했다.

"네. 그랬습니다."

그렇게 대답한 에윈이 제 할 몫은 다 했다는 듯이 비비안의 옆구리를 팔꿈치로 짧고 강하게 쳤다. 비비안이 엘리자베스에게 보이지 않을 만큼 입술을 질끈 깨물었다.

"창밖 좀 봐. 정말 아름답지?"

새로운 질문을 던진 비비안이 어서 창가로 고개를 돌리라는 듯이 에윈의 옆구리를 쳤다. 이번에는 손이었고, 강도가 조금 더 세졌다.

에윈이 조금 뻣뻣하게 고개를 돌리며 말했다.

"응. 아름답다."

비비안의 예상외로 순순히 대답한 에윈의 손이 비비안의 옆구리로 복수를 위해 돌아왔다.

복수는 또 다른 복수를 낳는 법이었다. 비비안이 다시 에윈의 옆구리를 때렸다. 그러자 에윈이 다시 비비안의 옆구리를 때렸다.

그것이 몇 번이고 반복되었다. 비비안의 시선은 엘리자베스에게로 태연하게 향해 있고, 에윈의 시선은 창밖의 아름다운 풍경에 꽂혀 있었으나 그들의 손은 서로를 몰래 때리느라 분주했다. 그것은 물 위에서 고고한 자태를 뽐내면서도 물 아래에서 바쁘게 발을 파닥거리는 백조에 비견될 만했다.

엘리자베스는 그렇게 뻔히 보이는 광경을 말리기보다는, 사실 그냥 보고 있기 재밌어서 그대로 두었다. 둘 다 어른스러운 표정들을 하고서 엘리자베스 모르게 싸우려는 정성도 갸륵했고 말이다.

"엄마, 비비안이랑 저 형이랑 싸워요!"

그러나 엘리자베스의 배려가 무색하게도 곧 조나단이 그렇게 외침으로써 싸움은 종료되었다.

비비안은 마지막 한 방을 제가 때렸다는 것에 굉장한 자부심을 느끼다가, 그게 다르게 생각하면 제가 더 유치한 결과를 낳는다는 생각에 문득 얼굴을 굳혔다.

에윈이 또 먼저 참은 것이다. 자신이 한 대 손해 보는 것을.

비비안이 고개를 반쯤 돌려 속삭이듯 빠르게 말했다.

"빨리 나 때려."

"⋯⋯뭐?"

"빨리 때리라고. 그래야 공평해져."

"······."

에윈이 할 말을 잃은 듯 고개를 도리도리 저었다. 그는 비비안의 말을 도통 들을 생각이 없어 보였다.

급기야 비비안이 에윈을 종용했다.

"빨리 때려. 응?"

"말도 안 되는 소리 좀 작작해."

"응? 때려. 때려."

에윈이 더 듣기 싫은 듯 건성으로 비비안의 옆구리를 툭 쳐주었다. 비비안은 그제야 후련한 얼굴로 조나단 쪽에 있는 창가로 고개를 돌렸다.

도대체 이게 뭘 해결해준 건지 모르겠다. 에윈은 어이없는 표정으로 비비안에게서 고개를 돌리다, 엘리자베스와 눈이 마주쳤다.

엘리자베스가 마치 다 안다는 듯 다정하게 웃어주었다. 에윈이 잠시 멈칫하다가 이내 어색하게 고개를 돌렸다.

이윽고 낮은 구릉 위를 천천히 달리던 마차가 서서히 멈추었다.

"다 왔다, 얘들아!"

마부 곁에 앉아 있던 노튼의 밝은 목소리가 들리고, 조금 더 기다리자 문이 활짝 열렸다. 초원의 풀 냄새가 훅 끼쳐왔다.

비비안은 상쾌한 기분으로 조나단의 뒤를 이어 폴싹 뛰어내렸다. 순간 에윈에게 비친 제 뒤태가 유치했을 거란 생각이 들었지만, 한 대 맞으면 끝이었던 아까 전의 문제와는 달리 이미 자신은 뛰어내린 뒤였다.

문득 비비안은 제 스스로 지나치게 게이 같은 꼬맹이-참고로 에윈은 비비안보다 반 뼘은 크다―를 의식하고 있다는 것을 깨달았다.

비비안은 아까 자신이 제안했던 어른스러웠던 승부―단 한 대도 밑지지 않는 공평한 구타―를 떠올리며 본래 자신이 얼마나 시원하고 이지적인 여성인지를 되새겼다. 고개까지 몇 번 끄덕여대는 모습에 에윈이 걸어가다 말고 비비안의 곁에서 그녀를 이상한 눈으로 바라보았다.

그러나 에윈이 그러든 말든 비비안은 어느새 그렇게 자기합리화를 마쳤다. 그리고 어느새 저 멀리 걸어가고 있는 노튼 가족에게로 사뿐사뿐 걸어갔다.

그 뒷모습을 물끄러미 바라보던 에윈이 이내 뒤를 따랐다.

호숫가에 자리를 잡고, 엘리자베스가 준비한 예쁜 꽃무늬 담요까지 깔자 그럭저럭 피크닉 분위기가 났다.

모두가 그 위에 앉고 나서야 에윈은 마지막으로 비비안의 곁, 담요의 끝자락에 마지못해 풀썩 앉았다. 가시방석 위에라도 앉은 양 불편한 모습이었다.

그리고 어색한 기류가 감도는 가운데, 엘리자베스가 비비안과 에윈의 손에 자그마한 에그 타르트를 하나씩 쥐여주었다. 에윈이 어색하게 손에 들린 에그 타르트를 바라보았다. 노튼과 엘리자베스의 부담스러운 눈빛이 에윈에게 그대로 꽂혔다.

"뭐해? 안 먹고."

비비안은 벌써 다 먹고 조나단과 고구마 타르트를 집어든 상태였다. 비비안의 질문을 빙자한 묘한 압박에 에윈은 천천히 손에 들린 에그 타르트를 입으로 가져갔다.

"어때. 맛있지."

정말 맛있었던 탓에 에윈은 저도 모르게 비비안에게 고개를 끄덕이고는, 조금 멋쩍어 시선을 저 멀리 호수로 돌렸다.

뭐 까먹은 거 없냐는 듯 비비안이 허리를 툭 쳤다. 에윈이 시선을 어색하게 둔 그대로 엘리자베스에게 말했다.

"……맛있네요, 노튼 부인."

"베스라고 편하게 부르셔도 된답니다."

에윈이 조금 어색하게 대답 없이 고개만 끄덕였다. 엘리자베스가 환하게 웃었다. 호기심 어린 눈으로 비비안과 에윈을 번갈아 바라보던 노튼이 문득 말했다.

"두 사람이 생각보다도 더 많이 친해진 것 같아 안심입니다."

단번에 부정하고자 본능적으로 달싹이는 에윈의 입을 비비안이 찰싹 쳐 막았다.

"저도 사실 이렇게 친해질 줄은 몰랐는데, 좋은 친구가 생긴 것 같아 기뻐요."

좋은 친구라는 말을 강조하듯 비비안은 어울리지 않게 사근사근한 어조로 말했다. 에윈이 기막힌 얼굴로 그녀를 노려보았다. 노튼이 흐뭇하게 웃었다.

"비비안은 랭카셔에서 소문난 똑똑한 아이예요. 글래스턴 공자는 랭카셔에서 제일 훌륭한 친구를 얻은 겁니다."

"……."

부정하지도 못하고 신나게 긍정할 수도 없는 이야기에 에윈은 속이 좀 괴로워졌다. 비비안이 제 진가를 봤냐는 듯 뿌듯한 얼굴로 에윈을 바라보았다. 그것까지 보니 속이 더 괴로워졌다.

엘리자베스가 노튼의 말에 고개를 끄덕이며 덧붙였다.

"맞아요. 비비안은 정말이지 똑똑해서, 저희 집 애들이 그 반만 따라가도 소원이 없겠다 생각하고 있답니다. 아주 완벽한 아이예요. 도슨 씨가 얼마나 부러운지."

비비안은 흡족한 얼굴로 조금의 부끄러운 기색도 없이 고개를 빳빳이 들고 제 칭찬을 경청했다. 그 곁에서 에윈이 썩은 표정으로 무성의하게 고개를 끄덕였다.

"하지만 아까 글래스턴 공자와 있는 걸 보니, 비비안도 처음으로 아이 같다는 걸 느꼈어요. 비비안의 나이가 보이더군요. 이건 모두 공자 덕분인 것 같아요."

비비안은 자연스레 잘 흘러가던 엘리자베스의 얘기가 갑자기 좀 이상한 쪽으로 흘러가고 있다고 느꼈다.

에윈이 피식 웃으며 이번에는 꽤 성의 있게 고개를 끄덕였다. 마치 공로 트로피라도 받고 있는 노인처럼.

이건 정말 방심하고 듣다가 뒤통수 맞은 기분이다. 엘리자베스가 그러고 보니 또 생각나는 게 있다는 듯 말을 이었다.

"글래스턴 공자께서도 마냥 과묵하신 줄 알았더니 비비안이랑 장난을 치실 땐 스스럼없이 구시더군요. 개구쟁이예요."

"그래?"

조나단에게 먹을 것을 챙겨주던 노튼이 놀란 듯 물었다. 엘리자베스가 흐뭇하게 고개를 끄덕이고는 대답했다.

"아주 잘 어울려요. 천성적으로 잘 맞는 거죠. 둘은 정말 좋은 친구가 될 것 같네요."

"서로에게 참 좋은 일이지요."

좋은 일일 리가. 더 들으나 마나 대화가 점점 듣기 힘들어지리라는 판단에 입각해, 비비안은 자리에서 벌떡 일어섰다.

"조나단?"

열심히 바구니를 헤집고 있던 조나단이 의아한 듯 고개를 들었다.

"놀아줄게."

"나 이거 더 먹고 싶은데."

"놀아준다니까."

조나단의 의사와는 상관없이 조나단의 손을 잡아채듯 쥔 비비안이 조나단을 질질 끌고 물가로 갔다.

그리하여 에윈은 상당히 뻘쭘한 상태로 노튼 부부 앞에 홀로 남겨졌다. 흐뭇하게 미소 지으며 비비안과 조나단의 뒷모습을 바라보던 노튼이 에윈을 의아한 듯 바라보았다.

"아, 공자께선 같이 가시지 않고요."

"저는 원래 저렇게 시시한 일 안 합니다."

에윈 딴에는 꽤 진지하게 대꾸한 것인데, 대체 어디서 웃긴 것인지 노튼과 엘리자베스가 소리 내어 웃었다.

필시 저 계집애 때문에 자신도 도매금으로 우스워진 것이 틀림없다. 에윈은 입을 꾹 다물었다.

노튼이 은근한 눈빛으로 문득 물었다.

"공자님."

"예."

"저 두 아이 어떤가요?"

"아이, 이이도 참. 애들 가지고 무슨 말이에요, 그게."

"사실 조나단은 태어나기 전부터 도슨 씨가 꽤 욕심내던 아이였답니다."

그렇게 말하는 노튼의 의중을 알 수 없어, 에윈의 눈이 가늘어졌다.

"사내아이면 차남이니 도슨에 데릴사위로 달라고 말입니다."

에윈은 가늘게 뜬 눈 그대로 에그 타르트를 입에 조금 거칠게 처넣고는 우적우적 씹었다.

조나단은 놀아주겠다고 억지로 질질 끌고 와놓고선, 돌멩이 하나 쥐여주고 그대로 자신을 방치한 비비안을 원망스럽게 바라보았다. 조나단은 아직도 배가 고팠다. 한참을 별일 없이 그러고만 있자 이걸로 뭐 어쩌라고 싶은 마음에 조나단이 장난감으로 주어진 돌멩이를 물에 풍당 던졌다.

멀찍이 서 있던 비비안이 그 미세한 반항의 냄새를 맡았는지 조용히 도끼눈을 뜨며 조나단을 바라보았다.

"……아니, 돌멩이를, 물에 던질 수도 있지……."

조나단은 머뭇거리며 웅얼웅얼 말하고는 뒤로 한 걸음 물러섰다. 어른들이 있을 때의 비비안은 천사같이 굴지만―객관적으로는 결코 그런 적 없지만 상대적으로는 그렇게 느껴졌다―어른들 없이 단둘이 서 있으면 그 예쁘장한 비비안은 꽤 위협적인 존재가 되었다.

조나단의 머릿속에 몇 달 전 비비안에게 호되게 혼났던 일이 새록새록 떠올랐다.

어찌나 말을 따갑게 쏟아내는지, 비비안은 조나단에게 손 한번 댄 적 없는데도 조나단은 그때 제가 몇 대는 족히 맞았더랬지 하고 착각할 정도였다.

.둔한 조나단은 그 당시에도 혼나는 이유를 몰랐고 지금은 시간이 너무 많이 지나 더 몰랐다. 그러나 그 일은 상황을 모르거나 그로 인해 이유를 궁금해 하는 것이, 대체로 비비안의 전투력을 상승시키기만 한다는 것을 깨닫게 되는 중요한 계기가 된 사건이었다.

조나단은 그때 다시는 비비안에게 덤비거나 반항하거나 저항하지 않고, 시키는 대로 잘하겠다고 결심했었다. 어른들의 귀에 들어가는 순간 재밌는 일이 생길 테니 기대하라며 생글생글 웃던 얼굴은 아직도 공포였다.

그리고 앞으로 단둘이 있지 않았으면 좋겠다고도 생각했다. 비비안은 멀리 떨어져 있을 때 가장 예쁘니까.

그녀는 무슨 생각을 하는지 다행스럽게도 조나단에게 별다른 신경을 쓰지 않았다. 조나단은 비비안의 눈치를 힐끔 보며 자연스럽게 제 부모에게로 돌아갈 기회를 노리고 있었다.

그리고 마침, 저 멀리서 에윈이 휘적휘적 걸어오고 있었다.

조나단의 순박한 눈이 이채를 띠었다. 에윈이 그 눈빛에 잠시 멈칫했다가 마저 걸어왔다.

그리고 에윈과 그들의 사이가 가까워졌을 즈음, 조나단이 마치 에윈을 위해 자리를 비켜주듯 어색하게 어깨를 으쓱하고는 쌩하니 에윈을 지나쳐 달려갔다.

에윈은 어쩐지 그 기다렸다는 듯한 조나단의 도주에 저도 모르게 조금 안심했다.

멀리서 보기엔 그저 다정해 보이기만 했는데 역시였다. 그러나 그것은 너무 미미한 생각이라 에윈은 인식조차 하지 못했다.

조나단의 요란한 뜀박질 소리에 이은 에윈의 기척에 비비안이 에원을 새초롬하게 곁눈으로 슬쩍 한번 흘겨보고는, 다시 호수로 시선을 고정했다.

에윈은 비비안에게서 한 걸음 정도 떨어진 거리에서 자리를 잡았다. 그리고 앉으려고 몸을 숙이는 순간 비비안이 손을 뻗어 그를 저지했다. 여기서 더 떨어지라는 건가 싶어 인상을 쓴 에윈이 옆으로 걸음을 옮겼다.

비비안이 고개를 절레절레 젓고는 제 목에 두른 스카프를 풀어 에윈에게 건넸다.

"비싼 바지에 풀물 들잖아."

한숨처럼 내뱉는 말은 친절이라기보단 역시 너는 너무 모자라다는 투에 가까워서 에윈은 미간을 찌푸린 그대로 스카프를 빼앗듯 잡아챘다.

비비안이 또다시 고개를 절레절레 저었다.

비비안의 녹색 스카프를 잔디 위에 아무렇게나 펼친 에윈이 그 위에 풀썩 앉았다.

여기에 앉으니 그제야 세인트 피터스버그의 풍경이 눈에 들어온다. 저 멀리 라이달 호수를 둘러싼 뾰족하고 기다란 나무들, 고요한 호수의 수면 위로 부서지는 봄의 햇살, 나무 사이로 새들이 맑게 지저귀는 소리, 뒤에서 들려오는 노튼 부부의 웃음소리…….

신기할 정도로 모든 것이 평화롭고, 모든 것이 낯설었다.

그가 한 번도 겪어보지 못한 것들. 한 번도 겪어본 적 없는 봄.

에윈은 느릿하게 고개를 돌렸다. 낮게 이는 봄바람에 비비안의 검은 머리칼이 조금 부스스하게 흩날렸다. 에윈의 시선이 저도 모르게 못 박힌 듯 비비안의 반쪽짜리 얼굴 위를 맴돌았다.

흐트러진 앞머리 아래로 권태롭게 깜빡이던 비비안의 눈이 에윈의 시선을 느낀 듯 그를 돌아보았다.

"예쁘지?"

이런 상황에서 이런 질문이라면 보통은 눈앞의 정경이 예쁘냐는 말이겠지만, 비비안의 손가락은 명백히 자신의 얼굴을 가리키고 있었다.

이건 정말 도가 지나친 뻔뻔함이었다. 대뜸 그렇게 물어오는 말에 에윈이 가당치도 않다는 듯 코웃음을 쳤다.

"웃기지도 않은 소리."

"방금 나 예쁘다고 생각한 거 다 알아. 그때 나 못생겼다는 말 거짓말이었잖아."

"아닌데. 넌 못생겼어."

"딱 그거잖아. 언변에서 밀리자 유치하게 허위 사실을 조작해서 우기는……."

"네 그 훌륭한 언변이란 게 고작 내 멀쩡한 미들네임을 게이로 고친 건 아니겠지?"

"무슨 문제 있나요, 에윈 게이 글래스턴 님?"

"넌 이쯤 되면 네 미들네임도 G라는 걸 한 번쯤 생각해볼 필요가 있어, 비비안 글러튼 도슨."

거트루드라던 얌전한 미들네임이 순식간에 식충(glutton)으로 변하자 비비안이 아차 하는 얼굴로 어색하게 눈을 깜빡였다.

그러고 보니 그때 안 좋은 G는 제가 다 알려줬던 것이다. 더불어 자신도 G를 가졌고 말이다. 생각지도 못했던 허점이다.

에윈이 거만한 얼굴로 비웃었다.

"네가 수준 낮고 시시하게 놀리는 게 하도 유치해서, 내 지성을 생각해 참아왔지만……."

"그 수준 낮고 시시하게 놀리는 소리에 일일이 발끈하던 건 어디 사는 누군지 모르겠네."

"……나도 이렇게 네 수준에 맞춰줄 수 있어. 하지만 차마, 그러기엔 지나치게 수준이 떨어지니까 나는 참고, 그러지 않는 거야. 나는 그러지 않기로 선택한 거라고, 도슨. 알겠지?"

에윈은 비비안이 빈정대는 것에도 개의치 않고 어른스러운 말투로 또박또박 비비안에게 일러주었다.

맙소사, 그건 정말 생각해본 적 없었다.

비비안은 제 자존심을 건드리기 위해 에윈이 일부러 선택한 단어와 말투에 도발당할 겨를도 없이 공황 상태에 빠졌다.

앞에서 누구는 수준 높게 '놀릴 수 있지만 놀리지 않겠다.'고 선택하고 있는 동안 자신은 순진하게 놀릴 구석만 찾으면 즉각 신나게 떠들어댄 것이다.

제가 싫어하는 그 어린애들처럼.

비비안은 마치 구정물을 머리부터 발끝까지 죄다 뒤집어쓴 결벽증 환자처럼 제 유치함에 치를 떨었다.

에윈 같은 어린애에게 수준 낮다는 말을 듣고도 반박할 말이 없는 상황이라니, 이건 정말이지 말도 안 되는 것이다. 제 완벽함이 어째서 이 꼬맹이-재차 말하지만 에윈은 비비안보다 반 뼘은 크다-앞에만 있으면 손상되고 마는 걸까. 이번에는 내가 아니라 쟤가 이상하기 때문이라는 마법의 주문도 통하지 않았다.

그러나 몇 번의 경험으로 인해 비비안의 분노가 어떤 시점에서 어뜯게 시작될지 본능적으로 깨닫게 된 에윈은 비비안의 생각이 분노로 발전하게 둘 생각이 없었다.

저대로 조금만 더 두면 위험했다. 에윈은 그날의 혈투가 이렇게나 아름다운 곳에서, 관객까지 단란하게 두고 다시 열리는 것만은 사양하고 싶었다. 눈가의 멍 자국은 이제야 겨우 희미해졌고, 그 멍 자국 덕분에 아까 노튼 부부 앞에서 혼자 남았을 때 심문당한 것으로 충분하다.

그들이 상상 속에서 그 멍 자국을 얼마나 심각한 의미로 생각하고 있을지는 뻔했지만, 진실은 신비롭게 두는 편이 좋을 듯했다. 자신에게도, 이 계집애에게도.

에윈은 아무렇지 않게 말을 돌렸다.

"노튼 씨의 아들은 어때?"

"……뭐?"

반 박자 늦게 대답한 비비안이 질문의 의도를 모르겠다는 듯 의아한 얼굴로 에윈을 바라보았다.

그러다 이내 짤막하게 대답했다.

"조나단을 말하는 거라면, 착하고 멍청해."

인정이라고는 한 톨도 담겨 있지 않은 냉정한 평가였다.

에윈은 어쩐지 흡족한 얼굴로 고개를 얕게 끄덕였다. 비비안이 가늘게 뜬 눈으로 에윈을 조금 수상하게 보다가, 다시 무심하게 고개를 돌리며 제 생각에 집중했다.

그가 한마디 더 물었다.

"결혼은 언제쯤 할 생각인데?"

"갑자기 그런 건 왜 물어?"

건성으로 되물은 비비안이 돌아보지도 않고 대충 대답했다.

"열여덟, 열아홉? 늦지 않게 적당한 시기에 해야 해. 도슨에는 나뿐이고, 문제 있어 보인다고 밖에서 헛소리들 지껄이는 건 싫으니까. 그렇다고 너무 빨리 해서 급하게 하는 인상을 주는 건 곤란해. 까져 보이잖아."

"그럼 노튼 씨의 아들은 열여섯인데, 좀 어리지 않나?"

"……그건 또 무슨 헛소리야?"

에윈의 물음에 정신이 확 깬 듯 비비안이 고개를 휙 돌렸다.

"도슨 씨가 도슨 가에 데려올 데릴사위로 조나단 노튼을 점찍어놓으셨다고 하던데."

"이건 또 무슨 헛소리람?"

비비안의 목소리가 점점 높아졌다. 에윈이 어깨를 으쓱했다.

"노튼 씨가 그러기에."

"내가? 기러기보고 참새라는 저 멍청한 꼬맹이랑?"

비비안이 기가 찬 듯 저 멀리서 해맑게 드러누워 있는 조나단을 가리켰다. 그 우아한 손짓에서 깊은 분노가 느껴졌다.

분노가 성공적으로 옮겨간 모양이라고 생각하며, 에윈은 고개를 끄덕였다.

애초부터 저 잘난 맛에 사는 계집애가 고작 저런 어린애를 제 미래의 신랑으로 기꺼이 받아들일 리가 없는 것이었다.

그러니까 하등 신경 쓸 필요도 없는……, 아니, 그런 적도 없지만. 그런 적 없다.

"그 말도 안 되는 아버지들의 구시대적이고 독단적인 구두 계약은 내가 오 년 전에 파기시켰어. Jonathan의 끝 n을 m으로 쓰는 걸 보고 나서."

다섯 살의 조나단은 비비안 앞에서 제 이름을 조나담으로 쓰는 치명적인 실수를 저지른 전적이 있었다. 그때 조나단은, 아니, 조나담은 비비안의 마음속에서 영원히 탈락했다.

"그때 그는 겨우 다섯 살이었는데."

"다섯 살이나, 겠지. 멍청한 건 싹부터 티가 나. 대체 자기 이름도 못 쓰는 걸 어디다 갖다 붙이는 거야?"

에윈은 비비안의 냉정한 말투가 저를 겨냥한 것이 아닐 때는 꽤 듣기 좋다는 것을 깨달았다.

이렇게까지 무시당하고 있는 건 불쌍하지만 차라리 저렇게 싹부터 잘린 게 조나단에게는 행복한 일일 것이다. 서로에게 잘된 일이었다.

에윈은 조나단을 바라보며 고개를 끄덕이고는, 다시 호수를 바라보았다. 반짝이는 호수의 정경이 한층 더 아름다웠다.

글래스턴의 겨울 별장은 주인이 찾지 않은 지 오래된 낡은 고택(古宅)이라, 아무리 좋게 표현해도 고풍스럽다는 말 이외에는 달리 나올 칭찬이 없는 곳이었다.

꼬박 백 년에 이르는 시간 동안 노란 장미처럼 근사했을 저택의 외벽은 흙탕물을 끼얹어놓은 것마냥 곳곳이 누렇게 얼룩졌고, 단풍잎처럼 붉은 지붕은 우중충한 빛깔로 탁하게 덮여 있었다.

그렇다고 이 고급스러운 고택이 더럽고 꼬질꼬질한 느낌으로 전락했냐면 그건 또 아니었다. 잘생긴 거지가 왠지 초라해 보이지 않는 것과 같은 이치였다. 이런 상태에도 불구하고 글래스턴의 랭카셔 겨울 별장은 여전히 고풍스럽고, 아름답다. 글래스턴 가에서 최소한의 사용인들로 유지되는 곳이니 관리가 완벽할 수는 없는 일이었을 뿐이다.

비비안의 빨간 새틴 구두가 지나가는 자리마다 카펫의 오래된 먼지가 뿌옇게 일었다. 비비안은 그 먼지들의 잔상을 물끄러미 바라보며, 심각하게 고개를 주억거렸다.

이윽고 뒷마당으로 통하는 하얀 목제 문을 비비안이 천천히 열었다.

왼쪽으로는 하얀 마루가 펼쳐진 낮은 테라스가, 오른쪽으로는 후원(後園)으로 내려가는 작은 계단이 있다.

이미 정찰하듯 별장의 구석구석을 다 돌아다녀본 비비안은 제집마냥 익숙하게 테라스 위로 내려섰다. 그리고 좌우를 둘러보았다. 한 걸음 옮기자 오래된 나무 바닥이 삐그덕 소리를 냈다.

"여기 있어."

왠지 모르게 못마땅한 듯 심드렁한 소년의 목소리가 테라스 쪽에서 자신의 위치를 알렸다.

비비안이 뾰로통하게 대답했다.

"굳이 말 안 해줘도 발견할 참이었어."

에윈은 무언가 대꾸하려다, 항상 자신들의 싸움이 시답잖게 말꼬리를 잡는 데서 시작했다는 걸 문득 떠올리곤 입을 그대로 다물었다. 귀찮은 사건은 이제 사양이었다.

비비안이 어느새 에윈의 앞까지 사뿐사뿐 다가와 옆에 풀썩 앉았다. 에윈 쪽으로 조금 기울어 있던 나무 그네가 비로소 균형을 찾았다.

"……그네는 언제 또 갖다 놓은 거야?"

"아침에?"

비비안의 천연덕스러운 대답에 에윈이 기가 막힌 듯 코웃음을 쳤다. 에윈의 반응을 한번 거들떠보지도 않고서 그녀가 땅을 발로 한번 굴렀다.

그네가 천천히 움직이기 시작했다. 앉아 있던 자리가 움직이자 에윈이 조금 놀라 흠칫한다.

어른 둘이 나란히 앉아도 족할 만큼 꽤 큰 그네였지만, 비비안이 가볍게 발을 구르는 것에도 그네는 제법 매끄럽게 앞뒤로 움직였다.

"재밌지? 엘링턴 힐에서 매입한 거야."

"……퍽이나. 왜 자꾸 별장에 필요도 없는 물건들을 들여놓는 거야?"

"다 내가 쓸 거니까 걱정 마."

"아니, 그러니까 그걸 왜 여기에 두냐고."

"내가 여기 자주 있잖아."

에윈의 물음이 이해되지 않는다는 듯 비비안이 의아한 얼굴로 대꾸하고는 별장의 서재에서 무단으로 가져온 책을 주섬주섬 꺼냈다.

에윈은 말없이 눈을 깜빡이다 천천히 비비안에게서 고개를 돌렸다.

그러고 보니 비비안은 일주일에 두 번도 끔찍하다는 듯이 굴 땐 언제고, 이제 나흘은 족히 글래스턴의 별장에 있는 것 같았다.

에윈은 문득 그 사실을 깨닫고 놀리고 싶어졌지만 굳이 비비안을 자극해 조용한 지금을 망가뜨리고 싶진 않아 입을 꾹 다물었다. 조용한 침묵 속에 비비안이 책장을 넘기는 소리가 귓가를 청명하게 울렸다. 에윈이 조금 편안해진 자세로 등을 기댔다. 그네가 느릿하게 흔들렸다.

평온하다. 제가 지나온 모든 것이 믿기지 않을 정도로. 에윈이 나른하게 눈을 감았다.

그렇게, 계절이 지났다.

글래스턴의 겨울 별장에도 푸른 여름이 찾아왔다.

별장 후원의 크고 작은 나무들은 봄보다 잎이 무성해졌다. 완연한 여름이었다. 늙은 아카시아 나무에 매달린 매미들의 울음소리가 쉴 새 없이 아득하게 이어진다.

매미소리가 시끄럽다고 서로에게 툴툴거리면서도 아이들은 결국 후원이 훤히 다 보이는 테라스 그네에 앉아 있는 것을 좋아했다.

그네가 조금씩 흔들리며 나무 이음새가 작게 삐걱대는 소리를 냈다. 그네 아래로 하나씩 내려온 여자아이와 남자아이의 발이 그네와 함께 흔들거렸다.

에윈의 손이 잠시 망설이듯 허공에서 멈췄다가, 이내 까만색 나이트를 옮겼다. 비비안은 인상을 쓰며 체스판을 들여다보았다. 그네와 함께 얕게 흔들리는 체스판 위로, 자그마한 손들이 차례를 지키며 신중하게 움직인다.

얼마 후, 시종일관 무표정하던 에윈의 얼굴에 알 수 없는 미소가 번졌다. 에윈이 퀸을 이동시켰다.

비비안이 황당한 얼굴로 입을 벌렸다.

"체크메이트."

"말도 안 돼."

"말 되는데."

단호하게 비비안의 의혹을 묵살한 에윈이 손가락을 까딱했다. 입술을 질끈 깨문 비비안이 천천히 눈을 감았다.

비비안의 얼굴을 물끄러미 바라보던 에윈이 손을 뻗어 비비안의 앞머리를 옆으로 걷었다. 동그란 이마가 매끈하게 드러났다. 꽤 아름다웠지만 지금 에윈에게는 별 감상을 주지 못했다. 그에게는 단 한 가지 생각뿐이었다.

승리에 대한 대가로 주어진 것은 꿀밤 단 한 대. 이 한 번의 공격에 제 모든 힘을 쏟아부어야 한다.

내리 세 대나 맞았던 카드 게임의 결과를 설욕할 기회였다. 에윈이 손을 뒤로 당겼다가, 비비안의 이마에 손가락을 강하게 튕겼다.

딱, 하고 단단한 소리가 났다.

비비안의 눈꺼풀이 잠시간 파르르 떨리다 가까스로 다시 열렸다. 비비안의 눈빛에 독기가 차올랐다. 그러다 그대로 싱긋 웃는 것이 꽤 살벌했다.

"때리는 게 무슨 솜방망이 같네. 간지럽지도 않아."

벌게진 이마만 봐도 비비안의 말은 명백한 허세였으나, 비비안은 정말 아무렇지도 않다는 듯이 소리까지 내 웃었다. 그러는 걸 보니 정말 아픈 듯했다.

에윈은 제가 아까 맞은 것은 어느새 까맣게 잊고 조금 미안한 기분에 휩싸였다. 그가 체스 말을 하나씩 케이스에 챙겨 넣으며 말했다.

"이제 그만하자."

"아니야. 한 판 더 해."

"너 체스 못하잖아."

비비안이 기가 막힌 듯 고개부터 격하게 가로젓고는 반박했다.

"너 지금 무슨 말도 안 되는 소리를 하는 거야? 이번 게임은 실수였어. 내가 못할 리가 없잖아."

"그래. 정정한다. 나보다 못해."

"한 번만 해보고 그걸 어떻게 알아."

부메랑처럼 돌아오는 비비안의 뾰족한 대답에 에윈이 깊은 한숨을 내쉬었다.

이 계집애의 승부욕에는 도무지 답이 없었다.

"그야 너랑 한 번만 해본 게 아니니까."

"오늘은 처음이었잖아. 오늘에야말로 제대로 결판을 내!"

"말도 안 되는 소리 좀 그만해. 결판은 지금 났잖아. 그냥 아까 하던 카드 게임이나 마저 계속해."

"한 번만 더 해. 응? 응응?"

"네가 체스를 못하는 게 아니라, 네가 나보다 조금 못하고, 내가 너보다 조금 더 잘할 뿐이야."

에윈 딴에는 수습하고자 한 말이었지만, 그 말은 비비안의 자존심 중에서도 아주 깊은 곳을 건드리고 말았다. 비비안은 도저히 인정할 수 없는 말이었다.

"그건 해봐야 알지."

"여태까지 해온 건 대체 뭔데."

비비안은 자연스럽게 에윈의 정확한 지적을 넘기며 말했다.

"내기해. 이번엔 꿀밤 세 대 걸고."

"……그냥 카드 게임이나 하자니까?"

"선심 써서 봐주겠다는 양 내가 이길 게 뻔한 종목 고르지 마."

"알겠다. 후회하지나 마."

"난 그런 거 안 해."

그리고 정확히 십 분 후, 비비안은 벌겋게 부어오른 이마를 붙잡고 몸을 일으켰다.

3. 밤의 장막

"글래스턴의 겨울 별장에, 유령들이 산다면서?"

"아냐, 글래스턴 공자가 괴물이랬어. 괴물같이 못생겼다고."

"맞아. 온몸에는 설인처럼 털이 가득 나 있고, 얼굴은 화상을 심하게 입은 것처럼 흉측하대."

"유령들을 부리는 괴물이라던데? 어쩜!"

비비안은 제 앞에서 쉴 새 없이 조잘대는 여자아이들을 시큰둥한 얼굴로 바라보았다.

이제 나이도 열 살 넘도록 먹었으면, 좀 그럴듯한 이야기를 믿고 지껄일 때도 되었지 않나? 어떻게 머리부터 입까지 하나같이 시간이 흘러도 일관되게 비생산적일 수가 있지?

비비안은 도무지 이해할 수가 없었다.

"응? 비비안. 네 새로운 괴물 친구에 대해 말해봐."

무리의 리더 격인 카트리나 랜돌프가 앞으로 한 걸음 나서며 나긋한 목소리로 비비안에게 물었다.

평소에는 부르지도 않던 이름까지 다정하게 불러가며 짐짓 부드러운 어조로 말하고 있지만, 비꼬는 기색이 역력했다. 물론 그녀는 항상 자신을 무시하지 못해 안달이 난 아주 못난 계집애였으므로, 달리 기분이 상하지는 않았다.

비비안은 싱긋 웃으며 부채를 팔랑였다.

무리라고 거창하게 말했지만, 사실 그녀들은 티파티나 다름없는 작은 파티 자리에 모인 별 볼일 없는 귀족 여식들 몇 명일 뿐이었다.

그리고 카트리나 랜돌프는 그중에서 오늘 잠깐 여왕님이 되신 거고.

"글쎄. 뭐부터 말해볼까?"

비비안이 여유롭게 운을 떼자 카트리나 랜돌프 뒤에 얌전히 서 있던 여자아이들이 호기심에 눈을 빛내며 다가왔다. 저 고상한 차림새가 아깝다고 생각하며 비비안은 아이들이 듣지 못하게 입안으로 혀를 쯧쯧 찼다.

"있지, 있지, 얼마나 흉측하게 생겼어?"

"우리 어머니가 그랬어. 사생아들은 부정의 산물이라 신의 저주를 받고 괴물로 태어난다고!"

"세상에, 얼마나 혐오스러울까? 그런 얼굴을 마주 볼 수 있어?"

저주는 무슨. 멍청한 건 집안 내력인 모양이지.

비비안이 잠시 안타까운 눈으로 어니스트 남작 영애의 주근깨 가득한 얼굴을 훑고는, 카트리나 랜돌프를 다시 물끄러미 바라보았다.

"랜돌프 양."

"왜?"

"외람된 질문 하나 해도 될까?"

비비안이 편안한 어투와는 어울리지 않게 부러 공손한 단어로 비아냥거리듯 물었다.

그 말이 너무 매끄러웠던 나머지, 카트리나는 전혀 눈치 채지 못한 채 도도하게 고개를 끄덕였다.

"혹시 혼외 출생이야?"

아직 열한 살인 카트리나 랜돌프는 생소한 질문을 알아듣지 못한 듯 미간을 찌푸렸다. 비비안이 친절하게 웃으며 다시 물었다.

"부모님 두 분, 정식 혼인관계 맞으시냔 말이야."

"무슨 소리야? 당연히⋯⋯."

"확실해?"

"당연하지."

"이상하네."

"뭐가?"

"난 여태 네가 왜 그렇게 생겼나, 항상 궁금했거든. 그런데 지금 들어보니 어니스트 남작 부인께서 그렇게 말씀하셨다지 뭐야? 사생아들은 부정의 산물이라, 끔찍하게 태어난다고. 그래서 혹시나 이유가 그랬던 건가 했지."

본인의 면전에 대고 아무렇지 않게 하는 말치고는, 내용이 지나치게 경악스러웠다. 아이들이 멍하니 입을 벌린 채 비비안을 바라보았다.

"너⋯⋯, 지금 나더러, 감히, 네가⋯⋯!"

카트리나가 차마 말을 더 잇지 못한 채 부르르 몸을 떨었다. 비비안이 싸늘하게 입술을 달싹였다.

"글래스턴 공자가 흉측한 괴물이라는 말보단, 차라리 네가 사생아라 저주받는 바람에 그 모양으로 생겼다는 말이 현실적으로 더 말이 되니 하는 말이야. 애초에 불륜이랑 괴물이 태어나는 건 아무 상관 없지만⋯⋯, 멍청하니 어쩔 수가 없지."

"도슨, 네가 지금 무슨 말을 하고 있는지 알아?"

"기껏해야 하찮은 졸부 딸 주제에, 감히 카트리나에게! 무례해!"

"가만 안 둬. 아버지께 다 말씀드릴 거야. 아버진 널 가만 안 두실 거라고!"

"그래. 그러렴."

비비안이 산뜻하게 웃으며 고개를 끄덕이고는 말을 이었다.

"그럼 나도 말해도 되겠지?"

"무슨 말이야?"

"글래스턴 후작께 서신을 보낼 거야. 너희와 네 부모님의 이름을 전부 상세히 적어서. 여기에 감히 후작님의 손자를 모욕한 이들이 있다고 말이야."

"……."

순간 정적이 흘렀다. 애초에 한낱 젠트리 계층 계집애가 쓴 편지가 후작에게까지 갈 리 만무했지만, 후작이란 단어가 등장했다는 것 하나만으로도 어린아이들에겐 꽤 심각하게 들리는 말이었다.

아이들이 곤란한 얼굴로 서로 눈치를 보기 시작했다. 비비안이 단호하게 못 박아두듯 말했다.

"한마디로 네가 너희 부모님께 날 이르면, 나도 글래스턴 후작께 널 말하는 거야. 어느 쪽이 손실이 클지는, 힘들겠지만 그 부족한 머리로 잘 생각해봐."

다행스럽게도 카트리나 랜돌프는 제 집안의 안위를 생각할 정도의 머리는 있었고, 그렇기에 더더욱 자신의 허술한 거짓말에도 속아 넘어갈 수 있을 것이었다.

비비안은 피식 웃었다. 카트리나가 비비안의 웃음에 분통을 터트렸다.

"이, 이 비겁한 계집애!"

"칭찬 고마워. 얼굴 한번 본 적 없는 사람을 두고 괴물이라고 모욕해댄 너야말로 얼마나 정의로운지 모르겠네."

"비겁해! 비겁하다고!"

"그래, 그래."

고개를 대충 끄덕이며 어른들이 있는 곳을 힐끗 바라본 비비안이 아이들에게 손을 흔들며 밝게 인사했다. 어른들의 시선을 의식한 비비안의 영악한 얼굴 위로 해사한 미소가 떠올랐다.

어른들이 있는 곳과 비스듬하게 등을 지고 있는 탓에 비비안이 그러는 까닭을 알 리 없는 카트리나에게는 더더욱 거슬리는 일이었다.

카트리나가 일그러뜨린 얼굴로 비비안의 코앞까지 다가와, 제 뒤의 아이들더러 들으라는 양 말했다.

"졸부의 딸이랑 사생아가 친구라니, 참 잘 어울려. 그치?"

카트리나의 말에 그녀의 뒤에 서 있던 아이들이 소리 내어 웃었다. 비비안이 생글생글 웃으며 상쾌한 목소리로 대꾸했다.

"고마워. 너희도 잘 어울려. 아마도 하나같이 다 못생겨서 그런 모양이야."

비비안은 카트리나의 어깨를 툭툭 가볍게 두드려주고 몸을 홱 돌려 걸었다. 돌아서자마자 비비안의 웃고 있던 얼굴이 딱딱하게 굳었다.

제 일도 아닌데 굳이 나서서 피곤하게 엮이다니, 이건 정말 저답지 않은 멍청한 일이었다. 그녀의 생각대로라면 카트리나 랜돌프는 아마도 제 부모에게 일러바치지 못할 것이다.

그러나 이번에는 꽤 들쑤신 것 같고, 사실 어떻게 될지는 장담할 수 없었다.

물론 카트리나 랜돌프가 그대로 제 부모에게 일러바친다 해도, 그 부모가 자신에게 직접적으로 해코지를 할 수 있을 만큼 랜돌프의 사업이 그리 여유로운 상황은 아니었다.

그걸 알고 있었기에 비비안은 그 얄미운 계집애를 그 모양으로 들 쑤실 수 있었던 것이다. 비비안 G. 도슨이 누군데. 제가 앞뒤 생각도 없이 가진 게 자존심뿐인 귀족 계집을 건드릴 리가 없다.

하지만 그런 최악의 상황이 없다 하더라도, 비비안의 아버지에게 는 마냥 껄끄럽기만 한 일이리라. 변변한 작위 하나 없어도 랜돌프는 어쨌든 잘난 귀족나리셨기 때문이다.

에윈 게이 글래스턴, 아니, 에윈 가브리엘 글래스턴……. 하여간 도움이 안 되는 애였다. 비비안은 제가 멋대로 나섰다는 사실은 까맣 게 잊고, 별장에서 아무것도 모른 채 팔자 좋게 낮잠이나 퍼질러 자 고 있을 에윈을 욕했다.

언젠가 이렇게 귀찮은 일이 생길 줄 알았다.

알고 있었다. 그 피곤한 신분 덕에 괴물이라느니, 유령과 산다느 니, 털보라느니, 다리가 붙은 채로 태어났다느니……. 온갖 기괴한 소문은 저 혼자 다 달고 있질 않나.

소문은 비비안의 왕래에도 불구하고 줄어들기는커녕 오히려 점점 늘어났다. 보수적이고 신앙이 깊은 남부 귀족들에게 있어 사생아란 불명예와 죄악이었으므로.

졸부의 딸이랑 사생아가 친구라니, 참 잘 어울려.

비비안은 카트리나의 말을 떠올리며 미간을 설핏 찌푸렸다. 그 멍 청한 계집애가 제 앞에서 번지르르하게 읊었다는 것은, 이미 어른들이 그렇게 열심히 떠들고 있다는 뜻이었다.

졸부의 딸과 왕의 사생아라니, 역시 그리 좋은 그림은 아니었던 모양이다.

귀부인들의 우아한 웃음소리와 신사들의 중후한 목소리도 한데 섞이니 그저 훌륭한 소음이었다.

비비안은 그 시끄러운 계집애들 사이에서 벗어나 심드렁한 눈으로 제 아버지의 뒷모습을 좇았다. 필립은 너무 바빠 비비안을 신경 쓸 수 없었다. 아니, 그래야 했다.

비비안은 그새 곁눈질을 해가며 자신에게 불필요한 신경을 쏟고 있는 필립을 발견했다. 비비안이 엄한 얼굴로 고개를 가로저었다.

'난 이제 어린애가 아니니 신경 쓰지 말라.'는 말을 도대체 몇백 번을 한 건지 모르겠다. 그 모든 말들이 무색했다. 이렇게 학습 효과가 없다니, 엘리자베스 말대로 남자는 나이가 들어도 아이인 모양이다.

비비안은 고개를 절레절레 흔들며 걸음을 옮겼다. 이리저리 은근슬쩍 돌아다니며 괜찮은 정보가 없나 들어볼 요량이었다.

사람들의 경계를 받지 않기 위해 순진한 표정을 짓는 것도 잊지 않았다. 물론 여기서 비비안이 한 가지 간과한 사실은, 비비안이 어떤 얼굴로 돌아다니든 어른들은 열두 살 여자아이를 산업 스파이로 곧잘 경계하지 않는다는 것이었다.

"……정말이지, 글래스턴에는 재앙이나 마찬가지인 아이예요."

글래스턴. 비비안은 희미하게 뇌리를 파고드는 목소리를 잡아챘다. 그녀가 눈을 가늘게 뜨며 우뚝 멈춰 섰다.

"랜돌프 부인, 그러고 보니 예전에 당신이 윈스터 백작 부인을 만난 적이 있었다고 들었는데요."

윈스터 백작 부인, 빅토리아 윈스터.

지금은 죽고 없지만 그녀는 글래스턴 후작의 하나뿐인 딸이었다. 바로 그 에윈의 어머니이기도 했고. 비비안은 자연스럽게 딴청을 부리는 척 부인들의 주변에 자리를 잡았다.

"그게 사실인가요?"

"그랬죠. 아주 오래된 일이지만."

"그녀는 어땠나요? 하도 소문만 무성한 여자였으니."

"벌써 십오 년이나 된 이야기군요. 그녀도, 나도 결혼하기 전의 일이에요."

랜돌프 부인은 마치 오래된 친구와의 대단한 추억을 더듬듯 조금 애틋하기까지 한 어조로 말을 이었다.

비비안은 랜돌프 부인이 실상 빅토리아 윈스터와 말 한마디 못 해 봤으리란 데 할아버지의 유산 중 하나인 엘크 머리―그 벽에 박제된 지 사십 년은 족히 되었을―를 걸 수도 있었다.

참고로 그 커다란 사슴 머리통이 마음에 들지 않는다고 해서 쉽게 건 것은 절대 아니었다. 굳이 유언장까지 쓰면서 '비비안의 앞으로' 목록에 그런 쓸데없는 것들만 골라 쓰셔야 했나 새삼 회의감이 드는 건 어쩔 수 없지만.

"꼭, 장미 같은 여자였어요. 아주 화려하고, 그보다 더 아름다웠죠."

"역시나."

"그녀가 랭카셔의 겨울 별장에 온 건, 딱 지금 같은, 여름 초입에 들 무렵이었어요. 그때는 글래스턴 가의 겨울 별장도 지금처럼 빛바랜 모습이 아니었죠. 그 우아한 홀에서는 매일같이 파티가 열렸고요. 그녀는 랭카셔에서 가장 아름다운 주최자였을 거예요. 그 어떤 여자도, 그녀를 질투할 엄두조차 내지 못했죠."

비비안은 조금 흐려진 표정으로 이어지는 이야기를 들었다. 그녀가 어떤 사람이었는지에 관하여, 정확히는 그녀가 에윈에게 있어 어떤 어머니였는지에 관하여 비비안이 알 수 있는 것은 없었다. 랜돌프 부인이 하는 모든 말은 고작 빅토리아의 처녀 시절, 그녀를 멀찍이서 선망하는 시선으로 바라보던 한 사람의 감상에 불과했으므로.

그러나 비비안은 부인들의 화제가 빅토리아에서 모슬린의 구입처로 바뀔 때까지 그 자리에 서서 가만히 그녀들의 이야기를 경청하고 있었다.

그녀는 조금 심란한, 그러나 어른들의 눈에는 그저 조금 심통이 난 얼굴로 걸음을 옮겼다. 그리고 마침 지나가던 메이드를 잡았다.

"네. 아가씨?"

비비안은 말없이 손을 까딱까딱했다. 그 손짓을 이해하지 못한 채 고개를 갸우뚱한 메이드가 아, 하고 탄성을 내질렀다. 그리고 들고 있던 쟁반을 비비안에게 맞춰 살짝 낮춰주었다. 비비안이 지극히 자연스러운 손짓으로 쟁반 위의 와인 잔을 가져갔다.

"고마워요."

"별말씀을요."

괜히 마음도 조금 심란하고 머리도 복잡한 것이, 왜 어른들이 힘들다는 말과 세트로 술을 찾는지 이해할 수 있을 것도 같았다. 그렇게 한 모금을 삼키려는 찰나, 그녀는 뒤늦게 위화감을 느끼고 돌아온 메이드에 의해 잔을 빼앗겼다.

"아가씨! 이러시면 안 돼요."

들켜버렸네, 하는 얼굴로 잔디에 와인을 퉤 뱉어낸 비비안이 얌전히 고개를 끄덕였다.

"아가씨 같은 어린이들이 술을 마시면 아야 하게 된단 말이에요."

아야는 개뿔. 제가 어디 다섯 살 꼬맹인 줄 아는 모양이지.

저런 건 몇 잔을 마셔도 아프지 않을 것이다. 그러나 비비안은 순수함을 잃지 않은 얼굴로 고개를 한 번 더 끄덕였다. 미처 그런 것까진 몰랐다는 듯이.

어차피 구석진 곳이라 자신이 병째 들고 마셔도 모를 텐데.

"아시겠죠? 아가씨?"

대충 얌전히 고개나 몇 번 더 끄덕여주려는 찰나, 비비안은 메이드의 뒤에 서 있는 필립을 발견하고 얼굴을 딱딱하게 굳혔다.

이건 예상하지 못한 전갠데.

"비비."

비비안은 순간 빠르게 머리를 돌렸다. 그러나 비비안의 결론보다 필립이 다가와 비비안의 어깨를 잡는 것이 더 빨랐다. 필립이 늘 그랬듯 상냥하게 웃으며 물었다.

"지금 손에, 뭘 들고 있었니?"

"아빠. 그게."

"응."

"어린이도 가끔은, 힘들 때가……."

"집에 가자. 당장."

"……네."

비비안은 하늘색 치맛자락을 나풀거리며 경쾌한 발걸음으로 모퉁이를 돌았다. 마침 복도를 청소하고 있던 별장의 하녀들이 비비안을 반갑게 맞이했다.

"비비안 아가씨!"

"어머, 비비안 아가씨 오셨군요. 오늘도 정말 사랑스러우세요."

"어쩜 이렇게 예쁘실까."

너무나 당연하고 새삼스러운 말이었지만, 그렇다고 해서 당연하다고 느끼는 게 겉으로 티가 나선 안 됐다. 비비안은 조금 수줍게 미소 지으며 의례적으로 인사했다.

"고마워요. 멧지, 케이트, 에피도 언제나 예뻐요."

작은 입술이 달싹이며 이름들을 또박또박 나열했다. 흐뭇한 얼굴로 비비안을 내려다보던 케이트가 조금 놀란 듯 되물었다.

"어머, 에피 이름은 벌써 어떻게 아신 거예요?"

"에피가 지난주에 처음 왔을 때 이미 한번 인사한걸요. 그렇죠, 에피?"

"그랬었죠, 아가씨."

"아, 바트에게 며칠 뒤에 별관 대청소가 있다고 들었어요."

"네, 아가씨."

"고생이 많겠지만 별장이 오랫동안 방치되어 있었고, 이번에야말로 꼭 해야 하는 일이니까요. 모두 힘내요. 그때 맛있는 참을 준비할

게요."

물론 에윈의 돈으로. 그러나 비비안은 은근슬쩍 출처가 자신인 양 선심 쓰듯 말했다. 더불어 선심 쓰듯 하면서도 이것은 여러분에 대한 별것 아닌 호의이지, 결코 대단한 선심을 쓰려는 게 아니라는 뉘앙스를 풍기는 것이 중요했다. 자신이 베풀지도 않는 일에 선심 쓰는 게 아닌 척 선심을 쓰는 것은 조금 어렵다. 그러나 성공한다면 그보다 더 좋은 투자는 없으리라.

다행히도 비비안의 의도는 그대로 전달된 듯했다. 하녀들에게 마주 웃어준 비비안은 본래 목적지로 다시 경쾌하게 걸음을 옮겼다.

"나 왔어."

비비안의 말에도 문 안에서는 별다른 대답이 돌아오지 않았다. 비비안은 느긋한 얼굴로 다시 한 번 말했다.

"나 왔어."

"……."

"문 열어, 게윈."

얼마 지나지 않아 방문이 열렸다. 문을 여는 사람의 심경을 나타내듯, 조금 신경질적인 느낌이었다.

에윈이 문을 잡은 채로 비비안을 심드렁하게 내려다보았다.

"……넌 문을 열 줄 몰라?"

"넌 문을 열어줄 줄 몰라?"

"이번엔 또 무슨 신종 궤변이야."

에윈이 기가 막힌 듯 미간을 설핏 찌푸렸다. 비비안이 새침한 얼굴로 대꾸했다.

"주인의 응답을 기다리고, 주인이 원하지 않을 때 침입……, 아니,

방문하는 걸 방지하는 객으로서의 예절이야."

"……언제는 묻지도 않고 제 손으로 벌컥벌컥 잘만 열고 들어오더
니?"

"마음이 바뀌었어. 내 거버너스인 미스 빙엄이 말하기를…….."

에윈은 됐다는 듯 손을 대충 휘젓고는, 비비안의 팔을 끌어당겨 방
안으로 들였다.

비비안이 어깨를 으쓱했다.

"잘 생각했어. 이번 미스 빙엄의 설교는 좀 길었거든."

"그래, 이제라도 예절 찾을 정신이 들어 다행이다."

"그래서 네가 문을 열어줘야 하는 거야."

"……뭐?"

"난 레이디잖아."

흡사 네가? 하는 눈빛으로 에윈이 비비안을 쭉 훑었다.

비비안은 개의치 않고 도도하게 말을 이었다.

"내가 내 손으로 문을 열지 않게 하는 게 바로 네가 지켜야 할 신사
의 예절이지."

"그냥 날 네 종으로 부리고 싶은 거라고 해, 이 시건방진 계집애
야."

"가까울수록 격식과 예의가 중요하댔어."

몸을 돌리던 에윈이 순간 멈칫했다.

"그러니까, 우리도 이제부터는…….."

"…….."

"왜 그래?"

"아니, 아무것도 아냐."

에윈은 테이블로 걸어가 비비안의 의자를 자연스럽게 빼놓았다. 비비안이 씩 웃으며 테이블로 걸어가 제자리에 우아하게 앉고는, 고개를 젖혀 에윈을 올려다보았다.

"네가 이제 꽤 사람이 된 것 같아 기뻐. 다 내 덕분인 것 같아."

"……하여튼, 좀 예뻐 보이다가도."

"응?"

"너 못생겼다고."

에윈의 침대 위에 책을 펴고 엎드려 발을 팡팡 구르던 비비안이 문득 책에서 고개를 들며 몸을 빙그르 돌렸다. 에윈은 여전히 한 시간 전 그대로의 모습이었다. 흐트러짐 없이 곧은 자세, 변함없이 책에 고정된 시선.

비비안이 두 손으로 꽃받침을 만들어 턱을 괴었다. 배부른 고양이처럼 나른하게 늘어져 있던 눈매에 번뜩 빛이 스쳤다.

"에윈, 에윈."

"왜."

집중을 산산이 깨트리는 그 또랑또랑한 목소리가 성가신 듯, 몇 박자 뒤에 에윈의 마지못한 대꾸가 들려왔다.

"네 신분이 정확히 어떻게 되지?"

"……."

대수롭지 않은 목소리가 뜬금없이 물어온다. 마치 나중에 뭐 먹을까 묻기라도 하는 투다.

에윈은 미간을 설핏 접었다가 천천히 비비안을 향해 고개를 돌렸다. 반짝이고 있는 두 눈이 심히 부담스러웠다.

"잘 알잖아. 사생아."

에윈은 비비안의 물음과 마찬가지로 대수롭지 않게 대답했다. 사생아.

그 지극히 담담한 단어에 비비안이 고개를 휘휘 저었다.

"아니, 아니. 그러니까 네 서류 말이야. 글래스턴에서의 공식적인, 합법적인."

"외숙부의 양자로 입적되어 있어."

비비안은 턱을 괸 그대로 고개를 몇 번 주억거렸다. 에윈이 눈을 가늘게 떴다.

"뭐야?"

"법적으로도 글래스턴 공자님이네."

"그럼 여태까지 뭐라 생각했어?"

"뭐, 그냥. 오갈 데 없이 끈 떨어진 연 정도?"

"……."

배려라고는 먼지 한 톨만큼도 없는 대답에 에윈이 헛웃음을 뱉었다. 저 계집애는 원래 저런 계집애다 싶어 그런 건지, 혹은 자주 듣던 말인지, 아님 둘 다인 건지는 몰라도 에윈은 딱히 상처받진 않은 눈치였다.

비비안은 에윈을 물끄러미 바라보다 도로 한 바퀴 굴러 책 앞에 엎드리며 책을 탁 접었다. 그리고 몸을 일으켰다.

"공식적인 위치가 있으면 됐어."

"뭐가 돼?"

비비안은 말없이 짐짓 진지한 얼굴로 고뇌에 빠졌다. 비비안에게서 이렇게 대답이 돌아오지 않는 것이 새삼스레 특별할 이유는 없었으므로, 에윈은 다시 책으로 무심히 고개를 돌렸다.

비비안의 시선이 에윈의 옆모습에 닿았다. 형체도 없이 날카롭게 박히던 말들이 귓전을 울렸다.

어쩌면 그녀는 화가 났던 건지도 몰랐다. 비비안은 비로소 그것을 깨달았다.

그래. 저는 화가 났었다.

그 터무니없고, 무책임하고, 멍청하고 잔인한 말들.

어른의 고상한 목소리, 아이들의 카랑카랑한 목소리는 모두 하나를 향해 있었다. 뿌리 깊은 혐오감으로 점철되어 있으나 정작 뿌리는 어디에도 없다.

멀리서 비웃고 있으면 딱 보기 좋은 광경이겠지만 그러기엔 이미 발이 대외적으로 담겨 있기도 했고, 비비안이 스스로 몇 걸음이나 더 걸어 들어가기도 해 별수 없었다. 비비안은 이제 그걸 알고 있었다.

정말이지 계속 안고 있어봤자 어디에도 도움은 안 될 텐데.

에윈은 아무리 잘 평가해줘도 얼굴만 번지르르한, 처치 곤란한 귀공자였다. 그 나이대치고 꽤 명석하긴 하지만—물론 자신을 이길 순 없었다—그 똑똑한 머리가 에윈의 미래에 딱히 도움이 될 것 같진 않았다. 오히려 장애면 장애였지.

비비안의 시선이 조금 더 가라앉았다. 그래도 어쩔 수가 없었다. 그렇게 멍청한 사람들에게 멍청한 소리나 듣기엔, 에윈은 아까운 사람이었다. 적어도 비비안의 인정을 받은 사람은 그런 취급을 받아선 안 되었다.

그 모든 게 랭카셔에서 갑자기 시작됐을 리는 없다.

아무리 남부가 보수적이라고 해도, 중부 귀족 사회의 고고함이 남부에 뒤질까.

비비안은 에윈이 태연하게 저를 가리켜 '사생아'라고 간단히 말하던 것을 떠올렸다. 남부에서 괴물이니 유령을 갖다 붙일 정도의 단어를 말하면서도 에윈은 달리 위축된 기색도, 부끄러워하는 기색도 없이 그저 담담했다.

그는 바로 앞에서 제 처지를 남들이 조롱하던 말을 그대로 말해도 무딘 얼굴로 넘겨버린다. 비비안은 그게 특히 마음에 들지 않았다.

사실 제 생각과는 달리, 정말로 어린애가 아닌 것은 에윈일지도 모른다는 생각이 드니까.

비비안은 깔아뭉개보겠답시고 달려드는 부류를 많이 겪었다. 무시, 조롱도 익숙했다. 그보다 더 많이 돌려줄 자신이 있었고, 애초에 그 조롱이나 무시라는 것들은 별달리 의미도 없는 유치한 것투성이였다.

명백히 제가 나은데 굳이 발끈할 필요가 없었다. 태연한 얼굴로 몇 마디만 현실적으로 돌려주면 충분했다. 그리고 그 믿음, 자신이 저들보다 더 우월하고 더 가치 있는 존재라는 확신은 바로 그녀의 아버지에게서 오는 것이었다.

내겐 세상에 오직 너뿐이란다. 아빠는 네가 제일 귀해. 아빠 눈에는 네가 제일 예쁘다. 비비, 우리 비비……. 비비안의 눈에 제일 귀한 사람이 제일 아끼는 것은 비비안 자신이었다. 그녀는 늘 넘치는 사랑 속에 자라왔고, 그래서 그 무게를 알고 있었다.

가치 없는 사람에게 짓밟히는 게 싫은 것은 스스로를 너무나 사랑해서가 아니라, 그런 제 아버지의 마음까지 모욕당하는 기분이 들어서였다.

비비안은 눈을 몇 번 깜빡였다.

아무리 봐도, 에윈에겐 그런 근원이 없었다. 항상 태연한 얼굴은 짐짓 소년을 거만해 보이게 만들기도 했지만, 일견 지쳐 보이기도 했다.

"에윈."

에윈은 말없이 고개만 비스듬히 돌려 비비안을 응시했다. 더 말해 보라는 듯한 시선에 비비안이 물끄러미 에윈을 보다 이내 입을 열었다.

"네 어머니는 어떤 사람이었어?"

비비안이 제정신인지 확인하듯 에윈의 고개가 조금 더 기울었다. 그녀는 인상을 확 찌푸렸다. 에윈이 가볍게 어깨를 으쓱했다. 그리고 곰곰이 생각하다, 굳이 망설일 이유가 없다 싶었는지 느릿하게 대꾸했다.

"윈스터 백작 부인."

지나치게 간략한 한마디에는 어떤 애정도 없었다. 비비안은 콧등을 찡그렸다. 비비안이 얼굴도 한번 본 적 없는 어머니에 대해 말하는 것이 저것보다는 훨씬 다정하리라.

"해줄 말이 별로 없어. 윈스터 백작 부인에 관해선 아는 게 별로 없어서. 기껏 해봤자 너도 여기저기서 들었던 이야기겠지."

에윈은 다른 누구도 아닌 제 어머니를 백작 부인이라 불렀다.

비비안은 순간 그 차가운 온도에 멈칫했다.

"같이 지내지 않았나?"

"지냈지. 일곱 살까진."

"그럼 추억이 있지 않아? 세간의 이야기보단 네가 알고 기억하는 걸 듣고 싶어. 같을 리가 없잖아. 밖에선 뭐든 떠들 수 있어."

"아름다운 사교계의 꽃. 윈스터의 고귀한 지위. 수많은 추종자들. 왕의 연인."

"……."

"그 모든 걸 나 때문에 잃었다고 했어. 내가 백작 부인에게 직접 들은 제대로 된 문장은 대체로 이런 것들뿐이야. 그리고 정확히 이게 전부야."

"……왜, 그녀를 어머니라 부르지 않아?"

"그녀가 싫어했으니까."

에윈은 간단하게 대답했지만 비비안은 간단하게 납득하지 못했다. 비비안은 비록 어머니에 대한 기억조차 없었지만, 단 한 번도 그녀가 자신을 사랑하지 않았을지도 모른다는 생각은 해본 적이 없었다.

비비안에겐 언제나 어머니가 살아 있었다면 지금쯤 더 행복했으리란 가설이 존재했다. 그런 게 어머니였다. 엘리자베스, 도슨 가에서 일하는 사용인들, 티파티의 귀부인들…….

비비안은 수많은 어머니들을 만났다. 신분이 다르고, 혹은 사랑의 크기가 달라도 그들은 모두 하나같이 어머니의 모습을 하고 있었다. 그리고 그 속에 에윈의 어머니 같은 여자는 없었다. 어머니라고 불리기조차 싫어하는 여자.

"정말로 그것뿐이야?"

"찾아보면 더 있겠지. 대체로 비슷하지만."

비비안을 빤히 바라보던 에윈이 창밖을 흘낏 내다보며 책을 탁 덮고는 천천히 몸을 일으켰다.

"이제 그만 가. 저녁이야."

"넌? 같이 먹기로 했잖아."

"피곤해. 답지 않게 챙겨주는 척은. 어서 사라져."

에윈은 피식 웃으며 비비안을 남겨둔 채로 방을 나섰다. 달칵, 곧바로 문이 닫히는 소리가 방을 울리고 나서도 비비안은 한참이나 그 자리에 앉아 있고 나서야 일어서 걸었다.

문을 향해 가던 몸이 문득 방향을 틀어 에윈이 앉아 있던 자리로 간다. 비비안은 테이블 앞에 멈춰 서서 에윈이 읽던 책을 폈다. 비비안의 손끝이 책장 위를 가볍게 쓸었다. 곧바로 펴지는 장은 한번 세게 쥐었다 놓은 것처럼 전체가 구겨져 있었다.

찰스 왕의 국장(國葬)이 끝나고, 기다렸다는 듯 윈스터에서는 글래스턴에 공식 서한을 보냈다.

빅토리아 윈스터와의 이혼을 원한다는 짧은 글귀와 윈스터의 인장이 찍힌 이혼장은 글래스턴 후작을 통해 지방 별장에 칩거하고 있던 빅토리아 윈스터 본인에게로 전해졌다.

윈스터는 대관식 전에 모든 일을 끝내려는 것처럼 서두르는 눈치였다. 기실 새로운 왕의 즉위와 함께 죽은 왕의 어린 아들들도 모두 죽었는데, 죽은 왕의 사생아를 가진 부인을 계속 가문에 둘 수는 없는 일이었다.

애초에 빅토리아 윈스터는 왕의 아들을 낳으며 살아 있는 왕에게도 버려진 여자였다. 죽은 찰스가 가진 모든 왕권은 왕비의 집안에서 나온 것이었다. 왕비가 아닌 다른 계집이 왕의 아들을 낳을 때마다 얼마나 비참한 결말을 맞이했는지를 떠올려본다면 그녀의 처지는 꽤 행복한 편이었다.

글래스턴 후작 영애, 윈스터 백작 부인. 바로 그 고귀한 이름 탓에.

그러나 그녀는 그런 선처를 달갑게 여기고 안주하기엔 지나치게 화려한 생을 살아왔다.

사교계의 꽃에서 왕의 정부로 인생의 정점을 찍은 여자가 세간의 멸시 속에 사생아 아들과 덩그러니 남겨졌다. 그것은 그녀가 단 한 번도 생각지 못한 낭떠러지였다.

너를 왕비로 만들겠노라 속삭이던 왕은 딸이 아닌 아들이 태어나자 왕비에게 보란 듯이 곧바로 그녀를 버렸다. 왕비를 꿈꾸던 여자는 그렇게 왕에게 버려지고, 왕에게 버려졌기에 제가 배신한 남편에게도 버려졌다.

신앙심이 깊고 보수적이었던 제 아비는 이미 오래전 그녀가 왕의 정부가 된 순간 모든 지원을 끊었다.

그리하여 모든 후광을 잃은 그녀에게 남은 말은 단 하나였다.

창녀.

그녀는 제 아비가 이미 글래스턴의 인장을 찍은, 완벽하게 완성된 이혼장을 보고 절망했다.

"부인, 부인, 제발 이러지 마셔요! 부인!"

문밖에서 몇 번이고 실랑이를 벌이던 빅토리아 윈스터는 감히 제 옷깃을 잡는 하녀들의 뺨을 몇 번이나 때리고 나서야 문을 열고 들어왔다. 유모가 에윈을 끌고 도망치려는 듯 에윈의 손을 잡아끌었지만 에윈은 가만히 버티고 섰다.

"공자님. 공자님."

결국 유모가 힘을 주어 억지로 끌고 가려고 했으나 그보다는 이성을 잃은 빅토리아 윈스터의 걸음이 더 빨랐다. 그녀는 높이 손을 들어 에윈의 뺨을 몇 대 내려치고, 몸을 돌려 책상 위의 문진을 잡았다. 그대로 에윈에게 던져버릴 것만 같았던 문진은 한동안 그녀의 손 안에만 있었다.

도저히 견딜 수가 없다는 듯 숨을 몇 번이나 몰아쉬던 빅토리아가 에윈의 유모를 노려보았다.

"나가."

"제발, 공자는 이제 겨우 여섯 살이십니다. 부디 공자님에게 이러지⋯⋯."

빅토리아가 이를 악물며 들고 있던 문진을 그녀에게 던졌다. 묵직한 돌은 다행히 치맛자락만 스치고 떨어졌지만 그녀를 공포에 빠트리기엔 충분했다.

"네년에게는 더 할 말 없어. 또 창고에 끌려가서 맞아 죽고 싶은 게 아니면 아이 두고 나가."

에윈은 유모가 저를 돌아보기도 전에 그녀의 손을 놓았다. 그녀가 먼저 자신을 놓고 죄책감에 시달리지 않게 배려한 것이었다.

그것을 잠자코 지켜보고 있던 빅토리아가 눈을 가늘게 떴다. 유모는 차마 에윈을 돌아보지도 못한 채 겨우 걸어 방을 나갔다. 그 문이 닫히는 소리와 함께 에윈이 발길질에 쓰러졌다.

작은 몸은 신음 소리 한번 없이 몸을 웅크렸다. 몇 번이고 뾰족한 구두가 작은 배를 걷어찼다. 잘게 기침을 뱉는 에윈의 머리 위로 화려한 그림자가 드리웠다.

낮게 몸을 숙인 빅토리아가 바닥에 처박힌 제 아들의 얼굴을 잡아 제 쪽으로 돌렸다.

"결국 이렇게 만드는구나."

죽여도 도무지 죽지 않는 버러지를 내려다보듯 혐오스러운 눈길이었다.

"네가, 네가. 기어코 내 인생을 돌이킬 수도 없이 망가트려."

에윈은 말없이 제 어미를 올려다보았다. 빅토리아가 실성한 것처럼 아름다운 입매를 휘어 웃었다.

"이젠 잘못했다는 말도 없구나. 그래. 너도 네 아비를 닮아 뻔뻔한 종자겠지. 응? 그렇지 않니?"

저주받은 새끼. 너만 태어나지 않았어도. 내가, 내가 널 낳지만 않았어도. 너 때문이야. 너 때문에 모든 걸 잃었어. 이 모든 게 너 때문에. 너만 태어나지 않았더라면.

수십 번을 반복해 중얼거리는 말은 고작 여섯 살이 된 에윈이 이미 수천 번도 더 들어온 것이었다.

그녀는 오래전에 미쳐 있었다. 그리고 그것을 하나하나 의미 있게 받아들이기에는 에윈이 아직 너무 작았다. 에윈은 그저 기계적으로 잘못했다고 빌었다.

그러나 에윈의 기억 속에서 그 평범한 날이 달랐던 것은, 그것이 빅토리아의 마지막 구타였다는 점이었다.

빅토리아는 여느 때처럼 잘못한 것 하나 없이 잘못했다고 비는 제 여섯 살짜리 아들을 멍하니 보다가 한참을 울었다. 삶이 얼마나 바닥을 쳤는지 알 수 있는 것이 제 처지가 아니라 사실은 이런 광경이라는 걸 불현듯 깨달은 여자는 천천히 에윈에게서 손을 뗐다.

그리고 홀린 듯 죽어야겠다고 중얼거렸다.

그 결심이 현실이 되는 데는 그리 오랜 시간이 걸리지 않았다. 꽃병이 깨지고 유리가 여자의 손목을 몇 번이나 긋는 동안 에윈은 가만히 그것을 지켜보았다. 가만히, 아무것도 하지 않고, 울지도 않고, 누구를 불러올 생각도 하지 않았다.

빅토리아의 죽음은 전혀 극적이지 않았다. 절규도, 절망 어린 한탄도 없이 빅토리아는 조용히 죽었다. 그리고 에윈은 그 모든 것을 지켜보며 그녀의 숨이 완전히 끊기길 기다렸다. 당장 문밖으로 뛰쳐나가 사람들을 불러오면 그녀를 살릴 수 있었으나 그러지 않았다.

그래. 기다렸다. 저대로 죽어버렸으면 좋겠다고 생각했으니까.

너무 무서워서 비명을 지르고 싶었고, 네발로 기어서라도 당장 문밖으로 뛰쳐나가고 싶었다. 사람이 제 앞에서 피 흘리며 죽어가는 공포가 온몸을 잠식했다. 그럼에도 그 모든 것보다 빅토리아가 죽기를 바라는 것이 훨씬 컸다.

드디어, 드디어 벗어날 수 있다.

에윈은 덜덜 떨며 그 모든 것을 인내했다. 그리고 시간이 꽤 흐르고 그녀가 정말 다시는 돌아올 수 없는 사람이라는 걸 확신하고 나서야 몸을 일으켰다.

그렇게 꿈에서 깨어났다.

반사적으로 몸을 일으킨 에윈이 낮게 숨을 몰아쉬며 고개를 내렸다. 덜덜 떠는 손이 얇은 여름 이불을 겨우 붙잡고 있었다.

그때, 여섯 살의 그 무력한 손보다는 훨씬 커진 손이었다. 그것을 깨닫자 기묘한 안도감이 온몸을 채웠다. 고개가 천천히 아래로 처박혔다.

이젠 모두 상관없는 일이었다. 제 탓이 아니었다.

이불에 고개를 박은 채로 한창 가쁘게 숨을 몰아쉬던 에윈이 겨우 진정하며 고개를 다시 들었다. 해가 빨리 뜨는 여름날의 아침답지 않게 창밖 풍경은 여전히 어두웠다.

오늘은 비가 올 것 같았다. 불쾌한 예감이 머릿속을 파고들었다. 에윈은 애써 고개를 저어 생각을 털어내고 비비안과 함께 읽기로 한 책 따위를 생각했다.

비비안은 그네에 나른하게 누워 낮잠을 자고 있었다. 여름이 되자 비비안은 묘하게 게을러졌다. 랭카셔의 여름은 겨울이 따뜻한 것만큼이나 조금 혹독했다. 전도유망이란 글자를 이마에 새기고 다니던 여자아이도 후덥지근한 날씨 앞에서는 별 소용이 없는 모양이었다.

에윈은 그것을 전부터 지적하고 싶었지만, 그것을 깨달은 비비안이 좌우 시야가 꽉 막힌 경주마처럼 변하는 것을 굳이 보고 싶지는 않아 참고 있었다. 그 앞만 보고 달리는 채찍질이 비단 본인에 한정되지 않을 것을 알기 때문이었다.

에윈이 특별히 가정교사를 두고 있지 않다는 걸 알게 된 이후로 현재 비비안의 최대 골칫거리는 에윈의 교육 속도였다. 에윈은 도무지 이해할 수 없었지만 그랬다.

비비안은 가끔 강제로 거버니스와의 수업에 에윈을 끌고 가기도 했다. 얼마 전에는 비비안이 자리를 비운 새 거버니스인 미스 빙엄이 넌지시 말했다. 비비가 공자님을 동생처럼 참 많이 아끼는 것 같아요.

에윈은 그 말에 보이지 않게 코웃음을 쳤지만 미스 빙엄은 에윈이 그런 줄도 모르고 진지하게 말을 이었다.

도슨 씨가 좋은 아버지긴 하시지만 너무 바쁘시고, 어머니도 일찍 돌아가셨고, 형제자매 하나 없는 외동딸에 성격도—여기서 미스 빙엄은 '공자님도 아시다시피 좀, 사람 사귀기엔…….' 하고 말을 흐렸다—지나치게 꼿꼿하다 보니 친구도 제대로 없는데, 공자님과 이렇게 잘 지내는 모습을 보니 안심이 된다, 그러니까 앞으로도 잘해주라는 논지를 기다랗게 풀어놓은 말이었다.

이미 노튼 부부에게 질리도록 들어온 말이라 미스 빙엄의 말도 한 귀로 듣고 한 귀로 흘렸던 에윈은 잠든 비비안을 내려다보며 그녀의 말을 새삼 떠올렸다.

비비는 이렇게 누군가를 신경 쓴 적 없어요.

그 한마디가 이상하게도 흘려지지 않았다. 어쩐지 얼굴이 화끈거려 얼굴을 몇 번 쓸어내린 에윈이 그네 앞에 쭈그려 앉았다.

평소라면 상상도 할 수 없는 풀어진 얼굴이 신선했다. 에윈으로선 이렇게 비비안이 무방비한 모습을 한참 들여다보는 것이 처음이었다.

비비안은 결코 한순간도 방심하지 않는 계집애였다. 에윈이 손을 들어 손끝으로 비비안의 볼을 툭 쳤다. 고집스레 다물린 입술이나 늘 힘이 들어간 눈이 없으니 그냥 평범하게 예쁘장한 여자애다. 그럼에도 결코 온순해 보이진 않지만.

"……어?"

부스스하게 눈을 뜬 비비안이 책에서 머리를 떼어냈다. 한쪽으로 머리가 눌려 기껏 예쁘게 양 갈래로 땋은 머리가 반만 망가진 꼴이 우스웠다. 그러나 비비안은 그것을 미처 모르고, 어느 정도 정신이 돌아오자 도도하게 눈을 깜빡였다.

그 모습에 에윈이 픽 웃었다. 비비안은 반사적으로 도끼눈을 떴다.

"왜?"

"아무것도 아니다."

"아무것도 아닌데 불길하게 왜 웃어?"

"내가 웃는 게 왜 불길해? 이 불길한 계집애야."

"학습의 결과지. 넌 꼭 내가 우스울 때 그따위로 웃곤 했거든."

에윈이 비비안의 곁에 앉자, 비비안은 재고할 가치도 없다는 듯 얼굴에 붙은 머리칼을 떼어내며 머리를 풀었다. 작은 손이 땋인 머릿결 사이로 파고들어 꼬인 머리를 빗어내렸다. 그러자 땋여 있던 머리칼이 구불구불하게 파도를 치며 가슴까지 흘러내렸다.

비비안은 한껏 인상을 쓴 채로 머리를 쥐고 도대체 어떻게 처리해야 할지를 고민했다. 턱을 괴고 비비안을 물끄러미 바라보고 있던 에윈이 심드렁하게 말했다.

"푼 게 더 예뻐."

저도 모르게 그렇게 내뱉고 나서 약 오 초가 더 지난 후에야 무슨 말을 했는지 깨달았지만, 에윈은 애써 태연한 얼굴로 심드렁한 표정을 유지했다.

그러나 예쁘다는 말에 전혀 부끄러움이 없는 비비안이 눈을 빛내며 쥐고 있던 머리칼을 놓고 이리저리 삭삭 빗었다.

"한참 땋아났거든. 머리가 꼬불꼬불해져서 그런가? 예뻐?"

"……."

"예뻐? 예뻐?"

"못생긴 게 머리가 예뻐봤자……."

"말 바꾸긴. 역시 너도 언젠가 이렇게 인정할 줄 알았어. 누가 봐도 예쁜데 쓸데없는 데서 고집을 부리고 말이야."

"……."

에윈이 썩은 표정으로 저를 바라보든, 말든 비비안은 새침하게 머리를 정돈한 다음 그네 아래에 있던 체스판을 올렸다. 에윈이 비식 웃었다.

"또 맞고 싶은 모양이지."

"흥. 예전의 내가 아니야. 기대해."

보나 마나 제집에서 심심하면 다른 사람 피곤하게 붙잡아두고 연습한 것이 틀림없었다. 헛된 노력이다.

"도슨. 넌 체스에 재능 없어. 포기해."

사실 비비안이 체스에 재능이 없다기보다는 에윈이 지나치게 잘하는 것에 가까웠다. 비비안은 체스를 그럭저럭 하는 편이었다.

그러나 네가 못하는 게 아니라 내가 잘하는 거야, 라는 식의 말이 비비안을 얼마나 분노하게 하는지 아는 에윈은 간단하게 게임을 거절했다.

"닥치고 네 앞에 판에서 떨어진 말대가리나 잡아."

비비안은 요새 부쩍 사춘기에 들어선 사촌 오빠 엘리엇의 영향으로 말버릇이 거칠어졌다.

에윈은 눈을 가늘게 떴다.

"말하는 게 교양이 넘쳐난다?"

"다른 사람 앞에선 안 그래."

마치 그게 바로 네 특권이라는 양 뻐기는 투였다. 에윈이 기막힌 듯 코웃음을 쳤다.

그러나 그들이 체스를 시작한 지 몇 분 지나지 않았을 무렵, 갑자기 하늘에서 물방울이 후드득 떨어지기 시작했다.

"어, 비⋯⋯."

비비안이 동그랗게 커진 눈으로 에윈의 어깨 너머를 바라보았다. 에윈이 흘끗 뒤를 돌아보고는 체스판을 정리했다. 본래 조금 흐린 날씨였으니 소나기에 놀랄 것은 없었다.

"안으로 들어가자."

테라스의 하얀 마루를 지나 문을 열고 들어선 아이들이 기다란 복도를 걸으며 종알종알 떠들었다.

"아, 맞다. 메리가 오늘 맛있는 거 해준댔어. 톰 아저씨가 시내에서 오리 사왔대."

"돼지같이 먹는 거 얘기만 나오면 좋아서 어쩔 줄을 모르지."

에윈의 짓궂은 지적에 비비안이 주먹을 쥐고 에윈의 어깨를 있는 힘껏 가격했다. 짧게 앓는 소리를 낸 에윈이 비비안의 길게 풀린 머리칼을 잡고 홱 당겼다.

에윈이 당기는 대로 머리가 젖혀졌다 제자리에 돌아온 비비안의 눈이 진지하게 살기를 띠었다. 가까이 다가온 위험을 직감한 에윈이 복도를 뛰기 시작했다.

더 이상의 정면 승부는 곤란했다. 맞기는 싫고, 때리기엔 제 입장만 손해 보는 승부였다. 에윈의 뒷모습을 지그시 노려보던 비비안이 아예 치맛자락을 그러쥐었다. 그리고 온몸의 힘을 이끌어내 뛰기 시작했다.

뒤에서 카펫 위를 달리는 뭉툭한 발소리에 에윈이 웃었다. 제 발소리보다 한참 늦다.

빨리 방으로 들어가서 문을 잠그고…….

모퉁이를 돈 에윈이 그대로 멈춰 섰다. 에윈을 따라잡은 비비안이 뒤에서 회심의 일격을 날렸으나 에윈은 반응도 않고 그대로 서 있었다.

그제야 비비안이 고개를 들어 에윈 너머로 보이는 중년 신사를 응시했다. 비비안으로서는 처음 보는 신사였다.

어딘가 예민해 보이는 날 선 눈매가 비비안을 한번 훑고 다시 에윈에게로 돌아갔다. 무섭게 생긴 어른. 그렇게 반사적으로 생각한 비비안이 에윈의 옆에 가서 섰다.

그리고 저 사람이 누군지 묻기 위해 에윈을 향해 고개를 돌렸다. 그러나 묻지는 못했다.

에윈이 밀랍 인형처럼 굳어 있었다.

"옷차림이 그게 뭐냐."

에윈은 말없이 베스트 버튼을 단정하게 잠그고, 똑바로 허리를 펴고 섰다.

남자는 엄격한 얼굴로 불만족스럽게 혀를 쯧 찼다. 그때 하녀가 들어와 남자에게 차를 드실지 물었다. 무심하게 고개를 끄덕이고 하녀를 내보낸 남자가 문을 닫았다.

방 안에서 남자와 단둘이 되자 에윈의 얼굴이 하얗게 질렸다.

"오랜만이지."

"⋯⋯."

"대답."

"네. 외숙부."

에윈이 공손하게 대답했다. 에윈의 외숙부, 시어도어 글래스턴은 에윈의 주위를 한 바퀴 돌며 품평하듯 중얼거렸다.

"꼴이 말이 아니군. 그나마 잘 먹었는지 살은 좀 쪘는데 머리며, 옷매무새 하며. 하긴, 이런 시골에 애 혼자 내려 보냈으니 무리는 아니지."

수도 클리브스에서 외숙부 아래 있던 에윈과 랭카셔에 홀로 남겨진 에윈을 나란히 세워놓고 비교할 수 있다면, 누가 봐도 후자가 낫다 말할 것이다. 클리브스에서 글래스턴의 저택에 살고 있던 당시의 에윈은 잘 차려입은 뼈다귀나 다름없었다. 불과 이 년 전까지만 해도 그랬다. 밥을 못 먹으면 시어도어에게 가끔 곤죽이 되도록 맞는데도 밥을 먹지 못할 정도로.

에윈은 빅토리아가 죽은 후로 몇 년 동안은 잘 먹지 못했다. 어미의 죽음 이후로 밥도 제대로 먹지 못하는 손자를 외조부가 안쓰러워해줬다면 그보다는 나았겠지만, 유감스럽게도 후작은 에윈의 머리 터럭 한 올도 보기 싫어했다.

건실함과 교회에 대한 견고한 신앙으로 칭송받던 가문을 일거에 무너트린 외손자였다. 빅토리아가 에윈을 낳고 왕에게 버려진 후로 글래스턴은 세상의 조롱거리로 전락했다. 아들이 마지못해 받은 조카를 아껴주라 훈계하기엔 후작부터가 그런 손자를 아끼지 않았다.

방탕한 딸이 남긴 수치의 산물은, 그나마 왕가의 핏줄을 이어받아 어디 내다 버릴 수도 없는 골칫덩어리였다.

실질적으로는 랭카셔에 있는 지금이야말로 후작이 에윈을 버린 것이나 다름없었다. 버려지듯 처박힌 곳이 행복한 것은 의외였지만, 에윈은 그런 결과와 상관없이 랭카셔에 있는 제 처지는 늘 잊지 않았다.

버려졌다. 그것이 상처여서 잊지 못하는 게 아니라, 현실이기에 잊지 않는 것이다.

"여기가 꽤 마음이 편하긴 한 모양이구나. 클리브스에서는 빵 한입도 제대로 못 먹더니."

"……잘 지내고 있습니다."

"다행이군. 네 몫으로 남겨진 네 어미의 유산이 곧 이 별장으로 귀속될 거다. 이 별장을 어차피 네게 주실 생각이니까. 애초에 버려둔 별장이니."

"감사합니다."

"네게 줄 것은 그게 전부다. 주제에도 안 맞게 더 큰 것을 바랄 생각은 마."

클리브스에 있는 글래스턴의 웅장한 저택과 후작의 부를 생각한다면, 에윈이 받는 것은 지극히 사소하고 초라한 것이었다.

에윈은 그것을 알고 있었지만 그저 고개만 끄덕였다. 그 정도면 충분했다. 랭카셔에서 살아갈 집과, 적당히 살아갈 재산.

드디어 벗어날 수 있었다.

"상속이 이루어지면 더 이상 본가에서 네게 원조를 보낼 일은 없을 거다. 학교든, 가정교사든 네가 알아서 하면 그만이야. 이 말은 즉 이제 상관없이 살자는 거다. 세상이 뭐라고 하든.”

“알겠습니다.”

“단, 글래스턴의 이름을 받은 이상 글래스턴에 불명예를 끼치지는 말거라. 글래스턴의 품위는 언제나 지켜야 할 것이다.”

“명심할게요.”

“에윈.”

차갑게 에윈의 이름을 부른 시어도어가 천천히 걸어와 에윈의 앞에 섰다. 커다란 손이 에윈의 셔츠 칼라를 빳빳하게 정리했다. 그리고 머릿속에 심어주듯 또박또박, 아주 천천히 말했다.

“네 존재가 얼마나 수치스러운지를 네 스스로 잊어선 안 된다.”

“…….”

“넌 살아 숨 쉬는 것만으로도 충분히 혐오스러우니까. 그러니 이 시골에서 잠자코 썩어야 해. 네가 살아 있는지도 모르게, 네가 죽어도 죽은 줄 모르게. 그렇게 조용히 살아야 한다. 알겠지?”

싸늘한 음성이 짐짓 다정하게 물었다. 에윈이 뻣뻣하게 고개를 끄덕였다. 시어도어는 만족스럽게 웃으며 에윈의 머리를 톡톡 두드렸다. 에윈은 습관처럼 그 손길을 반사적으로 피했다.

어른이 아이를 다독이는 그 평범한 손길에도, 시어도어가 때리리라 생각한 그 본능적인 회피에 시어도어는 낮게 웃었다. 그 웃음소리에 에윈이 얕게 떨었다.

“마치 어제 때린 계집종같이 떠는구나. 네 어미와 내가 교육은 잘 시킨 것 같군. 이렇게 겁이 많으니, 평생 조심해서 잘 살리라 믿는다, 내 조카.”

에윈이 고개를 숙인 채로 이를 세게 악물었다. 시어도어가 에윈의 머리를 몇 번 쓰다듬었다. 평범한 삼촌이 조카를 대하듯 자연스러운 손길에 에윈은 소름이 끼쳤다.

후작이 외손자에게 무관심했다면, 시어도어는 조카를 증오했다. 에윈이 제 누이의 생을 통째로 빼앗았다고 생각한 시어도어는 에윈이 그것을 철저하게 깨닫길 원했다. 시어도어가 싸늘하게 씹어뱉듯 말했다.

"네 어미를 죽인 건 너다. 그것을 평생 잊지 마라."

에윈은 고개를 숙인 채로 몇 번 끄덕였다. 하녀가 들어와 차를 두고 갔지만 시어도어는 테이블을 거들떠보지도 않고 방을 나갔다. 에윈이 천천히 고개를 들었다. 그리고 더 이상 아무도 없는 허공에 안도했다.

상속이 이루어지면 더 이상 본가에서 네게 원조를 보낼 일은 없을 거다. 학교든, 가정교사든 네가 알아서 하면 그만이야. 이 말은 즉 이제 상관없이 살자는 거다.

움츠려져 있던 어깨가 펴졌다. 눈앞의 공포가 사라지자 환희가 찾아왔다. 자유였다. 드디어 혼자가 되는 것이다.

에윈은 방 안을 몇 번 왔다 갔다 하다가 문득 복도에 그대로 버려둔 비비안의 존재를 깨닫고 급히 걸음을 옮겼다. 그리고 문을 열기 무섭게 심각한 얼굴로 서 있는 비비안을 마주했다.

"뭐야, 여태 있었어?"

"대체 뭐야? 저 사람."

비비안이 따지듯 물으며 방에 들어섰다. 에윈이 문을 닫으며 담담하게 대답했다.

"외숙부."

"그건 알아! 그거 말고…….."

"네가 어떻게 알아?"

"네가 네, 외숙부, 하고 대답했잖아."

이해가 되지 않는다는 듯 가늘게 뜬 눈으로 비비안을 빤히 보던 에원이 얼굴을 찡그렸다.

"……설마 엿들은 거야?"

"아니. 그냥 문 앞에 서서 문만 살짝 밀고 서 있었어. 틈새로 잘 들려."

비비안은 아니라고 부정해놓고 당당하게 엿들은 것을 시인했다. 에원이 피곤한 듯 한숨을 쉬었다. 얼굴이 발갛게 달아오른 걸 보니 시어도어가 방을 나설 때 어디까지 도망갔다 돌아온 모양이다.

"그런 쓸데없는 짓은 대체 왜…….."

"그 사람 싫어."

비비안은 에원의 말을 자르며 입술을 깨물었다. 에원은 비비안의 시선을 피했다. 그녀는 치부를 고스란히 보이기에 좋은 상대는 아니었다. 제가 아무리 대놓고 비참한 처지라도, 비비안의 눈앞에서 직접 비참한 꼴을 보여주고 싶지는 않았다.

에원은 고개를 숙였다. 비비안은 화가 난 듯 씩씩 숨을 골랐다.

"진짜 말도 안 되잖아. 어떻게 너한테 그럴 수가 있어?"

"그건…….."

"어떻게 너한테 고작 이 낡은 별장 하나 줄 수 있냐고!"

"……."

에원은 생각했던 것과 전혀 다른 방향의 화제에 조금 당황했다. 비비안은 심각하게 말을 이었다.

"글래스턴의 재산 규모는 보이는 것만 봐도 이 별장의 삼백 배는 넘어! 무슨 거지한테 적선하니? 네 어머니가 글래스턴에서 본래 상속받아야 하는 걸 법적으로 따져보면 적어도 이런 별장 서른 개는 네게 왔어야 해. 넌 네 어머니의 유일한 자식이잖아. 안 되겠어. 아무래도 변호사를 찾아서, 정식으로 민사 재판소에 소송을 제기하는 게 좋을 것 같아."

에윈은 그제야 비비안의 눈이 돈, 그리고 돈을 외치고 있다는 것을 깨달았다.

"그럴 필요 없어."

"네가 십 년 뒤에도 그럴 필요 없다고 말하는지 지켜볼 거야. 알겠어? 넌 지금 네 권리를 찾아야 해."

"그럴 필요 없어. 진짜로."

에윈은 담담하게 대꾸했다. 비비안의 눈매가 가늘어졌다.

"괜찮아. 정말 내가 바랐던 결과니까."

"고작, 이게?"

"난 할 수만 있다면 글래스턴에서 아무것도 받고 싶지 않아."

"……."

"하지만 난 아직 어리고 길거리에 나앉을 순 없으니까 당장 내가 살 집, 먹고살 돈 정도는 필요해. 그리고 글래스턴에서 내게 상속해준 건 딱 그 정도야."

"그래서, 이대로 랭카셔에서 손가락 빨고 살겠다고?"

"손가락 그런 거 안 빨아."

에윈이 미간을 찌푸리며 대꾸했다. 비비안이 어깨를 으쓱하고는 테이블로 걸어가 풀썩 앉았다.

"체스해, 체스."

정말 저 계집애는 신경이 쇠줄인가. 에윈은 방금 전 제 상황과 전혀 상관없는 사람처럼 구는 모습에 혀를 찼다.

비비안은 평소엔 눈치가 지나치게 좋은 주제에 가끔씩 이렇게 눈치를 씹어 먹은 것 같을 때가 있었다. 바로 지금처럼. 원래 남에게 무신경하긴 하지만. 사실 지금 에윈은 비비안의 그런 모습이 편안했다. 그 자체만으로 정말 아무 일도 없었던 것처럼 느껴졌으므로.

체스는 여전히 비비안에게 불리하게 돌아갔다. 에윈은 폰을 잡아 옮기고 가까워진 승리를 만끽하며 허공에 꿀밤을 놓는 시늉을 했다. 비비안은 에윈을 노려보다가 체스판을 뚫어져라 바라보았다.

"그렇게 노려본다고 없는 수가 생기진 않아."

"생겨. 게이 네가 어떻게 알아."

"안 생겨."

"생겨."

"소모적인 게임 그만하고 가서 메리한테 오리나 구워달라고 해."

"때 되면 어련히 먹을 건데 갑자기 왜?"

"너 방금 굶주린 거지 같은 표정 지었어. 역시 비비안 글러튼 (glutton) 도슨."

에윈의 말이 끝남과 동시에 비비안이 퀸을 들어 그대로 에윈의 얼굴로 던졌다. 에윈이 여유롭게 그것을 피했다. 비비안은 체스판 위에 있던 체스 말을 무작위로 잡아 던지기 시작했다. 에윈은 얄미울 정도로 한 번도 맞지 않고 고개를 들었다.

씩씩거리며 자신을 노려보고 있을 줄 알았던 비비안은 어쩐지 알 수 없는 표정이었다.

"네가 됐다니까. 됐어."

"뭐?"

"터무니없는 대접이지만, 네가 만족한다면 그걸로 됐어."

알아듣기 힘든 말에 에윈이 설핏 미간을 찌푸렸다. 비비안이 나직하게 말을 이었다.

"난 되게 비위가 약한 사람이야."

이어진 말은 더 알아듣기 힘든 말이었다. 에윈의 미간에 팬 주름이 조금 더 깊어졌다.

"그래서 징그러운 거, 멍청한 거, 다 싫어해. 그런데 난 널 한 번도 혐오스럽게 생각한 적 없어. 메리가 늘 그랬어. 넌 반짝반짝 빛이 난다고."

"……."

"넌 인정하기 싫지만 되게 잘난 애야. 나보다 예쁘고, 나보다 조금 모자라긴 하지만 그 정도면 똑똑하고……."

비비안은 조금 어색하게 말을 이었다. 마치 내심 계속 시어도어의 그 말들이 마음에 걸렸던 것처럼.

에윈은 말없이 비비안을 빤히 바라보았다.

"넌 되게 귀한 사람이야, 에윈. 그리고 널 낳은 건 네 어머니가 제일 잘한 일이야."

비비안은 어린 시절—비비안에게 어린 시절이란 칠 세 이하를 뜻한다—아버지가 등을 토닥이며 들려주던 말을 떠올렸다. 어머니가 저를 낳다 죽었다는 걸 알게 된 이후로 악몽에 시달리던 비비안을 안아주며 아버지는 그렇게 말했다.

엄마는 너 때문에 죽은 게 아니야. 널 낳은 건 네 엄마가 제일 잘한 일이란다. 그건 네가 아주 귀하고, 멋진 사람이기 때문이지.

"……그녀는 날 낳은 걸 싫어했어."

에윈의 대꾸에 잠시 고뇌에 빠진 비비안은 에라 모르겠다 싶은 표정으로 뻔뻔하게 말을 이었다.

"난 그런 복잡한 사정 같은 건 몰라. 사실은 그냥, 네가 내 앞에 있어서 좋아. 그래서 내 기준에선 너희 어머니가 널 낳은 게 너희 어머니께서 가장 잘하신 일이야. 어쩔 수 없어. 다른 일은 뭘 하셨는지 모르겠거든. 그리고 달리 자랑스러운 일을 하셨을 것 같진 않아."

"……."

"그거로는 안 돼?"

멍하니 비비안을 바라보고 있던 에윈이 결국 웃음을 터트렸다. 그간의 고뇌를 무위로 돌리는 것만 같은 웃음에 비비안이 발끈해서 외쳤다.

"왜 웃어! 내가 얼마나 너 때문에……!"

"오리 구워 먹으러 가자."

"뭐?"

"메리한테 가자."

에윈이 해사하게 웃으며 손을 내밀었다. 비비안은 미심쩍은 얼굴로 에윈을 바라보다, 문득 그 얼굴에서 그늘이 걷혔음을 깨닫고 그 손을 마주 잡았다.

넌 되게 귀한 사람이야, 에윈.

처음으로 들은 말이 귓가에 계속 맴돌았다.

4. 자각

　일 년 후 가을.

　벽에 바짝 붙어 서 있던 비비안은 베키가 제 머리 위를 펜으로 긋
자 벽에서 떨어져 뱅글 돌았다.

　"베키, 보여? 보여?"

　"우와, 아가씨. 키가 두 마디나 크셨어요!"

　흐뭇한 얼굴로 벽을 뚫어져라 바라보던 비비안이 베키를 돌아보며
팔을 벌렸다.

　"여기서 요만큼만 더 컸으면 좋겠어."

　베키가 좀 당황한 얼굴로 되물었다. 비비안이 원하는 키가 웬만한
장정 뺨을 후려치고도 남았기 때문이다.

　"어머, 그러면 좀 크지 않나요? 여자치고는."

　비비안은 진중하게 고개를 가로저었다. 이미 신장에 관한 자신만
의 지론이 있는 듯했다.

　"아니야. 작으면 상단주로서 무시받을 위험이 있으니까. 이 정도
는 되어야 해."

　현실적으로 불가능했지만 베키는 이런 비비안에게 가장 좋은 답이
무엇인지 알고 있었다.

　"그래요. 아가씨가 원하는 게 제일 좋은 길이죠! 이대로만 크시면

충분하실 거예요."

"그렇지? 고마워, 베키."

흐뭇한 얼굴로 작년의 제 키와 지금 막 측정한 제 키를 비교 분석
하던 비비안이 다이닝룸으로 뛰어갔다.

"아빠! 아빠!"

비비안은 요란스레 필립에게 달려가 안겼다. 필립은 영문도 모른
채 뜨거운 찻잔부터 부랴부랴 내려놓고 비비안을 일단 꼭 안아주었
다. 비비안이 손을 들어 엄지손가락을 보여주었다.

"아빠 최고라고?"

"아니, 그거 말고요."

"아빠가 최고라고?"

필립은 어조만 힘차게 바꿔 물었다. 고개를 도리도리 저은 비비안
이 기분 좋은 목소리로 대답했다.

"방금 베키랑 키 재봤는데, 작년보다 이만큼 자랐어요!"

"와! 아빠 앞에 한번 서보렴."

비비안이 필립 앞에 서서 빙글 돌았다. 필립이 장하다는 듯 감격한
얼굴로 박수를 짝짝 쳤다.

프레드릭 노튼이 으레 눈살을 찌푸리곤 하는, 팔불출답게 영혼을
다 바친 반응이었다. 아버지에게서 자랑스럽다는 말을 다섯 번 정도
듣고 만족한 비비안은 대상을 옮겼다. 에윈의 키가 거의 작년 그대로
라는 것을 떠올렸기 때문이다.

말은 안 해도 에윈이 은근히 그것을 신경 쓰고 있다는 것을 아는
비비안은 보란 듯이 자랑해야겠다고 생각했다.

필립은 비비안에게 늘 자신이 남보다 잘난 것을 당사자에게 자랑

하면 안 된다고 가르쳤지만, 비비안이 생각하기에 이 경우에는 이야기가 조금 달랐다. 자기보다 겨우 반 뼘 더 큰 주제에 콩만 한 계집애라 놀리던 꼴을 생각하면 응당 그래야 했다.

"에윈, 에윈, 에윈!"

비비안은 에윈의 방문을 벌컥 열고 들어섰다. 평소의 교양 있는 자신이라면 절대 하지 않았을 테지만 이런 일탈은 비비안이 기쁨을 표현하는 방법 중 하나이기도 했다.

"가까울수록 예의를 지키자던 말은 대체 어디에 엿가로 팔아먹고 이래?"

의기양양한 표정으로 말을 이으려던 비비안이 문득 에윈의 목소리가 이상하다는 것을 깨닫고 다가왔다. 가까이 다가가서 보니 얼굴이 조금 발갛다. 비비안은 몸을 숙여 에윈의 이마에 손을 댔다가 다시 제 이마에 댔다.

어디서 본 건 있어서 따라 하고 있는데, 영 확신은 없는 동작이었다. 비비안의 손이 다시 에윈의 이마를 짚었다.

"진짜 뜨거워."

"알아."

"너 열나."

"알고 있어."

"이렇게 따뜻한데 웬 감기야? 개도 안 걸리겠다."

"여름 감기는 개도 안 걸린다는 말을 인용하고 싶은가 본데 지금은 가을이야."

"보름 전이 여름이었던 건 알지? 네가 지금 개보다 못한 처지인 건 알아야겠다."

답답하다는 듯 혀를 쯧쯧 차며 비비안이 에윈의 팔꿈치를 잡고 일
으켰다. 에윈이 그대로 끌려가 침대에 억지로 앉혀졌다. 그는 인상
을 찡그렸다.

"안 자. 난 괜찮아."

저렇게 괜찮다고 말하고 겨울에 한 달 내내 앓아누웠던 것을 생각
하면 결코 내버려둘 일이 아니었다. 자기애가 강해 아픈 곳 하나 없
이도 정기적으로 의사를 만나는 비비안으로서는 도무지 이해할 수
없는 발상이었다.

"자. 넌 안 괜찮아. 너 내가 오늘 안 왔으면 이대로 있었을 거지?
의사도 안 부르고?"

"필요 없어. 며칠 있으면 나아."

그렇게 말한 것이 무색하게도 에윈은 기침을 거하게 해댔다. 제 말
을 곧바로 배반하는 몸에 배신감을 느낀 에윈이 낭패라는 듯 입술을
삐죽였다. 비비안은 그럴 줄 알았다는 눈으로 에윈을 한심하게 내려
다보았다. 그리고 에윈을 자리에 억지로 눕히고 베개까지 낑낑대며
에윈을 끌어올렸다.

에윈은 그것이 귀찮은 듯 비협조적인 태도로 베개까지 끌려갔다.
비비안이 그것을 깨닫고 에윈의 어깨를 찰싹 때렸다.

그는 반격마저 힘겨운지 눈으로 비비안을 노려보기만 했다. 그녀
가 입으로 뭐, 하고 소리 없이 대꾸하고는 몸을 일으켰다.

"해리슨 아저씨한테 말하고 올게."

에윈이 심드렁하니 누워 있든, 말든 비비안은 분주한 간병인의 움
직임으로 방을 나섰다.

아니, 나서려다 잠시 돌아왔다.

"뭐야?"

"나 키 컸어."

"……."

"이만큼이나."

비비안이 에원의 얼굴에 손가락 두 마디를 위협적으로 들이댔다. 에원이 순간 흠칫했다가 이내 그 의미를 깨닫고 시큰둥하게 물었다.

"그래서?"

"자랑하는 거잖아, 꼬맹아."

에원은 기도 안 차는 듯 쉰 소리로 픽 웃었다.

"그래 봤자 넌 아직 콩만 해."

"장난쳐?"

"아니. 안 쳐, 콩."

"일 년 동안 그대로인 주제에!"

"네가 아직 뭘 모르나 본데, 남자는 원래 한 번에 커."

"아니던데?"

"맞는데?"

"됐고, 나 이제 너랑 반의 반 뼘 차이 나. 얼마 안 남았어. 두고 봐."

에원은 시큰둥하게 고개를 끄덕이며 이불 속으로 파고들었다. 비비안이 고개를 절레절레 젓고는 방을 나섰다.

문이 닫히자마자 침대에서 몸을 벌떡 일으킨 에원이 책장 쪽으로 걸어가 벽에 붙어 섰다. 그리고 정수리에 올리고 있던 손만 그대로 조심스레 몸을 떼 돌아보았다.

작년에 비비안이 강제로 측정하게 하면서 그어놓은 선 그대로였다. 에윈이 깊게 한숨을 쉬었다.

"제가 일전에 시내에서 듣기를, 닥터 롱스트리트는 앞으로 몇 주간 클리브스에 있을 거라고 했어요."

"그럼 누굴 불러야 하지."

도슨 가의 주치의가 현재 랭카셔에 없다는 말에, 비비안은 심란한 표정으로 중얼거렸다. 메리는 제 남편인 해리슨에게 물어보기 위해 몸을 돌렸다. 그는 랭카셔 별장의 집사였다.

"단순한 감기니 닥터 롱스트리트 말고도 랭카셔에서 부를 의사는 많습니다."

"롱스트리트 그 사람이 진짜 믿을 만한데."

"어쩔 수 없죠. 아, 그러고 보니 믿을 만한 젊은 의사가 하나 있다고 들었습니다. 닥터 테일러라고……."

"젊어요? 얼마나?"

젊다는 말에 비비안이 불신부터 내비쳤다. 해리슨이 피식 웃으며 대답했다.

"랭카셔에서 오래 산 꼬장꼬장한 의사들보다는 랭카셔에 온 지 얼마 안 된 젊은 의사를 데려오는 것이 공자님께 나을 겁니다. 뭐, 그도 따져보면 랭카셔 출신이긴 하지만. 이제 공자님도 슬슬 주치의도 필요하고요. 공자님이 언제까지 비비안 아가씨네 주치의를 빌려 쓰듯 쓰실 순 없으니까요."

"맞아요. 그리고 그 젊은이라면 제가 아주 잘 알아요. 아가씨!"

메리가 갑자기 눈을 빛내며 해리슨의 말을 거들었다.

"몇 주 전에 테일러 목사의 둘째 아들이 의과대학을 졸업하고 랭카셔로 돌아왔거든요! 테일러 목사라면 비비안 아가씨도 잘 아시다시피 랭카셔에서 아주 신망이 두터운 사람이죠. 자식들도 모난 곳 하나 없이 다들 멀쩡하고."

"메리, 갑자기 왜 이리 열성적이죠?"

이건 꼭 성사되어야 한다는 초롱초롱한 메리의 눈빛은 조금 부담스러웠다. 해리슨은 한숨을 푹 쉬며 제 부인 대신 대꾸했다.

"그가 잘생겼거든요."

잘생겼으면 얼마나 잘생겼으려고. 비비안은 그저 그 의사가 이제 갓 의과대학을 졸업한 애송이라는 게 마음에 걸렸다. 별장을 총괄하는 집사 부부의 의견이 그러니 별수 없는 일이었지만.

비비안은 메리의 부담스러운 시선에 마지못해 해리슨에게 고개를 끄덕이고는 에윈의 방으로 다시 올라왔다.

"의사가 온대. 정오가 되기 전엔 오겠지."

"쓸데없이."

쓸데없다고 말하기 무섭게 에윈은 또다시 이불을 뒤집어쓰고 격하게 기침을 했다. 들으란 듯이 비비안이 혀를 네댓 번 연속으로 차며 에윈의 곁에 앉았다.

"넌 정말 손이 많이 가. 알지?"

"누가 네 손 같은 거 필요하대?"

"지금도 봐. 넌 진짜 나 없으면 어떻게 살았을라나 몰라."

"잘 살았겠지."

"그래서 개도 안 걸리는 감기에 걸리셨어요, 공자님?"

"공자님이라고 하지 좀 마. 네가 말하면 소름 끼치니까!"

"공자님을 공자님이라고 하지, 뭐라고 해? 게윈 넌 어쨌든 나 없었으면 큰일 났어. 알아?"

한껏 뻐기는 말투로 유세를 부린 비비안이 이윽고 메리가 가져다준 물이 담긴 대야를 받아 왔다. 그리고 제가 아플 때면 베키가 해주던 대로 수건을 대야에 넣었다가 물을 쫙 짜내고는 가지런히 접었다.

진중한 표정만 보면 의사가 따로 없었다. 비비안은 에윈이 뒤집어쓴 이불을 쑥 내리고 에윈의 이마를 덮은 머리칼을 살살 치워냈다. 그리고 곱게 접은 수건을 올렸다. 올림과 동시에 양옆으로 주르륵 흐르는 차가운 물기에 에윈이 몸서리쳤다.

"……짤 거면 좀 똑바로 짜."

"해주면 해주는 대로 있지 말이 많아."

비비안은 수건을 하나 더 적셔서 에윈의 목을 살살 닦았다. 제대로 짜지 못한 수건은 지나가는 자리마다 흥건하게 만들었다. 목깃은 이미 다 젖었다.

수건 하나 제대로 못 짜선, 때릴 때만 힘 센 계집애.

에윈이 중얼거리는 소리에 비비안이 그의 옆구리를 빈손으로 퍽퍽 때렸다. 에윈은 비비안이 제 간호를 하겠다는 건지, 이대로 죽여버리겠다는 건지 짐작조차 못하고서 앓는 소리만 냈다. 그러다 신기하게도 이내 잠들었다.

방 안에 햇살이 잘 들어오도록 커튼을 활짝 걷고 에윈의 주변을 정리한답시고 이리저리 요란하게 돌아다니던 비비안이 지친 듯 에윈의 곁에 다시 앉았다. 역시 간호는 힘든 일이었다. 이런 제 노력도 모른 채 어느새 잠들어 있는 에윈이 얄미웠다.

비비안은 턱을 괴고 에윈의 얼굴을 한참 들여다보았다. 별 생각을 한 건 아니었다.

이 시간에 책 펴고 글 한 자라도 더 봐야 할 텐데, 새근새근 잠든 얼굴을 한참 보고 있으니 저도 모르게 슬슬 잠이 쏟아졌다. 그 의사는 대체 언제 온다는 건지 모르겠다.

비비안의 고개가 몇 번 휘청거리다 이윽고 침대 위에 푹 박혔다. 그렇게 침대에 머리를 푹 처박고 단잠에 빠져들었던 비비안이 문득 정신을 차린 것은 그로부터 한 시간 정도가 지났을 때였다.

주위가 조용했다. 설마 그놈의 의사가 아직도 안 왔나 하는 생각에 비비안은 눈을 부릅뜨며 몸을 일으켰다.

"일어났어요?"

처음 듣는 낮고 차분한 음성이 귓전을 울렸다. 비비안이 여전히 잠들어 있는 에윈을 잠시 내려다봤다가, 소리가 난 방향으로 고개를 획 돌렸다.

이제 갓 스물을 넘은 것 같은 청년이 테이블 위에 책을 펴놓고 앉아 있었다.

"아가씨가 그 비비안 아가씨죠?"

누구, 까지 말하고 그 물음이 멍청한 것을 깨달은 비비안이 이내 가식적인 대외용 웃음을 띠었다.

"안녕하세요, 닥터 테일러."

"크리스토퍼 테일러예요. 아직 닥터 소리 듣기엔 쑥스럽네요. 갓 졸업했거든요."

어린아이라고 함부로 대하지 않고 높임말을 쓰는 모습은 마음에 들었으나 갓 졸업했다는 말은 비비안의 귀에 탁 걸리는 것이었다. 그 말인즉 경험이 전무하다는 것이다. 비비안이 심각한 얼굴로 물었다.

"믿어도 될까요?"

"네?"

"테일러 씨, 이제 갓 졸업했다면서요."

마치 너 같은 돌팔이에겐 내 새끼를 맡길 수 없다는 불신이 그득 묻어나는 목소리였다. 크리스토퍼가 싱긋 웃었다.

"펄베니아 교수님들이 제 자격을 증명해주셨으니 그 부분에 관해선 믿어도 된답니다."

크리스토퍼는 자리에서 일어나 침대로 다가왔다. 비비안은 여전히 가늘게 뜬 눈으로 그를 감시하고 있었다.

따가운 시선 속에 몸을 숙인 크리스토퍼가 에윈의 이마에 손을 올렸다가 뗐다. 그리고 비비안을 보고 눈매를 휘며 웃었다. 비비안의 날 선 표정이 문득 흐려졌다.

"열은 벌써 꽤 내렸네요. 공자님께선 아가씨가 잠들어 계실 때 이미 조용히 진료를 끝내셨어요. 아가씨가 깰까 조심스러워하시더군요."

"……."

"해리슨 씨에게 아가씨가 공자님과 가족 같은 사이라 들었어요. 당분간은 공자님과 바깥보다는 안에서 차분하게 게임을 하는 게 좋을 것 같네요. 카드라든가 체스 같은 거요."

그가 잘생겼거든요.

비비안은 크리스토퍼가 뭐라 떠들든 문득 해리슨의 말을 떠올리고 그의 얼굴을 찬찬히 뜯어보았다. 에윈처럼 이목구비 하나하나 정성스레 빚어놓은 느낌은 아니었지만 전체적인 조화가 잘된, 확실히 준수하게 생긴 얼굴이었다. 비비안은 그제야 메리의 열정이 이해되었다.

비비안의 시선이 크리스토퍼의 단정한 회갈색 머리와 짙은 녹색 눈동자를 지나 그의 얼굴 구석구석을 훑었다. 부드럽지만 이지적인 눈매가 마음에 들었다.

그렇다. 크리스토퍼에게선 배운 티가 났다. 그리고 그것은 비비안이 아주 좋아하는 것이었다. 비비안은 불현듯 메리에게서 들었던 정보를 머릿속에 나열했다.

몇 주 전에 테일러 목사의 둘째 아들이 의과대학을 졸업하고 랭카셔로…….

목사의 둘째 아들, 그리고 대학 교육을 수료한 지식인. 똑똑하지만 평생 부자는 되지 못할 팔자에 상속할 재산이라곤 없는, 데릴사위에 아주 제격인 남자. 비비안이 원하던 모든 것이 바로 여기 있었다. 거기다 적당한 매너와 용모까지.

비비안은 그것을 깨달음과 동시에 크리스토퍼 테일러와 일방적으로 사랑에 빠졌다.

비비안은 그날 이후로 크리스토퍼 테일러와 마주치기만 고대했으나, 그의 약이 탁월한 효능을 발휘하기라도 한 것인지 에윈은 하룻밤 만에 자리를 털고 일어났다. 한마디로 더 볼 일이라곤 없었다는 것이다. 그러나 비비안은 그가 유능하기까지 한 것이 마음에 들었다.

그녀는 초조해하지 않기로 했다. 은근히 잔병치레가 많은 에윈을 알았으므로 굳이 초조해할 이유가 없었다. 조만간 저놈은 한 번 더 아플 것이고, 만남은 머지않아 있을 것이다.

그때, 자신은 친구를 헌신적으로 보살피는 아름다운 모습을 보이기만 하면 된다. 비록 첫 만남은 엎드려 자느라 얼굴이 손등에 눌려 뺨 한쪽만 벌건 이상한 꼴이었지만—비비안은 그것을 나중에야 알았다—충분히 만회할 수 있으리라.

"너 요새 왜 이렇게 멀쩡해?"

그러나 다행이랄지, 불행이랄지 에윈은 지나치게 멀쩡한 꼴로 돌아다녔다. 아무리 비비안이 사랑에 빠졌기로서니 안 아프고 건강한 사람더러 아프라고 바랄 수는 없는 일이었다.

그렇게 두 달을 꼬박 채워가자 비비안은 제가 사랑에 빠졌었는지도 잊어버릴 지경이었다. 그러나 탄탄한 도슨 상회의 미래를 생각하면 이대로 잊어버릴 수는 없었다.

"무슨 소리야?"

에윈이 황당한 얼굴로 물었다. 비비안이 눈을 가늘게 뜬 채로 에윈의 주변을 한 바퀴 돌았다.

"조만간 소소하게 아플 예정 없어?"

"넌 몇 날 몇 시에 어느 정도로 아플 건지 예정해놓고 아프기도 해?"

"그럴 리가 없잖아. 너 바보야?"

"네가 지금 그렇게 물었거든, 멍청아."

"난 항상 안 아플 예정이야. 내가 얼마나 내 몸을 성전처럼 가꾸는데…….."

비비안이 제 어깨를 소중한 듯 양팔로 감싸 안고 쓸어내렸다. 에윈이 질린 얼굴로 고개를 가로저었다.

"넌 진짜 제정신이 아닌 것 같아……."

"내가 놀래?"

"언제는 이 책 오늘 안에 다 읽어야 한다며?"

에윈이 제네트 어로 쓰인 책을 들어 흔들었다. 비비안이 갖다 놓은 수많은 책 중 하나였다. 비비안은 손쉽게 무시했다.

"내가 놀자. 애는 좀 다치기도 하면서 커야 해."

"……뭐?"

"나가서 뭐 하고 놀지?"

비비안이 에윈의 팔목을 두 손으로 잡고 질질 끌고 나갔다. 정원 좀 헤집고 다니면 작은 생채기 몇 개는 생기지 않겠나 하고. 그럼 온갖 유난을 다 떨어서 진료를 시키면 되는 것이다.

그리고 저녁이 됐을 때, 비비안은 크리스토퍼 테일러와 재회할 수 있었다.

크리스토퍼 테일러가 바쁘게 문을 열고 들어오는 모습이 보였다. 비비안이 예상했던 그림과 대략적으로는 비슷한 결과였다. 그러나 그것과 조금 다른 점이 있다면 비비안이 의도했던 작은 생채기 몇 개와는 차원이 다른 부상을 입었다는 것과, 그 부상을 입은 것이 바로 비비안 자신이라는 점 정도였다.

비비안의 머릿속엔 이미 크리스토퍼 테일러의 성조차 없었다.

오로지 제 다리, 다시 쓸 수 있을지 모를 제 다리! 에윈은 제발 남부끄럽게 오버하지 말라고 했지만 비비안은 제 다리의 안녕을 걱정하느라 여념이 없었다.

비비안의 십삼 년 인생 중, 이런 큰 부상은 처음 있는 일이었다. 이대로 집에 돌아가면 기함하고 넘어갈 제 아버지 때문에 슬슬 걱정도 되었다.

넘어져도 하필 그 푹신한 잔디를 다 두고 하나 있는 돌부리 위로 넘어질 줄이야.

"아가씨, 봅시다."

"닥터 테일러."

크리스토퍼를 부르는 목소리는 숫제 울음이었다. 에윈은 그녀가 정상적인 판단력을 잃었다고 확신하고, 침착한 목소리로 크리스토퍼에게 차근차근 설명했다.

"한 시간 전쯤, 얘가 정원에서 뛰다가 멍청하게 튀어나온 돌 위에 넘어졌어요. 그래서 정강이 쪽이 깨지고 피가 좀 났죠. 그러니 어서 생명에 지장이 없다고 말해주실래요?"

"멍청하다니! 내가 몇 번을 말했지만, 난 정말 하나도 안 괜찮아. 아파 죽겠단 말이야!"

크리스토퍼가 비비안에게 보이지 않게 슬쩍 웃으며 다리를 살폈다. 이 나이 여자아이들이라면 아프다고 몸부림칠 만한 큰 찰과상이긴 했다. 크리스토퍼는 흡사 큰일이라도 난 듯한 투로 비비안의 말을 받아주었다.

"심하게 부딪쳤군요. 이거 많이 아프겠는데."

"이거 봐. 심하고, 많이 아프겠다고 하시잖아."

비비안이 에윈을 노려보며 의기양양하게 말했다. 에윈은 계속 비비안의 고통을 경시했지만, 이젠 전문가가 인정한 고통이었다.

이윽고 비비안이 슬픈 눈으로 무릎 위 상처를 응시하며 물었다.

"이 다리, 계속 걸을 수 있을까요?"

"마당에서 넘어져서 불구가 되는 사람은 없답니다, 비비안 아가씨."

크리스토퍼가 단호하게 대답하고는, 귀엽다는 듯 손을 들어 비비안의 머리를 쓰다듬었다. 이런 식의 어린아이 취급은 비비안이 가장 싫어하는 것 중 하나였으나, 비비안은 제 다리만 내려다보느라 알아차리지도 못했다.

그녀가 조금 무안한 듯 변명처럼 대꾸했다.

"그건 알지만, 정말 아파서요. 이 정도로 아프면 걷지 못한다고 해도 이상할 게 없었단 말이에요."

"알아요. 그래서 제가 왔죠. 공자님께서 지혈하셨나요?"

"네. 대충 깨끗한 천을 구해서."

에윈은 심드렁하게 비비안을 응시하며 대꾸했다. 크리스토퍼가 피식 웃었다.

"잘하셨네요. 피도 더 나지는 않는 것 같고. 이제 아프지만 않으면 되잖아요. 그렇죠?"

"흉이 지면 어쩌죠?"

"걱정 마세요. 흉터가 남지 않게 하는 연고는 내일 도슨 가로 갖다 드리죠."

크리스토퍼는 상처 위에 제 가방 속에 있던 약을 몇 개 섞어 꼼꼼하게 펴 바르고 붕대를 단단하게 매주었다. 비비안은 붕대가 제 다리를 감싸며 상처가 제 시야에서 사라지자, 그제야 후련한 얼굴로 고개를 들었다.

할 일을 끝낸 크리스토퍼가 방을 나섰다. 비비안은 그제야 제 본래 목적이 무엇인지 떠올렸지만 그에 대해 더 생각할 여력이 없었다. 붕대 위를 쓸어내리는 손이 애달팠다.

에윈은 기가 막힌 듯 그 손길을 내려다보다 고개를 절레절레 저으며 책을 가져왔다. 비비안이 지친 얼굴로 침대 위에 풀썩 쓰러졌다. 제 방 침대인 양 당연한 몸짓이었다. 에윈은 별말 없이 그녀 위에 이불을 덮어주었다.

"있잖아."

"뭐?"

"우리 아빠한텐 나 다친 거 얘기하면 안 돼……."

세상사람 다 알라는 듯이 별의별 유난을 다 떨어댈 땐 언제고, 아버지에게 알리지 말라는 목소리는 약간 의기소침하기까지 했다.

에윈이 말없이 눈썹만 들어올렸다.

"말하지 마. 알겠지?"

"내가 굳이 말 안 해도 이미 네가 갖은 유난 다 떨어서 동네방네 소문 다 났을 거다."

"내가 다친 거 해리슨 아저씨 부부밖에 모르잖아. 너만 말 안 하면 돼."

"싫어. 도슨 씨가 너 잘 지켜보고 있다가 허튼짓하면 바로 보고하랬어."

"뭐?"

"그리고 난 알겠다고 했고."

비비안은 배신감과 충격으로 입을 다물지 못한 채 에윈만 멍하니 바라보았다. 어쩐지 저 망할 꼬맹이와 제 아버지가 슬슬 친해져가는 모습이 불길하다 했더니, 이런 결과를 낳은 것이다.

언제는 공자는 어리니까 어른스러운 네가 잘 보살펴주라며? 비비안은 배신감에 치를 떨었다. 그러나 비비안이 배신감에 치를 떨든, 말든 에윈은 그녀의 곁에 자리를 잡고 앉았다. 그리고 책을 들며 무심하게 말했다.

"왜 말하지 말라는 건데? 납득되면 네 말대로 비밀로 할게."

"귀찮아. 되게 귀찮아."

"그게 끝이야?"

"응."

"납득 못 하겠어."

"아니, 그러니까, 되게 귀찮단 말이야. 일도 안 하고 간병하겠다고 붙어 있을 거고, 공부도 못 하게 하고……."

"공부 좀 안 하면 어때서. 좋은 거 아냐?"

"지금이 제일 중요한 시기야. 한순간도 공부를 놓아선 안 된다고. 그리고 아빠는 지금이 전성기니까, 할 수 있을 때 소처럼 열심히 일해서 가산을 더 불려야 해."

이 말은 딸이 제 아버지를 가리켜 하는 말로는 조금 부적절했다. 무슨 제가 노예 주인도 아니고…….

에윈이 눈을 가늘게 뜨며 물었다.

"……너 지금 도슨 씨를 소 취급한 거지?"

"그 말엔 어폐가 좀 있네. 저 말은 할아버지가 아버지한테 잔소리할 때마다 한 말이야. 나보고도 넌 계집애니까 사내보다 더 똑똑해야 한다고 소처럼 공부하라 하셨고!"

"그게 다야?"

어느새 신고 정신이 투철해진 에윈은 아직도 납득하기엔 부족한 듯했다. 비비안은 잠시 고심했다. 에윈에게 부끄러운 속을 보이는 것과, 아버지가 최소 이 주간 저를 귀찮게 하는 것 중 어떤 게 더 괴로운가.

당연히 전자가 가벼웠다. 비비안은 그것을 쉽게 인정했다. 부끄러운 걸로 치면 아까 엎어질 때 치마가 다 뒤집힌 것이 제일 부끄러웠으므로. 에윈은 의외로 한마디 놀리지도 않고 가만히 비비안의 치마를 다 내려주고 방까지 부축도 했다.

"……게 싫어서."

"뭐?"

"아빠가 걱정하는 게 싫어서. 그래서 그래."

비비안은 제 아버지만 제게 유난스러운 것처럼 굴곤 했지만, 그만큼 비비안도 아버지를 유난스럽게 생각했다. 아프다고 엄살을 부리긴 했지만 별것 아닌 일인 건 비비안도 잘 알았다. 걱정할 만한 일이 아닌데, 필립이 걱정한다고 제게 쓸모없이 시간을 쓰는 게 싫은 것이다.

이제 와서 어른스러운 태도를 보고 있자니 아까의 모습이 사뭇 믿기지 않아 에윈은 고개를 갸웃했다. 비비안이 그 의문을 읽은 듯 입술을 삐죽거렸다.

"네 앞이라서 그런 거야. 달리 보는 사람도 없고……. 집에선 아파도 아프단 소리 잘 못하니까."

그래서 난 미리 예방을 하는 거야. 아픈 게 너무 싫어. 비비안이 여상하게 덧붙이는 말에 에윈이 말없이 비비안의 얼굴만 빤히 바라보앴다. 비비안이 머쓱하게 말을 돌렸다.

"그런데 닥터 테일러 말이야, 잘생기지 않았어?"

"난 잘 모르겠던데."

에원은 즉각 부정하고는 조용히 누워 있으라는 듯 책으로 시선을
내렸다.

"아가씨, 테일러 씨래요. 글래스턴의 별장 주치의라고 하는데…….."

"알아, 알아. 이 방으로, 아니, 남쪽 응접실로 할까?

베키의 말에 비비안이 벌떡 몸을 일으키며 조금 들뜨기까지 한 목
소리로 말했다. 다친 다리에 지끈 통증이 와 멈칫했으면서도 비비안
은 굴하지 않고 절뚝거리며 화장대로 빠르게 걸어갔다. 아파할 시간
도 없었다.

"응접실이라니, 대체 왜요. 괜히 움직이지 마세요. 움직이면 아프
시면서…….."

"맞아. 응접실이라니 내가 너무 간 거 같아. 그는 의사니까, 나는
환자고, 그러니까 방에서 봐야 맞지."

빨간 공단 리본으로 느슨하게 묶인 머리를 매만지던 비비안이 몸
을 홱 돌렸다. 베키가 대수롭지 않게 고개를 끄덕였다.

"그렇죠."

"나 저기 누워 있으면 자연스러워?"

"딱히 부자연스러울 이유는…….."

비비안이 침대로 다시 절뚝대며 걸어갔다. 그리고 커다란 이불을

휙 들춰내고 풀썩 누웠다.

"봐. 어때?"

"되게 자연스러워요."

베키는 습관적으로 일단 긍정했다. 비비안의 물음은 대체로 정답이 정해진 경우가 많았다. 그러나 애초에 의사가 온다는데 대체 왜 저렇게 부산을 떠는 건지 알 수가 없었다.

"너무 신경 쓰고 있는 것 같아 보이지는 않았으면 좋겠어."

"예?"

"그럼 내가 자길 좋아한다고 착각할 거 아냐. 그럼 주제를 착각하게 될 거고, 버릇이 없어질 거고, 건방져질 거고……."

"대체 누굴 말씀하시는 거예요?"

"닥터 테일러."

"네?"

베키가 어리벙벙한 얼굴로 저를 바라보거나, 말거나 비비안은 젖혀진 이불을 제 위로 덮고 낑낑거리며 몸을 움직였다.

마치 몇 시간 전부터 이러고 있었다는 양 베개에 등을 비스듬히 기댄 것이 자연스러웠다. 비비안은 눕는 통에 등 뒤에서 흐트러져 있던 머리칼을 빼내 어깨 위로 우아하게 늘어뜨렸다. 이불 위로 꺼내둔 양손은 다소곳하게 깍지를 끼는 것도 잊지 않았다.

어제는 잠시 사소한 고통에 눈이 멀어 본래의 목적을 잊고 말았지만 오늘은 아니었다. 비비안은 번뜩 떠오른 듯 베드 테이블에 올려져 있던 '그란토니아의 상인들'을 급히 집어 들었다. 제가 가진 것이 예쁜 게 다가 아니란 걸 보여줘야 했다.

곧 똑똑, 단정한 노크 소리가 들렸다. 베키가 문을 열자 크리스토퍼가 방 안으로 들어섰다.

"닥터 테일러."

"아가씨."

크리스토퍼가 웃으며 침대가로 다가왔다.

"기분은 어때요?"

"괜찮아요."

"아직도 많이 아파요?"

"별거 아닌데요, 뭐. 이제 그리 신경 쓰이지도 않아요."

비비안은 본래부터 이런 사소한 상처 따위에는 조금도, 절대 연연하지 않는 사람인 양 대수롭지 않게 대꾸했다.

그러나 바로 어제, 심각한 얼굴로 이 다리가 계속 걸을 수 있을지 물었던 것을 생각하면 별반 소용없는 일이었다.

크리스토퍼가 모르는 척 고개를 끄덕였다.

"역시 의젓하시군요. 어제도 울지 않았잖아요. 그렇죠?"

"원래 잘 울지 않는 편이에요. 이제 어린애도 아니고, 좀 다쳤다고 울고 그럴 나이도 아니니까요."

비비안이 내심 뿌듯하게 대꾸했다. 크리스토퍼가 작게 웃음을 터트렸다. 그리고 왕진 가방에서 연고를 꺼냈다. 비비안의 시선이 빠르게 왕진 가방의 가죽을 훑었다.

척 보기에도 고급스럽게 무두질한 양가죽이었다. 저 정도면 값이 제법 나갈 것이다. 비비안의 머릿속 메모에 테일러 가의 재정 상태에 동그라미가 쳐졌다.

"하녀에게 이틀 뒤에 붕대를 풀어달라고 해요. 그리고 딱지가 떨어질 즈음 이걸 발라주면 흉터가 남지 않을 거예요."

"산지가 어딘가요?"

연고를 받아 든 비비안이 본연의 목적도 잊고 병 바깥을 살피며 습관적으로 물었다. 크리스토퍼가 이번엔 상상도 못 했다는 듯 조금 어리벙벙해진 얼굴로 대꾸했다.

"브란젤……이요?"

"아, 브란젤이면 장미가 많이 들었나 봐요?"

"아무래도 장미가 피부를 재생시키는 효능이 있고 또 항균, 항염 효과까지……."

크리스토퍼가 무의식적으로 말을 잇다 제 앞에 앉은 작은 여자아이를 보고 멈칫 말을 멈췄다.

흡사 약장수의 방문 판매를 연상시키는 분위기로 흘러간 것에 한 번, 그리고 그 분위기와 도저히 어울리지 않는 어린 여자아이가 앉아 있는 것에 두 번 놀란 탓이었다. 크리스토퍼가 그러든, 말든 비비안이 진지하게 고개를 끄덕였다.

"그렇구나. 몇 개 더 살 수 있나요?"

"저는 아가씨께 약을 팔러 온 것이 아니에요."

"어차피 이것도 사야 하는데."

"그거야 그냥 드리는 것이니 사실 필요는 없답니다. 어차피 저는 글래스턴 공자의 주치의고."

"하지만 도슨 가 주치의는 아니시잖아요. 개업의 초기니 그러시는 것 같지만……. 그렇게 사람 좋게 퍼주다간 나중에 후회할걸요."

"……."

"이게 어디서 닥터 테일러에게 공짜로 떨어진 것도 아니고, 또 원래 이런 부수적인 데서 남기는 게 모아보면 제법 돈이 되는 법이고요."

"저는 어차피 장사꾼이 아니에요."

"그래도 돈은 버셔야 하잖아요. 아닌가요?"

비비안이 어느새 제 본래 목적도 잊고 새초롬하게 물었다. 죽은 할아버지가 가끔 말하던 것이 떠올랐다.

저렇게 생긴 놈이 꼭 돈을 떼먹힌단다. 아주 그냥 심심하면 말이야. 그러니까 저렇게 생긴 놈은 꼭 멀리하렴.

그러나 크리스토퍼는 비비안이 보기에 아직 세상물정을 잘 모를 뿐인 잘생기고 똑똑한 남자였다. 어차피 도슨 가를 이어받아 큰돈을 만지는 것은 제가 할 일이니, 남자가 돈에 밝은 것은 꼭 좋은 것은 아니었다.

돈은 알면 아는 만큼 가지고 싶은 법이었다. 어디 가서 멍청하게 떼먹히지만 않으면 된다. 비비안은 그녀답지 않게 그 와중에도 크리스토퍼에 대해 긍정적인 평가를 더해갔다.

"그렇죠. 돈은 필요해요. 사리에 아주 밝은 아가씨네요. 그러고 보니 책도 아주 어려운 걸 읽고 있고요."

"그리 어렵지는 않아요. 어차피 제겐 필요한 거니까."

"하지만 아가씨, 적어도 지금 제가 아가씨께 쥐여드린 것의 대가는 필요 없어요."

"왜요?"

"사람은 가끔 별것 아닌 호의를 베풀고 싶을 때가 있거든요."

"왜요?"

마치 부메랑처럼 돌아온 짤막한 반문에 크리스토퍼가 헛웃음을 터트렸다. 비비안은 여전히 이해하지 못한 표정이었다. 그녀는 제가 인심이 좋아 별장 사용인들에게까지 베푸는 것과는 반대로, 받는 것에 그리 익숙하지 않았다.

"아가씨는 호의를 베풀어본 적 없나요? 아주 작은 것이라도."

"많아요."

"특별한 이유가 있었나요?"

"늘 있었어요."

비비안의 단호한 대답에 크리스토퍼가 헛웃음을 터트렸다.

"아니, 꼭 그렇지만은 않았을 텐데……."

"전 절대로 이유가 없거나 목적이 없는 호의는 베풀지 않아요."

비비안이 단호하게 잘라 말했다. 그리고 잠시 생각한 후 말했다.

"아버지는 아버지니까. 할아버지는 할아버지니까. 나머지 기타 등등의 사람에게는 언젠가 어떤 형태로든 도움이 되리라 생각해서. 평판, 정보원, 미래에 날 도울 가능성……."

"그럼 그렇게 생각하는 건 어때요."

"하지만 닥터 테일러에게서는 그런 게 전혀 안 보이는걸요. 속셈 같은 거요."

그야 열세 살짜리 여자애에게 가질 수 있는 속셈이란 게 그리 찾기 쉬운 것은 아니기 때문이다.

그러나 비비안은 언제나 자신이 세상 사람들에게 있어 얼마든 등쳐먹을 수 있는 대상이라는 것을 자각하고 있었다. 물론 이것은 비비안 특유의 높은 자의식의 발로였다.

크리스토퍼가 낮게 웃었다.

"귀여워서 주고 싶었어요. 이건 어때요?"

"연고를 내 귀여움으로 지불한단 말이에요?"

'내 귀여움'이라는 말에서 그 당연한 전제와 타고난 뻔뻔함이 묻어났다. 크리스토퍼가 고개를 끄덕이며 이불 위로 다친 다리가 있을 법한 지점을 꾹 눌렀다.

"악!"

"아프죠?"

비비안이 저도 모르게 파르르 떨며 고개를 끄덕였다. 노려볼 만한 짓을 했으나 노려볼 만한 사이가 아닌 탓에 이러지도, 저러지도 못한 채로 당황한 비비안이 크리스토퍼를 바라보았다. 마냥 다정해 보이던 암녹색 눈동자에 조금 짓궂은 기색이 묻어났다.

"어른스러운 건 좋지만 다음부터는 아프면 아프다고 말해요, 아가씨."

"……."

"적어도 의사에게는."

크리스토퍼가 부드럽게 웃으며 이불 위를 톡톡 두드려주고는 몸을 일으켰다.

"다음엔 다치지 않으면 더 좋고요."

"……."

비비안은 아무 말도 하지 못했다. 왜 그런지도 몰랐다. 심지어 크리스토퍼가 인사하고 나갈 때까지도 그랬다. 문이 달칵 소리를 내며 닫히고, 베키가 비비안의 바로 앞까지 걸어와도 여전히 그랬다.

"설마. 아가씨?"

"……."

"아가씨?"

가슴이 너무 빨리 뛰었다. 비비안은 그제야 제 얼굴이 홧홧하게 달아오른 것을 깨닫고 양 볼을 부여잡았다.

"대체 왜 그러는데?"

에윈이 결국 더 견디지 못하고 물었다. 삼십 분이 지나도록 넘어가지 않던 책장이 반사적으로 넘어갔다. 비비안이 멍하니 고개를 들었다.

"……뭐가?"

에윈이 거의 시비조로 물었음에도 불구하고 비비안은 답지 않게 순순히 대꾸했다.

그녀의 목소리에는 어쩐지 힘이 없었다. 에윈이 이맛살을 설핏 찌푸렸다. 분명히 힘이 없긴 한데 걱정보다는 묘하게 이상한 기분이 들게 하는 목소리였다. 이런 기분이 들고 나서는 꼭 이상한 일이 벌어지곤 했다.

이상한 계집애. 경험상 이럴 때는 최대한 멀리, 빨리 떨어지는 게 좋았다.

그러나 지금 그들이 있는 곳은 에윈의 침실이었다. 즉 에윈이 비비안의 집에 있을 때처럼 그럼 난 이만, 하고 총총 사라질 만한 곳이 아닌 것이다.

이 장소에서 에윈의 의지로 그들이 멀어지기 위해서는 비비안에게 돌아가라고 하는 수밖에는 없었다. 그것이 '이제 그만 돌아가주지 않겠니?'와 같은 정중한 부탁이든, '꺼져, 이 망할 계집애야.'든 경험상 반응은 똑같았다. 비비안은 제가 돌아가고 싶을 때 돌아가는 것을 선호했다.

여기서 비비안의 선호란 것은 이거면 좋고 저거면 좀 별로 정도가 아니었다. 보통 비비안에게 있어 선호 외의 것은 대체로 선택지 바깥에 있는 것이었다.

그러니 한마디로 불가능하다는 소리다. 에윈은 예정된 재앙을 기다리듯 불길한 눈으로 비비안을 바라보았다.

"이상하잖아, 아까부터."

"그래?"

비비안이 심드렁하니 되물었다. 그 여상한 목소리에 에윈의 입이 벌어졌다.

"진짜 이상해. 이상해, 너."

"응, 어."

비비안은 이제 뭐가 문제냐고 되묻지도 않았다. 비비안의 시선이 자연스레 글자 위를 떠돌다 허공으로 올라갔다. 그러다 문득 양손으로 턱을 괸다.

에윈은 갑자기 꽃받침을 하고 저를 빤히 쳐다보는 시선에 흠칫하며 넘기던 책장을 멈추었다. 비비안의 고개가 좀 더 옆으로 기울어졌다. 에윈이 꺼림칙한 얼굴로 덩달아 고개를 기울였다.

한참이나 에윈을 물끄러미 바라보던 비비안이 문득 말했다.

"아픈 덴 없고?"

"……."

"요새 살 만해?"

"전부 내가 묻고 싶은 소리다."

"닥터 테일러 있잖아."

에윈은 그제야 제 꺼림칙한 예감의 출처를 알아냈다. 그러나 비비안이 크리스토퍼의 이름자 좀 읊었기로서니 에윈이 비비안의 저 이상한 분위기의 정체를 알 수는 없는 일이었다. 그러나 에윈은 여전히 꺼림칙했다. 아니, 새롭게 꺼림칙했다.

닥터 테일러 말이야, 잘생기지 않았어?

왜 이 말이 불현듯 떠올랐는지는 모를 일이었다. 아니, 왜 아직 기억 속에 있는 건지도 모를 일이었다. 뭐 중요한 말이라고.

"……그가 왜?"

"조만간 왕진 올 일 없지?"

비비안은 확인하듯 물었다. 딱히 에윈이 아팠으면 좋겠다는 기색은 없었으나 비비안이 그동안 해온 걸 생각한다면 '넌 왜 아직 멀쩡하냐.'는 물음으로 충분히 들릴 법한 얘기였다.

마음이 상한 에윈이 이맛살을 팍 찌푸렸다.

"넌 나 아프라고 매일 밤 기도라도 해? 왜 사람 아프게 못 만들어 안달이야."

"아니, 그냥 물어본 거잖아. 왜 이런담?"

비비안이 도무지 이해가 가지 않는다는 양 고개를 도리도리 저었다.

"넌 내가 건강한 게 마음에 안 들지."

"그거 참 비약이다."

"그렇지 않고서야."

"그건 아냐. 어차피 올 일도 없다니, 뭐."

"뭐?"

비비안의 말이 끝나지 않은 느낌에 에윈이 습관적으로 반문했다.

그녀는 미간을 찡그리며 그 뒤를 이을 말을 골랐다. 답지 않게 즉각적이지 않은 대응이었다.

에윈은 아프라고 저주받은 듯한 그 더러운 기분을 잊었다. 아까보다 좀 더 꺼림칙한 기운이 느껴졌기 때문이다. 비비안이 이윽고 적당한 말을 찾은 듯 개운하게 입을 열었다.

"나 결혼할 거야."

"……뭐?"

그 한마디에 비비안의 얼굴이 더없이 상쾌해진 한편, 에윈의 얼굴은 갑자기 구정물이라도 뒤집어쓴 것처럼 변했다.

에윈이 멍하니 비비안을 바라보았다. 비비안은 생글생글 웃고 있었다. 에윈이 현실을 부정하듯 되물었다.

"그러니까……, 뭐라고?"

"닥터 테일러랑 결혼할 거야."

"총 맞았어?"

비비안의 말이 끝나기 무섭게 에윈이 숨도 쉬지 않고 물었다. 에윈의 질문은 사뭇 진지했다. 비비안이 웃고 있던 얼굴을 일그러뜨렸다.

"내 말에 무슨 문제가 있었다고?"

에윈의 기준에서 정신 나간 말을 당연히 해놓은 주제에, 문제가 뭐냐는 물음으로 문제가 하등 없다는 당연함을 다시 표현하니 에윈은 머리가 띵했다. 어디서부터 지적해줘야 할지도 막막했다.

"다시 말해봐."

"결혼할 거야."

"누구랑."

"닥터 테일러랑."

"……"

"왜 그래."

"넌 왜 그래."

에윈이 기계처럼 되물었다. 비비안은 메아리처럼 곧장 돌아오는 말에 고개를 모로 비스듬히 기울였다. 에윈이 다시 물었다.

"네가 지금 몇 살인데."

"열셋. 진지하게 결혼에 대해 생각하기 시작할 나이지."

잠깐 정적이 흘렀다. 에윈이 가까스로 침착하게 대꾸했다.

"아니. 그러지 않을 나이지."

"내 결혼에는 걸린 것이 많아. 도슨 가의 전 재산이 걸린 문제니까 남들과는 당연히 다르고. 이렇게 미리 준비해야 한단 말이야."

"그 사람은 늙었잖아."

크리스토퍼는 이제 갓 스물둘이 된 청년일 뿐이었다. 정확히 말하면 에윈이나 비비안이 어린 것이었지만 에윈은 그리 개의치 않았다. 심지어 비비안도 고개를 끄덕이며 그 말에는 수긍했다.

"알고 있어."

마치 알지만 제가 마지못해 그 부족함을 받아준다는 투였다. 정작 이 이야기의 주인공인 크리스토퍼는 상상도 못 할 전개였다.

에윈의 얼굴이 한층 더 심각해졌다.

"알고 있어?"

그가 착 가라앉은 목소리로 되물었다. 마냥 심각하기만 하던 얼굴이 조금 싸늘해졌다. 마치 비비안이 환갑 넘은 노인과 결혼하게 됐다고 선언이라도 한 양.

"대체 왜."

"목사의 둘째 아들. 대학 교육을 수료한 지식인. 똑똑하고 머리에 든 건 많지만 평생 부자는 되지 못할 팔자. 상속받을 재산이라곤 쥐뿔도 없어서 결혼을 잘해야 인생이 펼까 말까."

"하나도 대단한 게 없잖아. 그게 왜 그여야 하는데."

"대단한 것도 아니고 가진 것이 많아야 하는 것도 아니니까."

"그럼 왜."

"대신 내가 바라는 것만 가져야 해."

"……."

"그리고 그는 바로 그런 사람이야."

에윈은 잠깐 멍하니 비비안을 바라보고 있다가 제 손이 잡고 있던 책장을 물끄러미 내려다보았다. 별 생각도 없이 읽고 있던 지겨운 책의 한 구절이 눈에 들어왔다.

이렌시아의 한 철학자는 죽으며 말했다. 세상은 그냥 정신 나간 자들 소굴이라고.

하나는 아닌 줄 알았지만 결국 정신이 나간 게 틀림없다. 에윈은 뻣뻣하게 몸을 일으켰다.

"내가 아까워서 그래?"

비비안이 해맑게 물었다. 에윈은 헛웃음을 터트렸다. 정말로 저 계집애가 미친 게 아닌가 하는 의심이 절반, 출처도 알 수 없는 배신감이 절반이었다. 무엇부터 터트려야 할지 몰라서 에윈은 한동안 가만히 서 있었다.

"에윈."

에윈, 에윈. 비비안이 몇 번이고 불렀으나 에윈은 비비안을 보고 있기만 했다. 그러다 툭 씹어뱉듯 말했다.

"멍청한 계집애."

늘 그렇듯 서로 의미 없이 깎아내리는, 그냥 어린 말이었을 뿐이었다. 그저 비비안이 싫어하니까 내뱉는 습관적인 말이었다.

그러나 에윈은 제가 그 의미도 없는 말을 진심으로 지껄인 것과 동시에 무언가를 깨달았다.

배신감.

그래, 이건 배신감이었다.

그 다음 날, 에윈은 생각을 바꿔먹었다. 생각해보면 우스운 일이었다. 그리고 제가 비비안의 말에 진지하게 대응한 건 좀 더 우스웠다.

크리스토퍼 테일러는 어른이었다. 그들과는 달리.

비비안은 세상 어린애 중 제가 제일 똑똑한 줄 알지만 에윈의 생각은 조금 달랐다. 이 계집애는 제가 세상을 다 안다고 생각하는 바람에 몇 가지 맹점처럼 비어 있는 구석이 있었다. 그중에서도 가장 큰 문제는, 바로 제가 어린애가 아닌 줄 아는 것이다.

그리고 에윈은 그 허점을 잘 알고 있었다.

"네 말을 진지하게 듣기나 할 것 같아?"

"뭐가."

들으나 마나 달갑지 않은 소리를 할 것이 분명했다. 비비안이 신경질적으로 책장을 넘기며 대꾸했다.

"닥터 테일러 말이야."

"진지하게 안 들을 이유는 뭔데."

"그야 넌 어리니까. 장난인 줄 알겠지."

"안 어려. 그리고 다 계획이 있어."

"그 사람은 어른이야. 네깟 게 여자로 보이기나 하겠어?"

에윈은 자연스럽게 '어떻게 네가 그런 놈을'에서 '어떻게 그런 사람에게 겨우 네가'로 노선을 바꾸었다.

예상대로 비비안의 얼굴이 팍 일그러졌다.

"내가 어디가 어때서. 난 여자야."

"네 키가 얼만지나 봐."

"그러는 너도 나랑 별 차이 안 나."

"아니. 좀 더 크거든."

"웃기네."

비비안이 가소롭다는 듯 콧방귀를 뀌었다. 안 그래도 요즘 들어 계속 신경 쓰고 있었던 문제를 지적당하자 에윈이 발끈했다.

"웃긴 건 너야. 아직 가슴도 없잖아."

그 역시 내심 신경 쓰고 있었던 비비안이 양팔을 들어 제 가슴을 가리며 파르르 떨었다.

"세상에, 네 머릿속엔 그런 거뿐이야? 여자는 가슴만 있으면 다 돼? 벌써부터 밝히는 거야? 이 변태 같은 게!"

"난 안 그래!"

에윈이 억울한 듯 외쳤다.

"그런데 어른 남자들은 다 밝혀. 없는 건 여자도 아니라고. 엘리엇 도슨, 네 사촌이 그랬어!"

"그 오빤 머리에 든 게 똥밖에 없어! 어디 그런 거나 배워 와? 더럽게."

"더럽게 똥이 뭐냐, 다 큰 계집애가?"

"가슴이나 똥이나!"

"천지 차인데?"

"너 같은 애가 여자 때문에 패가망신해. 알아?"

"난 아니라고 몇 번을 말해? 난 네가 가슴이 없어도…….."

에윈이 흠칫하며 말을 멈추었다. 더 지껄여보라는 양 비비안이 눈썹을 비스듬히 들어올렸다. 에윈은 목을 가다듬고 침착하게 말을 이었다.

"어쨌든 크리스토퍼 테일러는 어른이야. 현실 파악 좀 하란 얘기야."

"내 가슴이 얼마나 클지 어떻게 알아? 게윈 네가 알아? 아느냐고."

비비안이 다다다 쏘아붙였다. 생각보다 본인에게 민감한 문제였던 모양이다. 에윈은 무언가 잘못 건드린 것을 직감했다. 그 와중에 뭔가 부끄러운 기분이 들기도 하고…….

에윈이 난감한 기분에 조금 발개진 얼굴을 마른세수했다.

"……일단 지금은 없잖아, 아무것도."

"내 현재 말고, 내 가능성을 봐야지. 정말 똑똑한 재원이라면 말야."

"너처럼 어린애한테서 가능성이나 보고 있으면 그게 바로 변태지."

비비안이 가당찮다는 듯 코웃음을 쳤다.

"내가 어린애면 너도 어린애야."

"그래. 그래서 난 지금 스물두 살 먹은 여자 보고 헛소릴 안 하는 거야."

비비안이 신경질적으로 몸을 벌떡 일으켰다. 갑자기 밀려난 의자가 금방이라도 뒤로 넘어갈 듯 휘청거렸다. 비비안이 제 뒤에서 요란을 떠는 의자를 탁 잡아 고정하고는 에윈을 노려보았다. 에윈이 조금 멈칫하며 물었다.

"어디 가?"

"너랑은 더 말할 필요도 없어. 애초에 너 같은 어린애한테 내 계획 같은 걸 말하는 게 아니었다고."

"내가 어린애면 너도 어린애야, 라고 방금 말한 게 너야."

"난 아냐, 게윈."

"뭘 어쩌게?"

"두고 봐."

그녀는 씩씩거리며 잇새로 짓씹듯 내뱉었다. 그리고 전투적으로 방을 나갔다.

"단도직입적으로 말할게요, 닥터 테일러."

"……."

"난 당신이 마음에 들어요."

비비안은 허공을 보며 도도한 얼굴로 중얼거렸다. 그렇다. 그녀가 하고자 하는 일은 제 또래 계집애들이 얼굴 붉히며 좋알좋알 지껄이는 시시껄렁한 고백이 아니었다. 하나의 큰 제안인 것이다.

비비안은 그런 말을 많이 해본 여자처럼 보이고 싶었다. 이런 큼직 큼직한 제안을 하는 게 벌써 익숙한 것처럼, 별 대수로운 게 아닌 것 처럼 말이다.

중간중간에 들어갈 회심의 대사들을 중심으로 몇 번이고 반복 연 습해본 비비안은 거울 앞에 걸어가 섰다. 얼마 전 상회에 들어온 로 티가산 실크로 재단한 연하늘색 드레스는 비비안이 최근 가장 아끼 는 옷이었다.

허리를 폭넓게 감싸는 하얀 실크 리본과 소매 끝에 섬세하게 매달 린 레이스를 몇 번 개처럼 쓰다듬어준 비비안이 다시 고개를 들었다. 에윈이 땋았다가 푼 머리가 예쁘다고 했던 게 생각나 미리 땋아둔 머 리도 풀었다.

결과는 만족스러웠다. 이 정도면 어느 정도는 순순해 보이면서도 만만해 보이지는 않을 것이다. 가슴께까지 꼬불꼬불 내려온 머리를 비비안이 다시 가다듬었다. 그리고 은근슬쩍 머리를 앞으로 더 내어 가슴도 가렸다.

가슴도 없는 게. 기억 속에서 좀 더 악당처럼 변한 에윈의 대사가 머릿속을 울렸다.

비비안이 입술을 질근 씹었다. 아직 열셋, 베키는 비비안이 결코 늦지 않았다고 몇 번이나 말해주었다. 달거리도 곧 하게 될 것이다. 비비안은 저랑 동갑인 노튼네 셋째 딸 로지를 떠올렸다.

가슴도 조금 있고, 제법 여자태가 나기 시작하던 그 애. 엘리자베 스에게 들으니 달거리도 벌써 하고 있다고 했다. 엘리자베스의 의도 는 '그러니 너도 곧 하게 될 거란다.'라는 순기능이었지만, 뭐든 지기 싫어하는 비비안에게는 초조함과 패배감이라는 역기능을 선사했다.

어차피 빨리 시작해봤자 성가시다고 하지만 비비안은 차라리 빨리 하고 싶었다. 가슴도 이왕 가질 거면 빨리 생기길 원했다. 그것은 여자가 되고 싶다는 것보다는, 어서 어른이 되고 싶은 것에 가까웠다.

비비안이 거울을 조금 멀거니 보고 서 있다 이내 문밖에서 나는 소리에 테이블로 빠르게 걸어갔다. 그리고 장식용으로 테이블 위에 올려놨던 책도 집었다. 그를 기다리고 있었던 게 아니라 제 할 일 하고 있었던 것처럼 보여야 했다.

오늘의 책은 에윈이 읽던 것을 뺏어 온 것이었다. 에윈의 취향은 인정하기 싫지만 그 태생이 귀족 아니랄까 봐 퍽 고고했다. 그리고 하나 더, 인정하기는 싫지만, 비비안은 이 책을 도통 이해하지 못했다.

어렵고 쉽고의 문제가 아니라 도저히 맞지를 않는 것이다. 비비안은 딱 사람 다루기에 좋은, 그 정도의 이해를 원했지 인간 본연의 기저나 세상의 근원 따위는 알고 싶지 않았다. 이해를 못 해도 슬프지 않은 것은 알아봤자 평생 써먹을 데가 없기 때문이다.

비비안은 적당히 페이지를 넘겼다. 이윽고 문이 열렸다.

"아가씨."

"닥터 테일러."

비비안은 짐짓 우아하게 입매를 끌어올리며 책을 덮었다. 이 책은 이때를 위해 뺏어 온 것이나 다름없었다. 아버지인 필립 도슨이 사업적으로 누군가를 만날 때마다 괜히 가장 좋은 옷을 입고, 수준 높은 책을 늘어놓는 것이 아니었다.

상대방에 대한 기대나 신뢰, 함께 일하고 싶은 인상을 처음에 불러일으키는 것만큼 중요한 건 없다고 필립은 몇 번이나 말했다. 비록 거기에 허세가 조금 가미되어 있다 할지라도.

더불어 비비안의 취향인 책들은 하나같이 목적이 분명한 것들이라 자칫하면 지나치게 돈만 밝히는 것처럼 보일 수 있었다. 이 정도면 충분히 고상해 보일 것이다.

"왔네요."

"전에 부탁하셨던 것들을 클리브스에 주문해서, 며칠 전 도착했어요."

크리스토퍼는 친절하게 웃으며 비비안의 맞은편에 앉았다.

"감사해요. 전에 주신 것도 고맙고요. 구하기 힘든 것인가 본데."

"그리 힘든 것도 아니니 괜찮아요."

크리스토퍼가 왕진 가방을 들어 연고들을 꺼냈다. 비비안이 물끄러미 그것을 바라보며 말했다.

"왕진 가방? 어디 다녀오시는 길인가요?"

"글래스턴 공자께 갔다가요."

"공자가 어디 아파요?"

비비안이 잠시 목적을 잊고 급하게 물었다. 크리스토퍼가 작게 웃었다.

"오전에 급한 환자가 있어서, 그곳에 가는 김에 공자께 들렀던 참이에요. 마침 정기적으로 살펴드릴 날짜가 다 되었기도 해서. 이번 가을은 더 이상 감기 없이 지내실 모양이더군요. 아주 건강하세요."

차마 유감이라고는 말 못 하고, 비비안이 고개를 끄덕였다.

"닥터 덕분이겠죠. 이전에는 심심하면 잔병치레를 했거든요."

"이렇게 띄워주기도 하시네요."

"그거야 닥터 테일러가 유능하니까요."

비비안은 잠시 말을 고르듯 입을 꾹 다물었다. 조금만 더 기다리면 말을 이을 것 같아 크리스토퍼는 말하지 않고 그녀를 기다려주었다.

"할 말이 있어요, 닥터 테일러."

"말씀해보세요."

"단도직입적으로 말할게요. 난 당신이 마음에 들어요."

"저도 아가씨가 마음에 들어요."

크리스토퍼는 다정하게 말을 돌려주었다. 비비안이 당황한 나머지 잠깐 멈칫했다. 그러나 이내 당황한 적 없는 척 도도하게 말을 이었다.

"제 말은, 당신과 결혼하고 싶다는 거예요."

크리스토퍼의 미소가 그제야 이상해졌다.

"핼러윈이 가까워져서 이러시는 건가요? 글래스턴 공자님과 내기 같은 걸?"

"아뇨."

"그럼, 그러니까, 지금……, 저를, 좋아한단 말인가요?"

"삼류 연애 소설 같은 정리지만 상황은 비슷하네요."

크리스토퍼는 잠시 말이 없었다. 비비안이 자신 있게 말을 이었다. 애초에 저쪽에 훨씬 이득인 제안이었다. 배울 만큼 배우고 생각이 있는 남자라면 결코 넘어오지 않을 수 없었다.

"저는 당신의 집안이 마음에 들어요. 잉크 냄새가 나거든요."

"…….."

"당신의 집안에서, 당신의 그 애매한 위치도요."

"실례가 안 된다면 다른 이유도 있는지."

"당신 얼굴도요."

크리스토퍼는 다시 말이 없어졌다. 비비안이 몸을 앞으로 내밀었다. 굉장히 자신만만하게 보이기 때문에 필립이 거래할 때 애용하는 자세였다.

"제가 닥터 테일러에게 제안하고 싶은 건 바로 이거예요. 우리 아버지의 데릴사위가 되어줘요."

한동안 정적이 흘렀다. 크리스토퍼는 웃지도, 찡그리지도 못한 얼굴로 비비안을 바라보다 이내 한숨처럼 웃었다.

"아가씨."

반응을 재어보듯 가늘어진 눈으로 크리스토퍼를 응시하고 있던 비비안이 신경질적인 한숨을 내뱉었다. 결국 뻔한 이야기를 하지 않겠냐는 양. 그녀는 앞으로 기대 있던 몸을 다시 뗐다.

"결국엔 닥터도 어른이죠."

"……."

"결국, 닥터 테일러도 어린애 얘기라고 우습게 들었을 거예요. 하나도 진지하지 않고, 장난인가 싶고, 장난이 아니더라도 그저 우스운."

비비안의 말은 선수 치는 것에 가까웠다. 사실 저도 모를 리가 없었다. 제 머릿속이 얼마나 자랐든 제 키는 아직 작고, 팔도, 다리도 짧고, 에윈의 말대로 가슴도 없었다.

물론 그는 조금 다른 사람이길 기대하긴 했지만, 그 기대와 다르다고 해서 그리 실망하지도 않았다. 저게 당연하다. 비비안은 냉정하게 생각했다. 그러니 다음 문제는 바로 이거였다. 일단 제안도 했고 방패는 세워뒀으니 어떻게 해야 제 진정성 및 발전 가능성을 전달할 수 있을까.

그러나 다시 입을 연 것은 크리스토퍼가 먼저였다.

"비비안."

비비안은 제 이름이 불린 것에 놀라 눈을 동그랗게 떴다. 크리스토퍼가 씩 웃었다. 허락한 적도 없는 무례함에 화가 나야 하는데 이상하게 목 언저리가 쿵쿵 뛰었다.

"이제 이름 정도는 불러도 되겠죠. 비비안, 나는 비비안이 좋아요."

"……."

"당신 같은 어린애는 없어요. 비비안 앞에 있는 그 책은, 어른들도 못 읽는 책이고요. 나는 당신이 하나도 안 우스워요. 그래서 고마워요. 나를 가치 있게 봐줘서."

크리스토퍼의 말은 도무지 열세 살짜리 여자아이에게 하는 것이라고는 믿기지 않을 만큼 진지했다. 비비안이 눈도 깜빡이지 않고 멍하니 그를 보았다.

"난 비비안의 생각처럼 그리 좋은 남자가 아녜요. 그리고 비비안은 장차 크게 될 여자고요. 당신은 어린 게 아니라 아직 시간이 많이 남은 거예요. 좀 더 많이 생각하고, 기대할 시간이요."

"……."

"그건 아주 좋은 거예요. 행복한 일이고요. 그러니 좀 더 오래 생각해요. 결혼은 비비안의 생각보다도 훨씬 더 큰 문제거든요."

"……."

"나는 비비안에게 남은 그 시간을 이미 다 썼어요. 그리고 그렇게 생각한 결과가, 이미 있고요."

"……약속한 분이 있다는 말이죠?"

"있어요. 아마 내년 봄에 결혼하겠죠."

크리스토퍼가 조금 난감한 듯 웃었다. 비비안은 묘한 기분으로 크리스토퍼를 응시했다. 진심으로 원한 무언가를 생전 처음 거절당했는데도 그리 슬프지 않은 건, 그가 자신을 처음으로 어른처럼 대해주었기 때문이다.

그는 제 말을 진지하게 듣고 진지하게 대답해주었다. 우습고 가볍게 넘기지 않고, 정말로 곤란하다는 듯 생각했다.

어쩌면 그걸로 된 건지도 모르겠다. 비비안이 툭 내뱉듯 물었다.

"예뻐요?"

"제 눈에는요."

"잘됐네요."

비비안은 미련 없이 웃으며 일어섰다. 크리스토퍼가 덩달아 일어섰다.

"아, 닥터 롱스트리트가 펄베니아 학회 일로 약 이 주간 다시 자리를 비운답니다. 제게 도슨 가를 부탁하셨어요. 혹시나 불편하신 곳이 있으시거든, 언제든 부르세요."

"그럴게요."

절대로 부를 일 없을 것이다. 아프지도 않을 테고. 비비안은 이를 악물며 생각했다.

사실은, 제안이 아니라 고백 같은 것을 하고 싶었던 것일지도 모른다. 혹은 그러고 싶어진 것일 수도 있고. 비비안은 창가에 멍하니 섰다. 크리스토퍼는 어느새 저 멀리 대문을 나가고 있었다.

차라리 어린애 장난이라 비웃었다면 역시나 너도 다를 바 없다고 같이 비웃고 말았을 텐데. 조금 실망하고, 자존심 상하고, 그래서 흔적도 없이 지울 수 있었을 텐데.

우습지 않다고 말해줬을 때. 고맙다고 말해줬을 때. 그리고 제가 존중받았을 때. 비비안은 정말로 크리스토퍼가 좋아졌다. 이번에는 제 스스로도 인정할 수 있을 정도로.

사실은 슬펐다. 거절당했기 때문이 아니라, 정말로 좋아졌기 때문에.

비비안은 입술을 짓씹으며 커튼을 세게 쳤다. 그래도 다신 생각하지 않을 것이다. 울고 싶어도 울지 않을 것이다. 그런 건 제가 할 일이 아니었으니까.

비비안은 전투적으로 테이블로 돌아와 에윈의 책을 집어 들었다.

비비안 앞에 있는 그 책은, 어른들도 못 읽는 책이고요.

비비안이 책을 꽉 잡고서 노려보았다. 그녀는 이 쓸모없는 책에 관해 다시 생각했다. 오늘이야말로 이해하고 말 작정이었다. 제 것도 아닌 것으로 인정받는다는 건 생각보다 불쾌했다.

그리고, 그 모든 말이 진짜였으면 좋겠다.

에윈은 제 무릎에 떨어진 책을 물끄러미 보다 비비안을 응시했다.

"이거 네가 들고 있었어?"

"벌써 기억이 오락가락해? 그때 빌려갔잖아."

에윈이 아, 하고 고개를 끄덕였다.

"정확히 말하자면 뺏어갔지. 다 안 읽었는데."

"난 다 읽었어."

자신만만하게 말한 비비안이 재빠르게 덧붙였다.

"이해도 완벽하게 다 했고."

"그래?"

에윈은 딱히 불신하지도 않고 여상하게 되물었다. 마치 그게 당연한 것 같아 비비안은 더 자존심 상했다. 결국 거버니스인 미스 빙엄에게 사흘을 묻고 물어 정복한 책이었다. 교훈은 역시나 제가 이런 것과 맞지 않는다는 것이었지만.

"이거 재미없는데."

"재밌던데, 재밌던데?"

"취향 이상하네."

에윈이 툭 내뱉으며 일어서 책장으로 갔다. 오로지 난이도에 집착한 비비안으로서는 기가 찬 반응이었다. 저런 책에 재미를 바라는 것 자체가 이상한 일이었다. 비비안이 한심하다는 듯 에윈의 뒤에 대고 말했다.

"넌 책을 재미로 읽어?"

"대체로 그래."

비비안은 에윈의 대꾸에 순간 에윈이 최근 읽어온 책들을 떠올렸다. 필립이 그 책들의 수준을 얼마나 입이 마르게 칭찬했었는지도.

제가 그 책들을 읽었더라면 반년은 자랑하고 다녔을 것이 분명했다. 다시금 자존심이 비틀거렸다.

그녀는 다시 생각했다. 어차피 저도 소양이랄 수 있는 것은 모두 섭렵했다. 그래. 그렇다. 그들은 이젠 세부 지식을 갈고닦는 단계에 들어섰을 뿐이고, 또한 그 분야가 다를 뿐이었고, 그녀의 수준은 결코 떨어지지 않았다.

저 예쁘장한 도련님은 대륙 경제가 어떻게 돌아가는지, 국채가 얼마인지, 어음은 뭔지 알 턱이 없으니까.

"여기."

비비안이 더 생각할 새도 없이 에윈은 책을 몇 권 내밀었다. 비비안은 물끄러미 제 앞에 들이밀어진 책들을 바라보았다.

'지성, 마르지 않는', '모든 영원할 수 없는 것들', '죽은 철학자의 유산'…….

"도슨 씨가 이렌시아에서 들여온 책을 몇 권 구해주신 거야. 아까 거랑 비슷한데 좀 더 재밌고."

"……."

"아까 그것도 재밌었다니 이건 더 재밌을 거야. 내용도 좋고. 재밌게 읽어."

비비안은 눈을 몇 번 깜빡이다 그것을 천천히 받아 들었다. 취향 이상한 놈이 더 재밌다고 한들 그게 더 나으리란 보장은 없었다. 그러나 이제 와 발을 뺄 수도 없었다.

에윈에게 별것 아니라면, 비비안에게도 별것 아니어야 했다. 비비안이 떨떠름하게 입을 열었다.

"그래. 잘 읽을게."

"아, 맞다."

에윈이 테이블에 앉으며 문득 생각난 것처럼 말했다.

"닥터 테일러 말이야, 결혼한대."

"알아."

"알아?"

내심 꿈 깨게 할 요량으로 말한 에윈이 제 의도가 무색해지자 머쓱한 얼굴을 했다. 그러나 이내 이상해 다시 물었다.

"그걸 네가 어떻게 알아?"

"며칠 전에 들었어."

"며칠 전에?"

"결혼하자고 했다가 차였거든."

"……."

비비안은 마치 지나가다 누굴 만났다는 양 대수롭지 않게 말했다. 정작 멈칫한 것은 에윈이었다. 비비안이 에윈의 맞은편에 풀썩 앉았다.

"뭐, 네가 말한 대로 됐잖아. 아, 네가 말한 대로는 아니지만."

"뭐가 아냐."

"네 변태 같은 발상처럼 가슴 때문은 아니었거든."

"나도 가슴 때문이라곤 안 했어. 네가 어려서라고 했지!"

"그거나 저거나 이거나."

비비안이 턱을 괴며 빈정거렸다. 에윈이 피식 웃었다.

"근데 아마도 맞을걸?"

비비안의 눈매가 날카롭게 좁혀졌다.

"뭐가?"

"아니, 내가 가슴 때문이라고 한 적은 없지만, 적어도 닥터는 밝힐 거라고."

"모함하지 마. 그가 너보다 잘난 사람이라고 해서."

"헛소리가 그새 늘었네."

에윈이 제 화사한 애시블론드를 거만하게 쓸어 넘기며 입매를 끌어올렸다.

"닥터 테일러의 약혼녀가 누군지는 알아?"

"알아서 어디다 써."

비비안은 더 관심 없다는 듯 대꾸했다. 에윈은 사실 그 무심해진 반응만으로도 만족스러웠지만, 아예 쐐기를 박을 필요성을 느꼈다.

이것은 복수이기도 했다. 결과론적으로는 만족스러웠지만 결국 그 얼굴에 대고 결혼이란 말을 꺼냈다는 것 자체가 거슬렸기 때문이다.

"이자벨 윌슨."

비비안이 턱을 괸 채로 그대로 굳었다.

"네가 싫어하는 윌슨 방직사 딸."

이자벨 윌슨. 비비안은 그 멍청하게 웃던 얼굴을 떠올렸다. 입만 열면 무식한 소리에 엉덩이 가볍기로 소문난 행동거지, 그리고 최악의 평판…….

이럴 수는 없었다.

"……너 설마."

"…….."

"울어?"

비비안이 제 앞에 쌓여 있던 책을 거칠게 쓰러트렸다. 에윈이 굳었다. 비비안은 울고 있었다. 좀 더 정확한 요점은, 그것과 가장 가까운 것이 분노라는 것이다.

"어떤 멍청이가 저런 계집과 결혼해주겠냐고…….."

비비안은 잇새로 씹어뱉듯 말했다.

"그렇게 누가 떠드는데, 나는 심지어 웃은 적도 있어. 알아?"

"그건."

"근데, 내가, 그 멍청이한테, 거절당했다고?"

이럴 땐 아니라고 부정해줘야 하는 것을 알지만 에윈은 사실에 입각해 대꾸했다.

"네 말로는 아까 그렇다며. 차였다고."

"닥쳐!"

"그래."

에윈은 신경질에도 고개를 끄덕여주며 그녀를 살피듯 자세히 들여다보았다. 동그란 눈물이 한 방울씩 뚝뚝 떨어졌다. 에윈이 조심스레 숨을 삼켰다.

"그딴 멍청이한테, 내가, 내가……."

비비안은 계속 살벌하게 중얼거렸다. 크리스토퍼가 바로 앞에 있었다면 결코 무사하지 못했을 것이다. 그러나 에윈은 생각했던 것처럼 비웃지 못했다. 기분이 좋지도 않았다. 어쩌면 불쾌한 것에 가까울지도 모르겠다. 아주 이상한 일이었다.

에윈은 멍하니 비비안이 울면서 중얼거리는 것을 바라보았다. 그리고 문득 홀린 듯이 깨달았다.

좋아하나 보다.

"비비안이 조금 늦는군요."

필립이 기다란 병을 에윈의 앞에 놓인 잔 위로 기울였다. 제법 무거운 병을 한 손으로 손쉽게 받친 것이 언뜻 보기에도 능숙하고 우아했다. 어른, 그리고 남자의 커다란 손. 에윈은 그것을 제 머리에 새

기웃 눈여겨보았다. 제네트 어가 유려하게 휘갈겨진 라벨은 절반이 큰 손에 가려져 있었다. 투명한 황금색 액체가 가늘게 호선을 그리며 떨어졌다.

"미스 빙엄에게 듣기로, 공자께서 요사이 공부를 아주 열심히 하고 계시다고요."

필립의 말은 여상했지만 에윈은 멈칫했다. 미스 빙엄은 본디 비비안의 거버너스였지만, 언젠가부터 에윈도 비비안처럼 아예 매일같이 제 앞에 앉히고 그란토니아 어며 이렌시아의 고전, 다스뷔르흐 문학 같은 것을 가르쳐주었다. 비비안은 관심 없어하는 오래된 철학자의 이야기들도.

애초에 비비안의 부탁으로 시작된 것이었지만 고마운 일은 고마운 일이었다. 미스 빙엄은 계속 사양하고 있지만 에윈은 무리해서라도 늦게나마 그녀에게 꽤 거창한 수업료를 지불할 생각이었다.

그러나 비비안을 위해 수도에서 미스 빙엄을 초빙해 저택에 입주까지 시킨 필립에게는 언제나 미안한 일이었다. 필립은 꽤 오래 그것을 모른 척해주었다. 그리고 이번으로 처음 에윈과 수업에 관해 물었다. 어느덧 잔 속으로 떨어지던 액체가 멎었다. 에윈이 문득 입매를 달싹거렸다.

"죄송해요."

물어본 것과는 전혀 딴판인 대답이 돌아오자 필립이 잠시 미간을 찡그렸다가 폈다.

"무엇을요?"

"미스 빙엄에게는 합당한 수업료를 지불하겠지만, 도슨 씨에게는 계속 죄송했어요. 비비안의 공부에는 최대한 누가 되지 않게 할게요.”

“공자께서 섭섭한 말씀을 하시는군요. 브란젤 산 아펠자프트
(Apfelsaft, 사과 주스)입니다. 드실 만할 겁니다.”

필립이 글라스 아래를 잡고 에윈 쪽으로 밀어주고는, 맞은편에 가
앉았다.

“언제쯤 이렇게 물을 수 있나 했는데, 아직은 무례했습니까?”

정말로 서운하다는 투라 에윈이 조금 당황했다.

“도슨 씨는, 언제든 물어보셔도.”

“제가 무례한 것이라면.”

“전혀 아닙니다.”

해가 지나며 편안해졌던 아이의 말투가 다시 깍듯해졌다.

“무례한 것이 아니라면 문제는 전혀 없습니다. 그렇죠?”

“문제는, 제가 신세를…….”

“부디 모친의 유산은 건드리지 말고 장성할 때까지 아껴두세요.”

“수업료 정도는 어머니의 유산을 굳이 건드리지 않아도, 지불할 여
유가 됩니다.”

“공자님의 수업료는 제가 이미 미스 빙엄에게 따로 지불 중입니다.
미스 빙엄은 이미 합당한 대가를 받고 있으니 그 부분은 달리 불편해
하지 않으셔도 됩니다.”

“바로 그 부분이 불편한데요…….”

에윈이 조심스레 지적했다. 필립이 사람 좋게 웃었다.

“신세를 지는 게 싫으시면, 불편해 마세요. 귀하신 몸이 불편해하
시면 제가 도리어 더 불편해집니다. 설마 제게 그리 신세를 졌는데,
저를 불편하게까지 만드실 생각은 아니겠죠.”

비비안이 누구를 닮았는지 정확히 말해주는, 순 궤변이었다.

그러나 에윈은 굳이 지적하지 않고 입을 가만히 다물었다. 에윈의 복잡한 시선이 필립의 휘어진 눈매에서 그가 아펠자프트를 따라준 글라스로 떨어졌다.

"감히 주제넘은 말이지만 사실상 저는 그것을 공자께 드리는 수고의 대가라 생각합니다. 그러니까, 감히 공자님께 수고의 대가를 치를 자격은 안 되지만요."

"수고라니."

"꾸준히 비비안을 보살펴주고 계시잖습니까. 제 딸이지만 제게나 예쁜 아입니다. 하나 있는 아이가 기꺼워 무엇이든 다 맞춰주었더니 제법 까다로운 아이로 컸죠. 하나하나 까탈도 심하고요."

비비안이 들으면 기가 막혀 뒤로 넘어갈 말이었다. 보살펴주는 건 어디까지나 제 쪽의 일방적 소관이라고 생각하니까. 그러나 필립은 비비안의 앞에만 서면 입이 찢어지는 주제에 비비안과 멀리 있으면 이렇게 퍽 객관적인 사람이 되곤 했다. 에윈은 저도 모르게 고개를 끄덕이려다 참고 차분하게 부정했다.

"별로 그렇지는 않아요."

"베키에게 듣자니 공자께 꽤 성가시게 굴기도 한다던데. 건방지게 도 굴고요."

"그 정도는……."

"감싸주실 필요 없습니다. 어차피 혼내지도 못하니까요."

필립이 대수롭지 않게 덧붙였다. 에윈은 필립의 앞뒤가 안 맞는 뻔뻔한 태도에 잠시 입을 벌리고 있다 문득 미간을 찡그렸다. 생각해보면 애초에 겉치레가 아니라도 긍정할 말은 못 되었다.

건방지고, 성가신.

좋아한다는, 그다지 더 생각하기도 싫은 낯간지러운 말 이전에 에윈은 제가 언제부터 그런 부정적인 감상을 느끼지 않게 되었는지 잠시 생각했다.

거슬러 올라가면 아주 오래전이었다. 정확히 언제부터라고 제 스스로 집어낼 수는 없었지만 그것이 적어도 오래된 것만은 사실이었다. 에윈은 쓰게 입맛을 다셨다. 습관처럼 순순히 인정은 해도 왠지 모를 패배감은 사라지지 않았다.

심지어 저는 여기에 앉아 있기까지 했다. 그날, 그러니까 비비안이 그렇게 운 것을 처음으로 본 이후로 에윈은 일주일이나 비비안을 보지 못했다. 정확히 말하면 비비안이 에윈을 보지 않았다. 방을 나오는 일도 없었다.

제가 어딘가 홀린 듯이 내렸던 결론과 그 결론이 주는 작은 수치심과는 별개로, 에윈은 비비안이 조금 걱정됐다. 그리고 그것이 바로 에윈이 지금 이곳에 앉아 있는 이유였다. 작년 이맘때만 해도 저 독한 계집애가 질질 짜는 꼴을 죽기 전에 제발 한 번만 봤으면 좋겠다고 바랐던 것을 생각하면, 좀 우스운 일이긴 했다.

에윈은 고개를 휘휘 저었다. 작년까지 갈 것도 없이, 필립의 얼굴을 보기 전까지만 해도 에윈은 사실 걱정보다는 화가 난 상태였다. 요사이 제 속에서 줏대 없이 변질되고 있는 게 한둘도 아니고 이제와 일일이 회의감 느낄 이유는 없었다. 여유도 없었고.

보는 눈도 없이 이상한 놈한테 꽂혀서는 헛소리나 지껄이고, 청혼이나 하고, 거절이나 당하고, 피도, 눈물도 없는 줄 알았던 계집애가 울기까지 하고, 이젠 저를 만나주지도 않는다.

그리고 그 모든 이유가 오로지 제 주치의였다.

에윈은 그렇게 울던 얼굴에 걱정을 하다가도 그 예쁘장한 얼굴을 한 대 때려주고 싶은 충동에 휩싸였다.

똑똑한 척은 저 혼자 다 해놓고서 어떻게 그런 멍청한 짓을 할 수가 있지. 에윈은 저도 모르게 이를 갈았다. 이제 성가시지는 않을지언정 괘씸하고 미워서 속이 터졌다.

그러나 이것도 다시 순간이었다. 에윈은 그 이후로 하루에도 여러 번 이렇듯 마음이 바뀌었다. 습관처럼 미움은 곧장 비비안에게서 크리스토퍼로 전이됐다. 정작 그의 선에서 잘라진 것을 알았을 땐 그나마 다행이라고 생각한 주제에 얄팍한 이중 잣대였다. 모든 게 그의 탓처럼 느껴졌다.

"감싸는 건 아니에요. 정말로, 비비안과는 잘 지내고 있어서요."

에윈은 필립 곁의 빈 의자를 물끄러미 보며 차분하게 대꾸했다.

"그러니 수고 같은 말씀은."

"감사한 것이 많습니다."

"그건 제가 듣기에 지나치게 과분한 말이네요."

"귀하신 신분으로 제 딸에게 늘 관대하셨고……."

"저는 그냥 사생아예요, 도슨 씨."

에윈이 낮게 힘주어 말했다. 필립이 미간을 찡그렸다.

"제가 처치곤란인 것은 세상에서 제가 제일 잘 알아요. 버려두기엔 귀하고 거두기엔 돌아올 것이 없죠. 덤터기나 함께 안 쓰면 다행일 테고요. 이렇게 돌봐주시는 것만으로 언제나 감사하고 있습니다. 제게는 조금 더 아끼시는 게 좋아요."

"비비안은 이제 열셋입니다. 작년엔 겨우 열둘이었죠."

에윈의 말을 가만히 듣고 있던 필립이 문득 입을 열었다. 에윈은 그의 말이 더 이어지기를 가만히 기다렸다. 필립이 옅게 웃었다.

"이래저래 욕심이 많은 아이지만 그렇다고 저밖에 모르는 아이는 아닙니다. 제 자식이라 그런 것이 아니라, 비비안은 정말 누가 봐도 어른스러운 아이였습니다. 그 아이가 말이라는 걸 배우고 집 안을 돌아다닐 즈음부터요. 이후로 늘 그랬죠. 그 아이는 항상 어른이 되고 싶어 했어요. 될 수 있는 한 빨리."

"……."

"제 또래 아이들과 어울리는 건 시간 낭비였고, 웃는 일도 없었고, 하는 거라곤 오로지 공부하고, 초조하게 지난 시간이나 앞으로 남은 시간을 새는 것뿐이었던 아입니다. 무언가 이상하다고 생각은 해도 잘못되었다고는 생각해보지 않았습니다. 그건 특별하고 자랑스러운 일이었죠. 아들 열을 데려와도 부럽지 않을."

필립은 조금 목이 타는 듯 글라스를 들고 아펠자프트를 한 모금 마셨다.

"그런데 비비안이 웃더군요. 소리도 지르고. 마치 열두 살처럼요."

에윈은 말없이 필립을 바라보았다. 어느새 크리스토퍼는 잊혔다.

"부끄러운 말이지만 저는 비비안이 그런 아이일 수도 있는 것을 몰랐습니다. 어쩌면 그동안 잘못되었던 건지도 모른다는 생각을 비로소, 그때가 되어서야 했습니다."

"……."

"내 딸도 사실은 그렇게 웃어야 했던 거예요."

필립이 가볍게 끌어올렸던 입매를 조금 내렸다.

"이 모든 것은 비비안이 공자의 곁에 있었던 덕입니다. 저는 공자의 생각보다 감히 공자를 훨씬 더 아끼고, 공자를 아끼는 것보다 공자에게 더 감사합니다."

묵직한 음성이었다. 어른과 진심. 에윈은 그 생소함에 멍하니 눈을 깜빡이다 시선을 겨우 끌어내렸다. 갑자기 목이 탔다.

"도슨이 빚지는 걸 싫어한다는 건 잘 알고 계시지요?"

제가 한 대 더 때린 게 싫다고 어서 저를 때리라던 억지가 어디서 나온 건지 잘 알 수 있는 한마디였다. 에윈은 가까스로 고개를 끄덕였다.

"그러니 똑같이 하는 겁니다. 공자께서 내 딸을 열세 살 먹은 계집애로 만드신 것처럼 공자도 열셋이 되도록."

필립이 빙그레 웃었다.

"거버니스며 앞에 펼쳐진 책만으로도 진저리를 칠 나입니다. 그것을 위해 부디 스스로 금고까지 헤집지는 마세요."

"……."

"여긴 클리브스가 아니라, 랭카셔니까요."

"……감사합니다."

"거저가 아닙니다. 때때로 제게 보고해주시는 것도 많은 도움이 됩니다. 비비안이 생각보다 허튼짓을 많이 한다는 것도 공자를 통해 알았거든요."

에윈이 흐린 얼굴로 웃음을 터트렸다.

"이제 본래 묻고 싶었던 거나 묻죠."

"뭐가 묻고 싶었는데요?"

열려 있던 문으로 들어서며 비비안이 자연스레 끼어들었다. 필립이 잠시 멈칫했으나 비비안은 다행히 이전 말을 듣지 못한 듯 필립의 옆에 와 앉았다.

에윈은 금세 헤실거리는 필립의 얼굴을 보며 입안으로 작게 웃음을 삼켰다. 필립은 에윈에게 늘 공손했지만 성공한 사람들 특유의 고고한 위압감 같은 것이 있었다. 비비안이 있으면 이렇게 흔적도 없어졌지만.

"요즘 공부하는 것?"

"포 레말라. 맞지?"

대답이 당연히 제 것인 양 비비안이 필립에게 대꾸하고는 에윈에게 되물었다. 마치 어제도 그가 무슨 책을 보고 있는지 본 것처럼. 에윈이 고개를 까딱했다. 필립이 탄성을 터트렸다.

"벌써 읽으십니까?"

"도슨 씨도 포 레말라를 아세요?"

"몇 년 전에야 겨우 읽어봤지요. 워낙 배운 것이 부족해 늦었습니다. 어렵지는 않으셨습니까? 저는 아주 어렵던데."

"도슨 씨야 상회 일로 워낙 바쁘시니까요. 그렇게 바쁘신데 여전히 공부하시는 것이 대단하죠."

"어차피 공용어로 번안된 것이나 읽습니다. 이렌시아 어도 도무지 늘질 않고."

"괜찮아요. 그런 자질구레한 공부 같은 건 제가 하니까. 아빠는 지금도 충분히 대단해요."

비비안이 생긋 웃으며 필립의 볼에 입을 쪽 맞추었다.

"아빠는 이제 저한테 물려줄 때까지 현상 유지만 하세요."

애교를 부리는 것과는 딴판으로 야심만만한 말이었다. 언제나와 같은. 필립이 비비안의 볼을 꼬집었다. 에윈은 아펠자프트를 한 모금 머금으며 그 얼굴을 물끄러미 바라보았다.

일주일 만에 나타난, 마치 아무런 일도 없었다는 듯한 얼굴은 배신감보다는 안도를 불러일으켰다.

이대로 없었던 일이 되면 된다. 직시하는 것은 이미 제 속만으로도 벅찼으니까.

비비안이 고개를 돌렸다. 눈이 마주쳤다.

"이젠 쓸데없는 데 시간 낭비 안 할 거야."

필립이 영문을 알 수 없는 얼굴로 비비안을 바라보았지만 비비안은 에윈의 얼굴만 빤히 바라보았다. 에윈은 그것이 일종의 만회나 다름없다는 것을 알았다. 그들이 서로를 본 것은 비비안이 이를 악물고 울면서 책을 집어던진 게 마지막이었기 때문이다.

저도 모르게 기분이 조금 더 좋아졌다. 일주일 동안 제 얼굴을 보지 않은 게 그만큼 대단한 실연이었기 때문만이 아니라, 제 얼굴 보기 쪽팔려 그런 것이라면 충분히 이해해줄 만했다.

에윈이 짐짓 관대해진 마음으로 고개를 얕게 끄덕였다.

"열일곱."

"열일곱?"

필립이 이번에는 에윈을 바라보았다.

"결혼 적령기인 열일곱까지 최상품이 될 거야. 지성이든, 껍데기든."

비비안이 선언하듯 분명한 소리로 말했다. 에윈은 그녀다운 결론에 피식 웃었다. 그리고 입안으로 작게 그 나이를 되뇌었다. 열일곱.

그때, 우리는 어떻게 살고 있을까.

5. 균열

어느덧 랭카셔에서 두 번째로 맞는 겨울이었다. 에윈은 창밖으로 빠르게 지나쳐가는 풍경을 멀거니 바라보았다. 에른스트 남부의 풍요로운 땅 랭카셔는 겨울 내내 땅이 한 번도 얼지 않는 따뜻한 기후였으나, 그럼에도 겨울을 부정할 수는 없는 것처럼 제법 삭막한 인상을 풍겼다.

"정말로 괜찮으시겠습니까?"

해리슨이 수첩을 뒤적이며 물었다. 에윈이 고개를 돌렸다.

"뭐가요?"

"멜런의 과수원이요. 아무리 생각해도 지금 매입하시기에는……."

"너무 늦었나요? 지금부터 준비해주시면 내년부터 수확할 수 있으리라 생각했는데."

"아뇨, 그런 게 아니라, 물론 수확이야 할 수 있습니다만 지금 그 늙은 나무들을 다 갈고 어린 나무들을 심는 데 든다는 비용도 그렇고, 나무들이 클 때까지 몇 년은 계속 손해를 볼 테니 말입니다. 듣자하니 오 년 정도는 그렇게 지나야 하고, 그 뒤로 십여 년은 수확량이 엄청나게 많아진다지만……."

"오 년 후면 더 좋네요. 괜찮아요."

에윈이 대수롭지 않게 대꾸했다. 주인은 또래답지 않게 어른스러울지언정 이제 고작 열넷이 다 되어가는 공자였다. 해리슨은 그가 마냥 좋은 것만 생각하고 결정하는 것이 아닌지 걱정스러웠다.

"노튼 씨야 믿을 만한 위인이고 향후 전망도 좋지만, 부담이 크지는 않으시겠습니까? 너무 거대한 땅입니다. 공자님 자산의 꽤 많은 부분이 랭카셔에 묶이게 됩니다."

한마디로 여유가 없는 투자란 뜻이었다. 에윈이 피식 웃었다.

"랭카셔에 묶이는 건 그리 나쁜 게 아닌데. 마치 제가 다른 곳으로 떠날 것처럼 말씀하시네요."

"그야, 공자님은 귀한 분이십니다. 언젠가는……."

"해리슨, 자꾸 날 왕자로 착각하지 말라고 했잖아요. 나는 죽은 왕의 사생아예요. 성조차 없는."

"그런 이야기는 촌구석 필부인 제가 감히 논할 수도 없는 것입니다. 다만 공자님께서 언제까지고 남부에 계실 것도 아니시고, 저는 그렇기에 많은 것을 대비해야 해요."

"아마도, 나는 계속 이곳에 있을 거예요."

에윈은 제가 처음으로 이 주제에 관해 단언하고 있다는 것을 깨달았다. 해리슨이 조금 놀란 듯 고개를 갸웃했다.

"랭카셔에 말씀입니까?"

"후작께서도 들으신다면 기뻐하실 거예요. 자산을 하나둘 여기에 묶어두고, 영영 중부에는 가지 않을 것처럼 내가 이곳에 있을 거라는 게. 그러니 그렇게 전해주세요."

해리슨이 언짢은 얼굴로 입을 꾹 다물었다.

"계속 보고하지 않나요? 그분께."

"합니다. 후작께선 공자님의 외조부시니까 늘 관심을 갖고 계세요."

에윈은 마치 그가 첩자라도 되는 양 문득 물었으나 해리슨은 담담하게 인정했다.

에윈은 얄팍하게 부정하지 않는 그가 좋았다.

"관심보단 감시에 가까운 걸 알아요."

"그럴지도 모릅니다. 하지만 정작 제가 공자님을 감시하지 않으니 소용없는 일이지요."

에윈이 작게 웃음을 터트렸다. 해리슨이 미간을 설핏 찡그렸다.

"제가 걱정하는 것은 얼굴 한번 못 뵈어본 후작 나리가 아니라 공자님입니다."

"알아요."

"이 거래는 결코 적은 돈이 아닙니다."

"그것도 알고요. 그리고 해리슨이나 메리가 내 처지를 어떻게 생각하고 있는지도 잘 알지만 나는 정말로 지금 만족스러워요. 해리슨이 관리하는 별장은 이제 내 집이고요."

내 집. 에윈은 제가 말해놓고도 새삼 입안으로 한 번 더 그 두 음절을 되뇌었다. 아주 생경한 말이었다.

"나도 이제 돌아올 곳이 생겼어요. 어딜 가든지. 그래서 랭카셔에 더 만들어두는 것뿐이에요."

"집이 있으니, 이젠 수입을요?"

해리슨이 빙그레 웃었다. 에윈이 비스듬히 입매를 끌어올렸다.

"네. 이왕이면 지속적인 것으로요. 나는 랭카셔의 가난한 법관이 될 예정이라서."

랭카셔의 법관. 비비안이 자랑스러워할 만한 적당한 명예를 갖춘 지식인, 평생 부자가 될 일도 없는 미래.

비비안은 희한하게도 부잣집의 가난뱅이 아들을 원했지만 그런 것을 충족하기는 어려웠다. 재산은 필요했다. 굳이 지금 멜런의 거대한 과수원을 준비해두는 것도 장차 도슨에 닥칠지 모를 어떤 비상 상황을 대비하는 것이었다.

모든 미래가 무의식적으로, 그리고 이제는 의식적으로 그 계집애에게 맞춰져간다. 에윈은 굳이 부정하지도 않고 그것을 인정했다. 자존심을 멀쩡하게 두고 제 속을 이해할 수 있는 이유는 단 하나였다. 오로지 제가 그러고 싶으니까.

"법관이라. 메리가 좋아하겠군요. 괜히 뒷바라지한답시고 성가시게 굴어도 귀찮게 여기진 말아주세요."

"고마워할게요."

에윈은 장난스럽게 툭 던지듯 대구하고는 어느새 멈춰 있는 마차에서 내려섰다. 그리고 도슨 가의 대문을 들어서기 무섭게 불쾌한 얼굴과 마주쳤다. 정확히 말하자면 마주친 게 아니라 발견이었지만.

"어, 공자!"

에윈이 모른 체 지나쳐가던 것이 무색하게, 담장 옆 덤불 근처에 앉아 있던 엘리엇이 해맑게 반쯤 헐벗은 하녀를 두고 손을 흔들었다. 하녀가 당황한 듯 가슴까지 끌려 내려간 옷을 서둘러 추켜 입었다.

그러나 에윈은 그녀가 아예 보이지도 않는 양 경멸스러운 눈으로 엘리엇만 물끄러미 응시했다. 엘리엇이 하녀를 가리키며 자랑스럽게 씩 웃었다. 에윈이 홱 몸을 돌렸다.

에윈과 비비안보다 세 살 위인 엘리엇 도슨은 아랫도리 가벼운 바보였다. 비비안은 언제나 엘리엇을 신기해하고는 했다. 둘 중 하나만 하기도 힘들 판에 가지가지 잘도 한다고 말이다. 거기에 제가 난 봉꾼인 데 자부심까지 있으니 구제가 불가능한 종류였다. 겨우 열여섯에 말이다.

비비안이 치를 떠는 점은 그 와중에 그가 야망까지 가지고 있다는 것이었다. 딸뿐인 백부의 재산을 제가 대신 물려받는다는 원대한 꿈. 다른 집은 어떨지 몰라도 엘리엇에게는 일말의 가망도 없었으니 에윈은 달리 걱정하지 않았지만 그래도 싫은 것은 별개였다. 비비안이 싫어하니 저도 싫다는 단계는 옛날 옛적에 지났다.

요즘 들어 왜 이리 자주 마주치는지 모를 일이다. 에윈은 언제나 그를 싫어했지만 불행히도 엘리엇은 에윈을 선호했다. 장차 도슨의 사업을 물려받았을 때 귀족나리 하나쯤은 알고 있는 게 도움이 될지도 모른다는 개소리로 시작된, 일방적 호감이었다. 그리고 실질적인 필요도 있었다. 백부인 필립에게 들을 잔소리가 에윈만 함께 있어도 절반은 줄어들었으니까.

"공자도 어차피 저녁 먹으러 가잖아. 같이 가!"

에윈이 걸음을 빨리했다. 그러나 키가 큰 엘리엇은 금세 에윈을 쫓아왔다.

"인사도 안 하다니 야박해. 귀족나리는 역시 너무 고귀하셔서 이런 천것과는 말도 못 섞겠지?"

늘 하던 멍청한 비약이라 에윈은 신경도 안 썼다. 그는 에윈이 거만해서가 아니라 제가 멍청하고 한심해서 무시당할 수 있다는 생각은 꿈에도 못 했다.

"괜찮아. 원래 귀한 분을 상대한다는 게 다 이런 거고, 얼마든⋯⋯."

"왜 또 왔어?"

"도슨 가는 공자네 집이 아니라 내 집이야."

"네 집도 아니고 내 집도 아냐."

에윈이 냉랭하게 엘리엇의 말을 정정했다. 엘리엇이 해맑게 웃으며 어깨를 으쓱했다.

"백부께서 정기적으로 내 상태 보시는 날이야. 공자가 와서 다행이네."

오죽 상태가 이상했으면 조카를 정기적으로 검사하겠는가. 에윈은 필립을 새삼스레 동정했다. 필립은 몇 년 전 죽은 동생의 아들을 내버려두지 못했다. 그렇게 볼 때마다 화가 나 집기를 몇 개씩 부수면서도 말이다.

"아, 그러고 보니 아까 그 하녀는 생각보다 괜찮았어. 얼굴이 별로라 조금 장난만 치고 말려고 했는데 막상 벗겨보니 그 계집 가슴이……."

에윈은 고개를 설레설레 저으며 걸음을 다시 빨리했다. 엘리엇이 그 뒤로도 몇 마디 더 얘기를 했지만 늘 그랬듯 대부분이 쓸데없는 음담패설이었다. 에윈은 모두 무시했다. 에윈을 따라 성의 없이 걷던 엘리엇이 문득 중얼거렸다.

"비비안이네."

에윈이 곧장 걸음을 멈추고 엘리엇의 시선을 따라 고개를 돌렸다. 아무것도 없었다. 또 실없는 장난이다 싶어 에윈은 그를 노려보지도 않았다. 엘리엇이 묘한 얼굴로 입매를 쭉 끌어올렸다.

"아깐 계집 벗은 가슴에도 관심 없더니."

에윈이 가늘게 뜬 눈으로 엘리엇을 노려보았다. 엘리엇이 야릇하게 웃었다.

"내 사촌을 좋아하나 본데."

멍청한 놈이 이딴 데만 꼭……. 에윈이 입매를 설핏 일그러트렸다. 이런 놈이 알아서 하등 좋을 게 없었다.

"아닌데."

"아닌 게 아닌데. 계집 가슴엔 관심 없어도 내 사촌에겐 아니겠지? 고자가 아니고선."

"헛소리 집어치우고……."

"공자도 이제 남자잖아. 이거 무서워서 이제 같이 둘 수 있겠어? 심각한 문제야. 백부께 말씀드려야지."

"좀 닥쳐."

"붙여놨다가 무슨 일이 일어날지 어떻게 알겠어? 공자도 한참 혈기왕성할 거 아냐. 그 나이엔 하루에 최소한 한 번은 뺄……."

"세상 인간이 전부 다 너처럼 발정난 개새끼 같을까 봐?"

"와, 난 공자가 그렇게 나처럼 상스럽게 말할 때가 좋더라."

"이건 도슨 씨가 너 볼 때마다 하는 말이잖아."

그 고상한 갑부 입에서 이런 말이 나올 때는 정말로 이유가 있어서다. 에윈은 짜증스레 대꾸했다.

엘리엇은 빙글빙글 웃으며 이젠 진짜로 저 멀리 나타난 비비안을 응시했다. 비비안은 그가 보기에도 예쁘장하긴 했다. 입이 못돼 처먹어서 그렇지.

"공자, 그렇게 얼굴만 밝히다간 패가망신해."

엘리엇은 짐짓 진지한 투로 충고했다.

그 가벼운 아랫도리를 생각하면 에윈이 억울할 정도의 충고였다. 에윈은 비비안이 가진 게 얼굴뿐이 아니란 것을 지금 이 시점에 항변하는 게 얼마나 어리석은 짓인지 알고 있었다. 에윈이 찌푸린 얼굴로 고개를 돌려 엘리엇을 무시했다.

"자?"

문틈 사이로 희미하게 목소리가 스며들었다. 에윈은 선잠을 깼다. 이불 밖으로 팔을 뻗자 피부에 싸늘하게 들러붙는 겨울밤 공기에 곧장 소름이 돋았다.

"에윈……."

답지 않게 망설이는 목소리였다. 비비안은 계속 문밖에 있었다. 에윈은 몸을 어정쩡하게 일으킨 채로 뻣뻣하게 앉았다.

"……뭐야."

"들어가도 돼?"

"언제는 물어봤다고."

비비안이 문 사이로 살며시 고개를 내밀었다. 어둠 속에서 검은 머리채가 슥 허공으로 떨어지는 것이 불현듯 선명하게 보였다. 에윈은 순간 멈칫했다. 비비안이 새삼스레 입술을 달싹였다.

"들어간다?"

대체 왜 이러냐고 차마 묻지도 못하고 에윈은 하얀 모슬린 드레스 자락이 살랑살랑 가까워지는 것을 바라보았다. 이유도 모르고 숨이 턱 막혔다.

모슬린에 휩싸인 무릎이 침대 위로 올라왔다. 에윈의 시선이 그 무릎으로부터 가슴을 타고 어느덧 제 바로 앞까지 가까워진 비비안의 얼굴에 닿았다. 비비안의 얼굴은 어두운 방 안에서도 말갛고 해사했다.

"있잖아."

"……뭐가 있어."

에윈은 가까스로 냉랭하게 대꾸했다. 발간 입술에 멈춘 시선이 그대로 못 박힌 듯 움직이지 않았다.

입술이 천천히 달싹인다.

"에윈……."

에윈의 이름을 부르는 목소리가 희한할 정도로 애달팠다. 그러니까 적어도 이때부터 눈치 챘어야 했는데. 이 추운 날씨에 저렇게 천 쪼가리 한 장 걸치고 복도에 서 있는 건 둘째 치고, 이 계집애가 제 이름을 이유 없이 두 번 이상 부르는 일은 없고, 멍청하게 한 말을 또 하지도 않는다는걸.

에윈은 무언가 아주 잘못되었다고 생각하면서도 제 목을 쓸며 얼굴로 거슬러 올라온 비비안의 작은 손을 물끄러미 바라보았다.

목이 탔다. 비비안의 얼굴이 더 가까워졌다. 에윈의 얼굴을 쓰다듬던 그녀의 손이 제 목의 단추를 하나씩 풀어냈다. 속살이 조금씩 드러났다. 정말이지 이루 말할 수 없이 이상했다. 이상한데 아무것도 할 수 없었다.

에윈은 비비안의 다른 손이 그의 어깨를 미는 대로 천천히 무력하게 넘어가기 시작했다. 시선이 마주쳤다. 곧 울기라도 할 것처럼 촉촉하게 젖은 눈에 에윈은 마른 숨을 삼켰다.

시간이 느릿하게 늘어졌다. 그렇게 에윈의 뒷머리가 베개에 닿은 순간……

누군가 갑자기 뒷목을 잡아채 낭떠러지로 끌어내린 것처럼, 온몸이 아득한 아래로 떨어졌다.

에윈이 급하게 숨을 들이켜며 눈을 떴다. 어두웠던 방은 새벽의 푸르스름한 빛에 잠겨 있었다. 에윈은 숨을 몇 번 깊이 몰아쉬고는 몸을 조금 일으켰다. 침대는 제가 자기 전과 같이 여전히 정갈했다. 어떤 흔적도 없이.

"개꿈……."

허공을 노려보던 에윈이 문득 뻐근한 아래를 내려다보고는 얼굴을 일그러뜨렸다. 그가 이마 위로 흐트러진 애시블론드를 아무렇게나 쓸어 올리며 거칠게 욕을 중얼거렸다. 비비안의 불량한 사촌 엘리엇이 좀 더 어릴 적, 입버릇처럼 말끝에 덧붙이던 욕이었다.

어떻게, 어떻게 이럴 수가.

개꿈이 아니었다. 비비안만 없어지면 주구장창 음담패설을 일삼던 엘리엇의 야릇한 미소가 떠올랐다.

"이건 다 그 새끼 때문이야."

에윈이 잇새로 짓씹듯 내뱉었다. 이건 다 그 발정 난 짐승 때문이다.

"에윈!"

에윈의 침실 문을 벌컥 열어젖힌 비비안이 의아한 눈으로 빈방을 훑었다. 에윈은 벌써 사흘째 제 방에 없었다.

고개를 갸웃한 비비안이 문을 다시 닫고 복도로 나갔다. 이 추운 날씨에 후원에 있을 리는 없었고, 서재는 이미 오는 길에 들러본 참이었다. 에윈이 글래스턴의 별장에서 직접 사용하는 공간은 극도로 협소했다.

"아가씨?"

마침 비비안의 뒤쪽에서 빨래 바구니를 들고 걸어오던 메리가 그녀를 불렀다. 비비안이 뒤돌았다.

"공자님은 지금 별장에 없으신데."

"오늘도요? 어제는 멜런의 땅을 다시 보러 간다고 했고……."

"오늘은 제 남편과 함께 노튼 씨를 만나러 갔답니다. 이야기가 더 남은 모양이에요."

"정말로 그 큰 땅을 다 매입하겠대요?"

"공자님 뜻이 꽤 확고하시다는 것 같아요. 맥키븐 씨도 공자님이 마음에 든 모양이고요. 다들 계속 논의 중이세요."

비비안은 미간을 설핏 찌푸렸다가 이내 웃으며 메리를 보냈다.

그녀는 제가 에윈의 문제에서 상당히 멀어져 있음을 조금 불쾌한 기분으로 깨달았다. 애초에 에윈이 멜런의 땅을 매입할 예정이라는 걸 비비안이 들은 것도 나흘 전 필립이 말해준 게 처음이었다.

정작 그날 저녁식사까지 함께 하고도 에윈은 그녀의 아버지에게만 홀랑 말하고 사라진 것이다. 게다가 그 다음 날부터는 코빼기도 보이지 않았다.

비비안은 그렇게 며칠이 지나도록 에윈에게서 단 한 번도 과수원에 대해 듣지 못했다. 처음이야 순서가 엇갈렸겠거니─비비안은 그 순서의 처음이 당연히 저라고 생각했다─했지만 이쯤 되면 괘씸했다.

그녀를 제외하고, 그가 그 문제에 관해 말할 수 있는 모든 사람에게 다 말한 꼴이었다. 정말이지 그녀만 제외하고. 믿기지 않게도 그러했다. 예고도 없이 저만치 훌쩍 멀어진 기분이 생경했다.

비비안은 쉽게 화내지 않기 위해 천천히 상황을 되새겼다. 우습게도 그렇게 되새기자 외려 울컥 화가 났다.

그녀는 지금 에윈의 진행 상황과 가장 멀리 있었다. 사용인인 메리보다도.

비비안은 도무지 해결되지 않는 찜찜함 속에 도슨 가로 돌아왔다. 며칠간 책도 못 읽고 있었다는 게 생각나 더 짜증이 치밀었다. 거버너스인 미스 빙엄은 겨울이라 이틀 전 휴가를 받고 고향에 잠시 돌아가 있는 상태였고, 그 기간 동안 그녀는 오로지 혼자 공부를 해야 했다.

비비안은 빙엄이 떠나는 날 신나게 테이블 위에 쌓아뒀던, 제가 가장 좋아하는 책들을 바라보았다. 맨 위의 검은 책 위로 어느덧 뿌연 먼지가 희미하게 내려앉아 있었다.

그걸 보자 비로소 자존심이 상했다. 제가 퍽 화가 나 있다는 것도 깨달았다. 그것은 에윈을 향한 것이라기보다는 스스로를 향한 것에 가까웠다. 비비안은 기가 찬 듯 코웃음을 쳤다. 에윈이 어떻든 무슨 상관이라고 제 일을 다 까먹고 게을러진 것인지 몰랐다.

자기관리, 자기관리.

비비안은 마치 제 스스로를 세뇌하듯 그 말을 수번씩 되뇌며 맨 위에 있던 책을 들었다. 손수건으로 책 위의 먼지도 닦아냈다. 그리고 테이블 의자에 풀썩 앉았다. '헬레네트리아의 장사꾼들'. 오래되었지만 그녀가 가장 좋아하는 책이었다. 흰 손가락이 조심스레 검은 가죽 표지를 넘겼다.

그리고 비비안은 얼마 지나지 않아 책에 고개를 박고 잠들었다.

"비비, 비비."

비비안이 제 어깨를 흔드는 손길에 몽롱하게 눈을 떴다. 길고 가는 시야에 비친 사위는 어느새 어두웠다. 비비안은 눈을 깜빡이다 몸을 천천히 일으켰다.

"네가 왜 여기 있어?"

"버릇없는 계집애. 백부님이 너 저녁 먹게 오라시는데."

"네가 왜 여기 있냐고."

"저녁 먹으러 왔겠지? 백부님이 부르신 거야."

비비안이 뚱한 얼굴로 엘리엇의 눈을 지그시 노려보다 손바닥을 내밀었다. 엘리엇이 능글맞게 웃으며 물었다.

"손? 잡아달라고?"

"아니, 네가 내 보석함에서 훔친 것 내놓으라고."

엘리엇이 쳇, 하고는 제 등 뒤에 숨기고 있던 벨벳 주머니를 내밀었다. 비비안이 낚아채듯 주머니를 뺏고는 안을 확인했다. 그녀가 어릴 적 목에 자주 걸고는 했던, 자그마한 로켓이 달린 은 목걸이였다. 비비안의 눈이 매서워졌다.

"이 발칙한 도둑놈이."

"어차피 백부님 돌아가시면 다 나눠 가질 거, 정 없이 왜 이래? 옆에 가넷이며 사파이어며 눈 돌아가는 것 천지였는데 이 오라비가 욕심 없이 집은 게 그거라고. 작게 용돈이나 하려고. 그거 갖다 팔아봤자 얼마라고 그래? 백부님께서 네가 뭐 하나 사달라고 말만 하면 다 해주실 텐데."

"누가 누구랑 나눠 가진다는 거야? 아버지가 나한테 다 사주든, 말든 그게 어떻게 네가 내 걸 가져갈 이유가 돼?"

"경제는 순환이야, 비비. 넌 틈만 나면 보는 게 장사꾼 놈들 얘기면서 그것도 몰라?"

"경제는 순환이고 네가 한 짓은 절도야. 궤변 집어치워. 이번에야말로 아버지한테 다 이를 거야."

"백부님 오늘 기분 좋아. 망치지 않는 게 좋을걸."

"망치는 건 너야! 너라고!"

비비안이 발을 들어 엘리엇의 정강이를 찼다. 엘리엇이 미처 피하지 못하고 맞고는 인상을 팍 일그러트렸다.

"계집애가 성질머리만 고약해서는!"

"손버릇 나쁜 놈보다 백배 나아. 제발 숙모님 불쌍한 줄 알고 정신 차리고 살아. 이런 것 팔아봤자 몇 빌런트 나온다고 훔쳐?"

"하룻밤 유흥 정도는 쓰지."

"그 용도인 게 뻔히 보여서 한심한 거야. 계집질 좀 그만해."

"사촌이 걱정을 다 해주네?"

"그러다 어디서 복상사라도 하면 도슨의 망신이야. 아버지한테 망신 끼치면 죽여버릴 줄 알아."

엘리엇은 저보다 한참 작은 제 사촌이 살벌하게 뇌까리는 것을 내려다보며, 능청스럽게 무서운 척 제 어깨를 슥슥 쓸었다.

"무서워서 밤놀이도 못 다니겠네. 복상사가 뭔지는 알고 말하는 거야?"

"사람들이 네 욕 하는 것만 좀 주워듣고 다녀도 세상 더러운 일의 절반은 알아."

"비비, 네가 모르는 것이 있는데."

"비비안."

"비비안, 네가 모르는 게 있는데."

"아냐, 생각이 바뀌었어. 내 이름 자체를 부르지 마."

"어찌 됐든, 네가 모르는 게 있어."

"너만큼은 아니겠지."

"그래. 인정하지. 어쨌든 더러운 건 내가 아니라 남자야. 남자들은 다 더러워. 그래서 내가 그런 거지."

"아냐, 너야."

비비안이 단호하게 대꾸했다. 엘리엇이 귀엽다는 듯 그녀의 앞에 쭈그리고 앉았다.

"너도 곧 열넷이고, 이제 숙녀가 될 테니 일러두는데, 남자들은 다 똑같아, 비비."

"남자들이 다 똑같다고 치고, 넌 남자가 아니라고 치는 게 맞지 않겠어? 양심이 있다면."

"네가 시종일관 쫓아다니는 그 글래스턴의 귀공자도 똑같아."

"쫓아다녀? 내가? 언제?"

"그건 그리 중요한 게 아니니 차치하고. 그 곱상한 귀공자도 머릿속에서 널 갖고 무슨 상상을 해댈지 모를 일이란 말이야."

아무리 에윈에게 짜증이 났다 한들 겨우 저 혓바닥에 오르내리게 둘 순 없었다. 비비안이 얼굴을 싹 굳히며 정색했다.

"감히 어디다 갖다 대는 거야?"

"다들 그 속에 숨기고 사는 것뿐이야. 그 공자도 마찬가지고."

"넌 좀 속에 숨기고 살아보지그래?"

"돌아가신 아버지를 두고 맹세하건대, 그 공자는 분명히 제 머릿속에서 네 옷 한 번쯤은 벗겨봤을 거야."

"네가 그딴 음란한 생각만 종일 하고 산다고 세상 사람들도 다 그러리라 착각하지 마. 그리고 숙부님이 어디 일 실링짜리 동전이야? 동네방네 염가로 걸고 있어. 열여섯이나 됐으면 부디 생각이란 걸 좀 하고……."

"맹세컨대, 공자는 네 그 납작한 가슴이 궁금할 거야."

"이게 어딜."

"요즘은 좀 컸나? 난 전혀 모르겠는데 누구 눈엔 계집 태가 날지도 모르겠네."

엘리엇이 삐뚜름하게 웃으며 비비안의 무릎을 톡톡 치고는 몸을 일으켰다.

"비비, 왜 이리 늦게 오니? 공자는 금방 가셨단다."

"……에윈이 왔다 갔어요?"

"아마도 내일 계약을 할 것 같다고, 아빠한테도 최종적으로 계약서를 검토해달라 하시더구나."

"그래서 저녁도 안 먹고 검토만 받고 홀랑 가요?"

"저녁은 노튼 씨 댁에서 먹기로 약속이 되어 있다고 하셨어. 왜 이리 화가 났니?"

"아니에요."

이쯤 되면 그놈이 일부러 그러는 게 아닐까 의심스러울 수밖에 없다. 비비안이 부루퉁한 얼굴로 쿵쿵 걸어와 식탁에 앉았다. 필립의 맞은편, 비비안의 옆자리에 앉아 있던 엘리엇이 생글거리며 끼어들었다.

"공사다망한 공자께서 정작 우리 비비에겐 며칠째 볼일이 없어서가 아닐까요?"

엘리엇이 정말로 짜증 나는 건 멍청한 주제에 한 번씩 저렇게 정곡을 찌르기 때문이었다. 평소 때 조금만 멀쩡했어도 이렇게 짜증이 치밀어 오르진 않았으리라.

냅킨을 무릎 위에 가지런히 놓던 비비안이 식탁 아래로 엘리엇의 발을 꾹 밟았다. 엘리엇이 악, 소리를 내며 보란 듯이 엄살을 부렸다. 필립이 미간을 찡그렸다.

"비비안."

"잘못했어요."

순순히 시인한 비비안이 이를 악물고 엘리엇의 다리를 세게 찼다. 엘리엇이 미처 과장도 하지 못하고 저도 모르게 앓는 소리를 냈다.

"비비안! 오빠한테 어디…….."

"잘못했다고 말씀드렸잖아요. 이러려고 미리 잘못했다고 말씀드린 거예요. 그전 거는 실수였고요. 그냥 처음부터 차버렸어야 했는데."

"다리가 부러질 것 같지만 저는 괜찮아요, 백부님. 한두 번 맞아보는 것도 아니고……. 익숙한 일이니까요."

제 사죄가 계획적이었음을 당당하게 시인하고 있는 열세 살짜리 딸과, 벌써 덩치도 제법 큰 주제에 어울리지도 않게 가련한 목소리로 웅얼거리는 열여섯 살짜리 조카를 필립이 복잡한 눈으로 바라보았다. 비비안이 바구니에서 빵을 갖고 오며 코웃음을 쳤다.

"어릴 적엔 숙모님이나 아버지가 두들겨 패서라도 저 정신을 차리게 만들었어야 했다고 생각했는데, 제가 종종 직접 때려보니 전혀 아니더라고요. 왜 두 분이 내버려두시는지 이해했어요. 아버지 조카는 맞아도 정신을 못 차릴 종자예요."

"백부님, 들으셨죠? 저를, 종종 때린다고……."

"둘 다 그만해라. 엘리엇이 맞아도 싼 짓을 종종 하긴 하지만 비비안 네가 정신 차리라고 혼을 낼 수는 없어. 더군다나 이번에는 별말도 안 했잖니. 공자와 무슨 다른 일이라도 있어?"

비비안은 필립에게 한 번 더 정곡을 찔린 것 정도는 가볍게 무시하며 다른 말로 대꾸했다.

"정신 차리라고 혼낸 게 아녜요. 제가 엘리엇을 정신 차리라고 혼낼 만큼 관심이 있겠어요? 그냥 때리고 싶어서 때리는 거지."

"그러니까 그게 안 된다는 거야, 비비."

"들었지? 백부님도 안 된다고 하시잖아. 힘이 세도 내가 세고, 덩치가 커도 내가 큰데 내가 네 머리카락 하나 건드리던? 응?"

"난 맞을 짓을 안 하잖아. 맞을 짓을 안 하니 건드리지 않는 게 네 마지막 양심이겠지."

"그렇다네요. 제가 어릴 적에 얼마나 비비에게 많이 맞아줬는지 알고 계시죠? 저 그때는 분명히 문제없는 놈이었어요, 백부님."

필립이 고개를 끄덕이며 입안으로 헛웃음을 터트렸다.

"비비안 너는 어릴 때부터 어찌나 엘리엇을 싫어하던지. 걸음마를 떼기 무섭게, 그 짧은 다리로 엘리엇을 죽어라 쫓아다니면서 괴롭혔지."

"저는 기억도 안 나요. 그럴 리가 없죠. 순전히 기력 낭빈데."

"비비, 원래 기억은 가해자가 아니라 피해자만 해. 바로 이렇게. 알겠어?"

"내 애칭 부르지 말라니까."

"그래, 비비안."

"내 이름도 부르지 말랬지."

"너는 악착같이 쫓아다니고, 엘리엇은 미련하게 널 때리지도 않고 울기만 하고. 네 숙모에게는 미안한 소리다만 그렇게 기운찬 게 얼마나 귀엽고 사랑스러웠는지 모르겠다."

필립이 사람 좋게 웃으며 기억을 더듬었다. 엘리엇과 비비안의 얼굴이 동시에 찌푸려졌다.

"그렇게 너희가 귀여울 때도 있었는데 말이야. 그때처럼 잘 지내면 안 되겠니? 내 낙은 너희 크는 걸 보는 것뿐인데."

"……백부님 말씀을 들으니 문제가 어디서부터 시작됐는지 알 것도 같네요."

"문제는 너부터야."

비비안은 한마디도 빠지지 않고 엘리엇에게 달려들었다. 엘리엇은 비비안의 타박에 익숙한 듯 어깨만 으쓱하고는 수프를 한 스푼 떠먹었다. 회상을 끝낸 필립이 딱딱한 얼굴로 엘리엇을 바라보았다.

"어쨌든 그걸 생각해서 널 계속 봐주는 거다. 그 조그만 손에 맞았던 것도 다 떨어져가니 정신 차리고 슬슬 무슨 일을 할지도 생각해."

"제가 때리면 얼마나 때렸다고 이 진상을 다 봐줘요?"

"네가 계속 이렇게 살면 내가 죽고 너희 아버지 볼 낯이 없을 거다."

"제가 글러먹은 게 어디 백부님 탓인가요. 아들 잘못 낳은 건 아버지가 제일 잘 아세요."

"네 어머니는 모르시잖니. 이상한 짓을 어릴 때 다 몰아 하면 평생 멀쩡하게 살지 않겠냐고 이젠 별스러운 우회까지 한단다. 어머니 말려 죽이기 전에 그 소박한 기대라도 이루어드려라. 이제 곧 열일곱 아니니."

"그냥 어디 멀리로 보내면 안 되나요? 기숙학교 같은 데로. 숙모님도 저 얼굴 좀 안 보고 사시면 마음 편하실 텐데."

비비안이 입술을 삐죽거리며 비꼬았다. 엘리엇이 턱을 괴고 비비안을 물끄러미 바라보았다.

"학교? 내가 학교 가면 무섭지 않겠어?"

"뭐가."

"학교 가서 이 머리가 똑똑해져서 오면 어떡해."

"퍽이나."

"모를 일이야. 난 공부를 안 해봤잖아."

"평생 책 한번 안 펴보고 산 사용인들도 너랑은 비교도 할 수 없이 똑똑해. 책이 사람을 만들어주는 건 아니잖아. 넌 사람이 아니고."

"나처럼 어중간한 애가 배운 놈이랍시고 활자 좀 어리숙하게 먹으면 더 무서운 거 알지? 어중간하게 알아서 아는 척이란 다 하고 네가 하는 일마다 별 이상한 말 없으면서 사사건건 다 끼어들걸. 지금처럼 바보니까 백부님이 내가 다 날려버릴지도 모른다고 아버지 상속분 묶어두신 것도 그러려니, 나중에 돈 더 얹어주신다니 겨우 그것만 보고 침이나 흘리고 있는 거지. 네 방에서 시원찮은 거나 하나씩 빼돌리고 말이야."

엘리엇이 술술 막히지도 않고 제가 그냥 멍청하게 있는 것이 좋은 이유에 관해 내뱉었다. 비비안이 같잖은 듯 코웃음을 치다가 문득 허를 찔린 듯 눈을 깜빡거렸다.

말만 들어도 피곤했다. 지금보다 더 피곤할 수는 없다고 생각했지만 아니었던 모양이다.

"엘리엇, 또 비비안 장신구를 빼돌렸니?"

"바로 들켰어요. 어린 게 눈치만 빨라선…….."

"역시 내 딸, 똑똑하다."

"그거야 당연한 거고, 그 어쭙잖은 도둑질 잡았다고 저를 칭찬하실 게 아니라 이 도둑놈을 혼내셔야죠!"

필립은 엘리엇을 자주 쥐 잡듯 잡는 편이었지만, 엘리엇이 하는 일에 비해서는 언제나 관대한 처사라고 할 수 있었다.

엘리엇의 아버지 레이먼 도슨은 엘리엇이 두 살이 되던 해 마차 사고로 죽었다. 그것과 동시에 레이먼이 시내에서 제법 크게 운영하고 있었던 잡화점도 레이먼이 다른 사업으로 잠시 지고 있던 빚으로 넘어간 통에, 엘리엇의 집은 일시에 무너졌다.

필립은 그것을 언제나 마음 아파했다. 그리고 그 뒤 홀로 남은 미망인과 아버지 없이 남겨진 어린 조카를 유달리 아꼈다. 제 다리 옆에서 그 작은 조카가 쫑쫑 걷던 어린 시절부터.

그 후 할아버지가 돌아가실 즈음엔 상회의 규모가 제법 불어났을 때라 죽은 레이먼의 몫으로, 즉 어린 엘리엇의 앞으로 이미 적지 않은 상속분이 있었다. 이 할은 즉시 주되, 나머지 팔 할은 유언장에 명시된 열여덟 살이 됐을 때 오롯이 상속해주는 것으로.

필립은 그 재산을 단 한 번도 건드리지 않았을 뿐만 아니라, 이미 예전에 거의 서너 배에 이르는 돈으로 불려놓았다. 물론 필립도 그 예쁜 조카가 저런 식으로 클 줄은 몰랐을 것이다.

어찌 되었든 엘리엇이 비비안 앞에서 깐족거리는 것은 바로 그것을 믿고 그러는 것이었다. 어릴 적에야 비비안이 사내로 태어나고 싶었다고 운 것을 안 뒤로 넌 계집애고 난 사내니 내가 물려받는 게 당연하다고 부러 놀렸지만 그것이 그냥 장난이었다면 이건 현실이었다.

제 말처럼 그렇게 멍청하게 제가 받을 돈만 탐내고 탕진하는 것이 비비안의 장래에는 차라리 좋겠지만, 비비안은 그와는 별개로 할아버지와 아버지의 돈이 이루 말할 수 없이 아까웠다. 제가 다 갖고 싶어서가 아니라 제 눈에 엘리엇에게는 자격이 단 한 톨도 없기 때문이었다.

숙모는 좋은 사람이었다. 노튼의 부인 엘리자베스처럼, 어머니가 없는 비비안을 언제나 살뜰히 챙겼다. 차라리 할아버지가 죽었을 때, 열 살배기 손자 앞으로 십 할을 모두 주고 그 돈을 숙모가 사치로 다 날려버렸더라면 이렇게 아깝지도 않았을 터였다.

숙모는 필립의 지원도 고사했으면서, 그 이 할을 제 아들에게 오롯이 다 물려줄 생각으로 언제나 검소하게 살았다. 욕심도 없었다.

비비안은 맹세코 저도 그런 어머니를 가졌더라면, 제 몸을 갈아서라도 출세했으리라 생각했다. 그런 어머니는 제 아버지만큼이나, 아무나 가질 수 있는 것이 아니었으니까. 비비안은 어느덧 화기애애해진 필립과 엘리엇의 사이에서, 문득 에윈을 생각했다.

윈스터 백작 부인.

그렇게 간략하게 말하던 음성이 희미한 기억 속에 떠올랐다. 얼마 지나지 않은 화상의 흉터 자국처럼, 벌겋고 쓰린 목소리. 비비안은 입술을 꾹 깨물었다. 제 생각이 귀결된 지점이 마음에 들지 않아도 떠오른 이상은 어쩔 수 없었다.

조금 더 어른스러운 제가, 다시 먼저 갈 수밖에.

에윈은 피곤한 얼굴로 제 침실에 들어서다 그대로 멈칫 멈춰 섰다. 어두운 복도와 달리 아무도 없어야 할 방은 밝았다. 그리고 누군가 도, 있었다.

"네가 와 있다는 말은 못 들었는데."

"그야 못 듣게 했으니까."

침대 중앙에 앉아 있던 비비안이 짤막하게 대꾸하며 책을 탁 소리 나게 덮었다. 그리고 생긋 웃으며 묘한 투로 말했다.

"오랜만이네?"

"별로. 며칠 전에 봤잖아."

에윈이 무뚝뚝하게 대꾸하며 벽장 쪽으로 걸어갔다. 비비안이 눈매를 가늘게 좁혔다.

"그래. 며칠 전에. 사실 며칠 전인 게 그리 중요한지 모르겠어. 네그 중요한 문제가 시작되고 나서는 코빼기도 안 보였잖아, 네가."

에윈은 비비안을 돌아보지 않은 채로 프록코트며 베스트를 벗었다.

"중요한 문제?"

"아, 이제 내 앞에서는 잡아떼기로 되어 있는 거야? 아예 아는 척도 안 하기로?"

"……멜런의 그 과수원 말하는 거지?"

"그것뿐이야?"

"뭐가?"

"내가 모르는 뭔가가 그새 또 생기진 않았나 해서. 그 과수원처럼 말이야."

"별일 아냐. 그 일은 네가 딱히 신경 쓸 만한 일도 아니고."

비비안의 말이 저도 모르게 은근슬쩍 비아냥거리는 투로 변한 와중에도, 에윈은 시종일관 차분했다. 비비안이 말없이 가만히 앉아 에윈을 노려보았다.

에윈은 크라바트까지 모두 끌러내어 근처 탁자 위에 놓아둔 뒤에야 비비안을 돌아보았다. 그러나 가까이 걸어오지도 않았다.

"계속 거기 있을 거야? 벌써 아홉 시도 넘었어. 도슨 씨가 걱정하셔."

"……딱히 신경 쓸 만한 일이 아냐?"

"그래. 뭐가 문제야?"

"너야말로 뭐가 문제야?"

"뭐?"

"네 상속 재산의 삼분의 일을 처박을 일이야. 아버지도, 노튼 씨도, 해리슨 씨도, 메리도 아는데 나만 몰랐어. 저 모든 사람이 나한테 말해줬는데, 정작 너만 말 안 해줬어. 그래. 바빴어? 그런데 그 전에는 한마디도 할 수 없었어? 그게 그저 네 생각일 뿐이었을 때, 네 계획이었을 뿐이었을 때, 그때는……."

"비비안, 넌 고작 열셋이야. 나처럼."

비비안이 멍하니 입을 벌린 채 에윈을 바라보다 기가 막힌 듯 헛웃음을 터트렸다.

"그러니까, 지금 너는."

"일단 가. 가서 자고, 모레 같이 가서⋯⋯."

"내가 어려서 필요 없었다고 말하는 거구나."

에윈이 피로한 듯 눈을 내리깔았다가 다시 들었다. 비비안의 표정은 무어라 딱 집어 말할 수 없이 복잡했다. 일이 꼬여가고 있었다. 에윈이 천천히 한숨을 삼키며 입술을 달싹였다. 그러나 비비안이 더 빨랐다.

"네가 무슨 생각을 하든 도움이 안 돼서. 그래?"

"그런 식으로 말하지 마. 그런 거 아니니까."

"그게 그 정도였어? 내 얼굴조차 마주치지 않을 정도로. 혹여나 저 계집애가 또 어쭙잖게 이래라저래라 왈가왈부할까 봐. 그만큼 피하고 싶었어?"

"도슨."

"너, 지금 나한테 가까이 오지도 않는구나."

비비안을 물끄러미 바라보던 에윈이 마른세수를 했다. 비비안이 무릎을 세워 침대를 벗어났다. 그리고 침대 곁에 서서 물었다.

"가라고 했지?"

"⋯⋯그래."

"그럼 지금 갈까?"

"그래. 도슨 씨가 걱정해."

"참고로 말해두는데, 내가 지금 나가고 나면 내 화를 풀어주긴 아주 어려울 거야."

에윈이 저도 모르게 입안으로 헛웃음을 터트렸다. 비비안이 미간을 설핏 찡그리며 눈을 가늘게 떴다.

"왜 웃어?"

에윈이 무표정해진 얼굴로 아니라는 듯 고개를 저었다.

"화는, 풀어줄게. 나중에."

"내가 화가 났다고 해서 풀어줄 의지와 성의가 있다면 나중이 아니라 지금 당장 해."

에윈은 여전히 가만히 서 있었다. 비비안이 에윈에게로 빠르게 걸어왔다.

"그래. 그 얘기는 내가 아직 어려서 말할 만한 상대는 아니었다고 치자. 네가 계획이랍시고 말하는 순간 내가 집어치우라고 잔소리부터 했을 테니까, 그래. 이해할게. 솔직히 멜런의 그 땅을 매입한 건 아주 경솔했어. 네 상속 재산 내역을 뻔히 아는데, 그렇게 무리한 투자를 해? 농사가 만만해? 내년에 가뭄이 오면 어쩔 거야? 여름에 태풍이 불면 어쩔 거야? 위험을 부담하려면 그 위험이 너에게 아주 작은 것이어야지. 그게 네 재산에서 작은 돈이야?"

"……."

"이게 듣기 싫었다는 거잖아. 그렇지?"

"예나 드는 척하면서 그간 못 한 말 하는구나. 별로 듣기 싫지는 않았어. 이제 와서 그게 그렇게 듣기 싫을 거면 여태 같이 지내지도 않았겠지. 넌 매 순간 저런 말을 하잖아."

딱히 가치 없는 말도 아니고.

에윈이 수습하듯 조금 덧붙였다. 비비안이 의아한 듯 물었다.

"그럼 이게 듣기 싫었던 게 아니면 뭔데?"

비비안이 완전히 가까워지자 에윈이 조금 굳었다.

"왜 피했는데?"

"가, 이만. 피곤하니까."

"왜? 왜?"

"나 진짜 피곤해."

에윈이 경직된 턱을 움직여 말했다. 비비안이 수상한 듯 에윈을 물끄러미 바라보다 얼굴을 찌푸렸다.

"피한 건 맞지?"

"아닌데."

"맞잖아."

"그럼 어떻게 내가 올 때마다 없어?"

"네가 올 때마다 내가 붙박이처럼 붙어 있어야겠어?"

"네 평상시 습관을 바탕으로 말하는 거잖아. 네 평상시 습관상 이건 말이 안 되는 결과란 말이야."

"이번으로 배웠겠네. 때때로 네가 예상할 수 없다는 것도 있다는 거."

"진짜로 뭐야? 설마……."

비비안이 이상한 표정으로 말끝을 흐렸다. 이상한 침묵에 슬쩍 비비안의 시선을 피하고 있던 에윈이 반걸음 물러서며 다시 비비안을 바라보았다. 비비안이 의구심 가득한 얼굴로 입술을 달싹였다.

"그런 놈이 지껄였던 걸 딱히 다른 정답으로 고려해보고 싶지는 않지만……."

"뭘?"

"설마 내 가슴이 보고 싶은 거야?"

"뭐?"

에윈이 돌처럼 굳었다. 비비안이 여전히 찡그린 얼굴로 고개를 갸웃했다.

"엘리엇이 말하길, 네가 분명히 네 머릿속에서 내 옷 한 번쯤은 벗겨봤을 거라는데."

"……."

"네가 그런 변태랑 수준이 같을 리가 없지. 역시 바보 같은 소리다, 그치? 좀 웃으라고 얘기해봤어."

에윈이 입만 벙긋거리다 이내 다물었다. 비비안이 에윈의 얼굴 앞으로 제 얼굴을 쑥 내밀었다.

"그리고 웃고 나서 대답도 하라고."

"……."

"그런데 넌 웃지도 않고 대답도 안 해."

"아니. 그럴 리가 없잖아."

제가 생각해도 부자연스러운 투였다. 비비안이 되물었다.

"뭐가?"

"그거. 그……."

"네가 날 피했다는 거? 아님 네가 내 가슴을 생각했다는 거? 내가 말하면서도 하나는 말이 안 되네."

"그러니까 둘 다. 둘, 다. 내가 네 그런 것 따윌 왜 궁금해해? 하나도 안 궁금해. 볼 것도 없는데."

"볼 게 없다고? 내가?"

"그래!"

에윈이 슬금슬금 뒷걸음질 쳤다. 갑자기 기분이 나빠진 비비안이 성큼성큼 걸어왔다. 에윈의 얼굴이 조금 질렸다.

"네가 본 적 있어? 본 적 있냐고!"

"없지. 당연히 없지. 그걸 볼 일이 어디 있었어!"

"그런데 볼 게 있는지, 없는지 어떻게 알아? 본 적도 없는 게!"

"넌 뭐든 해보지도 않아놓고 평가는 잘만 하잖아!"

"그런 건 아무래도 상관없었던 것들이고 이건 내 육체야! 비비안 G. 도슨의 귀한 몸!"

"육체……. 그러니까 네 육체…… 같은 거에 관심 없어. 나는."

"왜 관심이 없어? 왜?"

"넌 왜 이상한 걸 따지는 거야, 항상……."

"그야 난 너한테 관심이 많으니까!"

에윈이 멍하니 입을 벌렸다. 비비안이 정적 속에 눈을 깜빡이다 한 걸음 멀어졌다. 그리고 신경질적으로 내뱉었다.

"그리고 넌 나한테 관심도 없고, 네 중요한 일도 알려주지 않아. 됐어?"

"……."

"이게 짜증 나서 죽을 것 같다고! 네가……."

"좋아해."

"뭐?"

"내가 너 좋아한다고. 네 가슴…… 말고."

가슴, 에서 잠시 죄지은 사람처럼 찔리는 표정이 됐지만 에윈은 퍽 담담하게 그 말을 읊었다. 비비안이 그대로 얼어붙었다.

정적은 꽤 길었다. 에윈은 점점 더 벌겋게 달아오르는 귀를 쓸어내리며 애써 무표정하게 얼굴을 가다듬었다. 제가 말하지 않으면 영원히 침묵할 것 같았다.

"그 일은."

"……."

"며칠 뒤에, 모든 절차가 끝나면 멜런에 널 데려갈 생각이었어. 일이 전부 다 끝나고. 네 말을 듣기 싫었던 건 아니야. 그래도 가끔은 나 혼자서도 무언가를 하고 싶을 때가 있어."

"……."

"네 도움 없이도."

에윈은 제가 애써 미세하게 주제를 돌린 말에도 미동 없이 선 비비안을 바라보았다. 에윈의 당황과 불안도 점차 가라앉았다. 그는 차분하게 말을 이었다.

"그건 그냥 그런 일이었어."

"날 좋아한다고?"

차분함은 금세 흐트러졌다. 비비안이 또박또박 되묻는 소리에 에윈이 잠시 멈칫했다. 그러나 소년의 얼굴은 금방 평정을 되찾았다.

"그래."

"네가?"

비비안이 한 번 더 되물었다. 에윈이 미간을 설핏 찌푸렸다.

"그래."

"나를?"

"그래. 너."

에윈은 인내하듯 대꾸했다. 비비안은 다시 입을 다물었다. 에윈이 짧게 한숨을 내뱉었다.

"일단은, 늦었으니까 집에나 가."

"……."

"가라니까?"

에윈이 저도 모르게 신경질적으로 덧붙였다. 비비안은 평소 같았으면 결코 용납하지 못했을 그 축객령에도 그저 가만히 에윈을 바라보았다. 에윈이 눈을 가늘게 떴다. 도무지 알 수 없던 그 미묘한 시선이 무언가 익숙한 것으로 변하고 있었다.

"너 대체⋯⋯."

"이제 알겠다."

몇 번이나 되묻던 것과는 달리 맑게 떨어지는 목소리에 에윈의 표정이 좀 더 찌푸려졌다. 비비안의 얼굴에 떠오른 것은 확신이었다.

"에윈."

이름을 부르는 목소리가 왠지 불길했다. 비비안이 다시 한 걸음 앞으로 걸어왔다. 거리가 다시 지나치게 가까워졌다.

가슴⋯⋯. 에윈은 비비안이 해맑게 발음하던 그 단어와, 며칠 전의 그 요상한 꿈을 동시에 떠올렸다. 정작 그 불쾌했던 꿈에서조차 속을 다 본 것도 아니면서, 에윈은 제가 비비안의 가슴을 실제로 몰래 훔쳐보기라도 한 양 기묘한 죄책감에 빠졌다. 그것은 동시에 아주 수치스러웠다.

심장이 빠르게 뛰었다. 비비안이 반걸음 더 다가와 에윈의 어깨를 잡았다. 내리깐 시야로 하필이면 비비안의 가슴이 들어왔다.

에윈이 내리깔고 있던 눈을 가까스로 들었다. 말간 에메랄드빛 눈동자가 에윈의 시선을 잡아챘다. 에윈과 눈을 맞춘 비비안이 천천히 말했다.

"너는 지금, 사춘기를 겪고 있어."

"⋯⋯."

"맞잖아."

"맞으면."

에윈이 어이없는 얼굴로 일단 긍정했다. 비비안이 에윈의 어깨를 툭툭 두드렸다.

"나야 사춘기가 이미 오래전에 지나버려서 잘 모르겠지만……."

"……지나? 네가?"

"아마 일고여덟 살 즈음? 남자애들은 원래 여자애들보다 좀 어리고, 난 보통 여자애들보다 훨씬 조숙하니 우리의 차이는 이렇게 확연할 수밖에 없어. 그래서 난 그것에 관해 몇 번 생각을 해본 참이야."

"……."

"정확히 말하자면 네 사춘기에 관해서."

에윈이 할 말을 잃고 멍하니 비비안을 바라보았다. 가슴 같은 것은 흔적도 없이 사라진 지 오래였다.

"이렇게 갑자기 나타날 줄은 몰랐지만 이해해. 베키가 말하기를 남자애들의 사춘기는 여자애들보다 훨씬 폭풍 같대. 특히 성적으로 많은 관심과 또 변화……."

"……성적이니, 뭐니 너랑 그런 얘기 하기 싫어. 네가 왜 그딴 얘기를 하는지도 모르겠고 알고 싶지도 않으니 가서 잠이나 자."

"아직 내 얘기 안 끝났어. 더 들어."

비비안이 에윈의 어깨를 잡은 손에 힘을 더 주며 단호하게 대꾸했다. 에윈이 콧잔등을 찡그렸다.

"성적으로 한창 몸이 달아오를 나이지."

"……달아올라?"

에윈의 표정은 이제 썩은 고기를 삼킨 사람처럼 변했다. 더 듣고 싶지도 않은 듯 에윈이 고개를 저으며 물었다.

"하고 싶은 말이 뭔데?"

"네가 사춘기기 때문이야."

"뭐가."

"날 좋아한다고 착각하는 거."

"……."

"그래. 넌 착각을 하고 있어. 아주 큰 착각을."

비비안이 확신에 차 중얼거렸다. 에윈의 얼굴이 점점 싸늘해졌다.

"성적인 호기심이 왕성하고 이성에게 관심이 폭증하는 시기에 이렇게 예쁜 여자애가 매일 네 옆에 있고, 네가 가까이 지내는 여자애라곤 오로지 그 예쁜 여자애뿐이야."

비비안은 스스로를 그 예쁜 여자애로 두 번이나 지칭하는 데 한 점 부끄러움도 없어 보였다. 그러나 에윈은 그것을 비꼴 생각조차 하지 못한 채로 비비안을 가만히 바라보았다.

"당연히 의식될 만하지. 하지만 그런 건 다 어릴 적의, 아주 일시적인 감정이래. 진짜로 좋아한다는 건 말이야. 결혼도 하고 싶고, 애도 같이 낳고 싶고, 그런 걸……."

"넌 그러고 싶었어?"

"나?"

"닥터랑 말이야."

에윈의 음성은 기묘할 정도로 낮았다. 비비안이 그 변화를 미처 눈치 채지 못하고 말을 이었다.

"내 미래가 달린 일이었어. 얼마나 신중했을 것 같아? 당연히 결혼도 하고 싶고, 아이도 똑똑하게……."

에윈은 말없이 제 어깨를 잡은 비비안의 양손을 떼어냈다. 비비안이 허공에 떠어진 제 손을 보며 눈을 깜빡였다. 에윈이 입매를 비스 듬하게 끌어올렸다.

"안됐네. 네 그 지속적이고 특별한 계획적 감정이 그렇게 실패하고 아무 데나 처박혀서."

나직하게 비아냥거리는 소리를 비비안이 제대로 알아들은 것은, 이미 에윈의 손에 방 밖으로 밀려난 후였다.

에윈은 닫은 문 앞에 서서 가만히 제 말을 곱씹었다. 일시적인 것 은 제가 아니라 저 계집애였다. 어쩌면 제 바람일지도 모르겠다. 제 발, 그게 착각이기를 제가 바라는 것뿐일 수도 있었다.

에윈은 곧바로 제 머릿속 맹점을 인정했다.

지금 확실하게 알 수 있는 건 단 하나뿐이었다. 사실 실패하고 처 박힌 것은 비비안의 것이 아니라 제 것이었다.

절차가 다 끝나면 멜런에 데려갈 것이라고 말했던 에윈의 말과는 달리, 비비안은 수십 일이 지나도록 과수원을 구경조차 못 했다.

좀 더 정확히 말하자면 이미 몰래 염탐은 했지만, 에윈의 안내를 받은 적은 없었다. 그러나 그것을 제한다면 모든 것이 그대로였다. 에윈은 거의 매일 비비안과 함께 공부하고, 며칠에 한 번은 꼭 도슨 의 집에서 식사했다.

그들은 잘 지내고 있었다. 분명히. 비비안은 그렇게 생각하는 게 제 스스로도 조금 우스웠다. 정말로 잘 지내고 있다면, '잘 지낸다.' 는 주제에 관해 생각해볼 일조차 없을 것이다.

그러나 막상 그 주제를 떠올리고 나서는 딱히 거리낄 것도 없이 자신 있게 생각할 수 있었다. 그들은 분명 잘 지내고 있었다.

비비안은 제가 괜히 신경 쓰고 있다는 걸 알면서도 달리 어쩌질 못했다. 그날로부터 도무지 찜찜함이 가시지 않았다.

그런데 왜?

뭔가 탁 집어낼 수 있는 게 없었다. 에윈은 정작 계속 똑같았고, 딱히 그렇지 못할 이유도 없었다.

굳이 걸리는 게 있다면 그날 네 생각이 착각이랍시고 정곡을 찔렀다는 것과, 찌른 제가 그와 동갑이라는 것, 그래서 자존심이 제법 많이 상했으리라는 것 정도의 인과관계였다.

그러나 그것도 비비안의 사고회로 안에서 최적화된 해석이었고, 비비안은 제 사고회로와 에윈의 사고회로가 일정 부분 차이가 있다는 것 정도는 알고 있었다. 제가 에윈보다 어른스럽다거나 에윈이 저보다 유치하다고 생각하는 기본적인 문제와는 별개로, 사실 이런 영역에서는 에윈이 저보다 훨씬 관대했다. 그것은 비비안이 인정하는 몇 가지 중 하나였다.

창밖으로 고개를 내민 비비안이 이제 막 도슨 가 대문을 나서고 있는 에윈을 찾았다. 평소엔 거들떠보지도 않았던 것을, 비비안은 그날 이후로 몇 번이나 이렇게 확인하곤 했다. 이상한 일이었다.

그러나 그 이상한 일과가 이상하지 않은 일이 되는 데는, 그리 오랜 시간이 필요하지 않았다.

"나, 도체스터에 있는 기숙학교에 들어가."

겨울이 다 지나고 봄이 며칠도 채 남지 않은 어느 날이었다.

에윈은 도체스터의 기숙학교로 떠난다고 말했다.

6. 빈방

　살금살금 조심스레 테이블 쪽으로 걸어온 비비안이, 제 반대편에
놓인 상자를 제 앞으로 살짝 당겨 왔다. 비비안의 손이 상자 속에 정
갈하게 정리된 새 편지들을 뒤적거렸다.

　그녀는 빼곡하게 들어찬 편지들의 틈새를 꼼꼼히 훑다가도 문 쪽
을 힐끔거렸다. 그러나 불안함은 금방이었다. 그녀의 손가락이 마지
막으로 확인한 편지에서 잠시 멈춰 있다 떨어졌다. 비비안은 조금 멍
하니 상자 안을 바라보다 입술을 꾹 깨물었다.

　그녀는 신경질적으로 상자를 제자리에 돌려놓고는, 얼마간 그것
을 노려보았다. 그런다고 오지도 않은 편지가 생길 것도 아니었다.

　비비안은 그것을 쉽게 인정했다. 그리고 복도에 사람이 없는 것을
확인하고는 괜히 바닥에 화풀이하듯 쿵쿵 발을 구르며 걸어갔다.

　그녀는 열네 살이 되었다. 그 말은 곧 에윈도 열네 살이 되었단 뜻
이었다. 계절은 벌써 여름이 다 되었다.

　에윈이 도체스터로 간 지도 벌써 육 개월이 되어간다. 제가 모르는
곳에서 흘러가는 에윈의 일은 멜런의 과수원뿐만이 아니었다.

　에윈은 한 번도 제가 떠나면 어떨지, 어디에서 공부하는 것이 좋을
지 비비안에게 묻지 않았다. 그저 결정하고, 그것을 통보했을 뿐이
다. 에윈이 제가 곧 떠나게 되었노라고 말한 것은 고작 그가 떠나기

일주일 전이었다.

멜런 때와는 비교도 할 수 없는 기분이 들었다. 매일같이 붙어 있다 사라지는 것이면서, 그것을 고작 일주일 전에 알려주었다.

비비안은 제가 그렇게 뒷전에 밀려나 있었다는 것에 화도 내지 못할 정도로 비참했다. 에윈은 그것에 어떤 문제도 없는 것처럼 굴었다. 그것이 비비안을 더 비참하게 했다.

그래서 오기로 참은 것이다. 오기로 화도 참고, 오기로 가는 것도 웃으며 보냈고, 오기로 죽어라 공부하고, 오기로 바쁘게 잘 지냈다. 지금까지 비비안을 끌고 온 것은 팔 할이 오기였다.

에윈은 떠난 뒤로 편지 한 통 없었다. 그 무소식에 새롭게 화가 났지만 그걸 지적하는 것조차 편지를 통해야 했다. 비비안은 편지를 보낼 수 없었다.

에윈에게서 편지가 오기까지는.

빨랫감을 한 아름 안고 비비안의 방으로 들어서던 베키가 침대 위에서 발버둥을 치고 있는 비비안을 보고 한숨을 쉬었다.

"아가씨."

"고마워."

그 와중에도 곁눈질로 베키가 든 빨래 바구니를 본 비비안이 짧게 치사(致謝)했다. 베키가 헛웃음을 지었다.

"글래스턴 공자님 때문에 그러세요?"

"아니. 아닌데."

비비안이 이불에 얼굴을 파묻은 채로 웅얼거리듯 짜증스레 대꾸했다. 베키가 비비안의 옷장에 옷을 정리해 넣으며 말했다.

"그러니까 편지를 보내보세요. 무슨 일이 있으실지도 모르잖아요.

아프실지도 모르고."

　그런 걱정을 한 것은 에윈을 보낸 다음 한 달간이 마지막이었다. 사람이 반년간 아플 수는 없는 것이다.

　비비안은 해리슨이 비비안을 생각해준답시고 꼬박꼬박 전해주는 에윈의 안부에 속이 더 뒤집히곤 했다. 에윈은 멀쩡히 잘만 살아 있었다.

　"애초에 걔가 편지 한 통 없는데 내가 왜. 아니, 편지가 오든, 말든 상관은 없어. 없단 말이야! 오든, 말든 난 보내지도 않을 거고. 별로 걔 안부 같은 거 안 궁금해. 해리슨 씨가 생사 확인은 해주시잖아. 살아 있기만 하면 됐지."

　계단에서 한번 구르기라도 했으면 좋겠다. 안 좋은 안부도 좀 듣게. 그러나 비비안은 곧장 제 저주를 취소했다.

　그러다 정말 어디 하나 잘못되기라도 하면 찜찜해 죽을 것이다.

　"학교생활이 어떤지 안 궁금하세요? 도체스터도요. 랭카셔보다 훨씬 큰 도시라고 들었는데."

　"도시가 거기서 거기지. 거기도 에른스트잖아."

　비비안이 부루퉁한 얼굴로 베키를 바라보았다.

　"왜 에른스트 여자는 학교에 못 갈까."

　비비안의 목소리는 조금 허탈하게 들렸다. 베키가 비비안을 조금 안쓰러운 눈으로 바라보았다. 비비안은 제 조부가 살아 있을 적, 조부에게 여자의 일반적 상속권에 관해 듣고서 바로 저 침대에서 울면서 데굴데굴 굴러다녔다. 그날 하루 종일 울음바다였던 것이 아직도 선연했다.

　필립에게 후계자로서의 희망찬 미래만 들으며 살아온 일곱 살배기 소녀에게 그보다 더 큰 충격은 없었을 것이다.

비비안은 아직도 모르지만, 비비안이 그렇게 침대에서 울며 굴러 다니는 동안 조부는 이 자리쯤에 서서 그게 귀엽다는 듯 바라보며 웃고 있었다. 비비안이 울다 탈진할 기미를 보이기 전까지는.

옛날 생각에 희미하게 웃던 베키가 비비안을 달래듯 다정하게 대꾸했다.

"갈 수 있잖아요."

"예절 학교 같은 곳 말고. 계집의 교양이니 뭐니 하면서 가르치는 것들은 필요 없어. 가정을 잘 다스리는 법이라니."

"가정 일이 꼭 필요 없는 건 아녜요. 막상 들이닥치면 어렵고 모르는 일도 많아요. 아가씨도 언젠간 어머니가 되실 거잖아요. 아가씨 같은 귀한 분들을 위해 우리 같은 것들은 모르는 아주 좋은 걸 가르쳐줄걸요."

"베키가 어때서. 난 베키나 메리 같은 어머니가 될 수 있으면 충분해. 필요한 것도 전부 베키한테 배울 수 있고."

베키가 쑥스럽게 웃었다. 그녀는 이제 갓 스물을 넘었지만 벌써 두 살배기 아이의 엄마였다.

"그 정도면 충분해. 정말로. 난 고상한 안주인보단 주인이 되는 것을 배우고 싶을 뿐이야. 그리고 아무도 계집에겐 그런 것을 가르쳐주지 않고."

"열심히 잘 배워오셨잖아요. 미스 빙엄은 아주 똑똑하신데. 훌륭하게 도슨을 이끄실 거예요."

"에윈이 배우는 만큼……."

에윈은 더 넓은 곳에서, 더 많이 배우고, 그렇게 지금보다 더 멀어질 것이다. 더 멀어질……

비비안은 조금 침울하게 중얼거리다 몸을 벌떡 일으켰다.

"난 학교에 가고 싶지 않아."

다른 의미보다는 그저 자기 세뇌에 가까운 말이었다. 베키가 엷게 웃으며 고개를 끄덕였다.

"안 가고 싶어. 안 가고 싶어서 안 가는 거야."

"맞아요. 학교 같은 건 갈 필요 없어요. 아가씨는 혼자서도 잘하시는걸요."

"공부할래."

"밀크티 한 잔 가져다 드려요?"

"응."

비비안은 에윈의 편지는 없던, 그 빼곡한 상자 수십 개를 제 머릿속에서 지워냈다. 어차피 에윈은 여름이 되면 올 것이다.

곧 학기가 끝나니 굳이 연연할 이유가 없었다. 막연한 고대는 필요하지 않았다. 제 시간은 그런 데 쓰라고 있는 것도 아니고, 자신은 고작 편지 같은 것을 기다리는 데나 신경 쓰고 있을 인재가 아니었다. 비비안은 결연한 얼굴로 책장을 펼쳤다.

그러나 여름이 되면 돌아올 줄 알았던 에윈은 겨울이 돼도 오지 않았다.

편지도 여전히 없었다. 비비안은 의자에 앉아 가만히 빈방을 응시했다.

언제나 에윈이 앉아 있던 맞은편은 비어 있다. 그녀는 방 안을 천천히 둘러보다 제 맞은편을 보고, 시선을 내려 테이블 위를 바라보았다.

부지런한 메리는 주인이 없는 방도 매일같이 청소했다. 그 덕분인지 테이블 위는 먼지 한 톨 없이 깨끗했다. 에윈이 있을 때와 마찬가지로.

비비안은 제 손에 든 편지를 다시 들어 바라보았다. 몇 달 만에 해리슨에게 온 에윈의 편지였다. 이전에 이어진 몇 번의 편지가 그렇듯 제 무사만 전하는 짧은 내용이었다. 에윈의 편지는 편지라기보다는 해리슨의 보고를 확인했다는 의무적 답신에 가까웠지만, 비비안은 그 두 줄에도 속이 뒤집혔다. 조금 날카롭지만 바르고 깨끗한 글씨도, 언제나 좋다는 그 의례적이고 태평한 문구도.

분명 쓰는 데 일 분도 채 걸리지 않았을 것이다. 에윈은 언제나 글 쓰는 것이 빨랐다. 똑같은 책을 필사해도 비비안보다 항상 반나절은 빨리 끝내곤 했다. 그러니 아주 손쉬웠으리라. 고작 이 두 줄 정도는.

이 두 줄이, 한 번이라도 제게 닿을 수는 없었던 걸까.

비비안은 편지의 끝을 쥐고 저도 모르게 조금 구겼다가, 이내 그것을 깨닫고 다시 폈다. 그리고 다시 접혀 있던 대로 가지런히 접어 탁자 위에 두었다.

편지를 놓은 손이 탁자 위에 한동안 그대로 멈춰 있다 아래로 떨어졌다.

눈가가 조금 시렸다. 남색 벨벳 드레스 위로 눈물이 몇 방울 떨어져 진하게 번졌다. 비비안은 눈물 자국을 노려보았다.

화가 나다 못해 자존심이 상해 죽을 것 같던 시절도 있었다. 이미 예전이었지만, 인정하기도 싫지만 저 빈자리가 꿈에서조차 그리운 적이 있었다.

그래서 여름 이후로 이 방에 한 번도 들어오지 않았다. 가끔 생각하면 슬프기도 했다. 사실 편지도 몇 통이나 썼다. 물론 다 보내지는 못했다. 대부분 그 편지들을 받은 것은 에윈이 아니라 쓰레기통이었다. 버리려던 것을 베키가 가을에 실수로 한 통 보낸 것을 빼고는.

베키를 탓할 수는 없었다. 정말로 보낼 것처럼 제가 봉투에 담아 두고, 주소까지 써둔 것이었다. 자존심, 화, 서글픔, 그 끔찍한 그리움…….

지금은 전부 아니었다.

열네 살, 에윈 없이 나이가 지나갔다. 비비안이 싸늘하게 얼굴을 굳히며 방을 나갔다.

네 생각 같은 거 이제 안 해.

"이런 짓은 왜 하는 거야?"

"넌 왜 있는 거야?"

비비안이 테이블 위로 책들을 올려놓으며 날선 목소리로 되물었다. 엘리엇이 책장에서 책을 대강 몇 권 잡고 꺼내며 어깨를 으쓱했다.

"너도 알다시피 조부님의 유언장에 적힌 그 날짜가 슬슬 다가와. 이럴 땐 예쁜 짓을 해야지. 사촌 동생이랑 사이좋게 지내면서."

"네가 아빠한테 제일 예뻐 보이는 건 네가 아빠 눈앞에 안 보일 때야. 내가 진짜 그걸 불살라버리든 해야지."

비비안이 그저 습관적으로 시큰둥하게 중얼거렸다. 어차피 열여덟이 된 엘리엇이 받는 것은 죽은 엘리엇의 아버지 레이먼이 받았어야 할 당연한 몫이었다.

비비안은 얼마 전부터 그것을 덤덤하게 받아들였다. 비록 필립이 불려놓은 것이 마음에 안 들기는 해도 별수 없었다. 적어도 숙모는 제 아들이 뒤늦게나마 상속받는 것을 지켜볼 자격이 있었으니까.

사실 별 관심이 가지 않기도 했다. 엘리엇이 반년 가까이 퍽 얌전히─어디까지나 예전에 비해서─굴어 그리 눈에 띄지 않는 것과는 별개로, 비비안은 어릴 적부터 엘리엇에게 줄곧 갖고 있었던 신경질적인 관심을 잃은 지 오래였다.

그녀의 거버니스인 빙엄의 표현에 의하면, 비비안은 지금 좌우 시야가 죄 가려진 채로 앞만 보고 죽어라 달리는 경주마와 같은 상태였다. 에윈이 떠난 후부터. 그녀는 결코 인정하지 않았지만 어쨌든 시기적으로는 완벽히 일치했다.

엘리엇이 유들유들하게 웃으며 책들을 탁자로 들어 날랐다.

"굳이 계절마다 네 방 책장을 왜 갈아엎느냐는 거야. 백부님 서재도 바로 아래층에 있고, 서고는 아예 같은 층에 있는데. 대강 한 권씩 가져와서 보고 갖다 놓으면 될 일이지."

"아무거나 다 집어 오지 마."

비비안이 미간을 설핏 찡그리며 한숨처럼 말했다. 엘리엇이 테이블에 올려다 놓은 책들 중 절반이 제 계획과 달랐다. 이렇게 가만히 둘 작정이었던 것만 골라 오기도 힘들 것이다.

"이거랑, 이거, 이거……. 아직 안 본 거라 그대로 두려고 했단 말이야."

엘리엇이 비비안의 말에 성의 없이 고개를 주억거리며 다시 책장으로 걸어갔다. 비비안이 테이블 위에서 엘리엇이 잘못 가져온 책들을 골라내 제 품에 안았다.

"아니, 그냥 건드리지 마."

"네가 여기서 가만히 둬야 할 걸 찍어. 그대로 둘 테니."

"됐으니 아버지한테 아부나 떨러 가. 방해되니까."

"계집애 손으로 언제 다 나르려고?"

"애초에 나 혼자 알아서 잘하고 있는데 네가 왔잖아."

"하녀라도 부르든가."

"사용인들이 할 일이 없어서? 안 해도 될 일을 시중들게 하게."

"안 해도 될 일이라고 지금 네 입으로 말했네."

"…….'"

"그러니까 왜 해?"

"철마다 이루어지는 내 지적이고 신성한 의식이야. 됐어?"

비비안이 짜증스러운 얼굴로 외워놓은 구절을 읊듯 대꾸했다. 사실 철마다 제 방 책장을 정리하는 것은 비비안에게 있어 꽤 특별한 취미였다.

계절이 지나는 동안 책을 얼마나 많이 읽었고 어떤 책들을 읽었는지 제 지적인 성취도를 돌아보는 동시에, 새로운 책들을 골라 넣으며 이번에는 제가 무엇을 공부할지 계획할 수 있었다.

그렇게 아예 하루를 잡고 저 혼자서 처음부터 끝까지 그 일을 해내고 나면 제 전도유망한 미래에 가느다란 뼈대가 하나씩 늘어나는 기분이 들곤 했다.

혼자서.

비비안은 습관적으로 그녀 특유의 거창한 계획을 머릿속에 아무렇지 않게 늘어놓다가, 문득 탁 걸리는 어절을 입안으로 굴렸다.

사실은, 혼자서 하던 일이 아니었다.

"의식이란다. 어쩌다 도슨에 이렇게 유난스러운 계집애가 태어난 건지."

"그게 숙부랑 숙모 사이에서 네가 태어난 것만큼 신기하겠어?"

엘리엇이 잘못 가져왔던 것들을 다시 책장에 꽂으며 비비안이 지지 않고 대꾸했다. 이런 주제로 말이 길어져봤자 할 말이 딱히 없는 엘리엇이 책장을 보며 말을 돌렸다.

"그래서 뭘 빼면 된다고?"

"가만있어봐."

이미 다른 책들을 빼낸 비비안이 테이블로 걸어가며 말했다.

뒷목이 시큰했다. 그것은 천천히 스며드는 충격이었다.

에윈이 봄에 떠난 후 비비안은 이렇게 봄을, 여름을, 가을을, 겨울을 홀로 정리했다. 마치 처음부터 늘 혼자 모든 것을 해온 것처럼, 그 일은 그리 어렵지도 않았다. 별다른 생각도 들지 않았다.

으레 책장을 정리하는 날이 오면 비비안은 책장의 책들을 빼내고, 서고로 옮기고, 서고에서 책들을 옮기는 일을 반복했다. 그 일에 다른 생각이 끼어들 수는 없었다.

당연했다. 처음부터 제 일이었다. 열둘, 그리고 열셋. 에윈이 끼어든 것은 고작 두 해도 안 되는 시간이었다. 그 뒤 열넷이 통째로 지나갔다. 비비안은 테이블 위에 책을 놓고 잠시 책을 노려보다 엘리엇이 서 있는 책장으로 몸을 돌렸다.

엘리엇이 난데없이 끼어들어 뭉그적거리지만 않았어도 계속 생각조차 않았을 것이다. 한 해 내내 그래왔듯이.

제게 말 한마디 묻지도 않고서 네 속은 훤히 안다는 양 그녀가 읽은 책만 당연하게 뽑아내던, 그 얄궂은 남자애 같은 것은.

그조차 오기였을까.

애초에 에윈이 떠난 것은 그리 대단한 일이 아니었다. 에윈은 영영 못 보는 곳으로 떠난 것이 아니라 그저 학교를 간 것뿐이었다. 편지야 있든, 말든 언젠가 돌아오리란 것도 분명했다.

그런데 자신은 왜, 봄부터 오기를 부려야 했을까. 에윈이 떠난 그 순간부터. 에윈에게 무시 같은 건 당하기도 전부터.

문득 그것을 깨닫자 속이 끓었다.

그 구구절절한 의존, 기대, 혼자 남은 공포, 외로움……. 그 모든 게 없는 것처럼, 그래서 에윈도 없었던 것처럼. 자존심이 어딘가에 부딪쳐 떨어진 것 같았다. 제 자존심은 멍청하게 유리창에 머리를 처박고 떨어져 죽은 새 같았다.

그렇게 의존했다는 것 자체보다, 그것이 부정까지 해야 할 정도였다는 것에 화가 났다. 그 정도였다는 것에, 완전히 기대 있었다는 것에.

제 열넷이 혼자서도 충분히 괜찮았던 것이 아니라, 오로지 괜찮다고 증명하기 위해 보낸 시간이었다는 것에.

"레이디 드봐리……. 오, 가슴 커 보이는 이름이다."

책들을 살피며 중얼거리는 소리에 산통이 깨지다 못해 산산이 부서져 내렸다. 비비안은 제 자존심에 이어 제 자아 성찰마저 바닥으로 추락하고 있는 것을 멍하니 목격했다.

"가슴이 큰 이름이 따로 있는 거 알아?"

"……정말? 놀랍게도 몰랐어."

비비안이 경멸에 찬 눈으로 엘리엇을 바라보며 나지막하게 대꾸했다. 그것이 순수한 대답인지, 비꼬는 것인지 따위엔 관심 없는 엘리엇이 해맑게 눈을 빛냈다.

"바로 이런 이름이 커. 메리, 캐서린, 이런 이름은 경험상……."

"네 소중한 경험은 그 저질스러운 속에 잘 담아둬. 꺼내지 말고."

"근데 넌 그래갖고 어쩌면 좋냐."

비비안은 말이 없었다. 좋은 종류의 침묵은 아니었다.

"이 오빠는 널 생각하면 한숨만 나와. 생각해보면 비비 넌 이름부터 틀려먹었던 건지도 몰라. 이건 백부님을 원망해야 할 문제지."

"……."

"글래스턴 공자가 돌아오면 얼마나 실망할까."

"……."

"도체스터엔 예쁘고 가슴도 큰 계집애들이 널렸을 텐데. 넌 얼굴만 좀 예쁘잖아. 성격도 이상한 게……. 아, 혹시 그래서 너한텐 편지 한 통 없는 걸까? 하긴 넓은 세상에 나가보니 제 취향이 좀 이상했다는 것 정도는……."

"나가."

"응? 책 정리해야지."

"꺼져!"

엘리엇의 정강이를 몇 번이나 차 제 방에서 몰아낸 비비안이 문을 닫고 씩씩거렸다. 이 정도면 결코 작은 것이 아니라거나 일 년 사이 제법 커졌다는 건 이미 객관적으로―베키나 엘리자베스나 메리와 같은 믿을 만한 주변인에 의해―인정된 결과였다. 머릿속에서 도색 잡지만 팔랑거리는 엘리엇의 저질스러운 기준은 하등 신경 쓸 것도 못

되었다.

비비안은 선반 위에 쓰러져 있는 책을 아무렇게나 집어 들고 침대로 달려가 있는 힘껏 던졌다. 무언가 던져야 했으나 책은 소중하니 손상시킬 수 없었다.

이 방법의 장점은 던진 것이 망가지지 않는다는 점이었고, 단점은 화가 풀리다 만다는 것이었다.

비비안은 침대 위로 풀썩 엎어져 발로 이불을 퍽퍽 소리 나게 찼다. 화가 났다. 다시 엘리엇의 궤변을 거슬러, 그 얄궂은 에윈의 얼굴까지 지나 제 스스로에게.

괜찮다고 자신했던 그 순간조차 사실은 아니었다는 것도, 그렇게 애써 부정할 정도였다는 것도, 심지어 그 부정조차 멍청하고 어쭙잖았다는 것도.

비비안은 그 모든 것에 화가 났다. 비비안이 이불 위로 이마를 세게 처박았다. 하나도 아프지 않았다.

"글래스턴!"

뒤에서 들리는 소리에도 에윈이 못 들은 척 걸었다. 한 해 전보다 좀 더 길어진 손가락이 바람에 흐트러진 앞머리를 대강 쓸어 넘겼다. 프란시스는 그 의도적 무시에 이미 익숙한 듯 빠르게 걸어왔다.

"애티커스 놈들 오늘 샌드허스트에 나간다는데."

"그래?"

에윈의 대꾸는 '그래?'보다는 '그래서'에 좀 더 가까운 회의적인 투였다. 프란시스가 개의치 않고 되물었다.

"우리도 같이 끼여 가면 좋지. 안 그래? 글래스틴. 우리는 지금 금요일 오후 수업이 끝났다고. 이게 어떤 의민지 아직도 모르는 거야?"

"뭐가 우리야."

에윈이 프란시스 쪽은 돌아보지도 않고 대꾸했다. 프란시스가 씩 웃었다.

"너, 나, 우리."

"거기서 '너'를 빼. 월튼."

"젠장, 집에 전보(轉報) 한 지가 언젠데 아직도 돈이 안 와."

에윈의 비협조적인 반응에도 프란시스는 아랑곳 않고 넋두리를 이어갔다.

"디드콧이 여기서 멀면 얼마나 멀다고. 전보를 보낸 게 저번 주 화요일이야. 아버지는 그냥 모른 척하는 거지. 추수절에 네놈 버르장머리를 고쳐버리겠다고 그렇게 씩씩거리더니 결국 이렇게 치사하게 나오는 거야. 아, 제발 같이 가, 글래스틴. 애티커스 그 귀한 놈들은 혈통이면 껌뻑 죽어서 네 얼굴만 봐도 좋다고 그냥 넘어가잖냐? 네 얼굴이 곧 돈이야. 거기에 행복하게 좀 끼자고. 지금 내가 돈이 없어."

그들이 껌뻑 넘어가는 에윈의 혈통이라는 건 애초에 앞에서나 경외받는 것이었다. 당장 에윈이 등을 돌리기만 해도 멸시를 받는 것이다. 그러나 프란시스에게는 딱히 비꼬는 기색이 없었으므로 에윈은 피식 입안으로 웃어 넘겼다.

도체스터는 에른스트의 중남부에 위치한 산업 도시였고, 도체스터의 명문 사립 기술학교 로얄 버포드에는 귀족이 많은 것만큼이나 성공한 상공업자의 아들들도 많았다.

에윈의 룸메이트인 프란시스 월튼 역시 바로 그중 하나였다. 고귀한 귀족 도련님들은 물론이고, 열다섯도 되지 않은 부유한 소년들의 눈에 사생아란 그다지 대단한 뉴스거리가 못 되었다. 중부에서는 발에 채는 게 사생아였고, 그들은 모두 중부에서 자라난 소년들이었다.

보수적인 남부에 비하면 지나치게 가볍다 싶을 정도로 두어 번 회자하다, 이내 잊는 것이다. 나이가 더 들면 어찌 될지는 몰라도, 그 멸시가 결코 남부의 혐오를 이기지는 못하리라.

그렇듯 에윈에게 있어 도체스터가 남부의 랭카셔보다 살아가기 편한 것은 확실했지만, 사실 사생아가 대수롭지 않은 문제라고 해서 에윈이 평범해지는 것은 아니었다. 그는 윈스터 백작 부인이 낳은 죽은 왕의 사생아였고, 법률상 글래스턴 후작의 직계 손자였다.

에윈이 말 한마디 않고 다녀도 그 무딘한 중부의 소년들조차 그의 진짜 신분을 요란하게 곱씹었다. 그 안에 떠도는 악의가 남부만 하지 않다는 것이 개중 다행이라면 다행이었다. 아이러니하게도 글래스턴이라는 이름이 그 사소한 악의들을 가라앉혀주기도 했다.

그 이름은 최상위 귀족을 몇 번 볼 일도 없는 남부 사교계에서보다 중부 귀족 사회에서 좀 더 대단하게 여겨졌다. 프란시스의 말처럼 그들이 껌뻑 넘어가는 시늉을 할 수밖에 없는 이유도 바로 그의 합법적 신분에 있었다.

글래스턴.

그 이름이 있는 한은 누군가 그의 멱살을 잡아채기 전까지 그의 근처에서 사생아란 말이 떠돌지조차 못할 것이다. 그 정도로 확고한 악

의가 아니고서는 죽은 왕도, 원스터 백작 부인도 그 앞에서 흘러나올
수 없었다. 그리고 에윈의 눈에는 그렇게 얄궂게 입을 틀어막고 있는
것들이 보였다.

사실 어떤 명확한 한마디보다, 때로는 말하지 않는 공기가 더 모욕
적일 수도 있었다. 그러나 가장 모욕적인 것은 면전에 던져질 멸시로
부터 '글래스턴'이 그를 지켜주고 있다는 것이었다.

결국은 랭카셔든, 도체스터든.

"글래스턴, 한 번만 봐주라. 나 이번 주말도 방 안에 처박혀 있으면
방에서 목매고 죽을 거야."

프란시스가 에윈의 옆에 붙은 채로 졸졸 쫓아오며 말했다. 한참 이
어지는 넋두리와 애원에도 묵묵히 걷던 에윈이 결국 눈가를 설핏 일
그러트리며 멈춰 섰다. 그리고 프록코트 안으로 손을 집어넣었다.

"더 귀찮게 하지 말고, 내 방에서 죽지도 말고, 이걸로 가."

수표책이 나오자 프란시스의 얼굴이 환해졌다. 프란시스가 곧장
에윈을 안으려는 듯 달려들었지만 에윈은 짜증스레 밀쳐냈다.

"글래스턴, 역시 글래스턴!"

"갚아."

무표정하게 대꾸한 에윈이 책을 고쳐들고 다시 기숙사로 걸었다.
로얄 버포드에서 가장 감시가 느슨해지는 것은 바로 시험이 끝난 주
간이었다.

지금이 바로 그때였다. 더불어 가을 중 가장 좋은 날씨였으며, 금
요일 오후이기까지 했다. 당연하게도 기숙사에 얌전히 붙어 있는 놈
들은 그리 많지 않았다.

에윈은 이때를 가장 좋아했다. 외유 나가기 좋은 날이 아니라, 죄

다 외유 나가 조용한 학교에서 조용한 주말을 보내기 좋은 날.

랭카셔를 떠나고 계절이 몇 개 지났다. 랭카셔의 생활을 제외하고 생의 대부분을 고립되다시피 살아왔던 에윈은 도체스터에 온 후 평생 부대낀 사람보다 몇 배는 더 많은 사람들을 겪었다. 사실 이전에 부대낀 사람이라는 것도 대부분이 랭카셔 사람들이었다. 실상 랭카셔에서도 도슨 가를 제하고는 집을 나설 일은 별로 없었지만.

도슨. 에윈은 그 이름을 문득 떠올리고 이를 악물었다.

어차피 도체스터로 오기 전 전 재산을 랭카셔에 다 묶어뒀으니 제가 당연히 돌아올 것이라고 생각하는 게 틀림없었다. 그러니 여태 편지 한 통 없는 것이다. 몹쓸 계집애.

제가 랭카셔로 돌아가는 거야 세상의 어떤 사실보다 당연했지만 그래도 화는 났다.

결국 제가 편지 하기 전까진 먼저 편지도 않겠지. 어차피 저만 그 앨 좋아했다. 그렇게나 하고 싶은 것도 많고 해야 하는 것도 많은 계집애니 저 하나 없어도 얼마나 바쁘게 잘 살까.

해리슨이 보고차 보내는 편지에 종종 비비안의 무사한 안부를 덧붙일 때마다 에윈은 속이 뒤집혔다. 그리고 그럴 때마다 에윈이 비비안에게 쓴 편지는 쓰레기통에 고스란히 버려졌다. 떠나는 순간까지 멀쩡하게 웃으며 절 보던 그 해사한 낯이 떠올랐다.

그때의 고백은 거절이라기보단 묵살에 가깝게 끝이 났다. 묵살, 즉 애초에 있었던 적도 없는 일처럼 끝이 난 것이다. 존재조차 인정받지 못하고.

에윈은 그 참담한 결말과 어울리도록 아무렇지 않게 그 이후의 날들을 보내는 데 모든 힘을 쏟아부었다. 그 태연한 날들이 비비안에게 전혀 이상하지 않았다면, 그녀에게 있어 그 일이 정말 애초부터 없었던 일이나 마찬가지기 때문일 것이다. 그런 의심조차 않는 계집애에게는 할 말도 없었다.

바보 같은 계집애.

에윈은 속으로 이죽거리며 괜히 제가 들고 있는 책을 들어 세네카 따위를 훑었다.

"이제 알겠다."

"……."

"너는 지금…….."

사춘기? 제게 정작 사춘기가 온 건 그때가 아니라 지금이었다. 꼭 도색집이나 밤에 껴안고 자고, 샌드허스트에 나가 몰래 뒷술이나 마시는 게 사춘기의 전부는 아니었다.

에윈은 하루에도 수번이나 기분이 바뀌었다. 다만 얼굴에 드러나지 않을 뿐이었다. 그는 아침에 일어나면 벽에 머리를 박고 왜 또 살아서 일어났는지 고뇌하다가 점심때 즈음엔 기분이 좋고, 저녁이 되면 화가 나고, 밤이 되면 계속 살아서 뭐하나 싶어 우울해졌다.

비비안은 그 와중에 꿈에 수백 번이나 나왔다. 꿈은 딱 두 가지였다. 그 자그마한 계집애를 또 벗기고 자빠졌거나, 고백한 후 현실보다 더 희한한 방식으로 번갈아가며 걷어차이거나. 그러다 꿈에서 깨어나면 그게 어떤 꿈이든 화가 났다. 전자면 제 스스로에게 좀 더 화가 난다는 것과, 후자면 비비안에게 좀 더 화가 난다는 차이가 있긴 했지만 어쨌든 화는 똑같이 났다. 악착같이 생각도 않고 사는데 왜 제 의사와는 별개로 자꾸만 튀어나오는 건지 모를 일이었다.

해리슨은 비비안과 제게 시간이 필요할 거라고 했다. 얼마나 필요할지는 알 수 없었다. 어차피 학교는 필요했다. 그 일그러짐이 제 미래에 영향을 끼친 건 하나도 없다.

제가 입을 계속 닫고 있었어도 어차피 그는 여기에 와 있을 터였다. 지금의 학교는 물론이고, 법을 전공할 대학까지. 물론 비비안 덕분에 제 주치의란 작자보다 더 명문으로 골라 가야 하긴 했다. 지금보다도 더 멀어지더라도.

시간은 그리 잘 흘러가지 않았다. 어떤 순간엔 끔찍하게 느리기도 했다.

그리고 비비안을 생각하면 그 끔찍한 속도는 지독해졌다. 에윈은 빨리 자라고 싶었다. 더 빨리 나이 들고 싶었다. 빨리 돌아가고 싶었다. 그리고 그렇게 생각하는 제가 싫었다.

마치 답을 하나밖에 모르는 바보처럼 에윈은 결국 랭카셔를 생각했다.

한 번이라도 그 외의 것들을 생각할 수 있었다면.

단 한 번이라도 네 곁에 다신 돌아가지 않을 거라고 오기로라도 생각할 수 있었다면.

에윈은 그러지 못했다. 그가 부리는 오기란 보란 듯이 해리슨에게 한두 줄 써 보내는 편지가 전부였다. 실상 보란 듯이도 아니었다. 그게 그저 제 최대한이었다. 비비안에게 시간이 필요하다면 그 시간 동안 저는 생각이라도 하지 않아야 했다. 하지 않으려고 한다고 생각이 죄다 순순히 안 나는 것도 아니었으므로, 노력이라도 해야 했다.

그 계집애가 없는 곳보다 그 계집애가 있는 곳이 좋은 것을 아니까 여름에도 가지 않았다. 아마 겨울에도 가지 않을 터였다. 학기가 벌써 끝나갔고, 아직은 자신이 없었다. 다녀온 후로 얼마나 시간이 더 가지 않을지를 생각하면 끔찍했다.

내년 봄쯤이면 시간을 보내는 법을 알게 될까. 그래. 아마도 내년이 되면.

에윈은 제가 그렇게 기약해놓고 겨울에도 가지 못하리란 생각에 문득 속이 쓰려 얼굴을 찌푸렸다. 기숙사 사환이 저를 부른 것은 그때였다. 그리고 에윈의 손에 편지가 들렸다. 비비안의 편지였다.

가을의 절반이 지난 무렵, 처음으로 비비안의 편지가 왔다.

에윈은 침대에 천천히 앉았다. 손에는 여전히 편지가 들려 있었다. 그는 편지에는 시선을 두지 않은 채로 벽모서리나 프란시스의 어지러운 책상 따위를 성의 없이 바라보았다. 손가락이 봉투의 끝을 조금 구기듯 매만졌다. 에윈은 신경질적으로 시선을 내렸다.

: 비비안 G. 도슨

제 성격이 그대로 묻어나는 글씨였다. 정갈하면서도 날카로운. 고작 열네 살짜리 여자애의 글씨라고는 믿기 어려운 비비안의 필체는 그녀가 제 아버지를 얼마나 악착같이 좇아가고 있는지를 반증하는 것이었다. 비비안은 제 글씨만 보고도 제가 여자인 것을 안다는 게 얼마나 편향적인 결과를 일으킬지에 관한 예상과, 그 예상에 대한 오기와 반항심으로 필체를 바꾸었다.

그것은 이제 에윈이 마지막으로 보았을 때보다 좀 더 어른스럽고, 좀 더 필립과 비슷했다. 에윈은 한참이나 그 이름을 노려보았다.

어쩌면 이걸 바란 것이었을지도 모른다. 아주 얄팍하기 그지없는 마음으로.

네가 나 없이 괜찮은 만큼, 나도 너 없이 괜찮다고. 혹은 그보다 더 괜찮다고. 네 생각 같은 건 하지도 않고 살고 있다고. 그렇게 어쭙잖게 말하면서 결국 그 계집애가 저 없이 괜찮지 않다는 걸 확인하고 싶었던 것이다.

그 드센 자존심에 먼저 손을 내미는 게 보고 싶어서. 제 노력 없이도 이것을 받고 싶어서. 에윈은 그 얄팍함의 시초가 뭔지 알고 있었다.

그 계집애는 사실 제가 없어도 괜찮을 테니까.

이미 알고 있는 대답을 일부러 생각하지 않고 모른 척했다. 괜찮지 않은 것은 그 계집애가 아니라 오로지 저였다. 비비안이 결국 먼저 손을 내밀고, 먼저 편지를 보냈어도 그 사실은 변하지 않았다.

제 머릿속이 시시하고 한심했다. 그 속을 차마 들여다보기 힘들었다. 고작 그 고대로 보낸 계절들이 비참했다. 저 혼자 어딘가로 떨어져 내린 것만 같았다.

그러나 그 모든 자기혐오에도 불구하고 저는 그 편지를 연 순간 그 계집애가 보고 싶어 견딜 수가 없어질 것이다. 지금 제가 랭카셔에 없는 것을 견딜 수 없을 것이다. 그것이 얼마나 멍청하고 맹목적이며 비참한 것인지 에윈은 이제 알았다.

그는 봉투의 접합부를 손끝으로 매만지다 뜯지 않고 침대 위에 놓았다.

비비안은 아무것도 잘못하지 않았다. 그러나 편지가 뜯긴 것은 그 날로부터 오랜 시간이 지난 후였다.

겨울은 금세 찾아왔다.

에윈은 몇 년 만에 눈을 보았다. 랭카셔로 보내지기 전, 대부분의 시간을 갇혀 지냈던 어린 시절에는 겨울이 되면 눈 내리는 날이 흔했다. 그의 어머니 빅토리아 윈스터가 칩거했던 캘즈베리의 별장은 그가 여섯 살까지, 즉 빅토리아가 죽는 날까지 살았던 곳이었다. 캘즈베리는 에른스트의 중북부에 위치한 곳으로 이곳 도체스터와도 그리 멀지 않았다. 여름이 되어도 그리 덥지 않지만 겨울이 되면 제법 사무치게 추운.

캘즈베리에서 보낸 아주 어린 시절부터 외조부 글래스턴 후작의 저택에서 지냈던 열한 살의 마지막 겨울에 이르기까지, 에윈의 기억 속에 제가 행복한 날이라곤 단 하루도 없었다. 제 어미는 원망하거나 짓밟기 위해 저를 필요로 했다. 간혹 문이 시끄럽게 열리면 그는 곧 아무렇게나 맞고 널브러졌다.

그 외의 모든 날이 조용했다. 어미가 죽고 나서는 그렇게 문이 열리는 일조차 사라졌다. 방은 언제나 문이 닫혀 있었고, 에윈은 그 안에서 늘 혼자였다. 그가 방에서 할 수 있는 일이라곤 오로지 책장을 넘기며 낡은 활자를 꾸역꾸역 삼키는 것뿐이었다. 그러다 눈이 내리고 그해가 저물면 그제야 바깥을 바라보는 것이다.

그것이 랭카셔 이전의 제 세상이었다. 에윈은 제 평생에서 단 두 해를 빼고 남는 모든 시간을 중부에서 살아왔지만, 사실 중부의 추위를 몰랐다.

저택은 견고했고 그의 방 안엔 따스한 난로도 있었다. 그는 두꺼워진 옷을 입고 좋은 이불을 덮고 잤다. 그 방의 창은 딱 한 뼘만큼 바깥으로 밀리듯 열렸다. 창을 끝까지 열어두어도 그는 바깥에 서 있는 기분을 알 수 없었다. 틈새로 시린 겨울바람이 들어와도 추운 줄 몰랐다.

방은 여전히 따스했고 소년은 외로웠다. 그 끝없는 외로움이 막막했다.

눈 내리는 풍경이란 에윈에게 그리 좋은 것이 아니었다. 열넷이 되고 나서야 비로소 눈을 밟아본 소년은 차라리 영영 알지 못했으면 좋았으리라고 생각하게 되었다. 에윈은 창밖으로 바람도 없이 차분하게 아래로 떨어져 내리는 눈송이들을 물끄러미 바라보았다.

만약 랭카셔에도 눈이 왔더라면 달라졌을지도 모른다. 에윈에게 랭카셔에 없는 것들이란 곧 제 과거와도 같았다. 이렇게 앉아서 눈 내리는 창밖을 보고 있으면 금세 여섯, 여덟 살이 되어버리는 것이다. 작고 깡마른, 음울한 아이로. 커다란 방에 점처럼 존재하던 그 순간으로. 그리고 저를 둘러싼 그 수많은 허공들로.

학기가 끝나고 방학의 절반이 지났다. 여름에 집으로 돌아가지 않았던 이들도 겨울이 되자 집으로 돌아갔다. 근방에서 입학한 학생들이 대부분이었기 때문이다. 열 명도 채 남아 있지 않은 기숙사는 낮에도 언제나 고요했다.

에윈은 한동안 멍하니 창가를 바라보던 눈을 돌려 책장을 응시했다. 여름에 이 시간을 방 안에서 보낸다는 것은 곧 엄청난 분노를 동반하는 것이었지만 지금은 아니었다. 늘 시끌벅적하던 복도는 인기척이 느껴지는 일조차 드물었고 에윈은 책을 두 배로 빨리 읽었다.

학생들이 없는 기숙사나 프랑시스가 없는 방은 에윈이 살면서 기대한 몇 안 되는 것들 중 하나였고, 그는 그 결과에 아주 만족하고 있었다.

그러나 그 만족과는 별개로 에윈의 사춘기는 적막 속에서 좀 더 일관적으로 흘러갔다. 하루에도 수번씩 바뀌던 기분에도 일관성이 생겼다. 아침에 삶을 고뇌하고 점심때 즈음이 되면 기분이 좋아졌다가 저녁이 되면 화가 나고 밤이 되면 우울해지던 것에서 기분이 좋아지는 구간이 정확히 사라진 것이다. 화가 나는 구간과 함께.

그로써 기분이 좋았기 때문에 기분이 나빠졌을 때 더 나쁜 것처럼 느껴지는 현상이나 화를 가라앉히기 위한 노력은 쓸모없어졌다. 대신 에윈은 일관성 있게 하루 종일 우울했다. 그는 피곤한 사람들에 치이는 대신 종일 문학을 탐독했다.

이번 겨울 기숙사 사감을 맡은 문학 교사 켄터스는 에윈이 알고 보니 책을 많이 읽는다는 이유만으로 에윈을 아끼고 있었다.

사실 학생이 열 명도 없는 기숙사 사감이란 딱히 할 일도 없기 마련이었다. 그런 그가 에윈을 신경 쓰는 것은 마치 억지로 쥐어짜 낸 일과 같은 것이었는데, 어찌 됐든 에윈은 그 혜택을 오롯이 받고 있었다. 그는 제가 새로이 접한 책을 읽는 족족 에윈에게 넘겨주었다.

일 년 내내 말 한마디 않고 지내다 급속도로 좋아진 사제관계는 일견 좋은 현상 같아 보였다. 다만 켄터스는 누가 봐도 우울한 사람이었다. 그리고 그렇게 보이는 값어치를 실제로 했다. 그는 제 우울한 인생철학이 그대로 담긴 염세주의에 심취해 있었고, 저 같은 사람들이 쓴 염세주의 문학에 빠져 있었다.

그가 보는 책은 대부분 이렌시아에서 넘어온 것들이었다. 이렌시아, 그 철학자들의 제국에서는 무수히 많은 철학자들의 수만큼이나 많은 책들이 쏟아졌다. 그들은 다양한 사상서를 만들었다. 그리고 그중 일부는 문학을 써냈다.

세상의 발전을 믿는 대부분의 낙관주의자들은 굳이 허상을 짓지 않았다. 과학은 발전하고 있었고 산업은 괴물처럼 자라났으며 인간의 이성은 전에 없이 완벽해졌다. 세상은 점점 좋아지기만 할 것이다. 그렇게 배부른 사상은 언제나 배고픈 이들에게 반감을 사기 마련이고, 반감을 가진 이들이 더 성실한 법이었다.

그 문학은 바로 세상에 무기력한 혐오와 불만을 가진 염세주의자들이 투쟁하기 위해 지어낸 것이었다.

그리고 그 모든 것이 우울한 교사를 통해 한창 우울한 학생에게로 전해졌다. 어쩌면 에윈의 일관성은 사람이 없는 고요함이나 룸메이트가 없는 방 안이 아니라 손바닥만 한 책장 안에서 이루어진 것일지도 몰랐다.

고요하게 질풍노도의 시기를 지나던 에윈은 마치 정해진 수순처럼 염세주의 문학에 빠졌다. 세상은 결코 합리적이지 않았다. 비합리적이고 맹목적인 인간들이 모여 사는 세상은 부랑자 소굴이나 다름없었다. 에윈은 제가 바로 그 부랑자 중 하나가 되었다고 느꼈다. 비참하고 쓸모없기로 정해진 채로 태어난. 지금의 세계는 가능한 세계 중 최악의 세계였다. 세계는 처음부터 존재하지 않는 게 좋았을 것이다. 삶은 고통뿐이니 가치도 없다. 그 외에도 많은 감상이 있지만 대충 이런 식으로 비관적이니 생략한다.

어쨌든 에윈은 겨울을 통째로 이렇게 보냈다. 그가 자살을 어렴풋하게라도 생각하지 않은 게 기념할 만한 일이었다. 그가 겨울 내내 읽은 책의 삼분의 일은 작가가 자살로 생을 마감한 것이었다. 그리고 활자로 많은 자살을 겪었다.

사실 그것을 보고 '이건 좀…….'이라고 어정쩡하게 생각한 순간부터 그는 완벽한 염세주의자가 아니었을지도 모른다. 지금보다 훨씬 더 어리고 절망적이었던 에윈은 혐오가 무엇인지도 모르고 사는 것을 혐오했지만 그렇다고 죽기를 바라진 않았다.

어쩌면 에윈이 완벽한 염세주의자가 될 수 없도록 정해진 것은 그때부터일 수도 있었다. 에윈은 죽음이 싫지는 않아도 별로였다. 그러나 소수의 염세주의자들 중 많은 사람이 죽었다. 삶이 의미 없으니 차라리 죽음이 의미 있다는 기치 아래. 에윈은 제가 그에 동의하지 못하는 것을 깨닫지 못했다.

문학 교사 켄터스가 숙직실에서 목을 맨 것을 발견하기 전까지는.

봄 학기를 일주일 앞둔 날이었다. 덩치 차이로 인해 억지로 끌어내리려던 것이 구타에 가까워진 구조 행위가 있었다. 켄터스는 에윈 덕에 살아났지만 그를 원망했다. 에윈은 화가 나 선생의 **뺨**을 때리고 반성의 방에 한 시간 가량 갇혀 있다 나왔다.

그가 자살을 결심한 이유는 하나였다. 사는 게 의미가 없어서.

그렇게 켄터스의 맛이 간 동공을 보며 에윈은 불현듯 정신을 차렸다. 저는 달랐다. 세상이 정말로 절망적이고 삶은 고통의 연속이며 그렇기 때문에 살아도 의미가 없든 말든, 제게는 적어도 의미 있는 무언가가 있었다.

저렇게 죽는 게 사는 것보다 낫다고?

절대 아니었다. 그는 돌아갈 곳이 있었다. 돌아가야 했다. 에윈은 프란시스가 몰래 본답시고 뜯어놓은 봉투를 열어 편지를 꺼냈다. 그리고 천천히 읽어 내려갔다.

편지의 내용은 평범했다. 모두 잘 지내고 있었다. 비비안답지 않게 밥 굶지 말고 지내라는 따뜻한 말도 있었다. 마지막 줄에 계단에서 가볍게 한번 굴렀으면 좋겠다는 저주도 있었지만 따뜻한 말에 가려 크게 와 닿지는 않았다.

에윈은 종이를 꺼냈다. 할 말은 그리 많지 않았다. 보내지도 않을 편지에 쓸 만한 말은 죄다 써버렸기 때문이다. 에윈은 그런 말들을 굳이 옮겨 쓰지는 않았다. 이번엔 보낼 것이니까.

그리고 도체스터로 온 지 꼬박 일 년이 지나, 에윈은 처음으로 비비안에게 편지를 보냈다.

: 비비안에게.

네 편지는 잘 받았어. 그동안 편지 못 해서 미안해. 내 답장을 많이 기다렸을 텐데. 뭐 사실 안 기다렸을 걸 알고 있어. 사실 애타게 기다렸을 테지만 내가 이렇게 생각하는 게 네 자존심에 도움이 될 거란 생각이 들어. 그리고 굳이 이 말을 하는 건 사실 네 자존심에 그리 도움이 되지 않고 싶어서야.

잘 지내? 난 네 말대로 밥은 잘 먹고 지내. 계단에서 구르진 않았고. 그래서 멀쩡해. 해리슨에게 들었겠지만, 어쨌든 잘 지내. 네가 편지에 적어둔 책들은 네 말대로 다 읽었어. 좋은 책이더라.

도슨 씨에게 안부 전해줘. 미스 빙엄에게도.

여름에는 랭카셔로 돌아갈게. 부디 여름까지 잘 지내.

에윈 G. 글래스턴.

봄의 초입, 에윈의 답장이 도착했다. 비비안은 종이의 절반을 겨우 채우는 편지를 고까운 눈으로 얼마간 응시하다가 손 안으로 잡아 구겼다.

"아가씨, 공자님 편지를 그렇게 구기시면 어떡해요!"

"이건 쓰레기야."

"아가씨, 더 구기지 말고 그냥 주세요."

"답장? 답장 그딴 거 안 해."

비비안은 베키의 말을 듣지도 못하고 다짐하듯 중얼거렸다. 그리고 벽난로를 향해 전투적으로 걸어갔다. 비비안의 손이 촛대를 들어 편지에 곧장 갖다 대었다. 한 치의 망설임도 없는 동작이었다. 불이 붙은 편지는 이내 마른 장작 속으로 들어갔다.

"맙소사……."

결론적으로 비비안은 편지를 불쏘시개로 썼다. 그녀는 불길이 타오르기 시작하는 것을 확인하고 미련 없이 벽난로에서 돌아서 문까지 시원하게 걸어갔다. 그러나 방을 나서지는 못했다.

문 앞에 얼마간 서 있던 비비안이 홀린 듯 벽난로로 다시 돌아섰다. 당연하게도 편지는 흔적조차 없었다. 비비안은 벽난로 앞에 쭈그리고 앉아 편지를 삼킨 불길을 노려보았다. 조금 후회됐지만 내색할 수는 없었다.

그녀는 무릎 위에 놓인 팔에 턱을 괴었다. 입매가 희미하게 올라갔다.

7. 이상

"도슨 씨, 들으셨습니까? 아, 비비안."

비비안은 방으로 급하게 들어서는 노튼에게 눈으로만 인사하고 책으로 다시 고개를 내렸다. 필립이 의아한 얼굴로 몸을 일으켰다.

"무슨 일이라도 있습니까?"

"브란젤 전역이 닷새째 물에 잠겼답니다. 스무 해 넘도록 이런 일이 없는데⋯⋯."

노튼이 필립의 손짓에 심란한 얼굴로 앉았다. 필립이 놀란 듯 눈을 크게 떴다.

"닷새째 홍수라니, 심지어 아직 장마가 시작될 때도 아니지 않습니까?"

"누가 아니랍니까! 왕국 내 도로가 모두 침수됐답니다."

"국경까지는?"

"아무도 넘으려 하지 않지요. 브란젤로 가는 길은 모두 끊겼습니다. 윌리엄이 말하길 몇 주는 족히 거래가 중단될 거라 하더군요."

"몇 주씩이나."

"당장 그쳐도 언제 다 복구가 될지 모르겠답니다. 그런데 비가 도무지 그칠 것 같지도 않다더군요."

"맙소사, 다른 건 급하지 않으니 그 정도 손해 보는 것이야 그렇다

쳐도 상 데 트로르망은 올봄에 새로이 잡은 것인데. 그 정도라면 나무에 붙어 있는 포도도 없을 게 아닙니까."

"상 데 트로르망은 완전히 잠겼답니다. 남은 것은 절반도 되지 않을 겁니다. 그마저도 성할지…….."

왕국 브란젤의 최대 포도주 산지인 상 데 트로르망은 유달리 달콤한 맛이 나는 포도 품종으로 유명했다. 내수를 중요시 여기는 브란젤의 특성상 수출량이라곤 한 해 생산량의 절반으로 제한된 것에 불과했고, 외국 수입업자들은 그것을 사지 못해 안달했다.

상 데 트로르망의 포도주는 이웃한 펠로베르의 황족들도 사들이는 고급품이었다. 만약 도슨이 여느 업자들처럼 계속 안달만 하던 처지였다면 애초에 이런 걱정은 할 필요도 없었으리라. 그러나 애석하게도 아니었다. 더 애석한 것은 작년까지만 해도 전혀 상관이 없었다는 것이겠지만.

도슨 상회는 상 데 트로르망과 에른스트 간 거래 독점권을 따냈다. 즉 에른스트로 들어오는 상 데 트로르망의 모든 포도주는 도슨을 통해야 했다. 정확히 올해 수확하고 담그는 것부터 십 년. 비비안의 조부부터 이어진 도슨 상회의 길다면 긴 역사에 있어 가장 기록적인 성과라고도 할 수 있었다. 이런 기후적 불행이 끼어들기 전까지만 해도 그랬다.

"나무라도 성하다면 올해야 없는 셈 치고 잊어버리면 되지 않겠습니까. 손해야 막심해도 어떻게든 다른 것으로 만회는 될 테고."

"그래요. 다행히 태풍은 심하지 않으니 나무는…….."

노튼이 말을 잇다 말고 비비안을 물끄러미 바라보았다. 필립이 의아한 듯 노튼을 보다 문득 깨달은 얼굴로 덩달아 비비안에게 눈을 돌렸다. 평소라면 열 마디는 얹고도 모자랐을 비비안의 입이 얌전했다.

심지어 두 사람이 저를 보는 것조차 모른 채 가만히 책만 내려다보고 있기까지 했다. 좀 더 정확히 표현하자면 지금 그녀가 책을 보고 있는 것은 결코 내용을 읽고 있는 게 아니었다. 필립은 제 딸의 얼굴을 가만히 들여다보았다. 기본적으로 짓고 있는 표정이란 게 늘 또렷한 탓에, 얼굴을 그렇게 본다고 별다를 것도 없었다.

그럼에도 분명한 사실은 비비안의 넋이 어딘가로 빠져나가고 없다는 것이었다.

"비비안."

필립이 온화하게 부르는 소리에도 비비안의 시선은 여전히 책장 위에 고정되어 있고, 턱을 괸 손도 동상처럼 그대로였다.

"비비안?"

"네?"

"대체 무슨 생각을 하기에 어른들 말씀하는데 말 한마디 안 끼고 그렇게 얌전히 있어."

'어른들 말씀하시니 떠들지 말고 얌전히 있어.' 쪽이 몇 배는 더 대중적이라는 걸 생각한다면 필립의 말은 조금 이상했지만, 비비안은 별 위화감도 느끼지 못하고 당연하게 정신을 차렸다. 노튼만이 헛웃음을 지었다.

비비안은 이럴 때면 으레 그랬듯, 명료한 사업용 목소리로 운을 뗐다.

"그러니까……, 뭐라고 하셨죠?"

운을 뗀 것은 순식간에 무너졌지만 비비안의 목소리는 묻는 것조차 명료했다. 비비안은 제가 그렇게 묻고도 물은 것을 모르다, 문득 그것을 깨달은 듯 입을 벌렸다.

"브란젤에서……."

"아니, 말씀하지 마세요. 알려주실 필요 없어요."

비비안이 다급하게 필립의 말을 막았다.

"듣고 있었어요."

"모르잖니."

"다 듣고 있었어요. 알아요."

단편적으로나마 기억하는 단어들이라도 조합하면 문제는 충분히 알아낼 수 있었다. 그러나 비비안의 얼굴이 곧장 흐려졌다. 머리에 남은 것이 하나도 없었다. 분명 대화가 들렸고, 제 기억으로도 대화는 꽤 이어졌었다. 그러나 그뿐이었다. 비비안은 충격받은 얼굴로 멍하니 몸을 일으켰다.

"그냥 들으렴."

"제가 알아낼 거예요. 알아낼 수 있어요."

비비안이 뻣뻣하게 대꾸하고는 방을 빠르게 나섰다. 제가 단 한 마디도 기억하지 못했다는 게 충격인 것과는 별개로, 그녀는 사실 그냥 알고 싶은 생각이 없었는지도 몰랐다. 비비안은 자존심 상해하면서도 정작 제가 알아내겠다던 것은 금세 잊었다.

이게 다 그 잘난 글래스턴 때문이다. 해리슨이 엊그제 괜히 제게만 말하기를 오늘쯤 돌아올 거라고…….

아니다. 에윈 때문이 아니었다. 저는 그냥 피곤했던 것이다. 전날에 네 시간밖에 못 잤으니까. 참고로 제가 잠들지 못한 것은 에윈과는 하등 상관도 없었다. 랭카셔 여름이 오죽 더우니 그랬던 거지.

까놓고 말해 그게 뭐 대수인가. 그렇게 신경을 쓸 리가 없지. 어디서 죽은 줄 알았던 것도 아니고, 그냥 일 년 반 만에 돌아오는 것뿐인데 누가 유난을 떠는지 모르겠다. 여름에 돌아온답시고 성의 없이 몇 줄 휘갈긴 그 편지 한 통만큼이나 비비안은 그 귀향 같지도 않은 귀향을 존재감 없이 여겼다. 스스로 단언컨대 그랬다.

비비안은 그 편지가 온 게 봄이었는지, 겨울이었는지도 몰랐다. 물론 이런 머리로 올봄에 받은 걸 어떻게 한 해도 안 지나서 겨울인지, 봄인지 헷갈리겠느냐만, 비유적으로 그 정도라는 소리다. 애초에 대략적인 날짜조차 없는 일방적인 예정에 제가 휘둘릴 이유가 없었다.

비비안은 에윈이 여름의 언제쯤 돌아오는지에 큰 관심도 없이 살았다. 이런 식으로 계속 강조하는 게 어떻게 보일지는 안다. 하지만 비비안은 제가 이 사실을 아무리 강조해도 부족하다고 생각했다. 그야 진짜로 그러니까! 그러나 아무도 비비안의 이런 칼 같고 냉정한 진심을 믿어주지 않았다. 비비안은 그것이 억울했다.

돌아오는 것이 내일인지, 열흘 뒤인지, 서른 날은 더 지나고 난 뒤인지 알 바 없는 비비안은 그 막연한 날짜를 애써 무시하며 태연하게 살았다. 일 년 반 동안 소식이라곤 그 귀하디귀하신 친필로 몇 줄 써서 보내주신 것이 전부였는데, 사실 이쯤 되면 자신과는 상관없는 사이라고 봐도 무방했다.

그쪽에서 원한 것도 그런 게 아니겠어. 비비안은 제 방을 향해 전투적으로 걸었다. 그리고 애써 무시했다는 건 잘못된 표현이다. 쉽게 무시할 수 있었다.

세게 열린 문이 이내 쾅 닫혔다. 비비안의 앞에서 걸어가던 하녀가 흠칫 놀라 뒤돌아봤지만 복도에는 아무도 없었다. 바구니를 든 하녀는 이내 종종걸음으로 걸어 계단에서 내려갔다.

얼마 지나지 않아 다시 문이 열렸다. 비비안은 제 방 건너편에 난 커다란 창문 앞에 가 섰다. 눈에 익은 붉은 지붕이 비스듬히 보였다. 비비안의 시선이 노란 장미처럼 우아한 외벽 위를 타고 천천히 내려갔다. 시야의 아주 가장자리였다.

래스턴의 겨울 별장은, 혹은 에윈의 집은 이곳에서 잘 보이지 않았다. 비비안의 눈이 천천히 가라앉았다. 시선은 애초에 그 고택에 닿을 것이 아니었던 것처럼 떨어졌다. 넓고 완만한 구릉, 여름 햇볕에 짙푸른 색. 그 푸르름이 서늘했다.

여기서는 길이 보인다. 완만한 구릉 사이로 너르게 닦인 흙길. 길의 가장자리로 바구니를 짊어진 여자들과 밥을 먹고 탄광으로 돌아가는 남자들이 보인다. 간간이 도슨 상회를 오가는 검은색 짐마차도 길 위를 지나간다.

여기서는, 그 애가 돌아올 길이 보인다. 비비안은 더 부정하지도 않고 창가에 한참이나 가만히 서서 한가로운 오후를 응시했다.

그러다 멀리서 점처럼……

비비안이 손차양을 하고 창가에 가까이 다가섰다. 점은 아주 느리게, 조금씩 커졌다. 문득 제가 서 있는 게 에윈에게 들키기라도 한 것처럼 속이 내려앉았다. 에윈은 절대로 저를 보지 못할 텐데도.

점은 이윽고 익숙한 마차로 변했다. 마차는 지나치게 느린 것 같다가도, 거짓말처럼 빨리 가까워졌다. 비비안은 천천히 손차양을 하고 있던 손을 내렸다. 하얀 손이 창틀을 한번 꽉 쥐었다 아래로 떨어졌다. 비비안이 몸을 돌려 달리기 시작했다.

에윈이 돌아왔다.

비비안은 하녀들의 눈인사조차 제대로 받지 않고서 빠르게 걸어갔다. 다들 그 이유를 이해한다는 양 비비안을 한껏 흐뭇한 얼굴로 바라보았으나, 평소라면 질색했을 그녀는 그것도 알지 못했다.

발이 익숙한 문 앞에 닿았다. 저택 안에 들어서고 나서야 우아하게 걸었대도, 한참을 달리고서 쉬지도 않고 빠르게 걸어온 참이었다. 그녀는 숨을 천천히 차분해지도록 몰아쉬었다. 좀처럼 숨이 가라앉지 않았다.

비비안은 가늘게 뜬 눈으로 문고리를 노려보았다. 도슨 가에서 뛰어나왔던 것이 무색하게도, 그녀는 문을 열지 못하고 있었다. 이상한 일이었다. 화가 나서일까, 아니면 화가 날까 봐서일까.

보고 화가 나면 또 어때서. 비비안은 심통 맞게 중얼거렸다. 그러나 그 생각과 동시에 원치도 않게 그녀는 제가 몰랐던 제 생각을 깨달았다. 첫째는 제가 지금 멍청하게도 화나 원망 같은 건 홀랑 잊어먹기 직전이란 점이었고, 둘째는 에윈이 제 화를 더 받아주지 않는다면, 혹은 다시 그대로 떠나버린다면……

그게 무서운 것이다. 그럴 리가 없는 일마저도 그렇게 생각하고 있는 것이다. 그것은 무척이나 자존심이 상하는 일이었다. 비비안은 날카로워진 눈으로 제 손을 한번 꽉 쥐었다 폈다. 그녀는 비로소 화가 나기 시작했다.

제가 뭐라고, 쪼르르 달려와서 오셨냐고 아는 척이나 할까 봐? 저 놈은 제가 엄청 대단하다고 생각하는 게 틀림없었다. 옆에 좀 있었다고 남의 속도 다 아는 줄 알았겠지만 오산이다. 내가 어떤 사람인데, 아버지가 날 어떻게 키웠는데, 비비안은 제 자존감을 강제로 상승시킬 때마다 쓰는 마법의 주문을 외웠다.

이러는 순간조차 제가 억지를 부리고 있노라고 자각하는 스스로가 싫었다. '네가 나 보란 듯이 그랬을 것'이라 제가 억지를 부리는 동안, 그 애는 정말 자신 같은 건 생각하지 않았을지도 모른다. 사실 냉정하게 생각해보자면 그렇다. 오로지 저만 매여서.

비비안은 순간 발밑이 아찔해져 뒤로 한 걸음 물러섰다. 괜히 왔다. 아무렇지 않게, 아버지 뒤에나 서서 다시 만날 수도 있었는데. 비비안은 짜증스레 입술을 짓깨물었다. 제가 짜증 났다. 이대로 제 얼굴을 발견했을 때 에윈의 얼굴 같은 건 생각하기도 싫었다. 그녀는 에윈의 얼굴을 보기 싫기도 했고, 보기 두렵기도 했다. 두려움보단 꺼림칙하다고 말하는 게 더 맞을 것이다.

보지 말자.

그녀는 뒤로 한 걸음 더 물러섰다. 그리고 마치 그것을 기다린 것처럼 그녀의 앞에서 문이 열렸다. 아래로 내리깔려 있던 피곤한 시선이 위로 들리다 이내 비비안의 얼굴에 멈추었다. 얼마간 영문을 모르고 서 있던 에윈의 눈에 곧 웃음이 맺혔다.

"비비안."

제가 전혀 모르는 목소리였다. 비비안은 멍하니 조금 낯선 얼굴을 올려다보다, 이내 제가 올려다보고 있는 것을 깨닫고 고개를 바로 했다. 그녀의 시선은 이제 남자애의 목께에 닿는 것이었다. 그녀는 눈을 깜빡였다.

"오랜만이다."

낮게 가라앉은 목소리가 아까보다 가까워졌다. 에윈이 생경한 듯 비비안의 앞으로 걸어와 섰다. 비비안은 가까스로 고개를 태연하게 들었다.

"어. 그러네."

어제든, 오늘이든 너한테야 늘 이렇게 말해왔다는 양 흔들림 없이 도도한 목소리였다. 에윈이 그 익숙함에 피식 웃음을 터트렸다.

"잘 지냈어?"

"응. 랭카셔는 좋은 곳이고 나는 못 지낼 이유가 없는걸."

비비안은 최대한 과거에 연연하지 않는 투로 대구하려 노력했다. 그러나 대사가 이미 연연할 대로 연연하고 있어 별달리 소용도 없었다.

스스로 입이라도 때려주고 싶은 것을 비비안이 겨우 억누르는 동안, 에윈이 문득 가늘게 눈매를 좁혔다.

"왜?"

그녀가 찝찝하게 묻는 소리에도 여전히 비비안의 얼굴을 뜯어보는 눈길이 조금 기묘했다. 에윈은 반 박자 늦게 고개를 저었다.

"아냐."

굳이 캐묻고 싶지도 않다는 양 비비안이 고개를 두어 번 성의 없이 주억거렸다. 이 목소리를 계속 듣고 있는 것 자체가 이상했다. 역시 오는 게 아니었다.

이전까지와는 다른 의미로 비비안은 그것을 후회했다. 제 망상처럼 자신들의 현실은 그리 최악도 아니었고, 그럴듯한 평정을 유지한 채로 마주할 수도 있었지만 이상한 건 도무지 견딜 수가 없었다.

비비안은 눈을 몇 번 깜빡이다 이내 웃었다.

"온 것 봤으니 됐어. 난 이만 갈게."

"……간다고?"

"오후에 일정이 있어서. 조만간 아버지가 석찬 초대하실 테니 그때 봐."

쏟아내듯 겨우 쥐어짜 말하고 돌아서는 게 사실 어떻게 보일지는 안다. 비비안은 제가 얼마나 태연을 가장할 수 있는지 잘 알고 있었다. 실상 그녀가 지금 다급하게 쥐어짠 말은 별 볼일 없는 사이에 거리 두고 지나가듯 아주 말끔한 말이었다. 이 문이 열리기까지 들었던 그 스스로에게 실망스러운 생각들 따위는 금방 희석될 정도로.

그러나 기분이 좋아지지는 않았다. 그냥 여전히 이상할 뿐이었다. 에윈이 반사적으로 돌아서 가는 비비안의 팔목을 잡아챘다.

"왜? 글래스턴."

매끄러운 발음이 소년의 고귀한 성을 읊었다. 에윈의 눈가가 조금 일그러졌다. 가시 하나 없는 음성이었다. 상관없는 사람처럼 그저 멀기만 한. 비비안은 제가 단지 복수하기 위해 그를 그렇게 불렀다는 것을 깨달았다. 복수하고 싶을 만큼 그에게 화가 나 있었다는 것도,

그리고 여전히 그런 것이 에윈에게 아픈 곳이 될 수 있다는 것도.

에윈이 천천히 고개를 젓자 비비안이 그대로 다시 저택을 걸어 나 갔다. 기분은 여전히 좋아지지 않았다. 그리고 여전히 이상했다.

그러나 그녀는 그 일그러지던 눈매에 안심하고 말았다는 것을, 이 제 부정할 수 없었다.

어쩌면 그날 그렇게 줄곧 이상하던 기분은 어떤 예감 같은 것이었는지도 몰랐다. 에윈은 많이 달라졌다.

비단 훌쩍 큰 키나 마치 남자처럼 변한 목소리가 아니더라도, 비비안은 그 눈을 마주하고 있으면 쉽게 불편해졌다. 예전처럼 쉬이 읽을 수도 없는 그 청회색 눈동자. 그것은 어딘가 설명할 수 없는 구석이었다.

식사하는 자리에서나 몇 번 말을 섞고서, 그들은 예전처럼 지내지 못했다. 혹은 에윈이 사라지기, 아니, 기숙학교로 가기 전처럼 지냈다.

신경전 같은 소모적인 일은 분명 아니었다. 비비안은 저도 모르게 에윈을 찾지 않았고, 에윈도 그녀를 찾지 않았다. 그건 서로 피하는 것이나 마찬가지였다.

심지어 비비안은 몇 번의 식사 이후 오스본 가의 디너파티에서 에윈을 처음 보았다. 열다섯이 된 그는 이제 파티에도 나타났다. 그녀나, 다른 제 또래들이 그러하듯이. 비비안은 그가 '글래스턴'이란 이름을 달고 세상에 나온 것을 생경하게 바라보았다. 그녀는 그가 그것을 얼마나 증오하는지 알고 있었다. 그럼에도 그는 글래스턴 공자였다. 너무나 당연한 얼굴로.

사실 그가 정말로 많이 달라졌다는 것을 깨닫는 데에는 그리 많은 것이 필요하지 않았던 건지도 모른다. 비비안은 그가 '글래스턴'이란 이름을 당연하게 받아들이기까지, 제가 모르는 곳에서 얼마나 버텨 냈는지 몰랐다.

그리고 그 막연함이 알려주는 것이다. 벌어진 거리를.

사생아, 괴물, 혐오스럽고 부정한 출생……. 머리카락 한 올 보지 못한 열두 살짜리 남자애에게는 잘만 쏟아지던 말들이 열다섯으로 장성한 죽은 왕의 사생아 앞에서는 흔적도 없이 사그라졌다. 물론 그 것에는 에윈의 외양이 혐오는커녕 선량한 정도를 넘어 아름답다는 것도 한몫했으리라.

친부가 이미 죽고 없는 그 애매한 신분상이 어떻든 간에, 거칠 것 없이 풍요롭고 윤택한 땅에서 살아온 남부 사교계 인사들은 보수적 일지언정 꽤 순진한 편이었다. 사생아가 실체도 없을 땐 세상에서 가장 도덕적인 인간들만 모인 것처럼 불륜을 들먹이다, 정작 근사한 모양새로 나타나자 그가 비로소 왕가의 피를 타고났음을 생각하는 것이다. 어쨌든 그래도 왕의 자식이 아니겠냐는 식이다.

'왕'과 관련된 말들은 무릇 권력과 가까워 보이기 마련이다. 사실은 전혀 아니어도 그렇다. 그가 설령 왕가와 가장 먼 곳에서 살아가고, 가진 재산이라는 게 군소 귀족의 방계나 겨우 맞먹을 정도라 할지라도.

에윈은 제 친부나 친모의 고귀한 혈통과는 상관없이, 절대로 왕이 될 수 없는 신분이었다. 왕은커녕 랭카셔 구석에서조차 떵떵대고 살 수도 없을 것이다.

찰스 왕이 죽고, 그의 동생이 즉위하며 제 형의 아들들을 모두 죽일 때 에윈이 살아남은 것은 오로지 그가 아비에게 외면당하며 왕의 사생아임을 입증할 성조차 받지 못한 처지였기 때문이었다. 에른스트는 왕의 권능만큼이나 법에 지배되었다.

그런 중앙의 정치 논리는 머나먼 남부까지 내려오면 딱 절반 정도가 먹혔다. 그랬기에 에윈의 어린 시절엔 그가 혐오스러운 사생아가 될 수 있었던 것이고, 그가 장성하자 왕의 아들도 될 수 있는 것이다. 이곳은 애초에 고귀한 귀족들이 아니라, 귀족 나부랭이들이 개척한 땅이었다.

비비안은 제 지역의 그런 순박한 논리에 굳이 경멸을 느끼지는 않았다. 이곳이 얼마나 멍청하게 입을 싹 닦고 말았는지는 생각할 필요도 없었다. 그 와중에도 부정하니, 더럽다느니 꺼림칙한 말들은 돌았고, 그것은 앞으로도 꼬리표처럼 에윈을 따라다닐 터였다.

그녀는 다만 이 변화만큼, 에윈이 겪었고 저는 모르는 그 막연한 시간을 생각했다. 그곳은 다른 곳이었다. 전형적인 중부의 귀족 사회, 적나라하게 까집어졌을 가정사, 혹은 그의 보잘것없는 정치적 신분.

그리고 그 모든 문제를 겪은 적도 없는 것처럼 웃고 있는 저 얼굴.

위로나 위안, 혹은 모른 척 덮어주기 위한 장난 따위의 제 차원에서 할 수 있는 모든 것은 이미 할 수 없는 것이 되어 있었다. 그럴 시기는 이미 지났다. 정말로 누군가가 달라졌다는 것은 목소리나 키 따위가 아니라 아마 이런 것일지도 모른다.

제가 본래는 그를 위해 해줄 수 있었던 일들이 이제는 필요가 없어졌다는 것을 깨닫는 순간 같은 것.

비비안은 특별히 슬프거나 우울해지지 않았지만, 제가 에윈과 아무것도 하지 않고 있던 그대로 있을 수밖에 없게 되었다. 여전히 이유는 알 수 없었다. 이게 어색한 것이라는 것도 뒤늦게 알았다.

어색하단 말처럼 자신들과 어울리지 않는 말도 없으리라. 그래서 늦게야 알았다. 그녀는 이제 그와 어색했다.

그들이 다시 마주한 것은 그렇게 열흘이 더 지났을 즈음이었다.

네가 여긴 웬일이야? 라고 묻기에는 날이 좋지 않았다. 그날은 갑작스레 비가 내렸고, 후원 그늘에 의자를 두고 책을 읽고 있었던 비비안은 소나기에 부리나케 집으로 뛰어오던 중이었다.

그러다 마주친 에윈이 우산을 들고 있는 것은 사실 물어볼 필요도 없는 일이었다. 오로지 후원으로만 난 길에, 에윈이 아버지도 없이 혼자 이 길을 걸을 일은 오로지 제가 지금 이곳에 있다는 이유 하나뿐일 테니까.

아버지는 그들이 예전과는 다르게 어색한 것을 알고 있었다. 비비안에게 직접적으로 언질을 준 적은 없지만, 억지로 자리를 만드는 노력을 보면 그랬다. 바로 지금처럼. 그녀는 제 아버지가 얼마나 들떠서 에윈에게 우산을 쥐여줬을지를 생각했다.

비비안이 그렇게 에윈을 발견하기 무섭게 우뚝 멈춰선 것과 달리, 에윈은 그녀를 보지도 못한 것처럼 앞으로 계속 걸어왔다.

물론 보지 못했을 리는 없다. 용건 자체가 그녀였을 테다. 그만큼 자연스러웠다는 뜻이었다. 에윈은 남은 길을 계속 걸어와 비비안의 앞에 섰다.

그러나 우산을 씌워주지는 않았다. 비비안은 저도 모르게 치켜 올라가는 눈썹을 바로잡았다. 그리고 비를 맞는 게 전혀 힘들지 않은 양 무표정하게 에윈을 바라보았다.

"미안해."

에윈은 짧게 사과했다. 무엇에 미안하단 말인지도 모르게 그렇게 짧게 사과했다. 비비안은 그 말을 갖다 붙일 데가 너무 많다는 걸 깨달았다. 혹은 아예 없기도 했다. 사실 그는 제게 공식적으로는 미안해할 일이 없었다. 오로지 저 혼자 마음이 상해 있을 뿐.

미안해. 꺼내기 힘든 건 안다. 하지만 그 말 하나를 달랑 꺼내고 나면 그 말이 얼마나 편리해지는지도 안다. 가타부타 다른 말을 꺼내지 않아도 된다. 그건 듣는 사람이 알아서 하면 된다. 들은 사람 딴에는 아, 이 사람이 나에게 사과하기까지 얼마나 힘들었을까 생각도 하게 된다. 그러면서 온갖 의미도 부여한다. 사람이 사람에게 사과하는 일은 쉬운 일이 아니라고, 자기 잘못을 인정하는 건 쉬운 일이 아니라고 하면서.

그런데 비비안에게는 지금 그 모든 걸 다 떠나서 원초적으로 한번 생각해볼 필요가 있었다.

진짜로 미안했다면 우산을 저 혼자 쓰고 있을 리가 없지.

비비안이 싸늘하게 그를 지나치려는 찰나, 에윈이 그녀의 손목을 붙잡았다.

"미안해."

"뭐가."

비비안은 높낮이 없는 목소리로 대꾸했다. 그에게 화를 내고 싶은 건 아니었다. 그녀에게도 화를 낼 자격은 없었다. 화가 나는 것과는 별개로 그랬다. 그녀는 계속 그것을 인지하고 있었다. 다만 어떻게 해야 할지를 모를 뿐이었다.

원래 내가 너와는 어떻게 대화했었는지.

비비안은 그 낯설음에 쓴 숨을 삼켰다. 빗물이 비비안의 팔목을 타고 그녀의 손목을 잡은 에윈의 손으로 흘러내렸다. 비비안이 에윈에게서 손을 빼냈다. 그러나 그가 곧바로 다시 잡았다.

"너 젖어. 잡지 마."

"혼자 있게 해서 미안해."

비비안은 잠시 숨을 참고 있다가, 이내 기막힌 듯 내뱉었다. 그리고 그녀가 무어라 말하려는 찰나, 에윈이 그녀의 말을 가로막았다.

"그동안 오지 않아서 미안해."

"……."

"편지 자주 안 해서 미안해."

자주 안 해서 미안해? 누가 보면 열 번은 보낸 줄 알 것 같았다. 서른 번 보내야 되는 걸 열 번만 보냈다는 것과 같은.

그러나 그 유일한 편지를 불쏘시개로 쓴 것은 저였다. 그리고 편지를 보내지 않은 것은 저도 마찬가지였다. 떠난 에윈에게 화가 나 있었다고 한들, 그게 꽤 옹졸했다는 것은 지금의 비비안도 인정했다.

겨울이 끝나고 그들이 열넷이 다 되어갈 즈음 에윈이 떠났다. 그리고 이제 그들은 열다섯의 여름을 맞고 있었다.

계절이 벌써 몇 번이나 바뀌었나. 그녀는 제가 계속 그와 헤어졌던 열세 살, 그 계집애 그대로의 마음으로 화가 나 있는 걸 알고 있었다. 그러니까 대처도 그딴 식으로 유치하기만 했던 것이다.

그러나 이제 저는 달랐다. 에윈은 이런 사과를 할 필요가 없었다. 저는 이런 사과를 받을 권리가 없었다.

제가 혼자 있는 건 에윈의 잘못이 아니었다. 그가 제 곁에 있는 것이 당연한 것도 아니었다. 그는 제 할 일을 했고, 저도 여기서 제 할 일을 했다. 각자 그렇게 살았다. 그것뿐이었다.

하지만…….

"외롭게 해서 미안해."

비비안은 소리 없이 빗속에서 울었다. 에윈은 일그러진 얼굴로 그 것을 바라보았다.

그 와중에도 왜 저 혼자 우산을 쓰고 있는지 괘씸해 화가 났다.

"……울지 마."

"……우산 안 씌워주는 건 안 미안해?"

"그것도 미안해."

에윈은 미안하다면서 말만 그랬다. 비비안이 울면서 그를 노려보 았다.

"너 때문에 여기서 괜히 비만 다 맞고 있잖아."

"그러니까."

"뭐가 그러니까야?"

"그러니까 하나만 약속해."

"뭘!"

"나 피하지 마."

낮고, 음울한 목소리였다. 그녀가 들은 그의 목소리 중 가장 낯선. 비비안이 멍청하게 굳은 얼굴로 눈만 깜빡거렸다. 에윈이 그녀의 손 목을 힘주어 잡았다.

"피하지 말고, 날 못 본 척하지도 마."

"내가 언제……."

"이틀 전에, 도슨 씨 방 앞에서."

최대한 방문 앞을 스치지도 않고 피해 갔던 그걸 어떻게 봤는지 몰 랐다. 그녀는 잠시 말을 못 잇고 있다가, 그제야 생각난 듯 따지는 목소리로 물었다.

"넌 발이 없어? 네가 먼저 와서 아는 척하면 되잖아."

"네가 그래도 날 모른 척하면."

에윈이 나직하게 대꾸했다. 비비안이 한숨을 내뱉었다.

"그럴 리가 없잖아."

"이틀 전의 우리는, 그래도 이상하지 않았어."

"……."

"하나도."

에윈의 얼굴엔 표정이라고 할 수 있는 것이 없었다. 비비안은 그것이 그의 두려움, 혹은 결코 그녀에게 낼 수 없을 화라는 것을 알았다.

그는 그녀에게 화낼 수 없을 것이다. 그녀는 그것이 처음으로 슬펐다.

"우리에게 어떤 일이 있어도 내가 너에게 그럴 수는 없어, 글래스턴."

"그렇게 부르지 마."

"정신 차리라고 부른 거야, 에윈 가브리엘 글래스턴."

"정신 차리고 있어."

"정신 차렸으면, 그런 생각은 안 했겠지. 너도 그동안 날 피했어."

"피한 적 없어. 피한 건 너뿐이야."

"왜 한 번도 찾아오지 않았어?"

"말했잖아. 난 널 먼저 찾을 자격이 없었으니까. 그래서 내가 너를 찾지 않고도 마주칠 수 있기를 바랐어."

"그런 자격은 어디서 얻어 왔어, 대체?"

"그 모든 자격을 네가 정해, 비비안 도슨."

비비안은 무어라 말하려는 듯 입술을 달싹이다, 이내 다물었다.

그녀가 입을 다물자 빗소리만 사방을 울렸다. 얼마간의 정적 끝에, 그녀는 다시 입을 열었다.

"난 네가 이러는 게 싫어."

에윈이 밀랍 인형처럼 새하얗게 굳었다. 그녀는 그의 얼굴을 물끄러미 올려다보았다.

"마치 너는 버려지기만 하는 것처럼. 그래서 우리는 나만 널 버릴 수 있는 것처럼. 네 가치가 마치 그것밖에는 안 될 것처럼. 물론 난 널 버릴 수도 있어."

"……."

"그리고 너도 날 버릴 수 있지."

비비안의 눈매에 조금 날이 섰다. 말에는 미세한 가시가 박혀 있었다.

"엄밀히 말하면, 그래, 넌 날 버렸었던 것 같아."

"그게 무슨."

"내 기분으로는 그랬어. 난 너한테 버려진 것 같았어."

그녀가 제 속이든, 겉으로든 처음으로 인정하는 말이었다. 그래, 그래서 화가 났었다. 편지도, 방학도, 외로움 같은 것도 모두 중요하지 않았다. 두렵고 화나는 것은 단 하나였다.

네가 날 영영 버린 것만 같다는 것.

"하지만 아니라는 걸 알아. 네 안의 무슨 생각이 더 있었으리라는 것도 알아. 내가 그걸 다 알지 못한다는 것도."

"……."

"그러니까 너도 알아야 해, 에윈. 난 널 버릴 리가 없다는 거."

"……."

"네가 날 버리는 걸 네가 상상도 못 하는 것처럼."

비비안이 그렇게 말하고, 에윈에게서 우산을 뺏어 오듯 제게로 기울였다. 멀거니 서 있던 에윈이 우산은 기억조차 못 한 것처럼 놀랐다.

"그러니까 이제 나한테 씌워. 유치하게 굴지 말고."

기울어진 우산 속에 비비안과 우두커니 서 있던 에윈이 문득 그녀에게 우산을 쥐여주었다. 그리고 우산 밖으로 나갔다.

"뭐 하는 거야?"

에윈이 빗속에서 웃었다.

"돌아갈 땐 맞으면서 돌아갈게. 넌 공평한 거 좋아하니까."

"그게 언제 적 말이야."

"아직도 좋아하는 거 알고 있어."

에윈은 자신만만하게 말했다. 그리고 비비안은 아니라고 말하지 못했다. 그는 웃으며 뒤돌아 걸어갔다. 비비안이 입을 꾹 다물고 애써 웃음을 참으며 그 뒤를 따랐다.

"아직은 나무들이 작네요."

비비안은 제 얼굴 앞으로 낮게 튀어나온 나뭇가지를 피해 고개를 비스듬히 숙였다 들었다. 가지가 늘어뜨린 푸르스름한 과실이 시야의 변두리를 스쳐 지나갔다.

"모두 작년 봄 즈음 다시 심은 나무들입니다. 사람으로 치면 아직

걸음마도 못 뗀 아기들이죠. 원래 이렇게 새로 심은 사과나무는 수확량이 사오 년은 지나야 꽤 거창한 단위가 됩니다. 오로지 투자라고 생각해야 하는 시간이죠. 그리고 그 뒤로 족히 십 년은 최고의 수확량을 뽑아냅니다. 상품의 질도 그때가 가장 좋고요."

"작년엔 어땠나요?"

"사실 첫 수확이니만큼 그리 기대도 하지 않았습니다만, 수확량이 예상을 훨씬 웃돌았습니다. 과실의 질도 최상이었죠. 작년에 도슨가에도 몇 상자 들어갔으니 아가씨께서도 드셔보셨을 겁니다."

비비안은 관리인의 말에 에윈을 힐끗 보고는 고개를 끄덕였다.

"물론, 맛있었어요."

사실은 입에도 대지 않았다. 이곳에 온 것도 열셋, 에윈이 이 과수원을 사들였을 때 몰래 몇 번 염탐하듯 본 이후로 처음이다.

사과를 수확했던 작년 가을 즈음, 그녀는 에윈과 관련된 모든 것을 모른 척하며 살았다. 그리고 그것은 에윈의 과수원에서 난 첫 수확이랍시고 필립과 제가 앉아 있는 식탁에 며칠이나 올랐던 그 먹음직한 사과들에도 마찬가지였다.

비비안은 제가 그 시절 그렇게 속 좁게 굴고 있었다는 사실보단, 그 첫 사과를 먹지 않았다는 사실 자체를 숨기고 싶었다. 물론 원래대로라면 전자를 숨겼을 것이다.

과수원을 관리하는 톰슨이 비비안의 호의적인 대꾸에 환하게 얼굴을 밝혔다.

"그렇죠? 이건 정말 과장이 아니라 제가 농사하며 평생 먹어본 사과 중에서 제일 맛있었습니다. 이대로만 자라게 된다면 수확량이든, 품질이든 브란젤 산에도 결코 뒤지지 않을 겁니다."

말이야 비비안을 보며 열심히 하지만, 사실 그가 평생 먹은 것 중에서 제일이란 말까지 해가며 열변을 토하는 것은 오로지 에윈을 향한 것이었다.

톰슨은 아까부터 에윈의 눈치를 과하게 보고 있었다. 일단 돈만 되면 시원하게 좋다고 말하고 뒤도 돌아보지 않는 젠트리들과 달리, 귀족들은 결코 돈만으로 만족하지 못하는 까다로운 기준이 많았다. 제 과수원에서 재배되는 것들이 어느 가문의 것보다는 나아야 하고, 그것을 먹는 자가 저만큼 귀하거나 적어도 저만큼 돈이 많아야 했다. 정작 과수원의 생리도 잘 모르고 관심도 없으면서.

나무들을 다 새로 심은 작년부터 이곳을 관리한 톰슨은 그 생각에 처음 보는 주인 앞에서 부쩍 긴장해 있었다. 더군다나 그 주인이 어리다는 사실에 더더욱.

톰슨의 경험상 귀족들은 어릴수록 '그건 안 된다.', 혹은 '그건 불가능하다.'는 말을 잘 받아들이지 못했다. 물론 그것이 저보다 아래로부터 온 것일 때.

그런 방식에 입각하자면, 나무가 어려서 작은 것조차 자연의 탓이 아니라 그의 탓이 될 확률이 높았다. 처음부터 봤다면 모를까, 주인이 보지 않은 상태로 벌써 햇수로만 두 해가 흘렀으므로.

톰슨이 한창 그렇게 에윈의 눈치를 보고 있거나, 말거나 에윈은 나무들 사이로 무심하게 시선을 두고 있었다. 마치 과수원의 끝을 가늠하듯.

어린 나무가 아득한 길이로 줄지어 서 있는 땅 위는 조금 생경했다. 그것이 전부 제 것이라는 사실도.

실상 이제 와 그가 새롭게 보고받을 만한 정황은 없었다. 그는 랭카셔에 없는 일 년 반 동안에도 해리슨의 편지로 모든 진행 상황을 속속들이 알고 있었다.

그러나 잠자코 한참 전부터 톰슨의 이야기를 듣고 있는 것은 오로지 비비안 때문이었다. 그녀는 뭐든 보고받는 걸 좋아했다.

"이번에 브란젤에 크게 홍수가 났던 것은 아시지요? 덕분에 벌써 아펠바인(사과주)을 찾는 상회들이 난립니다. 브란젤조차요."

"에른스트도 그렇지만 브란젤이나 그란토니아는 아펠바인을 참 좋아하죠. 특이하게도."

비비안이 바람에 흔들리는 모자를 위에서부터 눌러 잡으며 고개를 끄덕였다.

"맞습니다. 그들은 희한하게도 그리 비싼 와인들을 만들어내면서도 정작 아펠바인을 즐겨 마시지요. 그런데 포도들이 다 떨어진 것이야 그렇다 쳐도, 다 망가진 사과나무들을 어찌하겠습니까? 이 근방에 브란젤만큼 질 좋은 사과 산지를 많이 가진 나라도 없지요. 심지어 펠로베르를 봐도요. 와인이야 몇 년이고 묵혀두고 먹는 것이 맛이라지만 아펠바인은 어디 그렇습니까? 애초에 취하지도 않는 술이니 썩을 뿐입니다. 그해 난 제일 좋은 사과들로 담근 게 으레 제일 비싼 값을 받게 되어 있지요."

"그 말은, 즉 올해는 꽤 괜찮은 수익을 기대해도 좋다는 소리군요. 멜런의 사과도 주조업자들에게 비싼 값을 받을 테니까."

"사실 해리슨 씨와 저는 일정량을 직접 주조하는 쪽으로 생각하고 있습니다. 물론 주조업자들에게나 팔 만한 흠이 있는 것들을 주로 해서. 올해가 이름을 알릴 절호의 기회기도 하고요."

"좋은 생각이네요. 워낙 남부에 과수원이 많으니 멜런은 그동안 딱히 이름난 산지도 아니었고. 게다가 규모도 작은 편이죠. 하지만 정말 브란젤이나 펠로베르의 유명 산지에서 들여온 것들보다 맛있었어요."

물론 필립과 엘리엇의 평에 의하면 그랬다. 비비안은 찔리는 기색 없이 당당하게 말했다.

톰슨이 흐뭇해진 얼굴로 고개를 끄덕였다.

"전부 브란젤에서 들여온 최고급 품종의 사과나무들입니다. 기후야 이곳도 빠질 것 없이 좋으니 나무가 어려도 벌써 과실 맛이 좋은 것이지요."

"이렇게 좋은 기회에 수확량이 아직 많지 않은 게 아쉽지만……. 오히려 그만큼 출하량을 조절하면 고급화가 가능해요. 뭐든 처음이 중요한 법이니까. 값비싼 인상도 나쁘진 않겠죠. 너는 어때?"

"주조가 얼마나 성공적일지에 달렸지. 혹은 애초에 성공할 수는 있을지."

비비안의 물음에 에윈이 단조롭게 대답했다. 톰슨이 에윈의 눈치를 살피듯 조심스레 말했다.

"제가 실력 있는 자를 알고 있습니다. 해리슨 씨가 안 그래도 약 두 주 전부터 그를 만나……."

"모두 들어 알고 있습니다. 기억력이 그리 나쁜 편은 아니라."

에윈은 딱딱하게 잘라 말했다. 톰슨이 조금 굳었다. 비비안은 에윈이 사용인에게 서늘하게 구는 것을 딱히 처음 보는 것도 아니면서─생각해보면 그는 원래 사람 자체에 그랬다─조금 놀라 에윈을 바라보았다.

"공자님, 자신하건대 그리 실망스러운 결과는 아닐 겁니다."

"여기에서 수확될 것들은 몇 년을 지켜본 안정된 품질이 아닙니다. 그리고 당신이 안다는 그 기술자는 이 사과로 주조해본 적이 없죠. 이 말은 기술자나 당신을 믿지 못한다는 이야기가 아닙니다. 난 해리슨을 믿고, 해리슨이 믿는 당신을 믿습니다. 다만 결과를 믿지 못할 뿐이죠."

"물론……."

"나도 기대하는 바가 큽니다. 그러나 실망하지도 않을 테니 이만 안심하셔도 좋습니다."

에윈은 그렇게 말하고 몸을 반대쪽으로 돌려 걸어갔다. 이만 가보라는 인사에 가까운 어조였다. 비비안이 톰슨에게 그리 어색한 기색도 없이 생긋 웃고는 몸을 홱 돌려 에윈을 쫓았다.

"한창 재밌었는데 왜 잘라."

"재밌었다고?"

"물건 어떻게 팔아먹을지 생각하는 것처럼 재밌는 게 어디 있어."

에윈은 아마도 세상에 널렸을 것이란 뻔한 대답은 하지 않기로 했다.

"그때까지 재밌었으면 됐지."

"톰슨 씨가 마음에 안 들어?"

"내 눈치를 지나치게 보는 것 말고는 딱히."

비비안이 어깨를 으쓱했다.

"고용인이 널 의식하는 건 좋은 일이야. 물론 네 말 때문에 이제 더 의식하게 됐지만 말이야."

"눈치 보는 게 싫은 거랑은 별개로, 대하기 어려운 사람이 되는 건 그리 나쁘지 않아. 적어도 면전에서는."

"네 얘기는, 도체스터를 말하는 거야?"

비비안의 목소리가 조금 낮아졌다. 에윈은 피식 웃으며 비비안을 힐끗 응시했다.

"도체스터에선 그랬지. 물론 랭카셔에서도 그렇고. 어디라고 해서 내 출생이 변하는 건 아니니까."

비비안은 제 속에 늘 공백으로 남아 있을 그것이 못내 마음에 걸렸다. 도체스터, 로얄 버포드에서의 에윈의 삶. 단지 제 눈에 보이지 않는 곳에 그가 있다고 해서 그런 것은 아니었다.

그곳이 중부에 가깝기 때문이다.

"도체스터는 어때."

에윈이 오고 어색하게 시간만 지나던 때에는 당연히 묻지 못했고, 지나고 나서는 차마 묻기 애매해졌던 질문이었다. 비비안은 사박사박 흙을 밟는 소리만 얼마간 이어지는 것을 들었다.

"나름대로 괜찮아."

약간의 정적 끝에 나온 대답은 꽤 개운한 것에 가까웠다. 비비안이 조금 웃었다.

"재밌는 일은?"

에윈은 잠깐 고민하듯 눈을 가늘게 떴다가, 이내 웃음기 없는 얼굴로 대꾸했다.

"겨울에 사감 선생이 자살하려고 했어."

"그게 재밌어?"

비비안이 기가 막힌 듯 물었다. 에윈이 비비안이 그랬듯 어깨만 으쓱했다.

"안 죽었으니까. 그리고 내가 살렸거든. 그럴 자격은 있지."

"네가? 아니, 어떻게 죽으려고 한 거야?"

"자기 방에서 목을 매서."

"그걸 네가 발견했고?"

"겨울엔 기숙사에 열 명도 채 없었거든. 난 빌려준 책을 갖다 주러 간 참이었고."

"대체 무슨 일 때문에?"

"세상이 너무 더러우니 더는 살 의미가 없어서."

"설마 그것뿐만은 아니겠지. 개인적으로 아주 힘든 일이……."

"아니. 정말로 오로지 그것뿐이야. 세상엔 정말 그것만으로도 죽는 사람이 있어."

"……."

"그가 깨어났을 때 사방에 서 있던 교사들도 다 너 같은 얼굴을 했지."

에윈은 비비안을 보며 피식 웃었다.

"너도 거기 있었어?"

"응."

"그 정신병자가 뭐래."

개인적으로 아주 힘든 일이 있었을 거라던 방금 전의 말투와는 딴판으로, 비비안이 짜증스레 물었다.

"왜 살렸냐고 하더라. 그래서 뺨을 때렸어. 그대로 반성의 방에 끌려가고."

잔뜩 얼굴을 찌푸리고 있던 비비안이 에윈의 무심한 대구에 문득 웃음을 터트렸다.

"재밌어?"

"이건 재밌네. 그냥 그때 네 처지가."

비비안과 함께 웃던 에윈이 나뭇가지 위를 바라보다 문득 물었다.

"사과는 맛있었어?"

"응. 아까 톰슨 씨가 말했던 아펠바인 얘기는 정말 기대해도 될 것 같아. 맛이 정말 괜찮았거든."

"맛이 괜찮았어?"

"응."

"먹은 적도 없으면서."

순간 낮게 일변한 목소리가 비비안을 찔렀다. 청회색 눈동자가 집요하게 그녀를 응시했다.

"무슨 소리야?"

비비안은 일단 태연하게 잡아뗐다. 그러나 에윈은 정작 제가 찌른 적도 없다는 양 말끔한 얼굴로 웃었다. 꽤 기분이 좋아 보였다. 그녀는 그제야 그 일이 에윈에게 별반 상관이 없다는 걸 알았다.

비비안이 부루퉁해진 얼굴로 앞서 나갔다. 에윈이 피식 웃었다.

"어떻게 알았어. 아빠야?"

"필립 씨가 잘도."

"그럼 엘리엇?"

"말도 섞기 싫은데."

"그럼 뭐야."

"너라면 안 먹었을 테니까."

"내가 왜! 뭐!"

저 예상의 배경이 훤히 보이는 탓에, 비비안이 발끈해 소리쳤다. 하지만 말이 채 다 이어지는 일은 없었다. 설마 제가 그렇게 속 좁고 치사한 줄 아냐는 질문이 목 끝까지 차올랐다 사라졌다.

에윈이 어차피 그대로 읊을 거래도 차마 할 수 없었다. 제 무덤 제가 파고 눕는 꼴이다. 사실 저런 발로였던 것도 맞으니까.

그러나 에윈은 알 수 없는 얼굴로 웃었다.

"너는 원래 그렇잖아."

제 예상보다 훨씬 단순하고 원론적인 대답이었다. 비비안은 결국 웃고 말았다.

그렇게 평온한 여름이 조금씩 가고 있었다.

"이거 봐, 이거 봐, 에윈."

"보고 있어."

입으로 부산을 떠는 비비안의 뒤로 에윈이 어느새 와서 섰다. 비비안이 들뜬 얼굴로 고개를 돌려 그를 올려다보았다. 에윈이 비비안이 든 책을 들여다보듯 그녀의 어깨 너머로 고개를 내렸다.

"조지 퍼렐 윌슨의 '상업'이야."

"그래?"

에윈이 대수롭지 않게 대꾸하며 고개를 다시 들었다. 시원찮은 반응에 비비안이 보고도 모르겠냐는 듯 에윈 쪽으로 몸을 홱 돌렸다.

"내가 지금 얼마나 운이 좋은지 네가 아직 잘 모르는 모양인데, 작년에 노튼 아저씨가 클리브스 가시면서 봐주신다고 했는데 결국 없었고 봄에 아버지 따라 엘버러 갔을 때도 없었어. 거기서도 서점을 네 군데나 뒤졌는데, 정작 이런 베드포드 구시가지 골목에나 처박혀 있을 줄 알았으면 내가…….”

“이거.”

에윈이 비비안의 말을 싹둑 자르며 무언가를 내밀었다. 비비안의 눈이 점점 커졌다.

“……이게 여기 있었다고?”

“저쪽에 가면 더 있어.”

“말도 안 돼. 헨리 보일이 왜 여기에 있어.”

“오면 좋아할 거라고 했잖아.”

무심한 표정 위로 의기양양한 기색이 희미하게 스쳐 지나갔다. 비비안이 에윈이 들고 있던 작은 책을 황홀하게 받아 들었다.

“이런 덴 어떻게 알았어?”

“얼마 전에 베드포드에 있는 주조업자를 만나러 온 길에, 서점도 몇 군데 들렀어.”

“이거……, 심지어 초판이잖아.”

“여기, 볼 만큼 봤으면 이제…….”

“난 아직 내가 볼 만큼 다 봤는지 확신이 없어.”

“랭카셔로 돌아가면 욜버그에서 노튼 씨네 포목점도 들러야 하잖아.”

영영 그 자리에서 떠날 수 없을 것처럼 굴던 비비안은 할 일이 남았다는 말에 바로 고개를 끄덕이고 계산했다.

에윈이 낮은 문 아래로 고개를 살짝 숙이며 밖으로 나오자 곧이어 비비안이 나왔다.

그들은 베드포드의 후미진 골목을 가로질러 오래된 시가지 쪽으로 걸었다. 에윈의 착오로 마차를 반대편 골목에 두고 온 탓이었다. 그러나 걸어올 때 쏟아낸 모든 타박이 무색하게도 비비안은 마냥 행복하게 걸었다.

이내 구시가지로 들어선 그들은 이른 오후 특유의 빵 굽는 냄새와 조용하게 분주한 소리를 지났다. 작은 시장이 있는 시가지 골목 너머에서 호객하는 소리도 간간이 들려왔다.

"베드포드에서 구시가지 쪽은 처음 와봐. 신시가지 쪽이 개발된 건 우리가 태어나기도 전이라는데. 그럼 꽤 오래된 거잖아. 그런데 아직도 이렇게 멀쩡하고⋯⋯."

젊거나 어린 사람들이 으레 하는 실수는, 제가 태어나기 전을 상상도 못 할 아주 오래된 역사까진 아니더라도 세상이 돌변할 수 있는 시간 정도는 된다고 믿는 것이다. 그리고 그것은 제가 아주 오랜 시간을 살아왔다고 착각한 것에 기인한다.

"나도 주조장 가는 길에 처음 온 거야. 그 사람이 서점 얘기를 해줘서."

구시가지가 아직도 유물이 되지 않았다는 것에 비비안이 놀라는 새, 에윈은 정황 같은 것을 덧붙였다. 비비안은 한 여자가 피곤한 얼굴로 제 아이들을 이끌고 가는 것을 물끄러미 바라보며 말했다.

"그거 알아? 신시가지를 통째로 개발한 게 고작 베드포드 퍼스 상회의 자본이었다는 거. 난 베드포드에 그 신시가지가 들어서기 전에는, 여기에 아무것도 없었을 거라 생각했어."

"그럴 리가 없잖아."

"맞아. 그럴 리가 없는데. 그래서 생각한 건데."

"뭘?"

"고작 상회 하나 때문에 이렇게 멀쩡한 상권 하나가 몰락했잖아?"

몰락이라는 거창한 단어 선정에 에윈이 스치듯 헛웃음을 흘렸다. 그러나 비비안은 개의치 않고 진지하게 말을 이었다.

"고작 상회 하나가 새로운 상권 하나를 구축했고, 고작 상회 하나가 이렇게 큰 시가지를 완전히 누를 정도의 규모의 상권 하나를 구축해서……."

"너, 같은 말 반복하고 있는 것 같지 않아?"

"그런 것 같아."

비비안은 깔끔하게 인정하고 다시 말을 이어갔다.

"어쨌든 내 생각은 이래. 도슨도 저렇게 할 거야."

"상권 하나를 붕괴시키겠다고?"

"아니, 그게 아니고."

"멀쩡하게 일해서 잘 먹고사는 소상공인들을 다 거리로 쫓아내고?"

"아니."

"자본으로 그 사람들 생업을 다 짓밟고."

"아니라니까."

"자본주의는 괴물들의 성서라더니 넌 걸어 다니는 자본주의 정도는 되는 것 같다."

"첫째, 난 괴물이 아니고, 둘째, 자본주의는 그런 게 아니고, 셋째, 랭카셔 시가지 하나를 박살내겠다는 게 아니라 그 정도까지 가능한 자본 규모를 갖고 싶단 말이야."

"그래."

"뭐 하는 거야?"

비비안은 이야기의 맥락과는 하등 상관없이 뜬금없는 동작으로 제 손에서 짐을 가져가는 에윈을 가만히 응시했다.

에윈은 저도 무심코 한 일인 듯 잠시 멈칫하고는 대답했다.

"들어주는 거잖아."

"네가 왜?"

에윈은 예상치 못한 질문에 앞에서 걸어오는 남녀를 보며 잠시 고민했다. 한 짐 짊어 멘 남자 곁에서 나풀나풀 걷고 있는 여자가 그들을 이윽고 지나쳤다.

그는 잠시 할 말을 잃고 가만히 있었다. 명확한 이유까지 필요하리란 상상도 못하고 무심결에 따라 한 행동일 뿐이었으므로.

그것을 굳이 간단하게 요약한다면 '네가 여자고 난 남자고 밖에서는 보통…….' 정도가 될 테지만, 에윈은 그 말이 일으킬 모든 부정적인 반향을 몇 초 만에 계산했다.

비비안은 '여자'라는 단어에 매우 민감했다.

"그냥 친절……."

"웃기네."

단호한 대응에 에윈은 곧장 에둘러 말할 성의를 내려놓았다.

"네가 그래 봬도 성별이 계집이고."

"내가 그래서 손이 없어? 네가 왜?"

"안심해. 넌 그런 의미로는 전혀 안 도와주고 싶게 생겼어."

"그래?"

비비안은 그 말에 조금 으쓱한 듯 입매를 둥글게 구부렸다. 아마도 에윈이 그 말에 일부러 넣은 저의와 비비안이 그 말에서 찾아낸 저의가 서로 다르기 때문이겠지만, 에윈은 그 간극을 굳이 지적하지 않고 진지하게 고개를 끄덕였다.

"넌 저런……, 기본적인 도움이 안 필요하게 생겼고, 난 그럴 사람이 아니고."

"그렇지."

비비안이 빈손을 털며 짐짓 진지하게 고개를 끄덕였다. 에윈은 그것에 조금 회의감을 느꼈으나 어디까지나 미미한 것이었으므로, 제가 하던 말이나 계속 했다.

"하지만 사람들 보는 눈이 있으니까."

물론 에윈이야 하등 신경도 쓰지 않는 것이었다. 그러나 아주 오래 전부터 치밀하게 계획된 장래 희망을 가진 비비안은 그 진로를 따라 당연하게도 사회적 동물이었다.

그리고 에윈의 말은 비비안을 만족시키기에 충분했다.

"좋은 대답이네. 열다섯이니 너도 슬슬 철이 들 때가 됐지. 그래. 사람들 눈 때문이라면 괜찮아."

"……."

"네가 내 대신 그걸 들고 있으면, 네 양식도 더 좋아 보이지. 드디어 네가 이런 생각도 하게 됐다는 게 기뻐."

저한테 아주 조금 잘해준 게 남들 시선 때문이라는 말을 듣고 저렇게 기뻐할 계집애는 세상 전부를 다 뒤져도 오로지 비비안 하나일 것이다. 그것을 알아서 그렇게 말해놓고도, 에윈은 조금 기가 찬 듯 보이지 않게 실소했다.

해괴한 사고방식이 따로 없다. 작은 짐 하나 들어주는 것에도 합당한 사회적 이유가 있어야 하고, 잘해주고 싶어도…….

잘해주고 싶다.

에윈은 그 생경한 생각을 이전처럼 세상이 뒤집힌 양 받아들이지는 않았다. 다만 비비안이 붉은 벽돌담을 등지고 웃는 것을 가만히 바라보았다. 둘이서 베드포드를 걷고 있었다. 원하기만 하면 어떤 문이든 그 바로 앞에 내려줄 수 있는 마차를 두고.

에윈은 사실 이 길을 잊은 적이 없다. 어쩌면 마차는 처음부터 잘못된 길로 들어와 잘못된 곳에 섰고, 어쩌면 그는 처음부터 그것을 알았다.

그리고 낯설고 오래된 시가지 끄트머리를 조금 걸을 시간을 얻었다.

이것이 얼마나 유치한지는 생각할 필요도 없었다. 이 해괴한 계집애 앞에서 가장 싫은 자신조차, 도체스터에서 가장 괜찮은 저보다 나았으니까.

도체스터로 돌아가야 할 시간이 가까워지고 있었다. 도체스터에서의 남겨진 시간은 이 년, 그리고 그 이 년이 지나고 나면……

푸른 공단 리본이 순간 낮게 지나는 바람에 흔들렸다. 마차를 발견한 비비안이 튀어나가듯 앞으로 걸어갔다. 검은 머리칼 위에 길게 매달린 리본이 바람에 조금 나부끼다 이내 차분하게 내려앉았다.

예쁘다.

에윈은 버릇처럼 그 모든 것을 물끄러미 바라보았다. 그렇게 보면, 그것이 제 머릿속에 뿌리내릴 것처럼.

"에윈!"

어느새 마차 앞까지 다다른 비비안이 에윈을 돌아보았다. 기분 좋게 들뜬 목소리가 몇 걸음을 건너왔다.

에윈이 천천히 웃었다.

시간은 많을 테니까.

이대로, 우리가 변하지 않는다면.

구릉을 넘으며 조금씩 덜컹거리던 마차가 이윽고 평평한 길로 들어섰다. 까무룩 잠이 들었던 에윈은 불안하게 흔들리는 벽에 기댔던 머리를 비스듬히 들었다. 아직 불투명한 시야에 마차의 움직임을 따라 치렁치렁 흔들리는 검은 머리칼이 보였다.

비비안은 그것에 가려 얼굴조차 보이지 않았다. 에윈은 마차 벽에 아무렇게나 부대끼다가 다 풀린 푸른 리본을 보며 짧게 혀를 찼다.

창밖으로 보이는 시야의 가장자리로 도슨 가의 울타리가 보였다. 글래스턴의 별장은 이 울타리를 빙 돌아 조금만 더 가면 나타난다.

에윈은 도슨 가의 대문을 지나며 비비안을 깨워야 하는가에 관해 잠시 고민하다 이내 대문이 멀어져버리는 것을 보고는 그만두었다. 애초에 깨울 생각조차 없었는지도 모른다.

그들이 글래스턴의 별장 앞에서 함께 내리고, 함께 저택 안으로 들어가 함께 저녁을 먹고, 함께 에윈의 방으로 들어가는 것은 이미 몇 년이나 된 자연스러운 일이었다.

그러나 그 자연스러운 일련의 일들의 최초로 돌아가면, 이렇게나 유치하고 자그마한 동기가 가끔 있다.

내가 널 좋아한다는 건 이렇게나 꼴사나운 걸까.

에윈은 찌푸린 얼굴로 턱을 괴며 비비안을 물끄러미 응시했다. 제가 제 생각보다 본래 가진 자존심이랄 게 전혀 없었다고 해도, 자신의 상식과 기준 상 저는 꼴사나운 것이 맞다.

이내 마차가 멈추었다. 그것과 함께 정처 없이 흔들리던 기다란 머리채도 허공에서 멈추었다.

에윈은 발을 앞으로 밀어 비비안의 발끝을 툭툭 찼다. 말이나 손을 두고 굳이 무신경하게 발로 차 그녀를 깨우는 것은, 어쩌면 스스로에 대한 일말의 반항 같은 것일지도 몰랐다.

비비안이 고개를 들며 느릿하게 눈꺼풀을 깜빡였다.

"······뭐야. 벌써 다 왔어?"

"다 왔어."

에윈은 무뚝뚝하게 대꾸하고는 마부가 문을 열기 전에 스스로 문을 열었다. 멍한 눈으로 그것을 응시하던 비비안이 그가 몸을 마차 밖으로 빼는 순간, 마차 안에 남아 있던 그의 발뒤꿈치를 찼다. 잠결에도 제가 공격받은 건—물론 그게 공격일 수 있다면—기억했다는 듯이. 그것에는 상대를 그대로 땅에 널브러지게 하는 위험이나 어떤 선명한 고통을 야기할 위력은 없었지만, 적어도 괜한 시비 정도는 담겨 있었다.

에윈이 차인 적도 없는 것처럼 태연하게 땅 위로 내려섰다. 그리고 마차 안으로 손을 뻗었다. 그것은 배려보다는 마치 그 유치한 것을 상대하기엔 제가 너무 커버렸다는 듯한 태도에 가까웠다.

"많이 컸네."

비비안이 제법이라는 양 고개를 끄덕였다. 한 살만 어렸어도 네가 감히 어른 행세냐고 길길이 날뛰었을 주제에, 저렇게 넘기는 것은 이미 제가 세월을 몇 년 더 뛰어넘었다고 생각하는 자신감에서 기인했다.

"이제 이런 건 상대도 않는다고?"

에윈은 어깨를 으쓱했다.

"다 너 같을 순 없는 거니까."

"그래. 다 나 같을 순 없지. 내가 너무 빠르긴 해. 세상이 원래 그렇게 불공평한 거잖아?"

"내가 말한 건 그게 아닌데."

"사실이 그런데 뭘 어떡해."

"그냥 조용히 내리기나 해."

비비안은 에윈처럼 어깨를 으쓱했다. 그리고 우아하게 에윈의 손 위로 제 손을 겹치며 발을 내디뎠다.

에윈이 묘하게 웃었다. 그 웃음에 비비안이 눈을 가늘게 좁혔으나 이미 마차 밖으로 그녀의 몸이 반절 정도 나온 것이 더 빨랐다. 비비안의 손 아래를 단단하게 받치던 에윈의 손이 일순 허물어졌다. 순식간에 사색이 된 얼굴이 아래로 고꾸라졌다.

에윈의 손이 움직인 것은 비비안이 그대로 바닥에 처박히나 생각할 찰나였다. 비비안의 손을 받쳤던 손이 그녀의 허리를 낚아채듯 잡아 세웠다.

비비안은 그에게 반쯤 안긴 채로 뭐부터 화를 내야 할지 고심했다. 넘어뜨리려고 한 것? 갖고 노는 양 넘어뜨리려다 잡아준 것? 그깟 시시한 시비는 신경도 안 쓰는 체하고는 이렇게 되갚고 마는 저 유치한 천성? 혹은 자신들이 지금 너무 가까이 있다는 것?

비비안이 혼란스러워하는 사이, 에윈이 그녀를 땅에 내려주고는 아무 일도 없었다는 듯 비비안에게서 떨어졌다. 허리를 감싸고 있던 커다란 손도 천천히 떨어졌다. 그녀는 조금 뜬금없이 에윈의 손이 제 아버지처럼 커져버린 것을 생각했다.

"내릴 땐 발밑을 조심해야지."

에윈이 뻔뻔하게 내뱉는 한마디에 한가하게 지나간 세월이나 깨닫던 감상이 그대로 부서졌다.

비비안이 바짝 약이 오른 얼굴로 재빠르게 발을 뻗었다. 그러나 그것마저 밟히기 직전, 얄밉게 발을 빼는 통에 비비안의 시도는 헛발질로 끝났다.

"이렇게 나올 거야?"

비비안이 가느스름한 눈으로 에윈을 노려보았다. 에윈은 다시 어깨를 으쓱했다.

"시작은 네가 먼저 했어."

"아닌데. 넌데."

"아닌데. 너 맞는데."

"유치해서 진짜……."

차마 더 상대하기 힘들다는 듯 비비안이 고개를 저었다. 에윈이 피식 웃으며 그녀와 눈높이를 맞추었다.

"그 말이 너 스스로한테 하는 말인 건 알지."

에윈이 장난스러운 어조로 낮게 속삭였다. 일순 기묘한 위화감마저 느껴지는 태도였다. 유리처럼 말간 청회색 눈동자가 그녀의 눈을 물끄러미 들여다보았다.

"덩치가 컸으면 큰 값을 해야지, 글래스턴."

그런다고 제가 조금이라도 위축될 줄 알았냐는 양 눈을 똑바로 뜬 비비안이 살벌하게 웃었다. 그러나 그 말을 대충 흘려들은 에윈은 마차가 움직이는 것과 동시에 몸을 반쯤 돌렸다.

"그리고 이건 벌이고."

비비안이 제 모든 최선을 다해 재빠르게 손을 움직였다. 그리고 이

내 성공적으로 에윈의 어깨를 가격한 손이 홀가분하게 비비안에게로 돌아왔다.

제법 아플 만한 타격감이 만족스러웠다. 때린 제 손마저 고통스러웠으므로. 그녀는 의미심장하게 웃으며 한가롭게 다른 쪽이나 돌아보고 있던 에윈이 얼빠진 얼굴로 다시 돌아보기를 기다렸다.

그러나 에윈은 여전히 그녀가 아닌 어딘가를 보고 있었다.

"글래스턴."

"……."

"에윈?"

그제야 무언가 이상하다 생각한 비비안이 에윈의 시선을 따라 고개를 돌렸다. 자신들이 타고 온 마차는 이미 저택 뒤편으로 멀어지고 없었다. 그녀는 그 대신 조금 더 멀리, 그들이 타고 온 마차에 가려 보이지 않았던 다른 마차를 발견했다.

소박하게 닦인 전원의 도로 위에, 부유한 랭카셔에서조차 좀처럼 보기 힘든 화려한 쌍두마차가 이질적으로 서 있었다.

미심쩍은 시선이 천천히 커다랗게 난 창문으로부터 그 주변에 세밀하게 조각된 장식들을 훑으며 올라갔다. 그리고 그 시선이 마차의 가장 끄트머리까지 올라갔을 무렵, 그녀는 무언가를 보았다.

그것은 언젠가 저도 본 적이 있는 문장이었다.

"에윈."

"돌아가야겠다."

"너……."

"돌아가야겠다. 너."

에윈은 비비안을 돌아보며 픽 웃었다. 불과 몇 분 전까지 시답잖은 장난이나 치던 남자애로는 도무지 보이지 않는 서늘한 얼굴이 비비안을 내려다보았다.

"쓸데없는 생각 하지 마. 귀찮게 쫓아오지도 말고."

"……내가 무슨 생각 하는지 네가 어떻게 알아."

"알아. 그리고 내가 널 안다는 걸, 너도 알고."

에윈은 웃음기 없는 눈으로 입매만 끌어올려 웃었다.

"가."

짤막하게 축객령을 내린 에윈이 그대로 몸을 돌려 대문 안으로 걸어갔다. 비비안은 조금 망연히 서서 그가 이내 저택 안으로 사라지는 모습을 응시했다.

네 존재가 얼마나 수치스러운지를 네 스스로 잊어선 안 된다.

넌 살아 숨 쉬는 것만으로도 충분히 혐오스러우니까…….

그녀는 신경질적으로 입술을 깨물었다. 불과 며칠 전에 들은 것처럼 시어도어 글래스턴의 오래된 말들이 떠올랐다.

그러니 이 시골에서 잠자코 썩어야 해. 네가 살아 있는지도 모르게.

네가 죽어도 죽은 줄 모르게.

그렇게 조용히 살아야 해.

비비안은 저택으로 이어지는 길을 가만히 노려보았다.

결과적으로 비비안은 에윈을 쫓았다. 기이하게 가라앉은 정적이 저택 내부에 떠돌았다. 메리가 굳은 얼굴로 비비안을 맞이했다.

"아가씨."

"무슨 일이에요? 클리브스에서 사람이 온 것 같던데."

비비안이 저택의 냉랭한 분위기는 느끼지도 못한 것처럼 밝게 물었다. 메리는 억지로 웃었다.

"글쎄요."

보통 일이 아닌 듯 메리가 선을 그었다. 물론 비비안은 그 선을 대번에 넘는 법을 알고 있었다.

"좋은 일은 아닌 모양인데."

웃으며 알려달라는 아이에겐 말하지 않아도, 당신을 이해할 수 있는 어른이라는 양 조숙하게 구는 얼굴은 무시하기 힘든 법이었다. 그녀는 금세 허물어지는 메리의 얼굴을 염려를 담아 바라보았다.

메리가 한숨을 쉬었다.

"후작께서 돌아가셨어요."

"아……."

그 일이라면 사실 웃어도 되지 않을까 하는 생각이 언뜻 비비안의 머리를 스쳤다.

에윈의 앞에서야 언급조차 할 일이 없지만, 그녀는 글래스턴에 관하여 꽤 유서 깊은 반감을 갖고 있었다. 제가 기껏 낳아놓고 학대만 하다 죽은 어미, 어린 조카에게 제 누이의 과오를 죄다 뒤집어씌운 외숙부.

그리고 그 모든 것을 방관한 에윈의 외조부. 도일 글래스턴.

비비안은 충격이라도 받은 것처럼 표정을 굳혔다. 다른 안타까운 사고에 늘 그래왔듯.

"어쩌다 그런 일이."

"작년 이맘때부터 지병이 심해지셨다고 하는데, 그래도 너무나 갑작스러워서……."

"무척 정정하시다고 들었는데."

비비안은 제 짧은 말에서조차 가시가 채 다 뽑히지 않은 것을 느꼈다. 메리는 다행히 그것을 눈치 채지 못한 듯했다.

"사실 글래스턴이란 이름 아래 스무 해를 넘게 살았지만, 주인나리에 관해서는 별달리 생각할 바가 없어요. 우리는 돈이나 제때 받는 것에 만족하고 살았으니……."

"그렇겠죠."

"다만 걱정되는 건 공자님이에요. 외조부께서 돌아가셨으니 상심이 크시겠지만……."

그 상심이랄 게 애초에 존재조차 할 수 없다는 것을 그들은 안다. 에윈에게 있어 친족은 아예 존재하지 않는 것보다 더 나빴으므로.

그러나 그렇게 말해줘야만 하는 사회였다. 그리고 에윈은 그런 외조부의 죽음에도 슬퍼해야 했다.

메리가 문득 아무도 없는 복도를 경계하듯 훑어보았다.

"어쩌면 아가씨도 아시겠지만 외숙이신 글래스턴 경이 클리브스에서 공자님을 박대하셨다는 말이 있어요. 공자님이 랭카셔에 내려오시기 전만 해도 저희는 공자님의 존재조차 몰랐지만, 내려오시니 몇 가지 말이 들렸죠. 남편은 그걸 걱정하고 있어요."

"이젠 후작조차 계시지 않으니……."

"혹시나 더 해코지를 당하지는 않으실까 하고. 저희처럼 무식한 사람들이야 잘 모르지만, 공자님의 신분이 제법 복잡하다고들 하는데 혹시나 장성한 조카가 새로운 후작께 거슬리지는 않을지."

"……글래스턴 경이 친히 오셨어요?"

"아뇨. 그 아드님인 글래스턴 공자요."

에윈이 뒤집어쓴 글래스턴이 어딘가 불완전한 것이었다면, 그 '글래스턴 공자'야말로 진짜를 뜻하는 것이었다.

비비안은 그 호칭조차 제 목에 가시처럼 걸리는 것을 느꼈다. 그것은 몇 년 전 그 서늘한 남자를 떠올리게 하기도 했고, 비비안이 모르는 도체스터의 공백을 생각하게 하기도 했다. 에윈이 중부의 귀족 소년들 앞에서 쓰고 다녔을 그 반 푼짜리 이름과 단순한 시기, 혹은 멸시.

"서측 응접실에 있어요?"

"네. 그쪽에 계시긴 한데, 아가씨는……."

"걱정 마세요. 막무가내로 끼어들거나 그럴 일은 없을 테니까. 그냥 에윈이 조금 걱정이 돼서 그래요. 아시죠?"

"물론 아가씨가 그러실 리는 없죠."

"밖에서 기다리기만 할게요. 아니, 에윈이 제가 온 걸 보면 별로 좋아하지 않을 거예요. 가문 일이니까. 다만 무슨 일이 있을지 걱정이라……. 이대로 돌아가면 편하지 않을 거예요. 에윈의 사정은 메리도 잘 알잖아요. 그러니 밖에서 몰래 엿듣기만 할게요."

주인의 말을 대놓고 엿듣겠다는데도 메리가 별다른 위화감을 느끼지 못할 만큼 비비안의 어조는 선량했다. 메리가 무심코 고개를 끄덕였다.

"그러니 제가 여기에 왔었단 말은 하지 말아줘요, 메리."

"알겠어요."

비밀이라고 신신당부한 비비안이 이윽고 조심스레 복도를 걸어갔다. 복도 끄트머리 즈음에나 있는 응접실에 혹시나 제 발소리가 들릴지도 모른다는 양 숨죽인 걸음이었다.

"……는 대로 된 거겠지. 안 그래?"

낯선 목소리가 겨우 뜻을 분간할 수 있을 만큼 희미하게 들려왔다.

응접실 근처에 서 있던 비비안은 조금 더 문 가까이로 다가섰다. 사실 문은 제대로 닫혀 있지도 않았다. 그녀는 가늘게 벌어진 틈새를 물끄러미 응시했다. 손끝이 철저한 에윈은 대체로 저런 사소한 실수와 거리가 멀었다.

그럼에도 불구하고 저것은 에윈의 흔적이리라. 클리브스의 잘난 그 사촌이 에윈보다 뒤늦게 이 방에 들어섰을 리는 없었다.

비비안은 입술을 신경질적으로 짓씹었다. 문틈 사이로 끝도 보이지 않는 정적이 흘렀다. 비비안은 그 막연한 고요 속에 문 너머로 보이지도 않는 에윈이나, 혹은 저도 모르게 험상궂게 만들어낸 낯선 얼굴을 생각했다.

"그런 적 없어."

한참이 지나 정적을 깬 목소리는 에윈의 것으로, 평소와 별다를 바 없이 침착했다.

"그런 적이 없어?"

"없어."

"조부님이 곧 돌아가실 걸 알았으면서, 정작 유언장을 기대한 적은 없노라고?"

"생각한 적 없어."

"네가 얼마나 조부님이 죽기만 고대했는지 알아, 더러운 사생아 새끼."

"더러움의 절반은 네 것과 같지."

"절반을 지껄이는 건 처음인데. 나머지 절반에 관해 네가 날 협박한 것으로 해석해도 되겠어? 아버지께서 아시면 좋아하실 것 같은데."

"그럴 리가. 세상이 바뀌었는데."

"눈도 못 마주치던 새끼가 이제 제법 대거리도 하는구나. 말을 너무 늦게 배웠나?"

"'아버지' 아래 있지 않았다면 좀 더 빨리 배웠겠지."

에윈이 그 앞에서 굳이 내뱉는 '아버지'란 오래전에 죽은 그의 생부나 혹은 제 어미의 남편이었던 백작이 아닌, 저를 양자로 입적시킨 외숙부를 가리키는 말이었다.

사실 그가 시어도어 글래스턴을 빗대어 굳이 '아버지'라고 부르는 것은 사촌에 대한 가벼운 빈정거림에 지나지 않았다.

그는 졸지에 에윈과 나눠먹게 된 제 상속권에 심각한 강박 증상이 있었으므로. 혹은 외조부의 강압에 마지못해 저를 받아들여야 했던 시어도어 글래스턴, 그 자체에 관해 비꼬는 것이 될 수도 있었다.

그리고 그 모든 것이 사촌의 신경 줄을 끊어먹었으리란 것은 자명했다. 에윈의 말에 대답 대신 사람을 걷어차는 소리가 들렸다. 에윈이 맞았을 것이다.

비비안은 문가에 붙어서 제가 열 수도 없는 문을 노려보았다.

"너는 오갈 데 없는 사생아 새끼였어."

악문 잇새로 내뱉는 듯한 악의였다. 에윈이 낮게 웃는 소리가 들렸다.

"누가 뭐래?"

"내 아버지가 그런 너를 거두고 은혜를 베풀었다고. 알아?"

"감사하다고 전해드리든지."

"더러운 새끼, 세상이 너더러 왕의 아들이라고들 하니 진짜 왕자라도 된 것 같아?"

"왕자라."

"애초에 네가 왕의 아들이라는 것부터가 말도 안 되지. 이 세상에서 네 출생만큼 불분명한 게 없어. 빅토리아는 방탕한 여자였고."

"……."

"그때 붙어먹은 게 정원사인지, 마부인지 알 수도 없지. 그렇지 않아? 다만 동시에 왕과도 붙어먹고 있었을 뿐이고."

에윈의 바닥을 긁어내리려는 듯 제게는 고모가 되는 빅토리아까지 천박하게 얽어낸 말이었다.

그러나 그가 간과한 게 하나 있다면 에윈이 제 고귀하고 불완전한 출생에 조금도 미련이 없다는 것이다.

혹은, 제 친모의 명예 따위에도.

"별로 궁금하지도 않아."

에윈은 단조롭게 대꾸했다. 에윈의 것이 아닌 날카로운 웃음소리가 들렸다.

"네 어미가 창녀였다는 걸 인정하는 거야?"

"글쎄. 다만 내 출생만큼은 나보다 네 아버지가 더 신경 쓸 거 같은데."

"……."

"입조심해. 내 어미의 명예를 그나마 걱정할 사람이 있다면 그건 온 세상을 통틀어 네 아비 하나뿐일 테니까."

"이제 와 조카랍시고 서신이라도 보내시겠다."

"조카랍시고 아들씩이나 보내 부고를 전한 것도 네 아버지야."

"꽤 만족스러운가 보네. 왕자 전하께서 유언장이라도 훔쳐보셨나."

"관심 없어. 네 아버지가 내게서 확약을 받아 간 지 오래야. 내 어미의 유산, 그리고 이 별장. 후작께서 돌아가시기 전에 무슨 말을 어떻게 지껄였는지는 조금도 관심 없어."

"왕자 전하께서 글래스틴이 하등 쓸모도 없다는 양 말씀하시는 군."

기묘한 웃음기가 스민 사나운 어조였다.

비비안이 조금 불안해져 벽을 짚었다. 여차하면 들어가기라도 할 요량으로.

"그래. 우리 사생아 전하께서 그 쓸모도 없는 가문을 거들떠보지도 않으시는 동안 정신 나간 조부께서는 뭐라고 하셨는지 알아?"

"네 조부가 숨넘어가며 내뱉은 것 같은 건……."

"차후 작위를 승계하는 데 있어 네게 나와 동일한 순위를 매겨놓으셨지."

문틈 사이를 줄곧 주시하고 있던 비비안이 순간 숨을 들이켰다.

승계.

"설마 그게 의미 있다고 생각할 정도로 멍청하진 않으리라 생각해."

비비안이 문밖에서 놀란 것이 무색하게도 에윈의 목소리는 시종일관 차분했다.

대답 대신 신경질적인 웃음소리가 짧게 울렸다.

"내 아비를 잊었어? 널 벌레 취급하면서도 조부의 한마디에 널 아들로 만들었어. 난 이제 네 귀한 혈통 덕분에 내 당연한 승계조차 당연하지 않게 됐고."

"그래."

에윈이 차마 더 대꾸하기도 성가신 듯 대강 대답했다.

"내 인생을 방해한 소감이 어때."

"네 아비가 내게 해준 말이 있어."

비비안은 에윈의 말에 제가 바깥에서 떠올렸던 몇 가지 말들을 떠올렸다.

제가 아는 한 어른이 아이에게 내뱉을 수 있는, 가장 무심한 악의.

"살아도 죽은 듯, 그러다 죽어도 죽은 줄도 모르게."

에윈은 어떤 축복이라도 읊어낸 것처럼 평온하게 말을 이었다.

"난 네 아비의 말대로 살아. 네가 날 귀찮게 하지 않으면, 나도 널 귀찮게 하지 않을 거고."

"기억해, 네가 방금 내뱉은 그 말."

"평생 하지."

"그렇다면 좋아."

갑자기 문가로 가까워지는 소리가 들려 비비안이 황급히 몸을 움직여 모퉁이에 숨었다.

"계속 그렇게 있어."

비교도 할 수 없이 희미해진 음성이 겨우 귓가로 스며들었다.

"장례식에, 감히 머리털 하나 비치지 말고."

문이 열리는 소리와 함께 대화가 끝났다. 복도를 느긋하게 걷는 소리가 점차 멀어졌다.

비비안은 두통에 쬔 머리를 벽에 기댔다.

마치 다른 세상의 것처럼 거창한 말들이 귓전에 여진처럼 남아 있었다. 생각이 까닭도 없이 복잡하게 뒤엉켰다.

그녀는 이마를 기댄 채로 벽을 원망스레 노려보다 이내 끝이 막힌 한숨을 내뱉었다.

"이럴 줄 알았어."

어느새 비비안의 바로 옆까지 다가온 에윈이 대수롭지도 않은 양 툭 내뱉었다. 비비안은 벽에 시선을 뚫어져라 둔 채로 심드렁하게 물었다.

"어떻게 알았어."

"또 문 앞에서 도둑고양이처럼 듣고 있었겠지."

"그거 딱 한 번 그랬어."

"이제 두 번이네."

비비안이 문득 에윈을 물끄러미 바라보았다.

"왜."

"너는……."

끝까지 이어지지 않는 말에 에윈이 고개를 갸웃했다. 비비안은 얼마간 말없이 에윈의 얼굴만 더 바라보았다.

에윈이 거창한 단어에 둘러싸여 살아온 것은 아마도 그의 평생이었다. 그리고 정작 실속조차 없다.

비비안은 그것을 잘 알고 있었다. 그렇기에 그가 제 곁에 있을 수 있었고, 제가 그의 곁에 있을 수 있었던 것이다.

그러나 그에게 남겨진 가능성이 허울이 아닌 현실일 수도 있다는 것은, 그리고 그 현실이 제가 아는 세상에서 가장 높은 곳과 가까울 수도 있다는 것은.

그 거창한 말들이 다른 세상의 것 같은 게 아니었다.

어쩌면 너는, 완전히 다른 세계의 사람일 수도 있다.

비비안은 그 가능성에 관하여 처음으로, 충격처럼 절감했다.

제가 세상사 다 안다는 양 너와 나는 태생이 다르다고 예의상 그었던 선이, 사실은 아무런 의미가 없었을지도 모른다는 것 또한.

8. 네게 없는

추수가 끝난 랭카셔의 들판들은 흙바닥이 드러나 온통 옅은 갈색이었다. 짧게 잘린 싹들도 바닥처럼 색이 바랬다.

깨끗하게 추수된 밭 위로 잘 묶어둔 건초 더미가 간간이 놓여 있었다. 너른 밭들 사이마다 가지런히 난 길과 그 옆에 가로수처럼 듬성 듬성 길게 서 있는 느티나무가 찍어낸 듯 반복됐다. 황량하고도 정갈한 풍경이었다.

그렇게 완연히 다른 색채 속에 에윈은 돌아왔다.

겨울과 여름을 꼬박 건너뛰고 온 지금이니, 이제 열여섯 겨울이 됐다. 에윈은 우습게도 제 시간을 랭카셔에서만 계산했다.

열다섯. 그는 가을 학기가 오기 전 떠났었다. 그리고 열여섯 겨울에 졸업했다.

사실 앞으로 시간이 많으리라고 생각했던 것은 자기세뇌에 가까웠는지도 모른다. 에윈은 랭카셔에서 여름을 한 번 보낸 이후, 도체스터에서 다시 돌아오지 못할 만큼 시간을 초조하게 보냈다. 최대한 모든 것을 빨리 끝내기 위해서. 그리고 그는 한 해 이르게 졸업했다.

'우리'는 이제 곧 열일곱이 된다.

에윈은 그 말을 낯설게 곱씹었다. 혹은 지겹게 떠올린 익숙함으로.

열일곱까지 최상품이 될 거야. 지성이든, 껍데기든.

열일곱은 세상이 당연히 정해놓은 기준인 동시에 비비안의 목표이기도 했다. 그리고 에윈에게는 전자보다 후자가 좀 더 중요했다.

그는 어쩌면 처음부터 그 나이, 그 순간을 랭카셔 바깥에서 보낼 자신이 없었는지도 모른다. 나이를 좀 더 먹으면 괜찮아질 것만 같았던 문제는 사실 나이를 먹을수록 커져갔다. 제 생각보다 제 나이는 그리 대단하지 않았고, 그리 대단하지 않은 것만큼이나 저는 변함이 없었다.

시간이 지난다고 저절로 변하는 것은 사실 별로 없다. 적어도 제 생각보다는.

랭카셔 교외를 지나 시가지 근처로 들어선 마차가 조금씩 느리게 달리기 시작했다. 에윈은 창밖으로 빠르게 지나는 익숙한 건물들을 바라보다, 그 뒤로 새롭게 들어선 공장들을 응시했다.

그 짧은 사이에도 랭카셔는 변했다. 이른 저녁, 시어튼의 거리를 가득 메운 노동자들이 피로에 찌든 얼굴로 걸어갔다. 랭카셔의 여유는 그 새로운 얼굴들만큼 줄었다.

세상 대부분의 일이 그렇듯, 변하길 바라는 것은 좀처럼 변하는 법이 없고 변하지 않았으면 하고 한 번이라도 바란 것은 변한다.

언제까지고 변하지 않을 것만 같던 랭카셔도 결국엔 공장이 난립한 중부를 따라가고 있듯이.

에윈은 커튼을 닫았다. 그나마 변화하지 않은 골목들을 돌아 천천히 달린 마차가 이윽고 시어튼의 중심에 멈춰 섰다.

어느덧 날이 어둑했다. 에윈은 찬 공기를 가로질러 익숙한 도슨의 상회 건물 안으로 들어섰다. 맞은편에서 걸어오던 중년 남자가 에윈을 알아본 듯 눈을 크게 떴다. 그는 깍듯이 인사하고는 에윈이 무어라 말할 새도 없이 뒤돌아 계단으로 달려갔다.

그 결과, 에윈이 계단을 채 다 올라가는 것보다 필립이 그를 마중 나온 것이 더 빨랐다.

"공자!"

"도슨 씨."

에윈이 반듯하게 다물린 입매를 쓱 끌어올리며 빠르게 계단을 올라갔다.

필립은 이미 만면에 웃음이 가득했다. 둘은 한번 세게 껴안고, 이내 반가운 얼굴을 마주했다.

"오신다는 소식을 들은 바가 없는데."

"해리슨도 오늘에야 겨우 알았을 겁니다. 이틀 전에야 전보를 부쳤 거든요. 놀래드리고 싶어서요."

"이번 겨울은 랭카셔에서 보내시는 겁니까? 비비안이 아주 좋아하 겠군요. 그 애가 안 그래도 공자께 전보를 조만간 부치겠다고 하더랍 니다. 말은 제대로 않지만 공자께 화가 좀 나 있었거든요. 이번 여름 도 그렇고, 저번 겨울도……."

"아마도 도체스터로 다시 돌아갈 일은 없을 거예요."

"네?"

"졸업했거든요."

필립이 놀란 듯 눈을 몇 번 깜빡이다, 이내 유쾌하게 웃음을 터트 렸다.

"한 해나 빨리 말입니까?"

"그래서 그동안 못 온 것이니 한 번은 봐달라고 말씀 좀 해주세요."

"못 뵈는 사이 넉살만 이렇게 느셨나 했는데, 가만 보니……."

필립이 두어 걸음 물러서며 에윈을 거꾸로 쓱 훑었다.

"맙소사, 못 보던 새 키가 대체 얼마나 더 자라신 겁니까?"

"작년에 보셨을 때보다 조금 더요."

"이젠 공자를 제가 올려다봐야겠는데요."

"그 정도는 아닌데 또 과장하시는군요."

"이 상회 전체를 다 돌아보십시오. 공자님만 한 놈이 없습니다."

필립은 제가 말하고도 흡족한 듯 고개를 몇 번 끄덕였다. 마치 제 아들을 두고 보는 것처럼.

에윈이 조금 부끄러운 듯 머쓱한 얼굴로 웃었다.

"아, 그러고 보니 비비안에게 알릴 생각도 못하고 있었군요. 햄튼?"

"햄튼 씨는 아까 다시 아래로 내려가셨는데."

"아……."

"어차피 곧장 집으로 갈 생각이었습니다. 굳이 사람을 보내 알리지 않으셔도……."

"비비안은 여기에 있습니다."

"여기에요?"

"얼마 전부터 햄튼에게 자질구레한 상회 일을 배우고 있어요. 잠시만 기다리시면 제가 금방 그 애를 불러올 테니……."

"아뇨. 제가 갈게요."

"그러시겠습니까?"

필립은 함께 모의라도 꾸미는 사람처럼 씩 웃고는 에윈에게 비비안이 있는 방을 가르쳐주었다.

에윈이 다시 천천히 층계를 걸어 위층으로 올라갔다. 이른 저녁의 어스름한 어둠이 내리깔린 복도에는 변변한 불빛도 없었다. 이미 대부분의 사람이 집으로 돌아간 탓이다.

그는 몇 번 걸어본 적이 있는 복도를 따라 느리게 걸었다. 필립은 마치 제 아들을 데리고 다니듯 어린 에윈을 종종 이곳에 데려오곤 했다.

그리고 그것은 항상 비비안 몰래 이루어졌다. 그때는 그 계집애가 질투가 많아서, 라고 단순하게 생각했지만 이제 와 생각해보면 필립은 에윈에게 비밀 같은 것을 만들어주고 싶었던 것도 같았다. 비비안조차 모르는, 에윈 홀로 가질 수 있는 어떤 유대.

에윈은 비비안이 존재 가치에 관해 불평하던 사슴 머리 박제와 검은 곰 머리 박제를 지나 이윽고 필립이 가르쳐준 방 앞에 섰다.

노크를 하기 위해 들린 손이 허공에 잠시 멈추어 있다, 이내 문을 두드렸다. 두꺼운 오크 목재를 타고 익숙한 목소리가 들렸다.

"들어와요."

손잡이를 의미 없이 매만지던 손이 이윽고 그것을 잡아 문을 앞으로 밀었다. 묵직한 오크 문이 소리도 없이 열렸다.

"햄튼 씨, 아까 말씀해주신 지난주 장부에 누락된 건은 다시 확인해보니……."

"비비안."

에윈을 등진 채 얼마간 그대로 서 있던 비비안이 천천히 몸을 돌렸다. 가슴 아래까지 내려온 검은 생머리가 단정하게 흔들렸다.

에윈의 시선이 느릿하게 떨어졌다. 하얀 블라우스에서 가늘게 졸린 허리로, 그 허리부터 바닥까지 길게 주름져 내리는 붉은 드레스 자락으로. 그 낯설고, 성숙한.

마치 어른 같은.

에윈의 시선이 다시 제가 온 길을 거슬러 올라갔다.

그리고, 눈이 마주쳤다.

"에윈."

고아한 눈매가 휘어졌다. 그제야 그는 생각할 수 있다.

어쩌면 모든 것이 고작 이 순간을 위해서였노라고.

"이대로 영영 안 올 것 같더니."

"그래서 유감스러워?"

비비안의 가벼운 비아냥에 에윈이 픽 웃으며 응수했다. 비비안이 얄미운 듯 눈을 가늘게 뜨며 앉았다.

"내가 무슨 말 하는지 알잖아."

"미안해."

"뭐가."

"늦게 와서."

에윈은 빠르게 사과했다. 그리 큰 무게도 없고, 그렇다고 마냥 가볍지도 않은 사과는 자연스러웠다.

비비안은 애초에 추궁할 생각도 없었다는 양 어깨를 으쓱하고는 하얀 티 포트를 들었다. 어깨 뒤로 넘긴 머리가 그녀가 고개를 숙이면서 휘장처럼 드리워졌다.

비비안이 일찍 켜둔 촛불이 그녀의 머리 위를 어른거렸다. 어둑한 방 안에 노을 같은 빛이었다. 가느다란 손가락이 아래로 내려온 머리칼을 귀 뒤로 넘긴다. 에윈이 천천히 그녀의 앞에 앉았다.

"상회에 네 방도 있다니……. 매일 상회로 나오는 거야?"

"거의. 여기서 배울 것도 많고, 이젠 아버지를 도와드릴 수 있는 일도 조금 있어."

"역시나 잘 맞나 보네."

"내 예상대로 그래."

"그렇겠지. 그럼 집에서 받던 수업은 그만둔 거야?"

"사실 미스 빙엄이 여름에 그만뒀어. 그전부터 상회에 나오고 있었긴 하지만……. 그렇게 된 김에 매일 나오기로 한 거야."

"무슨 일이 있는 건 아니지?"

미스 빙엄은 비비안을 여섯 살 적부터 가르친 거버니스였고, 동시에 에윈이 도체스터로 가기 전까지 그를 가르쳐주기도 했다. 에윈이 한결 어두워진 얼굴로 묻자 비비안이 설핏 웃으며 그에게 찻잔을 밀어주었다.

"안 그래도 여름에 네가 오면 말하고 같이 그녀가 있는 더햄에 병문안을 갈까 했어. 봄부터 그녀가 아팠거든."

제가 없는 사이 무언가가 변하는 것은 단지 낯설 뿐만 아니라 이렇게 가끔 달갑지 않기도 하다.

에윈은 쓴 숨을 삼켰다.

"심각해?"

"조금. 네가 많이 걱정할 정도는 아니지만. 이번 겨울에 너도 왔으니 다음 주쯤에 그녀를 보러 가자. 미스 빙엄이 네 소식을 많이 궁금해 했어."

"그래, 그러자."

"그래서, 이번 겨울엔 얼마나 있다 가?"

"가야 하나?"

"무슨 소리야?

비비안이 웬 허튼소리냐는 듯 인상을 찌푸렸다.

"졸업했거든."

"뭐?"

그녀는 찻잔을 입에 댄 채로 멈칫했다가 마시지도 않고 테이블에 내려놓았다.

에윈이 차례를 넘겨받은 양 차를 한 모금 들이켰다. 비비안이 그의 학제를 새삼 철저히 셈해보려는 듯 손가락을 하나하나 접어갔다.

"너 아직 일 년 남았잖아."

완벽히 계산을 끝낸 비비안이 미심쩍은 듯 에윈을 바라보았다. 에윈이 매끄럽게 웃으며 어깨를 으쓱했다.

"그래서 계속 못 온 거야."

"너, 설마."

"이렇게 빨리 졸업하느라."

"학교 더 다니기 싫어서 자퇴하고 졸업한 척하는 건⋯⋯."

"미쳤어?"

좋아할 줄 알았더니 기껏 내뱉는다는 말이 '학교 더 다니기 싫어서 자퇴했냐.'는 의심이라니. 에윈이 순식간에 불쾌해진 얼굴로 일갈했지만 비비안은 여전히 미심쩍은 표정이었다.

"이래서 멀리 보내는 거 아니라더니⋯⋯."

마치 제 아들이라도 외국에 유학 보낸 듯한 한탄이었다. 에윈이 기가 막힌 듯 헛웃음을 터트렸다.

"누가 누굴 보내."

"누가 누구겠어?"

깊어진 눈매가 문득 장난스럽게 휘어졌다.

"그럼 겨울이 지나도 당분간은 랭카셔에 있는 거야?"

"아마도."

"전에 콘위나 네스튼 쪽으로 간다던 건?"

콘위와 네스튼 모두 에른스트에서는 유서 깊은 대학의 도시였다.

작년 여름에 지나치듯 말했던 것을 비비안이 기억하고 있는 것에 에윈이 조금 놀랐다가, 내색하지 않고 대꾸했다.

"해리슨의 말대로 일이 년은 자리를 잡는 게 좋다고 생각해서. 그러니까 당장은 아냐."

"그럼 좋아. 네가 정말로 졸업했다는 가정 하에."

비비안이 해사하게 웃으며 찻잔을 들었다. 분명 이전과 똑같이 할 뿐일 텐데도 그것이 벌써 우아했다.

에윈은 비비안이 가볍게 던진 농담도 받지 않고서 그것을 물끄러미 바라보았다. 비비안은 어색해 하는 대신 에윈이 이상하다는 듯 그의 시선을 마주했다. 그리고 찻잔을 다시 놓았다.

에윈이 피식 웃었다.

"여전하구나."

"뭐가?"

"너."

비비안은 변해가는 것조차 예쁘고, 변하지 않은 것은 아름다웠다. 어쩌면 여전한 것은 비비안이 아니라 그녀를 보는 제 시선이리라. 아마도 그녀는 상상조차 하지 못할.

비비안은 한 해 전 여름, 그를 마주하던 익숙함으로 웃었다. 어느 덧 고혹적인 태가 나는 얼굴에 변함없는 표정이 덧씌워진다.

모든 것이 변해도, 저것만 그대로 있다면.

"여전하다니, 한참 안 봤잖아. 고작 지금 이걸로 알 수 있겠어?"

"네가 달라져봤자."

"곧 열일곱이야. 내가 얼마나 고대했는지 넌 상상도 못 해."

"그래서 키는 좀 더 크셨나?"

"봐."

에윈의 무시에 발끈한 비비안이 벌떡 일어서서 테이블을 돌아 그에게로 왔다.

"내가 작년 여름에 이만했고…….."

"응."

"이젠 이만하단 말이야."

그녀는 그가 못 보던 새 얼마나 컸는지를 손가락으로 표현하며 열을 올렸다. 고작 한 마디 남짓한 차이임에도 한 뼘은 자란 것처럼 대단한 유세였다.

열다섯 여름에 이미 키가 다 커놓고서 그때와 지금이 얼마나 다른지를 설명하고 있으니 차이가 없어 보이는 것도 당연했다. 보통 여자애와 다르게 거기서 조금 더 컸다는 건 에윈도 놀랄 만한 일이었지만.

에윈은 제 옆에 서서 손가락으로 이것저것을 표현 중인 비비안을 올려다보며 슬쩍 웃었다.

"그래, 많이 컸네."

"그래, 많이 컸네.'가 아니라 진짜 많이 큰 거야. 이 나이에 나처럼 더 크는 애는 없어.”

“대단해.”

“하나도 안 대단하게 들리잖아.”

사실 비비안의 키는 그리 크지도, 작지도 않았다. 그것은 적당함에 가까웠는데 그럼에도 그녀가 에윈에게 두고두고 놀림을 받는 것은 어디까지나 그녀의 성장이 그녀의 바람에 미치지 못했기 때문이다.

그녀는 지금의 키에서 반 뼘은 더 크고 싶어 했다. 물론 오로지 사업적 이유에서.

“아주 대단해.”

“아주 때리고 싶으니 그만해. 지금은 일하는 중이니 편한 걸 신었을 뿐이야. 얼마 전에 엘리자베스가 소개해준 구두공이 새로 구두를 맞춰줬어. 그것만 신으면 네깟 놈은…….”

“그건 네가 큰 게 아니잖아.”

“언제나 결과가 중요하지.”

“그건 네가 제일 싫어하는 사상가가 한 말이고.”

“여전한 건 너야, 글래스턴.”

“네 키도 그래.”

비비안이 그의 어깨를 아프지 않게 쳤다.

“그러는 너는 얼마나 컸다고.”

“일어설까?”

“앉아 있어. 어딜.”

에윈은 지난여름 이후, 그 나이 또래 남자애들이 그렇듯 또 컸다. 힐끗 눈을 흘긴 비비안이 그 사이 완전히 어둑해진 창밖을 보며 말했다.

"가야겠다. 마차는?"

"앞에."

"먼저 보내지 그랬어. 같이 타고 가면 될 텐데."

"나중에 보내도 되는 거잖아."

비비안이 피식 웃었다.

"그래. 아, 깜빡할 뻔했네. 안 그래도 조만간 전보 부칠 때 말하려고 했는데."

"뭘?"

"스튜어트 알아?"

"누구……, 스튜어트 방직사?"

"응, 그 스튜어트."

"왜?"

"그 가문의 삼남과 약혼 이야기가 오가는 중이야."

"……."

"그쪽에서 먼저 제안했는데 마침 면 수입량이 부족할 때라 일단……."

"그러니까, 약혼한다고?"

"아니. 제안받았다고."

서늘하게 굳은 채로 그녀를 올려다보던 에윈이 문득 헛웃음을 내뱉었다.

비비안이 말갛게 웃으며 말을 이었다.

"며칠 후에 도슨 가로 오기로 했어. 네가 이렇게 왔으니 잘됐다. 너도 직접 보면……."

마침 잘됐다는 그 선선한 어조에 목이 칼칼해졌다. 그러니까 지금 제게, 이렇게 말하고 있는 것이다.

조금 있다 약혼하게 될지도 모르는데 마침 잘 맞춰 왔노라고.

사실 프랭크 스튜어트는 그리 마음에 차는 상대가 아니었다.

그를 만나본 적도 없으니 정확히 말하자면, 그의 조건이 그랬다. 비비안이 기존에 바라던 '지식인 집안의 차남'과 같은 특수한 조건이 아니라 일반적인 세상의 조건에 대어봐도 결과는 비슷했다.

그녀가 보기에 운 좋게 시류를 타고 성공한 스튜어트 방직사는 '애매하게 돈맛만 알' 법한 부류에 속했는데, 차라리 완벽히 성공한 가문이라면 모를까, 그런 역사가 짧은 졸부 집안은 위험이 몇 가지 있었다.

물론 도슨 상회조차 세간에서는 그저 졸부라 불리는 것을 안다. 그러나 비비안은 제 아버지가 그런 졸부들의 틈에서 얼마나 예외로 분류되어야 하는지에 관해 하루 종일 떠들 수도 있었다.

그리고 나름대로의 역사에 관해서도. 역사는 귀족나리들의 인장이 있어야만 가질 수 있는 것이 아니었다.

도슨이 성공 가도에 오른 것은 할아버지가 아주 젊은 시절 때의 이야기다. 금화를 만지기 시작한 지 고작 십 년도 되지 않은 군소 규모의 방직사와는 비할 수 없는 역사인 것이다. 이조차 세간에서는 무슨 차이냐고 하겠지만.

그럼에도 명백한 차이가 있다. 가문을 스치는 통화량이 그렇고, 사업의 규모가 그렇고, 자본이 그렇고, 랭카셔 지역사회에서의 입지가 그랬다.

그리고 그 모든 것의 결과와 역사의 깊이가 가져올 의식의 차이가 당연하게도 존재했다. 비비안은 냉정하게 두 가문의 현황을 평가했다.

물론 재물이 모든 것을 결정하지는 않는다. 비비안이 아주 어린 시절부터 부유한 상인이 아닌 지식인 집안의 남편을 원했던 것도 그런 관점에서였다.

재물이 설명할 수 없는 것을 가진 가문들도 분명 있다. 명망, 인덕, 존경……, 그러면서도 돈에는 그리 밝지 않을 것. 그래야 도슨을 탐내지 않을 테니까.

그러나 이처럼 재물 외에 쥐뿔도 가진 게 없는 경우에는 이야기가 달라진다. 가진 것이 그것뿐이라니 그것을 대조해보는 것뿐이다.

그리고 그 결과 스튜어트는 도슨에 맞지 않다. 업은 배경이랄 게 그 '스튜어트'에, 물려받을 것 하나 없는 삼남이 온 것으로도 모자라 제게 스튜어트라는 성을 씌우고 평생 배워온 탐욕으로 도슨을 집어삼키고 말 테니까.

상속분이 없다는 핑계로 하등 도움이 안 될 그 삼남과, 그런 주제에 상인의 아들이랍시고 부려댈 수완을 생각하면 결코 일어나지 않을 일임에도 속이 막막했다. 이건 목사의 차남이 가진 바가 없기에 데릴사위로 들이기 좋은 것과는 차원이 다른 문제였다.

그럼에도 그녀가 이렇게 정성스럽게 준비하는 이유는 오로지 하나였다.

가장 싸게 면을 수급해주던 스펜튼 쪽 방직 공장이 파업으로 얼마간 문을 닫는 바람에 예상한 물량의 십분의 일도 도슨으로 넘기지 못했다는 것.

그럼에도 도슨은 해가 바뀌기 전에 밀니로로 반년 전부터 예정된 그 물량을 보내야만 했다. 벌써 십여 년을 이어온 거래처였다. 이렇게 놓치는 것만큼 바보 같은 일은 없으리라.

그러나 방직 공장이 가득 들어선 스펜튼이며 댐프셔의 공장 곳곳이 파업으로 기계를 돌리지 못하는 이 시기에, 면 가격을 상승시키지 않을 방직사 또한 없었다. 그런 그들이 도슨이 중개하는 가격보다 더 비싼 가격을 부른 것은 어쩌면 당연한 귀결이었다.

거래처를 이대로 놓칠 수도, 그렇다고 그 손해를 다 껴안을 수도 없었다.

그러니 별수 없는 것이다. 쟁쟁한 방직사들과의 가격 경쟁에서 절대 이기지 못하고, 그렇다고 헐값에 내고 업계에서 매장당할 자신도 없는 군소 규모 방직사를 찾아야 했다. 그리고 막연한 몇 가지 이야기로 값을 치를 수밖에.

그것이 바로 오늘의 일이었다. 오로지 비비안의 머리에서 비롯된.

"말씀하신 보닛은 찾았어요, 아가씨."

"고마워, 베키."

비비안은 뒤쪽으로 높게 빗어 묶은 머리 위로 벨벳을 덧씌운 짙푸른 모자를 살짝 얹고는 턱 아래로 끈을 묶었다. 모자 옆으로 장식된 깃털들이 흔들리다 곧 제자리를 잡고 섰다.

모자와 같은 색의 고급스러운 스펜서(spencer, 짧고 타이트한 방한용 재킷)까지 걸치자 차림은 완벽해졌다. 아랫단이 모피로 장식된 덕분에 간소한 디자인임에도 모자와 어울려 제법 화려한 느낌을 냈다.

비비안의 시선이 제 몸을 내려다보다 다시 콘솔 위에 놓인 작은 거울을 응시했다. 고개를 이리저리 살짝 돌리며 제 얼굴을 관찰하는 시선이 탐탁찮았다.

베키가 몸을 숙여 비비안과 함께 거울을 응시했다. 거울 속 영문을 모르는 시선에도 한참을 그렇게 거울만 들여다보던 비비안이 툭 내뱉었다.

"역시 난 머리를 내리는 게 나은 것 같아."

"아셨잖아요. 지금이라도 내릴까요?"

"아니. 괜찮아."

"그래도, 중요한 자린데."

"괜히 더 예쁘게 보였다가 매달리기라도 하면 피곤해."

"이대로도 충분히 피곤하게 되실 텐데요."

비비안이 심취한 양 한 말에 베키가 진지하게 대꾸했다. 비비안은 순간 할 말을 잃은 듯 거울 속으로 베키를 바라보다 작게 웃음을 터트렸다. 베키가 마주 웃었다.

"랭카셔에서 제일 예쁜 아가씨니까요."

"베키는 이미 객관성을 잃었어."

"사내라면 누구든 탐낼 거예요."

"당연하지. 도슨인데."

도슨이라 덧붙이는 말에서 제 예쁘장한 얼굴에 관해 말할 때와는 비할 수도 없는 자부심이 묻어났다. 베키가 비비안의 머리 밑을 손가락으로 세밀하게 정돈하다가 문득 떠오른 듯 말했다.

"공자님께서는 알고 계세요?"

아들도 없는 도슨 가에서 베키가 정성스레 부를 공자님이라곤 에윈이 유일했다.

비비안이 컬을 넣어 구불거리는 앞머리를 몇 가닥 넘겨 모자 안으로 넣으며 대꾸했다.

"뭘?"

"오늘 일이요."

"당연히……."

대수롭지 않게 대꾸하던 비비안이 말을 다 잇지 않고 조금 흐렸다. 베키가 눈매를 찌푸렸다.

"일부러 그러신 거죠."

"따지자면."

비비안은 부정하지 않았다.

"싫어하실 것 아시면서."

"제가 싫어한다고 뭐가 변해."

말을 흐렸던 방금 전과는 딴판으로 묘하게 냉정한 어조였다. 베키가 나직하게 한숨을 흘렸다.

"어차피 이번은 성혼하실 생각도 없으시고, 아직은 두 분 다 어리시니까……."

"여기에 어린애는 없어, 베키. 난 조만간 약혼할 거고."

냉랭한 기운은 조금 가셨지만 여전히 단호한 투였다. 비비안은 제가 잘라먹은 베키의 말을 알고 있었다. 조금만 더 이대로 있으면 안 되겠냐는 말 따위의.

가장 가까이에 있는 베키조차도 모르는 것은, 비비안이 이미 에윈이 랭카셔에 있지도 않은 사이, 그 '조금 더'를 홀로 늘여왔다는 것이다.

그들은 이제 열여섯의 끝자락에 서 있다. 그리고 그녀가 생각하기에 이제 '조금 더'라는 말은 융통성보다는 변명이었다.

"아가씨."

"언제까지고 생각 않고 살 순 없는걸. 우린 계속 나이를 먹고 있잖아."

"그래도 돌아오시자마자 이렇게 갑자기 아셨으니 상심이 크셨을 거예요."

"그것 역시 어쩔 수 없고. 저더러 빨리 돌아오라고 한 적 없잖아."

본래 제 생각대로라면 별 의미도 없는 이번 약속이 아니더라도, 그가 없는 사이 저는 누군가와 약혼해야 했다.

그리고 그 생각은 그가 돌아왔다 해도 변해야 하는 것이 아니었다.

"공자님이 아가씨를 얼마나 좋아하는지 아시잖아요."

저는 조용히 입 다물고 잘 산다고 생각할지 몰라도 결국 어른들 눈엔 다 보이는 법일지도 모른다.

비비안은 그 무뚝뚝한 공자의 마음마저 당연한 상식처럼 알고 있는 베키나 메리를 볼 때마다, 어쩌면 제 마음도 저렇게 다 벌거벗은 것처럼 보이지 않을까 무서웠다.

"평생 달고 산 계집이라곤 나 하나야. 당연한 애착이지."

나 피하지 마.

빗속에 울리던 음울한 목소리가 오래된 꿈처럼 말한다.

난 널 먼저 찾을 자격이 없었으니까, 내가 너를 찾지 않고도 마주칠 수 있기를 바랐어.

그 모든 자격을 네가 정해, 비비안 도슨.

열세 살 적의 의미 분명한 고백은 정작 웃음 속에 거꾸러졌음에도, 비비안은 그 말에 몇 년 전 그 유치한 고백을 떠올렸다.

그것이 놀랍게도 정말로 진심이었다는 것이나, 그것이 몇 년이나 지나도록 전혀 변함이 없었다는 것, 혹은 지나치게 깊다는 것을 깨달으며.

그 말은 마치 발이 어디에도 닿지 않는 물속 같았다.

"공자님은……."

"글래스턴은 내가 제일 잘 알아."

아니까 이럴 수밖에 없는 것이다. 이미 알고 있으니까.

비비안은 그 의무적인 생각 속에 제 쓸모도 없는 단상들을 집어넣었다.

네가 없었던 첫 여름, 돌아오지 않던 겨울, 그 여름, 주인 없는 방, 답을 알 수조차 없던 사무치는 상실감, 어설픔, 가치도 없었던 절망, 그리고 거리.

네가 얼마나 멀리 있는지, 혹은 얼마나 높이 있는지 사실은 전혀 모르고 있었다는 것을 깨달았던 그 순간.

비비안은 우습게도 그날이 지나고 나서야 많은 것을 생각했다. 그것은 제 머리가 다 안다고 착각하며 생각하지 않아온 모든 것이기도 했다.

당연했다. 어른이 되기만 손꼽아 기다리면서도 영원히 저들이 자라지 않을 것만 같았고, 많은 것이 변하길 바랐으면서도 사실은 아무것도 변하지 않길 바랐으니까.

그렇게 아무것도 생각할 필요가 없었던 시간이 있었다. 계속 이대로 있을 수 있다면 마음이나 관계 같은 건 생각하지 않아도 됐다.

그러나 지나지 않는 시간은 없다.

글래스턴, 복수하듯 그렇게 부르고, 제 대수롭지 않은 말이 그에게

상처를 줄 수 있다는 것으로 확인해야 할 만큼 시시하고 절박했던 제
애정.

그녀는 이제 알고 있다. 그런 시시한 것을 사람들이 어떻게 부르는
지도.

어쩌면 며칠 전 그에게 성혼할 생각도 없는 일에 관하여 말한 것도
비슷한 일일지 모른다. 그가 돌아오지 않았던 시간에 대한 시시한 비
난일지도 모르고.

그럼에도 그녀는 그것이 결국 저와 에윈 모두를 위하는 일이라 확
신했다. 그랬기에 할 수 있었다.

마냥 화풀이를 하기엔 이미 지나치게 나이 들었고, 그런 확인이 충
족시켜줄 속내는 절반도 남지 않았으니까.

그녀는 더 이상 열다섯 적 그 계집애처럼 그를 기다리고 반길 수
없었다. 제 앞에 아무 일도 기다리지 않는 것처럼, 혹은 머리만 주제
를 알고 사실은 전혀 몰랐던 그때처럼.

잃지나 않으면 족했다. 너와 나는.

약속 시간이 다 되었음을 알리는 노크 소리가 들렸다. 비비안은 모
슬린 자락을 잡으며 우아하게 몸을 일으켰다.

삶의 가장 안타까운 부분 중 하나는, 안 좋은 예감이 빗나가는 법
은 좀처럼 없다는 사실이다. 비비안은 제 예상대로 인생의 목적은커
녕 일주일 후의 목적조차 불분명한 청년과 벌써 두 번째로 마주하고
있었다.

"그러니까, 스프링턴에 아직도 가보지 않으셨다고요?"

"그럴 만한 기회가 없었죠."

"맙소사."

프랭크 스튜어트는 좌우를 가르는 과장된 턱짓으로 제 놀람을 한껏 표현하고는 심각하게 말을 이었다.

"도슨 양, 클리브스에서는 이런 말을 하곤 합니다. 클리브스에 온 적 없는 촌뜨기와 스프링턴에 가본 적 없는 촌뜨기 중에 네가 있다면, 그것처럼 의미 없는 인생도 없다."

"그래서 제 인생에 의미가 없다고요."

"그러니까, 엄연히 도슨 양이 스프링턴에 가보시기 전까지는 말이지요."

들으라는 양 비꼬는 말에도 프랭크 스튜어트는 제 양심을 속일 수는 없다는 듯 정하지 않고 대꾸했다. 비비안이 티 나지 않게 코웃음을 쳤다.

"클리브스야 여러 번 다녀오셨을 테고."

"가본 적 없어요."

수도야 몇 번이고 아버지를 따라갔었지만 비비안은 모른 척하며 심드렁하니 대꾸했다.

프랭크 스튜어트가 이젠 경악스러운 듯 입을 벌렸다. 입안에 있던 차가 입가로 조금 흐르기까지 해 행커치프로 급히 입가를 닦아낸 프랭크는 언제 그랬냐는 양 우아하게 그것을 접어 모닝코트 안으로 넣었다.

"그러니까, 클리브스에, 가본 적, 없으시다고요."

'그러니까'를 듣는 것도 이번으로 스무 번이 넘은 것 같았다. 저번의 만남을 포함하면 꼬박 쉰 번은 될 것이다.

클리브스에 가본 적 없는 게 얼마나 있을 수 없는 일인지 말하듯 그가 한 어절씩 끊어내는 것을 들으며, 비비안은 아래를 흘끗 바라보았다.

그녀는 제 인내심에 한계가 올 때마다 찻잔 옆 사각 지대에 놓아둔 회중시계를 보곤 했다. 성의의 기준까지는 이제 십여 분 정도가 남아 있었다. 그것이 오늘의 기준이라면, 기간으로는 이제 이 주 정도가 남아 있었고.

사실 면 매입은 이미 수일 전에 끝났다. 그러나 고명딸 혼처로 장사했단 소리를 아버지가 듣게 할 수는 없으니 이후로도 한두 번은 더 만나야 했다.

그 생각을 하니 목구멍으로 무언가 울컥 차오르는 것 같았지만 어쨌든 모든 게 제 의도대로 흘러가고 있었다. 첫 만남 때만 해도 저를 지나치게 마음에 들어 하던 프랭크 스튜어트는 이제 제가 입만 열어도 갑갑한 표정을 짓는다. 한 시간 내내 그가 원하는 정반대의 것만 말했으니 당연했다.

이제 프랭크 스튜어트는 저 계집애와 결혼하면 죽을 거라고 부모에게 말하는 대신, 이 답답한 계집애의 거절에 안도할 수 있으리라.

애초에 제안을 그쪽에서 했으니, 그는 거절은커녕 제 부모에게 저 계집애가 싫다고 말도 못 할 처지였다. 이렇게 성사되지 않더라도 스튜어트 가에는 퍽 만족스러울 일이다.

변변한 상속분도 없이 할 줄 아는 거라곤 싸돌아다니는 일밖에 없는 스튜어트의 삼남이다. 혼담이 오갔다는 것만으로 얼마나 몸값을 불려줬는데…….

"도슨 가의 아가씨가 어째서……. 맙소사, 일생을 이 비좁은 랭카셔에 갇혀 사실 생각은 아니시겠지요."

그런 고마움까지 계산이 될 리 없는 프랭크 스튜어트는 한없이 멍청해 보이는 표정으로, 이런 멍청이는 처음 본다는 듯 비비안을 응시했다.

비비안이 찻잔을 든 채로 웃었다.

"'그' 비좁은 랭카셔가 에른스트 남부에서 세 번째로 큰 주(州)예요. 베드포드 다음이죠."

"그러니까, 도슨 양도 세상에 나가보시면, 바로 그것이 얼마나 편협한 생각인지를 알게 되실 겁니다. 세상은 아주, 아주 넓어요. 도슨 양."

"물론 그러시겠죠."

"남자만 세상을 돌아보라는 법은 없고, 계집이라고 집만 지키고 있을 이유도 없죠. 그런 건 개도 할 수 있는 일이에요."

"……."

"세상이 변하고 있어요. 이제 신사들은 세상 일 모르는 음전한 여성보다 자신의 일을 이해해줄 수 있는 숙녀를 선호하죠. 이건 내조를 위해서도 필요한 일이에요. 도슨 양. 추후 제가 도슨 양의 아버님의 사업을 물려받고도 도슨 양이 계속 이렇듯 세상일이라곤 하나도 모르고 계신다면, 그건 그런 내조를 받을 저로서도 안타까운 일이……."

수도 물 좀 먹었다고 계몽주의자인 양 말을 꺼내놓고는 희한한 결론이었다.

심지어 그는 그녀의 인생이 개와 비슷한 무엇이라고 말한 것과 동시에, 대부분의 여자가 한심하게도 다들 제 의지로 그렇게 별 볼일 없이 살아가는 양 말했다. 물론 제 어머니를 포함해서.

계집이면 응당 얌전히 가정을 지켜야 한다고 말하는 랭카셔 대부분의 남자들과는 궤를 달리하는, 아주 신선한 방식의 무시였다.

결국 이제 남자들이 바라는 여성상이 달라졌으니 거기에 맞추어야 한다는 것이었고, 제 말대로 여자가 세상을 공부해 할 수 있는 거라곤 고작 남자의 일을 이해하는 것 따위였으니까.

어떤 가부장의 화신을 데려와도 저보다 별스럽진 않을 것이다. 그녀는 아닌 척 그러는 것을 더 혐오했다.

물론 비비안은 남자들의 말을 어떻게 무시해야 하는지 잘 알았다. 그러지 않고서 제가 꿈을 꿨을 리 없었다.

어차피 세상의 논리가 얼마나 비합리적이든, 비비안은 제가 결국 이단이나 다름없다는 것을 잘 알고 있었다. 그렇기에 웬만한 말을 다 듣지 않고 살아가야 한다는 것도.

그럼에도 지금 입가가 떨리고 있는 것은 저 말을 지껄인 게 다른 누구도 아닌 프랭크 스튜어트이기 때문이다. 그녀가 평생 듣던 말이 그들이 살아온 세상의 상식이라면, 지금은 오로지 이깟 놈의 자부심이다.

문득 머리가 아파져 비비안은 관자놀이를 짚었다. 여태 들었던 일평생 어떻게 놀았는지에 관한 말들과 그 깊이 없는 앎에 대한 자부심, 비웃기도 귀찮은 기준, 제가 얼마나 모자란 줄도 모르고 꼭대기에서 내려다보는 저 시선.

그러니까 지금, 그렇게 살아놓고서 이렇게 살아온 그녀가 집에서 저 보조하기도 부족하다고 하는 것이다. 바로 저 입으로.

머리에 든 것도, 손에 쥐고 올 것도 없는 주제에 제가 그렇게 말하는 세상도 몰라서 위치 파악도 못 하고 감히…… . 비비안이 소리 없이 전투적으로 중얼거리다 다시 눈을 들었다.

클리브스에서 유행이랍시고 귀족 영애처럼 예쁘장하게 묶은 프랭크의 머리가 보였다.

차라리 집 안에 가둬놓겠다는 이백 년 전 남자랑 결혼하지. 비비안은 어느새 제가 성혼할 생각이 없었다는 것도 잊고 울컥 치밀어 오르는 짜증을 삼켰다.

"물론 그래도 괜찮아요. 제가 도슨 양을 스프링턴으로 데려가면 될 테니까. 스프링턴에서 매년 열리는 아주 유명한 파티가 있는데, 늦봄 즈음에 가면 온천을 즐기기에도 딱 좋죠. 물론 그 파티는 아무나 갈 수 있는 게 아니지만 제가 당신을 특별히 데려가는 거예요."

미시즈 스튜어트가 효자를 두셨다고 속으로 비아냥거리던 비비안이 찻잔을 내려놓으며 해사하게 웃었다.

"스튜어트."

"네."

"당신이 이걸 물려받는 일은 없을 거예요."

프랭크는 알아들은 기색이 아니었다. 비비안이 입매를 더 높이 끌어올리며 친절하게 말해주었다.

"스튜어트, 우리가 약혼할 일은 죽어도 없어요."

"아, 혹시 제 말에 기분이 상하셨다면…… . 아무래도 제가 양의 단점을 지적한 게 문제가 된 것 같군요."

"스튜어트."

"이해합니다. 외동딸이신 만큼 도슨 씨께서 귀하게 키우셨을 테니 어쩔 수 없으리라 생각해요."

"스튜어트."

"그러니까, 이렇게 누군가 충고해도 받아들이지 못하는 경우가 많죠. 양처럼 귀하게 자란 아가씨들은 특히 남자의 충고를……."

"스튜어트, 나한테 당신이 지적할 단점 따윈 쥐뿔도 없어요."

비비안이 프랭크의 말을 싹둑 자르며 그의 머리에 새겨주듯 또박또박 말했다. 프랭크가 그럴 줄 알았다는 양 고개를 끄덕였다.

"그러니까, 이렇듯 말이죠."

예쁘게 호선을 그리고 있던 입매가 순간 파르르 떨렸다.

"스튜어트, 당신이 지금 제게 한 말은 흔히들 무지라고 말하는 거예요 충고가 아니라."

"다시 말씀드리지만 받아들이시기 어려운 것은 압니다. 하지만……."

"그리고 제가 여덟 살 때 안 사실을 당신이 열아홉이 되도록 모르고 있는 그 끔찍한 무지에 관해서 말하지 않는 것이 바로 배려란 것이죠."

"결국 끝까지 받아들이지 못하시는 걸 보니 제가 양께 사과를 해야겠군요. 저는 여자들의 이런 막무가내인 점도 이해합……."

"닥치고 내 말 들어요, 스튜어트."

결국 살벌하게 튀어나온 한마디에 프랭크가 입을 다물었다. 비비안이 저도 모르게 험상궂어진 표정을 느슨하게 풀며 다정하게 말을 건넸다.

"당신은 아마도 이런 걸 좋아할 것 같아요."

"……뭘 말이죠?"

"클리브스며 스프링턴, 그 밖의 온갖…… 세련된 도시에서 생활하던 당신에게 우리 약혼 이야기가 얼마나 고리타분하고 시시하게 느껴졌을지 저는 이해해요."

생활은커녕 클리브스에 저 낯짝을 다섯 번은 비췄는지 의문이었지만 비비안은 진심으로 그를 지지한다는 양 말했다. 정작 지지받을 것이 없는 프랭크가 의아한 표정을 지었지만 비비안은 그가 어떤 생각을 할 새도 없이 말을 이어갔다.

"사실 저도 그랬거든요. 처음 만났던 날 당신이 펠로베르가 어떤지 제게 말해줬죠. 고백하자면, 저도 원래는 당신과 같은 부류예요."

절대 아니었다.

"우리 같은 사람들, 그러니까, 당신도 알잖아요. 지금은 너무 이르고……."

"모든 걸 다 바쳐도 좋을 진실한 사랑도 필요하고요."

프랭크 스튜어트는 어느새 입으로 시를 쓰고 있었다. 절대 필요 없지.

그러나 비비안은 무언가 깨달은 듯 프랭크가 제게 동조하기 시작하자—문맥상으로는 동조가 절대 아니었지만—놓치지 않고 고개를 끄덕였다.

흡사 드디어 이해받은 듯한 표정까지 완벽했다. 방금 전에 닥치란 말은 결코 제 입에서 나가지 않은 것처럼.

"그래요. 그건 분명 스프링턴이나 워너틴 어딘가에 있을 테고……."

비비안이 성의 없이 그 말을 받고는 본론을 꺼냈다.

"이런 시시콜콜한 이해관계로 엮인 결혼 같은 건 무의미해요. 알잖아요."

무의미하기는커녕 결국 이것조차 눈앞의 남자가 평생 부릴 허세의 일부가 될 것이다. 그녀가 사실은 그런 이해관계를 얼마나 중요시하는 사람인지는 차치하고라도.

　이렇게 좋은 집과 혼담이 오갔을 만큼 제 출신이 제법 괜찮다는 것, 그럼에도 불구하고 독자적으로 깨인 사고 등등의 별말도 안 되는 연결로 스스로가 얼마나 멋있는지 상기시킬 게 뻔했다.

　그러나 그는 아닌 척해야 하고 저는 모른 척해야 한다. 비비안은 성년에 가까운 나이가 되면서 저런 부류를 이미 몇 번 겪었다. 그리고 저런 부류가 아무 손해 없이 제 인생을 스스로 개척해나간다고 계속 착각할 수 있다면 어떤 일까지 할 수 있는지도 알고 있었다.

　부모 뒤에서 꾸미는 모의를 얼마나 좋아하는지도.

　"그러니까, 지금 양은……."

　"우리는 약혼하지 않을 거예요. 약혼하려 했지만, 약혼하지 않는 거죠. 부모님의 뜻을 따르려 했지만, 사실은 따르지 않는 거고."

　"따르려고 심하게 노력했지만, 사실은 심하게 따르지 않는 거고."

　무슨 차인지 도통 알 수 없었지만 비비안은 제가 던진 말부터가 이상했기에 바로 그 말이라는 양 고개를 끄덕였다.

　"네. 그래서 우리는 한 번 더 만나고 서로 맞지 않다는 걸 깨닫고 말지만, 사실은 지금 깨닫는 거죠."

　"맙소사, 당신 진짜 똑똑하네요."

　제 지성은 고작 이딴 곳에서 이딴 일로 인정받을 만한 것이 아니었지만 비비안은 그저 겸양을 떨 듯 고개를 저으며 말했다.

　"그리고 한 번 더 만난 후 제가 당신을 거절하지만, 사실은 지금 거절하는 거고요. 바꿔 말하면 사실은 제가 당신을 지금 거절하는데,

대외적으로는 당신이 다음 주에 거절당하는 거죠."

"완벽하군요."

별말도 안 되는 소리에 프랭크가 홀린 듯이 고개를 끄덕였다. 비비안이 사업용 미소를 만면에 띠며 말했다.

"저는 당신을 배려해 이렇게 먼저 당신을 거절해주는 거고요."

어차피 거절하거나 받아들이는 것은 입장상 도슨의 것이었지만, 뒤에서라도 제가 걷어차였다는 가십이 돌면 그녀는 미쳐버릴지도 몰랐다. 다른 누구도 아닌 저 인간에게.

비비안은 프랭크를 세뇌시키듯 조곤조곤 반복해 말을 이었다.

"도슨의 입장이 난감해질 것을 알고도 당신을 배려해 제가 기꺼이 감수한 피해니……."

"감사하게도 그랬죠."

"'그러니까', 스튜어트 가에 말하길 당신은 거절당하지 않은 거예요. 그렇죠?"

"물론."

"하지만 사실은 나에게 거절당한 거죠."

그리고 뒤에서 그렇게 떠들고 다녀야 하고.

"그렇죠."

스튜어트가 감탄하듯 웃음을 터트렸다. 모자라니까 어쩔 수 없는 일이라 생각하며 비비안이 말을 이었다.

"하지만 스튜어트 가에선 우리가 그저 안 맞았다는 정도로 알게 되는 거고."

"그래요."

"하지만 사실은 제가 당신을 거절했죠. 진심으로요. 사실은 당신을 위해서지만, 어쨌든 진심을 담아 거절한 거예요."

"명심하죠."

"그렇지만 부모님은 계속 모르시는 거고."

"알겠어요."

프랭크가 진중하게 고개를 끄덕였다. 그러다 문득 무언가 깨달은 듯 입을 열었다.

"그런데 도슨 양, 저는 한 번도 여성에게 거절당한 적이 없는데 이건 좀 참담해서요."

"그러니 의미 있는 일이죠. 당신에게도 이런 실패한 역사가 필요해요. 그러니까 당신은 제게 거절당한 적 없지만 사실은 거절당했고, 사실은 거절당한 것이 아니라 고리타분하게 집에서 정해준 결혼을 피해서 인생을 개척……."

"조금 어려워지기 시작하는데요."

"제가 당신을 거절하는 척했지만 당신의 부모님만 모르면 돼요."

"곤란하게도 지금 도슨 양에게 반한 것 같아요."

"절대 안 돼요."

"그러니까, 이런 식으로 제게 말씀하시는 게 저는……."

"그러니까 닥쳐요. 글래스턴 공자를 소개받고 싶다고 했죠."

에윈은 남부 사교계에서 단연 눈에 띄는 신분이었다. 저 허세에 한 번이라도 함께 어울리면 평생의 자랑이 될 것이 틀림없다.

비비안은 저번에 프랭크가 은근슬쩍 흘렸지만 가차 없이 무시했던 그 바람을 주워 담으며 웃었다.

"바쁘지만 테니스 한 게임 정도는 함께 칠 수 있겠죠."

"그러니까, 물론 제가 눈코 뜰 새 없이 바쁘지만 공자께서 오신다면."

"공자 말이에요. 바쁘지만 그 정도 시간은 기꺼이 낼 거예요. 스튜어트라면."

며칠 전부터 보이던 그 악의라면 '기꺼이'란 안 좋은 의미에 가깝겠지만, 비비안은 이 낭만적이고 멍청한 남자가 제게 반했다는 사실에 심취하기 전에 그것을 막아야만 했다.

"맙소사, 공자께서 그래주신다면 친구들이 다 모일 겁니다. 그러니까, 심지어 베드포드에 있는 녀석들까지요."

저 그러니까는 대체 왜 아무 상관도 없이 저렇게 아무 데나 붙는지 몰랐다. 비비안은 인내심을 모두 긁어내며 회중시계를 힐끗 응시했다. 성의를 기준으로 벌써 십 분이 더 지났다.

"다들 테니스를 아주 좋아하거든요."

늘 흔한 가십이나 떠들던 주제에 왕의 사생아까지 운운할 수 있게 된 것이 좋은 모양이지만, 그녀는 모른 척 남은 차를 들이마셨다.

그로부터 일주일 후, 프랭크 스튜어트는 베드포드의 친구들까지 다 모인 앞에서 고귀한 공자가 던지는 가죽 공에 수십 번을 얻어맞고 나서야 길디긴 한 게임을 마무리했다.

"맥밀란?"

"베이커."

비비안은 허리에 리본을 다시 감아 등 뒤의 하녀에게 마무리를 맡기며 짤막하게 대구했다.

에윈이 시큰둥한 얼굴로 턱을 괴었다.

그가 돌아온 열여섯 겨울부터 시작된 비비안의 혼담은 이듬해 봄까지 끊이지도 않고 이어졌다. 그것은 곧 에윈의 인내가 이어진 기간과도 같았다.

사실 그것을 인내라 부르기엔 다소 무리가 있었다. 이 모든 상황이 얼마나 당연하게 돌아가고 있는지는 차치하더라도, 그에겐 실상 막을 만한 대상이 없었다.

애초에 그 대상이랄 게 대부분 조건상 일고의 가치도 없이 종이 위에서 사라진 이름들이었기 때문이다. 혼담이라고 말할 수조차 없고, 결코 실체로 나타나지도 않을.

심지어 이름도 기억나지 않는 방직사의 삼남은 에윈이 방에 들어서고 그가 처음으로 입을 연 순간부터 에윈의 모든 적의를 허물어뜨렸다.

비비안이 죽어도 선택할 리 없다는 것을 알면서 앞뒤 다 헤치려 끼어들 만큼 에윈은 어리석지 않았다.

그녀가 어떤 식으로 제 혼담을 이용하고 있는지는 그 멍청한 한량을 보는 순간 알 수 있었다. 이후로 줄줄이 사라진 목록과, 간간이 필요에 의해 주선된 만남이 두어 번 더 있었다.

전혀 공식적이지 않고, 처음의 충격을 배반하듯 단 하나도 성사되지 않을 것만 같은 일들의 연속.

그렇지 않아도 제가 논외인 판국에 섣불리 나서 괜한 미움을 살 필요는 없다. 제 나름대로도 해결해야 할 것이 있고, 조만간 모든 준비가 끝나면 저도 말할 수 있다. 그러니까······.

"이거 어때?"

비비안이 아래로 묶은 머리에 리본 두어 개를 가져다 대며 물었다. 짙은 감색 리본과 옅은 상아색 리본을 번갈아 보던 에윈이 턱짓으로 감색을 가리켰다.

비비안은 어릴 적부터 저런 색과 죽어도 어울리지 않았다. 그는 별 가책도 없이 비비안이 감색 리본을 머리에 감는 것을 뻔뻔하게 바라 보았다.

비비안은 하녀의 도움 없이 그것을 능숙하게 묶어내고는, 거울을 보지도 않고 에윈에게로 다시 몸을 돌렸다. 애초에 본인부터가 잘 꾸밀 생각이 없었던 듯했다.

에윈은 그 무성의가 그나마 마음에 들어 고개를 끄덕였다.

"됐어, 그럼 대충 이렇게 하고. 저녁에 아버지가 미스 빙엄 가족을 초대한 건 기억하고 있지?"

"알아."

"오늘 베드포드에 나가야 한다며. 나중에 잊어버리지 말라고."

"너나."

"괜히 시비는."

비비안이 유난이라는 양 어깨를 으쓱하며 방을 걸어 나갔다.

에윈이 애꿎은 하녀들의 뒤통수를 노려보다 눈이 마주치자 씩 웃으며 아까 챙기던 책들을 마저 챙겼다.

물론 몇 번의 선례가 말해주듯 이번도 그리 의미 있는 상황은 아닐 것이 분명했다. 그 어릴 적 제 주치의를 보고 반했던 비비안이 어떤 유난들을 떨어댔는지 떠올린다면.

이렇게 간략하게 말하자니 퍽 소녀 같은 일이지만, 사실 그 어린 계집애 딴에는 그조차 '그에게 반해서'가 아니라 '그에게 진지하게 제안하기 위해서' 해낸 일들이었다.

즉 에윈은 비비안이 남자를 진지하게 대한다는 게 어떤 것인지 잘 알고 있었다. 그것이 어릴 적의 일이라고 해도, 그녀가 스스로 어리다는 생각을 별로 하지 않고 살아왔다는 점을 감안하면 지금과 별반 차이도 없을 것이다.

다행히도 비비안은 제 주치의에게 정신 나간 프러포즈를 한 이후로, 다시는 그런 정신 나간 짓을 한 이력이 없었다. 그리고 굳이 그것을 정신 나갔다고 표현하고 있는 것은 사실 에윈의 사적인 감정이 개입된 탓이었다.

그는 목구멍까지 치미는 짜증을 겨우 삼키며 책을 들고 나왔다. 심지어 이 책들은 그에게 지금 하등 필요도 없었다.

고작 들여다보려는 핑계로, 고작 비비안이 그리 신경 쓰지 않는 모습에나 만족하고, 고작……. 에윈은 머릿속에서 쓸모없이 길어지는 말꼬리를 잘라냈다.

결국 전부 제 탓이다. 늘 그랬듯 별 의미 없이 지나갈 것을 알면서도 짜증스럽고, 그 의미 없는 대상조차 될 수 없는 제가 짜증스럽고, 감색 리본이 아니라 거적때기를 뒤집어쓴대도 예쁘장할 저 계집애도 싫었다.

심지어 이 불안한 안정이 언제 깨질지 모르는 것이 두려워도 제가 당장은 엎을 수 없는 판이니 보고 있어야 한다.

장난처럼 지나가는 이 모든 일들에도 결국 끝이 있다는 걸 알면서.

"베드포드로 모실 마차가 도슨 가 앞으로 도착해 있답니다, 공자님."

"고마워, 베키."

공손하게 숙였다 드는 얼굴이 의미심장했다. 지금 그의 기분 정도
는 훤히 안다는 듯. 에윈은 무표정하게 갈무리한 얼굴로 그녀를 지나
쳐 걸어 나갔다.

그 계집애의 잘난 계획을 죄 엎기 위해서는 우선 해결해야만 하는
것이 있었다.

빌어먹을 글래스턴.

사실 로얄 버포드를 졸업하고 이곳으로 돌아오기 전까지만 해도,
에윈은 그 말도 안 되는 유언에 관해 그리 깊이 생각해본 적이 없었
다.

그리고 그것은 그럴 수밖에 없는 일이었다. 제 외숙에게 이미 장성
한 아들이 있는 것은 생각할 필요도 없다.

현왕부터가 제 형의 아들들을 모조리 죽이고 즉위한 인물이었다.
개중 에윈이 살아남은 것은 오로지 그렇게 처리해야 할 가치조차 없
었기 때문이리라.

그런 그가 죽은 형의 사생아를, 권력의 정점에 순순히 두고 보리라
고 생각할 이는 아무도 없다.

애초에 늙은이의 변덕이나 뒤늦은 치레에 불과한 유언이 얼마나
유효하다고.

그러나 에윈은 제 스스로 그렇게 말하는 것이 비비안에게 얼마나
안일하게 비칠지에 관해 생각했다. 물론 기다란 계산은 필요 없었
다. 그녀가 그녀 스스로의 미래 앞에 늘어놓은, 그 숨 막히게 완벽한
계획들이 말해주었으니까.

에윈의 생각에 제 승계권만큼 의미 없는 것도 없었지만, 그 승계권
이 제 처지를 한층 더 거추장스럽게 만든 것은 명백했다. 비비안이

경전처럼 외고 다닐 세상물정의 논리 속에선 더더욱.

그러니 아무리 의미가 없는 것이라도 제 발밑에서 치워버려야 했다. 제가 타고난 것이라곤 귀한 오명뿐이다. 더 보탤 것도 없이 그것을 평생 껴안고 사는 것만으로도 그는 충분히 피곤했다.

출생부터 이미 글렀단 것을 안다. 그러나 그는 할 수 있는 최대한 제 신분이 깔끔하길 바랐다.

적어도 제가 비비안에게 청혼하는 순간만큼은.

그렇게 에윈이 베드포드의 변호사를 만나고 돌아온 날이었다. 승계권을 영구적으로 포기하는 절차 따위를 논하고서.

그날 저녁, 이미 몇 번의 선례에 그랬듯 에윈은 비아냥처럼 앤드류 베이커에 관해 물었다.

그리고 비비안이 처음으로 애매모호한 대답을 내놓았다.

비비안은 거울을 잠시 들여다보다 묶은 머리를 풀었다. 기다란 머리칼이 가슴께에서 조금 흔들리다 이내 얌전히 멈추었다. 라벤더 기름 냄새가 코끝을 스쳤다.

스스로 보기에도 역시 묶은 것보단 길게 풀어 내렸을 때가 훨씬 낫다. 머리를 묶거나 푼다고 해서 이목구비가 딱히 달라지는 것도 아닐 텐데, 그녀는 유독 차이가 커 보였다.

비비안은 에윈이 너는 역시 묶은 것이 제일 예쁘다고 태연하게 거짓말이나 하던 것을 떠올리며 피식 웃었다. 그러고 보니 그 입으로 푼 것이 훨씬 낫다고 말하던 게 벌써 몇 년 전인가.

웃음의 끝은 조금 썼다. 그녀는 기계적으로 에윈의 생각을 지워냈다.

비비안이 손으로 머리를 빗어내려 정돈하고는 콘솔 앞에서 몸을 일으켰다. 의미도 없이 치레로 만났던 남자들 앞에서 늘 묶었던 머리였다.

그리고 처음으로, 머리를 풀었다.

"도슨 양."

비비안이 방 안에 들어서자 앤드류 베이커가 깍듯한 태도로 일어섰다. 그는 이미 십 분 전에 도착해 있었다고 했다.

비비안보다 두 살이 많은 앤드류 베이커는 별반 흠잡을 곳이 없는 남자였다.

그는 명문대학의 도시 콘위에서 가장 오래된 대학인 더블린을 다니는 학생이었다. 비비안은 그의 얼굴을 보기도 전에, 이성적으로 그 이야기를 듣는 순간 계산을 더 할 필요도 없다고 느꼈다. 그 직전에 들은 말이, 그의 집안이 남부에서 꽤 이름을 떨친 학자를 대대로 배출한 지식인 가문이라는 말이었던 탓이다.

휜칠한 키, 말끔한 이목구비에 이지적인 인상, 가정교육을 잘 받고 자란 이 특유의 자연스러운 예의.

앤드류 베이커는 부정할 수 없게도 그녀가 어릴 적부터 외우다시피 한 이상적인 남자의 조건이었다. 지역 사회에서 존경받는 가문, 잘 교육받고 자란 지성, 그러나 평생 부자는 되지 못할 팔자를 타고난 데다 공교롭게도 차남이다. 아버지를 자랑스럽게 할 만한 데릴사윗감.

차라리 저 얼굴이나 머리 중 어디가 하나라도 못났으면 좋았을 텐데.

그가 얼마나 제게 완벽한지 이미 다 재어보고도 이런 생각이나 하고 마는 것은 제가 아직까지도 철이 덜 들었기 때문일지도 몰랐다. 계산할 필요가 없다는 걸 알면서도 무언가 모자란 부분이 있지는 않을지 기대하며 계속 의미 없는 생각을 반복하는 것이다.

얄팍한 발상이었다. 스스로는 세상사 알 만큼 다 아니 이제 정신 차렸다고, 어리석은 짓은 하지 않으리라고 선을 그어두고도 아직은 제 세상이 변하지 않기를 바라는 것. 영영 그 애와 멀어지지 않기를 바라는 것.

결국 그녀는 잃지나 않으면 족하다고 생각하고도, 정작 제 인생이 달라지는 것이 싫었으리라.

잃지는 않되 결국 그들의 관계는 어떤 조금의 가망도 없어질 테고, 그렇게 그 애와 영영 틀어지고 말 것을 아니까.

"제가 늦은 건가요?"

"조금은 늦으셨으면 좋겠는데, 그렇지 않아도 좀처럼 늦으시는 법이 없으시다 하더군요."

앤드류가 정각을 가리키는 회중시계를 들어 보이며 설핏 웃었다. 그녀는 그 선량한 얼굴에 마주 웃으며, 어쩌면 지난겨울부터 지금의 봄에 이르기까지 고작 그런 생각으로 시간을 보내온 걸지도 모른다고 생각했다.

스스로에 대한 체면치레나 다름없게도.

어린 시절은 다 끝났다는 양 홀로 모른 체하고, 약혼할 것이라 말하고서는 갖은 이유를 다 들어 제 앞에 떨어진 이름들을 치워냈다. 제가 제대로 결정했음에도 아직도 변치 않는 것이 제 탓은 아니라 말하고 싶었다.

조금만 더 이대로.

그녀가 그 무책임하고 희미한 욕심을 깨달은 것은 앤드류를 온갖 방식으로 부정해보려고 한참이나 노력하던 그날 밤이었다.

제 앞에 계속 보잘것없는 남자만 나타났으면 좋겠다고 생각하고 있었던 것이나 다름없는 그 멍청한 생각을.

애초에 랭카셔의 모든 남자들을 거절하고 다니고자 벌인 일이 아니었다.

그녀는 정말로 약혼해야 했다. 에윈과의 오래된, 그 얄궂은 애정의 역사와는 상관없이. 적어도 제 결혼에 있어서의 그 역사는 생각해볼 가치도 없는 것이었다.

비비안이 생각하기에 세상에서 가장 별개로 두어야 하는 것이 있다면 그건 아마도 그녀와 에윈이었다.

그만큼 의미 없는 가정도 없으니까.

그 의미 없는 가정에 희망이나 품고 매달리기엔 제게도 이미 도슨의 무게가 있다.

"조금이나마 미안해하실 일이 생겼으면 했거든요."

그리고 앤드류 베이커는 그 무게에 적당히 맞는 남자였다.

비비안은 그가 꺼내어준 의자에 우아하게 앉았다. 앤드류가 다시 맞은편으로 걸어가 자리했다.

"제게 빚이라도 지우고 싶단 말씀인가요?"

"빚이라 말씀하시면 지나치게 거창한데."

"그럼……."

"그 미안함에 한 번이라도 더 만날 수 있지 않을까 했을 뿐입니다."

"벌써 끝을 생각하시나 봐요."

"양께서 하실 것을 대비한 것이죠."

"그렇다면, 아직 성급하셨고요."

비비안이 무표정하게 대꾸한 것이 무색하게도 앤드류의 얼굴이 환해졌다. 그녀가 그것을 조금 의아한 듯 응시하고 있자 그가 환한 얼굴 그대로 부연했다.

"딱히 가망이 있으리라곤 듣지 못해서."

지나치게 솔직한 언사였다. 도슨이 얼마나 사윗감을 까다롭게 걸러내고 있는지에 관해서는 근래 여기저기서 회자되는 바가 있었다.

비비안이 입안으로 조금 웃었다.

"그래서 그저 잔소리나 얼마간 모면할 요량으로 겸사겸사 오셨고요."

"뵙기 전까지는 그랬던 게 사실이죠."

"좋은 모습을 보여드렸던 것 같지는 않아요."

"어지간한 사내들은 그 얼굴이 어떤 말을 제게 하더라도 결코 그것이 싫었다고 말할 수 없을 겁니다. 물론 저를 포함해서요."

앤드류는 대수롭지 않게 대꾸했다. 비비안의 외양에 입 발린 칭찬 한마디 하지 않던 사내의 입에서 나온 유일한 찬사였다. 그것도 전혀 직접적이지 않은.

그녀는 앤드류가 제게 쉬이 외모에 관해 말하지 않았던 것과, 그나마 지금에 와서 나온 칭찬조차도 환심을 사려는 것이 아니라 그저 매끄럽게 대꾸해 넘어간 말에 지나지 않는다는 것이 마음에 들었다. 비비안은 제가 예쁜 껍데기를 가진 것이 좋았지만, 그것에 관해 듣는 것은 그리 좋아하지 않았다.

속내를 굳이 적나라하게 다 까놓지 않아도, 사람이 사람에 관하여 대번에 판단할 수 있는 기준이 그 외양이라는 것은 부정할 수 없다. 그것에는 심지어 어떤 시간조차 필요치 않았다.

그러나 비비안은 적어도 제 앞의 누군가가 그것이 아주 중요한 문제라도 되는 것처럼 말하지는 않기를 원했다. 제가 가진 게 마치 그것뿐인 것처럼 느껴질 때만큼 스스로 별 볼일 없이 느껴지는 순간은 드물었으므로.

"그리고 신중한 것은 나쁜 것이 아니죠."

"……꽤 까다로웠다는 건 저도 인정해요."

지난번의 만남에서 모든 대화가 정중한 심문으로 이루어졌던 것을 지칭한 것이었다.

그녀는 그가 제법 멀쩡한 사람이라는 것을 깨달은 이후로 마치 그가 대답을 하지 못하길 바라는 사람처럼 굴었다. 그가 하나를 답하면 어떻게든 더 어려운 것을 짜냈고, 그것조차 그가 답하게 되면 그보다 더 어려운 것을 쥐어짜냈다.

그리고 그는 단 하나도 빠짐없이 대답해냈다. 그 사실이 비비안을 괴롭혔다.

심지어 그 심문이 이어지면 이어질수록 불쾌해하기는커녕 네 트집 잡는 속내가 훤히 들여다보인다는 듯 귀엽게 보던 얼굴까지.

사무적으로 앉아 있던 남자의 얼굴에 흥미가 떠오른 것은 비비안이 멀리 놓여 있던 책 하나에 관해 말하고 난 이후부터였다. 비비안은 그것을 알고 있었다. 비비안에게 있어, 대학 교육까지 받은 지식인이 제 앞에서 여자가 활자에 관해 논하는 것을 반긴다는 건 더할 나위없는 일이었다.

그는 도슨의 위세에 눌려 비비안의 말을 억지로 참아낼 남자가 아니라, 그녀의 지식을 존중할 수 있는 남자였다. 그것도 그녀가 존경할 수 있을 만큼 유식한.

비비안은 그것이 당연하다고 생각하는 것만큼이나, 실제로는 얼마나 어려운 일인지 알고 있었다.

그러니까 제가 정말로 결혼할 생각이 있다면 그를 제발 놓치기 위해 노력한 것들은 미친 짓이나 다름없는 것이다. 그녀는 그날 밤 제가 억지로 잡아낸 흠들을 떠올렸다. 귀가 미세하게 짝짝이고, 눈을 가끔 자주 깜빡이는 것 같고, 손으로 턱을 가끔 쓰는 게 거슬리고―이 지경이 되어서는 저 스스로도 억지라는 걸 알면서 했다―발음이 아주 미세하게 부정확할 때가 있고…….

사실 그에게 흠이 있다면 단 하나였다.

제게, 하나도 대답하지 못한 일이 없는 것.

그래서 더 부정하고 싶게 만들고, 어쩌면 전혀 부정할 수 없게 만들어버리는 것.

"그 기준이 저를 걸러내지 못했다는 이야기를 지금 들은 것 같군요."

"아직은요."

비비안이 그다지 흔쾌하지는 않은 기색으로 대꾸하며 선을 그었다. 앤드류가 입매를 부드럽게 휘었다.

"영광이군요."

"그러니까, 아직까지요."

'그러니까'가 세상에서 사라졌으면 좋겠다. 비비안은 저도 모르게 기피하던 접속사를 사용하고는 미간을 찌푸렸다. 앤드류는 그 얼굴에 무언가 문득 떠오른 듯 입을 열었다.

"아, 지난번 말씀하셨던 로베르 자크의 책은 읽었습니다."

고작 일주일이 지나는 새 그는 제가 지나가듯 말한 책을 읽었다. 그것이 비비안의 환심을 사기 위해서라고는 해도, 본디 저 나이의 남자가 구할 수 있는 환심이라는 것이 얼마나 값싸고 멍청한지를 떠올리면 나쁘지 않았다.

"어떻던가요?"

"적어도 브란젤의 귀족들이 반길 만한 이야긴 아니더군요."

"조금은 급진적인 이야기죠."

"그의 설계처럼 도슨 양도 에른스트에 조세 개혁이 필요하다 보십니까?"

비비안은 순간 눈을 깜빡였다. 생전 처음 들어보는 질문이었다. 제 아버지조차 이렇게 묻는 일은 없다.

그것은 물론 그녀가 그런 일을 논할 가치가 없는 계집애라서가 아니라, 아직은 그에게 어린 딸인 탓이었다. 언제나 묻기도 전에 그녀가 끼어드는 탓도 있었지만.

아버지를 비롯해 비비안을 고작 계집애로 보지 않는 열도 되지 않는 사람 중에서도, 이런 대화를 나눌 수 있는 이는 없었다. 그것은 앤드류가 특별히 유식해서가 아니라, 애초에 세제(稅制)를 열일곱 먹은 젠트리 계집이 어떻게 생각하는지가 그리 중요하지 않기 때문이다.

물론 에윈은 논외로 하더라도.

"……네. 그것도 아주 절실히요."

"귀족들이 더 이상 세금을 면제받아서는 안 된다는 주장은 사실 위험합니다. 그에 이어지는 주장은 심지어 지주가 받는 지대에 세금을 부과해야 한다는 것이었죠. 그리고 그들이 말하는 지주란…….”

“제 아버지 같은 사람들이죠.”

비비안이 명료한 목소리로 받자, 앤드류가 씩 웃었다.

“그리고 도슨 씨와 같은 분들의 경우, 이미 제법 합당한 세금을 부담하고 있기도 하고요. 그러나 더 이상 귀족들이 세금을 면제받지 않게 되면 정작 가장 많은 세금을 부담하게 되는 건 도슨 양의 아버지가 되겠죠. 귀족들이 면제받을 수 없다는 논리가 통한다면 그들은 그다음 논리를 가장 가혹하게 다룰 겁니다.”

“그 손해는 불합리지만, 불가피한 귀결이에요.”

“감수해도 좋다는 뜻입니까?”

“적어도 그 상황이라면 가장 중요한 부분이 옳으니까요. 전부 다 엉망인 지금보다는. 세금은 가장 많이 낼 수 있는 사람에게 주로 부과되어야 해요. 비슷한 상황이라면 비슷한 세금을 내야 하고요. 만약 새로운 교량이 건설된다면, 그 교량으로 혜택을 입는 사람이 반드시 세금으로 기여해야 하죠.”

“결과적으로는 도슨과 같은 젠트리들에게 가장 치명적인 일이 된다고 해도 말입니까?”

“그렇다고 해도요. 딱히 정의로운 마음으로 하는 말은 아니에요. 당장의 이윤이 침해받는다고 해서 큰 그림을 무시할 순 없을 뿐이죠. 이곳저곳 잘못된 차등을 준 지금의 세제야말로 자유 시장을 방해하는 거예요. 로베르 자크의 말처럼 말이에요. 권력층이 세금을 면제받아서는 안 돼요.”

“완벽하지 않아도 결국엔 바뀌어야 한다고 생각하는 게 조금 놀랍군요. 가장 피해를 보게 될 것조차 감수하고.”

"그렇게 배웠거든요. 썩은 물에선 어떤 물고기도 살 수 없어요. 할 아버지는 정말로 오래 살고 싶다면 네가 당장 무엇을 잡아먹을 것인 가보다는 네가 살고 있는 물이 깨끗한지를 보라고 하셨죠."

앤드류는 희미하게 웃는 얼굴로 고개를 끄덕였다.

"조부님께서 많은 걸 가르쳐주신 것 같네요. 그리고 제 생각과는 조금 다른 분이셨던 것 같고요."

"물론 엄청 돈을 밝히셨던 건 사실이에요."

억척스레 자수성가한 제 조부에 대한 세상의 편견에 일부 동의하는 것처럼, 비비안이 어깨를 으쓱했다. 앤드류가 낮게 웃음을 터트렸다.

"자본가가 자본을 좇는 게 잘못된 건 아니죠."

"그리고 그 피가 제게도 흘러요."

전과 달리 딱딱한 어조였다. 앤드류는 짐짓 진지해진 눈으로 비비안을 응시했다.

"저는 드레스보단 드레스를 살 수 있는 돈을 원해요. 심지어 보석도 돈으로 바꾸는 게 더 좋죠. 그리고 그 모든 돈이 도슨을 더 크게 만들길 원해요. 저는 제 가치를 퍽 높게 사지만 곁에 두기 꽤 피곤한 여자라는 것에는 동의해요. 누군가를 위해 살아줄 수 있는 여자도 아니죠."

"……."

"난, 도슨을 위해 살아요."

고양이처럼 새초롬한 눈매에 서늘한 총기가 피었다. 앤드류는 가늘게 뜬 눈으로 그 눈을 마주하다 이내 소리 없이 웃었다.

"이래서 당신이 계속 생각난 모양이에요."

비비안은 물끄러미 남자가 웃는 것을 바라보았다. 그리고 그가 웃음 없이 말했다.

"죽어도 나를 위해 살지는 않을 것 같아서."

"그게 제 유일한 흠이죠."

"저는 그래서 당신이 마음에 들어요."

"취향이 이상하시네요."

"본인이 이상하단 뜻인가요?

앤드류가 꼬리를 잡고 물어오자 비비안이 입을 다물었다. 그는 다시 부드럽게 웃었다.

"양은 머리를 푼 게 더 예뻐요."

"……."

"제 취향이 지극히 정상이란 뜻이죠."

에윈은 멀리서 문이 열리는 것을 보고 걸음을 멈춰 섰다. 복도에 비비안의 목소리가 희미하게 울리기 시작했다. 그리고 낯선 목소리가 그것을 받았다.

알아들을 수도 없었던 대화는 이내 점점 명료해졌다.

에윈은 가만히 그것을 응시하다 천천히 걸음을 옮겼다. 미처 앞을 보지 않고 걸어오던 비비안이 에윈을 그제야 보고 반색했다.

"에윈."

에윈은 간단한 대꾸조차 성가신 듯 비비안에게서 옆의 남자에게로 시선을 돌렸다. 낯설지만 어쩐지 익숙한 얼굴이었다. 곧 거리가 다

좁혀져 걸음이 멈추었다.

"아버지 뵈러 오는 길이야?"

"이미 뵙고 가는 길이야."

그는 여전히 남자의 얼굴에 시선을 둔 채로 무표정하게 대꾸했다. 남자가 조금 멋쩍게 웃으며 손을 내밀었다.

"앤드류, 앤드류 베이커예요."

"⋯⋯."

무시하기에는 에윈이 지나치게 제 얼굴을 빤히 들여다보고 있었다. 앤드류는 의아한 표정으로 제 얼굴을 살짝 쓸었다.

"뭐가 묻었습니까?"

"아뇨. 아무것도⋯⋯."

"글래스턴입니다."

에윈이 냉랭하게 비비안이 저 대신 대꾸하던 말을 자르고는 손을 내밀었다. 앤드류가 다시 웃으며 손을 맞잡았다.

"반갑습니다. 도슨 양과는 아주 절친한 사이시라고 들었는데."

"도슨이 그러던가요?"

비비안이 아니라 어디서 들은 이야기가 아니냐는 듯 에윈이 정중하게 손을 놓으며 표정 없이 물었다.

"친구 이야길 많이 하시더군요."

비비안은 제가 꺼낸 적도 없는 것을 본인 앞에서 퍽 뻔뻔하게 들었다고 말하는 앤드류를 보며 입안으로 헛웃음을 삼켰다.

가벼울지언정 분명한 견제였다. 이젠 저 입으로 네 이야기까지 들을 정도라고 말하는 것처럼.

물론 바깥에서 자신들에 관해 아무런 이야기도 듣지 못한 양 전혀 모른 척하는 것보다는 나았다. 허술한 예의보다야 차라리 뻔뻔한 것이 저도 편하니까. 에윈을 견제할 정도로 혼사에 진지한 것에도 사실은 기뻐해야 했다.

그럼에도 속이 조금 아픈 것은, 고작 저를 두 번 만난 남자가 눈치챌 정도라는 것이다.

네가, 나를 그렇게 보는 게.

그녀는 에윈을 다시 바라보았다. 에윈이 매끄럽게 웃었다.

"아직 가지 않으신 걸 미처 몰랐습니다. 비비안과는 개인적으로 긴히 상의할 게 있어 오는 길이었는데……."

"아, 방해하지 않겠습니다. 이만 가보죠. 만나 뵈어 반가웠습니다."

알면 꺼지라는 양 에윈이 화사하게 웃으며 비비안을 잡고서 그를 마중하듯 섰다. 앤드류가 비비안에게 눈으로 가볍게 인사하고 그들을 지나 걸어갔다. 비비안은 앤드류가 모퉁이를 지나 사라지자 몸을 돌려 걷기 시작했다.

"그래서, 무슨 일이야?"

"크리스토퍼 테일러를 빼다 박았던데."

비비안의 물음에 에윈이 대답 대신 제 주치의의 이름으로 짧게 감상을 내뱉었다. 비비안이 찔리는 기색도 없이 대꾸했다.

"그래?"

저 계집애의 눈은 도무지 변하는 법이 없다. 에윈은 어쩐지 남자의 얼굴을 본 순간 들었던 그 꺼림칙한 기분을 확인받은 느낌이 들어 비비안을 물끄러미 바라보았다.

"그것 때문이야?"

"뭐가?"

"크리스토퍼."

"미쳤어?"

비비안이 계단을 올라서며 진심으로 짜증스레 되물었다. 그녀가 계단을 오를 때마다 길게 풀어 내린 머리가 차분하게 흔들렸다. 에윈은 어두운 눈으로 그것을 응시했다.

"그땐 조건이 맞았을 뿐이었고."

"네가 고작 열셋인데 말이지."

그는 놀리듯 말을 이었다. 에윈은 그 말이 마치 제 말이 아닌 것처럼 싸늘한 얼굴이었지만, 그를 등지고 선 비비안에게는 보이지 않는 것이었다.

그녀는 미간을 설핏 찡그리며 항변했다.

"어쨌든 그때 생각으론 그랬어. 괜찮은 판단이었단 말이야. 그건 어디까지나 내가 얼마나 어릴 적부터 남다르게 합리적이고 미래지향적이었는지 알 수 있는 대목 중 하나일 뿐이지."

"그래서, 청혼을 거절당한 게 부끄럽진 않고?"

"안 부끄러운데. 안 부끄러운데, 난."

비비안이 잔뜩 뻗대듯 애써 하는 말에 에윈이 피식 웃었다.

"정작 네가 그렇게 생각하면 됐고."

"'정작 네가?'"

비비안이 제 방 문을 열며 거슬리는 어구를 잡아내 반문했다.

"그래서 이게 멍청한 자기위안이라는 거야?"

"멍청하다고는 안 했어."

"그래서."

비비안의 말 사이로 문이 달칵 닫혔다.

"공자께서는 어떤 생각이었는데."

돌아올 대답을 모르는 것도 아니면서 비비안은 괜한 시비처럼 물었다. 저조차 의식적으로 외면하기 위해 온갖 공을 들인 시절의 기억이니, 에윈에게는 수많은 놀림거리 중 하나일 뿐이다.

고작 그런 일인 걸 알면서도 말꼬리를 잡고 마는 것은 어쩌면 버릇이거나, 혹은 제 발이 이상하게 저리기 때문이었다. 저릴 명분조차 없이.

처음으로 진지하게 생각한 남자를, 에윈이 처음으로 봤다. 그뿐이었다. 아무런 의미도 없는 일이다. 그럼에도 제 발이 저린 것은 제가 여전히 착각하고 있다는 말과 다르지 않았다.

마치 에윈과 자신에게 조금의 지속될 가망이라도 있는 것처럼.

혹은, 그가 이제 볼일이 없다는 양 도망가버릴까 봐 지레 두려워서.

"내 생각을 묻는 거야, 아니면 내 기분을 묻는 거야."

"뭐가 됐든."

"멍청했다고 생각해."

"이거 봐! 네가……."

"기분은 더러웠고."

목소리의 온도가 뚝 떨어졌다. 비비안이 몸을 돌려 그를 바라보았다.

에윈의 얼굴은 기묘할 정도로 서늘하게 차분했다. 비비안은 문득 그가 제 뒤에서 쭉 이런 얼굴이었을까 생각하다 무어라 대꾸하려 입을 달싹였다. 그러나 에윈이 더 빨랐다.

"내가 널 좋아했으니까."

"……."

"좋아해."

"……."

"그래서 지금도 기분이 더러워."

그녀는 들어서는 안 될 말을 들은 사람처럼 에윈을 말없이 바라보았다. 에윈이 그 얼굴을 담담히 마주했다.

비비안은 이윽고 몸을 돌려 문가로 걸어갔다. 그러나 금세 다시 잡혀 돌려졌다.

제법 평정을 지키고 있던 에윈의 얼굴이 미세하게 무너져 있었다. 그녀는 그 얼굴에 순간 아무것도 하지 못하고 에윈이 걸어오는 대로 천천히 콘솔까지 밀려났다. 에윈은 비비안이 다시 빠져나갈 것을 막듯 그녀의 양옆으로 콘솔을 짚었다.

창문을 등진 에윈의 너른 어깨가 그림자를 만들어내며 비비안을 덮었다. 새삼스럽게도, 그가 이제 남자의 모습을 하고 있다는 것을 그녀는 실감했다.

더는 부정할 수도 없이.

에윈이 천천히 고개를 내렸다. 서늘하게 끓는 눈이, 어둡게 침잠한 시선이 마주쳤다. 비비안은 고개를 돌리지 않고 그 시선을 물끄러미 마주했다.

입술이 금방이라도 닿을 것처럼 다가오다, 이내 반 뼘 정도를 남기고 멈추었다.

"안 피하네."

"네가 멍청한 짓 안 하리란 거 아니까."

비비안의 대답에 비틀리듯 맞물린 입술 사이로 실소가 새어나왔다.

"내가 지금 무슨 짓을 하든, 결국 네 인생에 전혀 상관없으리라 생각한 건 아니고."

악문 잇새로 씹어뱉듯 내뱉는 말에 비비안이 한숨처럼 그를 불렀다.

"에윈."

"혹은 내가 있든, 없든."

"그럴 리가 없잖아."

"정말 그럴 리가 없으면, 네가 그럴 수는 없었어."

"뭐가."

"병신처럼 네 주변 맴도는 날 보면서 태연하게 약혼을 생각하고, 내 앞에서 당연히 다른 새끼와의 미래나 말하지."

"……."

"내가 무슨 생각을 하든, 내가 뭘 하든 네 인생이랑은 어차피 하등 상관도 없을 테니까."

"자꾸 비약하지 마."

"내가 네 머릿속을 그대로 읊은 건 아니고?"

에윈이 해사하게 웃는 얼굴로 비꼬았다. 비비안이 인상을 찌푸리며 콘솔 위로 기대서게 된 몸을 일으키려 했으나 그가 안쪽으로 반 걸음 더 다가오면서 완전히 갇혔다.

"대체 왜 이래."

이제 비비안의 목소리도 싸늘했다. 에윈이 낮게 웃었다.

"왜 이러냐고? 지금 나한테 왜 이러냐고 묻는구나, 네가."

"글래스턴."

"내가 너한테 뭐라고 말했는지 기억은 해? 아, 넌 쓸모없는 기억은 바로 잊어버렸지."

"……."

"다시 말해줄까. 나 너 좋아해."

"못 들은 걸로 할게."

"결혼하자."

줄곧 무표정하던 얼굴 위로 냉랭한 기색이 떠올랐다.

"너랑? 내가?"

"뭐가 문젠데."

"하나 물어볼게. 그건 혹시 멍청한 생각이야, 아니면 바보 같은 생각이야?"

"너라면 그렇게 말할 줄 알았지."

"알았으면 하지 말든지."

"결혼해, 나랑."

에윈은 개의치 않고 다시 말했다. 비비안이 기가 막힌 듯 헛웃음을 터트렸다.

"청혼을 누가 이렇게 구석에 짐승 몰아넣듯 해?"

"그럼 의자에 묶어줄까?"

"변태 같아."

"말 돌리지 마. 넌 앞에 앉혀놨으면 첫마디만 듣고 이 방 나갔을 계집애야."

"알면 이제 그만 놔. 내 의지로 끝까지 듣지도 않았을 이야기란 걸 스스로 그렇게 잘 알면."

"결혼해."

"미쳤어?"

"네가 원하는 대로 할게."

싸늘하게 주고받던 말 속에 순간 절박함이 섞여들었다. 비비안은 입안을 짓씹었다.

"너랑 안 해. 그게 내가 원하는 거야."

"결혼하고, 네가 원하는 대로 네 뒷받침 하면서, 적당히 공부도 더 하고 내려올게. 네가 바라는 대로 적당히 배우고, 적당히 명예로울 만한 일도 찾고. 외조부가 유언으로 남긴 상속권을 영구히 포기할 수도 있어. 그동안 그 방법을 찾고 있었어. 그리고 곧……."

"멍청한 소리 그만해, 에윈 글래스턴."

"어디가 멍청한지 말해봐."

"내가 아무리 잘난 줄 알고 살아도, 물론 잘났긴 하지만……."

"이 와중에."

"에윈."

비비안이 손을 천천히 위로 올려 에윈의 얼굴로 가져갔다. 손끝이 에윈의 일그러진 눈가를 살짝 눌렀다.

"난 타고난 주제 파악은 해."

"……."

"너도 네 잘 타고난 주제 알잖아. 우리 부디 주제 파악하고 살자."

"내 주제가 어떤데."

"글래스턴."

"내가……."

"나야 이대로 밖에 나가 어떤 말이든 꾸며낼 수 있어. 왕의 아들이 날 침대에 눕혔노라고 자랑할 수도 있겠지. 혹은 누군가가 그렇게 떠들고 다닐 테고. 그리고 넌 한낱 젠트리 계집이나 건드리고 다닌 탕아가 되는 거고."

"……."

"너랑 있으면, 난 겨우 그런 존재가 돼. 고작 그런 것밖에 없는 계집. 그리고 너는 약점이나 하나 더 껴안고 살겠지. 부디 다른 사람의 생각이 뭐가 중요하냐고 말하지는 마. 난 도슨이야."

에윈의 얼굴에서 천천히 표정이 사라졌다. 비비안의 손끝이 에윈의 눈가를 스치며 떨어졌다.

"서로의 약점이 될 필요는 없어."

좋아하는 만큼, 그것은 비참한 일이었다.

그래. 어쩌면 그래서 그녀는 이 순간을 피해서 도망쳐 왔는지도 모른다. 너를 위해서라는 허울 좋은 말이나 제 가문이 우선이라는 오래된 자기세뇌가 지나면, 오롯이 그것이 있다.

나는, 네 약점이 되기 싫었노라는.

"여기서 조금만 더 가까이 오면, 다시는 너 안 볼 거야."

에윈의 눈가를 매만지던 손이 그들의 사이로 떨어졌다. 그리고 그녀의 말이 무색하게도 그와 동시에, 에윈이 고개를 비스듬히 숙이며 입을 맞춰왔다.

비비안이 미처 반항하기도 전에 에윈의 손이 그녀의 목뒤를 감싸 제게로 깊이 당겼다. 허공에 뻣뻣하게 놓여 있던 손이 뒤늦게 정신을 차린 듯 에윈의 어깨를 잡고 몇 번이나 밀어내다 멈추었다.

어그러진 시선이 뒤엉켰다. 그 눈물겹게 익숙한 청회색 눈동자 아래로, 가장 낯선 눈이 있었다.

제가 미워서 어쩔 줄을 모르는 것처럼 뒤틀리고, 우습게도 절절하고, 절박한.

비비안이 멍하니 굳어 섰다. 그 틈을 파고든 혀가 서툴고 거칠게 입안을 헤집었다. 에윈의 큰 키에 비비안의 고개가 뒤로 젖혀졌다. 유려한 곡선을 그리며 하얗게 드러난 목을, 에윈이 엄지 끝으로 천천히 쓸었다. 비비안은 그 선득한 손길에 도망치듯 파르르 떨리는 눈꺼풀을 감았다.

에윈은 일그러진 얼굴로 비비안을 놓아주었다. 목뒤를 감싼 손이 미끄러지듯 내려가 그녀의 손목을 쥐었다. 비비안을 죽일 듯이 노려보던 눈이 이윽고 허탈하게 웃었다.

"좋아한다는 말, 들은 체도 안 할 거 알았어. 청혼, 그래, 그것도. 네가 비웃지 않은 게 그나마 다행이라는 것도 알아. 그런데 지금 내가 제일 비참한 게 뭔지 알아?"

"……."

"내 인생에는 너밖에 없는데, 네 인생에는 세상 모든 사람 중 나만 없다는 거야."

비비안의 손목을 쥐고 있던 손이 그것을 한 번 더 꽉 쥐었다가 놓았다. 에윈은 천천히 그녀에게서 물러나다가, 이내 서늘하게 몸을 돌려 밖으로 나갔다.

문이 닫히는 소리와 함께 비비안이 그대로 무너졌다. 입맞춤은 문제가 아니었다.

비비안은 기억을 되돌렸다. 제가 분명 다시는, 보지 않겠다고 말했다.

에윈은 그것에 대답한 것이다.

다시는 저를 보지 않겠다고.

그날 이후로 에윈을 본 적이 없다. 사실 그렇게나 거창하게 말하기
엔 고작 나흘이 지나 있었지만.

비비안은 장부를 뒤적이다 말고 멍하니 장부의 끄트머리 따위를
바라보았다. 그러다 문득 정신을 차리고 몇 줄을 더 보고는, 다시 멍
하니 시선을 쓸모없는 곳에 두었다.

그녀는 정확히 지난 일 년간 저지른 실수의 두 배를, 이번 나흘간
저질렀다. 몇 년에 한번 화를 낼까 말까 한 필립이 아침에는 화를 낼
지경이었다. 정작 사과도 필립이 했지만.

정신 차려야지, 그렇게 생각했던 것도 사흘 전 같다. 그녀가 그런
생각을 나흘째가 된 지경에도 하지 않는 것은 처음부터 별반 소용이
없었기 때문이다.

멀거니 종이를 들여다보던 비비안이 결국 장부를 덮었다. 어차피
필립이 화를 낸 이후 그녀는 대부분의 업무를 햄튼에게 압수당했다.
하도 싫다고 우기니 그나마 하나 쥐여준 게 기한도 한참 남은 이것이
었다.

그러니 당장 끝낼 필요가 없는 것은 맞다. 그래도 짜증스러웠다.
이조차 제대로 다 보지 못하고 있다는 게.

그녀는 짜증스레 입술을 잘근잘근 깨물었다. 공사 구분도 되지 않
느냐고, 스스로 캐물어도 변하는 것은 없다.

그저 불안하고, 그저 어쩔 줄을 몰랐으니까.

결혼하자.

비비안은 순간 의식 속을 파고드는 목소리에 눈을 질끈 감았다. 네가 원하는 대로 할게. 네가 원하는 대로 네 뒷받침 하면서, 네가 바라는 대로……

머리가 텅 비는 것만 같던 찰나, 다행히도 노크 소리가 들렸다.

비비안은 울지도 않은 눈가를 무심결에 닦으며 바깥에 대꾸했다.

"들어와요."

달칵 하고 문이 열리는 소리와 함께 비비안이 뒤돌았다.

"도슨 양."

문가에는 앤드류가 서 있었다. 그녀는 그제야 그날 이후로 그와의 일에 관해 한 번도 생각해본 적이 없다는 것을 깨달았다. 미미한 가책과 함께 불편한 기분이 들어 비비안은 입안으로 한숨을 삼켰다.

"혹시 제가 바쁜 때를 방해했습니까?"

"아뇨. 마침 잠시 쉬고 있었어요."

그녀는 의식적으로 웃으며 테이블 쪽을 가리켰다. 그리고 앤드류가 테이블에 앉자 맞은편에 앉았다.

"아버지 부탁으로 베드포드 다녀오는 길에 잠시 양께도 들러볼까 해서 왔어요. 양을 방해할 작정은 아니라 잠시 얼굴만 뵙고 갈 생각이니, 시간을 오래 뺏지는 않을 겁니다."

그런 생각을 아예 하지 않았으면 더 좋았을 텐데. 비비안은 무심코 아니꼽게 받아들이고는 제 스스로 놀라 말없이 눈을 깜빡였다.

그렇지 않아도 비비안의 얼굴을 찬찬히 살피고 있던 앤드류가 의아한 듯 고개를 갸웃했다.

"도슨 양?"

당연히 의아할 만한 일에 의아해하는 것을 알면서도, 되묻는 소리
에 괜한 짜증이 일었다.

짜증이라니. 비비안이 제 말도 안 되는 심리를 억누르며 매끄럽게
미소 지었다.

"베드포드에는 무슨 일로요?"

"무슨 일이라도 있습니까?"

그들은 동시에 서로에게 물었다. 정확히 겹쳐든 말에 비비안이 우
스운 듯 실소했지만, 앤드류는 웃지 않았다.

"만났던 게 이제 고작 나흘 됐던가요? 그동안 특별한 일은……."

"그날."

"……."

"그날을 말하는 거예요."

앤드류가 부드럽게 웃었다. 그러나 이번에는 비비안이 웃지 않았
다. 그녀는 표정이 조금 사라진 채로 대답했다.

"제 기억으로는, 우리가 잘 헤어졌던 것 같은데."

"우리 이야기를 하는 것이 아닙니다, 도슨 양."

"대체 무슨……."

"어떤 관계냐고 물으면, 양께는 실례가 되겠죠."

"지금 무슨 말씀을 하시는지 모르겠어요."

"그 공자와 당신에 관해 말하고 있습니다."

앤드류가 직설적으로 내뱉었다. 비비안이 불쾌한 듯 미간을 찌푸
렸다.

그들의 소문을 말하는 것이리라. 결국 그도 이 이상 괜찮은 혼처가
없어 모른 척했을 뿐이겠지.

열다섯, 에윈이 처음으로 사교 모임에 몇 번 참석하고 얼굴이 알려지면서부터 그와 저를 엮은 소문이 퍽 지저분하게 돌고 있는 것은 그녀도 알고 있었다. 소문에 의하면 그녀는 이미 몇 년 전부터 처녀가 아니었고, 왕의 사생아를 잡아 어떻게든 출세하려고 시도 때도 없이 그의 침실을 드나드는 어린 창녀였다. 에윈은 불행히도 그 역겨운 계집애에게 멍청하게 엮이고 만 것이고.

시작은 에윈의 외양에 눈먼 소녀들의 질투심이었을 테지만, 이젠 이야기에 살이 꽤 붙어 제법 신빙성 있는 이야기가 되었다. 거짓은 언제나 그 나름대로 쌓이는 법이므로.

그 보수적인 남부 귀족들에게 전왕의 사생아와 돈이나 만지는 졸부의 딸이라니. 제발 헐뜯어달라고 애원하는 것이나 다름없지 않은 것이다.

"그런 소문에 귀 기울이시는 분은 아니리라 생각했어요."

"귀 기울인 적 없어요."

"지금 이런 이야기를 꺼내신 것부터가……."

"떠드는 이야기의 절반이 사실은 주인공과 상관없는 동넵니다. 양이 상대를 까다롭게 고르고 있다는 소문은 정보였지만, 그 소문의 경우엔 악의죠. 그리고 저는 보통, 악의를 믿지 않는 편이고요."

비비안이 입을 다물었다. 그녀는 지금 제가 꽤 과민하고 초조하며 매사에 부정적인 상태라는 것을 인정했다. 앤드류가 말하는 족족 속에서 아니꼽게 받아치는 것이든, 사실 누구의 말도 듣기 싫다는 것이든, 전부 제가 이상하기 때문이다.

어쩌면 그에게 반감을 안고 있었던 것일지도 모르겠다. 더는 머뭇거리지도 못하게, 저를 결심하게 만들었으니까.

선을 영영 그어버린다는 건 다 끝나버릴 수도 있다는 것을 의미했다.

비비안이 계속 결혼을 말하면서 동시에 피해온 것도 그것 때문이다. 제가 완전히 누군가의 사람이 된다는 것이나, 에윈이 결국 제게 고백하고 마는 것은 그런 의미에서 똑같이 두려웠다.

전자는 결국 반드시 이루어져야 하는 것이었고, 후자는 닥치면 반드시 거절해야만 하는 것이었으므로.

그게 당신 때문이라 말하는 것은 억지나 다름없음을 알고 있다. 앤드류는 그저 좋은 사람이었다.

"하지만 제가 직접 본 것은, 무시하는 편이 아니죠."

"……."

"그 공자가 당신을 볼 때 어떤 표정인지는, 아마 당신이 제일 잘 알 거예요."

"아시다시피, 어릴 적부터 쭉 함께했어요. 그저 치기 어린 발상이죠."

"그저 치기 어린 마음이 아니란 것도 도슨 양이 제일 잘 알겠죠. 양은 똑똑하니까."

"제가 알고 있다면, 우리의 예정에 변화가 생기나요?"

앤드류의 추측을 아예 끊어낼 요량으로, 비비안은 그들의 불확실한 만남에 예정이라는 단어를 붙였다. 비비안이 빠져나가기 위해 제게 무엇을 대가처럼 줬는지 깨달은 앤드류가 피식 웃었다.

"특별히는 아니에요. 그 공자가 도슨 양을 얼마나 좋아하는지는 애초에 상관없었으니까. 상관할 자격도 없죠."

"그럼 더 이상 그것에 관해 나눌 이야기는 없는 거네요."

"제가 상관하는 건 당신이에요, 도슨."

비비안이 무표정한 얼굴로 앤드류를 응시했다. 앤드류는 여전히 웃고 있었다.

"당신이 혹시 그 공자를 좋아하는지. 그게 궁금했어요."

"아니에요."

"아닌가요?"

그녀는 짜증스레 앤드류를 노려보았다. 앤드류가 어깨를 으쓱했다.

"당신이 아니라면 다행이고요."

"아니에요. 당신 말 때문에 불쾌할 지경으로 아니에요."

맞으면 어쩔 거냐고 뻗대고 싶은 것은 지금 제가 그리 이성적이지 못한 상태이기 때문이리라.

그러나 에윈과 그렇게 됐다고 제 일을 전부 다 놓을 수는 없었다. 비비안은 싸늘해진 얼굴이 마치 그의 억측 때문인 양 고개를 빳빳이 들었다. 어찌 되었든 앤드류 때문인 것은 맞았다. 아까부터 괜히 탓하고 있는 것을 알아도 별수 없었다.

그렇게 앤드류를 쫓아내듯 보낸 비비안은 얼마 지나지 않아 필립의 손에 쫓겨났다. 며칠간 지나치게 상태가 좋지 않으니 집에서 당분간 쉬라는 명목이었으나 실상 필립이 오전의 일로 마음이 불편해 등을 떠민 것이었다.

이대로 며칠이 더 지나면…….

흔들리는 창밖으로 질리도록 익숙한 풍경이 흘러갔다. 문득 그 익숙함이 진절머리 나게 끔찍한 느낌으로 눈에 박혔다. 비비안은 입술을 초조하게 짓씹었다.

진심 하나 없이 오로지 에윈을 멈추게 하기 위해서 한 말이었다. 다시는 널 보지 않을 거라고. 에윈이 그 말에 그런 식으로 대답했다고 해서, 정말로 다신 보지 못하리라 생각한 것도 아니었다. 완전히 다 뒤틀려버렸을지언정.

그럼에도 비비안은 에윈이 어느 정도의 진심으로 그렇게 대답했는지 알고 있었다.

그는 이제, 저를 보지 않으려고 한다.

그녀는 설령 당장 내일 그를 만난다고 해도 그 대답의 무게를 잊지 못할 것이다.

어느덧 저택과 가까워진 마차가 글래스턴의 별장을 돌았다. 비비안은 우울한 얼굴로 고개를 돌렸다.

제 얄궂은 애정을 잘라내서라도 영영 잃지 않고 싶어 했던 것이 통째로 짓밟힌 기분이었다. 열둘, 그 어린 시절부터 지금에 이르기까지 둘이서 함께한 모든 것이.

비비안은 그가 잘라낸 쪽이 자신과 정반대라는 점이 결국 우스웠다. 에윈이 죽어도 잃고 싶지 않았던 것은 후자가 아닌 전자였다.

처음부터 다른 방향을 보고 있었으니 이렇게 어긋나고 만 것이리라.

"아가씨!"

비비안이 저택에 들어서기 무섭게 문가에 서 있던 베키가 비비안의 팔을 잡았다. 그녀는 조금 놀라 물었다. 베키가 평소와 다르게 입구에서 서성이고 있던 것은 둘째치고, 조금 곤란한 기색이었던 탓이었다.

"무슨 일이야?"

"아까 왕궁에서 급사(急使)가 왔어요. 공자께."

"왕궁에서?"

적어도 비비안이 아는 한 현왕인 에윈의 숙부는 한 번도 그에게 관심을 보인 적이 없었다. 그녀가 의아한 듯 미간을 찌푸렸다.

"베키, 무슨 일인지도 혹시 알아?"

"무슨 일인지는 메리도 모르는 눈치예요. 급사가 곧장 수도로 공자를 모셔갔고요."

"……뭐?"

"언제 돌아오실지 모른다고 말씀하셨다는데, 조만간은 아닐 것 같다고 메리가 아가씨께 전해드리라고……, 아가씨!"

비비안이 바깥으로 다시 달려 나갔다. 가슴이 거세게 뛰었다.

제가 왔다는 것을 알리지도, 커다란 목문이 열리기를 기다리지도 않고 곧장 비비안이 열어젖혔다. 놀란 별장의 사용인들이 그녀를 아는 체할 새도 없이, 그녀는 에윈의 방까지 차오르는 숨을 삼키며 올라갔다.

방은 변함없었고, 비어 있었다.

보이는 것처럼, 모든 것이 그대로라는 것을 알고 있다. 그가 영영 저를 떠나려고 수도로 간 게 아닌 것도 알고 있다.

모든 것은 그 자리에 있고, 수도의 일이 끝나면 결국 그는 다시 여기로…….

돌아올 이유가 아직도, 여기에 남아 있을까.

덩그러니 방 한가운데 서 있던 비비안이 방을 둘러보았다. 마치 어릴 적, 그가 돌아오지 않는 방에서 홀로 남았을 때로 돌아간 기분이었다. 그러나 그 어느 때도, 에윈이 영영 돌아오지 않으리라 생각한 적은 없었다.

그런데 네가, 돌아오지 않을 것 같아. 다시는.

비비안은 침대 끄트머리에 겨우 주저앉았다. 환청처럼 일그러진 목소리가 귓가를 울렸다.

내 인생에는 너밖에 없는데, 네 인생에는 세상 모든 사람 중 나만 없다는 거야.

그녀는 천천히 손바닥에 얼굴을 묻었다.

다시는 널 볼 수 없다면, 적어도 그렇지 않다고 네게 말해줬어야 했는데.

"우리 파혼해요."

그 말은 홀린 듯 내뱉은 것에 가까웠다.

그게 제 최소한의 양심일 수도 있었다. 앤드류 베이커는 괜찮은 사람이었고, 아무리 사랑으로 결혼할 생각이 아니었다고 해도 이런 지경이면 민폐였다.

앤드류는 별달리 당황한 기색도 없이 잔을 내려놓았다.

"우리 약혼한 적도 없잖아요, 도슨 양."

"잘됐네요. 없었던 얘기로 해요."

앤드류의 지적에도 전혀 무안해하지 않으며 비비안이 매끄럽게 대꾸했다.

"억측 때문에 불쾌하다 하시더니, 억측이 아니었나 봐요."

"아뇨. 그저 좀 더 시간을 두고 신중하게 생각하고 싶어졌어요."

"시간이 필요하다면 기다려줄 수 있어요."

"당신을 기다리게 하면 제가 생각해보는 시간은 의미가 없어지죠."

앤드류가 픽 웃었다.

"여지라고는 조금도 두지 않으시는군요."

"갑작스러우리란 거 알아요. 조금 미친 것처럼 보이는 것도 알고요. 하지만 이게 당신에게 보일 수 있는 제 최선이에요. 계속 이 혼담을 진행하는 건, 제가 당신을 이용하는 것이나 마찬가지일 거예요. 당신에게 그러고 싶지 않아요. 당신은 좋은 사람이니까……."

"공자가 랭카셔를 떠난 것 알아요."

앤드류가 비비안의 말끝을 자르며 말했다. 비비안이 얕게 한숨을 뱉었다.

"그와는 상관없어요."

"영영 랭카셔로 돌아오지 않을 거란 소문이 파다하더군요."

그녀는 대꾸하지 않고 찻잔을 천천히 들었다. 앤드류가 턱을 괴었다.

"저는 애초에 지고지순한 내조를 바라는 남자가 아니었고, 그가 떠났으니 양은 어차피 하려던 결혼 그대로 저와 하시면 그만일 겁니다. 보이지 않으니 언젠간 잊게 될 테고, 제게 집중하시는 건 그때부터여도 충분하죠."

"베이커, 저는……."

"그가 있을 때도 양은 저와 약혼하려 했어요. 그리고 이제 그가 떠났죠."

혀끝에 씁쓸한 맛이 남았다. 비비안이 입가에 머무르던 찻잔을 다시 내려놓았다.

"그런데 이젠 약혼을 하지 않겠다고 하고요."

"시간이 좀 더 필요할 뿐이에요."

"제일 우스운 건, 공자가 계속 있었더라면 당신은 당장 다음 달에라도 흔쾌히 나와 결혼했으리라는 거예요."

"……."

"하지만 그가 없으니, 나도 필요 없는 거죠."

"무슨 말인지 모르겠어요."

"이제, 혼자서 그 공자를 얼마든지 좋아해도 될 테니까."

마치 불에 덴 것처럼 일순 눈가가 뜨거워지는 듯한 착각이 일었다. 비비안은 그 빈방이 떠오르기 전에 자리에서 일어섰다. 평생 몇 번 해본 적도 없는 무례한 짓이었지만 현명한 선택이었다. 방을 나오자마자 눈물이 나왔으니까.

그녀는 무표정한 얼굴로 눈물을 아무렇게나 닦으며 제 방으로 돌아왔다.

되새기고 싶지는 않다. 한때 너와 내가 어땠고, 어떻게 우리가 망가졌는지를, 비비안은 굳이 떠올리고 싶지 않았다.

육 년, 그중에 에윈이 없는 시간만 삼 년이었다. 늘 함께한 것 같지만 그렇지도 않았다.

상실감을 과장해서는 안 된다. 그가 없었던 기간이, 그와 늘 함께했던 기간보다 가까운 시간이었다.

그럼에도 비비안은 제가 미련스럽게 되돌리고 마는 수많은 기억들에 짓눌린 기분이 들었다. 그러나 그것에 짓눌려 죽어도 후회는 하지 않을 것이다. 이렇게 되어도 최선이었다.

설령 다시는 만나지 못한다고 해도.

에윈의 인생은 그가 만들지 않은 약점으로 가득했다. 세상에서 그를 보면 단 한순간도 잊지 않고 떠들고, 짓이기는 그 모든 것. 출생, 오래전 죽은 왕, 그의 친모, 글래스턴⋯⋯.

비비안은 그 약점들이 얼마나 혐오스러운 것인지 알았다. 얼마나 그의 인생을 좀먹고 있는지도 알았다. 모든 과오는 저들이 저질렀는데, 그만이 고스란히 떠안고 살아가야 하는 것들. 세상이 그를 짓밟기 위해 쓰는 핑계들.

그의 등 뒤에 붙은 것들을 그녀는 그렇게나 경멸했다. 오로지 그의 인생을 방해하기 위해 존재하는 모든 것이 혐오스러웠다.

비비안은 에윈이 자주 앉아 있던 자리를 물끄러미 바라보았다.

저는, 그중 하나가 되기 싫었을 뿐이었는데.

이미 넘치는 약점 속에, 그가 안은 기회가 있었다. 어쩌면, 왕이 에윈을 부른 것은 그 기회가 제 생각보다도 더 현실적이었기 때문일지도 몰랐다.

그 하나의 기회마저 망가뜨릴 수 있는 게 있다면, 그것이 저여서는 안 됐다.

결국엔 잃어버렸어도, 이것이 옳았다.

그러니 괜찮았다.

탁자 위에 놓여 있던 커다란 트레이가 떨어졌다. 접시들이 요란한 소리를 내며 깨어졌다.

깨진 접시 조각들 위로 쓰레기처럼 널린 음식들을 매끈한 가죽 구두가 우아하게 건넜다. 남자가 그렇게 가까워질수록, 소년은 고개를 숙였다.

이윽고 어른의 손이 만들어낸 그림자가 소년의 머리 위를 덮었다. 그 손은 소년의 머리를 잡아 바닥으로 던지듯 밀었다. 마른 몸이 반항도 하지 않고 쓰러졌다.

"오늘도 아무것도 먹지 않았다고."

커다란 손이 소년의 머리를 잡아 대리석 위로 짓뭉개듯 내리눌렀다.

시어도어는 비스듬히 입매를 올리며 웃었다. 광폭한 시선이 소년을 향했다.

"어미를 따라 죽고 싶은 것이라면, 차라리 그리해주겠다."

"……."

"기껏 온정을 베풀었더니 이젠 굶겨 죽였다는 오명을 씌울 셈이냐?"

"……."

"역겨운 것을 거두어주고 그 더러운 출생에 성까지 붙여주었는데

364

도 내게 되돌려줄 것이 이것뿐이라고?"

소년은 말이 없었다. 그는 혀를 차며 제 조카의 머리에서 손을 떼어냈다.

이제 갓 아홉 살이 된 소년은 제 또래보다 두어 살이 어려 보일 정도로 작고 왜소했다. 여섯, 그날 제 어미가 자살한 이후로 무엇 하나 제대로 입에 대는 법이 없으니 멀쩡히 자랄 리가 없는 것은 당연했다.

그러나 시어도어에게 있어 그것은 연민보다는 악의만 불리는 일이었으므로, 소년은 끼니를 거르는 대부분 그것을 핑계로 시어도어에게 한참을 맞곤 했다.

"그리 먹지 않으면 네 죽은 어미가 돌아오기라도 하느냐?"

마치 부모를 잃은 조카가 아무것도 먹지 않아 답답한 것처럼, 짐짓 다정한 목소리가 물었다. 그를 때린 수많은 날들이 우스울 정도로 평이한 어조였다.

소년은 바닥에 얼굴을 댄 채로 작게 웃었다. 저보다 빅토리아가 죽길 바란 이는 없다는 것을 가장 잘 아는 사람이다. 그렇기에 저렇게 묻는 것이다.

시어도어가 소년이 비웃는 얼굴을 보며 살벌하게 입매를 끌어올렸다.

"왜 웃느냐, 에윈."

시선과 어울리지 않는 나직한 목소리가 물었다. 소년은 대꾸하지 않았다. 커다란 손이 소년의 머리를 내리쳤다.

"대답."

"잘못했습니다."

"무엇을."

"웃지 않았어야 했습니다."

"틀렸다."

소년의 목을 틀어쥔 시어도어가 아이의 얼굴을 제게로 향하게 돌렸다. 목을 조르듯 내리누르는 손에 소년이 얕게 숨을 몰아쉬었다.

"네 어미가, 죽지 않았어야 했다."

"……."

"네 어미를 살려 오면 용서해주마."

시어도어는 웃으며 소년의 머리를 한 번 더 세게 내려치고는 천천히 손을 털며 몸을 일으켰다. 커다란 그림자가 소년을 집어삼키듯 길게 늘어졌다.

단단한 구두가 소년의 기울어진 몸을 수십 번 걷어찼다. 그러다 문득, 그럴 가치도 없는 일을 한 것처럼 경멸을 담은 눈이 일그러졌다. 발이 멈춘 것과 동시에 소년이 작게 헛기침을 몇 번 했다.

시어도어는 손수건을 꺼내 에윈을 만졌던 손을 우아하게 닦고, 깨진 접시들 위로 던졌다.

"네 어미를 죽인 건 너다."

"……."

"그것을 평생 잊지 마라."

"……."

"네 존재가 얼마나 수치스러운 것인지도."

규칙적인 발소리가 소년을 지나며 멀어졌다.

소년은 다시 혼자가 되었다. 욕지기가 날 정도로 익숙한 방 안, 깨진 접시 더미 옆에 무력하게 누워 있는 제 과거를 에윈은 문가에 기대선 채로 허상처럼 바라보았다.

넌 되게 귀한 사람이야, 에윈.

어린 시절, 특유의 또랑또랑한 계집애 목소리가 귓가를 울렸다. 떠올리는 것만으로 모든 걸 괜찮게 만들던 그 목소리.

더 이상 기댈 곳은 없다. 이미 제 손으로 망가뜨렸으니까.

에윈은 방 안을 둘러보던 시선을 싸늘하게 거두며 몸을 돌려 나갔다.

"오래 기다렸나?"

"아닙니다."

에윈은 남자가 방 안으로 걸어오는 것을 보고도, 그가 제게 말을 걸고 나서야 몸을 일으켰다. 남자는 에윈의 맞은편에 앉으며 희미하게 웃었다.

"많이 컸구나."

에윈이 말없이 다시 앉았다. 좀처럼 심중을 알기 힘든 시선이 에윈의 얼굴을 말끄러미 응시했다.

로저 윈스터는 어린 시절, 멀찍이서 두어 번 본 것이 전부였던 그의 기억보다 조금 더 늙었다. 빅토리아 윈스터, 제 어미와 고작 삼 년도 살지 않았던 남자.

백작은 찰스 왕이 죽고 기다렸다는 듯 빅토리아와 이혼했다. 에윈은 그때 여섯 살이었다.

에윈이 태어나기 두 해 전부터 빅토리아는 왕의 별장에서 살고 있었으니 백작의 인내도 꽤나 길었던 셈이다. 그는 아내를 국왕에게 바쳐가면서까지 더 가져야만 하는 것이 애초에 없던 사내였다.

여느 왕의 정부가 제 남편에게 큰소리치며 사는 것과는 다르게, 로저 윈스터는 이미 윈스터의 주인이었다. 국왕이 대관하는 순간 여덟 번째 자리에 서 있을 명예를 가진.

그런 그에게 빅토리아 윈스터의 일은 그저 치욕스러운 부정에 불과했으리라.

아내가 국왕의 침실에 드나들기 시작하면서 백작은 오히려 손에 쥐고 있던 것을 하나씩 잃었다. 왕비의 집안은 왕의 정부치고는 지나치게 고귀한 빅토리아 윈스터를 차마 죽이지 못하는 대신, 다른 수많은 일들을 했다.

윈스터는 글래스턴과 함께 중앙에서 점차 밀려났고, 고작 서른 중반의 백작은 지방의 별장에서 칩거하는 일이 잦았다. 실권이라곤 왕비의 아비로부터 받은 것이 전부인 왕은 그럼에도 왕이어서, 백작은 부정한 아내를 버리지도 못하고 조롱 속에 여덟 해를 그녀의 남편으로 더 살았다.

에윈은 저를 증오한 그 누구도, 이 사내만큼 저를 증오할 자격이 있다고는 생각할 수 없었다. 그럼에도 백작은 가장 말끔한 눈으로 그를 바라보았다. 우스운 일이었다.

"후작의 일은 안되었다. 훌륭하신 분이었는데."

에윈은 변변찮게 기억도 나지 않는 외조부의 죽음을 희미하게 떠올렸다.

벌써 두 해도 더 지난 일이었으나 그들 사이에 주고받을 말이란 게 애초에 몇 마디 없으니 별수 없기도 했다. 그는 여상한 얼굴로 고개를 끄덕였다. 백작이 이미 식은 찻잔을 들어 조금 마셨다.

"장례에는 오지 않았더구나."

"참석을 허락받지 못했습니다."

에윈은 그것이 제게 딱히 나쁜 일도 아니었던 것처럼 대수롭지 않게 말했다. 백작이 짧게 웃었다.

"네 외숙이 퍽 유난스럽긴 하지."

"상관없었습니다."

"그자가 네게 얼마나 가혹했을지는 뻔한 일이다."

에윈이 대꾸하지 않고 식은 찻잔을 들었다.

"뒤집어보면 그것도 제 누이를 너무 아낀 탓이 아니겠느냐. 그렇기에 네게 그런 것이겠지."

"……."

"사람은 우습게도 누군가에게는 제 창자까지 내어줄 것처럼 굴면서도, 누군가에게는 인간도 아닌 듯 굴곤 해. 그도 빅토리아에게는 세상에서 가장 좋은 오라비였겠지. 그렇다고 그를 원망하지 말라는 말은 아니다."

"예."

"그저 지나고 보니 사람 사는 꼴이 이렇게 다 우습더구나. 나를 포함해서."

에윈이 말없이 우아하게 찻잔을 내려놓았다. 백작은 그것을 유심히 보다 문득 말했다.

"잘 배웠구나."

"감사합니다."

"네 어미가 가르친 것이냐?"

"그녀의 하녀가 가르쳤습니다."

"딜리스?"

"네."

"네 어미와 똑같이 하도록 가르쳤구나."

찻잔에서 미처 떨어지지 않았던 손에 힘이 들어갔다. 입매가 가까스로 비스듬히 올라갔다.

"그건 몰랐군요."

"좋은 버릇이다. 불편하지만 궁정에서는 그런 것을 좋아하지."

에윈은 어느새 하얗게 질린 채로 부자연스럽게 굳어버린 손을 물끄러미 내려다보며 고개를 끄덕였다.

백작은 한숨처럼 말을 이었다.

"내가 불편할 것을 안다."

"아닙니다."

"전하께서 굳이 네 외숙이 아닌 나를 통하도록 하신 것은……."

"예."

"그래도 아비가 낫지 않겠는가 하시더구나."

에윈이 헛웃음을 내뱉었다. 백작이 마주 웃었다.

"나를 놀리시는 것이지."

"죄송합니다."

"내게도 책임이 있다, 에윈."

백작이 문득 흐려진 얼굴로 그를 불렀다. 그가 처음으로 부르는 이름이었다. 조금은 참담하기까지 한 목소리에 에윈이 눈매를 가늘게 좁혔다.

"그때 너를…… 거두었어야 했다는 생각을 종종 했다."

"그러실 필요는 없었습니다. 누구도 그렇게는 생각하지 않고요."

"적어도 그렇게 두었으면 안 됐지."

에윈은 어느덧 중년에 접어든 남자의 눈 속에서 희미한 회한을 보았다.

"책임이 없으십니다."

"네가 내 아들이었더라면……."

"이미 번듯한 후계도 있으시고요."

"그래. 이제 갓 열 살이 되었지."

열 살이라는 나이에 그는 입안으로 작게 웃었다. 에윈이 여섯 살이 되던 해 왕이 죽으며 이혼했으니, 착실하게도 그 후에야 다시 결혼하고 낳은 아들이다. 고작 그런 혼인관계에 의리를 지킬 정도의 착실함이라면 제게도 연민을 느끼는 것은 이해가 됐다. 다만 그것이 생경했다.

"네 외숙의 성정은 전하께서도 잘 알고 계신다. 그가 너를 좀처럼 용납할 리 없다는 것도. 그래서 굳이 나를 통하시는 것이고."

"전하께서 저를 찾으시는 이유를 모르겠습니다."

애초에 제 형의 아들들을 모두 죽이고 왕위에 오른 숙부였다. 이제와 출생도 모호한 사생아 조카가 그에게 쓸모 있어질 리는 없었다. 모른 척 살려둔 것을 그나마 감사해야 할 지경이었으므로.

백작은 미묘하게 입매를 휘며 웃었다.

"왕께서 너를 곧 필요로 하실 것이다."

높은 천장 아래로 발소리가 미미하게 엇갈렸다. 왕의 시종은 여느 귀족들보다 더 우아한 발걸음으로 에윈을 앞서 걸었다.

굵다란 석조 기둥들 사이에는 정확한 간격을 두고 기사들이 시립해 있었다. 살아 있는 사람보다는 정물에 가까운 존재감이었다.

에윈은 건조한 시선을 들어 왕의 시종이 복도의 끝에 멈춰 서는 것을 응시하며 걸어갔다. 그가 가까워지길 기다렸던 시종이 에윈의 바로 앞에서 살짝 비켜섰다.

에윈이 열린 문 안으로 들어섰다. 마치 복도가 그대로 이어지는 듯한 길쭉한 화랑이었다. 시간도 가늠할 수 없을 만큼 오래되어 보이는 초상화로부터 고작 몇 년도 지나지 않은 것까지 그림들이 걸려 있다. 에윈은 곧 역대 왕의 초상화를 모셔둔 곳임을 깨달았으나 둘러보지는 않았다.

화랑의 중앙에, 왕이 있었다.

"이제 열여섯, 열일곱인가?"

웃고 있지만 결코 온화하지 않은 시선이 그림에서 에윈에게로 향했다. 에윈은 허리를 깊이 숙였다.

"열일곱입니다, 전하."

"가까이로 오라."

왕은 손을 들며 짐짓 부드러운 어투로 에윈을 가까이 불렀다. 에윈이 그 앞으로 천천히 걸어가 한쪽 무릎을 굽히며 왕의 반지에 입을 맞추었다.

"어미를 빼닮았구나."

에윈은 목구멍 끝으로 울컥 차오르는 욕지기를 삼키며, 적당히 대꾸할 것을 찾지 못한 양 물끄러미 고개를 들었다. 왕은 내리깐 눈으로 찬찬히 그의 얼굴을 뜯어보다 이내 웃었다.

"죽은 어미의 그 잘난 얼굴도 기억나지 않느냐. 짐은 그저 네 용모를 칭찬하는 것이다."

"과찬이십니다."

"시어도어의 속을 짐작치 못할 것도 아니야."

"……."

"이리 닮았다면야."

마치 에윈이 제 말을 들을 수 없는 것처럼 왕이 중얼거리며 에윈의 팔 안쪽을 잡아 일으켰다.

에윈은 몸이 바로 세워진 것과 함께 공손히 눈을 아래로 내리깔았다.

"찰스의 초상을 본 적 있느냐?"

"없습니다."

"실제로 본 적은?"

"없습니다."

"저런."

왕은 낮게 혀를 차며 앞에 두고 있던 그림에서 몇 개가 더 지나도록 걸음을 옮겼다. 그리고 마흔 즈음의, 지금의 왕과 나이가 비슷해 보이는 남자의 초상 앞에 멈춰 섰다.

그것을 따르지 않고 제자리에 못 박힌 듯 서 있는 에윈을 왕이 웃으며 손짓했다. 에윈이 시린 눈으로 그 초상을 비스듬히 바라보다, 시선을 거둔 채로 왕에게 걸어갔다.

"형님이시다."

"……."

"찰스 왕, 네 아비의 얼굴이지."

에윈은 그리 달갑지도 않게 생전 처음 보게 된 친부의 초상화를 응시했다.

백 년이 지난 오래된 그림처럼 색이 바란 백금색의 곱슬머리와 유달리 뾰족한 코, 유약해 보이는 동그란 눈매, 창백한 피부, 귀족적인 얼굴선, 갓 사냥터에서 돌아온 듯 간단한 차림에 어깨에 메고 있는 화살통…….

그의 남동생인 지금의 왕이 강건한 몸에 사람을 위압하는 인상을 가진 것에 비해, 그림 속 찰스 왕은 여느 중부의 귀족이 그렇듯 우아하고 부드러우며 태만해 보였다. 잠시 친부의 초상을 물끄러미 바라보던 에윈이 이윽고 그림에서 시선을 거두었다.

"궁금하지 않았더냐?"

"송구하게도 그에 관해 생각해본 적이 없습니다."

"불충이 대단하구나."

왕은 그것을 지적하면서도 재밌는 것을 발견한 것처럼 입매를 끌어올렸다.

"네가 네 어미를 닮은 것은 다행이다. 메러디스—찰스 왕의 비—도 박색은 아니었는데, 찰스의 아들들은 어째 모두 찰스만 닮더군. 그 아이들에겐 안된 일이지."

평범한 숙부가 조카들을 말하듯 여상한 어조였다. 손끝이 조금 뻣뻣하게 굳었다. 에윈은 내색하지 않고 굳은 손끝을 손바닥 안으로 말아 쥐었다. 왕이 잔잔한 눈으로 웃었다.

"네 형제들을 보여줄 수 없어 유감이다. 제 초상화를 갖기도 전에 모두 죽었거든."

말끝으로 한기가 싸늘하게 스며들었다. 그들이 죽었다는 말은, 그들을 죽였다는 말과도 같았다.

저도 모르게 잇새가 세게 맞물렸다. 에윈은 그의 시선을 최대한 공손히 피했다. 그러자 목울대만 울리는 나직한 웃음소리가 들렸다.

"찰스가 죽은 것은 신의 뜻이다."

"……."

"왕비의 그레이엄이 아니었으면 왕좌의 끝에도 미치지 못했을 주제, 그 주제에 평생을 짓눌려 살았으면서 제 손으로 한 일이라곤 계집질뿐이지. 그 아들들이 왕위에 올랐더라면 달랐겠느냐? 결국 다시 그레이엄의 세상이다. 그레이엄의 손자들이 왕좌에 올라 제 아비가 했던 꼭두각시질을 하고 있노라면, 뒤에서 그레이엄이 밀 한 포대, 나무 한 그루까지 온 에른스트를 빨아먹었겠지."

"그렇기에 왕자들이 죽은 것도, 신의 뜻입니까?"

에윈이 경직된 목을 가까스로 열어 물었다. 왕은 다시 웃었다.

"짐은 이래 봬도 아주 신실하단다. 제 손으로 칼을 들어놓고서 신의 이름을 망령되이 빌릴 필요는 없지."

찰스는 병으로 죽었으되, 그의 아들들은 자신의 손으로 죽였음을 시인하는 말이었다.

"다만 신의 뜻이 열렸으니, 기회를 잡았을 뿐이다. 왜, 너도 짐을 비난하고 싶으냐?"

"그럴 자격도, 동기도 없습니다."

"짐이 사생아인 네게는 자비를 베풀었기 때문에?"

"제게는 아비도, 형제도 없기 때문입니다."

표정 없이 에윈을 응시하던 왕의 얼굴 위로 희미한 웃음기가 스쳐지나갔다.

"우스운 것이 뭔지 아느냐."

왕이 찰스의 초상을 다시 바라보며 말을 이었다.

"사생아의 성조차 공증받지 못했으니 그저 방만한 귀족 부인의 혼외 자식일 뿐인 너는, 그러나 찰스의 아들이기에 죽여야 했다."

"……예."

"그럼에도 기실 너를 가장 죽이고 싶어 했던 것은 글래스턴이다. 수치의 소산을 떠안고, 덕분에 짐에게는 실속 없는 견제를 받고, 그렇게나 천박한 출신이면서도 그렇게나 고귀한 태생이라 감히 바깥으로 내쫓지도 못해."

새삼스러운 정황에 에윈이 고개를 얕게 끄덕였다. 왕은 에윈에게로 시선을 돌렸다.

"그러니 몰래 죽이는 것만이 답이었겠지."

"…….”

"네가 죽지 않은 이유는 단 하나다. 짐의 자비가 아니라, 네 외조부가 너를 살렸기 때문에."

예상치도 못한 말이 귓속으로 충격처럼 박혀 들어왔다.

"처음부터 끝까지."

"믿지 못하겠습니다."

에윈의 대꾸는 어조만 단정할 뿐 무례했지만 왕은 개의치 않았다. 가늘어진 눈이 웃는 것처럼 조금 휘어졌다.

"너를 남부로 보낸 것 역시 후작이다."

"…….”

"그때부터 그가 침대를 나서지 못했거든."

왕의 말은 마치, 그의 외조부가 거동하지 못할 정도로 상태가 악화

되자마자 저를 직접 위험으로부터 멀리 떨어트려놓았다는 것처럼 들렸다.

에윈의 눈가가 미세하게 일그러졌다. 그가 외조부에 관해 기억하는 장면은 단 하나였다. 시어도어에게 버러지처럼 맞은 몸을 아주 잠시 싸늘하게 스치던 눈길. 심지어 그의 이름을 부른 적도 없다. 시어도어에게 제가 버러지만도 못한 존재였다면, 외조부에게는 허공에 떠다니는 먼지만도 못한 것이었으리라.

"그럴 리가 없다고 생각하느냐?"

"예."

"분명 네게 눈길 한번 주지 않았겠지. 제 딸이 찰스의 정부가 된 이후로 한 번도 만나주지 않았듯이."

에윈은 말없이 왕의 목 언저리에 낮게 시선을 두었다.

"골수까지 귀족적인 인간이니 별수도 없었으리라. 그가 너를 외면하는 데는 대단한 증오가 필요치도 않았다. 그리고 그가 너를 살리는 것에도, 그리 대단한 애정이 필요치 않았지."

"……."

"네 외조부는 너를 받아들이기에는 지나치게 명예롭고, 너를 제거하고 편해지기엔 지나치게 의무에 매여 있었으니까. 어쩌면 저도 어쩔 수 없는 아비였을 터. 죽은 딸이 단 하나 남긴 아들이라."

"……."

"정작 제 딸은 죽을 때까지 거들떠도 보지 않아놓고서 말이지."

"그렇다면 전하께서는……."

"네 외조부와 약조한 바가 바로 이것이다."

시야가 이끌리듯 올라갔다.

"너를 살려두고."

"……."

"네게 글래스턴을 쥐여주는 것."

에윈이 그 말을 이해하지 못한 듯 물끄러미 왕을 바라보았다. 미간이 설핏 일그러졌다.

"외숙께는 이미 장성한 아들이 있습니다."

"네 외조부가 말하길, 그 사촌이 그리 미덥지는 못하다 하더군."

"외숙께서 두고 보실 일이 아닙니다."

"그렇기에 이제야 말하는 것이 아니겠느냐."

"이해하지 못하겠습니다."

"시어도어는 오래 살지 못할 것이다."

내용과는 어울리지 않게도 듣기 좋은 시를 읊듯 우아한 운율마저 느껴지는 가벼운 어조였다. 에윈의 눈매가 가늘게 좁혀졌다.

돌이켜보면 이상했다.

클리브스에 발을 들일 생각도 말라던 시어도어가, 정작 왕의 부름까지 받고서 클리브스로 돌아온 에윈을 기피하듯 제 방에서조차 나오지 않았다.

생각은 금세 두 해 전으로 거슬러 올라갔다. 외조부가 죽었을 때, 이미 승계권은커녕 상속과도 동떨어져 있던 그를 굳이 찾아왔던 사촌.

버나드는 결코 그렇게 바깥에 보이기 위한 시시콜콜한 예를 치르려 그 정도의 수고를 감수하는 인간이 아니었다.

그를 협박하고 업신여기는 것에서 버나드가 어떤 보람을 느낀다한들, 심부름꾼이나 할 일에 비할 바는 아니다. 에윈은 새삼스레 그것이 얼마나 부자연스럽고 과도한 모양새였는지를 떠올렸다.

어쩌면, 그때부터 시어도어는…….

"시어도어의 양자라고 하니 후작위를 승계받을 정통성이야 확보되었고, 아들이 있다지만 글래스턴 가의 피에 왕가의 혈통을 이어받은 자보다 귀할까."

"…….."

"시어도어의 명운은 신의 뜻이다. 네가 바라지도, 바라서 이루어질 수도 없는 영역의 것이지. 그러니 너는 아무 가책도 없이 글래스턴을 가지면 되는 것이다. 네 멍청한 사촌을 치워내고."

에윈은 조금 허탈하게 새어나오는 웃음을 삼켰다.

"왕께서 친히 지키지 않으셔도 죽은 이는 확인할 길이 없는 약조입니다. 전하께서 이런 친절을 베푸시는 이유가 무엇입니까."

"글래스턴을 가진 너를 종처럼 부리는 것."

"…….."

"그것이 네 외조부가 짐에게 약속한 것이다."

"그렇다면 제가 하지도 않은 약조를 지켜야 할 이유는 무엇이겠습니까, 전하."

왕은 우스갯소리라도 들은 것처럼 입매만 비스듬히 끌어올렸다.

"짐은 사실 네가 필요 없다."

에윈은 돌변한 말에도 별달리 놀란 기색 없이, 그저 서늘한 시선만 예의 바르게 받아냈다.

"죽은 망령이 남긴 약조? 짐은 네 아비가 임종하는 순간, 그의 장자를 위해 목숨을 바치겠노라 신의 이름까지 빌어 맹세한 인간이다. 그리고 일주일 후, 그 장자부터 죽였지. 너를 여태 살려둔 것은 오로지 네 외조부 때문이다."

"……."

"기실 그 늙은이의 약속은 중요하게 생각해본 적도 없다. 다만 그가 죽은 이상 너는 더 살려두기엔 무언가 귀찮고, 이제 와 죽이기에는 차마 성가셔서 어느 쪽이 나을지는 생각해봐야 했지. 시어도어가 죽기 전에, 네 외조부가 내민 선택지가 과연 효용이 있을지도 봐야 했고."

반드시 지켜질 약조가 아닌, 수많은 선택지 중의 하나.

묵직한 발소리가 단단한 대리석 위를 울렸다. 왕의 커다란 손이 에윈의 턱 아래를 잡고, 마치 물건을 품평하듯 돌려보았다.

사람을 멸시하는 듯한 오만한 눈길이 조각처럼 수려한 이목구비를 찬찬히 스쳤다. 단단한 손끝이 이내 에윈의 턱을 잡고 제게로 시선을 고정시켰다.

"짐이 네게 글래스틴을 안기려 함은, 이미 죽고 없는 네 외조부의 치레 같은 의식에 맞춰주기 위한 것이 아니다."

"그렇다면 어째서입니까."

"네게는 아비도, 형제도 없다고 말했지."

"……."

"그것 때문이다. 평생, 네 친부가 언젠가는 왕이었음을 기억도 하지 못하고 살고, 네가 누구의 아들이었는지를 잊고 살 수 있다면."

왕의 손끝이 에윈의 얼굴에서 천천히 떨어졌다.

"너는 어떤 뿌리도 없이 다만 글래스틴의 주인이 되어, 짐의 아들을 위해 살 수도 있을 것이다. 태자를 위한 가장 크고, 가장 새로운 세력의 중심으로."

"제가 원하지 않는다면 어찌 됩니까?"

"네가 이것을 원하지 않아도, 이것으로 원하는 것을 가질 순 있겠지."

가질 수 있다.

그 짧은 말이 귓속을 악마처럼 파고들었다.

서로의 약점이 될 필요는 없어. 여기서, 조금만 더 가까이 오면 다시는……

불과 수일 전의 일이었지만, 아주 오래전에 들은 말처럼 희미한 목소리가 주위를 떠돌았다.

저를 죽어도 거들떠보지 않을 계집애의 얼굴은 금방이라도 그려낼 수 있을 것처럼 선명한 동시에 뿌연 꿈속에 있는 것처럼 벌써 어렴풋했다.

어쩌면 그 빌어먹을 계집애가 전부 맞았다.

애초에 안 된다고 못 박을 수밖에 없는 사이라는 것. 죽어도 맞지 않으리라는 것. 서로의 약점밖에는 될 수 없다는 것.

"설마 살면서 하나도 원하는 것이 없었겠느냐."

"있었습니다. 그러나 전하께서 말씀하신 것으로도 가질 수 없는 것입니다."

"계집이로군."

왕은 처음으로 에윈이 귀엽다는 듯 웃었다. 그는 고개를 비스듬히 숙이며, 아주 중요한 비밀을 알려주듯 친절하고 은근한 목소리로 속삭였다.

"글래스틴의 주인이 된 너는 짐의 딸도 가질 수 있다. 이게 어떤 의미인지 아느냐?"

"……."

"네가 원하면 모두 너에게 맞춰야 한다는 것이다."

"……."

"그리고 그것은 꽤 달콤하지."

왕이 느긋하게 미소 지었다.

"무언가가 갖고 싶다면, 그만큼 노력해야 한단다, 조카야."

에윈은 왕을 물끄러미, 꽤 오랫동안 응시했다. 왕은 그를 인내심 있게 기다렸다. 마치 먹잇감이 제게로 가까워지길 기다리는 사자처럼.

이윽고 에윈이 천천히 고개를 끄덕였다. 왕은 에윈을 안으며 낮게 속삭였다.

"잘 생각했다, 찰스의 아들아."

"맙소사, 글래스턴 공자가 롬 트메라의 추종자였단 말입니까?"

리건은 단 한 번도 상상해보지 못한 말을 들은 것처럼 퍽 황망한 투로 반문했다. 윌링턴이 보고하는 동안 그의 옆에서 잠자코 시립해 있던 발드레드 백작이 뒤쪽에 선 에윈을 힐끗 보며 말했다.

"왕태자 전하, 글래스턴에서 롬 바르디안(급진적 공화주의자)이라니……. 이건 거의 반역이나 다름없지 않습니까."

"단지 시어도어의 아들의 뜻일 뿐이었습니다. 그리 글래스턴의 뜻이라 공언하는 것이야말로 지나친 감이 있지 않겠습니까."

리건이 불과 몇 초 전 수선을 떨었던 게 언제냐는 양 웃는 얼굴로 발드레드에게 선을 긋듯 단정하게 대꾸했다.

발드레드 백작이 에윈을 응시하던 눈을 가늘게 떴다가 이내 앞으로 돌리며 고개를 숙였다. 에윈은 그것을 덤덤하게 바라보았다.

발텐에서 모이기 시작한 공화주의자들이 바르디안이라면, 그 속에는 이렌시아의 철학자인 롬 트메라를 추종하는 젊은이들, 즉 롬 바르디안이 있었다.

기본적으로 군주를 부정하기에 존재하는 공화주의가 왕정 국가에서 얼마나 사상적으로 위험한 존재인지 상기하지 않더라도, 롬바르디안은 지나치게 위험했다. 민중의 주권을 쟁취한다는 명목 하에 민중을 해치고, 군주를 부정하는 것을 넘어 국가를 부정하고 싶어 하는 변종들. 오로지 위정자(爲政者)들에게 보여주기 위해 저지르는 살인과 방화들.

이렌시아는 결국 그들의 상징이나 다름없는, 늙은 철학자를 처형했다. 그리고 그렇게 도무지 불이 꺼지지 않아 한 일이 얼마나 배로 불을 지피고 말았는지는 지난 세 해가 보여주었다.

그렇게 시간이 지나며 이렌시아와 국경을 맞댄 브란젤과 에른스트, 워너틴에 있어 롬 바르디안들이란 반역자들보다 더한 쓰레기로 취급받았다.

고작 의혹 한 점이면 어떤 고귀한 혈통도 모두 쓸모없어질 정도로.

"그러나 근래에 작위를 승계할 날만 받아둔 글래스턴의 후계입니다. 그의 뜻이 곧 글래스턴의 뜻이지요. 전하께서 이를 단순히 지나치실 수 있겠습니까."

발드레드와는 달리 특별한 의도가 없는, 그저 상식적인 의혹을 담아 윌링턴이 물었다.

리건이 작게 바람 빠지는 소리를 내며 웃었다.

"글쎄, 글래스턴의 뜻이라니."

"그는······."

"그가 글래스턴이 되지 않으면, 그저 저 혼자 일개 반역자가 될 수
도 있는 것인데, 안 그런가?"

리건은 굳이 뒤돌아보지 않았지만 물음은 에윈을 향한 것이었다.
에윈은 말없이 시선을 내리깔았다. 짐짓 공손하지만, 리건이 아닌
모두에겐 시건방진 것에 가깝게.

"그러고 보니 여기에도 글래스턴이 하나 있지."

그는 과장된 어조로 중얼거렸다. 그리고 다시 에윈을 불렀다.

"글래스턴."

"예, 전하."

"그대도 그대의 사촌에게 동의하나?"

"감히 그럴 수 있을 리 없습니다."

"이것 봐."

리건이 어깨를 가볍게 으쓱했다. 그 성의 없는 물음에 에윈이 돌려
보낸 것은 의례적인 대꾸 이상이 될 수 없음에도, 그는 충분하다는
양 만족스러운 얼굴이었다. 그제야 이 일의 발단이 얼마나 작위적인
것인지, 혹은 그 작위적인 모사(謀事)의 표적이 글래스턴이 아닌 글래
스턴의 정당한 후계 하나뿐이라는 것을 깨달은 발드레드가 입매를
미세하게 비틀었다.

그러니까, 지금 저 역겨운 사생아 새끼를.

"에윈의 뜻은 경들이 보시다시피 이러한데, 어찌 버나드가 정신이
좀 나갔다고 해서 그것이 곧 글래스턴의 의지겠습니까?"

"황공하오나 전하, 그는 단지……."

"전하의 조카지요. 그렇지 않습니까?"

리건은 윌링턴이 한낱 글래스턴의 사생아라 내뱉고 말 것을 그대로 바꾸었다.

윌링턴은 지극히 당연한 처세로 글래스턴에 대해 더 언급하는 것을 그만두었다. 사생아라 말할 수 없는 명분이 왕으로부터 온 것이라는데, 그것을 왕태자 앞에서 감히 반론할 관료는 없으리라. 왕태자가 이렇듯 분명하게 취하는 태도는, 곧 왕의 심중에서 흘러나온 것이었다.

왕의 생각에 죽은 시어도어의 아들이 후작이 될 수 없다면, 그는 죽어도 될 수 없는 것이다. 왕이 바라는 것이 애꿎은 글래스턴의 몰락이 아닌 단지 사생아 조카의 자리라면, 오로지 그 홀로 죄인이 되어야 했다. 그것이 현왕의 치세란 것이었다.

버나드 글래스턴이 사실은 아무 짓도 하지 않았다 하더라도.

"눈치가 좋은 분들이니 일이 어떻게 돌아가는지는 충분히 아셨을 터, 이 몸이 바라건대 두 분께서는 부디 공회(公會)에서 버나드 글래스턴을 합당하게 처리해주셔야 할 겁니다."

소식을 듣고 망연해하던 것이 무색할 정도로 뻔뻔한 명령이었다. 윌링턴이 발드레드와 시선을 부자연스럽게 마주치고는 표정을 갈무리했다. 결국 수족을 모두 잡힌 바보처럼 제가 움직이고 있었노라 깨닫는 것은, 처음이 아니어도 늘 불쾌한 일이었다.

제가 왕태자 앞에 아뢸 기회를 얻은 것이 결국 왕에게 선택받았기 때문이고, 제가 아뢰는 말에 눈을 크게 뜨던 약관의 왕태자는 결국

이 모든 사실을 가장 빨리 알았으리라는 것.

언제나 그렇듯 사람을 허무하게 하는 결론이다. 그러나 압도당하되, 내색해서는 안 되었다.

리건은 짐짓 부드럽게 말을 이었다.

"발드레드, 윌링턴, 내가 두 분을 가장 신뢰함은 두 분이 가장 잘 아실 것입니다. 하지만 이처럼 맹목적인 믿음에도, 때때로 증명이 필요한 법이지요."

"……."

"인간의 마음이란 게 이렇듯 본디 얄팍한 것이니."

"전하의 믿음이란 언제나 온전히 베푸시는 자비일 뿐, 입증할 의무는 언제나 저희들에게 있습니다. 한낱 범인들의 마음에 높으신 뜻을 내려 묶지 마시옵소서."

발드레드가 지극히 떠받드는 어조로 리건에게 대꾸하며 고개를 깊이 숙였다. 윌링턴이 덩달아 고개를 숙였다.

"원하시는 바를 따라 최선을 다하겠습니다."

리건의 손짓에 윌링턴이 먼저 방을 나서고, 에윈을 묘하게 응시하던 발드레드가 윌링턴의 뒤를 따라 방을 나갔다.

달칵, 문이 닫히는 소리가 조용한 방 안을 울렸다. 소파에 비스듬히 기대어 있던 리건이 피곤한 듯 목을 이리저리 돌리며 몸을 바르게 일으켰다.

"그래서, 사촌이 원하시는 대론가?"

"엄밀히 말해, 본래 제가 원한 것은 아닙니다."

"이런 판국에 결벽은."

"결벽을 떨 거라면 전하 뒤에 서 있지도 않았을 테고."

"내가 더럽다고? 넌 시건방이 날이 갈수록 느는구나."

"주시니 받아보겠노라 더럽게 손 내밀고 있지도 않았을 겁니다."

"그다지 마음에 들지도 않는 극본이었으니, 얼마나 만족스러웠는지나 말해."

"그저 몸 둘 바 모르겠습니다."

"비꼬나?"

"감사드리는 것입니다."

에윈이 그제야 희미하게 웃었다. 리건이 얼굴을 찌푸렸다.

"윌링턴은, 그래. 괜찮은 선택이지. 허나 발드레드? 네가 네 발에 걸려 넘어지기만 고대하는 이에게 너 좋을 일을 하라고. 이제 고작 열여덟이면서 변태 같은 선택만 하는구나."

"그렇게 고꾸라지길 바라던 놈이 넘어지긴커녕 제 손으로 잡아 일으켜줘야 할 판이니 그 마음이 오죽하겠습니까."

"부디 그 꼬인 속내가 발드레드를 선택한 이유의 전부라고는 말하지 마라."

"그야말로 머리카락 한 톨이라도 전하의 그림자를 벗어날까 두려워하는 잡니다. 제가 달리 누구를 믿겠습니까."

"그 충성심에도 불구하고 네가 머리터럭 하나만큼은 끔찍할 수도 있지."

"내기하시겠습니까?"

"됐다. 가진 것도 없는 놈이."

리건이 허공에 손을 휘휘 저으며 에윈을 거절했다.

"부왕께 인내심이 없는 것이야 하루 이틀도 아니지만, 네가 부왕께 찬성할 줄은 몰랐다."

"왕께 감히 반대할 수 있는 자가 어디 있습니까."

"버나드 글래스턴 말이다. 좀 더 공을 들였어야 하는 게 아니냐고. 이 모양으론 고작해야 국외 추방이야."

"필요하겠습니까?"

"조금만 더 궁지로 몰면 단번에 죽일 수도 있었을 것이다. 지나치게 성급해."

언뜻 위기에 몰린 버나드를 옹호하는 듯하던 말은 에윈보다 배로 차갑게 변했다.

에윈은 피식 웃었다.

"그는 죽을 필요가 없습니다."

"살려두어 무엇하나. 물론 네가 평생 석연찮게 살아가기 위해 노력하는 거라면 이해는 한다."

"다시 말씀드리자면, 죽어야 할 쓸모조차 없다는 말입니다."

"그런 얼굴로 그런 못된 말을 잘도 하는구나, 너는."

"감사하게도 모두 태자께 배운 것입니다."

"내가 아버지를 닮았듯 너도 아버지께 배운 것이다. 그리 안 좋은 것을 내게 떠넘기진 마라."

에윈은 말없이 어깨를 으쓱했다. 리건이 기다란 눈매를 가늘게 좁혔다.

"그래서, 너는 결코 죽이진 못할 핑계를 그리 들고서 버나드 글래스턴으로 살아 있는 박제라도 만들 셈이냐?"

"그런 셈일지도 모르겠습니다."

"그러니까 너답지 않게 그 얄팍하고 조잡한 핑계나 던진 거라고."

"전하께는 그것만으로 충분합니다."

"물론 그는 네가 원하는 대로 되겠지. 부왕께서 애초에 그러라고 깔아준 판이니. 하지만 결코 깔끔할 수 없는 것은 사실이야."

"이제 보니 결벽은 전하께서 갖고 계신데."

"충복 소리 듣는 주제에 말꼬리는 그만 잡아."

"그저 지켜보고 싶습니다."

질문 주위를 빙빙 돌기만 하던 목소리가 문득 제자리로 돌아가 대꾸했다. 리건은 잘 벼린 칼날처럼 반듯하고 날이 선 에윈의 얼굴 위로 건조하게 자리 잡은 청회색 눈동자를 응시했다.

"그 얄팍하고 조잡한 증거가 그 대단한 인생을 어떻게 무너뜨리는지."

"……."

"그가 느끼길 바랍니다. 그뿐입니다."

그다지 증오가 어리지도 않은 음성으로 에윈은 담담하게 덧붙였다.

리건은 얼마간 그를 말없이 바라보았다. 그리고 천천히 웃었다.

"네가 그것을 바란다면, 마땅히 그리 되어야겠지."

에윈은 웃지 않았다. 리건이 그의 어깨를 툭툭 치고는 에윈을 지나쳐 걸어 나갔다.

클리브스에서 열여덟이 되던 해 시어도어는 죽었고, 버나드는 추방당했다.

그렇게, 거짓말처럼 증오하던 사람들이 모두 사라졌다.

10. 돌아갈 수 없는

스물, 봄.

"팔을 잠시 들어보세요, 도슨 씨."

"이렇게 말입니까?"

"아뇨, 이렇게. 예. 잘하셨습니다."

비비안은 문가에 기대선 채로 방 안을 물끄러미 바라보았다. 필립이 크리스토퍼의 손이 살짝 받쳐 올리는 대로 팔을 들어올렸다.

크리스토퍼가 씩 웃으며 필립의 팔을 다시 아래로 놓아주고는 수첩에 무언가를 기록했다. 에윈의 주치의였던 그는 도슨 가의 주치의였던 닥터 롱스트리트가 은퇴한 이후 도슨 가의 진료를 도맡고 있었다.

"요즘 기분은 어떠세요?"

"실은 아주 괜찮아요, 닥터 테일러."

"다행이군요."

필립이 크리스토퍼의 어깨 너머로 비비안을 응시하며 부드럽게 웃었다. 비비안은 가까스로 제 아버지를 보며 마주 웃었다.

"징후가 다행히도 그리 나쁘지 않습니다. 도슨 씨는 약을 잘 받으시는 편이에요. 특히나 구토도 잦아드셨다는 건 아주 좋은 징조예요. 호전되고 계신 겁니다."

"고맙습니다."

"도슨 씨께서 노력하신 덕분이죠."

"말씀하신 대로 마음을 놓으니 많이 편안해졌습니다. 닥터 말이 맞아요. 전전긍긍하는 것만큼 제 몸을 갉아먹는 일도 없다는 것."

"물론입니다. 그리고 앞으로도 초조해하실 필요는 없을 겁니다, 도슨 씨. 아주 잘하고 계세요."

"노력하고 있거든요."

필립이 어깨를 가볍게 으쓱하자 크리스토퍼가 낮게 웃었다.

"약은 이전과 같이 드릴 겁니다. 로지에게 자세히 일러줄 테니 그녀가 드리는 대로 편히 드세요."

"예."

"편히 쉬세요. 다음 주에 다시 찾아뵙겠습니다."

크리스토퍼가 필립을 자리에 다시 눕혀주며 몸을 일으켰다. 필립이 무겁게 눈꺼풀을 내리감으며 비비안에게 말했다.

"비비안, 닥터를 배웅해드리렴."

"네."

비비안은 크리스토퍼가 저와 가까워지도록 필립에게서 눈을 떼지 못하다가, 크리스토퍼가 바로 앞까지 다가오자 짐짓 아무렇지 않게 몸을 돌렸다.

아픈 사람이 있는 집 특유의 위태로운 고요함이 흐르는 복도를 그들은 얼마간 말없이 걸었다. 오가는 사용인 하나 없는 적막함 속에 차분한 발소리만 이어졌다.

"정말 이대로 괜찮으시겠습니까?"

"뭐가요?"

"언제까지고 당신께서 호전되시리라 말씀드릴 수는 없습니다."

비비안은 앞을 바라본 채로 걸음을 멈추었다.

"그게 문제가 되나요?"

단 하나뿐인 가족이 투병 중이란 게 믿기지 않을 정도로 말끔한 목소리였다. 크리스토퍼가 한숨을 쉬었다.

"아직은 아니지만, 문제가 될 겁니다. 도슨 씨에게도, 아가씨에게도."

"아버지는 정말 회복되고 계세요. 긍정적으로 생각하신 이후로, 정말로 증세도 많이 나아지셨고요."

"일시적인 용태를 보고 결과를 단정 지을 순 없습니다. 물론 아직은 아니죠. 다만 제가 걱정하는 건 도슨 씨에게 언제 최악의 상황이 닥칠지 알 수 없다는 것 하나일 뿐이에요. 물론 아가씨에게도 마찬가지고요."

"그래서 닥터, 결국 제 아버지에게 당신이 실은 언제 죽을지 모른다고 말해주고 싶은 건가요?"

비약하는 말과는 달리 여전히 침착한 음성이 물었다. 아주 차분한 한편, 아주 비이성적인 모순적인 태도였다.

크리스토퍼는 안타까운 듯 비비안을 바라보았다.

"아가씨, 이미 도슨 씨는 간과 비장이 많이 부어 있어요. 진행도 저번보다 훨씬 빠릅니다. 도슨 씨가 잘 견뎌내고 계신 것뿐이에요. 간혹, 실제 병증을 체감하지 못하는 환자들이 있습니다. 물론 아주 좋은 경우죠."

"아주 좋은 경우라니, 듣기 좋네요."

"하지만 결국 마음으로도 억누를 수 없는 순간이 올 겁니다. 도슨 씨가 결코 끝까지 속지도 않으실 테고요. 결국 도슨 씨가 알아야 한다는 생각은……."

"닥터의 철학은 잘 알겠어요. 하지만 닥터의 철학이 그렇다고 해서, 나는 내 아버지가 남은 생 내내 자신이 언제 죽을지 모른다고 생각하며 살게 두지는 않을 거예요."

"아가씨."

"어쩌면 그 마음이, 더 살 수 있는 아버지를 죽일 수도 있겠죠. 아버지는 주어진 생을 모두 살 거예요."

"그건 아가씨가 제어할 수 있는 영역이 아닙니다."

"그건 닥터 당신도 마찬가지죠. 부디 선을 넘지는 마세요."

비비안이 싸늘하게 크리스토퍼를 일별하고는 다시 몸을 돌려 필립의 방으로 돌아갔다. 그녀의 뒤로 나직한 한숨 소리가 한산한 공기 속에 희미하게 퍼져나갔다.

비비안은 사람을 등지기 무섭게 금세 물기가 차오른 눈을 깜빡였다. 벌겋게 충혈된 눈 위로 눈꺼풀이 몇 번 깜빡이자 눈물이 가느다란 줄기를 남기며 턱 아래로 떨어졌다.

그녀는 필립의 방 앞에 서서 눈물을 거칠게 닦았다. 차갑게 다물려 있던 입매의 끝이 조금 부자연스럽게 호선을 그리며 올라갔다.

그것은 이내 자연스러워졌다. 비비안의 손끝이 손잡이를 의미도 없이 몇 번 매만지기만 하다가, 곧 문을 조심스레 밀어 열었다. 필립은 어느새 잠들어 있었다.

지난겨울 갑자기 쓰러진 이후로 그는 계속 이런 상태였다. 먹지도 못하고 전부 게워내고, 걷지 못할 정도로 어지러워했으며 지독한 피로감에 손 하나 까딱일 힘도 없이 무력해했다.

사실 갑자기라는 말은 옳지 않다. 크리스토퍼 테일러는 필립의 병이 꽤 오랫동안 진행되어온 것 같다고 말했다. 닥터 롱스트리트가 은퇴하면서 크리스토퍼 테일러를 주치의로 고용했지만, 여름부터 지나치게 바빴던 필립은 롱스트리트가 있을 때 그나마 의례적으로 가졌던 정기 진료를 전부 걸렀다.

아픈 것조차 몰랐노라고, 그저 피곤하려니 했을 뿐이라고 필립은 딸에게 변명하듯 말했다. 마치 본인이 죄를 지은 것처럼.

그리고 비비안은 망연한 얼굴로 그것을 듣고만 있었다. 변명을 들을 자격이 자신에게 과연 있을까. 비비안은 그 모든 일을 그저 갑작스럽다고 생각한 제가 혐오스러웠다. 선량하게만 살던 사람이 갑자기 말도 안 되는 벌을 받은 양.

결국 저는 아버지의 병조차 자신의 불행으로 취급한 것일지도 몰랐다. 사랑한다, 아낀다, 그렇게 다디단 말만 쏟아내며 키우니 정말로 세상에서 저 하나만 귀한 줄 알고.

비비안은 자신이 갑자기라는 말하는 게 얼마나 우스운 일인지 상상도 할 수 없었다. 그는 이미 이전부터 아팠다. 그리고 그녀가 뒤늦게 그것을 알았을 뿐이다. 변명은 그녀가 해야 할 일이었다.

세상에서 제일 사랑한다면서, 허울 좋은 명분으로 시작한 사업에 눈멀어 보지 못하고 있던 것은 그녀니까.

필립이 제 간이 썩어가는 것조차 모를 정도로 바빴던 것의 절반은 비비안을 위한 것이었다. 그는 이 년 전부터 어서 은퇴했으면 좋겠다는 말을 농담처럼 하곤 했다. 그리고 그 말이 농담이 아니었다는 양 움직이기 시작한 것이 작년, 봄이 끝나갈 무렵부터였다.

겨우 스물을 넘긴 계집의 손에 사업체가 들어가더라도 남부의 그

보수적인 사내들이 등 돌리지 않기 위해서는, 건실함 이상의 견고함이 필요했다.

비비안은 필립의 누렇고 창백한 얼굴을 손끝으로 찬찬히 쓸었다. 크리스토퍼의 말이 그녀의 철없는 생각보다 훨씬 옳을지도 모른다. 비비안도 필립을 알았다. 그녀의 아버지는 뼛속까지 상인이었다. 기약 없는 희망보다는 가차 없는 현실을 편안해할 수밖에 없는.

그것을 알면서도 기만 아닌 기만을 이어갈 수 있는 이유는 결국, 그가 이미 알 것이기 때문이다.

할아버지도 이와 똑같이 죽었다. 그녀는 아직도 어느 날 갑자기 이 저택에서 할아버지가 영원히 사라졌던 것을 기억했다. 필립과 똑같은 모습으로.

크리스토퍼가 이 병의 급작스러운 종말에 관해 의사로서 말할 수 있다면, 비비안은 경험으로 말할 수 있었다.

필립이 모를 리 없다. 소매 위로 눈물이 한 방울 떨어져 번졌다. 그는 그저 속아주고 있다. 고작 아버지가 그 말을 듣는 것을 딸이 보기 싫어한다는 이유로, 그는 비비안이 위장한 안정에 합의해주었다. 필립이 가끔 상태가 좋을 때면 그들은 정말 그의 병이 머지않아 나을 것처럼 웃곤 했다.

그것이 그녀가 단 하나 가진 가족이었다.

멍청한 생각인 것을 알지만 누군가 필립의 앞에서 필립의 죽음에 관해 말한다는 건 비비안에게 차라리 저주 같았다. 이미 알면서도 어쩔 수 없이 그랬다. 전후관계 따윈 모두 무시하고, 그 말만으로도 사실이 될 것처럼 느껴졌다. 비비안은 제가 결국 온갖 불안과 초조함에 잡아먹히고 있는 것을 인정했다.

"……비비."

"네."

하얀 손이 누렇게 부어오른 커다란 손을 마주 잡았다. 그녀는 눈을 깜빡여 가까스로 눈가에 어린 물기를 지워냈다.

까무룩 감겼다 뜬 눈꺼풀 아래로 필립의 눈동자가 부옇게 바랜 빛을 냈다. 목구멍 아래 무겁게 잠긴 목소리가 물었다.

"후작께는 아무 소식이 없니?"

"네."

비비안은 본래라면 부러 꾸며낸 뾰족한 대구로 일관했을 에윈의 화제에도 그저 단조롭게 대답했다.

에윈은 두 해 전 글래스턴의 작위를 승계했다고 했다. 아마도 다시는 랭카셔로 돌아오지 않으리라. 그 사실이 당연하다고 생각하면서도 못내 밉고 원망스러운 것은, 제가 힘든 것을 핑계로 결국 이기적인 발상이나 일삼는 계집애인 탓이다.

비비안은 스스로에게 조소했다. 에윈은 본디 랭카셔에 없어야 하는 사람이다. 이런 지경이 되었는데도 한 번도 들여다보지 않느냐고 결코 원망할 수 없는 사람이었다. 애초에 그는 아무것도 몰랐으니까.

그리고 랭카셔에서 그를 몰아낸 것도, 그녀였으니까.

제가 무슨 생각을 해도 그가 평생 모르리라는 생각은 조금 서글픈 일인 동시에 아주 편안한 일이었다.

멋대로 그리워할 수 있었고, 멋대로 소식도 없다고 원망할 수도 있었으며, 멋대로 그게 당연하다고 알고 있던 걸 속으로도 납득할 수 있었고, 그러다 조금은 잊고 살 수도 있었다.

그리고 시간이 조금 더 지나면, 다시 처음부터 반복했다.

그러다 보니 조금씩 무뎌졌다. 가끔 생각이 나는 건 여전했지만, 그마저도 필립이 쓰러지고 여유를 잃은 후에는 사치나 다름없는 일이었다.

다만 조금 아이러니한 일은, 그 여유 없는 절박함에 그가 더 떠오르기도 한다는 것이었지만.

"편지는?"

"어제, 아버지 말씀대로 보냈어요."

보내지도 않아놓고서 뻔뻔한 대꾸였다. 필립이 눈을 감으며 낮게 웃었다.

"잘했구나."

보내도 별반 달라질 일은 없으리란 말을 비비안은 굳이 소리 내어 하지는 않았다. 안도한 얼굴을 깨트릴 필요는 없었으니까.

"그냥, 그리 계속 등 돌리고 살지는 마. 함께 보낸 시간이 길잖니."

"알아요, 아버지."

"비비, 불안해하지 마렴."

필립의 말은 특별한 무게도 없이 가볍게 공기 위로 내려앉았다. 비비안이 둥글게 눈매를 휘었다.

"불안할 이유가 없는걸요."

"무슨 일이 되었든, 비비."

필립이 다정하게 말하며 비비안의 손등을 가만히 손끝으로 쓸어주었다.

비비안이 웃으며 고개를 숙여 필립의 이마에 키스했다.

"저는 괜찮아요, 아버지."

"도슨 씨는?"

"요 며칠 상태가 좋아요."

"다행이다. 다행이야, 정말."

잔뜩 걱정스럽게 물었던 엘리자베스는 비비안의 대답에 연신 가슴을 쓸어내렸다. 비비안이 의식적으로 화답하듯 웃었다.

노튼이 그것을 안쓰럽게 바라보다, 고기를 턱으로 가리키며 엘리자베스에게 말했다.

"여기, 베스. 비비안에게 거기 사슴 고기 좀 더 잘라줘."

"아뇨. 괜찮아요, 엘리자베스."

"병든 네 아버지보다 네가 어째 더 말랐어, 비비안. 딱해서 못 보겠다."

"아버지는 몸이 다 부은 상태잖아요, 아저씨."

비비안이 작게 웃음을 터트리며 대꾸했지만 노튼은 여전히 심각한 얼굴로 고개를 절레절레 저었다. 엘리자베스가 덩달아 고개를 같이 저었다.

"계속 그렇게 힘없이 있으면 도슨 씨가 걱정하실 거다."

"그래, 비비안. 이것 좀 더 먹으렴."

비비안은 다시 제 접시 위로 수북이 담기는 고깃덩이를 부담스럽게 내려다보았다. 여태 겨우 입에 넣은 것들도 한계였다.

그러나 안주인인 엘리자베스가 사용인마냥 직접 일어나 챙겨주는 극진함을 보인 이상에는, 아무리 절친한 사이여도 손도 대지 않는 것은 예의가 아니었다. 비비안이 엘리자베스의 푸근한 미소에 마주 미소 짓고는 다시 고기를 썰었다.

"그러고 보니 도슨 씨가 아직 말씀 없으시던?"

"무슨 말씀이요?"

"네 결혼 말이야."

"아무런 말씀도 않으셨는데……."

비비안은 의아한 듯 말끝을 흐렸다. 필립은 제가 한창 약혼자를 물색했던 몇 년 전만 해도 어떤 놈이든 최대한 비비안을 늦게 보낼 것이라 말하곤 했다. 그리고 비비안이 앤드류 베이커와의 혼담을 파투낸 이후로 부녀간에는 결혼이라는 단어가 잠깐의 화두로조차 오르지 않았고.

그러나 필립이 아무리 비상식적으로 제 혼사에 느긋했다고 한들, 지금과 같은 상황에서도 그럴 수 있을 리는 없는 법이었다.

비비안은 쓰게 한숨을 삼켰다.

"아버지가 아저씨께 뭐라고 하시던가요?"

"별말 없으셨단다. 그게 더 놀라운 일이지. 그래서 내가 그날 도슨 씨를 잡고 한참을 말했는데……."

"잘 말씀하셨네요."

그녀는 상식적으로 노튼의 생각이 옳다는 것을 인정했다. 엘리자베스가 걱정스럽게 한숨을 쉬었다.

"비비, 너라도 슬슬 결혼을 생각하지 않으면 안 돼. 물론 도슨 씨야 쾌차하실 테지만, 정말 만에 하나라도, 만에 하나라도 말이야."

"도슨 씨가 잘못될 경우에 관해서도 생각해볼 필요가 있다, 비비안."

차마 말을 더 잇지 못하는 부인을 대신해 노튼이 단단한 어조로 말을 이었다. 비비안은 말없이 눈을 내리깔았다.

"그리고 그건 네가 도슨 씨의 딸로서가 아니라, 사업가로서 냉정하게 따져보아야 할 문제란다."

"알아요, 아저씨."

"그리고 만에 하나 그런 경우가 현실이 된다면, 너는 아버지께 엄청난 짐을 지워드리는 것이고 말이야."

"생각해보렴, 네 아버지가 너를 떠날 때 네 곁에 아무도 없다면 네 아버지 마음이 얼마나⋯⋯."

엘리자베스의 끝맺지 못한 말이 비비안의 귓가에서 흐려졌다.

네 곁에 아무도 없다면⋯⋯.

어쩌면 몇 년간 언급도 제대로 하지 않았던 에윈에 관해 요즘 들어 몇 번이고 묻는 것이, 그런 이유였을까.

몇 주 전부터 필립은 부쩍 에윈의 얘기를 꺼내곤 했다. 그것도 단순히 클리브스에서의 그의 근황을 궁금해 하는 것을 넘어, 목적 자체가 그들의 화해인 말들로.

비비안은 명색이 평생 돈을 만지고 산 상인이면서, 필립이 어울리지 않게도 지나치게 순진한 발상을 하고 있다고 생각했다.

그의 딸은 이제 스물이라는 과년한 나이였고, 고로 딸의 소꿉친구도 더 이상 랭카셔로 쫓겨난 열두 살짜리 공자가 아니었다. 에윈은 이제 왕의 신임을 한 몸에 받고 있는 하나뿐인 조카였고 태자의 존귀한 수족이었으며 클리브스에서도 가장 고귀한 귀족들 중 하나였다.

그런 그더러 어릴 적에 잠시 어울린 게 전부인 랭카셔 시골 계집애와 화해하라는 건 얼마나 희한한 말인가.

이제 저를 기억하냐고 물어보는 것조차 우스운 꼴이리라. 에윈이 그녀를 두고 그런 거만을 떨 것이라는 게 아니라, 이젠 그저 그 정도의 차이가 있었다.

혼사라면 스스로 멀리하고 있으니 애지중지하는 딸에게 결혼을 강요하기는 싫었을 것이다. 필립의 성정은 비비안이 제일 잘 알았다. 그렇게 두자니 도무지 마음이 놓이지 않았을 터다.

그러니 비비안과 친밀한 이가 누군가 하나라도 남았으면 하는 마음이었을 것은 비비안도 알았다. 그게 기껏 잘 풀려야 계절마다 서신이나 겨우 주고받을 수 있는 어릴 적의 친구라도.

"이건 네게 비밀이었다만, 도슨 씨가 이번 봄이 지나기 전에 네게 상회를 물려주실 심산이란다."

비비안은 그 말을 듣고 있는 게 자신이 아닌 것처럼 멀찍이 거리를 띄운 채로 담담하게 고개를 끄덕였다. 그 말이 얼마나 화가 나고 분한 일이든 간에, 아무것도 바뀔 게 없었으니까.

"그러니까 비비안."

"확실히, 여자 혼자 상회를 물려받는다는 게 좋은 그림은 아니겠죠. 무슨 말씀이신지 이해해요, 아저씨."

"가문의 대가 바뀌면 본디 많은 것이 흔들리게 된단다. 아버지가 네 뒤에서 한동안 도와주실 수 있다면 모르겠지만, 상황이 그렇지가 않잖니. 이대로면 네가 상회를 물려받았을 즈음, 너는 오로지 홀로 그 모든 것을 감내해야 해. 물론 네가 얼마든지 그럴 수 있는 아이라는 걸 우리는 안다. 충분히 준비되었다는 것도 알고. 하지만 세상이 우리처럼 널 알지는 않아."

"세상물정 모르는 어린 계집을 곧바로 신용할 수 있는 거래처가 결코 많지도 않을 테고요. 저 역시 걱정하고 있어요."

"네 아버지가 쌓아놓은 것이 많아. 그러니 전부 불신하지는 않을 거란다. 그래도 할 수 있는 최선은 다 해보아야지. 아버지를 위해서라도 말이야."

비비안이 태연한 얼굴로 입에 든 고기를 오물오물 씹었다. 입맛이 전혀 돌지 않는 입안으로 마지못해 고기가 넘어가는 느낌이 불쾌했지만 그녀는 내색하지 않고 삼켰다. 그리고 고개를 끄덕였다.

"그래야죠. 그럴 거예요."

"도움이 필요하면 언제든 베스에게 묻고."

"조금 걱정이 되는 건, 아버지가 아프니 괜히 헛바람이라도 들지는 않을까 하는 건데."

"공연한 야심이라도 생길까 봐?"

"혹시나 필요하다고 급히 데려왔다가 내부에 적을 두는 꼴이 되지는 않을지……. 그런 문제들이요."

결혼할 상대를 두고 스무 살 여자가 하는 말이라기엔 지나치게 관조적이었다. 노튼이 못 말리겠다는 듯 고개를 저으며 웃었다.

"네가 그런 사내를 고르겠니?"

"어찌 변할지는 모르는 일이니까요."

"설령 그리 변한다고 해도 네가 순순히 당할 리가 없지 않니."

"그건 그러네요."

비비안은 일리 있는 말이라는 양 대수롭지 않게 웃어 넘겼다. 그녀답게도 조용히 잘난 척하는 투라, 엘리자베스가 반가운 듯 마주 웃었다. 비비안이 고기를 한 점 더 찍어 입가로 가져가며 장난스럽게 눈을 빛냈다.

"아드님들은 어때요?"

"농담도."

"농담 아녜요, 엘리자베스."

"글쎄, 네가 며느리로는 조금 무섭단다."

엘리자베스가 짐짓 눈을 피하며 대구하자 노튼이 웃음을 터트렸다. 애초에 노튼 가에서 비비안과 결혼할 만한 나이의 아들들은 모두 결혼했거나 약혼한 상태였으므로 실없는 농담에 실없는 대구가 만난 격이었지만, 비비안은 밉지 않게 입술을 삐죽였다.

"아끼신다더니 말뿐이신가 봐요."

"그러게 진작 혼담이 오갈 때 좋다고 말했어야지."

"그때 조나단이 몇 살이었는지는 기억하시죠? 아저씨."

"그때는 너도 귀여웠는데. 도슨 씨가 베드포드에 데려가주지 않는다고 입이 어디까지 튀어나와선, 우리 집까지 걸어왔던 것 생각나니? 도슨 씨가 그때 얼마나 놀라셨던지."

"그게 여섯 살이었나?"

"저는 잘 기억이 안 나서요."

비비안은 제가 철없이 굴었던 건 일단 언제가 되었든 기억에 없다고 말하는 편이었다. 엘리자베스가 아랑곳 않고 노튼의 물음에 고개를 끄덕여 긍정해주었다.

그리고 문득 무언가를 깨달은 양 비비안을 물끄러미 바라보았다.

"그러고 보니 그때 그 여자애가 벌써 이렇게 다 컸구나."

"그것도 꽤 잘 컸죠."

엘리자베스의 말에 곧바로 뻔뻔한 자기평가가 따라붙었다. 엘리자베스가 작게 웃었다.

"나는 네가 이 모든 걸 어찌 혼자 견디고 있는지 모르겠다, 비비안."

"괜찮아요, 엘리자베스."

비비안은 웃지도, 울지도 못한 채 저를 바라보는 다정한 얼굴로부터 시선을 조금 비껴냈다.

"그리고 아버지도 괜찮으실 거고요."

"결혼, 잘 생각해보렴."

잠자코 그들을 바라보던 노튼이 엄격하게 덧붙였다. 비비안이 고개를 짧게 끄덕였다.

"네. 그럴게요."

사실 그렇게 대답은 했지만, 비비안은 꽤 막막한 상황에 처해 있었다. 뒤늦게 알기로 그랬다. 필립이 아프기 전에는 일을 배우기 바빴고, 필립이 쓰러진 이후로는 그의 일에 모든 정신이 팔려 그간 생각해본 적조차 없었으므로.

생각해보면 작년 초, 딱 이 무렵부터였다.

앤드류 베이커와의 혼담이 파투 난 후에도 줄기차게 오던 혼담이 이상할 정도로 뚝 끊겨버린 것이.

작년, 그러니까 열아홉 초반. 결혼하기에 늦었다는 말은 갓 스물이 된 지금 나이에 듣기에도 조금 이른 감이 있었다. 열여덟 겨울까지 담벼락을 잘만 타고 넘어오던 그 혼담들이 갑자기 열아홉 봄부터 끊긴 것을 나이 탓이라고 할 순 없는 것이다. 애초에 열아홉이라는 나이 자체가 남부에서는 명백히 선호받는 나이 중 하나였으므로.

그러나 그렇게 이제 스물이었다. 비비안은 뒤늦게 작년 초부터 제 상황이 얼마나 급격히 이상해졌는지를 깨닫고 혼란에 빠졌다.

어디서부터 잘못된 걸까. 대체 어디서부터.

나이? 당연히 아니고, 가문이며 향후 상속할 재산, 조건, 외양, 그 모든 건 그동안 쏟아지듯 들어온 혼담들이 설명해줄 수 있었다.

문득 아버지가 아프기 때문일지도 모른다는 생각에 속 언저리가 쓰렸으나 그럴 리는 없었다. 오히려 아버지가 아프기 때문에 더 탐이 날 수도 있었다.

여자의 부친이 위독한 것은 본디 꺼리는 사람이 생기는 수만큼, 혹은 그 이상으로 욕심이 들러붙기 마련이었다. 비비안은 생각할수록 기분이 상해 얼굴을 잔뜩 찌푸렸다. 기분이 상한 건지, 자존심이 상한 건지도 모호했다.

아버지의 병환은 그녀의 불행이었지만, 냉정하게 바깥으로 가서 따져보자면 지금 저는 그 완벽한 조건에 혹시나 모를 위험으로 인한 부가가치가…….

"두 배는 상승해 있다고요, 아빠."

줄곧 철든 척 정중하게 아버지, 하고 부르던 것조차 갖다 버린 채로 비비안은 말끝을 끌었다.

얼마나 속이 상한 건지 떼를 쓰는 것처럼 들리기까지 하는 호칭이 내심 반가워 웃으면서도, 필립은 짐짓 속이 상한 듯 말했다.

"본인 앞에서 냉정하게도 말하는구나."

"실제 사정이야 어찌 됐든 솔직히 밖에서 봤을 때 헛물켜기에 딱 좋은 상황이란 건 아빠랑 저, 둘 다 인정하잖아요."

"그게 냉정하다는 거란다, 비비."

"그러니까 저는, 어떻게 다들 짠 것처럼 이럴 수가 있냐는 거예요."

그 와중에 모종의 사건 이후로 가장 싫어하는 접속 부사 '그러니까'까지 저도 모르게 사용한 것을 깨닫고 비비안이 인상을 찌푸렸다.

"이래서는 도무지 납득할 수가 없잖아요."

"왜."

필립이 여상하게 물었다. 비비안이 기가 막힌 듯 입을 벌렸다.

"어떻게 그렇게 물으실 수가. 아버지 딸이 얼마나 완벽한지 아버지한테까지 설명해야 하나요?"

"그럴 리가, 내 딸."

"아무도 아빠 딸을 원하지 않아요, 아빠."

필립은 비비안이 어쩌다 가끔 그를 아빠라 부를 때의 그 앳된 발음을 가장 좋아했다. 마치 그 부분만이 시간이 멈춘 것처럼, 여섯 살짜리 비비안이 저 멀리서 그를 부르던 것과 닮아 있었다.

그것은 그녀가 아빠라는 말을 투정부릴 때나 써먹은 탓이기도 하고, 실은 그 투정조차 투정이 아닐 정도로 어릴 적부터 철이 든 탓이기도 했다.

지나치게 일찍 어른이 되고 싶어 한 아이는 의식적으로 아빠라는 말을 멀리했고, 아이러니하게도 의식적으로 그 말을 가끔 사용했다.

저는 어른이 됐다고 말하는 데 안달이 나 있었던 주제에, 그가 아이를 잃는 것을 얼마나 두려워하고 있는지 아는 것처럼.

비비안이 반쯤 장난처럼 침대에 얼굴을 묻자 필립의 누렇게 변한 손이 그녀의 머리칼을 천천히 쓸어 빗겼다.

"그럼 내가 평생 데리고 살아야겠구나."

"정말 그럴 수밖에 없게 됐어요. 아시죠?"

"그래."

"정말로요."

"그럼."

비비안이 고개를 살짝 들고 웃었다. 그리고 필립의 눈꺼풀이 무겁게 깜빡이는 것을 보고 눈치 좋게 그의 손바닥에 입 맞추며 몸을 일으켰다.

"상회에 갔다 올게요, 아버지."

"다녀오렴."

비비안이 나풀거리는 드레스 자락을 가볍게 잡고 소리 없이 방을 걸어 나갔다. 이윽고 달칵, 문이 닫히는 소리에 필립이 비비안이 사라진 문가에서 시선을 거두었다.

그는 느릿한 손짓으로 베개 아래를 뒤적거리다 곧 구겨진 편지를 꺼냈다.

: 도슨 씨께.

벌써 봄이군요. 당신이 잘 지내고 계신지 모르겠습니다. 저는 지난번 편지 이후 계속 당신의 답장을 기다리고 있습니다. 별일은 아니리라 생각하지만 어쩔 수 없이 조금 걱정이 됩니다. 부디 별일이 없다고 말해주세요.

요즘 랭카셔의 날씨는 어떤가요? 중부는 아직도 겨울이 지나지 않은 것 같습니다. 사람들은 모피를 두르고 다녀요. 랭카셔였다면 상상도 할 수 없는 일이죠. 겨울이 지나는 내내 랭카셔가 떠올랐습니다. 그렇게 살기 좋은 곳은 세른스트 어디에도 없을 거예요.

부디 재촉처럼 생각하지는 않으셨으면 합니다만, 저번의 답장은 희망적이었습니다. 제가 기대하는 것이 머저리 같아 보여도 이해를 구하고 싶습니다. 멀리서 계속 촌담에 죄 훼방을 놓고 있는 것도 죄송합니다. 그것도 이해해주시리라 믿습니다. 쓰고 보니 생각보다도 더 뻔뻔해서 죄송하게 생각합니다. 아시다시피 당신의 딸이라면 조금 늦더라도 원하는 시기에 누구라도 언제든 결혼할 수 있을 테니 제 자그마한 사심으로 인생이 망가지는 않을 겁니다. 물론 그럴 일도 없을 겁니다. 도슨 씨께서 제가 그런 일이 없도록 막는 것을 허락하신다면요.

사실 그 새가 멀끄러워할 것이 없이 나 찾아뵐 수 없었다는 말은 핑계일지도 모르겠습니다. 도무지 클리브스를 벗어날 수가 없었거든요. 손발이 묶인 것처럼 여유가 없었어요. 어쩌면 핑계가 아닐 수도 있겠네요. 솔직히, 볼 자신이 없었을지도요. 물론 그 문제가 없어도 클리브스를 떠날 순 없었을 테니 그냥 제가 미치도록 바빴기 때문이라고 해야겠습니다. 그러나 이제 클리브스에서의 많은 것이 안정되었습니다. 저는 조만간 도슨 씨를 다시 뵐 수 있는 날을 기다리고 있습니다. 그때 정식으로 허락을 받을 수 있으리라 기대합니다.

밀니로까지 태자 전하를 수행하게 되었습니다. 그곳에서 다시 돌아오는 대로 찾아뵙겠습니다.

말씀드렸다시피 별일 없으실 거라 생각하지만 어쩔 수 없이 걱정은 됩니다. 부디 당신에게 별일이 없다고 말해주세요.

존경을 담아, 에윈 G. 글래스턴.

그는 편지를 반듯하게 갈무리해 베개 아래 넣어두었다. 희미한 웃음이 걸린 눈매가 곧 수마에 삼켜졌다.

"백부님!"

문가에서부터 요란한 소리였다. 필립의 침대에 엎드려 까무룩 잠이 들었던 비비안은 엘리엇의 목소리에 잠에서 깨어났다.

그녀는 뒤를 돌아보지도 않고 제가 깔고 잔 책을 바로 덮으며 필립을 살폈다. 그는 여전히 곤히 잠들어 있다. 한동안 잠귀가 예민해 밤에도 잠을 깊이 자지 못했는데, 오랜만에 깊이 잠든 모양이었다. 저 망할 놈의 방정에도 깨어나지 않는 것을 보면.

"백부님?"

"좀 조용히 해."

"백부님……."

닥치라는 뜻으로 한 말을 문자 그대로 해석한 엘리엇이 소리의 크기만 축소시켜 필립을 불렀다. 비비안이 한숨을 쉬었다.

"깨우지 마."

"왜?"

"……지금 왜라고 물은 거야?"

그녀는 기막힌 목소리로 되물었다. 엘리엇이 어깨를 으쓱했다.

"이래 봬도 랭카셔에 돌아오자마자 백부님부터 찾아뵌 거야. 내가 클리브스에서 백부님 선물을 얼마나 사왔는데."

"내 건."

"당연히 네 방에 쌓아놨지. 설마 이 오라비가 네 걸 빼먹을라고."

"입 저리 치워."

엘리엇은 아랑곳 않고 비비안의 정수리에 가볍게 키스했다. 비비안이 미간을 찡그리며 엘리엇의 옆구리를 때렸다. 엘리엇이 얻어맞은 곳을 부여잡으며 투덜거렸다.

"계집애가 힘만 좋아서."

"이야기는 잘 성사시켰으니 이리로 곧장 온 거겠지?"

"당연하지."

"그래. 다 닦아놓은 것 가서 펜 들고 사인만 하면 될 일이니, 그것도 못 하면 큰일이야."

"그게 제일 중요한 부분이야. 내가 사인을 못 했으면 어쩔 뻔했어?"

"대체 본인도 본인을 얼마나 쓸모없이 보고 있기에 그렇게 생각할 수 있어?"

비비안은 한숨처럼 중얼거렸다. 엘리엇이 이해할 수 없다는 양 고개를 갸웃했다.

"그 반대지. 거래의 가장 중요한 부분이었으니까."

그녀는 그 말을 그대로 흘려듣고는 말을 돌렸다.

"계약서는?"

"네 방 선물 더미 맨 아래에 숨겨뒀어. 잘 찾아봐."

"내용은 내가 말한 그대로야?"

"다 확인했어. 그 중개업자가 취급할 수 있는 모든 그란토니아산 사치품은 우리가 남부로 전부 들여오는 것이나 마찬가지야. 네 계획대로."

"그래. 고마워."

"너 지금 나보고 고맙다고 한 거야?"

엘리엇이 은근한 얼굴로 웃으며 비비안의 얼굴을 빤히 들여다보았다. 비비안이 짜증스레 엘리엇의 얼굴을 손바닥으로 밀어냈다.

"그래."

"이번에 내가 널 대신해줘서? 너 대신 클리브스에 다녀와서? 너 대신 거래를……."

"그만하고 닥쳐, 엘리엇."

"스물이나 먹은 과년한 계집애가 오라비한테 닥쳐가 다 뭐야."

비비안의 살벌한 대꾸에 엘리엇이 능청스럽게 투덜거리듯 중얼거렸다.

다행이자 유감스럽게도 엘리엇은 도슨에 도움이 되고 있었다. 정말이지 인정하기 힘들게도 그랬다. 몇 년 전이었다면 상상도 못 할 일이었다.

조부가 엘리엇의 앞으로 남기고 필립이 몇 배로 불려준 그 유산을 성년이 된 것과 동시에 물려받은 엘리엇은, 희한하게도 제 손에 가진 것이 생기자 정신을 차렸다.

그 정신 나간 손에 재물이 들어가면 순식간에 없어지리라 생각했던 비비안의 예상—심지어 그의 모친마저도 그렇게 걱정했다—을 산산이 깨부수는 행보였다.

그는 이제 자신의 이름으로 작은 사업도 꽤 멀쩡하게 굴리고 있었다. 머리는 나빠도 눈치가 묘하게 빨라 투자에 몇 번 성공한 덕분이었다. 그리고 친아버지나 다름없는 필립이 병석에 드러눕자 좀 더 얌전해졌다.

어쩌면 그가 성년이 되면 부친의 유산을 물려주라고 했던 그들의 조부나, 그 유언을 따른 필립의 판단이 처음부터 정확했을 것이다. 영영 개념 없이 살 것이 뻔해 보이는 얼굴을 보고도 이런 어른이 될 것을 예상했다면.

물론 그는 여전히 품행이 가벼웠고 여자를 끊임없이 밝혔으며 사치를 좋아했다. 사람은 때때로 아주 쉽게 변하는 한편, 결코 쉽게 변하지 않는 법이었으므로.

비비안은 클리브스에서 전부 새로 맞춘 듯 한층 더 화려해진 엘리엇의 차림새를 훑어보며 혀를 찼다. 그러나 특별히 거슬리지도 않은 고로 그녀는 곧장 한심해하던 눈초리를 거두었다.

어찌 되었든 그녀가 바란 건 작년 가을부터 단독으로 직접 공들여 온 거래의 최종 성사뿐이었으니까. 그녀는 필립의 곁을 비울 수 없었고, 그 중개업자는 고작 남부 젠트리가 피 한 방울 섞이지 않은 변호사를 대리인이랍시고 보내는 것을 참지 못하는 수도의 긍지 높은 귀족이었다. 그러니 그녀에게 남겨진 선택지도 유일했다.

그리고 결과가 걱정만큼 그리 나쁘지 않다는 것은 비비안도 인정해야 했다.

"아, 그리고 보니 네 소꿉친구는 꽤 출세했더라. 수도에 가보니 정말 이름이 요란해."

"그래?"

비비안이 무심하게 대꾸했다. 엘리엇이 의미심장하게 웃었다.

"이제 클리브스에서 그를 모르는 사람이 없던데."

"글래스턴을 모르는 이가 클리브스에 있을 리가."

"그래. 이제 번듯한 후작나리시니 말이야."

"그렇겠지."

"놓친 것이 아깝지는 않고?"

"놓칠 게 어디 있어."

"글래스턴이 너랑 좀 뒤틀리니 랭카셔에서 사라진 것 아니야?"

"왕께서 부르신 거라 몇 번을 말해야 해."

"후작 부인이 되실 수도 있었는데."

"정신 나간 소리 그만해."

비비안이 차마 대꾸하기도 성가신 듯 그를 보지도 않고 일축했다.

"듣자 하니 왕태자가 장차 왕위에 오르면 그가 막후의 실권을 쥐게 될 거라던데. 하긴, 전하께서 대놓고 제 아들 쓰라고 조카님 올려주신 작위니 말 다 했겠지. 그 글래스턴이 그렇게 될 줄이야 누가 상상했을까. 네가 그를 잡았으면 우리 모두가 출세했을 텐데. 안 그래?"

"전혀 안 그래."

"넌 매일 네 앞에서 얼쩡거리던 그 꼬맹이가 저렇게 됐다는데 인간적으로 좀 아까워하기도 하고 그래. 내가 다 아까워 죽겠으니."

"그러라고 보낸 거야. 그러니 안 아까워."

그녀는 아무렇지 않게 대꾸했으나 엘리엇은 반쯤 놀리듯 내뱉던 말을 멈추었다.

죽어도 엘리엇 앞에서 제가 처질 만한 이야기는 하지 않던 비비안이 처음으로 단편적이나마 내뱉은 진짜였다. 그러나 그 정도로 그들의 사이가 변했다고 마냥 반가워하기에는, 그 안에 담긴 것이 썼다.

엘리엇은 씩 웃으며 비비안의 머리를 헤집어놓았다. 비비안이 짜증스럽게 그 손을 쳐냈다. 그는 무안해하지도 않고 손을 거두고는 문득 물었다.

"백부님 상태는 좀 어때."

엘리엇의 목소리는 여전히 밝았으나 끝이 조금 무겁게 내리 끌렸다. 장난기가 가신 진중한 얼굴이 필립을 내려다보았다.

비비안은 쓴 숨을 삼키며 그에게서 고개를 돌렸다. 가볍다 못해 날아갈 것 같던 표정이 사라진 얼굴은 그들에게 무슨 일이 생겼는지 떠오르게 했다.

그녀는 애써 제가 의식한 것을 지워냈다.

"한동안 제대로 주무시질 못했는데, 오늘은 꽤 괜찮으신 것 같아. 네가 떠드는 소리도 못 들으시는 걸 보면."

"그래. 네 목소리가 좀 크긴 하지."

"아니, 너 말이야."

둘은 웃음기도 없는 얼굴로 서로를 탓하고는 얼마간 침묵했다.

"클리브스에서 수소문을 조금 해봤는데, 이렌시아에 이런 병을 아주 잘 다루는 의사가 몇 명 있다더라."

정적을 먼저 깬 것은 엘리엇이었다. 비비안이 표정 없이 필립의 이마를 물에 적신 수건으로 닦으며 대꾸했다.

"너무 오래 걸릴 거야."

"시도해볼 가치는 있어. 이렌시아로 의사를 데리러 갈 수 있는 업자도 알아보게 했고. 비용은 내가 절반을 보탤 테니까……."

"너무, 오래 걸릴 거야. 엘리엇."

비비안은 나직하게, 그러나 마디마다 힘주어 말했다. 파리하게 잠든 얼굴을 내려다보는 시선이 흐렸다.

엘리엇이 입안으로 작게 욕설을 내뱉고는 옆에 있던 의자에 풀썩

414

앉았다. 비비안이 그를 보지 않고 조용히 말했다.

"그만 가서 쉬어. 숙모께서 기다리실 텐데."

"저녁까지는 있을게. 오랜만에 어머니도 불러서 셋이 저녁이나 같이 먹는 건 어때."

"그래."

비비안이 그의 옆에 앉았다. 그들은 한참이나 말없이 필립의 곁을 지켰다.

엘리엇이 클리브스에서 돌아온 그날, 이상하게도 필립은 저녁에 일어나 다이닝룸까지 걸어갈 정도로 상태가 좋았다.

숙모인 멜라인도 오랜만에 함께한 자리였다. 그들은 비비안과 엘리엇의 어린 시절에 관해 두 시간이 넘도록 환담을 나누다, 필립이 다시 피곤해지는 바람에 다시 방으로 돌아왔다. 엘리엇은 모친과 함께 집으로 돌아갔다.

그녀는 다시 필립과 남겨졌다.

가끔, 이상할 정도로 선명한 예감이 들 때가 있다. 지금의 상황과는 그다지 상관도 없이, 불현듯 그렇게 찾아온다. 불안과 공포가 만들어낸 상상은 단 하나뿐인 가족이 병석에 누운 순간부터 매 분 매 초를 따라다녔으나 이것과는 조금 달랐다.

비비안은 필립이 기분 좋게 잠드는 모습을 보고 제 방으로 돌아왔으면서도, 계속 묘한 기분에 사로잡혀 있었다. 근 몇 주간 그것이 가장 좋은 모습이었는데도.

그럼에도 곧장 필립의 방으로 돌아가보지 못한 것은 어쩌면 제 미친 상상을 확인할 자신이 없었던 탓이리라. 그러나 불행히도 그녀는 미치지 않았고, 한밤중 다시 필립의 방으로 갔을 때……

그가 더 이상 숨을 쉬지 않았다.

"필립 머레이 도슨은 좋은 친구였습니다, 우리 모두에게요. 동시에 아버지가 없는 저에게는 좋은 어른이었고, 할아버지에게는 언제나 좋은 아들이었죠. 심지어 저희 아버지보다요."

엘리엇이 장난기 한 점 없이 내뱉은 너스레에, 사람들의 가벼운 웃음이 엄숙한 분위기 속으로 스며들었다.

"할아버지는 늘 '필립이야말로 나의 가장 큰 재산'이라고 말씀하시곤 했습니다. 이 도슨이 아니라 말입니다. 그리고 정말로 지금의 도슨 상회는 그의 손에서 이루어졌죠. 바로 필립 머레이 도슨의 손에서요. 그는 많은 것을 이루었습니다. 그리고 많은 것을 주위에 베풀어주었죠. 지역 사회에 공헌한 바 역시 수도 없이 많습니다. 그 결과, 랭카셔 사회에서 가장 존경받는 상인 중 하나가 되었습니다. 부자가 얼마나 존경받기 힘든지는 여러분도 부자가 되어보시면 알 겁니다."

추도사 중간, 다시 가벼운 웃음이 일었다가 우울하게 가라앉았다. 잎이 채 다 자라지도 않은 나뭇가지를 바람이 싸하게 스치는 소리가 주위를 맴돌았다.

비비안은 옅은 바람에 흐트러진 검은 베일을 잡았다. 베일 위로 드러나 있는 얼굴이 창백했다. 구덩이 아래 놓인 관을 물기 없이 메마른 시선이 응시했다.

"자랑하고 싶지는 않지만, 그는 놀랍게도 존경받는 부자였습니다. 그와 먼 사람, 그리고 그와 가장 가까운 사람에 이르기까지요. 그의 하나뿐인 딸에게는 세상에서 가장 좋은 아버지였죠. 질투가 날 정도로 말입니다. 장담하건대 그녀는 몇 번을 다시 태어나도 그처럼 좋은 아버지를 만날 수는 없을 겁니다."

그리 깊지도 않은 곳에 그가 있었다. 당장이라도 몇 걸음만 걸어가 그 구덩이 안에 들어갈 수도 있었다.

그가 사실은 죽지 않았다고 미련을 떨고 싶은 것은 아니었다. 다시 그를 데리고 나올 수 없다는 것도 알고 있다.

그러나 적어도 그의 얼굴을 한 번은 더 볼 수 있으리라.

비비안은 제가 어제 아버지의 얼굴을 충분히 봤는지, 관이 닫히는 순간까지 충분히 제 기억에 새겼는지 확신할 수 없었다. 그렇게 생각하자 미치도록 불안해졌다.

벌써 생각나지 않았다. 벌써, 벌써……

아래에서 떨리는 손을 베키가 살짝 잡았다. 마치 깨어질까 두려운 것처럼 천천히. 비비안의 얼굴은 여전히 도자기 인형처럼 무표정했다. 베키는 그녀의 어깨에 살짝 입 맞추고 다시 정면을 응시했다.

"그러나 그녀는 그런 아버지를 가질 자격이 있는 딸이었죠. 그리고 필립 역시, 그런 딸을 가질 자격이 있는 아버지였습니다. 제 백부는 행복한 사람이었습니다. 저는 절대로 그가 이곳에서 너무 이르게 사라졌다고는 생각하지 않을 겁니다. 아까워하지도 않을 겁니다. 그가 우리를 영영 떠나버렸다고 생각하지도 않을 겁니다. 그는 그저 그가 사랑하는 아내의 품으로 돌아갔습니다. 넬라 도슨, 그가 평생을 사랑했던 여자의 곁으로."

그녀는 귓가에 제대로 흘러들어오지도 않는 목소리를 겨우 헤집어 글자를 쥐어뜯었다.

결국 네 말은 다 틀렸다고, 이 죽음이 얼마나 헛되고 이른 것인지 말하고 싶었다. 사랑하는 아내의 곁이라니, 심지어 저는 그 얼굴조차 몰랐다. 비비안은 희미하게 자조했다. 스스로를 비웃는 소리가 입안에 먹히며 곧장 사그라졌다.

결국 아무것도 하지 못하는 것은, 필립이 제 뒤틀린 생각보다 엘리엇의 말을 훨씬 좋아할 것이기 때문이다.

"우리에게 남은 일은 그가 분명 더 행복해졌음을 믿고, 그를 위해 짧은 기도를 바치는 것입니다."

구덩이를 멀찍이 둘러싸고 있던 사람들이 천천히 고개를 숙였다. 비비안은 느릿하게 고개를 떨어트렸다. 시야의 가장 위에 아래로 꺼진 땅이 보였다. 그녀는 눈을 감았다.

"먼 길, 당신의 여행이 모두 끝나면 우리가 당신을 기억하듯 당신도 우리를 기억하기를."

구덩이 속으로 꽃들이 던져졌다.

토할 것처럼 목구멍까지 가득 차오른 말들이 있었다. 당신이 가엾고, 불쌍하고, 미워서 견딜 수가 없다고, 나에겐 당신 하나뿐인데 왜 가야만 했느냐고, 한 번만 다시 볼 수는 없겠느냐고……. 조금이라도 숨을 잘못 쉬면 바닥에 다 토해낼 것처럼 목 끝에서 넘실거렸다.

그러나 결코 꼴사납게 뱉지는 않을 것이다.

비비안은 마지막 꽃을 던졌다. 그리고 흙이 관 위로 떨어지기 시작한 순간, 그녀는 차라리 웃기로 했다. 이상하게도 눈은 여전히 말라 있었다.

"잘 가요, 아빠."

제일 예쁜 모습으로, 제일 좋아하는 말을 해주었다.

그는 아마도 웃고 있으리라.

"글쎄, 잘 모르겠군요."

"이제 와 잘 모르시겠다니……."

"작년에 도슨 씨 덕분에 손해 본 것이 제법 됩니다. 저로서는 망설일 수밖에."

비비안이 순간 헛웃음을 내뱉었다. 일이 어떻게 돌아가고 있는지는 알 만했다. 이미 이와 비슷한 일만 세 번째였다. 짐짓 뻐기는 투로 그의 손실에 관해 늘어놓으려던 남자가 멈칫했다.

그녀는 더 해보라는 양 어깨를 으쓱했다.

"뻔히 손해 볼 것을 알면서 의리를 지키겠다고 다시 손해를 감수할 수는 없는 일입니다. 한 번이면 족하죠."

"뻔한 손해면, 예를 들어 어떤 것이요?"

비비안이 고양이처럼 살짝 올라간 눈매를 누그러뜨리며 웃었다.

"도슨 양은 잘 모르겠지만, 도슨 상회에서 매입한 물건을 받은 소매업자들의 원성이 자자했습니다. 저는 도슨 씨와의 의리로 중간에서 크게 손해 볼 것도 감수하고 일일이 다 물어주었지요. 하지만 지나고 보니 손해가 생각보다도 더 막심해요. 제가 어떻게 더 믿고……."

"올해로 십 년이 됐죠."

"예?"

"도슨과만 거래하신 지."

"그 정도 되었겠군요."

"아버지가 당신을 얼마나 좋아했는지는 잘 알아요. 젊은 랭카셔 놈 중에도 꽤 특출난 놈이 있다고 말씀하신 것도 기억하니까. 그러니 랭카셔를 통틀어 당신이 그런 조건을 받을 수 있었던 곳도 도슨, 단 한 곳뿐이었겠죠. 아버지는 사람 키우길 좋아하셨거든요."

"……."

"이렇게나 쓸모없이 말이에요."

해사하게 미소 짓고 있던 얼굴이 어느새 서늘했다.

마치 옛날의 인정을 구하듯 시종일관 조곤조곤하던 목소리가 순식간에 냉랭하게 뒤바뀌자 남자의 표정도 변했다. 비비안이 삐뚜름하게 입매를 끌어올렸다.

"도슨이 큰 피해를 끼쳤군요. 그래서 당신이 도슨과 일하고 사게 된 이 근사한 저택에서, 캐롤링산 카펫 하나라도 사라졌나요?"

"도슨 양."

"장부라도 준비하셨어야죠. 내가 기억하는 건 당신이 작년에 얼마나 많은 수익을 내고 그것을 베드포드 쪽 소매업자들한테 떠들고 다녔는지, 그것뿐인데."

"그건……."

"거짓말이었다고요. 올해를 위한 것이었다고요. 그럼 내가 당신의 귀여운 거래처를 다 돌면서 얼마나 도슨에서 나온 물건에 불만이 많으냐고 물어보면 될까요?"

"좋아요. 솔직히 말씀드리죠. 그들도, 나도 여태까지의 거래에 불만을 가진 적은 단 한 번도 없습니다."

"네."

"하지만 그 누가, 가라앉는 배에 타고 싶어 하겠습니까."

"가라앉는 배라고요."

비비안이 차분하게 남자의 말을 되풀이했다. 남자는 조금 무안해진 얼굴을 쓸며 말을 이었다.

"소매업자들의 불만이 여태껏 이루어진 거래에 있었던 적은, 단 한 번도 없어요. 하지만 도슨의 미래에는 있죠."

"그러니까 저한테 말이죠."

"그들은 도슨의 미래를 두려워해요."

"그 소매업자들이 어차피 당신을 거쳐서 물건을 받으면서, 도슨이 망하면 자신들도 망할까 두려워한단 말인가요? 그게 당신의 핑계인가요? 그들은 정작 그 배에 타지도 않는데?"

"아뇨, 도슨 양. 물론 그들은 그 배에 타지 않죠. 다만 그 배에 타고 있는 날 신뢰하지 않는 거예요. 앞으로의 거래도 신뢰하지 않고요. 일이 이렇게 된 건 미안해요. 하지만 당신은 어리고, 난……."

"어쩔 수 없는 건 이해해요."

비비안은 문득 순순한 얼굴로 웃었다. 남자는 그녀에게 미안해서 눈을 맞출 수 없는 것처럼 시선을 슬쩍 피했다.

그러나 그녀는 알고 있었다. 지금 그가 제게 전혀 미안해하지 않고 있다는 것이나, 혹은 그저 빨리 사라져주기만 원하고 있다는 것을.

"그런데 당신들이 이미 육 개월 전부터 나랑 일하고 있었던 건 알고 있나요?"

"……."

"당신이 거래에 얼마나 더 만족하게 됐는지 구구절절 아버지께 보낸 그 편지들도, 모두 제 것이었어요."

남자의 시선이 천천히 다시 위로 올라왔다.

그래, 이것이 미안함이다.

"열아홉 살 먹은 계집애가 아버지의 이름으로 사인했을 땐 세상에 둘도 없는 파트너라 하시더니, 이젠 가라앉는 배라고 말씀하시네요."

"……."

"당신과 할 수 있는 일은 전부 그대로였는데."

다시 함께할 사람의 정곡을 찌르는 이는 없다. 미안하거나 무안해서 자신과 눈도 못 맞출 이와 일하고 싶은 사람은 없을 테니까.

비비안은 그것이 마지막 인사인 양 가볍게 몸을 일으켰다. 세상이 저를 그렇게 본다면, 가라앉는 배조차 절실한 사람을 구하면 된다. 그리고 그들이 사실은 얼마나 행운아였는지 세상에 보여주기 위해 살아가면 되는 것이다.

남자는 주저하듯 비비안이 테이블에서 몸을 돌려 걸어가는 것을 바라보다 나직한 목소리로 그녀를 다시 불렀다.

"도슨 양."

비비안이 말없이 돌아섰다. 남자는 그렇게 불러놓고도 정작 말을 잇지 못했다. 얼마간 싸한 침묵이 흘렀다. 그러다 비비안이 다시 돌아서려는 찰나였다.

"프레드릭 노튼입니다."

반쯤 돌아선 몸이 다시 되돌아왔다. 남자는 한숨처럼 말을 이었다.

"그가 제게 거래를 제안했습니다."

노튼과 도슨이 얼마나 오래 사업의 많은 부분을 공유해왔는지를 감안하더라도, 늘 당연히 이어지던 당연한 거래에 굳이 그가 첨언한 것은 이상했다.

비비안이 눈매를 가늘게 좁혔다.

"그리고 저와 같은 다른 사람들에게도."

"……."

"거래에서 도슨을 완전히 제하고, 새롭게 말입니다."

"지금, 노튼이 날 배신했다고 말씀하고 계신 건가요?"

"……그가 아니었다면 당신이 아무것도 잃지 않았으리란 것은 분명합니다. 도슨 씨에 대한 마지막 의리로 말씀드립니다."

남자는 비비안의 시선을 회피하며 직접적으로 긍정하지 않은 채대꾸했다. 비비안은 잠시 멍하니 그를 바라보다, 날카롭게 헛웃음을 내뱉었다.

"도슨 양."

그녀는 대꾸하지 않고 냉랭하게 몸을 돌려 나갔다.

다른 거래처를 돌며 몇 번을 확인해도 남자의 말은 사실이었다. 정작 노튼에게 직접 확인할 자신은 없어 미루던 것이, 그렇게 나중이되자 악에 받쳤다.

비비안은 결국 노튼 가를 찾아갔다.

어쩌면 놀랍지 않게도, 노튼 가의 문은 열리지 않았다. 비비안은 수없이 드나들던 그 문이 끝내 조금도 열리지 않는 것을 한참이나 바라보았다. 노튼은 이미 랭카셔에 있지도 않았다.

집으로 오기까지 얼마나 수많은 생각이 들었는지는 모르겠다. 기묘하게도 여전히 속은 차분했다.

네가 여자애라, 모든 걸 더 잘 해낼 수 있는 거야.

할아버지는 본래 칭찬에 인색한 사람이었고, 필립은 그녀가 밥만

먹어도 잘 먹는다 칭찬하는 아버지였다.

그래서 그 말이 최초의 것이었다. 네가 여자로 태어난 것은 실패가 아니라 더 위대해지기 위해서라고, 어른이 말해준 것은.

그리고 이제는 세상에 말하기를, 저렇게 어린 계집은 당신들과 어떤 일도 할 수 없으리라 하는 것이다. 필립이 죽고 이제 고작 열흘이 지났는데.

비비안은 가쁘게 몰아쉬는 숨 사이로 실소했다. 익숙한 제집 복도를 걷고 있는 것만으로 숨이 가빴다. 분명 아무렇지 않게 걷고 있었는데도 그랬다.

그녀는 의식적으로 피해 가던 필립의 방으로 홀린 듯이 들어갔다.

문을 열자마자 필립의 냄새가 났다. 막다른 길에 내몰린 것처럼 가쁘던 숨소리가 조금이나마 고른 형태로 변했다.

비비안은 방 안을 찬찬히 둘러보았다. 그녀의 고집으로 아무것도 정리되지 않은 방이었다. 필립이 죽은 그날과 다를 것 하나 없는.

필립의 시신이 이 방을 나간 후 그녀가 한 번도 들여다보지 않은 방은 사용인조차 들어가지 못하게 한 탓에 먼지가 조금씩 쌓여 있었다.

비비안은 짙은 마호가니 원목 위로 부옇게 쌓인 먼지를 손끝으로 천천히 쓸며 커다란 문진 아래 놓인 봉투를 물끄러미 바라보았다. 그가 죽고 둘러본 적이 없으니 이 봉투도 처음 보는 것이었다.

문진을 옆으로 치워낸 손이 봉인되어 있지 않은 입구를 매만지다 느릿하게 뒤집었다.

제가 기억하는 그대로, 지극히 유려하고 정갈한 필체가 봉투 중앙에 기다랗게 한 줄을 써놓았다.

: 세상에서 가장 완벽한 나의 작품에게.

그 한 줄에 세상이 무너졌다. 목 아래 막혀 있던 숨이 터졌다.

차마 봉투의 끝조차 잡지 못한 손이 허공을 떠돌다 그녀의 입을 가로막았다. 그것과 동시에 왈칵 울음이 떠밀리듯 터져 나왔다.

얼굴이 엉망으로 일그러졌다. 그녀는 아무렇게나 주저앉아 처음으로 소리 내어 울었다. 필립이 떠났던 새벽이 다시 찾아올 무렵까지, 한참 동안이나.

"이러지 말고 어서 혼인을 해."

비비안은 애매하게 웃으며 트레이를 들고 들어서는 하녀들 쪽을 응시했다. 곧바로 맞은편에서 손끝이 테이블을 몇 번 두드렸다.

그녀는 머리부터 발끝까지 온통 검은색으로 휘감은 여인을 다시 바라보았다. 저것이 비단 필립을 위한 것은 아니었다. 비비안조차 이제 평상복을 입고 있었고, 장례식은 이미 한 달도 더 전의 일이었다.

감시하는 것에 가까운, 특유의 엄격한 시선이 비비안의 매끄러운 얼굴 위를 슥 훑었다. 비비안의 어린 기억 속에서도 오촌 고모는 늘 저런 드레스를 입고, 저런 눈으로 사람들을 응시하고는 했다. 제 남편이 죽은 이후로 늘 상복을 입고 있노라고 필립이 동정하며 말했던 것이 이 머나먼 친척에 대한 최초의 기억이었다.

지금도, 십 년 전도 전혀 동정이나 받을 얼굴은 아니었지만.

"그런 식으로 피하지 마렴."

"피한 적 없어요."

"그럼 어찌 여태 하지 않았어?"

"그 사정을 차마 다 설명 드리기는 힘드네요, 데비."

비비안의 말은 짐짓 부드러웠지만 선을 긋는 것에 가까웠다. 길게 주름진 눈매가 찌푸려졌다.

"하지만 저도 진지하게 생각 중이에요. 가까운 미래로."

"내 말을 정말 모르겠니? 가깝든, 않든 미래는 미래고, 네게 사내가 필요한 것은 지금이야. 그래서 나도 이리 준비한 것이고……."

"이제 겨우 한 달이에요."

"한 달이나 된 거지. 이 집안에 사내가 없는지도."

"그래서, 아버지가 돌아가시자마자 기다렸다는 듯이 결혼해야 하나요?"

"네가 언제 결혼하든 '기다렸다는 듯이'가 아니라 미루고 미루다 한다는 것 정도는 온 랭카셔가 다 알아줄 거다."

데비가 찻잔을 잡으며 비비안의 말을 인용해 빈정거렸다. 비비안은 살짝 웃었다.

"그리 걱정해주신다니 감사해요."

"너도 알다시피 도슨에는 어른이 몇 없어. 이번에 네 아버지가 돌아가셨고, 네 숙부야 진작에 요절했으니 널 직접 보살필 수 있는 어른이 계시질 않지. 가까이 남은 것이라곤 우리 형제뿐이고 말이다."

비비안은 고개를 대충 끄덕이면서도 과연 그들이 가까이 남았다고 정의될 수 있는 사이인지 의문스러웠다. 데비가 말하는 우리 형제들이란, 비비안에게 있어 할아버지의 형제가 낳은 자식들에 불과했으므로.

물론 그들은 도슨 가의 어른이었고 그녀도 그것을 부정하고 싶은 것은 아니었다.

"우리가 얼마나 널 걱정하고 있는지 너도 알아야 해. 제 이름자 뒤에 전혀 상관없는 도슨이란 성만 달고 있는 주제, 필립이 죽고 나서 술렁이는 뜨내기들이 얼마나 많은지……. 정작 평생 랭카셔 근처도 와보지 않은 것들이 말이다. 그들이 지금 얼마나 네 아비의 이름을 팔고 다니는지는 똑똑한 계집이니 네가 더 잘 알겠지. 기가 찬 노릇 아니니."

그럼에도 그들의 말이 우습게만 들리는 것은, 지금 그들이 관여하고 싶은 게 먼 친척 조카딸의 인생이 아니라 상회이기 때문이다. 그들이 말하는 저 뜨내기들처럼.

그들은 분명 도슨 가의 어른이었으나, 상회에 공헌한 바는 단 하나도 없었다.

"엄한 것들이 분수에도 맞지 않는 욕심을 더 부리기 전에, 널 지켜줄 사내를 찾아야지. 더군다나 네 사촌은? 그 계집질밖에 할 줄 모르는 녀석이 상회만 호시탐탐 노릴 텐데……."

먼 친척들이 서로 짜기라도 한 것처럼 매일 도슨 가를 드나들었고, 따지자면 데비와 그녀의 형제들이 개중 가까운 것은 사실이었다. 문제는 그마저도 결국엔 멀다는 것이었지만.

데비를 보낸 것은 뻔했다. 데비와 똑같은 얘기를 해도 자신들이 하면 상회를 저들 손에 내놓으라는 말밖에는 되지 않으니, 그나마 오래전에 결혼하고 성이라도 달라진 누이를 대표로 보낸 것이다. 조금이나마 덜 직접적인 방향으로.

비비안은 짐짓 경청하듯 데비를 빤히 바라보며 그녀와의 대화를 되짚었다. 형식상의 포옹과 위로, 안부, 곧바로 꺼내놓은 몇 개의 혼처……

데비가 그녀에게 건넨 것은 그들과 관여된 보잘것없는 집안의 열여섯 살짜리 아들 하나와 마흔을 훌쩍 넘긴 부유한 홀아비 몇 명이 전부인 목록이었다.

단 하나의 전자를 제한 나머지가 모두 도슨의 부 따위는 관심도 없을 만큼 에른스트 남부에서 소문난 부호라는 점에서 그들의 의도는 명확했다. 아예 부의 단위가 다른 가문에 그녀를 팔아넘기듯 보내고 나면 상회가 오롯이 그들의 파이로 남으리라는 계산.

"네가 모친을 닮아 참 어여쁘기는 하다만 언제까지고 이리 어리고 예쁠 것은 아니란다. 벌써 네 나이가 몇인데."

이것은 몸값이 더 떨어지기 전에 그나마 비쌀 때 팔라는 말일 테고.

"물론, 당연하게도 그렇겠죠."

"다행히도 내가 이리저리 사방으로 알아보니 아직 관심을 갖는 신사분들이 계셔."

이것은 아무도 거들떠보지 않을 줄 알았는데 그나마 수요가 있는 게 그 사람들이란 말이었다.

"신경 써주셔서 감사해요. 좀 더 생각해볼게요."

비비안은 제 인내심이 아직도 바닥나지 않은 것에 내심 놀라는 중이었다. 그러나 그 대답이 데비에게도 만족스러울 만한 것은 아니었는지, 그녀는 눈을 가늘게 떴다.

"심지어 작년부터 혼담이 제대로 들어온 적도 없다면서."

저건 언제 물고 늘어지나 했더니 지금이다. 비비안이 입매를 슬쩍 당겼다.

"냉정하게 들리겠지만 네 가치는 네가 알아야지 않겠니. 네게는 시간이 별로 없어. 서둘러야 한단다, 비비안. 아까 네게 보여준 이들이……."

"오후에 중요한 약속이 있어서 슬슬 대화를 정리해야 할 것 같네요."

"방해는 않을 거다만, 그게 얼마나 중요할지는 모르겠구나. 네가 계속 해야 할 일도 아니고."

"일단, 저는 계속할 거예요, 데비. 그 계속 해야 할 일이란 게, 제가 생각한 게 맞다면요."

"그게 얼마나 억지스러운 일인지 나까지 말해줄 필요는 없을 것 같았는데."

"그리고 제 가치는 내년쯤 돈 많은 홀아비들이 '이제 스물하나는 너무 늙었다.'고 데려가지 않는 순간 끝나는 게 아니고요."

비비안은 데비의 말에도 아랑곳 않고 들리지 않는 양 말을 이었다.

데비가 단정하게 맞물린 입매를 조금 비틀며 웃었다.

"공상에 빠져 있구나."

"당신은 이제 마흔이 넘었죠. 당신의 말에 의하면 이제 고작 스물인 제가 젊은 남자들에게 비싼 값을 받기에는 너무 나이 들었고, 그 홀아비들에게 좋은 값을 받을 날도 얼마 남지 않았다니, 당신을 원하는 사내는 아무도 없겠군요."

"날 두고 말장난이라도 하고 싶은 거니?"

"당신의 남편은 죽어버렸고, 남편의 유산이라곤 별 볼일 없는 것뿐이고, 그래서 이제 어떤 남자도 당신을 원하지 않으니 당신은 아무런 가치가 없나요?"

비비안은 여전히 웃는 얼굴로 데비의 시선을 마주했다.

"질문이 어린 조카에게 듣기엔 꽤 무례했겠죠."

"그래. 퍽 건방지더구나."

"하지만 당신에 의하면 저는 가치가 떨어지는 중이고, 혹은 그런 현실 파악조차 못 하는 계집애예요. 그리고 당신은, 아무런 가치도 없죠."

"대체 그 말에 내가 무슨 대답을 하길 바라는 건지 모르겠다."

"당신의 형제들을 위해서 당신이 얼마나 무가치한 존재인지 계속 스스로 인정하셔도 돼요. 얼마든지요."

결혼 시장에서의 그녀의 가치를 들먹여가며 한 모든 말이 결국 스스로의 가치도 집어삼키는 것이라고, 에두르지도 않고 직설적으로 돌려주는 말에 데비는 조금 망연한 표정을 지었다.

"어차피 그건 당신 스스로의 가치니까."

"비비안."

"하지만 제 가치는 당신이 감히 따질 수 없어요. 제가 당신의 가치를 함부로 따지지 않는 것처럼. 그리고 제 생각에는, 당신이 꼭 가치가 없을 필요는 없는 것 같고요."

"네 자존심이 얼마나 불쾌해하는지는 잘 알겠다. 네가 다 틀렸다고 하지도 않으마. 그래도 넌 여전히 억지를 부리고 있는 거야."

"억지라……."

"왜 아무도 노튼을 욕하지 않는지 아니?"

"장사꾼이라면 누구라도 거래처를 독점하고 싶어해요. 평생 한 곳과 일하는 장사꾼들도 없고요. 그리 대수로울 일도 아니죠."

"아니. 차라리 계집보다는 배신자를 믿기 때문이야."

비비안의 얼굴에서 미소가 천천히 사라졌다. 데비는 아주 어린아이에게 글자를 가르치듯, 부드럽게 말을 이었다.

"배신자가 계집보다 나아서? 그래. 그가 얼마나 너보다 나을까. 이생각에 밤마다 억울하겠지. 하지만 아무도 그런 비교는 하지 않는단다. 왜냐고?"

"······."

"노튼이 필립이 죽기 무섭게 그와 함께한 모든 걸 홀로 가로챘다는게, 아비도, 남편도 없는 스무 살짜리 계집이 도슨의 주인인 것보다는 말이 되기 때문이야. 비비안, 널 위해 하는 말이야. 미련을 버려. 처음부터 끝까지 전부, 같은 여자로서 충고하는 거야. 그리고 인생을 조금이라도 더 살아본 어른으로서."

찻잔 끝을 매만지던 손이 우아하게 손수건을 들었다. 비비안은 입가를 손수건 끝으로 살짝 찍어내듯 닦고 다시 테이블 위로 단정하게 내려놓았다. 그녀는 문득 우스운 듯 미소 지었다.

"지금 불쾌해해야 하는 건, 제 자존심이 아니라 당신의 자존심이에요, 데비."

"······."

"그리고 다시는 제게 '같은 여자로서'라고 말하지 마세요. 저는 적어도 당신과는 하나도 같지 않으니까."

비비안은 친절하기까지 한 어조로 덧붙이며 몸을 일으켰다. 데비가 딱딱하게 굳은 얼굴로 그녀를 올려다보았다. 비비안이 테이블을 돌아 데비의 곁으로 걸어왔다.

"결혼은 빠른 시일 내에 할 거예요. 그게 당신들이 원하는 이는 아니겠지만. 저는 죽어도 상회를 평생 손에 쥐고 있을 테고, 설령 길 가다 마차가 고꾸라져 제가 죽는다고 해도 제가 상속받은 모든 것은 제 사촌에게 갈 거예요. 저는 그런 일조차 평생 일어나지 않도록 노력하면서 살, 욕심으로 똘똘 뭉친 계집애고요."

"……."

"이대로는 얼마나 당신들의 헛소리를 더 들어줘야 할지 모르겠으니 결론만 말씀드리자면, 당신들이 저를 어디에 보내도 당신들 차례는 안 와요. 아, 애초에 당신들이 저를 어디에도 보낼 수 없다는 것부터 말씀드려야 했나요?"

해사한 미소와는 딴판으로 싸늘한 시선이 데비의 성마른 얼굴 위로 내려앉았다. 비비안은 얼마간 말없이 데비를 그렇게 내려다보다, 이윽고 시선을 거두며 방에서 걸어 나갔다.

"친척들이란. 그렇지?"

문을 열고 몸을 돌리기 무섭게 벽에 기대서 있던 남자가 태연하게 물어왔다.

"기다리실 곳은 달리 준비되어 있었는데."

"마침 거기로 가던 길이었어."

"계속 여기 계셨던 것 같아 보여요."

"착각일걸."

비비안이 더 대꾸하기도 귀찮은 듯 다른 응접실로 걸음을 옮겼다.

"베일럽은 네 말대로던데. 곧바로 수긍하더군."

"다행이네요."

"덕분에 꽤 괜찮은 거래를 했어."

"원래 적선받는 건 싫어해서요."

"죽어도 도와주는 건 싫다 이거군."

"앉으세요, 퍼스."

퍼스가 어깨를 으쓱하며 비비안의 손이 가리킨 곳으로 걸어가 풀썩 앉았다.

"홍차라도?

"베드포드 출신치고 네 물음을 좋아할 놈은 없어."

비비안이 픽 웃으며 구석에 있던 콘솔로 걸어가 위스키를 따랐다.

"사업은 이런 사소한 게 중요하거든. 정말로, 이런 사소한 것 말이야."

퍼스가 비비안에게서 크리스털 잔을 한 손으로 받아 들며 고개를 까딱하고는 너스레를 떨었다. 그의 말을 대충 받아치던 비비안이 고개를 끄덕였다.

"새겨듣죠."

"듣자 하니 저번 주에 꽤 많이 되돌렸다면서."

"어느 정도는 수습됐어요."

"어느 정도?"

"삼분의 일, 혹은 조금 못 미치게."

"벌써? 네가 필립의 딸이긴 한가 보군. 노튼이 너 때문에 벽에 머리 좀 찧겠는데."

"같이 찧고 싶네요. 손해가 좀 커서 말이에요."

"원래 이미 등 돌린 놈들이 세상에서 제일 비싸. 살 수 있는데 그러지 않고 무너질 이유는 없지. 나중에 하나씩 네가 다시 버리면 그만이야."

그는 소파에 깊이 몸을 묻으며 잔을 들었다.

"보벌 건은 감사했어요."

"이미 네 사례는 베일럽을 준 걸로 끝난 게 아니었나?"

"당신은 그걸로 재미를 좀 본 거고, 나는 꽤 절박한 상황이었죠. 주제 파악은 해요."

"꼭 선택의 여지가 없었다는 양 말하는데, 네가 얼마나 건방지게 계산했는지는 내가 알아. 네 손에 선택지도 몇 개 있었지."

"그게 당신을 기분 나쁘게 하나요?"

"아니. 너도 장사하는 종자라면 당연히 그래야지."

퍼스가 매끄럽게 입매를 끌어올리며 잔 속에 얕게 담긴 위스키를 흔들었다.

"내가 사례를 바라지 않았다고는 말하지 않듯이 말이야. 난 너한테 잘 보일 필요도 없었잖아."

"우린 이제 겨우 두 번째 만나는 거고, 당신은 초면에 내게 청혼했잖아요."

"내가 너한테 잘 보이려고 한다고?"

"아닌가요?"

"그건 네가 머리가 있으면 알아서 생각해볼 이야기지. 별개로 네가 제시한 베일럽은 만족스러웠고. 애초에 내 거래가 네게 결정적이기라도 했나? 나랑 한 일이 지금 네 손에 급히 쥔 것 중 십분의 일도 되지 않을 게 뻔한데, 내가 고작 그런 걸 믿을까."

"하긴."

"결혼할 작정으로 잘 보이고 싶었으면 다 해결해드렸겠지. 근데 그 유난을 떨기엔 내가 애초에 널 특별히 좋아하지는 않아서……."

"됐어요. 청혼한 건 당신이고 거절은 내가 해요."

"기분 나쁜가?"

"당신은 나보다 열다섯이나 많잖아요. 심지어 벌써 두 번이나 이혼했고요. 청혼만으로도 충분히 불쾌했으니까 더 기분 나쁘게는 마세요."

비비안이 진심으로 짜증스럽게 대꾸했다. 퍼스는 태연하게 웃었다.

"그 청혼 자체가 괜찮은 거래라는 건 잘 알잖아. 난 아직 자식도 없고."

"거래는 참 좋아하지만 공교롭게도 제가 아버지의 딸이기도 해서요."

"그래. 귀한 따님이시긴 했지. 그래서 도슨 씨 살아생전에 말도 안 한 거고."

"왜 살아생전에만 알았는지."

비비안의 가벼운 비아냥에도 퍼스는 개의치 않고 말을 이었다.

"생각해봐. 우리가 결혼하는 순간 난 도슨의 자금난부터 바로 해결할 거고, 거래는 필립이 살아 있을 때 그 이상으로 돌아올 거야. 경영권 역시 네 손에 계속 있을 거고, 랭카셔 사람들은 도슨이란 이름을 좋아하니 베드포드의 퍼스가 망하지 않는 한 네 상회도 영원히 도슨이겠지. 의무는 최소한으로, 내 아들 하나만 낳아. 난 그 외에 아무것도 바라지 않을 거야. 내가 자리를 비울 때, 네가 내 대신 퍼스를 종종 살피기만 하면 되지. 어차피 내가 갖고 싶은 건 네 예쁘장한 얼굴이 아니라 네 장사하는 머리거든."

비비안은 말없이 퍼스가 들고 있는 잔을 노려보았다. 퍼스가 비식 웃으며 비비안의 시선을 당기듯 그녀의 눈을 응시했다.

평생 여유 속에서 살아온 이 특유의 권태로움이 묻어났다. 이조차 또 다른 흥미의 일종이리라. 별반 의욕도 없이 평생 배워온 버릇으로 합리적인 계산을 하고, 그것을 상대방에게 내밀고…….

비비안이 한숨처럼 웃었다.

"이게 네게 얼마나 좋은 선택지인지는, 이미 네가 아는 것 같군."

"알아요."

"그런데?"

"그래서 고작 당신이 최선인 내 처지에 대해 돌아보는 중이죠."

비비안이 짐짓 음울한 얼굴로 턱을 괴었다.

"꽤 좋은 처지야. 그렇지 않아?"

"기가 막힌 처지겠죠. 베드포드에 있는 당신 정부가 두 손으로도 다 셀 수 없다는데."

"그래서 거절이야?"

"거절할 거예요."

"순진한 구석이 있네."

"말했듯이, 제가 아버지 딸이기도 해서요. 그래서 당신 같은 남자는 안 돼요."

퍼스는 그것이 꽤 마음에 드는 답변인 것처럼 고개를 주억거렸다.

그때, 문밖에서 노크 소리가 작게 들렸다. 그리고 비비안이 무어라 대답하기도 전에 문이 살짝 열렸다.

베키가 문틈으로 조심스레 얼굴을 들이밀었다. 손님 앞에서 사용인이 무례한 꼴을 보였다고 생각하기에는 베키가 한 번도 그런 일이 없었으므로 의아함이 더 컸다. 비비안이 퍼스에게 실례를 구하고 베키가 있는 문가로 걸어갔다.

"베키?"

"아가씨, 클리브스에서 급사가 와서는 무작정 아가씨를 당장 뵈어 야 한다고……."

"무슨 일인지는 몰라도 기다리게 해. 아직……."

"그게, 막을 수가 없어요. 지금 여기로……."

"비비안 G. 도슨 양?"

베키의 뒤에서 낮은 목소리가 끼어들었다. 비비안이 미간을 찡그리며 문을 열려는 찰나, 베키가 곤란한 얼굴로 문을 당기며 옆으로 비켜섰다.

그녀는 베키가 '막을 수가 없다.'고 말한 것을 곧바로 이해했다. 그는 기사들을 거느린 귀족이었다.

비비안이 열린 문 사이에 섰다. 남자는 그것을 긍정으로 받아들였는지, 프록코트 안쪽으로 손을 넣어 서신을 꺼내들었다. 그리고 비비안에게 내밀었다.

"이게 무슨."

"후작께서 보내셨습니다."

"네?"

"글래스턴에서요. 도슨 양 앞으로."

남자는 친절하게도 부연했다. 비비안이 눈매를 가늘게 좁혔다가, 이내 그가 필립의 부고를 전해 들었으리란 생각에 씁쓸하게 봉투를 뒤집었다. 글래스턴의 인장으로 봉인한 서신이 낯설었다.

그날 이후, 에윈에게서 처음으로 받는 편지였다.

그녀는 봉인된 부분을 엄지 끝으로 천천히 쓸다, 그것을 열지 않고 손에 쥐었다. 그리고 여전히 제 앞에 그대로 서 있는 남자를 의아하게 바라보았다.

"제가 수령했다는 다른 확인이라도 필요한가요?"

"도슨 양의 회답이 필요합니다."

"저는 제 나름대로 할 일이 있어요. 답장은 제가 시간이 되는 대로……."

"후작께서 정식으로 청혼하신 것이기 때문에, 절차상……."

"네?"

"예?"

"지금, 뭐라고 말씀……."

"절차상 도슨 양께서 청혼과 그 서신에 명기된 여러 가지 조항을 확인하시고, 저를 통해……."

"아뇨. 그전에."

"후작께서 정식으로 청혼하셨기 때문에……."

"누가요?"

"후작께서 도슨 양에게 본인과 결혼해달라고 요청하셨습니다."

남자는 다시 친절하게도 자신의 말을 더 작은 단위로 풀이했다. 비비안이 하얗게 질린 얼굴로 관자놀이를 짚었다.

"이 문서는 법무 대신이 국왕 전하의 대리인으로서 공증했으며, 클레도어의 법령에 의해 보호를 받습니다. 만약 도슨 양이 이에 거절하시기 위해서는 동등하고도 공식적인 절차를 거치셔야 할 것이며, 혹은 클레도어의 법령에서 마땅히 인정받을 사유가 필요합니다. 그 사유란 사망, 실종, 기혼 등이며……."

봄이 끝나갈 무렵, 에원이 청혼했다.

11. 어떤 말들

글래스턴의 기사들을 사방으로 둘러 세운 변호사-그 남자가 변호
사였다-의 입회하에 비비안은 글래스턴 가의 인장이 찍힌 공식 서
한을 열어볼 수 있었다.

법무 대신이 무려 국왕의 대리인 자격으로 공증한 유난이 아깝지
않게도, 조항마다 거창한 법령이 줄줄이 인용되어 있었다. 비비안은
읽으면 읽을수록 제가 고소를 당한 건지, 청혼을 받은 건지 조금 헷
갈렸다. 세상에 이런 청혼이 어디 있다고.

애초에 상대방이 거절하면 그냥 끝나버리는 청혼을 작성하면서 누
가 국왕의 공증을 구하고, 수령 절차에 변호사에 기사들까지-그들
은 놀랍게도 공증인 자격으로 와 있었다-보내겠는가.

게다가 완성도 되지 않은 반쪽짜리 청구에 불과한 문서에 왜 공증
이 붙었는지도 이해할 수 없었다.

물론 그렇게 생각하면서도 그녀는 스스로에게 확신이 없었다. 클
리브스의 대귀족들이 어떤 식으로 저들끼리 결혼하는지 남부 끄트머
리에 사는 그녀가 알 수 있을 리 만무하므로.

그러나 적어도 그녀는 그 형식이 비상식적인 세상에서 살아왔고,
에윈은 그것을 알고 있었다.

그는 일부러 이러고 있는 것이 분명했다. 비비안은 기가 막힌 채로

서한을 한번 보고, 제 앞에 선 변호사를 한번, 그리고 그들을 둘러싸고 있는 기사들을 한번 바라보았다. 하나부터 끝까지 전부 기가 찼다.

다시 시선을 내리자 활자만 공손한 서한이 보였다.

청혼은 뒤집어 보니 협박이었다. 그것도 아주 구구절절한 협박. 당사자가 이행을 거절할 시, 당사자가 거절의 의사를 표할 시, 당사자가 본 조항을 거부할 시……, 이렇게 시작하는 문항은 두 손으로도 다 셀 수 없었다

청혼이란 게 본디 결혼해주지 않겠냐고 묻고, 상대가 좋다고 말하면 이루어지고 싫다고 말하면 이루어지지 않는 아주 간단한 절차라는 것을 생각하면 이 청혼은 뭔가를 지나쳐도 한참을 지나친 것이다.

"저만 그런가요?"

"예?"

"전 이게 협박으로 보이거든요, 로이스 씨."

로이스라 불린 젊은 변호사는 친절한 태도로 비비안이 가리킨 부분을 읽기 위해 몸을 숙였다. 첫줄을 가리키고 있던 비비안의 손이 마지막 줄까지 쭉 내려갔다.

"정확히 어느 부분이 말씀입니까?"

"전부 다요."

"아, 내용 전부를 말씀하시는 것이군요."

"제가 오해했나요?"

"아뇨. 오해가 아닙니다."

"……."

로이스의 매끄러운 대꾸에 비비안이 순간 맥이 풀린 듯 입을 벌렸

다. 로이스가 부드럽게 웃었다.

"이 서한은 일정 부분 강제성을 띠고 있습니다."

"……."

"물론 합법적인 절차에 의해 작성된 문서이기 때문에 도슨 양이 협박이라고 표현하신 것은 잘못되었습니다. 그러나 실질적인 의미로 질문하셨다면, 맞습니다."

제가 전달한 것이 실질적으로 협박이라는 것을 인정하는 사람이라기엔 로이스의 얼굴이 너무 선량했다.

비비안은 망연히 그 얼굴을 들여다보다가, 가까스로 다시 문맥을 잡았다.

"제가 왜 협박을 받고 있나요?"

"후작께서 실질적으로 왕명을 빌어 청혼하셨기 때문입니다."

"왕명이라니……. 이건 단순히 글래스턴 가에서……."

"클레도어의 법령이란 왕이 귀족에게 이름을 빌려주는 것으로, 이 경우 국왕의 공증이란 왕명에 준하게 됩니다. 고로 청구인과 피청구인에게는 국왕께 공증받은 조항에 관하여 이행할 의무가 발생하며, 거절은 서한의 정식 파기를 통해서만 합법적으로 이루어질 수 있습니다. 그렇지 않을 시에는 도슨 양의 불이행은 모두 불법한 행위가 됩니다. 그 자체로 왕명에 불복하는 것이기 때문이죠."

"……."

"쉽게 말씀드리자면, 후작께서는 거절을 받지 않으시는 겁니다."

그녀는 기가 막힌 듯 로이스를 바라보다가 다시 서면을 응시했다.

표기된 바로는 그녀는 사망하거나, 재난에 휩쓸려 실종하거나, 이미 결혼하지 않은 이상 서한을 정식으로 파기해야만 거절이 가능했다. 그리고 그 파기라는 것은 클리브스로 제가 직접 가서 처음부터 끝까지 에윈과 같은 절차를 밟는 것이다. 국왕이 지정한 대리인의 자격이 있는 자에게 동의를 받아 국왕에게 클레도어의 법령에 의거해 공증해줄 것을 요청하고, 왕이 공증을 허가하면 다시 대리인이 공증을 위한 절차로 왕에게 공증 대리의 허가를 구하여 공식적으로 허가가 떨어지면…….

비비안은 제가 정말 이것을 이해하기나 했는지 의심스러웠다. 즉 왕명을 빌어 그녀에게 요구한 바를, 그녀가 이행하지 않기 위해 왕명을 다시 요구해야 한다는 말이었다.

제 뜻을 빌어 지시한 것을 하지 않겠다는 것에 국왕이 동의할지도 의문이었으나, 그녀에게는 애초에 감히 그럴 수 있는 자격조차 없었다.

비비안은 살짝 일그러진 눈가를 가까스로 웃음처럼 만들었다. 속이 끓었다.

"그럼 여기서 말하는 불이익은요?"

"사업 전반의 불편을 야기할 가능성이 있다고 후작께서 알려주시는 겁니다. 이것은 이행에 관한 강제성이나 단순 불이행의 불법 행위와는 차별이 되는 것으로, 어떤 합법적인 절차에 의해 이를 거절하셔도 그분 개인의 의도로 일어날 수 있는 일입니다."

"……."

"그것에 관하여 미리 신사적으로 고지해주신 거고요."

언뜻 들으면 굉장한 친절을 베푼 것처럼 느껴질 말이었다.

결국 하자는 대로 하지 않으면 망가뜨리겠다는 말이, 그것을 미리 알려준다고 해서 신사적인 것이 될 수 있나? 비비안은 입안을 깨물었다. 이미 청혼 자체에 대한 감상은 자취를 감춘 지 오래였다.

스스로 생각하기에도 요사이 비비안은 속에 부쩍 빈틈이 많았다. 그러니 어쩌면 모른 척 잠시라도 들뜰 수 있었다.

에윈이 아직도 저를 생각하고 있다는 것에 쓰리고, 달았을 것이다. 거절할 수밖에 없는 처지라고 해도 잠깐 멍청하게 상상해볼 수도 있었을 것이다.

그러나 확고함이 지나치다 못해 강압으로 돌아왔을 때에는…….

"전해주세요."

"말씀하십시오."

"문서의 파기에 합당한 사유가 곧 생길 예정이므로, 잠정적으로 거절하게 된 것을 알려드린다."

"정말이십니까?"

"법률 전문가에게 이 문장에 오류가 없는지 한 번 더 여쭤보고 싶네요."

"물론 이상 없습니다. 사유는 발생할 예정이고, 즉답이 아닌 잠정적 사항이라고 확언하셨으니. 그 말은 즉 달리 혼인하신단 말씀입니까?"

비비안이 싱긋 웃었다. 저는 지금 제 인생에서 가장 최악의 순간을 보내는 중이었고, 이제 그녀의 자존심을 밟고 있는 것은 가장 최악의 상대였다.

그녀는 비로소 수많은 거래처가 제 이름 앞에서 돌아서던 순간, 그리고 친척들이 자신을 어딘가 팔아먹지 못해 안달을 내던 그 모든 순간에 얼마나 제가 멀쩡하게 버티고 있었는지를 깨달았다.

자존심이 상해서 죽을 것 같다는 기분은 어쩌면 이런 것이리라. 그런 순간들이 아니라. 어차피 그런 사람들의 생각은 제게 가치도 없었다.

하지만 그는 아니었다. 그리고 그것이 문제였다.

"네."

그래, 이 생각이 저를 미치게 했다.

순식간에 시간이 뒤엉켰다. 언제까지고 영원히, 아무런 상관도 없이 살 수 있을 것만 같았던 스무 살에서 열일곱, 그 서툴고 멍청한 시절로.

"결혼할 거야."

"뭐?"

엘리엇이 잔을 입에 대다 만 채로 어리벙벙하게 되물었다. 잔이 입안으로 잠깐 기울어졌다가 돌아오면서 조금 쏟아진 와인이, 미처 다 물지 못한 입가로 한 줄기 새어나왔다.

비비안은 그것도 보이지 않는 양 무심하게 제 잔을 들어 와인을 한 모금 마셨다.

"최대한 빨리."

"대체 누구, 너 설마 그 베드포드 늙은이……."

"미쳤어?"

"그래. 그건 백부님이 무덤에서 벌떡 일어나실 소리지."

엘리엇이 드디어 마음이 조금 놓인다는 듯 얕게 한숨을 뱉었다.

"그럼 글래스턴에서 온 청혼? 혹시 마음 바뀐 거야?"

"미쳤어?"

"그런 건 한 번만 물어. 난 정상이야."

"알아봐. 내 조건은 잘 알 테니까."

"네 신랑이 물건이야?"

"남자는 아버지가 살아 계신다고 가정하고 봤을 때 화나지 않을 나이면 되고, 학자, 목사의 차남 이하로 적당히 잘 교육받고, 아, 집안에 지나치게 돈이 없는 건 곤란해. 나중에 이쪽에 손 벌릴 일 생기면 피차 얼굴만 붉힐 테니까. 잘생길 필요는 없지만 단정하게 생겨야 하고, 키는 작으면 안 돼. 내 아들이 작은 건 싫으니까."

"조건 집어넣으면 어디서 하나씩 나올 것처럼 말하는 것 좀 봐라."

"알아봐."

"알았어."

"네 친구들은 빼고."

가장 중요한 부분이었다. 비비안이 엘리엇을 세뇌시키듯 한 번 더 반복해 말하자 엘리엇이 대충 고개를 끄덕였다.

"근데 너 이래도 되는 거 확실해?"

"뭐가."

"글래스턴……."

"저, 아가씨."

엘리엇이 기어코 다시 꺼낸 단어에 울컥 짜증이 치밀어 그 입을 막으려던 찰나, 베키가 열려 있던 문 사이로 빠르게 걸어 들어왔다.

"무슨 일이야?"

"글래스턴 가에서 변호사가 오셨어요. 이틀 전에 오셨던 그분이요."

"……또?"

"도슨 양."

비비안은 이미 문가에 와서 서 있는 로이스를 질린 듯 바라보았다. 서한을 든 로이스가 웃는 낯으로 고개를 까딱했다. 좋은 소식이 아닐 것이 분명했다.

엘리엇이 비스듬히 웃으며 가보라는 양 턱으로 그를 가리켰다. 비비안이 마지못해 문가로 걸어갔다.

"주셔도 보기 싫을 것이 분명한데, 일단 무슨 일인지 간략하게 말씀해주시겠어요?"

"후작께서 상회의 인수를 제안하셨습니다."

"뭐?"

반응한 것은 비비안이 아닌 멀찍이 뒤에 앉아 있던 엘리엇이었다. 그는 웃음기가 사라진 얼굴로 다급히 비비안의 곁에 와서 섰다.

비비안은 말없이 로이스를 응시했다. 그는 여전히 정중한 태도로 웃고 있었다. 그녀는 마치 그것을 따라 하듯, 천천히 입매를 끌어올렸다.

"그때 고지해주셨던 사항인가요?"

"예?"

"그때 말씀하셨던 불이익이요."

"저는 그 경우에 해당한다고 해석하고 있습니다."

법률가답게 불필요할 정도로 조심스럽고 에두른 말투에도 이젠 신물이 났다. 그러나 비비안은 속을 차분히 가라앉혔다.

제 이성은 고작 이딴 협잡질에 터질 것이 아니었다. 그녀는 필립이 죽고 반쯤 망가져가던 상회를 이 정도로나마 돌려놓기까지 얼마나 많은 노력이 필요했는지를 생각했다. 그리고 그 노력이 지금 그의 말한마디에 얼마나 하찮아졌는지도.

"정중히 거절한다고 전해주세요."

"도슨 양께서 이번 제안에서 참고하실 것은 조건이 제법 괜찮다는 점이고……."

"상관없다고도 전해주시고요."

"이 제안을 거절할 시에 뒤따르는 또 다른 불이익이 고지되어 있다는 점입니다."

"좋은 결혼 선물이네요. 감사하다고 전해주세요. 당신은 다시 뵐 일이 없었으면 좋겠고요."

비비안이 화사하게 웃으며 문을 쾅 닫았다.

그리고 그 다음 날부터, 거래가 마비되기 시작했다.

사방이 막혔다.

들고 있는 걸 팔 수 없고, 팔아야 하는 것을 살 수도 없었다. 조부 때부터 유동 자금을 대어주던 갤러거마저 묵묵부답이었고, 그 상태에서 마치 비싼 것만 일부러 골라낸 것처럼 고액의 대금이 예정보다 훨씬 이르게 청구되기 시작했다.

일시적인 현상이라면 도슨 가 금고에 있는 비상금으로 여유롭게 대처할 수 있었을 테지만, 애석하게도 그녀는 이 괴이하고도 작위적인 현상이 얼마나 갈지 알 수 없었다.

모든 사업이 돈을 넣기만 하면 차익이 곧장 나오는 것은 아니었으므로, 대부분의 사업가가 그러하듯 도슨 가 자산의 대부분은 유동 자산이 아니었다. 그리고 오랜 기간 투자가 필요한 사업도 제법 갖고 있었다.

그것은 즉 준비되지 않은 회수가 엄청난 손해를 감수해야만 가능하다는 것을 의미했다. 그렇다고 사업체가 팔겠다 마음을 먹는 대로 곧장 팔리는 것도 아니었으니, 버틸 수 있다고 아무것도 처분하지 않는 것 또한 위험했다. 마냥 버티다 언제 순식간에 한계에 다다를지 모르는 일이다.

살을 조금만 떼어내면 살 수 있는데 떼어낼 시간이 없어서 죽어야 한다는 건 꽤 억울한 실패일 것이다. 그녀도 겪어본 적은 없지만.

사업은 아무리 덩치가 커도 아주 작은 틈 하나에 무너질 수 있단다.

비비안은 필립의 말을 제 생각보다도 이르게 실감하는 중이었다. 지금 도슨에 필요한 돈은 도슨의 전체 자산 중 아주 미미한 부분이었지만 도슨을 위기에 빠트리기에는 충분했다. 본래 완전히 안정된 상태가 아니었던 탓도 있을 것이다.

겨우 바로잡고 있던 것이 한순간에 무너졌다.

숨구멍까지 틀어 막힌 기분이었다. 이것은 제가 아무리 머리를 쓰고 돈을 굴려도 뛰어넘을 수 없는 태생적 한계였다.

그는 아주 쉽게 도슨의 사방을 막았고, 팔과 다리를 묶었다. 사람이 아주 손쉽게 벌레를 죽이듯. 그가 무엇을 위해 이러는지는 이제 기억나지도 않았다. 며칠 만에 저는 지옥에 있었다. 그건 아주 비참한 기분이었다.

그가 얼마나 저를 괴롭히고 싶은 건지, 혹은 별 생각도 없이 이러는 것인지는 궁금하지도 않았다.

전자든, 후자든 그에겐 아주 쉬운 일이었을 테고, 제게는 최악의 일이었다. 비비안은 바로 그 차이가 비참했다. 그가 다른 누구도 아닌, 좋아했던 남자애였으니까. 어쩌면 아직도 좋아할지 모르는.

그러니까 어디서부터 잘못됐을까를 생각한다면, 바로 이 지점이리라.

"다시 생각해."

나란히 이어지던 걸음이 멈췄다. 비비안은 아랑곳 않고 계속 걸었다. 엘리엇이 서둘러 뒤따랐다.

"안 해."

"지금 나더러 그 꼴을 보라는 거야?"

"뭘?"

"네가 그 늙은이 손잡고 결혼 서약하는 걸 내가 봐야 하느냐고!"

브라이언 퍼스의 세 번째 아내가 되어야겠다고 결심한 것이 마지막 기억이었다.

궁지에 몰려서 아무렇게나 저지른 나쁜 선택은 아니었다. 에윈의 정신 나간 청혼을 받기 전에도 그것이 꽤 괜찮은 선택지라는 것은 이성적으로 알고 있었다. 차라리 그를 선택하지 않는 게 멍청한 일이라는 것을 알면서도 특유의 자기애와 아버지에 대한 감상적인 생각이 그것을 논외로 만들었을 뿐.

그러나 이젠 그렇게 선을 그어두는 것조차 사치였다.

여유만 생기면 사람들과는 다시 협상할 수 있다. 그리고 퍼스는 그런 일시적인 구명줄이 될 수 있는 사람이었다.

그녀는 결혼하고도 모든 것을 그대로 해낼 수 있었다. 그는 심지어 그녀의 머리를 사업가로서 인정했다. 도슨의 사업은 퍼스와 함께 단단해질 것이 분명했다. 배울 수 있는 점도 많을 것이다.

그러니 정말로 나쁘지 않았다. 이게 최선이다. 최선의 선택이다.

그렇게 당연한 생각을 하나씩 꺼내다 보면 결국 속에 남는 것은 비틀린 심사뿐이다.

그리 손쉽게 짓밟을 수 있는 게 제 꿈이라면, 저도 하나쯤은 망가뜨려도 될 거라고.

"엘리엇, 네가 안 봐도 큰일은 안 날 거야. 걱정 말고 보지도 마. 그리고 퍼스는 아직 서른다섯이고……."

"그 사람이 몇 살이건 뭐가 중요해. 넌 아직 빌어먹게 어리고, 너랑 그 사람 나이차가 돌아가신 백부님 역겨워하실 만큼 나는데!"

엘리엇이 비비안의 어깨를 잡고 앞뒤로 흔들려는 찰나, 비비안은 눈치 좋게 빠져나왔다. 그는 도무지 분을 삭일 수 없는 것처럼 허공에 대고 심호흡을 몇 번 하고는 다시 비비안에게로 고개를 홱 돌렸다.

"정신 차리고 내 말 들어. 후회할 짓 하지 말고."

"후회 안 해."

결국 뒤집으면 유치한 복수나 다름없을지도 모른다는 것을 알고 있다.

평생 바라온 것을 네가 참 쉽게도 망가뜨린다고, 이건 가장 현실적인 선택이라고, 난 내 상황에서 제일 옳은 일을 하고 있다고, 그렇게 멀쩡한 핑계들을 대고 남은 것은 사실 전부 별 볼일 없는 것들뿐이라는 것을.

어쩌면 그녀는 그가 제게 상처를 준 만큼 상처를 주고 싶었고, 그가 지기 싫어하는 만큼 저도 지기 싫을 뿐이었다.

제 결혼이 그에게 여전히 어떤 의미일지도 알았다. 그러니 보란 듯이 말하고 싶었다.

남이 평생 바라온 것을 네가 그렇게 쉽게 쥐고 흔들 수 있다면, 네가 죽어도 가질 수 없는 것도 있을 거라고.

"글래스턴이 확실히 도는 넘었어. 나도 인정해. 나도 그 새끼는 한 대 패고 싶고. 하지만 너까지 글래스턴처럼 굴면⋯⋯."

"어떻게 같을 수 있어? 난 정작 그 애 발목 하나 삐끗하게 못 하는데."

"네가 다른 놈이랑 결혼하면 그놈은 네 앞에서 죽을걸. 그놈의 제일 무서운 점이 그거야."

"헛소리 하지 말고 약혼 준비나 도와줘."

"난 죽어서 백부님 얼굴 못 볼 짓은 안 해."

"살아 계실 때는 대놓고 많이 했잖아."

"네가 이렇게 과거 잡고 늘어지는 것도 지긋지긋하다⋯⋯."

엘리엇이 피곤한 얼굴로 고개를 절레절레 저었다. 비비안이 낮게 혀를 찼다.

"어쨌든 얘기는 해."

"뭘?"

"글래스턴이랑."

"여기에 없으니 그럴 수도 없고, 그럴 필요도 없어."

"실은⋯⋯."

"네가 말끝 흐리는 거 쓸데없이 불길하고 기분 나빠. 똑바로 해."

그녀는 엘리엇이 말을 흐리기 무섭게 인내심도 없이 쏘아붙였다.

요사이 그녀의 기분을 대변하듯 부쩍 가시를 두른 어조였다.

그러나 엘리엇은 그녀가 모퉁이를 돌도록 별말도 없이 그녀의 뒤에서 걸었다. 그리고 비비안이 저도 모르게 부산한 정신 속에 잊어갈 무렵, 툭 내뱉었다.

"후작께서 이미 와 계시거든."

몇 걸음 앞으로 더 걸어가던 비비안이 문득 멈춰 섰다. 엘리엇은 어쨌든 그녀가 에윈을 맞닥뜨리기 전에 미리 알려준 것만으로도 제 의무는 다했다는 생각으로 슬며시 뒤로 발을 뺐다.

그러나 비비안이 고개를 돌린 것이 그보다 빨랐다.

"언제."

"네가 베드포드에 다녀오는 새?"

"그걸 너는 지금, 내가 상회 앞에서 집무실까지 걸어오는 동안 말한마디 않았고?"

"우리 중요한 대화 중이었잖아."

"이걸 지금 알려주는 것보다 더?"

"가끔 내 우선순위가 이상하잖아. 너도 알다시피."

"……."

"그래, 솔직히 좀 재밌을 것 같았고."

비비안은 말없이 엘리엇을 노려보았다. 엘리엇이 슬쩍 시선을 피하며 회중시계를 내려다보았다. 그리고 능청스럽게도 마치 정해진 수순인 것처럼 옆에 있던 간이 계단 쪽으로 몸을 돌렸다.

그녀는 차마 잡을 가치도 없는 듯 엘리엇의 뒤를 노려보던 시선을 거두었다.

모퉁이를 한 번 더 돌자 집무실이 있는 복도에 경갑을 착용한 기사가 두엇 서 있는 것이 보였다. 비비안은 얕게 한숨을 쉬었다.

이윽고 그녀가 가까워지자 기사들은 그녀를 이미 알고 있었다는 양 문 앞에서 비켜섰다. 비비안은 이마 위로 흐트러진 머리칼을 조금 신경질적으로 쓸어 넘겼다. 가시를 씹어 삼킨 것처럼 목구멍이 따가웠다. 그녀는 천천히 문을 안쪽으로 밀어 열었다.

문가에 선 채로는 그가 보이지 않았다. 비비안은 정면으로 보이는 창문 따위를 얼마간 노려보다가, 다시 한숨과 함께 놓았다.

어디에 에윈이 있을 것인지 당연하게 떠올리고 만 것이 싫었다. 그녀는 에윈을 찾는 기색 없이 방 중앙까지 걸어갔다. 시야의 변두리로 그가 책상에 비스듬히 기대선 것이 걸렸다. 그녀는 무심하게 그가 선 곳으로 시선을 돌렸다.

그리고 그대로 눈이 마주쳤다.

창문을 타고 낮게 들어온 오후의 햇살이 여전히 찬란한 애시블론드 위를 해사하게 비추었다. 그의 머리는 이전보다 짧고 단정했다. 그것이 곧바로 눈에 띄었다. 기다란 눈매 사이로 드러난 청회색 눈동자가 기묘하게도 낯설었다. 그녀는 여전히 석고로 반듯하게 빚은 조각처럼 아름다운 얼굴을 응시했다.

사실, 에윈은 이제 더 이상 아름답다는 말이 어울리지 않을 인상을 하고 있었다. 눈매에는 조금 날카롭게 날이 섰고, 입은 부드럽게 이완된 대신 딱딱하게 맞물려 있다. 그 모든 것은 그를 오만해 보이게 도 했고, 한 치의 여유도 갖지 못한 사람처럼 성말라 보이게도 했다.

삼 년 만이었다.

그 어떤 표현으로도 삼 년이 안겨준 생경함을 표현할 수는 없었다. 그녀는 정말로 그가 낯설었다. 곧고 번듯한 어깨 위로 걸친, 값을 환산할 수조차 없을 프록코트도, 책상을 짚고 있는 커다란 손가락도, 마치 다른 사람 같은 시선도.

어린 시절, 겨우 계절 몇 개를 뛰어넘고 만나던 그가 정작 지금보다 훨씬 달라져 있었음에도, 그녀는 이런 기분을 느껴본 적이 없었다.

그때의 낯설음이 어딘가 조금 간지럽고 서글픈 것이었다면, 지금은…….

"오랜만이네."

익숙한데도 기묘하게 낯선 목소리였다. 불현듯 속언저리가 서늘하게 비었다. 에윈은 책상에 기대 있던 몸을 일으켰다.

"도슨 씨 묘소에 다녀왔어. 좋은 곳이더라."

조금 쓰지만 차분하고 여상한 음성이다. 가면처럼 생경하던 얼굴 위로 그나마 익숙한 느낌이 덧씌워졌다. 에윈은 그녀가 혹시나 신경 쓰길 원치 않는다는 양 담담하게 말을 이었다.

"아프신 건 알고 있었어. 그게 어느 정도인지는 몰랐지만. 해리슨이 말한 건 아니니 괜히 원망하지는 마. 네가 그의 입을 막아놓은 것까지만 알아. 그래서 그에게 더 묻지는 않았어."

"……."

"도슨 씨와는 종종 연락했지만 계속 말씀 않으시더라."

"……."

"혹시 이건 비밀이었나?"

"그랬더라도 이젠 상관없어."

비비안이 짤막하게 대꾸했다. 에윈은 설핏 난처한 듯 웃었다.

"도슨 씨는 내가 몰랐으면 하시는 것 같아서 계속 모른 척했어. 조만간 찾아뵐 예정이었는데."

"그래."

"멍청한 생각이지만 도슨 씨에겐 평생 그런 일이 생기지 않을 것 같았어."

그녀는 입안으로 소리 없이 쓴웃음을 삼켰다.

"심각한 쪽은 생각도 않았지. 시간이 많은 줄 알았고."

"그래."

"근래에는 계속 밀니로에 있었어. 돌아온 지는 이제 열흘쯤 된 것 같다. 부고를 너무 늦게 들었어."

"응."

"빨리 오지 못해서 미안해."

비비안은 그의 사과에 부정도, 긍정도 하지 않은 채로 그를 그저 바라보았다. 그는 표정 없는 얼굴로 마른세수를 몇 번 했다.

청혼도, 거절도 오간 적 없는 사이처럼 그들은 한동안 그렇게 서서 서로를 응시했다. 옛날처럼 더 이상 친밀하지도 않았고, 맞닥뜨리기 전까지 머릿속을 지배하던 긴장감도 없었다.

그녀는 메마른 입술을 혀로 살짝 쓸어 축였다.

"네 변호사에게 이미 들었겠지만, 조만간 결혼할 거야."

"알아."

"그렇게 말해주니 기쁘네. 아무 문제없이."

에윈은 피식 웃었다.

"문제없어 보여?"

"보기에는. 네 덕분에 망해가는 상회가 널 본다면 배신감 느낄 정도로 멀쩡해."

그는 비비안에게로 천천히 걸어왔다.

"이러면?"

잠시나마 익숙했던 얼굴이 사라지고, 웃음기 하나 없이 메마른 남자의 얼굴이 드러났다. 에윈은 차갑게 이죽거렸다.

"아직도 우린 죽어도 안 될 사이라 안 된다고 말할 거야?"

"그럴 리가."

비비안은 설핏 미소 지었다.

"그런 말은 내가 그때처럼 싫다고 말할 자격이 있을 때나 하는 거지."

"……."

"지금 난 네가 원하면 싫다는 말조차 할 수 없잖아. 난 이렇게 구질구질하게 도망이나 쳐야 하는 신센데."

에윈은 미세하게 일그러진 얼굴로 그녀를 얼마간 말없이 내려다보다, 문득 삐뚜름하게 입매를 끌어올려 웃었다.

비비안이 씹어뱉듯 말했다.

"전부 돌려놔, 에윈."

"네가 나한테 오면 돌려놓을게."

"네 무례하기 짝이 없는 청혼을 포함해서, 지금 네가 하는 말이 얼마나 불쾌한 줄은 알아?"

"내가 이미 네 기분 같은 거 조금도 신경 안 쓰는 건 알고 있어?"

부드럽게 되묻는 어조는 기묘하게도 위압적이고 싸늘했다. 비비안이 무표정하게 대꾸했다.

"알 것 같기는 해. 내가 지금 이렇게 기분이 나쁜 걸 보면."

"그렇게 어려운 일도 아니잖아."

"각하의 지고하신 뜻에 따르는 게?"

"봐. 너도 내 기분 같은 건 죽어도 생각 않으면서."

"난 불행히도 글래스턴의 사업을 부도낼 힘이 없거든."

"네가 오기만 하면 모든 게 해결돼. 전부 거짓말처럼 원래대로 돌아갈 거야."

"그렇게 쉽게 말해주니 감격스럽네. 내가 평생 대단하다고 생각한 게 네 사소한 장난질에 전부 파산할 수 있고, 비위만 맞춰주면 아무 일도 없었던 것처럼 돌아올 수도 있구나."

"과장하지 마. 파산 근처도 간 적 없으면서."

"돌려놓지 않을 거라면 가만히 두기라도 해. 알아서 할 테니까."

"알아서?"

반문하는 목소리가 사납게 가라앉았다.

"그 '알아서'라는 게, 고작 그런 새끼랑 결혼하는 거야?"

"좋은 사람이야. 날 잘 아는 사람이고."

"네가 지금 무슨 말을 지껄이고 있는 줄 알아?"

"적어도 네가 바라는 대로는 아니겠지."

"날 거절하고, 고작 이 남부 촌구석에서 너보다 열다섯이나 많은 젠트리 후처로 살겠다고 말하고 있는 거야."

"정확한 정리 같네."

"비비안 도슨."

"네가 얼마나 고귀한지는 감도 안 와, 글래스턴."

글래스턴, 그 낯선 발음에 서늘하게 벼려진 눈매가 왈칵 일그러졌다. 비비안이 내리깐 눈을 우아하게 들었다.

그녀는 비스듬히 웃었다.

"나도 고작 남부 촌구석 출신 젠트리의 딸이잖아."

"넌."

"다르다고 말하지 마. 다른 건 나랑 너야."

"이미 상관없어."

"이미 상관없을 정도로 네가 얼마나 잘난 사람이 됐는지는 알 것 같아. 어쩌면 네 생각대로 우리에게 별일이 없을지도 모르지."

"비비안."

"하지만 날 다르게 대한 건 너야."

"……."

"이 모든 게 얼마나 날 비참하게 할지도 생각했어야지, 글래스턴."

금방이라도 끊어질 듯 서로 맞닿은 시선이 팽팽하게 당겨졌다. 에윈은 물끄러미 그녀의 얼굴을 바라보다, 느릿하게 입술을 달싹였다.

"난 하루도 비참하지 않은 적이 없어."

"……."

"네가 날 그렇게 부르는 순간마다, 네가 날 돌아보지 않는다고 느낀 모든 날마다, 그리고 그날 이후로."

"……."

"난 하루도, 비참하지 않은 적이 없었어."

말끔한 얼굴로 내뱉는 고해성사였다. 비비안은 그게 거짓말에 불과하다는 생각과, 결코 거짓말일 수 없다는 생각을 우습게도 동시에 했다.

전자가 자기위로라면 후자는 사실에 가까웠다. 그 멀쩡한 목소리에 이상하게도 울고 싶어졌다.

그녀는 시선을 아래로 떨어트리며 입안을 짓씹었다. 그리고 그 목소리를 들은 적도 없는 것처럼 차분하게 말을 돌렸다.

"내가 네게 바라는 건 단 하나야. 돌려놓을 필요도 없어. 가만히 두기만 해. 네가 원하는 내 대답에 더 이상 매달리지도 마. 아버지가 평생 노력한 거야. 우리 장난감 노릇이나 하기엔 내 아버지에게 너무 소중했어."

비비안은 그가 대답하기도 전에 그 앞에서 몸을 돌려 문가로 걸어 갔다. 에윈은 그녀가 여전히 제 앞에 있는 양 그래, 하고 대꾸했다.

그 짤막한 대답에 그제야 숨이 조금 통했다. 그러자 어서 이 방에서 벗어나야 한다는 강박감이 순식간에 머릿속을 잠식했다.

비비안의 손이 초조하게 허공을 가로질러 문고리를 짚었다. 그리고 문이 다시 안쪽으로 당겨지는 찰나였다.

"넌 결국 내 옆에 있게 될 거야, 도슨."

마치 그녀가 무언가 두고 간 것을 알려주듯 여상하고 침착한 음성이었다. 비비안이 반쯤 열린 문 앞에서 말없이 멈춰 서 있다가, 이내 바깥으로 걸음을 옮겨 나갔다.

에윈은 그녀가 사라진 자리를 한동안 물끄러미 응시하다, 이윽고 빠르게 방을 벗어났다.

"아가씨, 아가씨!"

베키가 문에 대고 작게 외치는 소리에 비비안은 얕은 잠에서 깨어났다. 눈을 뜨자 언제 누가 저를 불렀냐는 양 사방이 고요했다. 그녀는 몸을 일으켜 온통 푸르스름한 어둠에 잠긴 방을 얼마간 물끄러미 바라보았다.

방 한가운데, 간이 스탠드에 걸린 상아색 드레스가 어둠 속에서도 희끄무레한 빛을 내며 걸려 있다. 곧 약혼이었다. 그녀는 금세 드레스에서 시선을 거두었다. 그리고 침대에서 천천히 내려섰다.

"아가씨!"

초조한 듯 재차 부르는 소리가 들렸다.

"일어났어, 베키."

베키의 다급함을 알았다는 듯 비비안이 한 톤 높게 대꾸했다. 그제야 베키가 조심스레 문을 열었다.

아래층에서부터 쉬지 않고 달려온 듯, 복도의 불빛에 비친 얼굴이 발갰다. 비비안이 미간을 설핏 찌푸리며 베키에게로 빠르게 걸어갔다.

"무슨 일이야?"

"베드포드에서 사람이 왔어요. 퍼스 씨가, 세상에……."

"그가 왜?"

"간밤에 수도에서 내려온 경시청 사람들이 퍼스 가에 들이닥쳐서는 그를 다짜고짜 잡아갔다는데 죄목들이 너무 길어 기억도 하지 못하겠어요. 맙소사, 수도로 잡혀가다니 대체 이게 다 무슨 일인지!"

"……."

"약혼이 이틀도 남지 않았는데 이를 어쩌면 좋아요. 수도로 잡혀가면 다 죽는 것이라던데, 퍼스 씨도 설마……."

"허튼소리 하지 마, 베키."

수도라는 단어 하나로 막연한 불안감에 사로잡힌 것은 비단 베키뿐만이 아닐 터였다. 에른스트의 사법 체계는 주 단위로 세밀하게 짜여 있어, 대부분의 일이 지방에서 해결되었다. 더군다나 랭카셔나 베드포드처럼 남부 끝에 가까이 매달려 있는 주의 경우에는 더더욱 그랬다.

그렇게 평생 누군가 수도로 소환됐더라는 말 한번 들을 일 없이 살아온 사람들에게 '수도에서 온 사람들이 쳐들어왔다.'는 말이 얼마나 대단한 위력을 가질지는 더 생각해볼 필요도 없었다.

비비안은 차분하게 네글리제를 벗고, 의자 위에 걸쳐둔 모슬린 드레스를 머리 위로 씌웠다. 연쇄 살인마조차 주립 재판소에서 사형을 집행하는 판국에, 수도 경시청에서 한낱 젠트리를 잡으러 랭카셔까지 올 만한 사유는 단 하나였다.

재무부의 일이다. 그들에게 돈이 되기 때문이다.

이런 일은 정작 따져보면 그리 흔치 않은 일도 아니었다. 귀족이 아닌 자가 무언가를 많이 가진다는 것은, 그리고 돈이 있어도 권력이 없다는 것은 그랬다. 그들 중 아무나 골라 어떤 낙인을 먼저 찍고, 낙인을 지우고 싶거든 돈을 내놓으라 요구하는 것이다.

그것이 저들이 국고에 낸 구멍을 메우는 방법 중 가장 쉬운 일이었다. 가장 위에 선 소수의 귀족들은 돈을 다루는 일과 혈통 없이 부유한 자들을 경멸했고, 가장 다수의 가난한 사람들은 부자들을 쉽게 미워했으므로.

아주 적은 수의 불만을 제하면 세상의 모든 이들이 환영하는 일이다. 그렇기에 설령 죄 없는 누군가가 평생 이룬 것을 빼앗기더라도 그것이 정의였다.

이 정도까지가 정설이었다. 비비안은 듣자마자 곧바로 떠올랐던 생각은 정작 접어둔 채로 지극히 당연한 사유들을 하나씩 되짚었다.

필립으로부터 배운, 맹점을 피하기 위한 습관이었다. 그것이 결론을 안전하게 만들었다.

"아직 날도 밝지 않았는데, 베드포드에 가보시려고요?"

베키가 저도 모르게 리본을 들어 비비안의 허리를 감으며 걱정스레 물었다.

"아니."

"그럼……."

그러나 으레 이런 일이 있을 때면 언제나 깨닫는 것은, 아무리 검토해도 결국엔 처음 생각했던 게 결론이라는 점이다.

그는 베드포드 주에서 손꼽히는 거물이었다. 그 사실은 곧 그가 재무부에서 굳이 선호할 만큼 간편한 희생양은 아니란 것을 의미했다. 비비안은 싸늘하게 굳은 얼굴로 빠르게 방을 걸어 나갔다.

베드포드의 소식으로 사용인 몇 명이 어수선하게 깨어 있는 1층을 지나, 그녀는 어두운 정원 속을 망설임 없이 가로질렀다. 저 멀리 구릉 위로 어슴푸레하게 동이 트고 있었다. 비비안은 제집 대문을 지나자 아예 달리기 시작했다.

목구멍까지 가득 차오른 숨을 제대로 뱉지도 않은 것은 차라리 오기에 가까웠다. 별장의 높은 대문이 그녀를 기다린 것처럼 열렸다.

그녀는 무장한 기사들이 대문 근처를 지키고 선 낯선 풍경도 아무렇지 않게 지나치고, 그들 중 하나가 그녀를 안내하려는 듯 서둘러 앞장서는 것도 무시하고 내달렸다. 친절은 받을 여유가 없었고, 글래스턴의 겨울 별장이라면 그곳을 총괄하는 해리슨만큼 잘 알았던 탓이다.

비비안은 저택의 문가를 지키고 선 기사들의 사이로 빠르게 걸어가 제집처럼 문을 열었다. 조금 신경질적이기까지 한 손길에 문이 필요 이상으로 젖혀졌다가 이내 제자리로 돌아갔다.

이상하리만치 아무도 비비안을 제지하지 않았으나, 비비안은 오히려 그것에 신경이 곤두섰다. 모두가 마치 미리 지시받은 사항이 있는 것처럼 굴었으므로.

결론은 확신이 되었다. 저택 안에 들어서고 나서야 달리는 것에 가깝던 걸음이 조금 차분해졌다.

그녀는 꼬박 삼 년 만에 들어온 별장 안을 익숙하게 걸었다. 어스름하게 밝혀둔 빛이 그녀가 걸어가는 길마다 있었다. 비비안이 이를 악물었다.

몸이 기억하는 거리감으로 걸음이 멈춰 섰다. 그녀는 불규칙해진 숨을 한번 깊이 들이마시며 노크 없이 방문을 세게 열었다.

촛불 몇 개가 켜진 방 안은 그리 어둡지도, 밝지도 않아 조금 삭막한 인상을 풍겼다. 그리고 문을 열자마자 중앙에 비스듬히 보이는 소파에 그가 앉아 있었다.

책을 내려다보던 옆모습은 문이 열리는 소리를 듣지도 못한 양 여전히 그대로였다. 비비안은 가까스로 불안정한 호흡을 고르며 문을 제 등 뒤로 닫고서, 방에 더 들어가지 않고 문가에 섰다.

못 박힌 듯 책 위로 멈춰 있던 시선이 그제야 그녀에게로 움직였다. 비비안이 신경질적으로 입술을 달싹였다.

"네가 한 짓이지."

"그렇게 말하면 알아듣기 힘든데."

못 알아들은 양 말한 것과는 달리 그에게선 딱히 회피하는 기색이 없었다. 그녀가 씹어뱉듯 말했다.

"브라이언 퍼스."

대답 대신 책이 탁, 하고 접히는 소리가 났다. 에윈은 소파에 비스듬히 기댄 채로 손에 쥐고 있던 책을 협탁 위에 가볍게 놓았다.

"문제를 말해."

"그가 문제잖아. 브라이언 퍼스."

"이름이 그래?"

"뭐?"

"생각보다도 더 별로여서."

에윈은 표정 없이 어깨를 으쓱하고는 농담하듯 대꾸했다. 비비안이 표정을 일그러뜨렸다.

"넌 선을 넘었어."

"지나치게 잘 지키고 있는 건 아니고? 네가 가만히 두라고 말한 이후로, 난 네 쪽에 하나도 손댄 게 없거든."

"도슨에는 그렇겠지."

"그게 네가 바란 전부잖아."

그는 입매만 끌어올려 퍽 근사하게 웃었다. 비비안이 기가 막힌 듯 실소했다. 에윈은 여상한 목소리로 되물었다.

"아니야?"

"이틀 후면 약혼이었어. 네가 건드린 건 명백하게도 내 사람이야."

"보통 고작 네 번 만난 사람을 제 사람이라고 하지는 않지."

"난 그와 곧 결혼할 테고, 그는 결혼하면 평생 볼 사람이야. 그와 지금까지 만난 횟수가 중요해?"

"방금 네 말 덕분에 그는 평생 널 보지 못하게 된 거야, 도슨."

퍼스의 문제가 저와는 상관없는 양 제대로 대꾸하지 않던 것이 무

464

색하게도, 모든 것을 명료하게 만드는 한마디였다.

에윈은 그렇게 친절하게 일러주듯 말하고는 우아하게 몸을 일으켰다. 그가 소파를 벗어나며 불빛을 등지자, 줄곧 불빛 아래 드러나 있던 얼굴 위로 그늘이 비스듬히 드리웠다.

비비안이 그의 시선을 잡아채듯 눈매를 가늘게 좁혔다.

"대체 퍼스에게 무슨 짓을 하려는 거야."

"사실 하고 싶지는 않아. 준비는 전부 되어 있지만."

"그는 무고한 사람이야."

"글쎄. 불행히도 그는 네 생각과 조금 달라."

에윈은 비비안에게로 천천히 걸어왔다.

"브라이언 퍼스는 그 이력을 조금만 뒤집어 봐도 흠집밖에 없더군. 내가 딱히 그를 망가뜨리려고 수를 쓸 필요도 없을 정도로 말이야."

"……."

"내가 얼마나 대단한 공작을 벌였는지 기대했다면 꽤 실망스럽겠지만, 내가 한 거라곤 재무 대신에게 그의 성을 읊어준 게 다야. 누명은 씌울 필요도 없었고. 허무할 정도였지."

마치 브라이언 퍼스에게 제 손으로 직접 누명을 뒤집어씌우지 못해 아쉽다는 투였다.

어느덧 한 걸음 거리로 가까워진 에윈은 잘 조각된 석고상 같은 얼굴이었다. 표정 한 점 없는.

지나치게 가까운 거리에 가시를 잔뜩 삼킨 것처럼 목구멍이 따가웠다. 에윈은 비스듬히 고개를 숙이며 속삭였다.

"그게 네게 비난할 거리가 된다면 해. 조금도 신경 안 쓰니까."

"나 지금 네 기분이나 더러우라고 이러고 있는 거 아냐."

"그럼?"

"정신 나간 짓 좀 그만하라고 말하고 싶은 거지."

"말했다시피 브라이언 퍼스의 개인적인 불행에 내가 관여한 바는 거의 없는데. 그가 교역 금지 물품을 반입한 것만 해도 스무 종이 넘어."

비비안은 그다지 놀라지도 않고 여상하게 입을 열었다.

"곡물법이나 버번 칙령-교역 금지 품목에 관한 제정-이 한 치 앞도 모르고 지껄여놓은 말이나 다름없다는 건 너도 알아. 그가 어긴 건 고작 그런 거야. 심지어 지키지 않는 사람이 더 많고……."

"정작 넌 어길 생각도 없으면서?"

"이젠 네가 내 생각까지 단언해?"

"그야 도슨 씨가 평생 어긴 적이 없으니까."

아무리 시간이 흘렀어도 네가 변했을 리는 없다는 듯 확고한 어조였다. 그 어조가 얄미워 속이 들끓었다. 이따위 상황을 만들어놓고서는 아는 척이라니.

에윈이 낮게 웃었다.

"네 아버지가 세상에서 제일 깨끗하게 산 게 네 잘못은 아니지."

"거기까지 네가 아는 척할 필요는 없어, 글래스턴. 퍼스는 무고한 사람이야."

"방금 전까지 정반대에 관해 설명했지. 안 그래?"

"적어도 우리 사이에서는 무고하다는 거야."

"네가 그렇게 말하는 게, 그가 아닌 네게는 책임이 있다는 것처럼 들리는 건 알아?"

"네가 날 어떤 식으로든 이렇게 망가뜨리려는 걸 보니, 그래. 그래서일지도 모르지."

"망가뜨린다라……. 그가 네 약점씩이나 되는 줄은 몰랐는데."

"이젠 알겠네."

"네가 그 약점을 죽도록 싫어해서 우리가 이렇게 된 거 아니었나?"

"너랑 그는 다르니까."

나직하지만 노골적일 정도로 의도적인 말이었다. 에윈의 입가에 비스듬히 걸린 미소가 짙어졌다.

"그냥 곧바로 죽여버렸어야 했는데. 그가 정말로 없어지면 이렇게 두 다리로 멀쩡히 서 있지도 못하셨을 것 같으니 말이야."

"…….."

"그럼 일이 좀 쉬워졌을까?"

무심하게 이죽대는 음성이 귓가를 울렸다. 그늘이 검게 집어삼킨 청회색 눈동자가 깨진 유리처럼 날을 세웠다.

에윈이 수도로 소환시킨 남자는 비비안이 보란 듯이 선택한 나쁜 선택지였고, 그녀의 말은 고작 그의 신경이나 거슬리라고 던진 성의 없는 도발에 가까웠다. 그것을 서로가 알았다.

그럼에도 그 표면적인 단어 몇 가지에 뒤틀리고 만 것을 그는 숨기지도 않고 드러냈다. 비비안이 날카롭게 실소했다.

"미쳤구나."

"브라이언 퍼스가 당장 오늘 아침에 죽는대도 네가 멀쩡할 걸 알아. 그가 네게 조금의 영향도 미칠 수 없다는 것도."

"그게 나 때문이라면 이야기가 다르겠지."

"그가, 이럴 만한 가치가 있어?"

"나야말로 네가 이럴 만한 가치 없어. 난 그 사람에게 폐 끼치고 싶지 않아. 그뿐이야."

"그러니 결혼해. 간단한 문제잖아."

"네가 이미 복잡하게 만들었어."

"네가 거들떠볼 생각조차 않았기 때문이야."

에윈이 그녀의 원망을 제 원망으로 서늘하게 잘라냈다. 목 아래로 넘실거리던 화가 울컥 치밀었다. 처음부터 끝까지 죄다 엉망이었다.

그녀는 제가 정확히 어떤 부분에 화가 났는지조차 알 수 없이 화가 났다. 그 화가 그를 향한 것인지, 스스로를 향한 것인지조차 불분명했다.

냉랭하게 갈무리되어 있던 얼굴이 왈칵 일그러졌다.

"그래서 날, 아무것도 못 하게 만드는 거라고."

줄곧 냉정을 지키던 음성에 노기가 스며들었다. 에윈은 말없이 그녀를 내려다보았다.

"내가 널 거들떠보지조차 않아서, 내가 내 생각조차 가질 수 없게 한 거라고, 그렇게 말할 셈이야?"

"필요하다면."

"이딴 게 필요해? 내 손발 다 묶어서 네 옆에 두면 그걸로 끝나? 대체 왜 이렇게까지 하는 건데. 대체 나한테 왜 이렇게까지!"

"사랑해."

"이런 미친……."

잔뜩 흥분해 올라가던 목소리가 아래로 뚝 떨어졌다. 비비안이 멍하니 중얼거리며 에윈을 바라보았다.

그녀가 상상도 못 해본 말을 뱉어놓고는, 정작 아무 일도 없었다는 듯 태연한 얼굴이다. 온갖 짜증과 화로 뒤섞여 붕 떠 있던 머리가 갑자기 찬물을 뒤집어쓴 것처럼 식었다. 에윈은 무심하게 말을 이었다.

"생각보다 반응이 더 괜찮네."

"진짜 대체 왜 이러는 거야. 왜……."

"사랑한다고 했잖아."

그녀가 미처 듣지 못한 것을 알려주는 듯한 어조였다. 비비안은 맥이 탁 풀린 듯 헛웃음을 터트렸다.

"처음부터 끝까지, 이유는 그것 하나야."

담담한 고백에 마치 땅이 발 디딜 틈도 없이 좁아진 것처럼, 그녀가 불안하게 비틀거렸다. 에윈이 반사적으로 부축하려 했지만 그녀가 그의 손길을 피하는 것이 더 빨랐다. 그는 눈가를 미세하게 일그러뜨렸다.

비비안이 신경질적으로 웃었다.

"넌 그냥 내가 갖고 싶은 거야. 차라리 이건 인정해."

"……."

"네가 아무것도 아니었을 때, 갖지 못한 그 하나가 아쉬워서. 그래서 그런 거잖아."

"도슨."

"난 결국 이렇게 아무것도 아닌데, 네 말 한마디면 대꾸할 권리조차 없이 닥치고 네 것이 되어야 할 만큼 보잘것없는 계집인데. 결국 넌 나한테 그걸 증명하고 싶은 거야. 안 그래?"

"그랬으면 너랑 내가 지금 이렇게 시간을 버릴 일도 없어. 비참한 척 그만해. 내가 얼마나 비열했든 결국 넌 네 고집대로 다 하고 있으니까."

"세상이 전부 내 생각이랑 반대로만 돌아가는데!"

날카롭게 터져 나온 소리는 숫제 울음이었다. 한계에 몰린 사람처럼 여유 한 점 남지 않은 얼굴을 에윈이 물끄러미 응시했다.

"내 고집대로? 내 고집대로라고! 아버지가 죽은 지 열흘 만에 노튼 씨가 도슨을 버렸어. 덕분에 도슨 가에 고개 숙이며 들어왔던 자들이 전부 등을 돌렸지. 아버지가 죽은 것조차 곱씹지 못하고 산 게 지금이야. 넌 역시 계집이라 안 되는구나, 그렇게 말하는 사람들밖에 없는 곳에서 이 더럽게 돌아가는 꼴을 되돌리려고 온갖 일을 해야 했어. 그래도 되돌렸어. 꽤 많이, 되돌렸다고. 알아? 그렇게 겨우 내 손 안에 되돌려가고 있는 걸 네가……, 네가 그렇게, 어느 날 갑자기 손쉽게 망쳤어. 그래놓고 네가, 날 사랑한다고."

"……."

"네 잘난 손에 선택의 여지가 없었다고 하지는 마. 넌 진짜 선택의 여지가 없다는 게 얼마나 비참한 건지 하나도 모르니까."

"……."

"내가 뭘 그렇게 잘못했는데. 세상이 전부 내 생각이랑 반대로만 돌아가는데, 왜 너까지 나한테 이랬어야 해. 왜, 왜……. 넌 없었잖아……."

일그러진 눈매 사이로 가득 차오른 눈물이 이내 창백하게 질린 뺨을 타고 흘러내렸다.

"난 네가 필요했는데, 네가 없었잖아."

"……."

"네가 먼저 날 떠났잖아. 네가, 네가……."

결국 전부 걷어내고 나니 네가 없었다는 멍청한 원망뿐이었다. 그

전후 사정이 제 원망과 하나도 어울리지 않는다는 걸 알면서도, 스스로 생각해도 말도 안 되게 떼를 쓰는 것이나 다름없는 그 말이 못내 서럽고 분했다.

비비안이 풀썩 주저앉으며 결국 울음을 터트렸다. 에윈이 조금 망연하게 그것을 내려다보았다.

"너 같은 거 몰라. 하나도 모르겠어."

"……."

"내가 보고 싶었던 건 그냥 너였는데…….."

에윈은 순간 숨을 멈추었다.

"……내가 좋아했던 넌 이런 애가 아니었어…….."

에윈은 얼마간 멍하니 서 있다, 이내 얼굴을 가리고 천천히 주저앉았다.

"……날 좋아했다고?"

"아니, 하나도 안 좋아해. 하나도…….."

"다시 말해봐, 비비안."

"그래, 이 멍청아."

울음에 이미 반쯤 잡아먹힌 목소리였으나 짜증은 선명했다. 좋아했다는 말에 대한 긍정이라기엔 지나치게 신경질적인 어조였다.

그러나 에윈은 들리지도 않는 양 웃음을 참듯 입술을 꾹 깨물었다. 그리고 우는 비비안을 당겨 안으며 웃었다.

"비켜. 놔!"

"그래."

"다신 꼴도 보기 싫으니까!"

"알아."

"꺼져!"

"알겠어."

"놔, 놓으라고!"

울부짖는 것에 가까운 뿌리침에도 아랑곳 않고 그녀를 잠시간 안고 있던 에윈이 이내 순순히 그녀를 놓아주었다.

발갛게 달아오른 채로 물기에 젖은 얼굴 위를, 차가운 손이 살짝 쓸고 떨어졌다. 세상에서 가장 사랑스러운 대상을 발견한 것처럼 시선이 달았다. 비비안이 그 시선에 벌레라도 닿은 것처럼 냉랭하게 노려보았다.

그러나 이미 한껏 풀어진 입매는 돌아올 시늉조차 않고서 부드럽게 웃고 있었다.

"날 좋아해주다니 고마워."

"꺼져."

"내 집이잖아."

비비안이 이를 악물고 몸을 일으켜 방을 벗어났다. 웃음소리가 환청처럼 귓가에 남았다.

비비안이 방으로 다시 돌아온 것은 이미 날이 훤히 밝은 때였다. 그녀는 이를 악문 채로 방 한가운데 걸린 드레스를 노려보다, 이윽고 그것을 잡고 침대 위로 내던졌다. 드레스 끝에 걸린 간이 스탠드가 바닥에 끌리며 따라오다 이윽고 옆으로 무너졌다.

비비안은 목구멍까지 가득 차오른 숨을 내뱉으며 제가 내던진 드레스를 다시 노려보았다. 본래대로라면 모레, 그녀의 약혼식에서 입고 있었을 드레스였다.

그건 그 자체로 기회였다. 필립의 죽음을 비웃듯 돌아섰던 사람들, 그 사람들에게 보란 듯이 보여줄 기회. 그토록 무시하던 계집이 도슨의 이름에 베드포드의 자본을 안고 돌아왔노라고 말해줄 수 있었다. 약혼이 그대로 흘러갔더라면.

물론 어차피 에윈이 아니었으면 좋고 나쁨을 따질 필요도 없이 계속 논외에 있었을 약혼은 맞다. 필립이 싫어할 짓은 죽어도 할 수 없는 게 그녀였으므로.

그러나 비비안은 에윈을 거스르기 위해 이 길을 택했다. 그리고 이왕 발을 들였다면, 단지 에윈을 좌절시키는 것 이상의 결과를 원했다. 그러기에는 필립이 걸렸고 제 생이 너무 비쌌다. 그녀는 적어도 그보다 몇 배는 셈할 수 있는 여자였다.

선을 넘게 한 것이 그였다고 해도 그 이후는 그녀 자신의 몫이었다. 그녀의 조부는 여섯 살배기 손녀를 두고 혼인은 장사라고 말해주던 사람이었다. 그는 서로 비슷한 조건에서 얼마나 남겨먹는지가 얼마나 좋은 결혼인지를 결정한다고 말하곤 했다.

그리고 비비안은 그 말에 깊이 동의했다. 상인의 딸로 태어나 평생 상인이 되기 위해 살아왔다는 건 그런 것이었다.

논외가 더 이상 논외가 아니라면, 브라이언 퍼스는 가장 좋은 선택지로 취급받아야 옳았다. 그렇기에 기대한 바가 있었다.

제 생을 걸었다면 고작 에윈 하나 짜증 나게 만드는 것보단, 수많은 후회를 이끌어내야 했다.

그런데 이마저도.

비비안은 허탈한 웃음을 흘렸다. 보고 싶었다고, 널 좋아했다고, 정신이 나간 채로 그렇게 줄줄 읊어댄 것이 기가 막혔다.

브라이언 퍼스는 지금 클리브스에 소환되어 있고, 마지막 수단은 고꾸라진 판국에 고작 그런 말들을 되짚고 있는 것조차 우스웠다. 생각해야 할 것은 산더미처럼 많은데, 제가 후회하고 있는 건 기껏 널린 연애 소설에 나올 법한 대목이라니.

너 없이도 잘 살고 있었다고, 모든 게 잘 흘러가고 있었다고, 그렇게 말할 수 있는 순간을 꿈꾼 적도 있었다. 비비안은 마치 정해진 수순처럼 그가 그리워지면 그렇게 생각하고 끝냈다.

평생 말할 일조차 없을 테지만, 적어도 저는 그럴 수 있는 사람이어야 했다. 에윈에게 미안한 동시에 에윈이 원망스러운 그 괴팍한 마음을 굳이 들여다보고 싶지는 않았다. 어쩌면 저 말은 미봉책에 불과했으리라.

그녀는 침대 옆에 쭈그려 앉아 수치스러운 양 시트에 얼굴을 묻었다.

"왜 하필……."

어떻게 해야 전부 없었던 일이 될 수 있지. 어떻게 해야…….

정신 차리자고 몇 초 전에 생각하고서, 다시 그 사소한 대목으로 저절로 생각이 움직였다. 어쩌다 그에게 좋아한다고 지껄인 것 정도는 지금 제 상황에서 정말이지 아주 사소한 사고에 불과했다. 다른 일들에 비하면 별반 수습할 거리도 없을.

그렇게 생각하면서도 생각은 여전히 그 지점에 멈춰 있었다. 이젠 스스로가 싫어질 지경이었다. 머리는 계속 예의상 '저걸 생각해야 맞고 이걸 생각하는 건 틀렸다.'고 떠들고 있고, 생각은 계속 특정한 순간 근처에 멈춰 있다.

정신적으로 끝까지 몰려 있었다는 건 그녀도 인정하는 바였다. 그러니 이런 멍청한 짓을 했지. 화가 났던 것은 기억이 나는데, 그 이후는 기억도 제대로 이어지지 않았다.

비비안은 살면서 그렇게 이성을 잃어본 적이 없었다. 어릴 적 에윈과 바닥을 뒹굴어가며 싸웠던 그때를 제외하고는 분명히 그랬다.

그렇다고 해도 그 말을 해서는 안 됐다. 제가 여태 어떤 마음으로 묻고 살아왔는데. 그걸 고작 그렇게 내뱉었어야 했을까.

고작, 그렇게나 쉽게.

그 말 한마디에 얼마나 모든 게 우스워지는데. 어쩌면 그 실수가 사소하다는 평은 사력을 다한 무시나 다름없을 것이다.

그래. 하나도 사소하지 않았다. 머리가 온통 그 생각뿐이었다. 평생 내뱉을 생각이라곤 없었던 말이지만—심지어 말해서도 안 되는—적어도 그렇게 말해서는 안 됐다. 의식도 없이 울면서 화내고 아무렇게나 터져 나온 말 속에 있지는 않았어야 했다.

비비안은 제 분에 못 이긴 듯 시트를 꽉 쥐고 있던 손을 들어 침대를 팡팡 때렸다. 그러나 그마저도 몇 번 때리기 무섭게 원목 모서리를 잘못 치고 말았다.

비비안은 헛나간 손을 다른 손으로 감싸고는 소리 없이 비명을 지르며 침대로 올라가 몸을 웅크렸다. 그 와중에 당장 큰 쓸모가 없어진 드레스가 거슬려 그녀는 아프지 않은 손을 휘저어 드레스를 제 쪽에서 밀어냈다.

"……진짜 되는 게 하나도 없어."

그녀는 저도 모르게 중얼거리고서 그 말에 울컥했다. 가까스로 눈물이 멎은 눈에 금세 물기가 차올랐다. 손등 좀 부딪혔다고 눈물이 난 꼴이라 스스로도 우스웠다. 이렇게 멍청하게 울어본 적이 없었다. 전부 믿을 수 없을 만큼 엉망이었다.

비비안은 곧바로 눈가를 세게 비벼 닦고는 곧장 몸을 일으켰다. 그리고 침대 위에 아무렇게나 구겨진 드레스를 당겨 바로 펼치기 시작했다. 베키가 이 드레스를 얼마나 애지중지 손질했는지 떠올랐으므로.

"뭐 해?"

선득할 정도로 가까이에서 들린 목소리였다. 비비안은 심지어 그가 언제 들어왔는지도 몰랐다. 그녀는 정신이 반쯤 빠져 있었고, 그는 허락을 구하긴커녕 의례적인 노크 한번 없었으니 급작스러울 수밖에 없는 결과였다.

비비안이 눈살을 찌푸리며 바로 뒤를 돌아보았다. 놀랍지 않게도 지금 이 순간 세상에서 제일 달갑지 않은 얼굴이었다.

"여긴 침실이야."

"알아."

"지금 네가 그걸 모를 것 같아서 가르쳐준 게 아니잖아."

"울었어?"

대답인 양 곧장 잇는 말이 정작 제 말과는 전혀 딴판이었다. 비비안이 냉랭하게 일별하고 다시 고개를 돌렸다.

"나가."

"울었냐니까."

"아니야. 나가."

에윈은 들은 체도 않고 팔을 뻗어 그녀의 고개를 제 쪽으로 돌렸다. 그가 어느새 가까이로 몸을 숙이고 있었던 탓에, 그녀는 고작 두어 뼘 거리를 둔 채로 그를 마주해야 했다.

비비안이 신경질적으로 고개를 돌렸다. 그러나 뒷목을 단단히 잡고 있던 손이 앞으로 조금 움직이며 다시 고개를 돌려놓았다. 그녀는 제가 고집부릴 가치도 없다는 양 더 반항하지 않고 가만히 그를 노려보았다.

그녀의 얼굴은 제가 언제 울었냐는 듯 벌써 서늘했다. 흔적마저 지울 수는 없었지만. 에윈은 별다른 감흥도 없는 얼굴로 비비안의 조금 발개진 눈가며 뺨을 찬찬히 뜯어보았다. 내려다보는 시선만이 딱딱하게 굳어 있었다.

웃음기 없이 그저 반듯한 얼굴이 조금 묘해졌다. 에윈은 무표정한 그대로 입매만 비스듬히 끌어올리며 그녀를 놓아주었다. 비비안이 기다렸다는 양 앞으로 당겨져 있던 몸을 빼 그에게서 멀어졌다.

"응접실로 내려와."

"응접실씩이나 생각할 수 있는 머리로 이렇게 무례한 짓을 해?"

"어때. 네가 벌거벗고 있었던 것도 아닌데."

"그럴 수도 있었어."

"그랬으면 좋은 구경 했겠지."

그다지 희롱할 의도도 없는 것처럼 무심한 어조였으나 비비안은 그것이 더 얄미웠다. 비비안이 대꾸조차 않고 에윈을 경멸하듯 한심하게 바라보았다. 그리고 침대에서 몸을 일으켜 그가 선 반대쪽으로 걸어갔다.

"그래. 대화는 끝맺어야 하니까."

응접실로 내려오라는 말 이후로 전혀 다른 대화가 없었던 양, 비비

안은 대화를 거슬러 올라가 대꾸했다. 그리고 뒤도 돌아보지 않고 덧
붙였다.

"가. 곧 뒤따라갈 테니."

비비안은 콘솔 앞에서 반쯤 흐트러져 있던 머리를 정돈하기 시작
했다. 에윈은 그것을 물끄러미 바라보다 침대 위로 시선을 움직였
다.

침대 위에 놓인 드레스는 언뜻 보기에도 평상복과는 거리가 멀었
고, 시기상 그 용도가 분명했다. 그는 드레스를 그다지 거슬리지도
않는 듯 내려다보다 문득 제 손에 집어 들었다. 사실은 거슬렸던 탓
이다.

에윈은 비비안이 제 냉랭한 태도를 피력하기 위해 최선을 다해 그
를 무시하는 동안, 유유히 벽난로가 있는 곳으로 걸어갔다.

벌써 봄이 다 지나갔음에도 여전히 벽난로 속에는 불씨가 있었다.
비비안은 추위를 많이 타는 편이었고, 어릴 적부터 늘 새벽같이 일
어났다. 그리고 베키는 그런 비비안이 잠에서 깨자마자 새벽 찬 공기
속에서 움직일 것을 염려해, 날이 꽤 따뜻해진 후에도 밤마다 난로에
불을 때워두곤 했다.

에윈은 어린 시절, 늦게까지 이 방에서 놀고 있노라면 베키가 간식
을 테이블 위에 올려두고 벽난로 앞에 앉아 불씨를 지피던 모습을 아
스라이 떠올렸다. 괜히 그 옆에 가서 나란히 쭈그려 앉아 하루 일을
종알거리던 작은 계집애도.

어쩌면 제게 필요한 것은 그게 전부였다.

에윈은 여전히 그를 돌아보지 않고 선 비비안을 말끄러미 응시했
다. 반만 뒤로 낮게 묶어 길게 늘어뜨렸던 머리는 어느덧 둥그런 모

양으로 단정하게 틀어 올려져 있었다.

하얗게 드러난 목 위에서 멈춘 시선이, 좁고 긴 거울 속으로 천천히 움직였다. 에윈이 선 자리에서는 고작 코끝이나 그 아래 턱 선, 어깨로 이어지는 목줄기 정도가 보였다. 아마도 그녀에게는 그가 절반도 채 보이지 않으리라. 에윈은 비식 웃었다. 그녀는 아직도 그를 모르거나, 혹은 스스로를 몰랐다.

아직도 머리만 묶으면 제가 덜 예쁠 줄 알고.

그는 벽난로 위 장식대에 놓여 있던 촛대를 들었다. 그리고 마치 정해진 수순처럼 그대로 드레스에 갖다 댔다. 검게 그을리다 이내 작게 타들어가는 것을 만족스럽게 내려다보던 에윈이 그대로 벽난로 속에 드레스를 집어넣었다.

아주 희미하고 둔탁한 소음이 전부였지만, 그것은 들리지 않고도 비비안을 문득 불길하게 했다. 그녀가 천천히 돌아섰다.

에윈은 웃고 있었다. 벽난로 속에서 타들어가는 그녀의 약혼식 드레스 앞에서.

비비안은 순간 망연해진 채로 그 광경을 바라보았다. 그는 벽난로 밖으로 조금 튀어나온 드레스 자락을 구두 끝으로 마저 밀어 넣으며 해사하게 웃었다.

"그럼 아래서 기다릴게."

마치 아무 일도 없었던 양 말끔한 말이었다. 비비안은 그가 그대로 사라지는 것을 멍청하게 보고 있다가 문이 열릴 즈음 정신을 차렸다. 그리고 문이 다시 닫힐 즈음 서둘러 발을 뗐다.

"글래스턴!"

그녀가 악에 받쳐 부르는 소리에도 에윈은 들리지 않는 듯 멈추지 않고 걸었다. 이젠 뒤통수조차 얄미웠다. 저 뒤통수에 구두라도 벗어서 던져주고 싶었으나 상황이 여의치 않았다. 복도 곳곳에 후작가의 기사들이 있었다.

그의 저택이라도 되는 양 펼쳐진 일이 기가 막힐 노릇이었으나 비비안의 이성은 그녀의 얄궂은 성질머리보다 강했다. 그녀는 그를 진작 방에서 때려줬어야 했다고 생각하고는 후회했다.

애써 차분하게 갈무리한 걸음으로 비비안은 복도를 빠르게 걸었다. 속도가 차분함과는 이미 거리가 멀지언정 모양새는 제법 침착했다.

그녀는 층계를 미끄러지듯 내려가 에윈의 느긋한 걸음을 따라잡았다. 사람이 많은 곳에서 으레 그러듯 고상한 미소를 지은 채로 그녀가 낮게 내뱉었다.

"배상해."

"감상이 그게 다라니 서운하다고 해야 할지."

"뭐 대단한 문제라고. 드레스야 다시 맞추면 되는걸."

"그걸 내가 다시 태우면 되니까 비긴 건가?"

"쥐뿔도 안 비겼어. 배상이나 해."

서로를 보지도 않고 이어지던 대화가 응접실 앞에서 뚝 끊겼다. 에윈이 친절하게 웃으며 먼저 문을 열어주었다. 비비안이 쌩하니 그것을 지나쳐 응접실 안으로 들어갔다. 그리고 문가에서 곧장 멈추었다.

"……이게 다 뭐야?"

"테이블 위의 상자들은 간단히 준비한 예물의 일부고……."

개수부터 간단하지 않았다. 아니, 그보다는 예물이 이미 그녀의 집에 있다는 게 문제였다. 그것도 그녀가 고작 방에 잠시 올라간 사이에.

비비안은 테이블 위를 가득 메운 상자들을 기가 막힌 듯 응시하다, 다시 저를 질리게 만든 것들을 바라보았다. 널따란 응접실 안이 무언가 알 수 없는 것들로 가득했다. 말끝을 잠시 흐린 에윈이 문득 생각난 것처럼 툭 내뱉었다.

"저중에 아무거나 하나 집어서 팔면, 대여섯 벌 정도는 다시 살 수 있을 거야."

"⋯⋯."

"그 외엔 다 네가 좋아할 만한 것들이야."

"⋯⋯."

"이런 걸 선물이라고들 하더라. 내 기분 상으로는 뇌물 같은데."

그의 말은 대수롭지 않았지만 그들의 눈앞에 펼쳐져 있는 광경은 지나치게 대수로웠다.

비비안이 방 한가운데에 흡사 산더미처럼 쌓여 있는 책무더기 쪽으로 천천히 걸음을 옮겼다. 전부 몇백 권인지 가늠조차 되지 않았다. 주변에 정체도 모를 크고 작은 상자들이 빼곡히 쌓여 있는 탓이었다.

"대부분 이렌시아나 그란토니아 쪽에서 구해 온 책들이고. 기억하는 바로는 네가 보고 싶어 한 것도 서른 권 정도 들어 있어."

그녀는 책등이 보일 정도로 가까이 걸어갔다. 에윈이 몇 걸음 거리를 두고 그녀의 뒤를 따랐다. 비비안은 한동안 책등에 드러난 제목들을 눈으로 훑다가, 제가 몇 번 에윈에게 말했던 적이 있는 책을 꺼냈다.

"그게 네가 제일 좋아하는 '그란토니아 사람'이었지. 벨 메이어."

비비안이 말없이 손에 든 책을 얼마간 내려다보았다. 그러더니 갑자기 몸을 돌려 에윈을 지나쳤다.

에윈은 의아한 듯 그녀가 또 다른 상자들의 틈바구니를 비집고 걸어 들어가는 것을 지켜보았다. 이윽고 단정하게 다물려 있던 입매 사이로 짧게 웃음이 터져 나왔다.

그녀가 선 곳은 벽난로 앞이었다. 그녀의 방에서 그가 서 있었던 것과 같이.

다만 차이가 하나 있다면 그녀의 앞에 있는 벽난로가 불씨는커녕 덮개로 닫아놓은 상태라는 것이었다. 비비안은 침착하게 벽에 걸린 촛대를 끌어내리고 발로 덮개를 밀어 올려 열었다.

그리고 들고 있던 책에 촛불을 그대로 갖다 댔다. 끄트머리로 불이 조금 옮겨 붙더니 모서리가 검게 그을리며 사그라지기 시작했다. 그녀는 그 모양새가 생각보다 영 시원찮은지 책을 벽난로 속에 내팽개치며 소리쳤다.

"에밀!"

하인을 부르는 소리라기엔 지나치게 악에 받쳐 있었지만, 비비안은 그렇게 고함친 게 자기가 아니라는 양 여전히 차분한 얼굴이었다.

그러나 그녀의 의도와는 달리 큰 소리에 문부터 벌컥 열렸다. 에윈이 문가에 선 기사에게 던지듯 내뱉었다.

"아무도 들어오지 못하게 해."

"내 집이야."

"알아."

"차라리 모른다고 해. 네 뻔뻔한 대답에도 이제 신물 나니까."

"네가 언젠가 어려운 말을 하면, 그렇게 할게."

이미 그녀를 제 손바닥 위에 둔 것처럼 거만하게 들리는 말이었다.

이게 다 빌어먹을 말실수 때문이었다. 이제 생각하니 전혀 사소하지 않았다. 비비안은 에윈이 점점 자신과 가까워지는 것을 가만히 노려보았다. 매끈한 얼굴로 웃고 있는 걸 보고 있자니 속이 뒤집히는 기분이었다.

"다 가져가. 죄다 불태워버리기 전에."

"드레스 값은 충분히 뽑은 것 같네."

"……."

"이게 네 드레스보단 조금 더 비쌌을 거거든."

비비안이 말없이 다시 책이 쌓여 있던 곳으로 걸어가 한 아름 책들을 안았다. 그리고 벽난로까지 세게 걸어와 보란 듯이 난로 속에 내동댕이쳤다.

"도와줄까."

"그만 비아냥대."

"제발 결혼해달라 사정하려고 기껏 돈을 이렇게 써놓고 비아냥댈리가."

"너 진짜……."

그녀는 신경질적으로 고개를 홱 돌리다 그대로 굳었다. 비비안은 에윈을 만난 열두 살, 그 어린 나이에도 그가 이렇게 멍청하게 웃는 것을 본 적이 없었다.

그는 말 그대로 정말 멍청해 보였다. 물론 어디까지나 비비안이 보기에 그랬다. 메리의 표현을 빌리자면 에윈은 늘 시원찮게 웃었다.

어릴 적에도, 그보다 조금 더 컸을 때에도. 애초에 제가 재밌어할 일이 세상에 하나도 없는 것처럼.

"너 진짜 미친 거 아냐……?"

비비안의 물음은 이제 순수한 의미로 진지했다. 에윈이 어깨를 으쓱했다.

그녀는 심지어 그가 그녀에 대한 오래된 추억까지 더듬어 구해 온 물건들을 보란 듯이 불 속에―사실 불씨가 없었지만 어쨌든―던져 넣었다. 그건 적어도 저렇게 흐뭇하게 웃으라고 한 짓은 아니었다. 저렇게, 행복하게…….

그녀는 문득 제가 생각한 그 멍청한 웃음이 멍청해서라기보다는 행복해서라는 데 가깝다는 것을 깨달았다. 전혀 모르는 사람처럼 돌아온 주제에, 고작 제가 한계에 내몰려 아무렇게나 뱉은 말 속에 섞여 있던 그 한마디로 다시 변한 것이다.

비비안이 문득 이루 말할 수 없이 허무해져 힘없이 실소했다. 머릿속을 죄 잡아먹고 있던 화도, 어떤 감상도 생각나지 않을 만큼 무기력해졌다. 투지가 일시에 사그라지는 느낌이었다.

비비안이 허탈하게 걸음을 옮겼다. 그나마 주위가 난잡하지 않은 곳은 소파뿐이었다. 그녀가 소파에 풀썩 앉았다. 이윽고 에윈이 맞은편에 앉았다. 그렇게 한참 정적이 흘렀다. 비비안이 소리 없이 입술을 몇 번 달싹이다, 한숨과 함께 말을 꺼냈다.

"글래스턴."

"말해."

"난 너 안 좋아해."

다시 진지한 수습 시도였다. 에윈은 그 말에 그다지 유감도 없는 기색으로 고개를 비스듬히 기울였다.

"아닌데. 넌 나 좋아해."

"아냐."

"아냐. 넌 나 좋아해."

"아니라고."

"결혼하자."

"기가 막혀서……."

"결혼해도 도슨은 도슨 그대로야. 이 사항에 관해서는 네가 믿을 만한 공증을 받을게. 상속받는 게 아들이든, 딸이든, 공증의 효력이 존재하는 한 상회는 어떻게도 변형되지 않아. 넌 네가 원하는 만큼 랭카셔에서 시간을 보낼 거고, 경영도 계속 네 손으로 할 거야. 상회의 상속은 네가 원하는 아이에게 시켜. 공증 조항은 네가 전부 다 작성할 거야."

"네가 원하는 아이?"

이미 그들 사이에 선택할 아이가 몇 명이나 있는 것처럼 당연한 말에 비비안이 기가 찬 듯 헛웃음을 흘렸다. 결혼은커녕 청혼도 받아들이지 않은 판국에.

"이에 관해서는 서면으로 대략적으로나마 정리한 내역이 있어. 대략적이라고 말했지만 꽤 구체적이야."

"또 그 망할 변호사를 나한테 보낼 거면."

"장담하건대 로이스가 네 앞에서 지껄인 말 중 제일 기분 좋은 말일 거야. 그래도 그 얼굴이 그렇게 불쾌하다면 다른 사람을 시킬게."

"그 사람이 불쾌한 건 얼굴이 아니라 너 때문이야."

"미안한데 그렇다고 날 치울 순 없어."

"그러니 안 되겠네."

"난 너더러 클리브스의 귀부인이 되라고 안 해."

그들도 모르게 말장난처럼 흘러가던 대화를 먼저 끊은 것은 에윈이었다. 비비안이 무어라 말하려는 듯 달싹이던 입술을 닫았다. 에윈은 심각하기까지 한 얼굴로 말을 이었다.

"난 여기 있는 널 좋아하니까. 난 도슨 씨를 존경했어, 그리고 그분의 딸인 네가 좋아."

"……."

"……미안해."

사과는 네가 좋다는 말 속에 두서도 없이 문득 터져 나왔다.

"내가 비열하게 군 건 고작 너와 말 한마디도 나눌 수 없을까 겁이 났기 때문일 거야. 그게 얼마나 멍청한 일인지 알아. 내가 하고 싶은 이 모든 말을, 네가 그때처럼 듣지 않을 거라고. 물론 넌 듣지 않았겠지만 그렇다고 합리화는 절대 안 해. 인정해. 난 그저 확실함이 필요했어. 어떻게든 네가 날 대면할 수밖에 없는. 그 확실함이 없으면, 미칠 것 같았어. 그래. 미쳤었던 거 알아. 나를 거절하기 위해 네가 감수한 그 선택이 견딜 수가 없었어. 그게 날 미치게 했어."

"……."

"내가 널 원한다는 건, 이렇게나 이기적인 일이야. 그래도 그럴 수밖에 없었어. 정말로, 선택의 여지가 없었어."

"……."

"네가 날, 살게 했잖아."

언제, 어느 순간을 가리키지도 않았으나 비비안은 그의 말을 이해했다. 기묘하게도 그 차분한 어조가 절절 끓었다.

"평생, 이 순간을 미안해하며 살게."

"……."

"내가 바라는 건 클리브스에서 내 곁에 있을 적당한 여자가 아니라 오로지 너야. 너 말고 누구도 나한테 적당하지 않아. 그리고 그건 너도 마찬가지야. 내가 아닌 누구도 너한텐 안 돼."

"그건 네가 멋대로……."

"그래. 내가 정한 기준이야. 내가 죽을 때까지 방해할 거라서 안 돼."

뻔뻔하리만치 당당한 긍정에 비비안이 다시 헛웃음을 터트렸다. 그는 짐짓 진지하게 말했다.

"사실 여기에 있는 널 좋아한다는 말은 틀려."

"빨리도 시정하는구나."

"네가 어디에 있든, 난 그냥 널 사랑해왔으니까."

"……."

"네가 내 눈앞에 없는 순간조차도."

오늘 뭘 먹었다는 말 정도의, 딱 그 정도의 담백함이었다. 그 담백함에 순간 목이 메었다. 수도에서 몇 년 살더니 낯짝만 두꺼워졌다고 비꼬지도 못할 만큼.

에윈이 입매를 매끄럽게 끌어올렸다.

"그러니까 넌 네가 원하는 만큼, 네가 원하는 그대로 있어."

"……."

"물론 네가 클리브스에서 잘난 척하고 살고 싶다면 말리진 않겠고."

마지막 한마디에 비비안이 결국 포기한 듯 웃었다. 에윈은 예리하

487

게 그것을 잡아챘다.

"네가 왜 웃는지 알아."

"……안다는 말 좀 그만해."

"말했잖아."

어느새 자리에서 일어선 에윈이 비비안의 소파 곁으로 걸어왔다. 그의 그림자가 만들어낸 그늘이 그녀의 머리 위로 드리웠다.

"네가 언젠가 어려운 말을 하면 그럴 거라고."

차가운 손끝이 비비안의 턱을 감싸 올렸다. 의식할 새도 없이 이미 서로가 가까웠다.

"네가 졌다고 말해."

"내가 그럴 것 같아?"

"그럼 결혼하겠다고 말해."

"꿈도 크다."

"이제 제대로 말하고 있잖아. 강요도, 협박도 없이."

"그게 원래 당연한 거야. 네 기준이 이상해."

"둘 중에 하나만 말해."

"내가 아까 왜 웃는지 알겠다며."

비비안이 대답 대신 내놓은 말이 퍽 마음에 든 것처럼 에윈이 나직하게 웃었다.

그때, 비비안의 손이 에윈의 크라바트를 잡아당겼다.

가볍게 마주한 입술이 마치 그 자체로 충만한 듯 잠시 멈추었다가, 이윽고 조금 더 깊이 맞물렸다. 턱을 감싸고 있던 손이 그녀의 목뒤로 느릿하게 움직였다. 순간, 그가 그녀의 입술 사이를 파고들었다. 뒷목을 감싸고 있던 손이 그녀를 제게로 더 깊이 끌어당겼다.

비비안은 높은 곳에 매달린 사람처럼 그의 크라바트를 힘주어 잡았다. 혀가 서로 얽히는 느낌이 기묘했다. 그녀는 오로지 망가지기 위해 그가 제게 키스했던 날을 떠올렸다. 혹은 어떤 충만함도 없이, 조급한 불안으로 망가져가던 그들을.

비비안은 에윈에 관해 그때보다 더 절감해본 적이 없었다.

돌연 눈시울이 뜨거워지는 듯한 착각이 일었다. 비비안은 제가 울기 전에 그를 떼어냈다. 에윈이 그녀를 물끄러미 들여다보다, 마른 뺨을 손끝으로 천천히 쓸었다. 흘리지도 않은 눈물을 닦아주듯이.

"결혼하자."

그가 아닌 그녀에게서 나온 말이었다. 비비안이 나직하게 속삭였다.

에윈은 한동안 말이 없었다. 살면서 단 한 번도 상상해보지 못한 말을 들은 것처럼. 한참이나 그녀를 물끄러미 바라보던 눈이 해사한 모양으로 휘어졌다.

어쩌면 그동안 우리는 모두 틀렸고, 모두 맞았다.

그리고 어쩌면, 그 모든 건 하나도 중요하지 않았다. 그들은 이미 그들이 어릴 적 꿈꾸던 것으로부터 멀었으므로. 그는 한 번도 외가의 작위를 탐낸 적이 없었고, 그녀는 한 번도 이렇게 일찍 상속받길 원한 적이 없었다.

삶은 결코 그들의 생각대로 흘러가지 않았다. 심지어 서로가 서로에게조차.

그래도, 그렇게 흘러온 대로 다시 그들이 있었다.

"내가 끌려갈 줄 알았어?"

비비안이 그렇게 말하며 샐쭉 웃었다.

입을 맞추려는 순간 선수를 채가고, 결혼하자는 말에 그러겠다는 대답 대신 제 입으로 다시 결혼하자고 말한다. 기껏 여기까지 굴려온 것은 그인데, 떠밀려 온 양 있었던 주제에 결론은 이미 그녀도 가로채 쥐고 있다. 그 상황 판단이 무서울 정도였다.

결국 비비안은 이런 순간조차 상인다웠다. 상대방이 반론할 여지조차 없게 무언가를 안겨주고는 저는 원하는 것만 쥐는 것이다. 에윈은 정말로 반론할 수 없었다. 결국 그는 제가 그녀에게 입 맞추는 것보다 그녀가 제게 입 맞추는 것에 만족했고, '그래'라는 대답보다는 '결혼하자'는 말에 행복해졌으므로.

이왕 무언가를 하게 된다면, 어떻게든 그것이 제 선택이어야 하는 것이다.

얄궂은 계집애가 이런 것조차 변하지 않는다.

그래서 죽도록 필요했다.

"알아. 죽어도 지기 싫어하고, 끌려가는 것도 싫어하는 거."

"내가 그 말 할 줄은 몰랐잖아."

"그래. 그래서 더 좋은 거야."

에윈이 낮게 웃으며 그녀를 끌어안았다.

"우리가 결혼하게 된다면 그건 어쩔 수 없어서가 아냐. 네 협박 때문도, 퍼스의 구원 때문도 아냐."

"알아. 이제."

"그래도 그는 제자리에 돌려놔."

"그래."

"에윈, 네가 날 원하고, 내가 널 원하는 거야."

그녀는 뒤처진 제 주도권을 만회하듯 또박또박 말했다. 혹은 서로의 머리에 새겨놓듯이.

에윈이 웃는 숨소리가 그녀의 살갗 위를 간질였다. 그는 비비안의 목이며 쇄골에 잘게 키스를 퍼붓다 이내 다시 그녀의 입술을 찾았다. 이전의 가벼움을 비웃듯 호흡이 짙게 뒤섞였다. 에윈은 한참이나 그녀를 집어삼킬 듯 옭아매다, 그녀가 가쁘게 숨을 몰아쉬는 것을 느끼고 바로 놓아주었다.

"이제 치료해야겠다."

앞뒤 상황과 문맥에 전혀 맞지 않는 말에 비비안이 의아한 듯 그를 올려다보았다.

"네 손. 아까부터 봤어."

"아…….."

"그리고 어떻게 다치는지도 봤어."

열기로 옅게 달아올라 있던 얼굴이 순식간에 새빨개졌다. 에윈은 비비안이 지나치게 민망한 나머지 저를 때리기 전에 그것을 재빨리 피했다. 그리고 기습하듯 고개만 숙여 쪽 소리 날 정도로 입을 맞추고는 유유히 방을 떠났다.

비로소, 그들은 어른이 되었다.

　"브란젤 쪽 작황이 예년보다도 더 좋아. 상 데 트로르망에서도 근 몇 년간 포도가 그렇게 익은 적이 없었대. 올해 상 데 트로르망에서 들여온 포도주는 프리미엄을 몇 배는 붙일 수 있을 거야."

　"올해도 귀족들이 줄을 서겠군."

　엘리엇이 비비안의 말에 나직하게 중얼거리곤, 장부를 뒤적이며 고개를 까딱거렸다.

　비비안은 턱을 괸 채로 그 산만한 모양새를 물끄러미 응시했다. 세상에 저렇게 변한 인간이 없다 싶다가도─물론 좋은 의미로─사소한 것을 보면 이렇게나 변한 게 없다. 엘리엇은 어릴 적부터 기본적으로 산만했다.

　제 조카는 저러지 않아야 할 텐데. 비비안이 아직 태어나지도 않은 조카를 걱정할 찰나, 엘리엇이 한마디 더 덧붙였다.

　"그럼 몇 년은 더 안고 있어야겠네."

　"사실 고민 중이야. 조금 이른 시기에 풀어놓을지도."

　"뭐 하려고 그래?"

　"프리미엄을 좀 나눠주는 거지. 작년에 꽤 잘해준 곳들이 있어. 젊을 때 신망을 다져두는 것도 나쁘지 않고."

　"못한 곳들 보란 듯이 퍼주는 건 아니고?"

"맞아. 그게 제일 크지."

비비안은 달리 부정하지도 않고 생글 웃었다.

엘리엇이 장부를 뚫어져라 내려다보며 다시 물었다.

"교훈은 그러게 잘했어야지, 이 정돈가?"

"그러게 잘 붙어 있었어야지."

"괜찮네."

그는 이내 장부를 탁 덮고는 고개를 주억거렸다.

"이것도 괜찮고."

"이상 없어?"

"네가 봤고, 네가 본 거 내가 또 봤고. 빈틈없어. 처리가 믿을 만해. 아직 젊으니 네가 원하는 대로 키울 만하고. 중간 관리 정도는 금방 맡기겠는데."

"다만 햄튼 씨가 그를 썩 반기지는 않아. 출신 때문이라는데."

"원하는 대로 하셔야지, 후작 부인."

거리의 연극배우들이 귀족들을 으레 우스꽝스러울 정도로 과장해 표현하듯, 엘리엇이 예를 표하는 시늉을 했다.

비비안이 본체만체 무시하며 말을 이었다.

"조금 있으면 또 스무 날은 족히 비워야 해. 결국 한 해의 절반은 내가 랭카셔에 없는데, 감히 그 심기를 거스를 필요는 없지."

"말하는 게 좀 꼬인 걸 보니 꽤 짜증 났나 본데."

감히, 라는 말이 나오기 무섭게 엘리엇이 미세한 짜증을 읽어냈다. 비비안이 얕게 한숨을 뱉었다.

"네가 오전 내내 출신만 따져봐."

"설마 그가 좀 서운하다고 금세 딴 맘이라도 먹을까 봐."

"그런 사람이었으면 애초에 내 대신으로 두지도 않아."

"걱정 말고 이 사람 위로 올려. 네가 없으면 내가 지켜보잖아."

"그러니까 내가 걱정을 도무지 멈출 수가 없는 거야."

그녀는 들으라는 듯 깊은 한숨까지 덧붙였다. 엘리엇이 전혀 상처 받지 않은 얼굴로 씩 웃었다.

"에이, 빈말은."

과분한 칭찬이라도 받은 양손까지 내저어가며 고사하는 말에 비비안이 기가 찬 듯 코웃음을 쳤다.

"착각은."

엘리엇이 어깨를 으쓱하고는 그제야 찻잔을 발견한 것처럼 찻잔을 집어 들며 말을 돌렸다.

"그러고 보니 벌써 클리브스에 올라갈 땐가."

"신년 연회 전후로는 클리브스에 있어야 할 거야."

"그러면, 다음 주야?"

"그즈음에."

"……그럼 대체 그는 왜 오늘 굳이 랭카셔에 오는 건데? 고작 닷새 나 엿새만 지나면 네가 클리브스에 갈 텐데."

이번엔 비비안이 어깨를 으쓱했다.

"지금 멜런에 공사 중인 것도 있고."

"제 손으로 벽돌 하나 얹으실 것도 아니면서?"

"직접 확인하고 싶겠지."

"또 널 데리러 온 거지. 여유가 생겼는데 넌 엿새는 지나야 올 테고, 그는 사실 그 엿새도 아까워하는 종자라서. 세상에, 데리러 온다는 게 말이 돼?"

엘리엇은 아무리 생각해도 이해할 수 없다고 말하는 듯한 얼굴이었다.

그녀는 대수롭지 않게 대꾸했다.

"그게 얼마나 비생산적인지는 내가 이미 다 설명했어."

"설명만 했겠지. 네가 싫다고 했으면 후작이 그러실 분이야?"

"그럼 내가 그 시간 낭비를 좋아하기라도 한다는 거야?"

"아냐?"

"사실 맞아."

비비안은 당당하게 인정하고 몸을 일으켰다.

"도착할 시간 다 돼가. 집에 가 있어야겠어."

"이건?"

"이안 패트릭은 올릴 거야."

"네 맘대로?"

"그래. 내 맘대로. 내가 없어지면 잘 지켜봐."

"역시 믿을 게 이 오라비뿐이지?"

"그게 내 인생의 비극이야."

"과분한 말이네."

"제발 내 조카가 아버질 닮지 않았다고 해줘."

"아직 세상을 보려면 두 달은 남은 애야. 날 닮으면 인물 좋고 똑똑하겠지."

"정말 세상을 행복하게 사는구나."

"그거야 타고나길 잘났으니 유리할 수밖에……."

비비안이 더 들을 가치도 없다는 듯 몸을 홱 돌려 걸어갔다.

추수된 밭, 짧게 잘린 싹들, 건초 더미, 온통 옅은 갈색으로 바닥이 다 드러난 완만한 구릉 위 들판들. 가지만 앙상한 커다란 느티나무들이 간간이 서 있는 풍경은 황량했지만 기묘하게도 따스했다.

겨울조차 따뜻한 곳이었다. 랭카셔는 남부 지방에서도 거의 끄트머리에 위치한 덕분에, 겨울이 되면 중부의 클리브스와는 온도 차이가 제법 났다. 에윈은 이곳의 모든 것이 생경했던 랭카셔에서의 첫해를 떠올렸다. 그리고 그해로부터 벌써 십 년이 지나 있는 것을 생각했다.

그 생각이 곧 고작 십 년이 지났다는 말로 변하고 마는 것은, 제 모든 기억의 처음이 랭카셔에서 시작되었기 때문이다.

평생 이곳에서만 살아온 양 생각하다, 정작 인생의 절반도 살지 못한 곳이라고 종종 깨닫는 것은 언제나 생경했다.

그래도 늘 이곳이었다. 돌아갈 곳이라고 말할 수 있는 것은.

열두 살 봄, 그리고 스물한 살의 겨울.

그들이 결혼한 것은 아직 한 해도 채 다 지나지 않았다. 그들은 스무 살 여름 비밀리에 약혼했고, 비비안이 원하는 만큼 상회를 궤도 위에 올리는 데는 반년보다 좀 더 많은 시간이 더 필요했다.

네가 마음대로 하랬다고 정말 평생 랭카셔에서 제 일만 하고 살겠느냐고 말한 비비안은, 다른 의무가 생기기 전 오로지 제 일만 할 수 있는 시간을 원했다. 좀 더 정확히 말하자면, 글래스턴의 위명으로 불안정한 사업이 작위적으로 회복되기 전에 홀로 오롯이 회복시킬 시간을 원한 것이다.

그리고 그녀는 정말로 그 시간 동안 홀로 모든 것을 해냈다. 에윈이 제가 설치한 장애물을 다시 거둔 것만으로.

거래처는 일부를 되돌리고 대부분 대체하면서 전부 정상화되었고, 노튼과 갈라지면서 타격이 컸던 도슨의 주요 사업은 대부분 필립의 살아생전보다 확장된 채로 안정됐다. 그녀는 그렇게 온전한 도슨을 제 힘으로 손에 쥐고 나서야 청혼을 수락했다. 그것이 올해 봄이었다.

도슨을 위해 결혼 전후를 굳이 구분한 것이 괜한 말이 아니었다는 듯 비비안은 착실히 클리브스와 랭카셔를 오갔다. 그가 이렇게 랭카셔에 오곤 하듯이.

생각해보면 애초에 그녀가 클리브스의 의무를 무시할 수 있는 사람이 아니기는 했다. 에윈은 제시했던 혼인 조항이 퍽 진심이었다고 생각하면서도 어쩌면 그녀가 그러고 말 것을 저도 알고 있었던 게 아닐까 하고 종종 의심했다. 이제 와서야 별반 중요한 것도 아니지만.

비비안은 클리브스에서도 도슨을 관리했고, 랭카셔에서도 글래스턴을 관리했다. 그가 섬기는 국왕이나 왕태자가 그녀를 가장 높이 사는 점이 바로 그 부분이라는 것은 차치하더라도, 그 때문에 기본적으로 받고 있는 편의를 무시할 수는 없었다.

그러나 차라리 배려한 조항대로 도슨만 집중했더라면 하고 마는 것은, 그랬더라면 반년은 빨리 결혼했으리란 생각에서였다.

제 치졸하고 성급한, 그리고 이미 결혼한 지금에 와서는 의미도 둘 수 없는 생각을 짜내는 집착적인 속내를 저보다 잘 아는 사람은 없을 것이다.

심지어 너조차도.

에윈은 비비안을 마주하며 웃었다. 꼬박, 사십 일 만이었다.

"나와 있을 필요는 없었는데."

"막 들어가던 길에 후작께서 곧 도착하신다기에."

비비안의 이마 위로 차가운 입술이 가볍게 내려앉았다 떨어졌다. 비비안이 미간을 설핏 찡그리며 에윈의 이마를 짚었다.

"따뜻한 물에 목욕부터 하셔야겠네요."

"존대는 클리브스에서만 하자고 했잖아."

"목욕부터 해, 에윈."

에윈의 지적에 비비안이 곧장 명령조로 고쳐 말했다. 에윈이 만족스러운 듯 그녀의 허리를 끌어당겨 깊이 안았다. 비비안이 얕게 몸서리를 쳤다.

"너 몸이 너무 차가워."

"그래. 일단 들어가자. 너 추우니까."

"이 날씨에 내가 춥겠어? 네가 문제……."

그녀가 말을 채 다 잇기도 전에 에윈이 그녀의 허리를 안아 올리며 문 안으로 들어갔다. 1층을 지나던 도슨 가의 사용인들이 에윈을 보고 말없이 웃으며 고개를 숙였다. 후작 부처라고는 하나 둘 다 고작 스물을 겨우 넘긴 나이라, 체면치레도 않고 그러는 것이 흠이기보다는 마냥 보기 좋은 듯했다.

비비안은 그의 품에 안긴 채로 심드렁하니 에윈이 닭살을 떠는 것을 얼마간 내려다보다가 이내 멈추라는 듯 그의 어깨를 두드렸다. 신혼에 한참이나 헤어져 있다가 오랜만에 해후한 것치고는 꽤 회의적인 태도였다.

"힘 자랑 그만하고 이제 내려주시지그래요. 각하. 계단에서 창피하게 놓치시기 전에."

"좀 무겁긴 해. 비비."

비비안이 웃으며 그의 뺨에 키스하는 척 입술을 갖다 대고는 아프게 깨물었다. 에원이 개의치 않고 그녀의 엉덩이를 안정적으로 받쳐 들며 계단을 올랐다. 그리고 문득 물었다.

"물은?"

"네가 돌아올 시간에 맞춰서 준비시켰어. 방에 준비돼 있을 거야."

"같이 씻어주게?"

"미쳤나 봐."

비비안은 결국 기사들에게 보이지 않게 그의 정강이를 걷어차고 바닥에 내려섰다. 몇 걸음 더 가지 않아 침실이었지만 안긴 채로 그 안에 들어가는 것만큼은 피하고 싶었던 것처럼.

그녀는 일부러 서둘러 침실 안으로 들어섰다. 에원이 비식 웃으며 그 뒤를 바짝 붙어 따라갔다.

"발드레드는?"

문이 닫기기 무섭게 잘게 내려앉는 입맞춤 사이로 비비안이 불현듯 생각난 듯 물었다. 사십 일 전 마지막으로 대화한 주제였다.

"죽었어."

에원은 귓불 아래를 살짝 이를 세워 깨물었다가 떼면서 간단하게 대꾸했다. 비비안이 무심하게 고개를 끄덕였다. 그렇게 끄덕이는 것을 보면서도 에원이 물었다.

"혹시 궁금한 거야?"

"그가 정말 병사했는지?"

비비안은 에원의 반문에 부정하지 않고 그가 짐작한 속내를 꺼내놓았다. 에윈이 피식 웃으며 되물었다.

"아닌 것 같아?"

"병세는 자세히 모르지만 일전에 왕태자께서 언급하시는 게 꽤 의미심장하게 들리긴 했지. 조금 더 솔직히 말하면, 그러고도 남을 분이라서고."

"네가 틀리는 법은 잘 없지."

"정말로 그래?"

"그가 병을 앓다 죽은 건 맞아."

"네 대답 이상해."

"그 병이 왕태자께서 내리신 거라는 걸 빼면, 네가 틀렸을지도 모르겠군."

에윈이 여상하게 속삭였다. 비비안이 작게 헛웃음을 터트렸다. 결국엔 벌써 익숙해지고 있지만, 결코 익숙해지고 싶은 것은 아니었다. 그녀는 손을 들어 에윈의 얼굴을 찬찬히 쓸었다.

평생 알아온 얼굴이다가도, 찰나처럼 낯설게 스치는 남자의 얼굴이 있었다. 에윈이 제 뺨을 어루만지는 손바닥에 키스했다.

"넌 눈치가 너무 빨라."

"그래서 네가 날 좋아하잖아."

부끄러운 기색도 없이 비비안이 산뜻하게 내뱉자 에윈이 그녀의 손바닥에 입술을 댄 채로 낮게 웃었다.

"이렇게 뻔뻔해서 좋은 거야."

"겁내지 마, 에윈."

"뭘?"

"난 무슨 일이 있어도 너한테 실망 안 해."

고작 눈치가 빠르단 말 하나에 어디까지 속을 읽은 건지 모르겠다. 그녀는 정곡을 찔러놓고서 마치 그것이 아무것도 아닌 양 여전히 평온했다.

에윈은 잠시 망연하게 그녀를 내려다보다, 이윽고 천천히 고개를 내려 키스했다. 미지근한 열기가 맞닿으며 호흡이 잠시 뒤섞였다. 그리 깊지도, 얕지도 않은 입맞춤이었다.

그는 마치 쉽게 깨질 것을 다루는 사람처럼 아주 조심스럽게 키스를 이어가다가, 조금 애석하기까지 한 눈으로 떨어졌다.

"······가끔은, 네가 아무것도 몰랐으면 좋겠다는 생각을 해."

"어디 머리라도 찧으란 소리야?"

"그냥, 네가 몰랐으면 좋겠어."

"이미 지나치게 똑똑하잖아."

비비안은 시큰둥하게 에윈의 낮은 목소리를 쳐냈다. 언제나 그랬듯 후한 자기평가와 함께.

에윈이 피식 웃으며 그녀의 손을 놓아주었다.

"네가 날 아예 모르면 좋을 텐데."

"미안하게도 이미 잘 알아, 에윈."

끔찍하리만치 속이 충만해지는 말이었다. 저를 안다는 것에 안도하고, 저를 진짜로 알아차릴까 불안한, 그 기묘한 행복. 그녀는 제 바닥을 알 수 있는 유일한 사람이었고, 동시에 제 바닥을 제일 들키기 싫은 사람이었다. 그건 아마도 그 평생의 모순이리라.

에윈을 물끄러미 올려다보던 비비안이 웃음기 없는 얼굴로 느릿하게 입술을 달싹였다.

"난 널 못 버려."

"……."

"네가 날 죽을 때까지 못 버리듯이."

그는 정작 온 정신을 쏟아붓고도 발밑이 불안한데, 그녀는 항상 그를 확신했다. 열다섯, 남의 애정도 모르던 그 얄궂은 계집애가 그랬고, 지금 그 앞에 서 있는 여자가 그러했다.

그리고 아이러니하게도 그 확신이 다시 그를 확신하게 했다.

에윈의 시선이 문득 비비안의 입가로 내려앉았다.

"그거 알아?"

"내가 모른다는 대답 자체를 선호하지 않는다는 면에서 질문이 부적당하다는 생각은 안 들어?"

"오늘따라 네가 좀 못생긴 것 같아."

뜬금없이 앞뒤 문맥을 다 무시하고 나온 말은 그들이 열두 살일 적에 나눴을 대화에나 등장했을 법한 유치한 말이었다. 비비안이 해사하게 웃었다.

"오늘 진짜 싸우고 싶구나?"

에윈이 비비안의 입가로 살짝 번진 화장 자국을 매만지며 입매를 끌어올렸다. 낯선 색이었다. 그녀가 저를 의식했다는 것을 증명할 만한.

"역시 넌 화장이 별로 안 어울려."

"……지울 거야. 치워."

"앞으로 이 색은 안 발라야겠다."

"치워!"

온갖 진지한 말도 무심하게 다 쳐내는 주제에, 고작 화장이 별로란 말에 귀까지 빨개진 채로 비비안이 그의 손을 짜증스레 쳐냈다. 그

화장의 이유가 애초에 그였기 때문이리라.

에윈은 만족스럽게 웃으며 우아하게 그녀의 목을 잡아채 끌어당겼다.

그 우아하고 부드러운 손길이 거짓말이었던 것처럼 에윈은 그녀를 그대로 집어삼켰다. 마치 죄 씹어 삼키고 싶은 양 옭아맨 입술에, 비비안이 미처 숨도 제대로 쉬지 못한 채로 에윈의 어깨를 세게 쥐었다. 처음부터 명백히 힘에 부친단 신호였으나 그는 그녀를 놓아주는 대신 그녀의 허리로 손을 미끄러트렸다. 그리고 더 깊게 안아 들어 침대로 걸어갔다.

몸이 흔들리며 한 치의 틈도 없이 맞물려 있던 입술이 떨어졌다. 곧장 다시 입 맞추기 위해 비스듬히 내려오던 고개가 멈칫 멈췄다. 비비안이 한꺼번에 터져 나오는 숨을 가쁘게 몰아쉬며 잔뜩 찌푸린 채로 감았던 눈을 떴다.

에윈이 내리깐 눈으로 화장이 다 지워진 입술을 내려다보며 삐뚜름하게 웃고 있었다. 기묘하게도 그 웃음에 숨이 탁 멎었다. 의식하지도 못하는 새 침대 위로 몸이 떨어졌다.

그는 혀로 마른 입술을 축이듯 제 입술을 천천히 쓸며 나직하게 속삭였다.

"이제 예쁘네."

– fin.

연재하던 시절 늘 장난처럼 말씀드렸듯 다 키우면 완결, 그래서 완결입니다. '알라망드'는 구상부터의 목적이 '주인공을 얼른 키우고 나서 본격적으로 달달한 로맨스에 들어간다.'가 아니라 어린 두 주인공이 함께 크는 과정 자체, 혹은 그 과정 속의 미숙하고 치기 어린 로맨스를 그리는 것이었어요. 서로 이기적으로 굴고, 빗나가고, 상처받고, 그렇게 엇나가면서도 결국엔 놓지는 못하는 불안한 시절에 관해 한번 써보고 싶었거든요. 그래서 서로 이어진 후의 행복한 모습도 이 글에서는 주된 내용이 아니라 부차적이죠.

누군가는 지킬 것이 많았고, 누군가는 지키고 싶은 것이 하나밖에 없었죠. 그건 선택이 아니라 이미 그들에게 주어진 환경이었습니다.

비비안에게 지킬 것이 많은 것은 그녀 본인의 욕심이 아니라 태어나면서부터 가지게 된 것이었고, 에윈에게 지키고 싶은 것이 비비안 하나였던 이유는 그가 선천적으로 감정적인 것에 한해서는 가진 것이 전무하다시피 하기 때문입니다.

그들은 그렇기 때문에 서로 '어쩔 수 없다.'는 명제 아래 움직입니다. 누구나 그렇듯 제3자가 보기에는 그것들이 핑계에 불과할지라도, 본인에게는 최선의 가치일 수도 있죠.

둘 중 어느 한쪽이 이기적이라는 평이 번갈아 나온 것은 제가 그렇게 그려냈기 때문입니다.

애초에 짝사랑을 먼저 시작한 에윈도 이타적인 마음에 그런 건 아니었죠. 둘 사이에서 감정적인 의존도는 아시겠지만 에윈 쪽이 훨씬 우세합니다. 그건 좋아하는 마음의 크기 차이라기보다는, 환경의 차이입니다. 지나치게 불안하게 자란 에윈과, 좋은 어른들에게 사랑받으며 단단히 자란 비비안은 분명 입장 차이가 있습니다.

비비안이 에윈을 단 몇 초 만에 불안감에 미치게 할 수 있다면, 반면 비비안 쪽은 그것을 깨닫는 속도가 현저히 느립니다. 의존도의 차이 때문이죠.

에윈은 냉정하게 말하면 그 짝사랑부터가 이기적입니다. 상대도 저를 좋아하는지를 떠나서, 그들의 사이엔 태어나면서부터 지게 된 간극이 있죠. 비비안은 그 간극을 어릴 때부터 아주 잘 인식하고 있었고, 에윈은 위에 있는 신분이라지만 그걸 체감할 만한 환경에서 자라지 못해서 별반 의식이 없었다고 볼 수 있습니다.

그래서 자기가 좋아한다는 것을 누군가 받아들이는 데 있어 어떤 무게가 있는지도 알 수 없었죠. 이것을 '어쩔 수 없다.'고 말할 수는 있겠지만 결코 '나쁘지 않다.'고 말할 수는 없을 겁니다.

조금 더 커서는 알게 되지만, 알아도 소용이 없을 만큼 비비안에게 절박합니다. 그렇기 때문에 죽어도 포기를 못 하죠.

에윈은 비비안에게 절망을 배우고 수도로 떠나면서, 그리고 국왕에 의해 제 욕심에 눈을 뜨면서 비비안과 함께 자라며 가졌던 선량한 부분을 꽤 많이 잃습니다. 수도에서 구른 것도 한몫하고요. 개중 그나마 옛날 모습을 조금이라도 유지할 수 있었던 건 필립과의 편지 정도인데, 사실 필립은 죽을 때까지 허락을 하지 않았습니다.

직접적으로 허락했다는 대목도 나오지 않죠. 그 이유는 에윈이 조만간 랭카셔로 돌아온다고 했기 때문이고, 비비안과 에윈이 먼저 대화를 했으면 하는 마음에선데 불행히도 오래 버티지는 못했죠.

에윈이 에른스트로 돌아온 것은 필립이 죽고도 한참이 지나서였습니다. 비비안과의 창구를 잃은 그는 단번에 불안해지죠. 그 불안함이 거절할 수 없는 청혼을 만들고, 비비안이 거절하기 위해 감수한 것에 비참해 미쳐 더 짓누르고, 멍청하게도 그렇게 미쳐 있다가 한마디를 듣고 웃죠.

한 짓은 거창하나 바란 것이 고작 그거라 그렇습니다.

그게 얼마나 나쁜지, 비비안에게 어떤 일인지 알면서도 할 수밖에 없었던 이유는 그러지 않으면 죽어도 비비안과 결혼할 일이 없기 때문이라고 생각해서예요.

애랑 이뤄질 수 없다면 그냥 죽는 게 낫다고 생각할 정도로 극단적인 인물이라 작품 속에서 엘리엇마저 그렇게 말하는데, 앞이 마냥 귀여워 놀라셨을 것은 이해됩니다. 그래서 어쩔 수 없는 일이었습니다. 본인 말대로 선택의 여지도 없었죠. 하지만 나쁜 건 나쁘고요.

조금 더 전형적으로 가자면, 그 간극을 극복하고 여자를 가진 남자가 '결국 사랑을 포기하지 않고 쟁취해냈다.'고 포장할 수도 있었을 테지만, 그 명제에는 언제나 이기적인 구석이 숨어 있습니다. 그걸 딱히 숨기고 싶지는 않았어요. 이를테면 먼저 요구한 쪽의 원죄 같은 거죠.

비비안의 경우 에윈은 언제나 아버지 다음이고, 도슨 다음입니다. 에윈을 남자로서 좋아하고도 조금의 변함 없이 그렇습니다. 자기현시욕이 투철한 양 말하지만 사실 아버지인 필립이 이해하지 못할 정도로 도슨의 노예 같은 근성을 가졌습니다.

사실 에윈에 비해 좋은 아버지 밑에서 넘치는 사랑을 받으며 자란 터라 상대적으로 성질이 단단해 보이지만, 비비안은 에윈과 같은 고질적인 약점이 있습니다.

바로 그녀도 사랑을 분배해본 적이 없다는 겁니다.

어머니 없이 자라서, 가족이라고는 필립이 유일했죠. 거기다 자신을 낳다 죽은 어머니에 대한 죄책감을 감추기 위해 아버지에게 더 많은 의미를 부여합니다. 비비안 역시 아버지에게 절박합니다. 다만 비비안이 에윈과는 달리 불안과 멀리 살 수 있었던 이유는, 절박한 대상이 동갑내기 어린아이가 아닌 커다란 어른이었던 덕분입니다.

비비안의 상징이라고 봐도 무방한 그 드높은 자존감의 원천은 전부 그녀의 아버지입니다. 극 초반에도 나오듯, 누가 저를 무시하는 것에 단순히 기분 나빠하지 않고 아버지가 무시당한 느낌이라 기분이 나쁘다고 말하죠. 그냥 자기를 아낀다기보다는, 자기한테 세상에서 최고로 소중한 아버지가 최고로 아끼는 게 자기라서 자기를 귀하게 여기는 사고방식을 가졌습니다.

그렇기에 사춘기적 에윈의 고백을 받아들인다는 가정 하에 그녀가 감수해야 하는 것은 단순히 본인의 자존심이 아니라, 아버지의 격과 미래의 사업이었습니다.

아버지가 더러운 말을 들어서는 안 되고, 아버지가 소중히 여기는 자기가 비참해져서는 안 되고, 아버지가 소중히 여기는 자기가 좋아하는 에윈의 약점(평생 혐오했던 그의 다른 약점들처럼)이 되어서는 안 되고, 아버지가 평생 가꾼 사업을 더러운 추문이나 듣는 자기가 이끌어서는 안 되는 거죠.

100이 되려고 평생 노력했는데, 에윈과 이어지는 순간 50도 안 되리란 것 역시 문제였습니다. 그것을 단번에 포기하지 않는 게 이기적이라고 할 수는 없을 겁니다.

우리가 커서 연애 한번 하려고 초중고대를 나오지는 않듯이. 괜히 본인이 모자란 결혼은 하지 말라고 하는 게 아니듯, 연애 감정 외에도 인생엔 정말 중요한 게 많으니까요.

어쨌든 이성을 추앙하다시피 자라온 비비안에게는 제가 에윈을 좋아하고 에윈이 저를 좋아하는 것보다 더 중요한 문제가 있었습니다.

안 되는 건 안 된다고 선을 애초부터 그어둔 것이 가장 먼저였죠. 사실 위에 있는 사람이 먼저 널 위해 포기하고 내려가겠다고 말하는 건 쉽지만(본인 것이니까), 아래에 있는 사람이 자길 위해 내려오라고 말하는 건 쉽지 않을 거예요. 남의 것이니까. 상대를 조금이라도 생각한다면요.

물론 아래를 더 파고들면 상대방에게 그런 말을 하는 경우의 본인이 싫어서도 있겠지만, 표면적으로는 적어도 말하지 않는 쪽이 덜 이기적일 겁니다.

사춘기에 엇갈리던 순간. 둘은 이미 이 선에서 서로 상충할 수밖에 없는 생각을 가졌습니다.

반드시 누군가 하나는 제 생각을 포기해야만 했는데, 그러기엔 각자 사정이 있었죠. 에윈이 포기한다는 건 비비안과 평생 이뤄질 수 없다는 뜻이고(거의 살아갈 수가 없는), 비비안이 포기한다는 건 평생의 근간이 흔들리는 일이었죠. 그것도 엄연히 신분 차가 존재하는 상식 밖의 일을 위해서요.

당연하지만 누구하나도 쉽게 포기할 수 있는 일이 아니고, 포기하지 않는다고 해서 한쪽만 욕할 수도 없습니다. 결론적으로는 둘 다 자기본위로 이기적으로 굴고 있으니까요.

어쨌든 둘은 본인의 인생과 환경에서 당연한 일을 했습니다. 당연한 일을 한다고 해서 그 당연한 일이 결과적으로 서로 맞으리란 법은 없죠. 서로 맞는다고 해서 쌍방에게 모두 당연한 일이었다는 법도 없고요.

그래서 저는 둘이 뒤틀릴 수밖에 없었다고 생각하고 썼습니다.

그 후의 일도 마찬가지죠. 서로 자기 생각을 포기하지 않는다는 점에서는 동점이고, 단순히 산술화시켰을 때 비비안이 둘 사이의 0를 원하지만 에윈이 비비안의 −를 원했다는 점에서는 에윈이 좀 더 이기적입니다.

하도 그 사랑이 지고지순해서 후반까지 티가 안 났지만(그래서 많이들 이쪽을 응원하셨지만), 저는 그 사랑의 시발점 자체가 굉장히 순수하면서 이기적이라고 보고 있었거든요.

비비안은 에윈이 저로 인해 또 다른 약점이 생길까 걱정했지만, 에윈은 애초에 버릴 것이 단 하나도 없는 입장이었습니다. 전부를 걸 수 있다 해도, 걸 전부가 본인밖에 없는 빈곤한 애죠.

비비안이 이기적인 것은 부분부분 드러납니다. 상대적으로 계속 거절을 하는 입장이라 어쩔 수 없이 계속 그런 부분이 보이죠. 사실 비비안이 거절을 최선으로 정해놓은 상황에서, 비비안은 가만히 말 한마디 않고 앉아 있어도 에윈을 상처 입힐 수 있습니다.

이건 이기적이라기보다는 이기적일 수밖에 없는 입장이라고 할 수 있지만, 사실 문제는 비비안도 에윈을 많이 좋아한다는 거예요.

차라리 제대로 거절하려면 약혼이든, 결혼이든 아주 일찍 해버리는 게 맞았죠. 그런데 머리랑 마음이 따로 놀고 말아요. 빨리 약혼을 해야 한다고 생각하면서도 멀쩡한 상대가 안 나타나는 것에 안심하면서 혼담을 사업적으로 이용하며 시간을 보내죠. 에원과 이대로 더 있을 수 있다면 좋겠다는 마음에.

결국 각자의 사정을 듣고서 어른 아닌 어른이 되어버립니다.

둘은 끝까지 아무도 희생하지 않아요. 그러니까, 적어도 본인이 반드시 가져야만 살 수 있는 것은요. 제가 그것을 바랐기에 그렇게 썼고요.

여자가 남자를 위해 당연히 희생하는 게 이기적이지 않은 거라는 명제도 싫었고, 반대로 남자가 그러는 것도 싫었죠. 둘 다 사정이 있는데, 둘 중 누구 하나가 희생해야만 하는 게 싫었습니다. 그리고 에원이 그 절박한 존재를 이기적이더라도 절박한 만큼 잡아야 한다고 생각도 했죠. 꼴사납더라도.

주인공들은 결코 착하지 않고, '알라망드'는 결코 이상적인 로맨스가 아닙니다.

그리고 아무도 희생하지 않았습니다. 그래서 비록 꼴사나웠더라도, 제게는 어쩌면 그래서 이상적이었을지도 모르겠네요.

2013년 1월 29일에 시작한 글을 2015년 3월 24일에 끝냈습니다. 그리 길지 않은 글이지만 햇수로는 벌써 삼 년을 함께 보낸 글이네요.

'알라망드'는 참 유독 힘든 글이었어요. 너무 긴 시간 동안, 너무 조금씩 써와서 안 써졌던 건지, 안 써져서 맥이 자꾸 끊어졌던 건지 닭과 달걀마냥 순서가 안 맞춰지지만…….

사실 '레디메이드 퀸(이하 레메퀸)'을 쓸 때만 해도 제일 큰 고충은 머리 좋은 인물들이 머리 좋아 보이는 일을 해야 하는데 사실 쓰는 사람 머리가 별로 안 좋다…… 는 것이었어요. 저는 그 고충이 제일 힘든 건 줄 알았는데 아니더라고요. 해맑은 아기들이 해맑은 일을 해야 하는데 제가 해맑지 않은 게 참 그랬습니다. 이게 '알라망드'가 좀처럼 잘 안 써진 이유 중 가장 큰 것이 아닐까 생각 중.

어쨌든 '레메퀸'을 한창 쓰면서 가벼운 도피로 시작했던 글이 '레메퀸'보다 외려 더 기나긴 시간을 거쳐 이래저래 끝이 났습니다. 섭섭함보다는 시원함이 훨씬 커요. 애기들 다 키우면 끝나는 글이라 말씀드렸는데, 정말 다 키우고 끝이 났네요.

최고의 엄마, 최고의 친구들에게 감사합니다. 박나래, 안초록, 이수빈, 이가애. 정말 최고의 친구들이에요.

언제나 든든한 '피어나' 작가님들, 그리고 벌써 사 년째 글을 쓰는 일에 있어 온 마음으로 응원해주는 이동희, 박희영 작가에게도 늘 감사합니다.

이토록 멋진 기회를 주신 도서출판 가하에도 깊이 감사드립니다.

그리고 이 마지막 페이지까지 펼쳐주신 분들께 부디 즐거운 시간이었기를 바라며, 언제나 행복하시기를.

2015년 3월 30일
어도담 드림